문학의 중력

문학의 중력

— 역사와 현실과 마주하는 비평의 비천함

고명철 문학평론집

도서출판 b

책머리에

　자고 일어나면 게슴츠레한 눈을 뜨고 특정 숫자를 눈여겨본다. 지난밤 0시 기준으로 국내 코로나19 확진자의 양적 증감을 확인한 후 하루를 시작한다고 할까. 그리고 그에 따라 정부가 조정하는 방역 조치와 사회적 거리두기와 관련한 뉴스에 귀를 쫑긋 세운다. 전 지역, 전 국민을 대상으로 한 방역 조치는 가히 전시 상황을 방불케 한다. 그도 그럴 것이 중앙정부와 지자체 모두 방역 전쟁을 치르고 있지 않은가. 기실, 총성이 들리지 않을 뿐 우리는 코로나19 바이러스와 전쟁을 치르고 있는 것과 다름이 없는 셈이다.

　그런데 이 재앙 같은 현실에서 우리가 승리할 대상은 코로나19 바이러스일 뿐일까. 백신과 치료제로 이 감염병을 퇴치한다고 해서 우리의 일상은 온전히 회복될 수 있을까. 언제, 감염병에 걸린 적이 있냐는 듯 코로나 팬데믹을 망각하고 인간은 여전히 코로나19 이전과 같은 삶의 방식을 유지할 수 있을까.

　이런 물음을 던지는 데에는, 방역 전쟁에서 승리를 거두기 위한 당면 목적에 치중하는 가운데 정작 우리가 비판적으로 성찰해야 할 우리의 삶에 대한 안이한 태도를 방기하고 있기 때문이다. 이것은 지구촌 곳곳에서 쉽게 목도할 수 있다. 코로나 팬데믹이 극심한 서구와 일본에서는 감염병의 심각한 위험에도 아랑곳하지 않은 채 대면 형식의 모임과 축제가 대규모로 열리고 있다. 물론, 한국사회도 그들과 정도의 차이가 있을 뿐 일부 종교 시설과 유흥 장소에서 감염을 증폭시키는 일이 벌어지고 있다. 고령 세대와 중증 환자들이 감염으로 시시각각 생존의 위협을 받고 죽음을 맞이하는데도 불구하고 사람들은 팬데믹과 무관하게 예전처럼 자신의 욕망을 분출하는 데 조금도 망설임이 없는 것이다. 그들에게 약소자의 생명의 가치는 그다지 중요한 사안이 아니다. 개인의 욕망을 표현하고 그것을 통해 자기의 존재를 증명하는 것이 무엇과 맞바꿀 수 없는 소중한 가치로 판단하기 때문이다. 혹자는 이것이 민주주의를 지탱시켜주는 보루임에 주목하여, 그들의 욕망의 표현을 일방적으로 매도해서 안 된다고 한다. 개인의 욕망과 의사를 자유롭게 표현할 수 있는 자유를 억압한다는 것은 분명 민주주의에 역행하는 것인 만큼 팬데믹 상황에서도 이를 소홀히 할 수 없다는 주장을 펼친다.

그렇기 때문에 우리는 그 어느 때보다 사회적 토론과 비판적 성찰이 필요하다. 지금까지 자명한 것으로 간주된 모든 것들, 앞서 언급했듯, 개인의 욕망을 자유롭게 표출하는 데 따른 민주주의의 문제를 비롯하여 우리에게 익숙한 모든 삶의 내용―형식을 망라한 숙고와 성찰이 절실하다. 팬데믹 이전과 다를 바 없는 삶의 태도와 가치관을 고스란히 유지하면서 팬데믹 이후의 현실을 맞이해서는 곤란하다.

이와 관련하여, 우리가 엄정히 성찰해야 할 사안이 있다. 아주 지극히 상식적인 사안이다. 인간이 '지구에 살고 있다'는, 이 지극히 평범한 사실을 너무나 쉽게 망각하고 있다. 인간은 지구에 살면서 중력을 온몸으로 체감하면서 살고 있다. 태어나 죽기까지 인간은 땅을 떠나서 살 수 없다. 그만큼 인간은 평생 중력으로부터 벗어날 수 없다. 이것이 인간의 숙명이며, 인간의 존재론적 조건이다. 중력을 체감하면서 산다는 것은, 지구에 살고 있는 생물종의 하나로서 인간을 인식한다는 것이고, 따라서 지구에서 살고 있는 뭇 생명체들과 공존 및 상생하는 생명체로서 인간에 대한 인식을 벼려야 한다. 이것은 서구의 근대적 인식에서 핵심인 인간중심주의에 대한 래디컬한 비판이 가열차게 펼쳐져야 할 뿐만 아니라 인간중심주의에 뿌리를 둔 서구의 근대와 또 다른 '대안의 근대'를 모색해야 할 과제가 제기된다. 작금의 팬데믹이 우리에게 준열히 다그치고 있는 것은 바로 이 같은 래디컬한 비판을 수행해야 한다는 것이라고 나는 생각한다. 이것은 내게 땅에 발을 딛고 있는 인간의 삶과 현실의 구체성을 한층 넓고 깊게 성찰해야 한다는 비평의 과제로 다가온다.

사실, 이 비평의 과제는 그리 새로운 것이 결코 아니다. 문학평론가는 작품을 매개로 하여 동시대의 삶과 현실에 비평적 개입을 시도함으로써 인간과 세계를 탐구하는 만큼 인간의 삶과 현실의 구체성에 천착해야 하는 것은 새삼스러운 일이 아니다. 하지만 생각하기에 따라, 비평에 부여된 이 평범한 과제를 실천하는 일은 만만치 않다. 생경한 이론과 개념을 무리하게 끌어와 작품을 애써 비평하는 가운데 작품의 온전한 실상과 어긋나면서 비평의 대상으로 하는 삶과 현실의 구체성은 휘발되기 십상이다. 말하자면, 비평의 구체성이 증발되기 십상이다. 따라서 아무리 전 지구화 시대를 살고 있고, 자본주의 세계체제 바깥을 살기 어렵다고 하지만, 우리의 삶과 현실의 구체성을 무화시키는 비평의 존재는 비평으로서 활력을 잃을 수밖에 없다. 이것은 비평의 중력을 상실한 셈이다.

이쯤 되면, 내가 이 평론집의 제목을 '문학의 중력'으로 지은 이유가 부족하지만 어렴풋하게나마 해명된 게 아닐는지……. 팬데믹 사태를 맞이하여, 인간중심주의의 맹목 속에서 너무나 빨리 질주해온 인간의 삶과 현실에 대한 래디컬한 비판이 절실하며, 이 비판적 성찰은 우리네 삶과 현실의 구체성 속에서 치열히 수행되어야 한다. 그래서 역사와 현실에 마주하는 비평의 비천함은 내 이번 평론집의 모럴로서 예의 비평의 과제를 수행하는 바탕이다.

이번 평론집의 구성을 보면 알 수 있듯, 나는 압록강에 대한 비평으로 끝을 맺고 있다. 2019년 중국의 단동에 있는 요동대학에서 보낸 연구년 생활은 내게 문학과 삶, 역사와 현실, 그리고 이 모든 관계에 대한 공부거리를 가다듬는 소중한 계기였다. 유장하게 흐르는 압록강 사이로 북녘의 땅을 지척에 두고 동아시아의 주민으로서 평화로운 일상이 얼마나 소중한지를 앙가슴에 새기곤 하였다. 이 또한 분단 체제를 살고 있는 우리의 삶과 현실의 구체성이 아니던가. 2021년에는 팬데믹을 슬기롭게 넘어가면서 남녘과 북녘 사람들이 파안대소하는 일상을 살았으면 하는 마음 간절하다.

비평의 비천함을 무릅쓴 내 글들을 정성스레 펴낸 도서출판 b의 조기조 대표와 편집진 모두에게 큰 빚을 졌다. 지천명知天命을 통과하는 내 비평의 비천함을 바탕으로 한층 성숙하면서 패기를 잃지 않은 비평을 실천할 것을 다짐해본다.

2021년 1월
흰 눈이 폭폭 내리는 길음동에서
고명철 씀

제3부 삶과 역사의 가시밭길을 걷는

제1부

평화 체제를 향한 문학 '운동/정동'

판문점 선언 이후
한반도의 평화 체제를 향한 문학운동

1. '4·27 판문점 선언'과 '4·3 70주년 전국문학인대회'의 역사적 교응

2018년, 한반도를 둘러싼 나라 안팎의 현실은 흡사 롤러코스트를 연상하기에 충분하다. 평창 동계올림픽 이전까지 북한의 잇따른 핵무장과 관련한 미사일 발사 실험은 급기야 미국과 거친 설전을 주고받더니 서로의 핵무장을 과시하면서 이해 당사자인 한반도뿐만 아니라 동아시아 그리고 전세계의 평화를 심각하게 위협하였으나, 평창올림픽을 계기로 언제 그랬냐는 듯 화해의 접점을 찾는 가운데 마침내 남과 북의 정상은 판문점에서 정상회담을 가졌고, '4·27판문점 선언'을 도출하였다. 그리고 한국전쟁 휴전 협정 이후 처음으로 미국과 북한의 최고 권력이 우여곡절 끝에 싱가포르에서 만나 정상회담을 가졌다. 한반도의 시계는 숨 가쁘게 돌아갔다. 그 와중에 우리는 지방자치 선거를 치렀고 국민은 문재인 정부와 여당에 압도적으로 정치적 힘을 실어주었다. 그만큼 한반도의 평화를 향한 국민의 염원과 현실 정치가 무관할 수 없음을 우리는 선거라는 정치참여의 형식으로 확인한 것이다. 이러한 저간의 현실 속에서 휴전 상태를 종전으로 이행하고 한국전쟁 이후 시나브로 쌓인 남과 북 사이의 증오와 대결 구도를 없앰으로써 평화 체제를 구축하고, 그래서 남북 교류의 활성화와 상호 이해가 증진되다 보면 어느새 자연스레 통일이 현실화될 수 있는 것이다.

따라서 이것을 차근차근 기획하고 실천하기 위해서도 우리는 숨을 고를 필요가 있다. 우리는 경험해오지 않았는가. 분단 극복과 통일 추구의 과제를 수행하기 위해서는 우선적으로 남과 북이 당면한 문제를 스스로 주체적으로 해결하려고 노력하되 한반도의 문제는 남과 북의 노력만으로는 풀 수 없는 국제사회의 다층적 정치사회 이해관계에 대한 세밀한 이해와 접근을 병행해야 한다. 사안에 따라서는 단계적인 전략적 접근이 필요한가 하면, 여러 단계를 단숨에 무화시켜버리는 벼락같은 실천도 필요하다.

그렇다면, 한국문학은 이러한 급변한 정세 속에서 어떠한 문학적 사유와 실천을 수행해야 할까. 이와 관련하여, 판문점에서 있었던 남북 정상이 만난 역사적 사건과 제주에서 열린 '4·3 70주년 기념 전국문학인대회'는 상당히 흥미로운 생각거리를 안겨준다. 이 또한 우연을 가장한 역사의 필연일까. 하필 '4·3 70주년 기념 전국문학인대회'의 기간(2018년 4월 27~29일) 첫째 날 4월 27일 판문점 회동과 역사적 선언이 공표된다. 바로 그 첫째 날 '동아시아의 문학적 항쟁과 연대'란 주제 아래 바오닌(베트남), 리민용(대만), 메도루마 슌(오키나와) 등 동아시아의 주요 작가들과 함께 20세기에 겪은 전쟁의 대참상과 그것의 평화적 해결을 위한 '기억의 정치학'을 허심탄회하게 논의한바, 무엇보다 그들의 문학적 실천이 4·3항쟁의 대의가 꽃을 피웠던 '평화의 섬 제주'에서 서로 문학적 연대의 길을 공유한 것이다. 문득 생각해보건대, 그 연대의 길을 여는 날, 공교롭게도 판문점 선언이 전 세계에 타전되었다. 판문점 선언은 그래서 제주해협 건너에서 열리고 있는, 비록 남한만의 문학인대회의 형식을 띤 분단문학 현장의 엄연한 현실을 환기시키지만, 아이러니컬하게도 분단문학 현장을 강하게 환기시킬수록 판문점 선언과 이번 전국문학인대회가 생성하는 문학적 상상력은 결코 예사롭지 않다. 말하자면, 문학운동의 한 형식으로 열린

'4·3 70주년 기념 전국문학인대회'와 판문점 선언의 교응은 문학인의 개별 창작 및 비평 활동과 다른 차원의 문학적 상상력을 불러일으켰다는 것이 나의 생각이다. 해방공간에서 분단된 근대 국민국가의 탄생을 온몸으로 막아내고자 했던 4·3항쟁의 역사적 진실을 비로소 한국사회의 범국민 차원에서 공감대를 불러일으킨 올해, 그래서 그 역사의 현장 제주에서 열린 전국문학인대회에서 동아시아의 문학적 항쟁과 연대의 문제의식 아래 판문점 선언은 역사의 운명으로 성큼 다가온다. 기실, 이들의 역사적 만남은 어쩌면 분단 극복과 통일 추구에 대한 한국문학의 새로운 과제 실현을 위한 문학운동의 차원에서 모종의 문학적 예지를 암시하는지 모른다.

따라서 나는 이 글에서 판문점 선언 이후 한국문학이 감당해야 할 과제와 이것의 실천을 위해 문학운동의 시각에서 이 사안을 살펴보고자 한다.

2. 판문점 선언 이전 문학운동에 대한 점검

우선, 판문점 선언 이전 실행돼온 분단 극복과 통일 추구의 문학적 과제를 해결하기 위해 주목해야 할 문학운동의 성과를 점검할 필요가 있다. '6·15공동선언실천을 위한 민족작가대회'(이하 '민족작가대회'로 약칭)와 『겨레말 큰사전』 편찬 작업이 바로 그것이다. 이와 관련하여, 핵심적 사안을 살펴보자.[1]

● ● ● ●

1. 이하 본문의 내용은 고명철의 「분단 체제 혹은 국가보안법을 넘어서는 한국문학」, 『뼈꽃이 피다』, 케포이북스, 2009. 162–167면에서 해당 부분을 발췌한 것이다. 이것과 별도로 '민족작가대회'의 경과 과정에 대한 보다 상세한 것은 정도상, 「통이(通異, 統二)를 위한 기나긴 그리움의 길 위에서」, 『내일을 여는 작가』, 2004년 여름호를, 그리고 '6·15민족문학인협회' 결성식 과정에 대해서는 고명철, 「보고문: '6·15민족문학인협회' 결성, 분단 체제를 넘어서는 문화적 과정」, 『실천문학』, 2006년 겨울호를

민족작가대회를 통해 합의한 것 중 '6·15민족문학인협회'를 설립하고 협회의 기관지인 『통일문학』을 발간하기로 한 것은 모국어 공동체의 회복을 위한 실질적 성과물이다. 이 기관지를 통해 남과 북 그리고 해외의 문학적 성과물이 자리를 함께하는 가운데 민족 지성의 내면의 교류와 소통은 더욱 활발해질 것이기 때문이다.[2] 우리가 기대하는 것은 민족작가대회 이후 이러한 후속 조치의 내실화를 통해 남과 북으로 나뉘고, 해외까지 흩어져 있던 모국어 공동체를 회복하는 역사役事가, 분단 체제에 균열을 내고, 마침내 분단 체제를 허물어뜨릴 수 있는 어떤 동력을 제공해주었으면 하는 바람이다. 말하자면 모국어 공동체의 회복은 분단으로 인한 남과 북의 언어의 이질화를 극복하는 데만 의미를 두지 않는다. 한반도를 에워싸고 있는 모순과 갈등의 해결을 위한 평화의 새로운 지평을 모색할 수 있다는 점을 쉽게 지나칠 수 없다.

여기서 모국어 공동체를 회복하는 것은 '동북아시아의 의사소통 능력을 회복하는 것'이며, 이는 결국 한반도를 포함한 동아시아의 문제를 서구에 의존함을 통해서가 아니라 우리 민족의 주체적 역량을 통해 해결할 수 있다는 문제의식을 내포한다. 게다가 한반도를 포괄한 동아시아의 의사소통 능력을 온전히 회복하는 일은, 아시아를 비롯한 전 세계 민족의 화해·상생·평화의 길을 다지는 것과 무관하지 않다. 무엇보다 최근 중국의 비약적 성장으로 인해 동아시아의 질서가 재편되고 있음을 고려해보건대, 동아시아에 흩어져 사는 우리 민족의 언어에 관심을 갖고 한반도의 언어 공동체와 원활한 소통의 길을 내는 것은, 중화민족주의의 팽창을 막아내면서, 동아시아의 평화를 도모하는 데 중요한 역할을 할 수 있다.

여기서 문학운동의 또 다른 일환으로 『겨레말 큰사전』을 남북이 공동으

• • •

참조

2. 하지만 매우 안타깝게도 『통일문학』 창간호가 2008년 2월 5일에 발행되고 제2호까지 발행되었으나, 같은 해 2월 25일 이명박 정부 출범 이후 남북 문학 교류의 실질적 단절로 인해 더 이상 발행되고 있지 않다.

로 작업하는 데 주목할 필요가 있다. 들리는 말에 의하면, 『겨레말 큰사전』 작업을 위해 남북은 공동으로 한반도를 포함한 해외에까지 우리 민족이 분포되어 있는 곳을 두루 답사하면서, 모국어의 존재와 가치를 새롭게 인식하는 장구한 역사歷史/役事를 기획하고 있다고 한다. 기획이 차질 없이 순조롭게 진행된다면, 이 과정을 통해 모국어 공동체는 온전히 회복될 수 있을 것으로 본다. 그러면서 회복되어 가는 모국어 공동체는 자연스레 분단 체제를 동요시킬 것이고, 급기야 분단 체제가 해체되는 민족의 경이적 순간을 우리는 맞닥뜨릴 수 있을 것이다.

이처럼 모국어 공동체를 회복하자는 데에는 이와 같은 민족의 현실적 이유들이 존재한다. '6·15민족문학인협회'의 기관지를 통한 남과 북, 그리고 해외 민족문학인들의 실질적 문학 교류의 활성화, 『겨레말 큰사전』의 남북 공동편찬 작업 등은 지금까지와 다른 문학운동의 새로운 전기를 마련해준다. 무엇보다 분단 체제를 극복하는 움직임이 추상적 이론의 층위에서만 맴도는 게 아니라, 그 구체적인 문학운동의 실천성을 확보한다는 점에서 21세기 한국문학의 갱신을 새롭게 궁리해야 한다. 왜냐하면 지금까지 최량의 민족문학적 성과가 남북 모두 반쪽짜리 국민문학의 성과로서 자족했다면, 이러한 모국어 공동체 회복 운동을 통해 남과 북, 그리고 해외를 포괄하여, 지금보다 한층 고양된 명실공히 최량의 민족문학적 성과를 통해 '참다운 세계문학'의 또 다른 경지를 모색할 수 있기 때문이다.

돌이켜보건대, 민족작가대회의 실현, 그리고 '6·15민족문학인협회'가 결성되기까지의 과정은 결코 순탄하지 않았다. 나는 실무회담을 하면서 분단 체제를 관념이나 이론이 아닌, 남과 북의 현실 속에서 뚜렷이 목도하였다. 무엇보다 서로 겨레말을 함께 공유하면서도 문학적 이념과 그 표현에서 명확히 다를 수밖에 없는 데 대한 이해의 과정은 말처럼 쉬운 일이 아니었다. 그렇다고 쉽게 체념하거나 포기하지도 않았다. 협회를 결성하는 것도 중요하지만, 결성 과정에서 남과 북이 서로의 입장을 충분히 이해하는 시간에 익숙해지는 게 바로 남과 북의 통일을 실천하는 문화적 과정이라는, 소중한 진실을 체득할 수 있었다. 우리는 욕심을 크게 내지 않았다. 작은 것부터 확인하고, 차이가 있으면, 그 차이들을 충분한 대화를 통해 이해시키려고 하였다. 때로는 허탈해하기도 하였고, 때로는 분노하기도 하였고, 때로는 기뻐하기도 하였다. 가령, 협회의 규약을 검토하는 과정에는 서로의 문학적 입장이 첨예하게 부딪치기도 하였다. 남측 문인들의 입장에서 볼 때 협회의 규약은 남측 문학의 정서와 동향에 부합되지 않은 측면이 있다. 북측의 정치적 구호가 완전히 걸러지지 않았다고 비판하는 것은 어쩌면 당연한 일이다. 하지만 북측 역시 협회의 규약은 그들의 관점에서 볼 때 유약하다고 볼 수 있다. 오랫동안 조직의 틀 속에서 강화된 규약을 생활화해 온 북측의 문인들에게 협회의 규약은 그 강화 정도 면에서 그들에게는 상대적으로 약화된 것으로 비쳐질 수 있다는 점을 남측 문인들은 대승적 입장에서 이해해야 하지 않을까. 실제로 규약의 문안을 남북 양측이 검토하는 과정에서 쌍방은 서로를 이해할 수 없다고 얼굴을 붉히기도 하였으며, 간혹 고함을 지르기도 하였고, 서로의 입장을 완강히 고수하기도 하였다. 남북의 문학인들은 이 모든 갈등의 과정이 번거롭다며 회피하지 않았다. 이 과정을 인내하고 슬기롭게 극복하는 게 바로 남북 문학 지성들이 할 수 있는 일이며, 협회 결성 후 문학인들이 문학적 실천을 통해 분단 체제를 넘어 평화 체제를 추구하는 일과 무관하지 않다고 생각하였기 때문이다. 사실, 협회 결성 이후 『통일문학』이라는 기관지를 발간하고, <6·15통일문학상>을 제정하기로 하였으나 남북 정세의 굴곡에 따라 이 일을 수행하는 것은 쉽지 않다. 어느 것 하나 쉬운 일이 아니다. 협회를 결성하기까지의 과정에서 짐작해볼 수 있듯, 어쩌면 더 힘든 과정을 거쳐야 할지 모른다. 더 많이 부딪치고, 더 많이 갈등하고, 더 많이 이해해야 하고, 더 많이 시간을 투자해야 할 것이다. 언어를 질료로 하는 문학인 만큼 남과 북의 언어에 깃든 문학적 실재와 표상은 이제야말로 한데 뒤섞이는 고통을 겪어야 할 것이다. 아름다운 고통을 견뎌야 할 것이다.

3. 남북 문학 교류의 새로운 동력을 위한 문학운동의 과제

이렇게 2000년대에 들어와 주목할 성과를 보인 이 문학운동은 안타까운 현실이지만, 촛불혁명으로 탄핵된 박근혜 정부와 그 이전 이명박 정부가 집권하고 있는 10여 년 동안 사실상 정체된 상태이다. 서슬 퍼렇게 그 위세가 살아 있는 국가보안법은 물론, 각종 분단 기득권을 최대한 유지하면서 비현실적이고 정치 수사학적 통일담론을 가장한 반통일적 사회 속에서 그동안 힘들게 축적한 이른바 '6·15시대정신'에 바탕을 둔 문학운동의 성과를 보다 내실 있게 실천하는 일 자체가 원천 봉쇄되었던 것은 새삼 상기할 필요도 없다.

사실, 이번 판문점 선언의 세 가지 골격 중 남북관계의 전면적이며 획기적 개선과 발전의 일환으로 다음과 같은 내용이 세부 항목 중 하나로 명시된 것은 의미심장한데, 선언문의 문구만을 봤을 때 그동안 정체되었던 남북 문학 교류와 관련한 문학운동에 새로운 동력을 불어넣을 수 있겠다.

> 남과 북은 민족적 화해와 단합의 분위기를 고조시켜 나가기 위하여
> 각계각층의 다방면적인 협력과 교류 왕래와 접촉을 활성화하기로 하였다.
> 안으로는 6·15를 비롯하여 남과 북에 다 같이 의의가 있는 날들을 계기로
> 당국과 국회, 정당, 지방자치단체, 민간단체 등 각계각층이 참가하는 민족공
> 동행사를 적극 추진하여 화해와 협력의 분위기를 고조시키며, 밖으로는
> 2018년 아시아경기대회를 비롯한 국제경기들에 공동으로 진출하여 민족의
> 슬기와 재능, 단합된 모습을 전 세계에 과시하기로 하였다. (「한반도의
> 평화와 번영, 통일을 위한 판문점 선언」 중에서)

그렇다면, 문학운동은 무엇을 어떻게 추진할 수 있을까. 아직 구체적으로

가시화된 것은 없으나, 이 문제를 너무 먼 곳에서 궁리할 필요는 없으리라. 우리에게는 앞서 살펴보았듯이, 민족작가대회를 2005년에 성공리에 치른 경험이 있으며, 이후 그 산물로서 '6·15민족문학인협회'를 설립하였고, 협회의 규약[3]을 공유하여 선포하였으며, 협회의 기관지로서『통일문학』을 제2호까지 발행하였고, '6·15통일문학상'을 제정하기로 합의하는 등 사실상 남북 문학 교류의 큰 밑그림을 어느 정도 그렸다고 해도 과언이 아니다. 좀 더 노골적으로 얘기하자면, 십여 년 전에 이미 남과 북의 문학은 문학사적 차원에서 두 개의 국민문학으로 분단된 상태를 지양하여 통일문학을 향한 주춧돌을 놓은 셈이다. 그래서 판문점 선언과 관련하여, 특히 위에서 직접 인용한 남북관계의 전면적 획기적 개선과 발전을 위해 한국문학이 실질적으로 최선을 다할 수 있는 것은 이처럼 힘들게 주춧돌을 놓아 밑그림을 그리기 시작한 것을 좀 더 튼실하게 남북 문학 교류의 구조를 구축할 뿐만 아니라 세부적 그림을 그리는 노력에 진력하는 것이다. 그렇다고 십여 년 전 문학운동의 성과를 안일하게 파악한 나머지 덮어놓고 그것을 맹목적으로 추구하자는 것은 결코 아니다. 남북관계가 남과 북의 국내 요인과 국제정세 아래 진전되기는커녕 '6·15시대정신'이 무색할 정도로 퇴락한 엄연한 현실에서, 지난 문학운동의 후속 과제를 제대로 실현시킬 기회마저 없었으므로, 과거보다 진전된 저간의 남북관계의 현실에서 미처 실현하지 못한 문학운동의 그 과제를 어떠한 고민 없이 그대로 적용하고자 하는 것은 문학운동의 퇴행을 보여주는 것이다. 변화하는 현실에 능동적으로 대응하는 문학운동의 입장에서 남북 문학 교류의 새로운 동력을 회복하고 분단 극복과 통일 추구라는 원대한 문학 과제의 실사구시적 차원의 실천을 궁리해야 한다.

이와 관련하여, 지난 남북 문학 교류의 실무자로서 문학운동의 성과를

• • •

3. '6·15민족문학인협회' 규약 전문은 고명철, 「보고문: '6·15민족문학인협회' 결성, 분단 체제를 넘어서는 문화적 과정」,『실천문학』, 2006년 겨울호, 248-249쪽.

창조적으로 계승하기 위해 몇 가지 생각을 보태본다.

우선, 판문점 선언에 또렷이 명시됐듯이, 더욱이 촛불혁명으로 출범한 현 정부는 남북관계의 개선과 발전을 위해 과거 적폐를 조금이라도 답습해서는 안 된다. 남북 문학 교류는 당장 눈앞의 가시적 성과를 일궈내기 위한 것이 아닌 만큼 정부는 민간차원에서 어렵게 수행하고 있는 남북 문학 교류의 연착륙을 위해 든든한 지원자로서 역할을 충실히 맡아야 한다. 한국사회는 전 세계가 믿을 수 없는 촛불의 힘으로, 즉 무혈 시민혁명으로 부정한 정치권력을 탄핵시켰다. 그 과정에서 한국사회에 앙금으로 남아 있는 분단이데올로기의 대립과 충돌은 여전히 고개를 내밀었지만, 한국사회는 아주 현명하게 민주주의의 숭고한 가치로 구태의연한 분단이데올로기에 기댄 분단 기득권을 가차 없이 부정하고 한반도와 동아시아의 평화와 번영을 위한 길을 모색하기 위해서는 어떠한 일상의 정치 감각을 가다듬어야 하는 것인가를 전 세계에 보란 듯이 입증하고 있다. 따라서 정부는 판문점 선언이 구두선으로 그치는 것이 아닌 한 장차 집권 세력이 바뀌더라도 현실 정치권력의 부침에 따라 좌충우돌하지 않고 분단 기득권으로부터 초월한 한반도의 평화와 번영을 위한 남북 문학 교류를 위해 구조적으로 안정된 지원 정책을 강구했으면 하는 마음 간절하다. 말 그대로 조변석개하지 않고 남북 문학 교류를 지원하는 문학 정책이 튼실히 정립되었으면 한다.

이러한 문학 정책의 지원 속에서 남북 문학 교류의 실질적 문학운동은 보다 구체화될 것이다. 가령, 2005년에 치러진 민족작가대회의 경우 대한민국의 문학인들과 몇몇 소수 해외 문학인들이 조선민주주의인민공화국을 방문하였는데, 다음 민족작가대회는 그 반대로 대한민국에서 대회가 치러질 수 있도록 노력해야 할 것이다. 딱히 강조할 필요 없이, 문학인 한 개인은 움직이는 하나의 우주이듯, 2005년 민족작가대회에 이어 차기 민족작가대회가 남과 북에서 번갈아 개최하는 것 자체는 곧 남북 문학인이 남과 북을 서로 넘나드는 것이고, 그 과정에서 오랫동안 분단된 남과 북의 세계인식과 우주적 정감의 세계는 서로서로 시나브로 절로 스며들기 마련이다. 여기에 보태어, 그동안 남과 북에 등거리를 두면서 활동해온 해외 문학인과의 만남을 좀 더 적극적으로 추진한다면 명실공히 민족작가대회는 한반도와 동아시아를 아우른 평화와 번영을 위한 한바탕 문학축제로 거듭날 것이다.

그런가 하면, 이미 결성된 '6·15민족문학인협회'의 활동을 활성화시켜야 할 것이다. 이 협회에 대해 우리가 거듭 강조해두고 싶은 점은 협회 결성 과정에서도 심사숙고했듯이, 한국문학 사회에서 어느 특정한 문학단체가 헤게모니를 쥔 것이 아니라 범문단 차원을 고려하여 협회가 조직되었다는 사실이다. 물론 그 당시 진보적 문학단체인 민족문학작가회의(현재 '한국작가회의'로 명칭 변경)가 협회 결성에서 주요한 역할을 수행한 것은 사실이다. 하지만 이 협회가 특정한 문학단체의 이해관계를 반영한 이익단체가 결코 아닌, 다시 강조하건대 한국문학 사회의 범문단 차원을 매우 중요하게 고려하였고 이후 활동에서도 이 점을 소홀히 하지 않는다는 점은 주목할 필요가 있다. 따라서 한층 중요한 것은 판문점 선언 이후 그동안 형식적으로 어렵게 결성된 이 협회를 어떻게 실질적으로 협회 안팎의 문학운동의 동력을 회복시킴으로써 민족작가대회를 비롯한 협회의 규약에 명시된 다양한 남북 문학 교류의 내용에 내실을 다질 수 있을 것인가 생각해야 한다는 점이다. 아직 본격적으로 구체화되고 있지 않으나, 판문점 선언과 북미 정상회담 이후 급진전된 남북 및 북미 관계 속에서, 특히 한국사회의 지자체와 각종 문학 관련 일에 종사하는 주체들이 남북 문학 교류 사업을 다양하게 추진할 계획을 세우고 있다. 좋게 보면, 판문점 선언의 후속 조치로서 민간 부문에서 남북관계 개선을 위한 일들이 활발해지는 것은 무척 고무적인 일이 아닐 수 없다. 하지만 덮어놓고 그리 낙관적인 것만은 아니다. 다른 분야도 그렇겠지만, 문학의 경우 앞서 협회 결성 과정과 협회 규약 문구를 서로 조율하는 실무의 어려움에서도 헤아릴 수 있듯이, 그동안 서로 다른 체제의 일상은 공식어의 제도적 차이뿐만 아니라 그것에 수반되는 사상과 감정의 차이를 함께 섬세히 이해할 것을 요구한다. 다시 말하지만, 개별 문학인은 하나의 독자적 우주이다. 그러한 서로 다른 우주가 남북 문학 교류의 현장에서 제도적으로 만나야 하는 순간, 때에 따라서는 엄청난 파열음이 일어나고, 그 파열음을 온몸으로 감당하면서 서로 우주의 차이를 인정해야 하는 일이 다반사이다. 타자성은 이처럼 남북 문학 교류의 매 순간 엄습해 들어온다. 따라서 그동안 이렇다 할 남북 문학 교류의 경험이 없는, 북측 문학의 실재에 대한 섬세한 이해와 접근 없이 그저 막연히 서로 다른 것들 사이에 교류를 한다는 생각으로 남북 문학 교류에 임했을 때 난관을 어떻게 극복할 수 있을까. 더욱이 문학 교류의 대상자인 북한은 한국문학 사회처럼 다양한 문학 주체들이 서로의 문학적 입장이 공존하는 게 아니라 국가가 엄격히 관리 통제하고 있다는 것을 한국문학의 교류 당사자들이 간과해서 안 된다. 따라서 남북 문학 교류가 그리 쉬운 일은 아니다. 그래서 기왕 이러한 면들을 면밀히 검토하여 결성된 '6·15민족문학인협회'의 동력을 회복해내고, 지금부터 실질적이면서 내실 있는 남북 문학 교류의 역할을 할 수 있도록 정부의 제도적 지원뿐만 아니라 협회의 조직역량을 활성화시켜야 할 것이다. 협회를 플랫폼으로 하여, 보다 다양한 남북 문학 교류가 한국사회의 지자체 및 문학 관련 주체들과 함께 수행됨으로써 판문점 선언은 비로소 그 본래의 구체성과 진정성을 얻을 수 있지 않을까.

4. 한반도의 평화 체제를 향한 문학운동, 그 전방위적 참여

판문점 선언은 "당면하여 문재인 대통령은 올해 평양을 방문하기로 하였다."로 마지막 문장을 이루고 있다. 그 어느 해 여름보다 2018년 한반도의 여름은 불가마 그 자체다. 이렇게 폭염은 더욱 기승을 부리다가 언제 그랬냐는 듯 서늘한 가을의 문턱으로 들어설 것이다. 판문점 선언과 북미 싱가포르 회담 이후 일련의 후속 조치와 움직임들이 구두선으로 그치거나 역사적 문서로서 기록 가치의 역사성을 보증할 게 아니라 한국전쟁의 종전선언으로 이어지고 한반도의 평화와 번영을 위한 실질적 모습으로 현상되었으면 하는 마음 간절하다.

이를 위해 남북 문학 교류는 남과 북의 심도 있는 이해를 바탕으로 서로의 타자성을 과단성 있게 수용하는 것이 절실하다. 물론 쉽지 않다. 하지만 지레 어렵고 힘들다고, 특히 그동안 금단의 경계를 서로 넘는 것 자체에 대한 모종의 혐오와 두려움 때문에 점차 무르익고 있는 한반도의 평화 체제를 앞당기기 위한 이 절호의 기회를 우두망찰 놓쳐서는 안 된다. 문학운동은 그래서 더욱 활기를 띠어야 하고 힘찬 동력을 확보해야 한다. 문학운동은 좁게는 창작 및 비평을 중심으로 문학인의 주체적 역량에 초점을 맞추지만, 이것에만 한정되지는 않는다. 넓게는 문학과 관련한 부문에 종사하는 주체들이 각 분야에서 최대한 힘을 보탤 수 있는 것을 통해 또 다른 문학운동을 펼칠 수 있다. 가령, 문학 연구자들의 학술적 교류도 여기에 해당한다. 돌이켜보면, 이명박 정부 이전 비록 비공식적 길을 통해서일지라도 한반도 바깥, 주로 중국에서 남북의 문학 연구자들 사이의 교류가 전혀 없던 것은 아니었다. 한반도 정세의 엄정한 한계 안에서도 남과 북의 문학 연구자들은 중국에서 서로의 관심사를 공유하면서 학문적 교류를 부분적으로 가진 바 있다. 그렇다. 중요한 것은 서로의 관심사를 어떻게 공유할 수 있는가 하는 문제로부터 시작되어야 할 것이다. 내 개인적 경험이기도 하지만, 남과 북의 분단 상황이란 특수성을 고려해볼 때, 일제 식민주의 극복의 문제는 남북 문학 연구자들 사이의 최대공약수를 손쉽게 찾아볼 수 있는 교류의 주제 중 하나다. 성급히 분단의 문제를 정면으로 다루기보다 시간이 걸리더라도 남북 문학이 함께 정치적 부담 없이 논의할 수 있는 문학거리를 대상으로 교류를 하고, 그리하여 자주 만나 논의할 수 있는 교류를 심화 확대하는 길을 찾아야 할 것이다. 그러다 보면, 자연스레 오랜 서로의 분단의 장벽이 허물어지면서 좀 더 래디컬한 문학적 쟁점에 대한 논의가 가능한 교류의 자리를 마련하지 못할 법도 없다.

이처럼 남북 문학 연구자의 학술 교류가 활성화되면서 남과 북 양쪽 문학 사회에 대한 객관적 기대와 관심이 증대되다 보면, 이를 뒷받침하기 위한 일상의 차원에서 남북관계의 개선 또한 전면적이고 획기적 기회를 앞당길 수 있다. 한국사회에서 최근 책 읽기의 문화가 안착되면서 지자체의 도서관에 대한 행정적 관심이 각별해지는 것을 잘 활용할 필요가 있다. 도서관이 점차 풀뿌리 민주주의를 정착시키기 위해 매우 소중한 플랫폼 역할을 하고 있는 한 도서관 인프라를 통한 북한사회를 향한 넓고 깊은 이해의 장을 마련하는 것도 판문점 선언 이후 새롭게 추구되어야 할 문학운동의 과제라고 나는 생각한다. 사실, 이것에만 초점을 맞추더라도 일의 성격상 단시일 안에 이뤄지는 것은 아니다. 도서관 인프라를 적극 활용한 남북 문학 교류와 그것의 문학운동은 해당 전문가의 전문성 확보, 그리고 이것을 한국사회의 대중적 차원으로 널리 보급해야 하는 출판문화의 활성화, 무엇보다 남북 문학 교류에 대한 한국사회의 폭넓은 관심과 애정 등속이 고루고루 버무려지지 않는 한 속류적 문학운동으로 격하되기 십상이다.

우리는 지구상 20세기의 퇴락한 냉전 시대의 겨울을 뒤로 한 신생의 봄에 판문점 선언을 낳았다. 그리고 폭염 속에서도 그것의 구체적 내용이 조금씩 진전되는 데 우리의 모든 슬기와 용기가 모아지다 보면, 가을은 우리의 이러한 노력과 기대에 어긋나지 않는 선물을 어김없이 안겨주리라. 한반도의 평화 체제를 향한 한국문학의 문학운동에 우리는 전방위적으로 동참하고 있는 셈이다.

판문점, 분단, 그리고 평화의 정동^{情動}

1. 판문점 경계선을 넘나든 남북 정상의 퍼포먼스

2018년 4월 27일 오전 9시 30분, 대한민국의 문재인 대통령과 조선민주주의인민공화국의 김정은 위원장은 판문점의 경계선을 서로 넘나들었다. 애초 김정은 위원장이 경계선을 넘어 남측으로 걸음을 옮길 것이라는 정상적 예상이 빗나갔다. 경계선을 넘어 남측으로 건너와 두 손을 붙잡고 감격의 떨리는 손을 하늘 높이 치켜든 두 정상은 다시 경계선을 넘어 이번에는 북측으로 건너가 두 손을 하늘 높이 치켜들었다. 이렇게 판문점의 경계선은 두 정상의 예기치 않은 극적 행동으로, 순간, 전 세계에 대립·갈등·충돌의 경계선이 아니라 화해·공존·평화를 보증하고 실천해야 할 연결선으로 다가왔다.

그렇다. 두 정상이 보인 이 10초의 행동은 말 그대로 각본 없이 연출된 정치적 퍼포먼스로서 분단의 당사자뿐만 아니라 이를 지켜본 세계는 놀라움을 감출 수 없었고 이 정치적 퍼포먼스가 함의한 의미를 다각도로 분석하는 데 열심이다. 이 경이로운 장면을 지켜보면서 나는 아주 간명한 생각이 들었다. 두 정상이 급작스레 보인 행동을 어떤 돌발적인 우연의 산물로 그 의미를 애써 폄하할 이유는 없다. 오히려, 우리가 주목해야 할 것은 두 정상이 보인 행동이 표면적으로는 급작스러운 것처럼 비쳐질지 모르나 기실 그 심층에는 분단의 경계를 걷어내고 통일을 앞당기고 싶은 정치적 욕망이 돌발적 행동을 서슴없이 추동해낸 것으로 생각하는 게 온당하다. 이와 관련하여, 여기에 흥미로운 문학적 상상력을 보태면 어떨까. 전 세계가 또렷이 지켜보았듯이, 판문점의 경계선을 남북으로 넘나드는 10초 동안에 펼쳐진 것은 정치적 '퍼포먼스'인데, 이 '퍼포먼스'는 모든 예상을 뒤엎고 벼락 치듯 일어났으며, 무엇보다 이 '퍼포먼스'를 행하는 주체가 너무나 자연스레 이것을 스스로 연출했다는 점이다. 이 짧은 '퍼포먼스'를 통해 판문점으로 표상된 분단과 전쟁의 무겁고 침통한 사위는 온데간데없이 휘발된 채 공존과 평화의 생동하는 기운이 널리 퍼지고 그것에 절로 감염된 세계는 전율하였다. 말하자면, 남과 북의 두 정상이 10초 동안 만들어낸 '퍼포먼스'는 그동안 숱한 정치적 언술을 모두 포괄하여 뛰어넘은, 그리하여 분단 체제를 걷어내고 평화 체제를 추구하기 위한 정치적 욕망과 추동력이 버무려진 평화의 정동情動을 드러낸 것이다. 그 무대가 바로 판문점이었다.

만약, 10초 동안의 이 정치적 퍼포먼스가 없었다면 이번 판문점에서 가진 남북 정상의 만남은 어떠했을까. 물론, 이번 만남에서 여러 에피소드들이 훗날 회자될 것이다. 하지만, 대부분 다른 정상회의와 만찬의 경우에서 짐작할 수 있듯, 판에 박힌 공식 행사 일변도로 진행하는 것은 분단 문제를 정치공학으로 접근하는 한계를 또다시 보일 뿐 이 문제를 실질적으로 해결하기 위한 가능성의 임계점에 도달하기 힘들 것이다. 때문에 10초의 이 퍼포먼스에 주목하는 것은 정치공학의 한계를 비약적으로 넘어서고, 분단 체제를 평화 체제로 전도시키는, 과단성 있고, 담대하면서도 발랄한 상상력이 보태진 평화의 정동이 중요한 몫을 수행하였기 때문이다.

2. 남북 교류의 시원, 판문점―이호철의 단편 「판문점」

이호철의 단편 「판문점」(1961)은 평화의 정동으로 판문점을 주목한 문제작이다. 이호철은 월남민으로서 「판문점」을 통해 분단 안팎의 역사 및 정치 사안들에 대한 냉철하고 섬세한 인식을 드러낸다. 물론, 「판문점」 이전 최인훈의 중편 「광장」(1960)에서 '광장/밀실'이란 메타포를 통해 한반도 분단의 현실이 묘파되면서 한반도가 직면한 분단의 운명이 매우 적실한 실감으로 다가왔음을 우리는 알고 있다. 무엇보다 휴전선을 자유롭게 넘나들면서 마주한 남과 북의 정치사회 현실에 대한 작가의 인문사회과학적 상상력은 적어도 문학에서는 분단의 철책선이 유명무실하다는 것을 입증해준 문학적 쾌거가 아닐 수 없다. 하지만, 「광장」에서도 분단의 철책선은 엄연한 실재로 존재하는 것이고, 우리고 알고 있듯, 주인공 이명준은 분단된 남과 북 어디에도 안주하지 못한 채 이 양쪽 중 어느 한 곳을 선택하는 게 아니라 제3국행을 선택한다. 이명준에게 분단은 돌이킬 수 없는 것이고, '광장/밀실'의 대위적 메타포가 선명히 표상하듯, 적어도 「광장」이 씌어질 무렵 한반도 분단의 정치사회적 상황은 영점零點이다.

하지만, 이호철의 「판문점」은 최인훈처럼 분단의 현실을 직시하되 양립할 수 없는 대위적 메타포를 이호철 방식으로 교란시키고 심지어 전복시키고자 한다. 그래서 비약을 허락한다면, 한반도 분단의 시계視界 제로인 상태, 달리 말해 정치사회적 상황으로서 영점을 수락하지 않고 그 당시 정치사회적 한계 안에서 남북 교류의 가능성을 탐침하고 있다. 이 작업이 '판문점'에서 집중적으로 이뤄지고 있다는 것은 「판문점」을 한국문학사에, 아니 머잖아 가시화될 진정한 통일문학사에 등재해야 할 문제작으로서 손색이 없다는 것을 보여준다. 이것은 무엇을 말하는 것일까. 1961년 3월 『사상계』에 이 작품이 발표될 당시 남한사회는 4·19혁명의 뜨거운 정치적 열망으로 분단을 극복하고자 하는 사회적 분위기가 시민사회에 압도적이었다. 그러기 위해서는 남과 북의 분단을 냉철히 직시할 뿐만 아니라 남과 북의 교류를 활성화시키는 가열찬 노력이 뒤따라야 한다. 이호철의 「판문점」은 4·19혁명 이후 남한사회에 팽배해진 이러한 정치사회적 분위기와 무관하지 않을 터이다. 이것은 「판문점」에서 중심 서사를 끌어가고 있는 두 목소리, 즉 남한사회 목소리를 대표하는 남측 통신사 기자인 진수와 북한사회의 목소리를 대표하는 북측 통신사 여기자 사이의 대화에서 확연히 나타나 있다.

그들은 '판문점'에서 남북 교류에 대한 서로의 생각을 교환한다. 그런데 흥미로운 것은 남북 교류의 적극적 의지를 북측 여기자가 표방하고 있다는 점이다. 진수는 북측 여기자의 생각을 "너무 소박하구 낙천적인 생각 같아요. 우리 남–북 관계는 원체 착잡해요. 6·25 이전부터의 그 끔찍끔찍한…… 이 리얼리티를 리얼리티대로 포착하는 것이"[1] 엄연히 현실로 작동하고 있기 때문에 "민족의 양식이라는 것도 현실적인 조건 앞에서는 당장 먹혀들 여지가 없어요.'(86쪽)라는 분단의 객관현실을 직시할 것을 강조한다. 이에 대해 북측 여기자는 한반도와 분단에 대한 "패배의식과 우유부단은 못 써요. (중략) 교류를 하면 교류가 되는 거야요."(87쪽)라고 낙관적 전망을 갖고 힘주어 남북 교류의 당위성을 주장한다. 이것만을 놓고 볼 때, 남북 교류의 의지와 그 주도권을 북측이 공세적으로 쥐고 있으며 남측은 보기에 따라 수세적 입장을 취하고 있는 듯 보인다. 어떻게 보면, 1970년대 이후 남측이 북측에 대해 가졌던 입장과 흡사한 것을 알 수 있다. 아마도 여기에는 「판문점」이 발표할 무렵까지만 하더라도 북측이 남측보다 경제 상황이 앞서 있다는 점도 작동하였을 것이다.[2]

● ● ● ●

1. 이호철, 「판문점」, 『소슬한 밤의 이야기』, 청아출판사, 1991. 86쪽. 이하 별도의 각주 없이 본문에서 해당 면만을 표시한다.
2. 북한은 재일조선인을 상대로 1959년 12월부터 1984년까지 이른바 북송사업(또는 귀국사업)을 실시하였다. 여기에는 한국전쟁 이후 남한과 북한의 체제경쟁 속에서 1960년대까지 남한보다 우월한 북한의 체제를 입증하기 위해 재일조선인을 상대로 한 것과 아울러 일본 적십자사의 전폭적 지지로 일본은 인도주의적 차원에서 북송사업을 지지한다는 명분 아래 전후 일본 사회에서 골칫거리로 작동하고 있는 조선인과의

그런데, 이와 함께 작가가 주목하고 있는 것은 아무리 북측이 적극적으로 남북 교류에 대한 의지를 드러낸다고 하더라도 조선민주주의인민공화국 성립 이후 자유와 자기 존엄성이 부정되고 파괴되는 한 남북 교류는 허상일 수밖에 없음을 진수의 목소리를 통해 강하게 피력하고 있다는 사실이다. 이 같은 진수의 입장은 아무리 남북 교류의 정치적 대의명분이 중요하다고 하더라도 인간으로서 최대한 보증되어야 할 자유와 자기존엄의 가치가 그 어떠한 것에 종속되어서 안 된다는, 그래서 속류적 정치 감각을 초월한 보다 높은 차원의 윤리와 정치 감각을 추구하는 것이다.

여기서, 쉽게 놓치기 쉬운 대목이 있다. 진수와 북측 여기자의 남북 교류와 관련한 허심탄회한 대화가 이뤄지는 곳은 '판문점'이되, 좀 더 상세한 곳은 갑자기 내린 소나기를 피해 들어간 북측 차 안이다. 그러니까 그들은 판문점에서 대기하고 있는 북측 차 안에서 이념적 대립과 갈등의 경계선 없이 서로의 육신을 가장 가까운 곳에서 밀착한 채 위험한(?) 대화를 스스럼없이 나눴던 셈이다. 그래서일까. 그들에게 판문점은 더 이상 "가슴패기에 난 부스럼 같은 거"(103쪽), "뚜렷한 이역감"(76쪽)으로 현상되는 곳, 달리 말해 "민족의 에너지를 쓸데없이 좀먹는 일"(105쪽)로 극도의 긴장과 살얼음판을 내딛었던 곳이 아니라 한반도의 분단을 동요시킴으로써 평화와 공존 및 상생을 도모하는 남북 교류의 시원이나 다를 바 없다.

3. 비현실 같은 현실, 판문점 ─ 박상연의 장편 『DMZ』

하지만, 이호철의 「판문점」이 꿈꿨던 판문점을 중심으로 한 남북 교류에

• • • •

마찰을 사전에 예방하기 위한 정치적 목적도 개입해 있다. 이러한 북한의 북송사업의 한계에 대해 재일조선인 김시종 시인은 그의 장시집 『니이가타』(곽형덕 역, 글누림, 2014)에서 예리하게 포착하고 있다.

대한 욕망이 결단코 녹록지 않다는 것을 분단 체제 아래 태어난 한반도의 주민은 태생적으로 잘 알고 있다. 판문점은 여전히 한반도의 군사분계선을 획정 짓는 곳이었고 휴전 협정 이후 각종 군사정전회담이 열린 곳이며, 미군을 대상으로 한 북한군의 도끼만행 사건이 자행된 곳인데다가 이곳을 통해 남과 북의 정치사상범들이 교환될 뿐만 아니라 인도주의 차원에서 남북 물자가 건너간 현실 경계의 공간이다. 게다가 이곳은 휴전 협정 체결 이후 정전 협정에 따른 감독, 감시, 시찰 및 조사의 직책을 집행하는 중립국 감독위원회가 활동하는 전 세계 분쟁지역 중 하나다.

판문점의 이러한 정치적 긴장은 박상연의 장편소설 『DMZ』(1997)에서 스릴감 있게 다뤄지고 있다. 박상연의 『DMZ』는 판문점 공동경비구역Joint Security Area, JSA에서 일어난 총격 사건의 진실을 해명하는 가운데 한반도 분단 안팎의 문제에 대한 일들을 성찰하도록 한다. 따라서 눈여겨봐야 할 것은 총격 사건이 일어난 JSA, 총격 사건을 에워싼 정황 및 사건의 진실, 즉 무엇 때문에 가장 경계 수위가 높은 JSA에서 총격 사건이 일어났는지, 총격 사건의 유일한 생존자 김수혁 상병이 침묵으로 증언하고 있는 것은 무엇인지 등에 대한 사건의 자초지종과 구체적 내막이다. 아울러 이 사건 조사를 직접 담당하는 중립국감독위원회 정보부 소속 한국계 브라질 태생 스위스 국적 소유자인 베르사미 소령의 한반도의 분단에 대한 시선도 매우 흥미롭다. 특히 한국전쟁 당시 반공포로의 신세로 석방된 채 제3국행 브라질을 선택한 아버지와 좀처럼 화해할 수 없는 베르사미가 JSA에서 벌어진 총격 사건의 진실을 추구하는 과정에서 아버지의 삶에 대해 진지한 성찰의 계기를 갖게 된 것은 『DMZ』에서 지나칠 수 없는 서사의 한 축이라 해도 과언이 아니다.

그렇다면, JSA 총격 사건의 진실은 무엇일까. 어깨에 총상을 입은 남측 김수혁 상병은 사건의 전모를 투명하게 드러낼 수 있는 유일한 생존자로서 바로 이것 때문에 판문점을 경계로 나뉜 남과 북은 각자 서로의 정치적 이익을 극대화하기 위해 자기의 시선에서 사건을 해석하고 심지어 김수혁의 침묵을 자신들 체제 수호에 최대한 유리하도록 활용하려고 한다. 하지만 뜻밖에 베르사미가 사건의 진실에 접근할수록 놀랍고 충격적인 에피소드들이 펼쳐진다. 작품 속 JSA는 더 이상 군사 적대 상태에 놓여 있지 않았다. JSA 초소를 지키는 남과 북 초소병들은 대담하게도 월경할 수 없는 군사분계선을 아무렇지도 않은 듯 넘나들면서 각자의 초소를 방문하면서 젊은 세대 특유의 발랄하고 충일된 낭만적 감각으로 서로 다른 체제의 정치사회적 현실 및 일상을 두루 아우른 정담을 주고받는다. 북측 초소병은 남측 초소병으로부터 남측 얘기를 듣고, 남측 초소병은 북측 초소병으로부터 북측 얘기를 듣는다. 서로의 담배와 간식거리를 나누면서 처음에는 서로 이해 못 할 농담을 주고받지만 얼마 안 가 농담은 자연스레 그들의 서먹서먹한 간극을 없애버린다. 낮에는 각자의 경비 초소에서 냉엄한 분단의 현실을 고스란히 보여주듯 총구를 서로에게 겨누지만, 한밤에는 언제 그랬냐는 듯 대관절 분단의 현실 논리가 작동하고 있는 것은 맞는지, 이것을 의심해도 무방할 우애와 화합의 세계가 서로의 초소에서 매우 자연스레 연출된다.

그런데, 이러한 비현실 같은 현실은 오래 가지 않았다. 원인 모를 총소리가 적요한 JSA의 밤을 찢어 놓더니, 그동안 서로 돈독한 우애를 나눴던 남과 북 초소 경비병들은 본능적 적개심이 솟구치면서 김수혁 상병은 우발적 총격을 북측 초소 경비병을 향해 가했던 것이다. 김수혁 상병의 총격에 의해 북측 초소 경비병들은 모두 그 자리에서 죽었다. JSA에서 울렸던 원인 모를 총소리가 김수혁으로 하여금 그토록 가깝게 지내온 북측 초소병들을 향한 무차별적 총격을 가하게 하였던 것이다. 그로 인해 김수혁은 몹시 괴로워한다. 북측 초소병들은 자신을 위협하거나 죽이려고 하지 않았으며, 오히려 베테랑인 북측 초소병 오경필은 김수혁을 비롯한 남북 양측 초소병을 진정시키려고 하였다. 그러나 김수혁은 오경필의 오른손에서 반짝인 쇠붙이를 대검으로 순간 오인한 채 방아쇠를 당겼다. 오경필의 오른손에는 김수혁이 서울에서 사다준 지포 라이터가 들려 있었는데 그것을 대검으로 오인했던 것이다.

JSA는 바로 이러한 곳이다. 작가 박상연은 판문점이 지닌 엄연한 분단의 긴장과 사소한 우발적인 것이 이처럼 파괴적 충격 사건으로 항시 전이될 수 있다는 것을 『DMZ』에서 보여준다. 더욱 충격적인 것은 작품에서일망정 JSA에서 일어난 이 엄청난 모순을 결국 받아들이지 못한 채 김수혁은 베르사미에게 사건의 전말을 증언한 후 베르사미를 보좌한 강 중위에게 권총을 빼앗고 오경필을 찾아가 자신의 잘못을 빌어야 한다는 죄책감에 못 이겨 자살을 한다. JSA는 이렇게 사건에 연루된 모든 이들을 순간 집어삼킨다. JSA야말로 비현실 같은 현실이 작동하는 곳이다.

그런데, 이런 비현실 같은 현실이 작동한 또 다른 곳이 베르사미의 아버지가 목숨을 걸고 사투를 벌였던 거제도 포로수용소였다. 베르사미는 JSA 총격 사건을 조사하는 도중 틈틈이 아버지의 일기를 읽었는데, 거제 포로수용소에서 있었던 포로들의 또 다른 전쟁이나 다를 바 없는 반공포로와 공산포로 사이의 피비린내 와중에 우발적으로 아버지는 하나밖에 없는 친동생을 죽인 것이다. 그로 인해 아버지는 전쟁터에서 죽인 숱한 생목숨에 대한 죄책감과 그러한 일을 자행한 자신에 대한 혐오와 자기부정 때문에 한반도를 벗어날 결심을 한다. 아버지는 포로수용소에서 상징적 자살을 시도하였고 드디어 "인도로 간다는 커다란 배에 올라타며" "단 한 번도 뒤를 돌아보지 않았다."[3] 어떻게 보면, 베르사미의 아버지가 있던 한국전쟁 당시 거제 포로수용소는 휴전 이후 JSA와 구조적 상동성을 공유하고 있는지 모른다. 다시 말해, 적대적 긴장 관계에 의해 표면상 안정 상태를 유지하고 있는 것처럼 보이는 서로 다른 두 공간, 즉 『DMZ』 속 아버지의 일기에 생생히 기록돼 있는 거제 포로수용소와 휴전 협정 이후 JSA는 아주 사소한 우발적 계기가 촉매되면, 한반도를 일촉즉발의 위기 상태로 변전시킬 수 있는 위험한 공간이다.

●　●　●

3. 박상연, 『DMZ』, 민음사, 1997. 236쪽.

4. '평화의 정동'과 판문점의 문학적 상상력

판문점을 상기할 때마다 "이 벽돌 위의 폭 15센티미터 정도의 자그마한 면적은 어느 나라의 것일까?"[4]라는 지극히 상식적 질문을 던져보곤 한다. 이 경계선의 15센티미터를 자유롭게 넘나드는 것은 현실적으로 어렵다. 그래서 휴전 협정을 맺은 지 65년이 되는 해 남과 북 정상이 전 세계를 향해 보인 각본 없는 10여 초의 퍼포먼스가 경이로운 것이다. 남북 두 정상은 실제로 판문점의 15센티미터 경계선을 서로 넘은 것이다. 여기서, 다시 한번 판문점과 관련하여 문학적 상상력이 거둔 역사의 선취^{先取}를 과소평가하지 말자. 감히 말하건대, 문학이니까 막힘없이 활달한 상상력을 펼칠 수 있는 것이다. "누가 감히 초소 근무 중 휴전선을 넘는다는 상상을 하겠는가?"[5]

2018년 4월 27일 이후 우리는 기대한다. 분단 체제를 실질적으로 종식시키기 위해서는 휴전 협정의 당사자인 미국과 조선민주주의인민공화국이 한반도와 동아시아의 평화 및 번영을 향해 분단 체제를 평화 체제로 과단성 있게 이행해야 하고, 그러기 위해서는 '종전선언'을 세계에 공표해야 한다. 한반도에 더 이상 전쟁의 화마가 들어설 자리가 없어야 한다. 더 이상 서로의 존재를 위협하고 적대시하는 언어가 아니라 서로의 존재를 존중하고 공존과 상생의 도정 속에서 절로 평화와 번영을 누리는 언어가 흘러 넘쳐야 한다.

● ● ● ●

4. 박상연, 『DMZ』, 148쪽.
5. 박상연, 같은 책, 219쪽. 이와 관련하여, 박청호의 장편 『갱스터스 파라다이스』(문학과지성사, 2000)가 보이는 상상력도 주목할 만하다. 『갱스터스 파라다이스』의 핵심 공간은 판문점은 아니되, 휴전선 비무장지대에서 남북의 경계병들이 후방에서 데려온 여인과 통음난무를 하는 상상력은 분단의 정치적 긴장을 말 그대로 급진적으로 해체시키는데, 전쟁의 후유증과 위협이 감도는 곳을 에로스의 정동으로 해방시키고 있는 작가의 문학적 상상력은 분단의 정치를 허무는 문학의 정치적 실천으로 손색이 없다.

때문에 판문점에 대한 문학적 상상력은 지금부터 생동감 있는 '평화의 정동'으로 보다 풍요로워질 것이다. 지금까지 억눌리고 닫힌 정치적 이념의 더께를 말끔히 씻겨내는 문학적 노력은 한층 힘차게 전개될 것이고, 판문점과 연관하여 오랫동안 앙금으로 가라앉은 분단 무의식을 해방시키는 문학적 역사歷史/役事가 참신한 문학적 상상력으로 지속될 것이다. 그리고 이러한 문학 도정 속에서 이후 도래할 판문점이 20세기 냉전 질서 아래 적대 관계에 놓여 있던 남과 북 서로의 국민국가의 경계구역으로 감시 및 관리하는 곳이 아닌 새로운 평화의 공간으로 다가오듯, 한국문학은 서구의 문학 질서 안에서 자족하는 게 아닌 기존 낯익은 세계문학의 질서를 새롭게 구성하는 새로운 민주주의 윤리정치 감각을 벼리는 역할을 맡을 것이다.

21세기에 마주하는 분단 극복/통일 추구의 문학

1. 다시 마주해야 할 분단 및 통일의 문학

제2차 세계대전의 종전 후 꿈틀거리기 시작한 냉전 시대의 전조前兆는 한반도를 에워싼 국제사회의 지정학적 이해관계들이 충돌하면서 한국전쟁(1950–1953)으로 본격화된다. 한반도의 주민들은 너무나 잘 알고 있다. 일본 제국주의 식민주의 지배로부터 독립을 성취한 이후 근대의 민족국가를 세우기 위해 각종 래디컬한 정치적 이념들이 해방공간에서 솟구쳤지만 결국 한반도는 38도선을 경계로 남과 북으로 나뉘고 급기야 2차 세계대전 이후 최대 규모의 전쟁의 화염에 놓이게 되었다. 휴전 이후 남측은 대한민국으로, 북측은 조선민주주의인민공화국으로 각기 서로 다른 체제 속에서 지금까지 지구상 유일한 분단국가로 남아 있다.

돌이켜보면, 20세기 한반도의 남과 북을 통틀어 일궈낸 문학적 성취를 어떤 주요한 것으로 정리하는 일은 매우 경솔하고 사안에 따라서는 문학적 실재와 다를 수 있으나, 한국전쟁 이후 분단 체제를 온몸으로 살아온 한반도의 주민들에게 분단 및 통일과 관련한 것들이 그들의 삶과 결코 무관할 수 없음을 직시할 때 이른바 분단문학 또는 통일문학의 맥락 자체를 가볍게 볼 수 없다. 이와 관련하여, 한국문학사에서 최인훈의 중편소설 「광장」(1960)의 출현을 주목하는 것은 비록 이 작품이 지닌 한계들 — 가령, 지식인 중심의 편중된 시선으로 한국전쟁을 인식하고 있다는 점, 남과 북의 분단에 대한 관념적이고 추상적 접근에 머물러 있는 점, 주인공이 결국 남과 북 어느 곳에 안착하지 못한 채 중립국행을 선택했으나 그 도정에서 자살을 함으로써 뭔가 석연치 않은, 주인공에 투사된 작가의 정치적 입장의 한계, 게다가 이러한 정치적 한계 상황에서 주인공의 삶과 깊숙이 연관된 여성과의 낭만적 사랑 등속에도 불구하고, 최인훈은 대담하게 남과 북을 한꺼번에 파악하는 서사적 치열함 속에서 이후 한국문학이 감당해야 할 정치적 이념뿐만 아니라 이러한 분단의 양편에서 마주해야 할 근대의 과제들에 대한 문학적 탐구를 향한 모종의 문학적 예지력을 보인다는 점이다.

물론, 20세기 한국문학사에서 분단 및 통일 문제와 관련하여, 최인훈 외에도 넓고 깊게 성찰해야 할 문학의 성좌들은 존재한다. 이 자리가 이러한 문학사적 사실을 논의하는 데 초점을 맞추는 게 아니므로 이 문제에 대해서는 다른 자리에서 상세히 논의하기로 한다. 이 글에서는 2000년대에 발표된 작품들 중 분단 및 통일 문제에 대한 유의미한 문제의식에 논의의 초점을 맞춰본다. 기왕 말이 나왔으니, 사실 이 문제의식에 대한 학술적 연구와 문예비평이 붐을 이룬 적이 있었다 해도 과언이 아니다. 이 자리에서 일일이 개별 문학을 다 호명할 수 없으나, 소설인 경우만 하더라도, 황석영, 정도상, 전성태, 이응준, 손홍규, 강영숙, 김이정, 권리, 조해진, 천운영, 최용탁 등이 발표한 작품들은 2000년대의 급변한 현실에서 이른바 21세기의 분단서사로서 탁월한 문학적 성취를 일궈내었다. 여기서, 주목하고 싶은 것은 이들 작품을 횡단하고 있는 주요한 문제의식 중 하나는 전 세계를 휩싸고 있는 신자유주의 질서 안에서 노동의 유연성으로 인한 외국인 이주노동의 거시적 맥락 안에서 북한을 자의 반 타의 반 떠난 북한 주민들의 삶과 현실이 아주 적극적으로 다뤄지고 있다는 사실이다. 그리하여 이들 작품에서는 탈북이주민들이 자연스레 세계자본주의 체제의 난민으로서 전락하고 있는 양상을 심도 있게 다루는 가 하면, 다른 외국인 이주노동자처럼 한국사회로 이주하여 생존을 위한 힘든 삶을 견디는 과정에서 오랫동안 한국사회에 팽배해 있던 맹목적 반공주의 때문에 탈북이주민에 대한 이념적 차별 속에서 한국사회로부터 '2등 국민'의 취급을 당하는 모습이 그려지기도 한다.

남북 정상이 '6·15공동선언문'(2000, 김대중과 김정일)과 '10·4공동선 언'(2007, 노무현과 김정일)으로 심화시킨 이른바 '6·15 시대'가 무색할 정도로 이명박 정부와 박근혜 정부가 들어선 이후 급속히 냉각하여 퇴보한 남북관계를 관통하고, 최근 남과 북 두 정상의 '4·27판문점선언'(2018, 문재인과 김정은)에 이어 한국전쟁 휴전 이후 최초로 북미 정상회담이 이뤄진 현실의 바탕에서 문학은 무엇을 고민해야 하며, 그리고 어떠한 문학적 실천을 보증해야 할까.

2. 북한문학에 대한 섬세한 비평적 심미안, 북한사회를 이해하는

2000년대에 들어와 최근 현저히 달라진 남북관계를 고려해볼 때 한국사 회가 슬기로운 지혜로써 적극적 실천을 도모해야 하는 일이 많아 그 경중을 진중하게 살펴야 한다는 것을 아무리 강조해도 지나치지 않을 것이다. 특히 거듭 강조할수록 곱씹어야 할 것은 체제경쟁을 우선시한 나머지 흡수통일의 시각이나 배제의 시각으로서 남북관계를 인식해서는 곤란하다. 가장 경계해야 할 것은 바로 이러한 흡수통일과 배제의 시각이다. 우리에게 절실한 것은 넓고 깊은 상호 이해의 시각을 벼려야 한다. 이를 위해 문학이 수행할 수 있는 역할은 지극히 상식적이었지만 이 상식이 그동안 남과 북에서 좀처럼 쉽게 통용될 수 없었다. 각자의 체제를 수호하기 위한 제도적 금기 아래 서로의 문학이 구속돼 있었다.

이러한 현실 속에서 2000년대의 한국사회에 대중적으로 소개된 북한문학의 몇 가지 사례는 한국 시민사회에서 북한의 삶과 현실에 대한 심도 있는 이해의 길을 낸다는 점에서 소중하다. 그중 단연 으뜸은 북한 최고의 작가 홍석중의 장편소설 『황진이』가 2004년에 출간 소개된 것이다. 이 작품은 당시 남북관계의 진전 속에서 한국사회 출판시장에 소개되었는데 연구자와 비평가뿐만 아니라 대중에게 폭넓은 사랑을 받았다. 이 작품이 본격적으로 독자 대중에게 소개되기 전까지 북한문학에 대한 편견이 지배적이었다면 이 작품을 직접 읽은 독자의 수용미학적 반응에서는 그러한 편견이 북한문학 전반에 대한 편견이었음을 인식하게 되었다. 북한 체제에 대한 일방적 옹호로 일관된 어용문학이든지 사회주의적 사실주의와 주체사상 일변도의 정치문학 일색이 북한문학의 모든 것이라 고 단일하게 간주되었던 한국 대중의 북한문학에 대한 도그마에 균열이 일기 시작한 것이다. 홍석중의 『황진이』는 매우 견고한 구성과 해당 역사에 대한 예리한 인식을 기반으로, 무엇보다 황진이를 중심으로 한 부패한 사대부와 아전의 적나라한 봉건적 모순, 이에 대한 여성 황진이의 비판적 시각과 황진이를 사랑하는 하인의 순정, 그리고 이러한 중세적 봉건주의 모순에 대한 민중의 통렬한 저항 등이 매우 핍진하게 형상화됨으로써 역사소설의 빼어난 진수를 보여줬다. 물론, 비평적 심미안이 밝은 독자들은 홍석중의 『황진이』가 단순한 역사소설에 그치는 게 아니라, 이 작품을 통해 북한식 사회주의 근대가 제대로 실현되지 않는 저간의 북한사회를 우회적으로 비판하고 있는 점을 읽어낸다. 그것은 홍석중이 『황진이』에서 재현했듯이 북한사회가 봉건주의적 관료의 부패상으로 곪아가고 있으므 로 북한 주민을 위한 사회주의적 근대가 지체되고 있다는 것에 대한 작가의 날카로운 비판적 통찰의 힘이다. 말하자면, 홍석중은 역사소설의 장르를 빌어 우회적으로 북한사회의 문제를 비판하고 있는 것이다. 그렇다 면, 이러한 글쓰기가 홍석중 개인에게만 한정된 북한문학의 유별난 사례에 불과한 것일까. 이와 관련하여, 다시 강조해두고 싶은 상식이 있다. 홍석중 의 『황진이』는 『황진이』가 쓰여지기 전까지 시나브로 축적된 북한문학의 어떤 소중한 성취의 한 결과물일 따름이지 북한문학사와 절연된 채 돌출한 홍석중 개인의 천재적 역량의 성과가 아니다. 달리 말해, 홍석중의 『황진이』를 통해 한국문학이 북한 또는 북한문학을 보다 성찰해야 할 것은 북한문학이 한국문학 또는 세계문학의 시계視界로서 두루 읽어내기 힘든 점이 있다 하더라도 북한문학 역시 그 자신이 속한 사회가 기획하는 북한식 사회주의 근대를 향한 문학적 상상력을 치열히 추구하고 있다는 사실이다. 우리는 이 같은 문학사적 상식을 도외시한 채 분단 체제를 공고화하는 데 공모한 분단의 정치적 상상력으로 북한문학을 너무나 단조롭게 파악하고 있었던 것은 아닐까.

이러한 반성적 성찰은 래디컬한 논쟁을 불러일으킬지 모르겠지만, 최근 서구로 원고가 넘어가 미국과 유럽의 출판시장에 널리 소개되면서 한국사회에서도 급속도로 읽히기 시작한 북한의 익명의 작가 반디(필명)의 소설집 『고발』도 해당되리라. 2017년에 한국 독서계에 소개된 『고발』은 표제명에서 뚜렷이 읽을 수 있듯, 조선민주주의인민공화국이 세워진 후 최근까지 북한사회를 대상으로 한 날카로운 비판적 문제의식이 돋보인다. 이 작품을 읽은 독자라면, 홍석중의 『황진이』와 흡사 북한문학에 대한 옹졸한 편견이 몽땅 없어질 것이다. 무엇보다 『고발』에 수록된 일곱 편의 단편은 촌철살인의 언어로 북한사회의 부정과 모순을 가차 없이 '고발'한다. 공산당 관료주의의 부정부패, 사회주의에 대한 기계적 해석, 한갓 구호뿐인 인민의 행복, 봉건적 가부장중심주의의 수령체제 등속에 대한 신랄한 문제 적시와 통렬한 비판과 풍자는 북한문학의 또 다른 문학적 성취를 주목하도록 한다. 물론, 혹자에 따라서는, 대부분 이 작품을 북한의 인권유린에 대한 정치적 소재주의로 파악한 채 북한사회의 반인권 및 반민주주의를 부각시키는 가운데 노골적으로 북한사회를 절대악으로 간주하는 정치적 노림수를 적극화함으로써 북한사회 체제의 해체 및 붕괴를 위한 정치적 목적으로 『고발』을 주목하기도 한다. 그런데, 이런 면에서 정면으로 묻자. 『고발』을 이러한 북한체제의 절대부정을 위한 정치적 목적 위주로만 읽어야 할까.

이러한 읽기가 남북관계의 평화 체제를 이룩하고 궁극적으로 평화통일을 이루는 데 어떠한 실질적 도움이 될까. 대신, 『고발』을 『황진이』와 비슷하면서도 다른 북한식 사회주의 근대와 북한식 민주주의를 향한 현 북한체제의 모순과 부정에 대한 비판적 고발로 읽을 수는 없을까. 그런데 만일 이러한 독법을 구태의연한 종북 좌파의 전형으로 몰아간다면, 이 또한 우리가 가장 경계해야 할 맹목적 반공주의의 유산이며 한반도의 전쟁 위험을 불식시키는커녕 그것을 분단기득권으로 정치적으로 활용함으로써 영구 분단을 고착시키고자 하는 것과 다를 바 없다. 이것은 문학이 수행하는, 평화를 향한 비체제적 상상력에 대한 무지의 반문학적 입장을 자처하는 것이다.

이러한 반문학적 입장에 대한 과단성 있는 단절을 행할 때, 최근 다시 소개된 북한 작가 백남룡의 중편소설 『벗』이 함의한 서사적 진정성을 잘 이해할 수 있다. 이 소설에서 표면 서사는 이혼 소송에 집중돼 있다. 북한사회도 한국사회 못지않게 이혼 문제가 사회적으로 심각한 문제인 만큼 작가는 이혼을 중심으로 한 북한사회 전반에 산재해 있는 사회적 문제를 총체적으로 추적한다. 이것은 홍석중의 『황진이』와 반디의 『고발』을 통해 읽을 수 있듯, 북한사회의 근간을 이루는 가족 공동체의 핵심인 부부 사이의 사적 문제로만 이혼 문제를 국한시키지 않고 이혼을 심각히 고려할 수밖에 없도록 한 개인과 공동체의 관계를 내밀히 탐구한다. 그리하여 우리로 하여금 "애정도, 지성도, 리상도 그 사람의 사상에 기초를 둔다."[1]와 같은 소설적 전언을 숙고하도록 한다. 한국사회에서 이혼 문제가 부부 당사자의 개인적 감정과 욕망 및 사적 이해관계가 최우선적으로 고려되어야 할 사안이라면, 북한사회에서 그것은 개별 주체의 문제를 최우선 사안으로 초점을 맞추지 않고 그러한 사적 이해관계와 긴밀히 맞물린 사회적

* * *

1. 백남룡, 『벗』, 살림터, 1992. 144쪽. 본문에서도 밝혔듯이 백남룡의 『벗』은 2018년 아시아출판사에서 다시 간행되었다.

관계도 동시에 고려되어야 할 중요한 사안임을 알 수 있다. 이를 통해 그동안 잘못 알고 있거나 전혀 무지했던 북한의 사회주의적 인간에 대한 이해의 계기도 가질 수 있는 셈이다. 그럴 때 "진실하고 깨끗한 동지적 감정"[2]이 북한사회를 지탱하는 부부 사이에 왜 그토록 소중한 윤리인지 비로소 이해할 수 있지 않을까.

요컨대, 2000년대 한국사회에 성큼 다가온 북한문학에 대한 왜곡과 오해, 그리고 무지의 더께를 말끔히 걷어내고 한국사회에서 온전한 문학이 온전한 역할을 기대하듯, 그것은 그 체제에 속수무책으로 수렴되는 어용적 정치문학이 아니라 그 체제의 부정한 것에 대한 저항과 길항의 문학 본연의 몫을 수행하고 있는 점을 주시할 필요가 있다. 그래서 북한문학에 대한 섬세한 비평적 심미안이 절실히 요구된다.

3. 분단의 감성에 대한 동감과 평화의 정동情動

그렇다면, 최근 한국문학에서 분단 및 통일 관련 서사에서 주목해야 할 것은 어떤 것일까. 우선, 이경자의 두 단편이 눈에 밟힌다. 이경자의 소설집 『건너편 섬』(2014)에 수록된 두 단편 「박제된 슬픔」과 「언니를 놓치다」에는 분단 이산의 상처가 내밀히 다뤄지고 있다. 그동안 한국소설 사에서 숱하게 다뤄진 분단서사와 달리 이경자의 분단서사는 감상적 낭만주의로 포괄할 수 있는 통일 추구의 서사와도 거리를 둘 뿐만 아니라 분단이데올로기의 이념적 질곡과 모순에 대한 사회과학적 상상력의 서사와도 거리를 두고, 그밖에 최근 붐을 일으키고 있는 디아스포라와 탈식민주의 서사와도 거리를 둔다. 이경자의 분단서사는 「박제된 슬픔」과 「언니를 놓치다」에서 공통적으로 읽을 수 있듯, 60여 년 넘게 분단의 고통을 앓고

• • •
2. 백남룡, 위의 책, 208쪽.

있는 당사자들의 삶에 직핍함으로써 그들을 짓누르며 그들의 삶을 헤집어 놓았던 정치사회적 이념의 대립과 갈등으로부터 비롯한 상처와 아픔의 저 심연의 속살을 매만지는 '동감同感의 글쓰기'가 갖는 진정성에 주목하도록 한다. 그리하여 한국문학의 분단서사는 이경자의 소설을 통해 한층 성숙해지고 풍요로워졌다고 말할 수 있다. 여전히 현재 진행 중인 남과 북의 분단 현실 속에서 지금부터라도 분단의 상처를 치유하고 분단 이산가족의 슬픔을 외면하지 않는 것은 긴요하다. 이 일은 상투적이고 관성화된 관심과 당위적 차원의 통일지상주의를 경계하면서 이산가족들 사이에 난마처럼 맺히고 뒤엉킨 이른바 분단의 감성을 해원解寃하는 노력이 절실히 요구된다. 이 일을 작가 이경자는 그 특유의 분단서사로 우직하게 실천하고 있는 것이다.

이처럼 분단의 감성을 해원하는 것은 분단의 저 밑자리에 자리하고 있는 증오와 공포, 반목과 멸시가 똬리를 틀면서 분단이데올로기의 역사와 맞물려 영구 분단을 구조화하고자 하는 것에 대한 강렬한 저항으로서 평화의 정동情動이다. 김재영의 소설집 『사과파이 나누는 시간』(2018)에서 수록된 「얼음사과」는 평화의 정동을 문학적으로 빼어나게 구현하고 있는 근래 보기 드문 수작이 아닐 수 없다. 작중 인물 성제의 양아버지는 북한에 가족을 두고 홀로 남한으로 넘어온 장기복역수로서 분단 이산가족의 통한의 상처를 가슴에 안고 망자가 되었다. 작가는 양아버지와 얽힌 애틋한 얼음사과 얘기를 작품의 말미에서 넌지시 들려준다. 한국전쟁 당시 양아버지는 인민군과 반공청년유격대의 대척 속에서 그의 어머니의 도움으로 구사일생의 생목숨을 보전하는데, 그 당시 어머니가 그에게 준 사과 자루를 겨울 산기슭에 묻어 둔 채 그것을 파내어 먹으며 생명을 지탱한다. 그 얼음사과는 말 그대로 한국전쟁에서 그의 목숨을 지켜준 귀중한 식량자원으로서 그것은 곧 그의 어머니의 살과 다름이 없는, 바꿔 말해 전쟁 중 동토의 싸늘한 주검을 표상하는가 하면, 정반대의 따뜻한 감각을 지닌 하염없이 포근한 어머니로 환기되는 생명을 표상한다. 이토록 그에게 사과는 각별한 것이므로 월남한 땅에서 그는 사과나무를 심고 사과 열매가 맺기를 학수고대한다. 그에게 얼음사과의 맛으로 불도장이 찍힌 사과는 무엇보다 분단 이산가족의 상처를 치유할 뿐만 아니라 그 과정에서 맺힌 분단의 감성을 해원하는 일을 수행한다. 여기에는 '세상에서 나고 자라는 생명들은 하나같이 가여운 거란다. 기럼, 아무 죄 없이 태어난 것들이니까[3] 에 깃든 한국전쟁으로 상처받은 자들, 특히 정치적 이념의 대립과 갈등 속에서 결국 남과 북으로 분단된 서로 다른 국민국가에서 삶을 살아온 생명들에 대한 평화의 정동이야말로 근원적 치유와 해결책으로서 아무리 강조해도 식상하지 않기 때문이다.

이경자와 김재영의 작품에서 분단의 감성에 대한 동감과 평화의 정동을 통한 세밀한 접근이 필요하다면, 김현식의 장편소설 『북에서 왔시다』 (2018)에서는 그동안 한국사회를 짓눌러온 맹목적 반공주의에 대한 풍자적 해체를 통해 분단의 감성을, 때로는 냉소적으로 때로는 해학적으로 때로는 이지적으로 접근함으로써 얼마나 우리가 어처구니없는 반공병영사회를 살아왔는지에 대한 자기 풍자의 소극笑劇에 동참하도록 안내한다. 강원도 인제 지역을 무대로 하여 간첩 잡기에 혈안이 된 중국요리집 소년 점원과 그 지역 방첩대를 중심으로 벌어지는 포복절도할 에피소드들이 구술적 효과를 극대화함으로써 말 그대로 '이야기'로 펼쳐지고 있다. 여러 에피소드들로 이뤄진 이 장편소설은 간첩을 잡아 일확천금을 거머쥐고 입신양명을 하고자 하는 소년 점원의 간첩 잡기의 강박증과 매번 이 소년의 유사 신고에 놀아나는 방첩대, 급기야 소년의 간첩 잡기 유희를 감시하려다가 도리어 '나이롱 간첩', 즉 가짜 간첩을 방첩대원을 대상으로 하여 조작해내야 하는 방첩대의 이 웃지 못할 자기비하의 간첩 공정 등이 신랄히 풍자되고 있다. 이를 분단자본주의의 한 사례로 적시할 만하다. 이 작품을 읽는 내내 "이런 웃기는 짜장면 같은 일을 대체 어떻게 풀어나가야 할지……"[4]에

• • •
3. 김재영, 「얼음사과」, 『사과파이 나누는 시간』, 자음과모음, 2018. 176쪽.

담긴 작가의 문제의식은 곳곳에서 번뜩인다. 어찌 보면, 한국사회는 작가에게 소설 속 시간적 배경인 1969년도에만 해당될 뿐만 아닌 지금까지 이러한 분단자본주의로부터 얼마나 자유로웠는가에 대한 질문을 지속적으로 던지고 있는지 모른다.

사실, 한국사회는 거의 자동반사적으로 북한과 연관된 사안들에 대해서는 반국가적 일탈적 범법 행위로 연결 짓는데, 그것은 자연스레 간첩으로 구속된다. 작품 속에서는 우스운 대상으로 초점화되고 있지만, 어딘지 모르게 한국사회의 일상과 다른 모습이나 모양새를 보인 대상을 향한 타자의 시선은 오랜 분단 체제 아래 분단의식으로 구조화된 간첩의 올가미로 구속하기 십상이다. 물론, 때가 어느 땐데, 간첩 타령이냐 하는 사람도 있겠지만, 강조하건대 국가보안법이 서슬 퍼렇게 살아 있는 한, 그리고 한국전쟁이 종전선언의 형식으로 실질적 매듭을 맺지 않는 한 남과 북 적대 관계 아래 냉전 시대의 유산―간첩을 재생산하는 제도의 억압이 여전히 지속될 수 있다는 사실을 결코 소홀히 간주해선 안 된다. 분단자본주의는 그래서 '괴물'이다. 괴물과 함께 사느냐, 괴물을 제거하느냐 그것이 문제다.

4. 분단 극복과 통일 추구, 재외 디아스포라문학의 존재가치

한반도를 에워싼 국제사회의 움직임이 그 어느 때보다 부산스럽다. 분단 체제에 균열을 내는 일환으로, 한국전쟁 이후 휴전 상태에 실질적 종전을 선언하고, 한반도의 완전한 비핵화를 통해 전쟁의 위협이 종식되고 평화 체제 유지를 통해 자연스레 남과 북의 통일사회를 이뤄낼 수 있는 절호의 기회를 맞이하고 있다. 해야 할 일이 산적해 있다. 그동안 축적한

• • •

4. 김현식, 『북에서 왔시다』, 달아실, 2018. 228쪽.

한국문학의 분단 극복의 성취를 재점검해보고, 새롭게 일궈내야 할 분단 극복 및 통일 추구의 문학적 어젠다를 과단성 있게 그러면서도 정교하게 설정해야 할 것이다. 이것은 비평담론만으로 절대 가능하지 않고 바람직한 것도 아니다. 창작과 함께 머리와 가슴을 맞대고 온몸으로 밀고 나가야 가능성의 길을 낼 수 있다.

이와 관련하여, 이후 한국문학의 시계視界에서 진력해야 할 것은 한국문학뿐만 아니라 북한문학 바깥에서 묵묵히 자신의 존재가치를 위해 고투해온 재외 디아스포라문학의 창작과 비평에 대해 적극 관심을 쏟아야 할 것이다. 재일조선인문학, 중국조선족문학, 재소고려인문학을 포함하여 구미에 산재한 재외 디아스포라문학에서 분단 극복과 통일 추구의 문학적 진실이 어떻게 실현되고 있는지, 그 중요한 문학적 성취를 타산지석 삼아야 할 것이다. 무엇보다 재외 디아스포라문학에서 한반도의 남과 북은 어떻게 접근되고 있는지, 그래서 남과 북을 객관화의 시선에서 인식함으로써 21세기 국제사회의 다층적 이해관계 속에서 한반도의 항구적 평화의 길을 모색할 수 있기 때문이다. 20세기를 통과하면서 한반도의 주민은 생생히 경험하지 않았는가. 지정학적 조건상 한반도는 2차 세계대전 이후 펼쳐진 냉전 시대의 질서와 길항해 왔으며, 21세기에 들어와 비록 구舊냉전 체제로부터 벗어났으되, 아시아태평양에서 새롭게 형성되고 있는 제국의 갈등 구도 속에서 한반도의 운명은 여전히 희부연한 안개의 사위에 갇혀 있다. 이럴수록 한국문학은 냉철하게 지금, 이곳의 현실에 뿌리를 내리고, 국제사회의 흐름을 문학 특유의 비판적 성찰의 태도로 넓고 깊게 응시해야 할 것이다. 분단 극복과 통일 추구는 관념태가 아닌 또렷한 현실태로 마주해야 할 한국문학의 원대한 과제이므로.

분단자본주의의 적폐와 마주하는

1. 한반도 주민의 평화로운 삶, 그 불완전성

이 글을 쓰고 있는 동안 잠시 짬을 내어 인터넷을 서핑하다가 뉴스 속보에 시선이 머무른다. 오는 9월에 남북 정상이 평양에서 회담을 갖기로 결정하였다고 한다. 지난 4월 27일 판문점 선언에서 "문재인 대통령은 올해 가을 평양을 방문하기로 하였다"로 뚜렷이 명기했듯, 제5차 남북 정상회담이 평양에서 열리는 것이다. 만일 순조롭게 9월에 다시 남과 북의 정상이 만난다면, 판문점 선언 이후 싱가포르에서의 북미 정상회담이 있었고, 그동안 남북미 삼자 사이에 진행된 한반도의 완전한 비핵화 실현을 위한 당사자들 사이의 실무 관련 일들에 대한 점검을 비롯한 향후 남북미가 적극적으로 풀어야 할 과제의 실질적 후속 조치들에 대한 의견을 한층 진전된 수위에서 조율될 수 있지 않을까.

돌이켜보건대, 평창올림픽을 계기로 진전된 남북관계는 판문점에서 남북 정상이 전격적으로 만나 '한반도의 평화와 번영, 통일을 위한 판문점 선언'(약칭 '판문점 선언')을 도출하면서, 북한의 핵미사일 발사 실험과 관련하여 극단적으로 치닫던 북미의 대립과 갈등은 싱가포르에서의 극적인 북미 정상회담으로 이어지고, 이후 한반도의 국제정세는 겉으로 볼 때 평화의 기운이 감도는 것을 실감한다. 남과 북, 북과 미 사이에 팽팽했던 군사적 긴장이 지금 국면에서는 한반도의 주민을 억압하고 있지는 않다. 말하자면, 한국전쟁을 거치면서 오랫동안 극도의 반목과 대립, 그리고 팽팽한 긴장과 경계를 늦추지 않았던, 그래서 남과 북의 체제경쟁으로부터 마음 편히 놓여나지 못했던 상태로부터 불완전한 한계를 감수할지언정 현재 한반도의 주민은 평화의 일상을 살고 있다. 그렇다. 우리는 불완전한 한계를 감수하고 있다. 왜냐하면, 작금 한반도의 정세가 예전처럼 남과 북의 정치사회적 대립과 갈등, 즉 체제경쟁에 스스로를 가둬 놓고 있지는 않되, 북한의 완전한 비핵화 실현과 한국전쟁의 종전선언에 따른 한반도의 전쟁 위협으로부터 해방의 길을 성취하기 위해서는 남과 북은 물론, 한반도의 주변 4열강(미국, 일본, 중국, 러시아)과의 다층적 이해관계 속에서 모두에게 실리를 제공하는 외교가 상당히 어렵고 힘들다는 사실을 한반도의 주민은 오랜 역사의 경험 속에서 잘 알고 있기 때문이다. 한반도의 평화적 일상은 이와 같은 주변 열강의 복잡한 이해관계의 상충 속에서, 다시 말해 불완전한 한계를 숙명적으로 감수하면서 슬기롭게 성취해야 할 역사적 과제다. 이것은 한반도를 중심으로 한 동아시아 자본주의체제를 한반도의 주민이 적극적으로 살아냄으로써 그것을 또한 슬기롭게 극복해야 한다는 것을 말한다. 그리하여 남과 북은 이 체제를 막무가내로 부정하여 스스로를 절대화함으로써 자기 고립의 나락으로 빠지는 게 아니라 이 체제에 휩쓸려 들어가지 않은 채 자립적이고 주체적인 삶을 지탱하는 노력에 혼신의 힘을 쏟아야 한다. 이것을 한반도의 차원으로 좁히면, 분단자본주의에 대한 남과 북의 슬기로운 대응이면서 이것을 넘어서는 한반도의 평화로운 일상을 추구해야 한다.

2. 남과 북, 분단 기득권의 실제

얼마 전 개봉된 두 편의 영화 「인랑」(김지운 감독)과 「공작」(윤종빈

감독)은 이러한 면을 생각하도록 한다. 흥미롭게도 이 두 편 모두 분단자본주의를 살아내고 있는 우리들의 자화상을 응시하고 있다. 「인랑」은 한반도의 가까운 미래를, 「공작」은 한반도의 과거를 다루면서 모두 한반도에서 평화로운 일상을 살아가는 것이 얼마나 힘든 일인지를 각 작품의 특성에 맞게 보여준다. 「인랑」에서는, 남북이 5개년 통일 계획을 국제사회에 선포하자 한반도를 둘러싼 4강이 자신의 정치경제적 이해관계에 따라 통일 계획을 방해하면서 남한사회는 심각한 사회 동요에 직면하는바, 특히 반통일 테러 단체의 활동에 대한 대테러 강경 진압 특수경찰조직 특기대와 공안부 사이의 치열한 권력 쟁투가 그려진다. 그러니까 「인랑」은 남북통일 계획을 실현하는 과정에서 이러한 통일 계획을 저지함으로써 자신의 정치적 권력을 한층 강화하는 데 목적을 둔 남한 공안부의 지배권력의 가증스런 모습을 드러낸다. 그런가 하면, 「공작」에서는 그 시기가 「인랑」과 다를 뿐 이처럼 남한사회 내부에서 통치 지배권력을 영속화하기 위해 타락한 분단 기득권의 음험한 정치 모략을 고발한다. 「공작」은 실화를 바탕으로 한 첩보물로서, 1990년대 중반 '흑금성'이라는 암호명으로 활동한 당시 안기부 공작원의 이야기인데, 제15대 대통령선거에서 야당의 김대중 후보를 낙선시키기 위해 남한의 집권 여당과 안기부가 북한과 공모하려는 분단 기득권의 야합의 실상을 리얼하게 추적한다. 「공작」이 허구적 영화임을 충분히 감안한다 하더라도, 1997년 대선 전 이회창 후보의 지지율을 높이기 위해 분단 상황과 안보 심리를 정치적으로 이용하여 북한에 무력시위를 요구한 이른바 총풍銃風사건의 당사자들이 실형을 선고 받은 사실을 상기해볼 때 그동안 설마했던, 남한사회에서 지배권력에 유리하도록 작동된 분단이데올로기와 분단 기득권의 실제에 대해 다시 한번 성찰하지 않을 수 없다.

　물론, 이 두 편의 영화는 남한에서 제작되었고 남한사회 내부를 대상으로 하였기 때문에 분단이데올로기와 분단 기득권의 실제에 대한 영화적 상상력은 그 자체로 물리적·경험적·공간적 한계를 지닐 수밖에 없다.

「공작」에서도 미뤄 짐작할 수 있듯, 남한 못지않게 북한사회 내부에서도 북한의 정치적 기득권을 유지하기 위해 남한과의 적대적 대립관계를 최대한 활용함으로써 자신의 분단 기득권을 영속화하기 위한 정치세력이 없다고 볼 수 없기 때문이다. 하지만 이것은 어디까지나 남한사회에 살고 있는 우리의 제한된 상상에 불과할 뿐, 북한사회에 대한 총체적 이해와 공부 없이 섣부른 추단과 예단은 그 자체가 분단이데올로기와 종래 분단 기득권을 한층 공고화하는 데 자칫 공모할 수 있다는 점을 늘 비판적으로 성찰할 필요가 있다.

따라서 남한에서 이 같은 문제점을 해결하기 위해 북한에 대한 올바른 공부와 이해의 필요성은 아무리 강조해도 지나치지 않을 것이다. 이것만 하더라도, 남한사회에서 결코 간단치 않다는 것을 알 수 있다. 국가보안법을 비롯한 각종 실정법은 북한에 대한 접근과 이해를, 분단 기득권과 분단이데 올로그에 의해 자칫 남한 체제를 위협하는 반국가 범법 행위로 곡해된 채 처벌할 수 있기 때문이다. 그래서 북한에 대한 올바른 공부와 이해가 더욱 중요하다. 이것은 북한사회에 대한 일방적 추종이나 북한 체제를 맹목 옹호하자는 이른바 종북좌파의 입장과 명백히 거리를 둔다. 엄밀히 말해, 종북좌파야말로 남과 북의 평화로운 상생 및 공존을 부정하는 분단 상황을 자신의 정치적 이해관계에 적극 활용하고자 하는 분단 기득권의 또 다른 한 전형이라 해도 과언이 아니다. 다시 강조하지만, 남한사회에 요구되는 것은 이와 같은 종북좌파의 분단이데올로그가 아니라 북한사회 를 넓고 깊게 이해하기 위한 참다운 공붓길이다.

3. 분단자본주의 적폐, 분단이데올로그의 자화상

그렇다면, 우리는 이를 위해 어떠한 모습을 보이고 있을까. 가령, 대중적 파급력이 높은 상업용 케이블 방송프로그램에서 심심찮게 북한사회를 소개하면서 나름대로 북한사회에 대한 이해의 폭을 넓혀가고 있는 것은 고무적인 일이다. 우리가 미처 몰랐던 북한의 미풍양속, 도시인의 생활, 북한의 정치사회적 억압, 북한 내부의 자본주의적 요소 등속에 대한 새로운 정보는 그동안 반공주의로 잘못 알거나 부분적으로 알고 있었든지, 심지어 전혀 알지 못했던 무지에 대한 반성을 불러일으키곤 했다. 하지만 이것과 별개로 적시해두고 싶은 것은 이들 방송프로그램 출연자로서 북한 탈주민이 대부분인데, 그들의 목소리로 이러한 정보들이 소개되고 있는 것 이면에는 북한 체제보다 남한 체제가 우월하다는 의식이 곳곳에 전경화되고 있다는 점이다. 어딘지 모르게 북한 체제는 시대 퇴행적으로 낙후된 감금사회이며 공포사회라는 점을 부각시키면서 남한사회는 그 정반대로 행복이 무한 보증된 것처럼 비교되고 있는 것을 숨길 수 없다. 방송프로그램이 문화이데올로그로서 갖는 이데올로기의 영향력을 굳이 강조할 필요 없이 아직 남한사회 대중의 대부분이 북한사회에 대한 자세한 정보도 없을 뿐만 아니라 북한에 대한 공붓길 자체가 반공주의로 엄격히 제한된 현실을 감안해볼 때 남북 체제경쟁에서 승자(남한)를 향한 패자(북한)의 열패감을 아주 자연스레 구조화시킬 수 있다는 것은 이러한 방송프로그램이 갖는 맹점이 아닐 수 없다. 아무리 예전보다 북한사회를 이해할 수 있는 길이 보다 열려 있다고 하지만, 일반 대중이 접근하는 일이 그리 쉽지 않은 현실에서 이러한 대중 프로그램이 갖는 파급력은 북한사회를 올바르게 이해하는 데 오히려 어려움을 제공한다고 볼 수 있다. 더욱이 대중을 상대로 하는 방송프로그램의 속성상 시청률을 고려하는 가운데 좀 더 선정적인 내용에 초점을 맞추다 보면, 아무래도 우승열패(優勝劣敗)의 이분법처럼 대중의 기호를 손쉽게 잡아채는 방송 형식도 드문 만큼 북한 체제보다 남한 체제가 상대적으로 월등하고, 따라서 북한을 탈출할 수밖에 없었으며, 그 과정에서 북한사회의 암울한 측면을 앞세움으로써 시청자들로 하여금 자신이 살고 있는 남한 체제의 우월성에 대한 보상심리를 갖도록 한다. 사실, 이들 방송프로그램과 관련한 이 일련의 과정이야말로 북한사회를 바로 알기 위한다는 미명 아래 분단이데올로기와 남북 체제경쟁의 이해관계를 최대한 활용하여 유무형의 자본을 축적하는 분단자본주의의 구체적 사례인 셈이다.

그렇다고 오해하지 말자. 우리는 이들 방송프로그램이 해묵은 반공주의의 유산이라고 비판하는 것은 결코 아니다. 우리의 기억 속에는 반공주의 문화이데올로그로서 충실히 작동한 여러 방송프로그램이 희부윰한 잔영으로 남아 있다. 1970~80년대 MBC에서 방영한 대공 수사극 「113수사본부」를 통해 간첩 신고와 직결된 전화번호 113이 갖는 상징의 위력을 기억한다. 그리고 1970년대 말과 1980년대 초 KBS 전쟁드라마 「전우」를 통해 국군이 인민군을 무찌르는 활약상을 보면서 반공주의를 무력으로 실천하는 국군으로 실현된 국가의 신체적 권력이 지닌 상징의 위력도 기억한다. 모두 방송드라마를 적극적으로 활용하여 남북 체제경쟁에서 승리하기 위한 분단자본주의의 전형이었던 것이다. 이렇게 안방극장의 인기 드라마 형식을 통해 남한사회의 대중은 시나브로 남한의 반공주의와 방송상업주의가 서로 공모한 분단자본주의에 익숙해 있었음을 알 수 있다. 다만 최근 방송프로그램의 경우 예전처럼 허구적 드라마의 형식이 아니라 탈북자의 직접 증언의 형식을 빌고 있을 뿐, 이들 프로그램도 과거 냉전 시대의 반공드라마가 보였던 남한 체제의 우월의식을 일종의 다큐멘터리적 형식을 통해 보여주는 셈이다. 어찌 보면, 21세기의 한반도는 새로운 냉전 시대에 잘 적응하고 있는지도 모를 일이다. 탈북자들 저마다 탈북한 이유가 있겠으나, 남한사회에 잘 적응하기 위해서는, 어느 작가의 표현을 빌리자면, 남한사회의 2등 국민으로서 살지 않기 위해서는 한국전쟁 이후 오랫동안 냉전 시대와 분단 체제를 지탱해온 분단 기득권자의 분단이데올로기에 적극 공모하는 쪽을 선택할 수밖에 없었던 것이다. 그리하여 이러한 사이 남한사회에는 분단자본주의만이 기승을 부린 채 분단 극복은커녕 분단자본주의의 이해관계 속에서 점차 분단 무기력증이 팽배하게 되는 것은 너무나 자연스러운 사회 현상이다. 기실, 정작 우리가 경계해야 할 것은 이러한 분단 무기력증이다. 분단에 대한 둔감증이야말로 한반도의 분단이 영구히 고착화될 수 있도록 쌓인 적폐가 아닐 수 없다. 이와 관련하여, 분명히 구별해두고 싶은 게 있다. 분단 무기력증 혹은 분단 둔감증을 경계해야 한다는 것의 진실을 작위적으로 굴절시키든지 왜곡시킴으로써 오히려 남과 북의 적대적 관계를 지속시키는, 그래서 늘 한반도의 군사적 및 사회정치적 긴장을 유지해야 한다는 것으로 곡해해서는 곤란하다. 이것이야말로 분단이데올로기를 자신의 이해관계로 적극 활용하여 사회정치적 반사이익을 얻고자 하는 분단자본주의의 전형적 적폐가 아닐 수 없다. 우리에게 중요한 것은 분단을 구실로 남쪽과 북쪽의 기득권을 유지하는 데 악용되고 있는 안보의 가증스러운 행태악行態惡과 구조악構造惡을 말끔히 청산해야 한다. 이것의 구체적 사례는 앞서 최근 상영된 두 편의 영화 「인랑」과 「공작」이 시사하는 바 크다고 생각된다.

4. 한반도의 평화와 번영을 위한 '따로 또 같은' 희망

한반도의 평화와 번영을 위해 이제 더는 멈칫거릴 이유가 없다. 하루빨리 이 찰거머리처럼 들러붙어 있는 냉전체제의 유산에 취해 분단자본주의의 이익에 눈이 먼 한국사회를 향한 래디컬한 개혁이 절실하다. 이를 위해서는 과단성 있는 결단과 담대한 실천이 필요하되 결코 조급해서는 안 된다. 이번 북미 사이 첫 정상회담에서 단숨에 최상의 결과가 도출되지 않았다고, 또다시 분단 무기력증에 빠져서는 결코 안 된다. 65년간 적대 관계에 있던 북미 양쪽이 단 한 차례의 회동에서 모든 것을 만족시킬 수 없다. 우리는 촛불혁명에 이르기까지 한국사회의 민주주의를 정착하기 위한 노력을 경험한 적 있다. 첫걸음마를 뗀 북미 정상 사이의 관계가 한층 진전되고 성숙한 관계로 발전하여 한반도의 실질적 평화 체제를 정착하고 그 과정에서 자연스레 남과 북이 어우러진 평화의 일상이 도래하도록 우리의 지속적 관심과 응원이 그 어느 때보다 절실히 요구된다.

최근 남북미의 관계에 관심을 갖는 문학인들은 십여 년 전 남북 문학인들이 평양과 금강산에서 '6·15공동선언 실천을 위한 민족작가대회'(2005)를 개최하고, '6·15민족문학인협회'(2006)가 설립된 것을 반추한다. '4·27판문점 선언'에서 남북관계 개선을 위한 활발한 교류의 의지를 남북 정상이 문서로 기록했듯이, 남과 북의 문학인들은 지난 대회의 성과에 기반을 두되 새롭게 변화된 현실에 걸맞는 남북 작가의 만남을 기대하고 있다. 그리하여 민족지성의 만남 속에서 오랫동안 분단된 남과 북의 생각과 느낌은 때로는 서로 격렬히 부딪칠 것이고, 때로는 언제 그랬냐는 듯 서로에게 스며 들어갈 것이다. 이렇게 충돌과 스며들기의 반복 속에서 남북 분단의 경계는 스멀스멀 그 흔적을 지워내기 시작할 것이다.

나는 이러한 모습을, 비록 환幻의 형식을 띤 한계일지언정 이번 여름 중국의 단동을 방문하여 압록강을 에워싼 풍경에서 목도하였다. 북한의 신의주와 중국의 단동 사이에서 도도히 서해바다로 흐르고 있는 압록강, 그 위에 의연히 놓여 있는 압록강 철교 위로 실제 기차가 기적 소리를 내면서 북한 쪽에서 중국 쪽으로 천천히 건너오고 있었다. 그 기차에는 어떤 사람들이 타고 있을까. 분명, 북한 주민들도 타고 있을 것이다. 그들은 틀림없이 기차를 타고 북한을 벗어나 중국을 향해 오고 있다. 순진한 발상으로, 그들을 북한 탈주민으로 간주하는 것은 해프닝이다. 물론 전혀 불가능한 것은 아니지만, 그들 대부분은 탈주민이기보다 어엿한 북한 주민으로서 제 용무를 보기 위해 중국행 기차에 몸을 실었으리라. 영화 「공작」에서 북한 외화벌이 총책임자 리명운(이성민 역)은 그 전모를 알게 된 남한의 안기부 공작원 박석영(황정민 역)에게 공화국 인민들의 헐벗은 가난과 죽음, 무엇보다 중국에 매매되는 북한 어린애 등 북한의 총체적 사회 난국을 설명하고 이를 극복하기 위해 남북 합작 경제 사업에 혼신의 힘을 쏟는다. 표면적으로는, 리명운의 노력 또한 북한식 분단자본주의 이익을 극대화하기 위한 것, 특히 북한의 최고 권력의 통치자금 마련을 위한 분단 기득권의 타락한 모습을 보이는 것처럼 비치지만, 리명운의 진심은 그것보다 그의 국가인 조선민주주의인민공화국의 평화와 번영을 위한 데 헌신하는 것이다. 그리고 박석영도 겉으로는 북한 체제를 몰락시키기 위한 남한의 공작원 노릇을 수행하는 것으로 보이지만, 남한사회의 분단 기득권의 타락한 정치권력이 북한의 타락한 정치권력과 공모하는 작태를 목도하면서, 이러한 부정과 타락에 대한 비판 행위의 모험을 시도한다. 말하자면, 북한의 리명운과 남한의 박석영은 분단자본주의의 형식을 빌었으되, 한반도에서 남과 북이 평화롭게 상생하고 공존하면서 평화와 번영을 공동으로 추구하는 '따로 또 같은' 희망을 함께 꿈꾼 것이다.

그렇다. 동아시아 자본주의체제 아래 남과 북을 관통하고 있는 분단자본주의를 한반도의 주민들이 어떻게 슬기롭게 살아내느냐, 분단 기득권의 병폐적 매너리즘에 안주할 것인가, 아니면, 분단의 장벽을 걷어내고 한반도와 동아시아에서 평화의 일상을 안착시키면서 남과 북의 평화로운 세상과 번영된 삶을 살 것인가, 그 주체적 선택의 기로에 우리는 서 있다.

'분단 극복/민주주의', 그 뜨겁고 골똘한 성심

— 이호철의 연작 장편소설 『별들 너머 저쪽과 이쪽』

1. 선유리의 좌담에서 만난 작가 이호철

참으로 기이한 만남이 아닐 수 없다. 내가 이호철(1932–2016) 작가를 첫 대면하게 된 것은 2011년 늦가을 재일조선인 시인 김시종(1929–)의 한국 방문이 계기가 되었다. 김시종 시인이 이호철 작가의 초청으로 한국을 방문하여 '분단과 통일'이란 주제로 경기도 고양시 선유리에 있는 이호철의 작업실에서 문학 토크 콘서트를 갖는다는 것이다. 그 자리에 동행한 나는 국경을 초월한 그들의 뜨거운 문학적 우정과 동지애에 가슴 뭉클함을 느꼈다. 특히 조국의 분단을 온몸으로 살아내면서 분단의 안팎을 문학으로 넓고 깊게 탐구하는 것을 넘어 통일에 이르는 문학적 도정을 쉼 없이 펼치고 있는 두 원로의 모습에서 문학의 위의威儀를 성찰하곤 한다. 언제부터인지, 한국문학에서 '분단과 통일'에 대한 문학적 사유와 실천의 열정이 점차 사그라들더니, 심지어 이 주제와 관련한 글쓰기에 대한 상투적 접근으로 한국문학사에서 시효 만료되는 것도 모자라 천덕꾸러기로 간주되는 작금의 현실을 고려할 때, 이호철과 김시종의 좌담은 한국문학의 이 같은 동향에 대해 래디컬한 물음을 제기한다. 왜냐하면 '분단과 통일'에 대한 문학적 사유를 바탕으로 한 분단 극복의 문학은 한국문학사에서 현재 진행 중의 문학 동력을 갖고 있는바, 문학사에 기록될 정도로 그 현장성의 동력이 소멸된 채 기록의 힘을 빌어 '역사화'할 운명이 결코 아니기 때문이다.

나는 지금도 선명히 기억한다. 선유리의 작업실에서 두 원로 문인은 세월의 무상함에도 아랑곳하지 않고 일제 식민지배로부터 해방공간의 혼돈을 거쳐 한국전쟁에 이르는 험난한 질곡의 역사 속에서 조국의 분단과 연루된 크고 작은 서사들이 자신의 문학 세계를 이룬 농밀한 이야기를 담담히 들려주었다. 어찌나 그들의 좌담이 생생하고 놀라웠던지, 두 원로의 기억은 투명하였고, 기억으로 소환되는 사건들과 사람들이 어우러져 자연스레 빚어지는 그 맥락은 구술口述로 씌어진 소설로 손색이 없을 만큼 좌담의 흡인력은 대단하였다. 그만큼 두 원로는 전 생애를 걸고 조국의 분단과 통일에 대한 문학적 고투를 벌이고 있다.

2. 구술성口述性으로 이뤄진 『별들 너머 저쪽과 이쪽』

선유리에서 좌담을 들은 후 나는 우연히 이호철의 연작 장편소설『별들 너머 저쪽과 이쪽』(중앙북스, 2009)을 접하게 되었다. 모두 5편의 연작으로 이뤄져 있는데, 이 장편을 통독하면서 별안간 2011년 선유리에서 들었던 좌담의 세목들이 이명으로 들려오는 게 아닌가. 이 소설에서는 조선 말기부터 시작하여 한국전쟁에 이르는 시기에 초점을 맞춰 근대 전환기에서 민족의 주체적 역량으로 근대의 길을 내지 못한 채 서구의 제국과 일본 제국에 휘둘리더니 일본 제국의 식민지로 전락한 뼈아픈 역사를 냉철하게 짚어본다. 어디 그뿐인가. 이 소설은 해방공간의 새로운 나라 세우기 과정에서 북위 38도를 경계로 남과 북으로 나뉜 채 극심한 이념적 대립과 갈등을 겪으며, 미국과 소련의 냉전체제의 국제질서의 구도에 따라 분단의 현실을 맞고 민족의 대참극인 한국전쟁을 겪는 세밀한 면모들을 추적한다.

그러니까 내 기억을 복기해보면, 『별들 너머 저쪽과 이쪽』이 2011년 선유리의 좌담보다 2년 빠른 2009년에 발표됐으니까, 이호철은 이미 이 소설을 통해 선유리의 좌담에 대한 리허설을 성공리에 마친 셈이다. 그런데, 우연의 일치일까. 2011년에 김시종과 '좌담'이란 자유로운 형식으로 분단 문제에 대한 문학적 사유를 거침없이 활달하게 펼쳤다면, 『별들 너머 저쪽과 이쪽』도 구술의 서사형식을 자유자재로 구사하면서 작가의 문학적 사유를 개진하고 있다는 사실이다. 구술의 특장特長이 그렇듯, 화자는 특정한 담론형식에 얽매이지 않고 사통팔달 경계를 자유롭게 넘나들면서 청자를 구술의 현장으로 초대한다. 그리고 화자는 그의 구술 서사를 매개로 청자와 함께 서사의 광활한 바다로 나아간다.

이러한 『별들 너머 저쪽과 이쪽』에서 예의주시할 것은 "이승과 저승, 이미 저승으로 넘어간 혼령과 이승을 사는 친족이 교감하는 것"(111쪽)에 비중을 둠으로써 죽은 자들을 소설의 전면으로 배치하고 있다는 사실이다. 말하자면, 유령의 서사로 이 소설은 이뤄져 있다. 그런데 이 소설은 다른 유령의 서사와 구분되는 점이 있다. 대부분 유령의 서사가 유령의 실제 존재 여부와 관계없이 시각적으로 비정형의 모습으로 공포의 분위기를 자아내며 산 자의 세계에 불쑥 출현함으로써 산 자의 삶을 혼란하게 하여 죽은 자와 산 자의 기형적 만남을 갖도록 하는 데 반해, 이 소설에서 유령의 서사는 이러한 무섭고 괴기스러운 존재와의 시각적 대면보다 특정 역사의 해당 국면을 치열히 살아간 역사적 존재들의 목소리, 즉 청각에 전적으로 의존하는 어떤 친밀감을 수반하고 있다는 점이다. 그래서 작가는 예의 유령의 서사가 갖는 특장을, "꿈같은 것이 아닌 평상 감각으로는 바로 청각이 아니겠는가"(111쪽)라고, 이 소설이 다른 유령의 서사와 구분되는 예외적 지점을 언급한다. 이것은 달리 말해, 이 소설이 문자로 씌어진 소설이되, 문자중심주의literal centrism가 함의한 합리적 이성으로서 문자성literacy 표현에 감금당하는 게 아닌, 그리하여 그 문자성만으로는 세계의 진실을 포괄할 수 없는 또 다른 진실을 구술성orality과 혼용한 소설을 통해 드러내려는 작가의 서사적 실험이다.

3. '냉전'과 '포스트냉전'에 대한 비판적 성찰

이와 관련하여, 우리가 이 소설에서 주목할 죽은 자의 목소리로는 최용건 (1900-1976)과 조만식(1883-1950)의 그것이다. 이들 중 한국사회에 널리 알려진 인물은 조만식이지만, 최용건은 조선민주주의인민공화국의 주요 관료(국가 부주석 경력) 중 한 사람이기 때문에 한국사회의 대중에게는 거의 알려져 있지 않다. 최용건은 조만식의 제자로서 작가 이호철은 조만식 과 최용건의 대화를 통해 북한 정권의 수립 과정의 세밀한 맥락을 아주 상세히 들려준다. 그래서 우리는 제2차 세계대전의 연합군 승전국 중 하나인 소련이 일본군의 무장 해제를 위해 38도 이북에 들어와 김일성을 내세워 그 중심으로 당시 민족주의 및 진보주의 진영을 정치적으로 규합해 내는 과정, 특히 조만식의 정치적 행보를 무력화시킴으로써 소련 군정이 지원하는 김일성 주도로 북한 정권을 수립하는 과정을 자세히 살펴볼 수 있다. 이것은 38도 이남에서 미군정이 이승만을 중심으로 한 정치세력을 적극 지원함으로써 남한 정권을 수립하는 것과 비교할 때 '분단의 쌍생아' 가 탄생하는 과정에 대한 역사적 성찰이란 점에서 흥미로운 대목이다. 조국의 분단은 이처럼 2차 세계대전 이후 재편된 국제질서 속에서 세계 초강국으로 등장한 미국과 소련의 두 제국이 동아시아와 아시아태평양의 헤게모니 장악을 위해 서로의 힘겨루기에 기인한다. 우리는 알고 있다. 이들의 힘겨루기가 결국 한반도에서 한국전쟁을 초래하였고, 휴전 이후 지금까지 우리는 분단의 질곡과 전쟁의 위협을 감내하면서 살고 있는 것이다. 이에 대해 작중 인물 최용건은 의미심장한 발언을 한다.

미국은 전시가 아닌 평시임에도 거대 군사 조직을 유지하는 것, 그리고 여러 다른 나라에 막대한 양의 무기를 수출함으로써 이익을 챙기는 거대한 기성 세력, 달리 말하면 '냉전'이라는 것이 그냥저냥 계속돼야 거기서 이익을 챙길 수 있는 거대한 기성 세력을, 자기 품속에 끌어안게 된 것입니다. (중략) 그 오랜 관행을 정당화시켰던 것이 바로 소련이었으며 러시아인이었는데, 그런 자들이 어느 날엔가 갑자기 없어진다고 할 때는 심지어 그에 맞먹는 비슷한 새 적敵을 다시 만들어내야 할 판국에까지 이른 것입니다. (171쪽)

한때 북한 정권의 부주석 자리에 올랐던 최용건이 미국과 소련이 만들어놓은 '냉전' 국제질서에 대한 날카로운 비판은 조국 분단에 한정된 문제의식만이 아니라 전 세계에서 평화를 위협하는 이른바 포스트냉전의 현실에 대한 문제의식으로 심화·확장하고 있음을 알 수 있다. 여기서, 최용건의 말은 표면상 미국과 소련의 양 제국이 형성한 냉전체제에 대한 비판이다. 하지만 그 깊은 내막을 들여다보면, '포스트 냉전'이 함의하듯, 현실사회주의가 붕괴한 이후 옛 소련이 지닌 제국의 헤게모니는 분명 크게 위축되었지만, 미국의 헤게모니 장악에 걸림돌이 되는 그 적의 자리에 또 다른 정치세력을 애써 상정함으로써 군산복합체로 지탱·유지되는 미국의 폭력적 야누스를 응시하고 있다. 그래서 최용건은 "저 미국이라는 나라가 그 나라 본래의 민주주의라는 것만을 철저히 잘 지켜내 간다면"(172쪽) '포스트냉전'이 무색해질 것이라는 전망을 품는다.

사실, 이 소설에서 최용건이 들려주는 '냉전'과 '포스트냉전'에 대한 비판적 성찰 자체가 그리 새롭거나 독창적인 것은 결코 아니다. 중요한 것은 작가 이호철이 이러한 비판 주체의 목소리로서 북한 정권의 실세 중 하나인 최용건을 부각시키고 있다는 사실이다. 한국전쟁 와중 인민군 병사로서 한국군에 포로가 돼 고향 이북을 떠난 실향민으로서 삶을 살아간 작가 이호철은 누구보다 생의 감각으로 '감지'(300쪽)해왔듯, 아무리 소설이라고 하지만, 반공주의 사회에서 북한의 일개 범인凡人도 아니고 북한 정권의 최고위직 출신 중 실제 인물을 선택하여 그로 하여금 미국에 대한 비판적 성찰의 목소리를 낸 작품을 한국사회에 발표한다는 것은 한국사회에서 작가의 활동에 대한 사회적 억압을 고려하지 않을 수 없었을 것이다. 돌이켜보면, 그는 박정희 유신독재에 의해 날조된 '문인간첩단 사건'(1974)으로 전가의 보도처럼 휘두르는 반공주의의 서슬 퍼런 칼날이 얼마나 위협적인 것인지 생생히 경험한 적이 있지 않은가. 물론, 시간의 흐름 속에서 팔순을 앞둔 원로 작가에게 반공주의가 한국사회의 억압적 이데올로기로서 시효성을 말소했다고 하지만, 북한과 적대 관계에 놓여 있다는 냉엄한 현실을 직시할 때 이와 같은 소설적 글쓰기가 마냥 자유로운 것은 아니다. 그럼에도 불구하고 작가 이호철이 최용건의 목소리를 들려준 데에는 이른바 '이호철 분단문학'이 '분단 극복'과 '민주주의 실현'이란 문학적 과제를 분리할 수 없다는 문제의식이 자리하고 있다. 이것은 북한 정권의 수립 과정에 깊숙이 개입한 소련의 스탈린 및 북한의 김일성 독재에 대한 작가의 매서운 비판뿐만 아니라 남한 정권의 수립 과정에서도 미군정의 지원 아래 이승만 정부에 의해 자행된 국가폭력과, 이후 4·19혁명 으로 정권에서 물러날 때까지 저지른 이승만의 독재에 대한 비판에서도 여실히 알 수 있다. 다시 말해 이호철의 문학에서 분단을 탐구하고 분단을 극복하고자 하는 문학적 노력은 민주주의를 쟁취하는 것과 별개가 아니다. 그렇다면, 최용건의 목소리를 지금, 이곳에서 들려주는 이유는 명확하다. 21세기 한국사회는 20세기의 반민주주의에 대한 험난한 민주화운동 속에 서 민주주의 소중한 가치를 일상화한바, 그 단적인 예로 '촛불 시위'의 문화형식을 통한 집회가 보여주듯, 한국사회는 맹목적 반공주의에 대한 비판적 성찰의 태도를 지니게 되었고, 적대 관계에 있는 북한을 평화적으로 대승적 차원에서 감싸 안을 수 있는 정치적 성숙함을 갖게 되었다. 이것은 뒤집어 생각하면, 북한보다 남한이 상대적으로 민주주의를 향한 내공을 튼실히 다져졌다는, 그래서 작가의 북한사회를 향한 비판적 성찰을 은연중 내보이는 것이기도 하다. 가령, '촛불 시위'에 대한 조만식의 다음과 같은 짧은 생각은 이를 뒷받침해준다.

> 정당? 시민운동? 사회운동? 그런 무거운 이름, 무거운 용어들조차 급격히
> 쇠퇴하고 낡아 가고 있는 것은 아닙니까요. 애당초에 정치라는 것은 이렇게
> 쉬웠어야 하지 않았을까요.
> 바로 정치가, 권력이라는 것이, 이렇게 평상을 사는 사람들을 수준으로
> 날로 날로 가까이 내려오면서, 나라의 힘은, 활력은, 이렇게 불처럼 타오르
> 고, 일어나는 것이 아니었겠는지요. (297쪽)

4. 이승만에 대한 총체적 평가를 위해

여기서, 우리는 이 소설에서 출현하는 역사적 인물들의 목소리 중 이승만
과 이승만 주변 인물들의 목소리를 냉철히 생각해볼 필요가 있다. 분명,
작가는 이승만의 독재에 대해 매서운 비판을 가한다. 그러면서도 해방공간
에서 이승만이 다른 독립운동가와 정치가보다 상대적으로 한반도를 에워
싼 동아시아 정세는 물론, 미국의 정재계 및 군사 정보 분야에 이르기까지
매우 폭넓은 외교적 시야를 갖고 있기 때문에 해방공간의 혼돈에서 국내의
다른 정파보다 현명한 정치활동을 펼쳤고, 그 결과 소련 스탈린 체제와
북한 공산주의의 위협을 막아 한국사회의 번영의 초석을 다진 것을 높이
평가해야 한다고 한다. 어찌 보면 이승만에 대한 공과를 객관적으로 평가하
는 것처럼 보인다. 하지만, 안타깝게도 『별들 너머 저쪽과 이쪽』에서
이승만에 대한 총체적 평가가 가능하기 위해서는 이승만의 정치 스펙트럼
에 가까운 인물들 외에 그와 대립각을 세웠거나 제도권 정치 바깥에
있는 인물들의 목소리도 경청하는 가운데 이승만에 대한 공과를 총체적으
로 접근했으면 하는 아쉬움이 크게 남는다. 무엇보다 이승만을 역사적으로
평가하는 과정에서 범하기 쉬운 문제는 결과론적 시각에서, 즉 한국사회를

소련 스탈린 체제의 공산주의 진영으로부터 지켜냈다는 것, 그래서 오늘날 자유와 경제적 번영의 대가를 누리고 있다는, 미국의 동아시아 냉전체제 전략 프레임을 고스란히 적용시키고 있는 논리다. 이것은 역사에 대한 총체적 인식에 바탕을 둔 평가와 거리가 멀다.

이것과 관련하여, 우리가 간과해서 안 되는 것은 해방공간이 지닌 역동적 성격이다. 해방공간은 말 그대로 일제의 식민주의로부터 해방된 열린 역사의 공간인바, 이 시기 우리는 그 어떠한 제국의 식민지배를 받지 않는 민족주체의 역량으로 민주주의 나라를 세우고 싶은 정치적 욕망이 넘실대고 있었다. 그런데 어떠했는가. 38도 이남에 점령군으로 들어선 미군은 이승만이 미국의 지원을 통해 남한의 정권을 장악하도록 미국의 헤게모니에 저항하는 일체의 모든 정치세력을 "그 뿌리까지 도려낸 완전한 소탕 작전"(255쪽)을 강력하게 요구하지 않았는가. 미국은 "새로운 세계전략으로 '트루먼 독트린'이라는 것을 내세우며, '반소, 반공정책'을 강력하게 추진하기 시작"(255쪽)한바, UN 감시 아래 38도 이남에 국한된 지역만이라도 총선거를 시작하여 남한만의 단독 정부를 수립하려고 하지 않았는가. 그리하여 제주에서는 이에 대한 부정과 저항으로 제주 민중이 4·3혁명을 일으키지 않았는가. 4·3혁명의 궁극적 목적이 미국과 소련 제국의 냉전 질서에 의한 분단을 극복하여 통일독립 세상을 향한 정치적 열망에 있었다는 것을 상기할 필요가 있다. 따라서 이승만에 대한 역사적 평가는 해방공간에서 다양한 정파들에 의해 분출한 민주주의 정치적 움직임들 속에서 총체적으로 해석할 필요가 있다는 것을 강조해두고자 한다.

어느새 한국전쟁이 일어난 지 70주년을 맞이했다. 한국전쟁은 아직도 종식되지 않았다. 남과 북은 2000년 '6·15남북공동선언'을 계기로 21세기의 분단 극복과 평화 체제를 향한 힘겨운 발걸음을 떼었다. 남과 북을 에워싼 동아시아의 국제질서는 포스트냉전의 냉엄한 현실을 상기시키고 있다. 게다가 전 세계는 흡사 세계대전을 치르듯 코로나19 속에서 국제적 공조를 통해 새로운 감염병에 맞서 힘겨운 싸움을 벌이고 있는 형국이다. 그런데 대단히 안타까운 일은 휴전선 이북 북녘도 코로나19로 힘든 현실에 직면해 있는데도 불구하고 남녘에 있는 우리가 실제적 도움을 주고 있지 못하는 현실이다. 전 세계가 한국을 코로나19에 가장 민주주의적 방식으로 방역을 하는 데 주목하고 있어 세계 곳곳에서 한국식 방역의 도움과 지원을 받고 싶어 하는데, 정작 우리는 북쪽 주민들에게 우리의 방역 자산을 공유하고 있지 못하다. 코로나19에 대한 방역도 분단의 철조망에 가로막혀 있다.

과연, 21세기의 남과 북은 어디에서부터 어떻게 분단 극복과 통일 세상을 향한 꿈을 이룰 수 있을까. 『별들 너머 저쪽과 이쪽』의 맨 마지막 장에 있는 작가의 소설적 전언을 함께 음미해본다.

뜨겁고 골똘한 성심, 사특한 욕심이 아닌 지극하고 맑고 상서로운 것의 올곧은 지향이야말로, 그 모든 것을 뚫어내고 관통하는 오직 마지막 잣대가 아닐 것인지. (367쪽)

북한의 정치적/도덕적 정당성을 갖춘 인물이란?
— 백남룡의 장편소설 『60년후』

1. 한국사회에 소개되는 북한문학

우리는 북한문학을 어떻게 이해하고 있을까? 북한문학 관련 소수의 전문가들을 제외하면 북한문학에 대해 문외한이라 해도 과언이 아닐 것이다. 문외한이기는커녕 오랫동안 남과 북으로 분단된 이후 서로 적대 관계를 유지해오면서 북한문학에 대한 이데올로기적 편견을 지니고 있는 게 엄연한 현실이다. 흔히들 북한문학을, 북한 체제를 절대적으로 옹호하는 어용문학 그 이상도 이하도 아닌 것으로 규정한다. 물론, 어느 면에서는 이런 생각이 틀린 것은 아니다. 우리도 알듯이, 북한사회는 체제 유지를 위해 북한 주민을 지배하는 현실 정치의 위력이 강하다. 그 과정에서 문학이 정치에 예속되는 현실을 피할 수 없다. 그렇다고 우리가 북한문학에 대한 선입견과 편견을 가지듯, 이러한 북한문학 자체를 반反문학 및 비非문학으로 재단 짓는 것은 어디까지나 우리에게 익숙한 문학적 인식으로만 북한문학을 너무나 안이하게 판단하는 셈이다. 사실, 이 짧은 대중 지면에서 이 점에 대한 논의를 상세히 펼칠 수는 없으나, 이것만은 상기하고 싶다. 우리의 현대문학사를 관통하고 있는 것이 서구에서 발전시켜온 문학적 인식에 기반을 두고 있다면, 북한문학의 경우 북한 정권 초창기와 1960년대

중반 이전까지를 제외한 그 이후의 문학 동향을 살펴볼 때 북한 자체의 문화예술적 전통에 기반하고 있으므로 지금까지 우리의 문학적 인식만을 갖고 북한문학을 일방적으로 이해하는 것은 북한문학에 대한 잘못된 인식을 보탤 뿐이라는 점이다.

사실, 한국사회에는 1980년대 후반부터 간헐적으로 북한문학이 한국 대중에게 소개되면서 북한문학에 대한 대중의 이해가 점차 확산되고 있다. 특히 2000년대 들어선 이후 남북관계의 진전에 따라 다양한 북한 작품이 소개되고 있는 실정이다.[1] 그 중 북한의 작가들 중 백남룡은 북한문학에 관심이 있는 독자들에게는 그리 낯설지 않다. 1992년에 그의 중편소설 『벗』이 처음으로 한국사회에 소개되었고, 지난해 다시 그 작품이 새로운 모양새로 출간되면서 우리에게 널리 회자되었다. 이번에 소개하는 백남룡의 장편소설 『60년후』(한웅출판, 1992)는 1992년에 『벗』과 함께 한국사회에 출간된 적이 있는데, 『벗』이 그 당시 대중적 관심이 집중된 터라 상대적으로 대중적 주목을 받지 못했다. 그럼에도 불구하고 『60년후』는 북한문학을 이해할 뿐만 아니라 북한사회를 이해하는 데 『벗』 못지않게 매우 흥미로운 작품이다.

2. 북한사회의 공업화에 매진하는 『60년후』

『60년후』의 핵심 줄거리는 이렇다.

30여 년 동안 제조업 공장의 지배인직 마감을 앞두고 있는 최현필은 심각한 고민거리가 있다. 그는 지배인으로서 퇴직하기 전까지 공장을 가동시키는 데 중요한 보일러를, 저열탄 보일러로 개조하여 공장의 생산력

- - -

1. 최근 북한문학에 대한 본격적 평론집이 출간된바, 한국문학 평론가 겸 북한문학 연구자 오창은의 『친애하는, 인민들의 문학 생활』(서해문집, 2020)이 그것이다.

을 증대시키고자 한다. 하지만 이 일은 그리 쉽지 않다. 그동안 온갖 기술적 노력을 통해 저열탄 보일러 개조를 시도했으나 여러 난제들로 인해 개발 성공을 거두는 일이 힘들었기 때문이다. 퇴직을 얼마 안 남겨 둔 최현필이 이토록 저열탄 보일러 개조에 힘을 쏟는 이유는, 그가 몸을 담고 있던 이 공장은 "주민들의 식생활을 책임진 공장"(146쪽)으로, 공장의 생산력을 증대시킴으로써 북한 주민들에게 좀 더 풍족한 식생활 환경을 만들어주고 싶은 그의 간절한 욕망 때문이다. 그래서 그는 마음 편히 퇴직할 수가 없다. 그는 어떻게 해서든지 자신의 임기 안에 보일러 개조를 성공하고 싶다. 설령 성공하기 힘들다 하더라도 공장 동료들과 후임이 자신의 뜻을 이어받아 저열탄 보일러로 개조하는 노력을 포기하지 않고 꼭 성공하기를 바란다. 그런데 그의 이러한 의지는 공장 사람들과 갈등을 일으키는가 하면, 심지어 보일러 개조에 힘을 쏟는 보일러공 아들이 보일러 사고를 당하는 등 크고 작은 문제에 봉착한다.

이렇듯이, 『60년후』를 관통하고 있는 주요 문제의식은 공장지배인 최현필이 공장의 생산력 증대를 위해 보일러 시설 개조를 둘러싼 공장 노동자들과의 갈등을 해결하는 데 초점을 맞춘다. 따라서 우리가 우선 주목하는 인물은 최현필인데, 퇴직을 앞둔 시점까지 공장을 위해 혼신의 힘을 쏟는 모습은 작품 속에서 마침내 퇴직을 보류하게 되고, 바로 그 공장에서 '명예 지배인'으로서 새로운 삶을 출발하도록 한다. 말하자면, 최현필은 "60년 후! 누구나 맞이하게 되는 인생 말년의 아름다운 노래를!"(263쪽) 다시 부르기 시작한 것이다. 작중에서 시당집행위원회는 최현필이 30여 년 동안 공장지배인으로서 헌신은 물론, 퇴임 무렵까지 공장 시설 개조를 위한 노력에 열중하는 모습 속에서 그의 뜨거운 열정과 전문가로서 경험을 다시 사회에 기여할 수 있는 기회를 주기로 결정한 것이다.

이렇듯이 최현필을 중심으로 한 이 작품은 북한사회의 공업화를 향한 단면을 말해준다. 최현필이 힘주어 직접 강조했듯이, 보일러 시설 개조에 전력투구하는 것은 다름 아니라 북한이 공업화에 얼마나 박차를 가하고 있는가를 단적으로 살펴볼 수 있는 사례다. 공업화의 목적은 북한 주민의 식생활을 조금이라도 개선하기 위한 것임을 이 작품에서 읽을 수 있다. 여기서 최현필의 노력을 한층 주목하게 되는 것은, 작중에서 젊은 부기사장이 보일러 개조를 하는 것보다 고열량의 원자재를 사용하자는 제안에 대해 최현필은 기존 시설을 혁신적으로 개조함으로써 값비싼 원자재를 사용하지 않고서도 생산력을 증대시키는 것이 국가의 공업화 발전에 기여한다고 생각하는 점이다.

그런데, 최현필과 관련하여 우리가 각별히 유의해서 살펴볼 게 있다. 작중에서 최현필은 일제 식민 시대와 한국전쟁을 두루 거친 역사적 경험을 지닌 인물로 그려지고 있는데, 다시 말해 최현필은 북한 정권이 들어서기 전 민족의 큰 수난과 역경을 몸소 경험한 세대로서 북한 정권 초기부터 북한사회의 공업화에 헌신해온 인물이다. 그러니까 최현필은 북한의 공업화에 매진해온 북한 정권의 기반을 이룬 세대의 전형이라 해도 과언이 아니다. 현실은 냉혹하여, 현재 이 세대의 몫은 분명 다하여, 역사의 뒤안길로 물러나 있어야 마땅하다. 이것은 작중에서도 동료들과 부하 직원들에게서 곧잘 목도된다. 하지만, 현실은 이것을 허락하지 않는다. 바로 여기서 북한사회의 중요한 면이 간과될 수 없다. 최현필을 '명예 지배인'으로서 다시 현재적 공업화에 참여하도록 한 것은, 북한사회의 도덕적 및 역사적 정당성을 이룬 세대는 북한사회의 정치적 입장으로부터 결코 무관하지 않다는 사실이다.

작중에서 이렇게 그려지고 있는 최현필은 북한사회에서 어떠한 인간을 아름다운 인간으로 인식하고 있는지를 여실히 살펴볼 수 있도록 한다. 물론 이러한 최현필을 두고, 북한사회를 지탱하고 있는 당성에 충실한 인간의 전형으로 볼 수 있다. 그럼에도 불구하고 최현필은 이것만으로 규정할 수 없는 인간의 어떤 진실한 모습과 진정성을 지니고 있다. 가령, 최현필은 그의 아들과 부기사장 딸이 사랑하고 있는 사실을 알고, 그들의 아름다운 사랑이 맺어지길 진심으로 바란다. 그런데 부기사장은 이러한 그들의 사랑을 인정하지 않고, 부모들끼리 정해준 사람과 결혼하기를 원한다. 이에 대해 최현필은 "사람의 감정은 누르고 지배하지 못해"(156쪽)라는 의미심장한 말을 부기사장에게 하면서, 젊은이들의 자발적이고 순연한 사랑의 감정을 왜곡하거나 간섭해서는 안 된다고 깨우친다.

3. 최현필이 바라는 북한사회는 도래했는지

분명, 『60년후』에 등장하는 최현필은 여러모로 주목할 만하다. 겉으로 볼 때, 최현필은 북한사회의 공업화에 전심전력을 쏟는 북한 당 관료의 한 전형으로서 손색이 없다. 그리하여 북한 주민의 행복한 삶에 기여하고 싶어 하는 인물이다. 그러면서 그는 북한사회의 정치적/도덕적 정당성을 확보하고 있는 인물이다. 그것은 북한식 사회주의적 근대를 위한 공업화에 자신을 헌신하는 것인바, 자신과 공장에 위선적이지 않고 끝까지 최선을 다하는 노동의 진정성을 포기하지 않는다. 게다가 사람들 사이의 순연한 사랑의 감정을 있는 그대로 받아들이는 것이다.

그렇다면, 한국사회에서 최현필의 이 같은 모습은 생경한 것일까? 작가는 자신이 발 딛고 있는 구체적 현실을 외면할 수 없듯, 작가 백남룡은 『60년후』를 통해 북한사회의 현실과 그곳에서 살고 있는 사람의 모습에 초점을 맞추고 있다. 문득, 이런 생각이 든다. 최현필이 간절히 욕망하듯, 북한 주민의 식생활이 조금이라도 향상되는 공업화가 지속적으로 잘 이뤄지고 있는지, 그리고 사람의 자연스러운 감정을 억누르고 지배할 수 없는 사회 분위기가 별다른 문제 없이 통용되고 있는지……

시대의 어둠을 꿰뚫는 비평의 혜안과 문학운동[1]
— 평론가 임헌영의 현실인식

최순실–박근혜 게이트, 비인간의 추악성

고명철 선생님, 귀한 시간을 내주셔서 감사드립니다. 그동안 여러 미디어에서 선생님의 시선을 통해 본 한국문학사와 한국현대사에 대한 인터뷰를 하셨는데, 오늘은 그간의 인터뷰와 중첩되지 않은 부분을 중심으로 얘기를 나눌까 합니다. 우선, 최근 시국에 대해 선생님의 생각을 듣고 싶습니다.

임헌영 거의 몇 달 동안 최순실–박근혜 게이트에 시달리고 있는데……. 우리나라가 일제 식민지 시대를 지내면서 비록 본격적으로 근대적인 정치적 훈련은 없었으나, 어쨌거나 형식적이지만 근대적 정부를 꾸려오지 않았습니까. 광복 이후 70년 동안 정치를 꾸려왔으면 아무리 엉터리 정치인이라도 국가 원수가 되면 최소한도 봐온 견문이란 것이 있지 않겠습니까. 또 우리가 이미 OECD 가맹국이고 중진국을 넘어섰는데, 이런 정치경제적 성취를 이룬 국가임을 생각하면 도저히 상상할 수 없는 일이죠. 이런

• • •

1. 이 글은 2016년 12월 28일 <민족문제연구소>에서 원로 평론가 임헌영 선생(민족문제연구소 소장)과 대담한 것으로, '최순실 게이트' 국정농단에 대한 사회적 분노와 심판이 들불처럼 타오르던 시기임을 상기해본다.

정치 지도자가 있다는 것, 이거는 어떤 정치이론이나 문학예술이론이나 사상가적 이론으로도 해명이 안 되는 겁니다. 이건 '사건'입니다. 보통 인간으로서 정상적 교육을 받은 인간이라면 누구를 대통령으로 앉혀놔도 이런 짓은 안 해요. 절망감이라고 할까, 민족적 수치라고 할까. 인간적 환멸마저 느끼게 됩니다.

이 사건이 터진 뒤에 박근혜 대통령이 대응하는 것을 보면 동서고금 세계문학사에 나타난 어떤 악인으로도 감당이 안 돼요. 세계문학사에 나오는 어떤 악인도 감당할 수 없을 정도의 악랄함, 교활함이 보이는 거예요. 문학적 상상력을 초월한, 동서고금 어떤 세계문학인들도 저렇게 악랄한 여자를 그리지 못했어요. 누가 봐도 범죄가 다 드러나 있고, 그 범죄라는 것이 너무나 치욕적인데 말이죠. 저런 대통령이 만약에 더 오랫동안 저 자리를 유지했더라면, 이 민족이나 나라가 어떻게 될까 하는 굉장히 우려스러운 생각이 들었습니다. 한국 역사에서도 이렇게 몰염치하고 파렴치한 인간상은 없습니다. 연산군도 이렇지는 않았습니다. 그다음에 더 놀란 것은, 이런 사태를 보고도 아직도 우리 사회에서 이를 지지하는 사람이 있다는 것입니다. 이것은 더 놀라운 겁니다. 저 사람들은 어떤 교육을 받았고, 어떤 가치관을 가졌길래 이런 것을 보고도 잘했다고 지지하는가 하는 생각을 하면……. 우리 사회가 그동안에 도대체 무얼 했을까? 어떻게 이런 인간이 나도록 방치했을까? 참담한 생각도 듭니다.

고명철 선생님 말씀에 전적으로 동감합니다. 지금이 어떤 시대입니까. 봉건시대도 아니고, 근대의 헌법을 근간으로 한 공화국 시대가 아닙니까. 국민의 주권을 위임받은 국가의 통치권자가 자신의 이해관계에 충실한 비선 실세와 권력을 나눠 갖고, 그것을 국가와 국민의 공익을 위한다는 얼토당토않은 미사여구로 포장한 채 정치경제적 기득권을 공고히 다지는 데 혈안이었지 않았습니까. 국가와 국민을 우롱한 이번 사태에 대해 대다수 상식 있는 국민들은 허탈하고 분노하는 게 아니겠습니까. JTBC의 손석희

씨도 이야기 했습니다만…… 이건 어떤 이데올로기나 이념적 갈등 문제를 넘어서서 상식과 비상식의 문제이기 때문에 이 문제를 해묵은 종북 좌파 프레임으로서 보는 것 자체가 대단히 비상식적 사태 인식이 아니겠습니까.

임헌영 맞습니다. 이번 사태의 핵심 중 하나는 인간과 비인간의 문제이지요.

고명철 인간과 비인간의 문제를 가지고 자꾸만 예전의 프레임을 가지고 종북이다 뭐다…… 박사모를 중심으로 한 극우 보수 세력들이 이런 말도 안 되는 이념적 갈등의 논리를 가지고 국정농단의 핵심에 있는 박근혜 대통령을 두둔한다는 사실이…… 참 양식 있는 사람들의 언행으로 보기에는 도저히 이해가 안 됩니다.

임헌영 암담하지요. 제 주변에도 그런 사람들이 많아요. 그런 사람들 특징이 뭐냐면, 알려고 하지 않아요. "알고 싶지 않다. 그냥 가만히 있으면 된다. 촛불은 무조건 나쁘다. 박근혜가 뭐가 나쁘냐, 뭘 잘못했느냐. 그런 이야기를 할 거면 아예 듣고 싶지도 않다." 그저 암담하죠. 이번 일로 인간다운 인간 교육의 필요성, 다시 말하면 인문주의, 인문주의적인 교육이 얼마나 중요한지 새삼 느낍니다. 먼저 인간이 되고 그다음 정치를 하는 것이지요. 인간다운 교육, 인간다운 사회, 이것이 대단히 중요한 과제가 아닌가 싶습니다.

21세기의 새로운 시민혁명의 문화, 촛불 시위

고명철 이번 촛불집회에서 상당히 신선한 충격이었던 것이, 10대 중고등학생들이 기성세대로부터 눌려 있는, 우리가 보면 참 철부지 같은 세대인

줄 알았는데 거리에 나와서 이번 사태에 대한 자신들의 입장을 매우 간명히, 뚜렷한 언어로 당당히 표현하고 있다는 겁니다. 선생님이 말씀하신 인문주의라는 것을 이 친구들이 그동안 자생적으로 기르고 있었구나. 그것이 제게는 참신하면서도 상당히 충격적이었습니다. 한국사회의 10대에 대한 제 편견이 여지없이 무너지고 말았습니다. 그들 세대의 정치적 인식을 그들의 정치적 감각에 맞게 당당히 드러내고 있었던 것이지요.

임헌영 저도 느꼈어요. 완전히 젊은 겁니다. 촛불을 들고 있는 세대가. 그걸 보고, '아……. 이제 새로운 시대로 바뀌었구나'라는 생각이 들었어요. 첫째로 촛불 시위란 게, 지금까지 어떤 선진국에서도 하지 못한 겁니다. 촛불 시위는 21세기적인 컴퓨터와 영상미학 시대의 새로운 혁명 방법이라고 생각해요. 미학적으로도 시위 자체가 지닌 선동성과 촛불이 지닌 평화성과 안온성, 즉 안온함과 평화로움이 함께 있는 겁니다. 그러니까 지금의 촛불 시위가 가능한 겁니다. 촛불이 가지고 있는 인류의 영원한 상징성, 촛불이 가진 이미지, 기원과 희망, 거기다가 사회적인 변혁운동을 하는 방법으로서 선함, 평화와 기도, 이런 것이 투쟁과 함께 가니 얼마나 공감대가 확산되냐는 말이죠. 그다음에, 미학적인 요소와 함께 뭐가 있느냐, 촛불을 든 사람끼리의 응집이 대단합니다. 현장에 가보면 촛불 들고 오는 사람들이 다 착하고 올바르고 정말로 우리 시대를 고민하는 사람 같이 느껴져요. 개개인의 많은 차이가 있음에도 불구하고요. 그다음에는 우리가 수십 년 동안 쌓아온 민주화 투쟁의 문화적인 축제가 있지 않습니까. 그 경험이 촛불 집단을 멋지게 연출해 내는 것이고, 그 연출력이 말하자면 축적된 시민운동의 결과죠. 그래서 아! 이것이 바로 새로운 문화고, 유럽적인 문화에서는 나올 수 없는 평화다.

동양, 그중에서도 우리나라가 참 독특하죠. 사회주의가 아니면서도 학문이나 지식인들을 보면 사회주의에 대한 이해심과 열망이 불타는 듯하고. 그런데 자본주의적 악이란 악은 다 횡행하는 그런 사회인데 이런 촛불

문화라는 상징적인 저항 문화가 발생했다는 것은 대단한 일이죠. 어떻게 보면 서양 사람들이 배우고 싶어 할 겁니다. 미국 같은 나라도 좀 배워갔으면 좋겠는데, 미국 같은 다민족 국가에서 과연 이게 될까 싶기도 하고. 우리 민족의 새로운 이벤트로, 21세기의 새로운 정치혁명 방법으로 자리 잡았으면 합니다. 이전의 죽창과 깃발을 뛰어넘는 거잖아요. 깃발 같은 경우는 선동만 있지만 촛불은 공감과 평화가 있단 말입니다. 전기 배터리 촛불까지 나왔는데 그 창의력이 대단합니다. 그동안 우리나라 시민운동이 얼마나 고심했던가를 일목요연하게 보여주는 것으로 생각합니다.

고명철 촛불 시위문화에 대한 문화적, 미학적 해석 잘 들었습니다. 요즘 20대 청년들은 예전 1970, 80년대 대학 다니던 세대들과는 달라서 깃발이라면 상당히 거부감을 느끼거든요. 그런데 촛불이라는 것이 그들을 상당히 감화시킬 뿐만 아니라 친근감 있게 다가가고, 선생님이 말씀하신 바와 같은 안온함, 그런 정감에 동반되는 문화 상징을 시위문화 형식으로서 독특하게 정착시키는 듯합니다. 1970, 80년대 선배들의 시위문화(깃발과 화염병, 운동가요를 통한 거리 시위)라는 것들이 그 당시의 시대의 절실성에 의해 그런 형식으로 표출되었다면, 요즘에는 디지털 문화의 흐름에 맞게끔 다시 시위문화 형식(촛불 시위, 대중 힙합 음악, 각종 패러디 등)도 발전해온 게 사실입니다. 이와 관련하여 선생님께서는 한국현대사의 굵직한 역사의 현장을 경험해왔습니다. 4·19도 직접 경험을 하셨고, 그다음 1980년 5·18 광주의 부분들도 직접 목격하시고, 1987년도 역시 마찬가지셨습니다만. 이러한 연속된 흐름 속에서 이번의 촛불 시위문화들을 한국 민주주의 운동사의 흐름 속에서는 어떻게 우리가 자리매김하고, 섣부른 진단일 수도 있겠지만, 민주주의 운동의 흐름 속에서 어떻게 이해할 수 있을까요.

임헌영 좋은 질문이에요. 정말 하고 싶은 이야기가 있어요. 나이가

들어 저도 이제 칠순이 넘으니까 역사가 어느 정도 보이는데……, 그동안 우리나라는 운동가 그러니까 투사는 있었는데 혁명가는 없었어요. 차이는 뭐냐 운동가와 투사는 책임이 없어요. 4·19는 이승만 무너트리는 거로 끝나고, 5·18은 시위하는 것으로 끝났어요. 1987년은…… 시위하고 직선제 개헌을 쟁취하긴 했지만 그 뒤에 아무것도 감당을 못 했죠. 결국은 뭐냐 운동가와 투사는 있었는데 혁명가는 없었어요. 혁명가는 운동으로 끝내는 것이 아니라 민중들의 뜻을 받아서 그대로 정치세력화해서, 자기가 원하는 정치체계나 헌법이나 사회개혁을 이어나가야 해요. 그게 혁명가거든요. 거시적으로 볼 때는 혁명가가 필요한데, 우리가 혁명가를 창출해내지 못한 겁니다.

결론부터 말씀드리면 저는 지금 아무 기대도 하지 않습니다. 새로운 정권에 대해도, 정권교체에도 기대 안 합니다. 왜냐구요? 항상 야당은 뒤에 따라왔어요. 보세요 4·19나 다 보면, 민중 뒤에 있다가 민중이 부정한 정치세력에 대항하여 싸워 놓으면, 밥상을 차려놓으면, 제일 먼저 자기들이 밥상에 가 앉고, 민중들은 밥상에서 떨어져 부스러기나 주워 먹고, 지금까지 다 그래왔단 말이에요. 왜 그랬냐. 혁명가가 없었단 말이에요. 혁명가는 정치 위에 있어요. 혁명가는 정치 자체를 바꾸는 게 혁명가거든요. 그게 없었던 겁니다.

지금도 마찬가지예요. 지금도 혁명가가 없어요. 이렇기 때문에 큰 기대를 안 한다는 겁니다. 70여 년 살아오니까 결국 나쁜 사람을 축출한다는 데 의의가 있는 거지, 그 뒤에 새로운 정치가 잘될 거라는 그런 환상을 갖지 않거든요. 희망은 몰라도, 환상은 갖지 않는다. 그래서 제가 지금 걱정하는 것은 촛불집회, 촛불 운동이 범국민적 운동으로 승화되었는데, 탄핵 심판이 법원에서 내려지고, 박근혜가 퇴진하고, 그 뒤에 이 사람들이 다시 일상으로 돌아갔을 때 한국 정치가 줄 환멸입니다. 지금까지 계속 그랬듯 운동이 끝난 뒤에 시위에 참여했던 학생들이 자기가 청춘을 바쳤던 혁명을 잊어버리고, 기성세대에 편입해서 또 반동화 되고, 역사란 것이 지금까지 계속 그래왔거든요. 다시 또 그렇게 되지 않을까 예견하고 있는데…… 이번에 나왔던 촛불 참여자들이 환상을 갖지 말고, 희망을 가지고 정치개혁까지도 촛불 운동을 이어 해야 된다. 그런 것을 가져줬으면 좋겠다는 것을 당부해주고 싶어요.

고명철 매우 중요한 말씀입니다. 현실 정치 안에서는 선생님이 정확하게 지적해주신 대로, 민중들이 불꽃을 일으켰고 거대한 흐름을 만들어냈는데, 결국 대의제 민주주의라는 이름 아래 정치권에서 야당이든 여당이든 민중의 정치개혁을 제도권으로 순치시켜버렸습니다. 그래서 이게 엉뚱한 생각일 수도 있겠습니다만, 저는 한국문학도 어떻게 보면, 그 문학운동의 흐름 속에서 있다가 이러한 정치적 상상력들을 더 과격하게 밀어붙이지 못하고, 다시 또 현실세계 속에서 반동화된 문학으로 가버리고…… 그러니까 일반 민중들이나 대중들이 그 당시의 절망감 속에서 희망을 품었다가 다시 절망하게 되고, 어떻게 보면 혁명적 문학적 상상력을 더 밀어붙였어야 하는데……. 그런 점이 매우 아쉽습니다.

비평가 임헌영의 성장체험을 이루는 안과 밖

고명철 이제 선생님께 개별적으로 궁금했던 것, 문학세계에 대해 몇 가지를 좀 여쭤보겠습니다. 선생님의 어린 시절, 특히 한국전쟁 무렵에 국민보도연맹 사건으로 인해 아버지, 삼촌, 형 등 남자들은 다 희생이 되었고, 선생님이 집안의 가장 아닌 가장이 되어야 하는 형편에 놓였는데……. 이런 것들이 선생님의 성장과 문학세계를 이루는 데 어떤 작용을 했는지, 선생님이 지금 칠순도 넘으셨고, 지금 생각하시면 그런 어렸을 때 전쟁의 상처, 집안의 가장 아닌 가장이 된 것이 선생님 자신의 비평세계나 문학 경험에 어떤 작용을 했는지 궁금합니다.

임헌영 원동력입니다. 제 기질은…… 제 개인적인, 생리적인 기질을 저도 가끔 생각해보면, 내가 어떤 인간인가 생각해보면, 제가 굉장히 안이한 인간이에요. 편한 걸 좋아하고, 게으르고, 어려운 걸 싫어하고……. 그런데 어릴 때 이렇게 딱 처하니까, 정신이 번쩍 드는 겁니다. '어쩌면 나 같은 사람이 살 수 없는 세상이 올 수도 있다.' 이게 상당한 위기잖아요. 그래서 다른 사람들보다 훨씬 더 조심스럽게, 훨씬 더 바보처럼 성장을 했는데…… 나중에 대학에 와서 가만히 보니까, 내가 능력이 없어요, 정치가 될 자질도 없고, 하는 것이라고는 공부 좀 해가지고…… 하다 보니까 잘 쓰지도 못하는 글로밖에 할 것이 없어. 이래서 결국에는 문학평론을 하게 된 것인데…… 그래서 다른 사람보다 훨씬 더 예민하게 당대 문학, 사회문제와 세계사, 사상사, 정치사 이런 걸 훨씬 더 밀착해서 공부를 하게 되고, 그러다 보니까 지금처럼 내가 되어버린 거죠.

고명철 어렸을 때 독서 체험이 궁금합니다. 어렸을 때 어떤 책들을 읽으셨는지요. 청년 시절을 포함해서 인상 깊게 읽은 책들은 어떤 것인지요.

임헌영 우리 형이 그때 중학생이었는데, 형이 보던 책들이 많았어요. 그때가 8·15 직후니까. 그 직후에 나왔던 많은 책이 있었어요. 이를테면 세계사 교재, 우리말로 번역이 된 러시아에서 나온 몇 권 되는 책들을 형이 가지고 있었죠. 그것과 법률·철학, 변증법적 유물론, 그런……. 8·15 직후에는 좌우 가리지 않고 학문의 자유가 가장 성행했던 때 아닙니까. 그런 책들이 이광수 소설 같은 그런 것부터 사상서, 가령 좌익적인 책까지도 책장에 있을 정도였으니까. 그런데 그때 저는 초등학교 4학년이니까 몰랐죠. 그랬다가 이제 중학교 들어와서 책이 있으니까 제대로 보게 되고, 고등학교 가서는 열심히 탐독을 하게 되고, 제대로 보게 된 것이죠. 1950년 대 내가 고등학교 때 집에 삼촌들이나 형이나 보던 책들, 해방공간에 있던 책들이 있었다는 게 굉장히 도움이 되었어요. 내가 고등학교를 시골 안동에서 다녔는데, 그때는 책 살 돈이 없으니까 책 빌려주는 곳, 안동읍에 딱 두 집이 있었어요. 그 두 집에 있는 대본책을 내가 다 봤어요. 학교 도서관에 책도 다 봤는데, 학교 도서관에 책이 별로 없어요. 돈이 없어서 신간은 못 보고, 아주 드물게 사서 보기도 했지만. 그때 내가 본 게 이를테면 수상학, 그 손금 보는 거, 성명철학, 관상책, 사주 보는 책, 그런 책들까지 다 봤어요. 볼 만한 게 없으니까 나온 책은 있는 걸 다 봤어요.

고명철 말씀 그대로 난독亂讀이셨네요. 중앙대 국어국문학과에 입학하여 평론가 백철 선생님을 스승으로 만나셨는데요. 백철 선생님과 인연은 어떠신지요.

임헌영 그 당시 백철 선생의 문학개론, 문학 A, B, C 그런 걸 내가 다 봤어요. 그런데 학교에 들어왔는데 그분이 학장이에요. 2학년 때부터 문예사조사 배웠는데, 저자를 직접 만나서 배운다는 게 꿈 같지 않습니까. 지금이야 뭐 교수들이 다 저서가 있지만……. 백철 선생도 절 끔찍하게 생각해줬어요. 그때는 백 선생을 제일 훌륭한 선생으로 알았고.

내가 석사 논문을 전후 한국시에 관해 썼어요. 순수·참여 나눠서 참여시를 좋다고 한 게 논문 주조였거든요. 백 선생이 보시고…… 다 알죠. 자기도 예전에 카프 해봤으니까 너무나 잘 알잖아요. 근데 중앙대 있으려면 총장 밑에서 하지 말라고 하셨는데, "전 그냥 이대로 하겠습니다" 해서 그대로 하긴 했죠. 백 선생이 어른으로서 살아가는 것과 학문을 일치시켜서 어떻게 해서 망하느냐, 이런 것을 느끼게끔 해주시고, 자기가 쓴 글에 대해서도 꼭 알려주셨어요.

내가 등단한 이후에도 자주 만났습니다. 이분이 펜클럽 회장을 오래 했어요. 장기집권했어요. 친구 신상웅 소설가가 펜클럽 사무국장으로 있어서 자주 뵐 수 있었고 이런저런 걸 물어봤어요. 사람에 대해서, 문학에 대해서……. 물어보면 흔쾌히 다 이야기하고 자기가 살아온 이야기 중에서도 일제 말기 때, 그때 이야기를 했어요. 일제 말 어느 날, 군에 취재하러 갔더니 아무도 없더래요. 어디 갔냐고 물어봐도 대답도 안 하더래요. 가만히 보니까 영사실에서 뭘 하고 있더래요. 그래서 기자니까 들어가서 보니까 러시아의 메이데이 퍼레이드를 보고 있는 거야. 그걸 본 거야. 그걸 보고는 자기가 느꼈다고. 아, 저 정도면 일본 관동군이 못 이긴다. 그걸 보는 순간 위기다. 그래서 사표 내고 와버렸대요. 이 이야기를 직접 들었거든요.

지금 생각해도 고마운 것은, 그때 자기는 뉴크리티시즘…… 미국 유학 갔다 와서 뉴크리티시즘 번역도 하고, 문학의 이론 번역도 하고 그랬는데 나보고 뉴크리티시즘을 쓰라든가 그런 말은 안 했어요. 그걸 참 고맙게 생각해요. 만약 내가 거기 빠졌으면 백철 선생과 궁합도 안 맞고 얼마나 내가 고생을 했겠어요. 몇 년 동안 헛고생을 했을 텐데. 한 번도 그걸 안 했어요. 학부 때 평론하고 대학원에서도 뉴크리티시즘을 한 번도 강의하지 않았어요. 전혀 강의하지 않았어요.

다만 사석에서 물었어요. 그런 게 있다. 자기가 깨달아라. 그래서 나는 백 선생이……. 난 그런 생각을 해요. 자기가 젊은 시절에 했던 카프에 대한……. 그래도 그런 문학이 옳았다거나 일리가 있었다거나 하는 생각은 있었지 않았나 하는 생각은 가지고 있었다고 생각을 해요. 나한테도 그렇게 사회 비판적인 비평을 삼가라 그랬지만, 한두 번 그러고는 그냥 놔뒀어요. 마음대로 하도록. 그런 것 보면, 그런 사람 눈으로 보면 내가 어떤 문학을 할 것이란 것을 알았기에 그냥 놔둔 것 같아요.

1960년대 불온한 미디어의 만남

고명철 이런 공부를 통해 선생님은 문학평론가로서 전문적인 글쓰기를 시작하게 됐습니다. 선생님이 등장하던 1960년대에는 문제적인 진보 매체들이 있었는데요. 가령, <민족일보>에 대해 시민들이나 지식인들의 반응은 어땠습니까? <민족일보>라는 신문에 대해서…….

임헌영 솔직히 <민족일보> 발간 무렵 나는 아직 대학 1학년으로서 어렸으니까 정확하게 그 실체를 몰랐는데 나중에 알게 된 거지만 그 당시로서는 이게 굉장히 중요한 역할을 했지 않습니까. 나도 그 기회에 쭉 다 봤어요. 그때 보니까 문학, 그 당시 한국문학의 중요한 쟁점을 집는 것은 없어요. 정치·사회적인 문제가 많으니까 거기 휩쓸렸고, 문화면은 좀 더 소홀하달까……. 지면도 작고, 타 신문에 비하면 지면도 얼마 되지 않잖아요. 그런데 투고 작품 중에 보면 오탁번 것이 있어요. 맞아요 그 오탁번이에요. 확인했어요. 나중에 오탁번 교수를 만나서, 이게 당신 맞냐고 했더니, 맞다고 이름도 이상하고, 고향도 춘천이고 내가 딱 보니까 오탁번 그거 하나밖에 없어요. 자기 고등학교 때 투고했대요. 학교에서 혼이 났다고 (웃음) 이런 거 쓰지 말라고 하고 자기가 그때 뭔지 모르고 <민족일보>에 썼대요.

고명철 문득 생각이 났는데요. 그 당시 일본에서 한글로 발행된 월간지 『한양』이 있었잖습니까. 선생님도 글을 발표하셨죠. 『한양』에 대한 연구를 하면서 아직 기본적인 것이 풀리지 않는 게 있습니다. 『한양』의 발행인으로 김인재라는 분이 있는데, 지금은 모르겠습니다만, 몇 년 전까지만 해도 일본에서 생존하고 있는 걸 확인한 국내의 연구자도 있습니다. 『한양』을 연구하는 연구자가 일본에서 김인재 선생을 만났는데 『한양』의 발행과 관련하여 중요한 진술을 하지 않는다고 하더라고요. 아무리 『한양』이 1970년대 문인간첩단사건으로 국내의 문인들에게 정치적 억압의 빌미를 제공했다고 하지만, 그로부터 꽤 시간이 흘렀음에도 불구하고 『한양』의 전모에 대해서는 불명확한 게 많거든요. 단적으로, 『한양』에 발표된 글 중에 일부가 한국에서 활동하는 사람이 가명으로 한 것인지 등 여러 가지 것들을 이야기를 안 한다고 하더라고요. 혹시 『한양』에 대해 선생님이 알고 계신 것이 있는지, 『한양』을 우리가 어떤 식으로 인식해 왔는지…….

임헌영 특별히 아는 것은 없는데……. 『한양』에 발표된 날카로운 평문을 보면, 국내 인사가 쓴 것 같지는 않아요. 왜냐하면 논조, 그 논조나 날카로움이나 이런 게 국내 평론가가 그렇게 쓸 사람이 그 당시에는 없었어요. 1960년대 후반이나 1970년대 초 그때니까. 그 이름 뭐였죠, 평론가…….

고명철 장일우, 저는 장일우 실체가 매우 궁금합니다.

임헌영 아! 장일우! 나도 그때 가서 물어봤어요. 누구냐 했더니만, 그저 씩 웃기만 하고. 참 잘 썼거든요. 한국에서는 그렇게 쓸 사람 없어요. 내가 본 게 맞을지 모르지만. 다만 일본에서는 충분히 그럴 사람이 있을 수 있다고 생각해요. 후보자가 여러 명 있을 수 있죠. 그때 조선대학도 있었고, 북한에서 누가 썼을 가능성도 없지 않고. 작품과 사회의 연관을 정독하고 정치·사회학적으로 착착 맞는 이론으로 해내는 게…… 그 당시 우리나라에서는 그럴 사람이 없었어요. 그래서 나는 김인재가 직접 쓴 게 아니냐는……. 상상이죠. 김인재 씨는 입을 딱 다물었으니까.

고명철 몇 년 전, 제가 『한양』에 대한 논문을 어느 학술대회에서 발표했습니다. 학회 뒤풀이 자리에서 어느 나이 든 여교수인데, 당신이 국내 필자들의 원고 심부름을 했다, 당신의 아버지는 일제 식민지 시절 친일·부일附日하지 않은 법조인인데, 『한양』과 관련하여 김인재 씨는 일본에 있었고 아버지는 국내에서 『한양』 관련 역할을 하였다는 겁니다. 그것 중 하나로 당신에게 원고 심부름을 종종 시켰고, 언젠가는 한국의 보안 기관에 여학생 신분으로

잡혀가 심문도 당한 공포감과 두려움을 제게 나지막이 말했습니다. 심지어 당신의 아버지가 박정희 정권 밑에서 정치적 억압을 피해 도망 다녔다고 하더라고요. 그래서 당신 집안이 정치적 고초를 당했다고 합니다. 이 얘기를 들으면서 제가 몇 가지를 물어보니까 자기는 정치적 상처가 너무 심해서 이 정도만 이야기한다고 하면서, 당신의 아들이 어머니보고, 그 당시에는 노무현 정권 시기였는데도, 세상을 못 믿겠다며 당신의 아버지와 『한양』 관련된 얘기 자체를 공식적으로 어떠한 형식으로든지 공개하지 말 것을 신신당부했답니다. 그분이 돌아가셨는지는 모르겠지만, 살아계실 것 같은데 국내 필자의 심부름을 했다고 하더라고요. 그래서 저는 오늘 선생님을 보면 궁금한 게 원고, 그 당시에는 팩스도 없었을 거고, 누가 선생님의 원고를 와서 가져가지는 않았습니까?

임헌영 그 변호사라고 그래요?

고명철 그건 모르겠습니다만, 일제 강점기에 아버지가 법조인이었대요. 친일파는 아니었다고 하더라고요. 그래서 해방 이후 재야 쪽에서 상당히 신망이 두터웠다고 하더라고요.

임헌영 이름을 물어보죠?

고명철 이름을 선뜻 이야기 안 해주시더라고요. 이런 말을 하는 그 여자 교수의 이름도 여쭸거든요. 지금 이름도 몇 번씩 바꿨다고 합니다.

임헌영 내가 아는 그거는 문여송이라고 영화감독이에요. 문여송 씨가 메신저 역할을……. 영화감독이기 때문에 자주 왔다 갔다 했어요. 우리 주변에는 다 문여송을 통해서 했어요. 문여송도 나중에 고발당하고 아주 고생했어요. 문여송 부인이 김이연이라고 소설갑니다. 죽었어요. 살았나?

죽었을 겁니다. 그 부부거든요. 우리 주변에서는 문여송이 원고도 가져가고, 청탁도 하고, 원고료도 가져다주고, 책도 가져다주고, 문여송이 다했어요. 그래서 나중에 문여송이 혼났죠.

『상황』과 민족적 리얼리즘, 새로운 세계문학에 대한 인식

고명철 1960년대는 4·19혁명과 5·16군사쿠데타가 보여주듯 한국현대사에서 또 다른 혼돈의 시대로 보입니다. 이 시대에 선생님은 평론가 구중서, 소설가 신상웅 등과 함께 『상황』을 발행하게 됩니다. 『상황』은 신동엽 시인 장례를 치른 글을 수록할 정도로 신동엽 시인에 대한 비평적 애정을 갖고 있는데요…….

임헌영 『상황』은 신동엽을 굉장히 높게 평가했죠. 김수영 시인보다 훨씬 더 높게. 저는 김수영 선생도 만나봤는데, 훌륭하고 좋은 분이죠. 그러나 그 당시 1960년대까지의 우리나라 상황을 고려할 때 시의 독자의 수준, 대중성, 그런 역사 인식, 이런 것을 볼 때 김수영은 자유주의자, 진보적 자유주의자라면 신동엽은 상당히 정확한 농촌, 농본적 이상주의자였기 때문에……. 김수영은 서울내기고, 신동엽은 촌놈이고 (웃음) 우리 같은 촌놈이 볼 때는 신동엽 같은 게 정서적으로 훨씬 더 다가오는 겁니다. 개인적으로도 신동엽하고 훨씬 더 가까웠어요. 그때 그 월계다방 이런 몇 군데…… 최인훈, 남정현, 박용수…… 가끔가다 이호철 선생도 나오고 월계다방이 있었는데, 저는 이틀 걸러 한 번씩은 꼭 나갔거든요. 제가 술도 사고……. 신동엽 선생이 남정현 선생과 특히 친했어요. 저는 또 남정현을 존경했으니까. 제일 존경했죠. 그러니까 저절로 나도 신동엽을 존경하게 되었고 가까워졌죠. 개인적인 것도 그렇게 되어 있고, 시 자체도 농본적 이상주의, 그런 게 좋고, 농촌공동체적 이상주의, 그런 게 있어서 우리나라

그 당시 1960년대 정서에 적합하고, 그다음에 국제적인 인식에 있어도, 그 월남 파병 같은 거 반대한 거 이런 걸 보면 굉장히 개운하잖아요. 누가 봐도 탁 받아들이고……. 그런 걸로 봐서 높이 평가했죠. 확실히 높이 평가했고……. 저는 1960년대에서 말한다면 지금도 신동엽이 단연 탁월한 혁명 시인이라고…….

고명철 아! 혁명! 혁명시인! 신동엽은 등단작부터 대지를 쟁기로 갈아엎는 시적 행위를 보입니다. 객토하는 시적 행위 자체가 타락한 한국현대사를 변혁하려는 시적 혁명의 실천으로 보아도 무방하죠.

임헌영 그 당시에 그리 쓰는 것은, 대단한 이론적인 바탕이 있었다고 봐요. 이론적인 바탕이 있었고 또 체질적으로 그런 사람이다. 신동엽 선생님이 참 순박하거든요. 거짓말로 농담을 해도, 진담으로 듣고 헉하고 놀라는 사람이에요. 농담도 못 할 사람인데, 체질적으로 순진한 사람이었고, 사회과학적인 공부, 독서량, 이런 것도 상당했던 사람이었어요. 아니면 그런 시가 안 나옵니다.

고명철 신동엽에 대한 선생님의 이해에서도 단적으로 알 수 있는데요. 선생님이 1971년도에 쓴 「한국문학의 과제」는 공부하면서 몇 번씩 읽었던 글이거든요. 부제를 '민족적 리얼리즘'이라고 다셨는데, 이 부제가 특히 인상적이었고 요즘의 맥락에서도 새롭게 계속 읽히고 있습니다. 한국사회에서 리얼리즘하면 1980년대부터 루카치식 리얼리즘이 아직까지 근저에 흐르고 있다는 걸 부인할 수 없을 텐데요. 선생님은 그 당시에도 그런 부분에 대해서 계속 비판적인 견해를 펼치시면서 그 부분들을 우리 현실 맥락 속에서 재해석해야 하는데, 그걸 지나치게 리얼리즘으로, 서구이론을 이식해서 생각하는 것은 경계를 해야 한다는 문제의식을 보입니다. 요즘 특히 비서구 문학의 새로운 읽기, 가령 새로운 세계문학 읽기의 움직임을 주목할 때, 선생님이 잠정적으로 호명한 '민족적 리얼리즘'이라는 부분과 새로운 세계문학으로서 비서구 문학의 리얼리즘들을 어떻게 연결시킬 수는 없을 것인가, 이에 대한 생각들을 조금 듣고 싶습니다.

임헌영 그 글을 쓸 때는 굉장히 용기를 냈습니다. 왜냐하면 사회주의라는 말을 함부로 못 쓸 때거든요. 어림도 없죠. 그걸 어떻게 만들까 하다가 찾아낸 것이 민족적인 거죠. 사실 그때는 민족적이라는 말을 안 써야 하죠. 박정희가 "민족주의는 민주주의"라고 할 때니까요. 네 민족하고, 내 민족하고는 다르다 그런 생각으로, 모험적으로, '민족적 리얼리즘'이라는 그 부제를 달아서 파장이 되었어요. 그때가 내가 일본 책을 통해서 문학 이론을 공부했을 때예요. 한국말로 번역이 안 되던 때니까…….일본 책을 금서든 뭐든 돈만 생기면 사서, 내가 돈 벌 때니까, 일본 책을 통해 공부를 한 거죠. 그래서 쓴 건데…….

문학평론은 진리를 탐구하는 것이기도 하지만 운동이다. 평론은 운동이다. 어떤 면에서는 좀 안 좋은 시나 소설도 좋다고 해야 한다. 그게 평론이다. 그게 주례사 평론이라 해도 나쁜 것이 아니다. 지금도 저는 똑같아요. 평론이 만고의 진리고 그런 게 아니란 말이에요. 운동이에요. 캠페인이야. 사회 변혁을 위한, 예를 들어 봉사하는 것이 평론이고, 때로는 안 좋은 시도 좋다고 해가지고 기회를 만들어야 한다. 그래야 한다. 지금이나 그때나 같은 생각이에요. 평론을 뭐 진지하게 학문적으로 어떻다느니, 이런 것은 정치의식이 없다고 나는 생각합니다. 그랬는데 루카치를 보니까, 나하고는 좀 궁합이 안 맞는 거예요. 이 사람은 공부를 너무 많이 했어, 난 좀 덜하고 (웃음) 루카치에게 세계문학에서 최고는 괴테예요. 그다음에 발자크, 스탕달. 이 셋이 최고야. 그 밑쪽으로 가면 톨스토이, 도스토옙스키는 좋아하다 말다 하고. 고리키도 좀 약간 우습게 보지 않나. 전부 다, 그러면 과연 변혁운동이라든가, 혁명과 문학의 관계가 어떻게 되느냐…….그런 맥락. 그래서 내 생각을 맞춰보니까, 그 당시 러시아의 이론하고 중국의 이론하고, 그때는 러시아와 중국이 철저한 사회주의 국가였으니까, 맞춰보니까 내 생각이 맞는 거예요.

러시아에서는 루카치를 거론도 안 하고, 중국도 보니까 루카치에 비판적이었고……. 그래서 내 생각이 맞구나, 하고 선을 그었죠. 그래서 내가 민족주의라는 말을 붙인 거죠. 우리나라는 우리나라에 맞는…… 우리나라의 카프 문학이라든지…… 예술성이 없다고 하지만, 그걸 평론가들이 유럽 기준으로 보면 안 돼요. 일본 기준으로 봐도 안 되고. 우리나라 기준으로 우리나라에서 봐야 해요. 우리나라는 뭐…… 백 년도 안 되는 거, 그때는 오십 년도 안 된 곳에서 거기서 무슨 작품이 있다고, 무슨 걸작이 있다고, 예술성이 있다고 그건 말이 안 되죠. 말이 안 된다 하는 건 내가 좀 잘못이고……. 우리나라 입장에서 새로운 미학적인 이론이 나와야 한다, 그런 뜻에서 나온 것이 한국문학의 과제에요.

고명철 선생님의 시각이 상당히 앞서 있다고 생각되는 게, 최근에 인도의 탈식민주의 이론가 중 하나인 아시스 난디가 쓴 글을 공부하게 됐습니다. 아시스 난디는 타고르가 쓴 소설에 대해 루카치가 1920년대에 혹독한 비판을 했는데, 타고르의 소설을 유럽의 시선으로 봤을 때 생긴 오독이라고 루카치를 매섭게 비판합니다. 루카치의 비판은 어디까지나 유럽의 편향된 시선이라는 겁니다. 말하자면, 아시스 난디는 루카치가 인도의 현실을 너무나 모르는, 그리하여 루카치 비판은 유럽식 좌파일 뿐, 유럽식 리얼리즘을 가지고 어떻게 인도의 현실을 이야기하려고 하느냐고, 아주 매섭게 비판을 했더라고요. 이미 선생님이 1971년에 아시스 난디와 같은 생각을 가지고 계셨는데, 인도의 탈식민주의 이론가는 1990년대에 이르러 그 이야기를 하는데……. 어떤 구체적 현실 속에서 서구의 이론을 비판적으로 인식할 것인가 하는 문제는 아무리 강조해도 지나치지 않을 겁니다.

문학운동으로서 비평의 정치성을 회복해야

고명철 아까도 그런 말씀을 해주셨지요. 비평이라는 게…… 선생님 세대의 비평은 일종의 문학운동이고, 정치성을 띠어야 하고, 그런 정치사회적 상상력들의 산물이고 사회를 읽어야 하는데……. 요즘 한국사회는 점점 더 비평이라는 것이 학문화되고, 아카데미즘화되고……. 비평을 마치 아주 속된 말로 하면 대학교수가 되려는 자격증 정도로 여기곤 합니다. 그래서 같은 비평을 하면서도, 선생님 세대들의 비평과 비교했을 때 최근 비평들이 그 운동성 면에서 현격하게 퇴화되고 있다는……. 그래서 드리는 말씀인데요. 21세기의 비평의 존립 가치 또는 문학운동…… 어떻게 활력을 찾아야 할까요. 선생님은 몸으로 직접 체득을 하였으므로, 선생님이 보시기에 현재 한국의 침체된 비평, 운동성이 현격히 탈락된, 이런 문제를 풀려면, 실마리를 어디서부터 얻어야 할까요.

임헌영 참 어렵죠. 세계적인 현상이죠. 비평이 그렇게 된 것은. 저는 1970년대가 전환기라고 봐요. 1970년대까지만 해도 크리티시즘의 시대였는데 1970년대 후반, 1980년대부터 이론의 시대로 바뀝니다. 그렇게 바뀌는 데 큰 작용을 한 것이 계간지입니다. 『창비』와 『문지』 등……. 계간지들이 완전히 각주를 달고, 그야말로 비평 이론으로 바뀌어버렸어요. 그 뒤부터는 비평과 크리티시즘과의 구별이 없어져 버렸어요. 비평가들이 글을 쓰는 방법을 바꿔야 한다고 봐요. 이게 너무 대학원생 상태의 글이에요. 때로는 내가 봐도 무슨 소리인지 모르는 비평도 있더라고. 그리고 외국 인용이 너무 많아요. 생각해봅시다. 김남천도 루카치를 언급하고 그랬지만, 김남천이 루카치를 언급했다고 우리가 문학사에서 중요시하는 것이 아니거든요. 우리나라 현실을 어떻게 봤느냐, 우리나라 소설을 어떻게 봤느냐 하는 것이 역사에 남는 것이에요.

개인적으로 자기의 소양을 위해서 보기는 보되, 외국의 눈으로 우리나라 작가를 보는 것은 하지 말아야 합니다. 우리나라 작가는 우리나라를 위해 쓴 거지, 외국 평론가를 위해 쓴 것이 아니잖아요. 우리나라 대상으로 썼는데 이론은 외국 것을 가져다 쓴단 말이죠. 외국 것을 볼 필요가 없어요. 평론가들 자신이 대학원생 위주의 평론에서 벗어나서 대중들에게 다가가라. 해설이 더 어렵다. 그러면 안 된다고 봐요. 그리고 평론가들이 정말로 객관적이 돼서, 이용할 거 당당하게 이용하고, 칭찬할 거 칭찬하고 이래야 하는데, 지금은 다 평론가들이 작가, 시인들 눈치를 봐요. 비평이 빨리 제자리를 찾아야 하는데……. 눈치 볼 필요가 없는 게…… 비평가들이 다 대학교수잖아요. 봉급 받으니까 소설가, 시인 술 안 얻어먹어도 되잖아. (웃음) 그럼 독자들이 볼 때 얼마나 신선하겠어요. 그런 평론가들 사이트를 누가 좀 만들었으면 좋겠어요. 누가 상 받았다고 하면 아주 그냥 두들겨 까버리고 말이죠. 지금 아무도 그렇게 못 하잖아요. 그런 비평을 해야만 비평 풍토가 달라지고 운동화될 것이고……. 비평운동을 하려 해도, 누가 봐줘야 운동을 하죠. 지금이 적기입니다. 우리 문학운동을 위해서는 비평 그룹 사이트를 만들어서, 비평 그룹에서 그거를, 올바른 시, 소설 평가를 해주는 거예요. 사이트를 만들어서 하면 얼마나 좋아요. 그걸 누가 해줬으면 좋겠어요.

고명철 좋은 말씀입니다. 예전과 달리 지금은 얼마든지 온라인 미디어를 활용할 수 있고……. 작년 신경숙 표절 이후에, 사실 그것이 비평가들이 먼저 문제 제기했다기보다는, 일반 독자들이 자기들이 읽어보고, 일반 독자들의 수준이 상당히 높아서, "신경숙씨의 미학 수준이 상당히 낮은 수준임에도 불구하고 왜 특정 출판사에서 그렇게 좋은 작품으로 띄우느냐. 문제가 있다" 하니까 오히려 나중에 비평가들이 문제 제기를 한 것이죠.
지금까지 다른 곳에서 못 들었던 이야기를 들려주셨고, 또 최근 일어나고 있는 시국에 대해서도 촛불 시위를 미학적 관점으로 어떻게 볼 것인지 말씀을 들려주셨는데, 무척 신선하게 다가왔습니다. 마지막으로 요즘 젊은 세대한테 들려주고 싶은 말씀이 있으십니까.

임헌영 내가 스승도 아니고 잘난 것도 없지만……. 공부를 할 때, 어떤 공부든지, 현실성 있는 공부를 하는 게…… 취직시험 공부 그런 공부 말고. 취직보다 더 중요한 것. 그러니까 내가 생각하는 이상적인 사회는 취직 걱정을 안 해도 사는 데 문제가 없는 사회거든요. 애를 낳았는데, 애를 키울 돈이 없다. 이런 것은 말이 안 되죠. 아이는 내 아이지만 국가의 재산이기도 한 거예요. 국가의 보배, 국보 1호는 국민입니다. 아이죠. 그러니 젊은 사람들이 그런 큰 공부, 자기 인생 행보에 대한 공부를 했으면 좋겠어요. 취직보다 더 중요한 것…… 백 년을 산다고 하면 취직해봤자 몇 년, 20년 하다 나와서 사오십 년을 퇴직 뒤에 살아야 하는데, 뭘 먹고 살 거예요? 미래를 생각해봐요. 어떤 사회를 어떻게 만들어야 하는지 하는 공부. 사회를 잘 만들어 놓으면 저절로 취직되는 거예요. 그럼 그런 공부를 해야 하지요.

고명철 사회를 잘 만드는 공부. 어떻게 보면 기득권들이 사회를 잘 만드는 공부를 못 하도록, 작은 공부만 하도록 자꾸만 젊은 세대들에게 이해관계에만 집중하도록 하는 것 같습니다. 선생님의 귀한 말씀, 잘 들었습니다. 우리 시대의 어른이 어떠해야 하는지를 생각해봅니다.

제2부

정치적 상상력을 수행하는 언어 '들'

혁명, 수행의 언어들: 해방과 민주주의 상상력

1. '한국어문학'과 '혁명'의 접속, 그 쟁점

논의 시각을 분명히 할 필요가 있다. 한국문학이 아니라 '한국어문학'의 영역에서 혁명의 동력은 무엇이며, 그리고 어떻게 이 양자는 서로에게 작동했을까. 한국문학의 범주로 한정시킬 경우 근대 국민문학으로서 시민권을 확보한 문학의 실재를 대상으로 하는 것을 염두에 둔다면, 엄밀히 말해 근대의 국민주권을 이미 소유하고 있든지 또는 빼앗긴 국민주권을 회복하기 위해서든지 그것은 특정한 개별 국민국가로서 정치적 독립성과 다른 국민국가와 구분되는 정치적 자족성을 최우선적으로 고려하지 않을 수 없다. 따라서 이러한 정치문화적 속성을 띤 한국문학[1]과 혁명의 동력에

----

1. 이러한 측면에서 조선민주주의인민공화국 건립(1949) 이후 북한문학은 한국문학의 범주로 포괄할 수 없는 북한문학의 정치문화적 속성을 갖는다. 하지만 뒤에서 언급하겠으나, 한국어문학의 범주로 논의할 경우 북한문학도 포괄할 수 있는 경계의 유연성이 확보될 수 있다. 물론 이 경우 한국어문학을 '겨레말문학'으로 유연하게 인식하는 것을 염두에 둘 필요가 있다. 이와 관련하여, 2005년 2월부터 대한민국과 조선민주주의인민공화국의 언어학자들은 분단 이후 양측 체제에서 상용화된 말의 이질성을 극복하기 위해 '겨레말사전 편찬작업'을 시작하고 있다. 이를 통해 남과 북 사이에 정치적 이념의 분단을 넘어 '겨레말'의 창조적 계승과 민족화합의 실질적 장을 마련하고 있는 것은 한국문학 연구자들에게 시사하는 바 크다.

대한 논의는 자연스레 이러한 사안에 초점이 맞춰진다. 하지만 한국어문학으로 문제의식을 전환할 경우 논의의 시계視界는 사뭇 달라진다. 물론, 사안에 따라서는 종래 한국문학의 정치문화적 속성과 상당한 부분 포개질 수 있다. 그럼에도 불구하고 한국어문학의 범주에서 논의할 때 중요한 문학적 쟁점은 한국문학이 함의하고 있는 개별 국민국가의 정치적 독립성과 자족성에 대한 논의로부터 유연성을 확보할 수 있다. 말하자면, 국민주권의 강고한 정치문화적 프레임으로부터 풀려남으로써 대한민국의 국민으로서 문학의 주체가 아니어도 한국어라는 겨레말을 공유하고 있는 문학의 주체를 두루 포괄한 한국어문학은 국민국가의 안팎이 낳은 근대의 다층적 문제를 새롭게 인식할 수 있을 뿐만 아니라 근대 자체에 대한 래디컬한 물음과 성찰을 통해 근대 극복의 과제를 문학적으로 실천하는 길을 궁리할 수 있다. 그렇다면 한국어문학의 이러한 정치문화적 속성과 교응하는 혁명의 동력에 대한 논의는 한국문학과의 그것보다 훨씬 래디컬하고 생산적일 터이다.

그런데 문제는 '혁명'에 대한 한국사회의 지배적 통념이 지닌 정치적 불구성이다. 이것에 대해서는 추후 상세히 논의하겠지만, 먼저 상기해두고 싶은 것은 한국사회에서 '혁명'은 매우 불온한 것인바, 19세기 말부터 최근까지 역사의 격변을 일으킨 봉기와 항쟁은 국가의 체제 안정과 국민의 안녕을 보호한다는 미명 아래 국가권력의 폭압에 짓밟힌 채 '혁명'의 실패로 귀결되는가 하면,[2] '혁명'의 애초 열정과 의지와 실천은 곧 혁명 이후 제도권으로 흡수 및 수렴됨으로써 미완의 혁명으로서 자족하는 화석화의 도정을 밟은 적 있다.[3] 무엇보다 한국전쟁 이후 냉전 시대와

• • • •

2. 여기에 해당하는 봉기와 항쟁으로는 다음과 같은 역사적 '사건'을 들 수 있다. 동학농민혁명(1894), 3·1혁명/운동(1919), 4·3혁명/항쟁(1948), 5·18민주화운동/민주화항쟁(1980). 물론 이들 혁명은 이후 그 본연의 정신을 정상적으로 회복하는 가열찬 역사의 움직임이 지속되고 있다.

3. 두루 알듯이 4·19혁명(1960)은 민주당의 기득권 정치세력에 의해 제도권으로 흡수되고 곧 5·16혁명으로 오도된 군사쿠데타에 의해 미완의 혁명으로 전락한다. 전두환 군사독

분단 체제가 지속되면서 '혁명=공산주의(사회주의)'라는 도식은 대한민국과 조선민주주의인민공화국, 즉 두 개의 서로 다른 국민국가의 정치체제가 대립·갈등을 넘어 적대시하는바, 한국사회에서 '혁명'은 남한체제를 전복시키는 종북좌파의 반국가·반체제를 도모하는 범법 행위를 초과한 절대악으로 간주되곤 하는 이른바 레드콤플렉스로부터 자유롭지 않은 만큼 '혁명'에 대한 논의가 전방위로 심층적으로 펼쳐지는 데 현실적 어려움에 직면해 있다. 게다가 '혁명'이란 어휘가 함의한 단절성, 전복성, 혁신성, 운동성, 전투성, 진보성 등속의 의미는 남한사회보다 북한사회에 친연성이 있는 북한체제의 정치사회를 표상한다고 간주되는 한국사회에 내면화된 분단 체제의 반공주의는 문학과 혁명의 동력에 대한 풍부한 논의를 협소화시키든지 주변적인 것으로 홀대하든지 하여, 이 문제에 대한 본격적이고 심층적인 논의들이 다른 문학적 사안들에 대한 논의보다 상대적으로 더딜 뿐만 아니라 충분하지 않다고 볼 수 있다.

이와 관련하여 필자에게 강하게 문제를 제기하는 논자도 있을 것이다. 가령, 4·19혁명과 관련한 문학 논의들의 핵심은 말 그대로 문학과 혁명에 대한 것들이 아니냐고. 물론, 그동안 한국문학사에서 4·19혁명과 연관된 주요 논의들이 개진되었으며, 관련한 새 논의들이 지속적으로 개진되고 있다. 그런데 다양한 논의들의 밑자리에 뙈리를 틀고 있는 것은 4·19혁명을 서구 부르주아 계급의 혁명과 유비 관계를 지니는 것으로 파악하는, 그래서 근대 시민의식으로서 쟁취한 민주주의 가치에 대한 선망과 그것에 대한

• • •

재에 항거하여 일어난 6·10혁명/항쟁(1987)은 호헌철폐 대통령직선제를 쟁취했으나 야권의 분열로 인해 대통령 직선제 선거에 패배하였고 전두환 정권의 연장인 노태우 정권의 제도권력으로 흡수되었다가 이후 김영삼의 문민정부(1992) 출범을 맞이하여 형식적 민주주의 제도권력으로 수렴된다. 최근 한국민주주의를 성숙시킨 촛불혁명(2016)으로 출범한 정부는 그동안 적폐를 청산하는 구체적 실천을 보이면서 '촛불혁명'의 가치를 실현하고자 노력하고 있다. 그동안 표면적으로 성공한 혁명과 관련한 역사가 보여주듯, 자칫 혁명 본연의 정신이 희석되거나 제도권으로 흡수됨으로써 '촛불혁명'의 정신이 퇴색되지 않아야 할 것이다.

문학적 실천의 정진과 고투 그리고 그 한계를 1960년대의 문학과 연계시키고 있다는 점이다. 특히 4·19혁명 이후 한국문학사의 지평이 이른바 4·19세대의 문학으로 재편되는 제도권력화(그 단적인 사례가 '창비'와 '문지' 중심의 계간지 시대의 개막)가 진행되면서 유럽중심주의 근대문학의 질서로부터 자유롭지 않았다는 점을 직시할 필요가 있다.[4] 바로 여기서 비판적 문제를 제기할 수 있다. 1960년대의 문학과 4·19혁명의 동력을 이처럼 유럽중심주의 문제의식에 기댄 것으로 자족할 수밖에 없을까. 이에 대해서는 자세한 논의를 펼치겠지만, 앞서 언급했듯이, 한국사회의 분단 체제에 구속된 혁명에 대한 정치적 불구성과 불온성이 사회주의 혁명과 거리를 둔 혁명, 즉 프롤레타리아 계급 주도의 혁명이 아닌 부르주아 계급이 주도하는 혁명의 동력을 자연스레 주목할 수밖에 없는 한국 지식사회의 아비투스가 작동하고 있는 것이 아닐까. 그렇다면, 1960년대의 문학을 지금까지와 다른 혁명의 동력으로 살펴볼 수는 없을까.

이러한 문제 제기는 비단 1960년대의 문학과 4·19혁명에만 국한되지 않는다. 사실, 이 글이 다뤄야 할 '혁명의 동력과 한국어문학'의 초점은 바로 여기에 있다. 고백하건대, 필자의 학문적 깜냥으로 이 주제를 논의하기에는 턱없이 부족하다. 다만 필자는 이 글에서 그동안 관성화된 혁명의 동력과 문학에 대한 문제의식을 더욱 예각화하는 데 초점을 맞추기로

● ● ● ●

4. 4·19혁명과 함께 그 역사적 성격이 해명되는 1960년대의 문학은 유럽문학(프랑스문학, 독일문학 중심)의 문학적 교양(특히 모더니즘적 사유)에 기반을 둔 자유주의 성향의 '문학과지성'의 에콜은 물론, 리얼리즘에 기반을 둔 진보적 성향의 '창작과비평'의 에콜 모두 유럽중심주의 근대문학의 자장에 붙들려 있었다. 특히 '창작과비평'을 창간한 백낙청은 당시 가짜 참여문학과 순수문학에 대한 비판 담론에서 프랑스 지식인 사르트르의 논지를 중심으로 논의를 전개시키고 있을 뿐만 아니라(백낙청, 「새로운 창작과 비평의 자세」, 『창작과비평』, 1966년 창간호) 사르트르가 주도한 『현대』지 창간사인 「현대의 상황과 지성」(정명환 역)을 번역하여 소개하는가 하면(『창작과비평』, 1966년 창간호), 1967년 가을호부터 1975년 가을호까지 총 10회 번역 소개한 『문학과 예술의 사회사』는 헝가리 태생의 아놀드 하우저가 집필한 저서로 이후 '창작과비평' 에콜의 리얼리즘과 진보적 문학운동의 이론적 바탕이 되었다고 해도 무방하다.

한다. 글의 서두에서 분명히 해두었듯이, 한국어문학을 대상으로 하는 만큼 한국어문학이 근대 국민국가가 함의하고 있는 근대성의 주박(呪縛)으로부터 유연성을 지니고 있다는 것, 그래서 한국어문학의 문제의식은 한국문학과 또 다른 층위에서 근대를 횡단하여 근대를 넘어설 수 있는 문학적 실천을 궁리할 수 있다는 것, 이것은 "혁명의 임무는 근대성을 지속시키거나 완성하는 것이 아니라 근대성을 철폐하는 것이다."[5]라는 '혁명'의 정치문화적 실천과 접속될 수 있다는 점에 주목할 필요가 있다. 그래서 혁명의 동력과 한국어문학은 매우 문제적인 쟁점이 아닐 수 없다.

2. 혁명과 주체: 민중혁명과 정치적 상상력

필자는 앞서 각주2와 각주3에서 간략히 언급했듯이, 19세기 말부터 한국사회에서 일어난 봉기와 항쟁으로서 정치문화적 속성을 띤 혁명에 주목하는바, 특히 "혁명은 낡은 국가 장치가 아직도 손상되지 않고 있을 때 단호하게 시작해서 그 국가 장치가 와해되고 대신 새로운 국가 장치가 건설되었을 때 명확히 끝나는, 시간적으로 압축적이고 대상이 집중된 급격한 정치적 변혁을 의미"[6]하는 것으로,[7] 이 경우 중요한 것은 혁명을

• • •

5. 페리 앤더슨, 「근대성과 혁명」, 『창작과비평』 여름호, 창작과비평사, 1993. 360쪽.
6. 페리 앤더슨, 위의 글, 358쪽.
7. 혁명의 정치문화적 속성을 반드시 국가체제의 전복으로 국한시키지 않고 사회의 모든 부문을 대상으로 한 낡은 것들에 대한 쇄신과 혁신의 함의를 띤 것으로 파악하기도 한다. 하지만 이 경우 자칫 '혁명'이 지닌 정치문화적 낡은 것에 대한 단절과 도약보다 기존 국가체제의 균열과 해체 없이 사회 부문에 대한 점진적 개량과 개조의 성격이 짙음으로써 애초 혁명의 본질은 휘발된 채 기존 국가체제를 더욱 세련된 정치 수행의 언어(메타포)로 변장시키는 데 자족할 수 있다. 이와 관련하여, 필자가 강조하고 싶은 것은, 다음과 같은 혁명의 네 측면이다. "첫째, 혁명은 주요 집단들이 기존 정부나 체제에서 이탈해 이것과 적대하는 과정을 포함한다. 둘째, 혁명은 사건, 즉 무력을 사용하거나 무력을 사용하겠다는 위험을 확산시킴으로써 정부를 전복하는 사건을 가리킨다. 셋째, 혁명은 기존 체제를 지탱했다고 여겨지는 사회의 주요 공리 중 일부나

어떤 정치 주체가 수행하느냐, 그리고 그 정치 주체가 혁명을 수행하는 도정에서 어떤 새로운 정치체제를 기획 및 실현할 것인가 하는 전망의 구체성 여부다. 이것은 근대 한국어문학의 지평에서 매우 긴요한 사안이다.

단재 신채호(1880–1936)의 「조선혁명선언」(1923)은 이 사안과 관련하여 우선 검토되어야 할 문학 자산으로 손색이 없다. 항일 무장 독립투쟁 단체 의열단의 요청을 받고 '의열단 선언문'으로 작성된 「조선혁명선언」은 당시 상해임시정부의 독립운동으로 비중을 둔 외교론과 준비론의 맹점을 강도 높게 비판한바, "<외교> <준비> 등의 미몽을 버리고 민중 직접 혁명의 수단을 취함을 선언"[8]한다. 이 문건이 항일독립운동사에서 갖는 중요성과 가치 못지않게[9] 근대전환기를 통과한 신채호의 문학적 실천에서 간과되어서는 안 될 종요로운 문제의식을 보인다는 점을 중시할 필요가 있다.

다시 말하자면 <고유적 조선의> <자유적 조선민중의> <민중적 경제의> <민중적 사회의> <민중적 문화의> 조선을 건설하기 위하여 <異族통치의> <약탈제도의> <사회적 不平均의> <노예적 문화사상의> 현상을 타파함이니라. 그런즉 파괴적 정신이 곧 건설적 주장이라. 나아가면 파괴의 <칼>이 되고 들어오면 건설의 <旗>가 될지니, 파괴할 기백은 없고 건설할 癡想만 있다 하면 오백 년을 경과하여도 혁명의 꿈도 꾸어보지 못할지니라. 이제 파괴와 건설이 하나이요 둘이 아닌 줄 알진대, 민중적 파괴 앞에는 반드시

● ● ●

전부를 바꾸려고 하는 후속 정부가 제시한 강령을 갖고 있다. 마지막으로, 혁명은 특히 정치적 신화다. 즉, 혁명은 사태가 어떻다는 것보다는 사태가 어떻게 되어야만 이상적인가를 더 많이 설명한다." 피터 칼버트, 김동택 역, 『혁명』, 이후, 2002. 43–44쪽.

8. 신채호, 「조선혁명선언」, 신용하 편, 『혁명론』, 문학과지성사, 1984. 148쪽. 이하 「조선혁명선언」의 부분을 인용할 때 한글로 표기하되, 의미상 부득이한 것은 원문의 한자를 표기한다.

9. 그 선구적 논의로는 신용하, 「신채호의 「조선혁명선언」 논고」, 『혁명론』, 문학과지성사, 1984.

민중적 건설이 있는 줄 알진대, 현재 조선민중은 오직 민중적 폭력으로 신조선 건설의 장애인 강도 일본 세력을 파괴할 것뿐인 줄을 알진대, 조선민중이 한편이 되고 일본 강도가 한편이 되어 네가 망하지 아니하면 내가 망하게 된 <외나무다리 위>에 선 줄을 알진대, 우리 이천만 민중은 일치로 폭력 파괴의 길로 나아갈지니라.[10]

단재가 겨냥하고 있는 민중혁명의 대상은 일본 제국주의로, 그는 일본 제국의 식민체제를 민중의 폭력 혁명으로 전복할 것을 세상에 천명한다. 조선민중이 혁명의 주체로서 근대의 주권을 회복하고 새로운 조선을 건설하기 위해 일제의 식민체제를 파괴해야 하는 역사의 합목적성을 설파하고 있는 것이다.[11] 그리하여 단재는 선언문의 말미에 "우리 생활에 불합리한 일체 제도를 개조하여 인류로써 인류를 압박(壓迫)치 못하며, 사회로써 사회를 박삭(剝削)치 못하는 이상적 조선을 건설하지니다."[12]라고 민중혁명의 목적과 이상을 뚜렷이 밝힌다. 사실, 일본에 주권을 강탈당한 이후 중국으로 망명한 단재는 국내 조선문단의 동향과 거의 무관하게 가열찬 집필 활동을 전개한바, 「낭객의 신년만필」(<동아일보>, 1925년 1월 2일)에서도 식민지 조선의 현실에서 점진적 개혁은 '우거(愚擧)'일 따름이며, "사회 진화의 경로를 개척하려는 혁명"[13]의 절박성을 시사한다. 그러면서 단재는 1920년대 무렵 조선문학이 본격적으로 근대문학의 제도로 정착되는 현실을 응시하면서 비판적 성찰을 보인다. 그 핵심은 "현실을 봉인하는 자율과

• • •

10. 신채호, 「조선혁명선언」, 앞의 책, 152쪽.
11. 양진오는 신채호의 문학적 실천과 사유의 심연에 있는 '혁명'에 주목함으로써 신채호의 문학에 대한 통념을 발전적으로 해체시켜 신채호의 역동적 사상과 그 실천을 재조명한다. 양진오, 「신채호 문학에서의 혁명 개념 연구」, 『국어교육연구』 52호, 국어교육학회, 2013.
12. 신채호, 「조선혁명선언」, 같은 책, 153쪽.
13. 신채호, 「낭객의 신년만필」, 『단재신채호전집 제6권 논설·사론』, 독립기념관 한국독립운동사연구소, 2008. 585쪽.

문학이 식민지 사회를 석권할지도 모를 징조 앞에서 단재는 순예술주의를 비판"[14]한다. 흥미로운 것은, 「낭객의 신년만필」이 발표된 같은 해 8월 카프가 결성되었음을 상기해볼 때, 비록 단재가 국내의 조선문단과 거리를 둔 채 집필 활동을 펼쳐왔지만, 「낭객의 신년만필」에서 비판적 징후를 보이듯, 카프가 역점을 두고 있는바, 조선민중의 현실에 천착하지 않은 조선의 근대문학 전반에 대한 문학운동을 통해 계급해방과 민중해방의 도정에서 일제 식민체제의 전복을 추구하기 위한 어젠다와 단재의 그것은 서로 문제의식의 골격을 공유한다고 볼 수 있다. 말하자면, 단재의 「조선혁명선언」과 「낭객의 신년만필」을 통어하고 있는 문제의식은 카프의 어젠다와 함께 일제 식민체제에 맞서 투쟁하고 붕괴시킴으로써 조선민중이 역사의 주체로서 새로운 조선을 건설하는 데 주동 역할을 하는 혁명의 문학 또는 문학의 혁명을 실천하는 데 있다.

이렇듯이 단재의 민중혁명은 근대 조선문학에서 선구적이며 카프 이후 본격화된 계급 각성으로서 민중의 발견과 이것을 근간으로 한 조선혁명의 특수성을 띤 일제 식민주의로부터 민족해방을 동시에 내다본 예언자로서 정치문화적 속성을 띤다.

이처럼 단재의 근대문학적 사유로부터 출발했다 해도 과언이 아닌 민중혁명에 대한 문학적 사유는 신동엽(1930-1969)의 서사시 「금강」(1967)에서 19세기 말 동학농민혁명이 주목되고 그것이 지닌 민중혁명의 가치가 새롭게 탐구되면서 한국어문학의 지평에서 비로소 근대문학의 중요한 민중혁명의 시계열時系列을 구성한다. 그렇다면 신동엽이 「금강」에서 예의주시한 동학농민혁명에 대한 문학적 사유에서, 민중은 어떠한 혁명의 문학과 문학의 혁명의 몫을 수행하는 주체일까.

『알겠습니다, / 봉준형의 뜻. // (중략) // 전쟁을 넘어서서 / 사회혁명으

• • •

14. 최원식, 『문학』, 소화, 2012. 229쪽.

로 이끌자는 / 말씀이었습니다. // 우리가 봉기하면 / 국내문제로 끝나는 게 아닙니다, / 외세, / 그들의 벽과 부딪치게 될지 모릅니다, // 각오하셔야 / 됩니다, 외국의 / 조직된 신식 군대와 / 성능 좋은 대량학살 무기, // 구라파 에서는 / 산업혁명 뒤, / 신흥자본주의 국가로의 / 꿈을 안고 껑충껑충 / 도 약운동하고 있습니다. // 제국주의 전쟁, / 식민주의 전쟁 / 들을 준비하고 있습니다. // 그들이 구워낸 새로운 / 살인 무기를, 일본이나 / 청국은 사들여 오고 있습니다, // 각오하셔야 됩니다, / 이왕 피를 보아야 된다면 / 책임도 지셔야 됩니다, / 백성들만의 지상낙원, / 손에 흙묻혀 일하는 사람들만의 / 꽃밭. // 정권 없는, / 통치자 없는, / 정부 없는 / 농민들만의 세상, 이상 사회, / 우리들 손으로 이룩할 / 책임, / 우리가 업어야 합니다.』[15]

신동엽의 역사인식은 아주 예리하고 적확하다. 동학농민혁명군이 봉기 하여 투쟁해야 할 대상은 봉건 통치의 부패로 인해 점차 타락·붕괴· 몰락해가는 현 정권뿐만 아니라 19세기 중반 이후 공업화에 박차를 가하면 서 식민주의 쟁탈전을 통한 제국주의 전쟁을 준비하면서 신흥자본주의 국가로 도약하고 있는 외세다. 달리 말해 동학농민혁명군은 반봉건주의와 반제국주의에 맞서 봉기하였고, 기왕 봉기하여 "피를 보아야 된다면 / 책임도" 마땅히 져야 한다는 것을 힘주어 강조한다. 그래서 신동엽은 동학농민혁명의 봉기의 최종 심급에서 실현되어야 할 것은 "손에 흙묻혀 일하는 사람들만의 / 꽃밭", "농민들만의 세상, 이상 사회"를 이룩하는 데 있다.[16] 여기서 예의주시할 것은 동학농민혁명이 지닌 민중혁명의 성격

• • • •

15. 신동엽, 「금강」, 『신동엽전집(증보판)』, 창작과비평사, 1980. 205-206쪽. '~읍니다' 를 '~습니다'로 고치고 한자를 한글로 바꾼 것 외에는 증보판의 원문을 그대로 인용.
16. 이러한 신동엽의 문학적 사유를 반근대적 혹은 반문명적 퇴행적 시대인식의 산물로 보는 것은 신동엽의 역사인식뿐만 아니라 문학에 대한 몰이해의 소치다. 신동엽이 주목하는 '농민'을 근대의 사회 직업의 분화에 따른 농업에 종사하는 직업인으로서 협소하게 보는 것은 번지수를 잘못 짚은 것이다. 물론 간혹 문맥에 따라서는 이러한 의미가 없는 것은 아니되, 「금강」과 신동엽 문학 전반에서 출현하는 기표상의 '농

은 근대 세계체제, 즉 공업화의 진행과 그로 인한 자본주의 세계체제의 전개 속에서 식민지 경영의 이해관계 속에서 타락해가는 근대 국가의 전쟁에 직면하여 어떻게 이 전쟁을 넘어 새로운 조선의 '사회혁명'을 쟁취하느냐 하는 것이다. 물론 이들 전쟁에 맞서고 이것을 넘는 역사의 주체는 19세기 말 사회구성체의 절대다수인 농민, 즉 민중이다. 그리하여 자본주의 세계체제의 헤게모니를 지배하고 있는 국가 및 제국의 식민지로 전락하지 않고 독립을 이루되, 독립국가의 정부에 예속되지 않는, 다시 말해 근대 국민국가의 온갖 근대적 이데올로기와 국가 장치에 구속되지 않는 민중의 복락을 이루는 혁명적 민중의 일상을 꿈꾸는 것이다.

두루 알듯이 신동엽이 「금강」에서 주목한 동학농민혁명에 대한 문학적 사유는 4·19혁명을 계기로 한 한국사회의 민중의 위엄에 대한 발견과 역사 변혁의 주체로서 이후 민중이 무엇을 어떻게 수행해야 하는지에 관한 값진 문제의식의 소산이다. 이와 관련하여, 4·19혁명 이후 애초 혁명의 동력이 제도권을 비롯한 일상의 영역까지 제대로 파급되지 않은 채 현저히 약화되더니 급기야 5·16군사쿠데타로 인해 4·19혁명이 실패로 끝남으로써 민중이 역사의 주체가 아닌 타자로서 위상이 뒤바뀐 저간의 현실은 동학농민혁명군의 봉기가 결국 외세와 결탁한 반혁명 정권에 의해 혁명의 동력이 급격히 소멸해간 것과 결코 무관하지 않다는 점을 상기해둘 필요가 있다. 그래서 「금강」이 함의하고 있는 민중혁명과 그것에 대한 신동엽의 정치적 상상력은 소중한 시적 전언을 타전하고 있다. 비록 근대의 민중혁명을

• • • •
민'은 생산을 담당하는 기층민중을 표상하는 것으로 보는 게 온당하다. 그럴 때 이 '농민'은 「금강」에서 매우 의미심장하게 드러나듯, '하늘'이란 시적 표현이 함의하는, 동학 교주 최시형이 '한울님'으로 포괄하는바 신분제 조선봉건사회에서는 용납되지 않는 모든 인격체의 존엄성을 지닌 사상적 의미를 갖는다. 즉 "신동엽의 '하늘'은 동아시아의 천인합일론 전통을 민중적으로 급전회시켜 모든 인위적 지배를 극복하고 인간 본연의 상태로 회귀하려는 민중 정신의 움직임 자체"(이황직, 「민중 혁명 전통의 문학적 복원」, 『현상과 인식』가을호, 한국인문사회과학회, 2012. 149쪽)로서, "농민들만의 세상, 이상 사회"를 염원하는 「금강」의 시구에 내포된 것은 이러한 '하늘=민중 주체'의 사회를 향한 민중혁명을 함축한다고 볼 수 있다.

통한 혁명적 민중의 일상이 완수된 적이 없고, 그리 쉽게 완수되지도 않을 테지만, 그럴수록 이러한 삶을 향한 정치적 상상력은 우리로 하여금 이러한 세상을 향한 꿈을 포기하지 않도록 하는 혁명의 동력을 부여하고 있다. 그리고 이것은 한국어문학 안팎을 이루는 정치적 상상력의 소중한 자산이 아닐 수 없다.

3. 혁명과 근대: 해방과 민주주의 상상력

그렇다면, 한국어문학의 지평에서 혁명적 민중의 일상을 향한 정치적 상상력은 혁명의 동력을 어떻게 내재화하고 있을까.

1) 반反식민주의를 향한 해방의 정념

단재와 신동엽의 정치적 상상력에서 뚜렷이 확인할 수 있듯, 근대 세계체제의 주변부에 놓여 있는 조선은 그 중심부 국가 및 제국의 이해관계에 속수무책으로 휘둘리더니 일본 제국의 지배를 받는 식민체제로 전락하였다. 그리하여 19세기 말부터 20세기 전반부는 온전한 근대 국민국가로서 정치적 지위를 보증받지 못한 채 반反식민주의를 향한 해방의 정념과 그 문학적 실천이야말로 민중혁명의 동력을 섭취한 한국어문학이 전력투구해야 할 근대의 과제였다 해도 과언이 아니다.

그중 조명희(1894–1938)의 문학이 지닌 문제의식은 새롭게 주목할 필요가 있다. 조명희가 구舊소련으로 망명하기 바로 전 해에 발표한 단편 「낙동강」(1927)은 작중 인물 박성운이 프롤레타리아 계급의 한 개인으로서 출발하여 존경받는 혁명가로 성장하고 마침내 죽음에 이르지만 장례식에서 보이는 무산계급 해방을 향한 장엄한 연대 의식을 주목함과 동시에 새로운 여성 혁명가 로사의 탄생을 응시한다. 여기서 중요한 것은 박성운이 만주, 노령, 북경, 상해 등지를 다니면서 민족주의자로부터 사회주의자로

사상 전환을 단행하면서 항일독립운동에 투신한 도정에는, "러시아 혁명의 성공에 적극 고무된 채 세계 무산계급 해방과 민족해방은 서로 배치되는 게 아니라는 점이며, 일본 제국주의에 대한 반제국주의와 반식민주의는 혁명가가 진력해야 할 혁명의 과업이자 실천이라는 것을 주목"[17]한 조명희의 정치적 상상력이 자리하고 있다는 점이다. 조명희의 이 문제의식은 일제 식민체제에 대한 반식민주의가 조선의 민족해방을 최우선적으로 고려한 민족주의에 매몰되는 게 아니라 러시아 혁명의 파장 속에서 세계 무산계급 해방을 위한 연대 의식, 즉 프롤레타리아 혁명가로서 국제주의를 자신의 문학적 상상력으로 실현하기 위한 부단한 자기 갱신의 산물이다.[18] 말하자면, 조명희는 일제의 식민체제에 대한 반식민주의로서 조선의 민족 해방을 실현함과 동시에 세계 무산자 계급의 연대를 통한 민중혁명이 함께 병행되어야 한다는 정치적 상상력을 개진하였다. 그래서일까. 조명희 는 1928년 구舊소련의 연해주로 망명한 이후 한글 문예지 『로력자의 고 향』(1934)을[19] 발행하면서 왕성한 문학 활동을 펼치는데, 그 문제의식은 사회주의 혁명이 성공한 혁명의 본거지에서 사회주의적 근대를 추구하되 여전히 식민지 조선의 민족해방을 결코 저버리지 않은 반식민주의로서 민중혁명의 문학적 실천이다.[20] 민중혁명의 동력이 이처럼 민족해방과

• • • •

17. 고명철, 「제1차 세계대전의 시계를 통해 본 조명희의 문학」, 『한국언어문화』 66집, 한국언어문화학회, 2018. 50쪽.
18. 이에 대해서는 조명희가 1차 대전의 국제정세에 매우 예리하게 이해하고 있던바, 이것은 희곡 「김영일의 사」와 세 단편 「R군에게」, 「아들의 마음」, 「춘선이」 등에서 잘 드러나고 있다. 고명철, 위의 글, 42~48쪽.
19. 김재용은 조명희가 옛 소련으로 망명한 이후 기록으로만 전해온 한글 문예지 『로력자의 고향』(하바롭스크에서 1934년 9월에 발행, 전체 120여 쪽 분량)을 러시아 모스크바 중앙도서관에서 발굴하여 소개하였다. 「'로력자의 고향'…… 연해주 망명 문단의 '문예지 1호' 찾았다」, <한겨레>(2018년 9월 5일) 및 「특별부록: 원동조선인문예작품 집록—로력자의 고향(상)」, 『지구적 세계문학』 12호, 2018년 가을호; 「특별부록: 원동 조선인문예작품집록—로력자의 고향(하)」, 『지구적 세계문학』 13호, 2019년 봄호.
20. 두루 알듯이 조명희는 스탈린이 연해주 지역 조선인을 중앙아시아로 강제 이주시키는 과정에서 일본의 스파이 혐의로 1938년 숙청을 당한다. 볼셰비키 사회주의 혁명의

세계혁명의 맥락에서 무산자 계급의 연대, 즉 국제주의로서 생명을 가졌다는 것은 한국어문학의 지평에서 매우 종요로운 역사의 가치를 띤다는 점에서 조명희 문학의 중요성을 강조하지 않을 수 없다.

여기서, 이 같은 민족해방과 계급해방의 국제주의의 값진 문제의식은 비단 일제 식민체제에만 국한되는 것은 아니다. 1970년대 중반 이후 진보적 문학계에서는 민족문학론의 맥락 속에서 제3세계문학에 대한 비평적 관심이 집중적으로 제기된다.[21] 가뜩이나 4·19혁명의 현실적 패배와 5·16군사쿠데타로 정권을 장악한 박정희 군부독재는 유신체제 아래 민중 탄압을 통한 공포정치를 실시한다. 그에 맞서 한국사회의 문학운동은 반反유신독재를 타도하기 위해 총력을 쏟는 도정에서 한국사회와 유사한 역사 경험이 있는 아시아, 아프리카, 라틴아메리카의 반제국주의와 반식민주의 문학에 관심을 갖고 소개한다. 이들 제3세계문학의 소개는 각기 다른 정치사회의 조건 속에서 민중혁명을 통한 민족해방과 계급해방을 동시에 추구하려는 문제의식을 공유한다는 점에서 유신체제의 엄혹한 시기에 직접적 문학 저항을 펼치기 어려운 현실에서 한국사회의 문학운동이 우회로를 통해 진력한 문학의 정치적 실천이다. 이후 1980년대의 제3세계문학에서 비중을 둔 논의는 역사 변혁의 주체로서 민중의 입장을 철저히 확립하는 것이다. 물론, 1970년대의 제3세계문학에 대한 논의에서 이러한 견해가 없었던 것은 아니다. 다만, 1970년대에 주목한 제3세계문학에서

● ● ●

근대에 투철한 작품 활동 못지않게 반식민주의 민족해방을 놓치지 않고 있던 조명희 문학적 사유는 소련의 코민테른(모스크바 중심, 즉 유럽 중심의 사회주의적 근대)과 긴장 관계를 갖고 있는 것을 고려해볼 때 그의 죽음이 갖는 식민지 조선인 혁명가의 현실은 큰 울림을 자아낸다. 중국혁명에 헌신했다가 일본 특무의 혐의와 중국공산당 분파를 획책한 트로츠키주의자 및 이립삼주의자의 혐의로 중국 공산당에게 비밀 처형을 당한 조선인 혁명가 김산(1905-1938)의 죽음 또한 조명희와 겹쳐진다. 물론, 그들 모두의 억울한 죽음은 후에 정치적 복권 — 조명희(1956), 김산(1983) — 을 이뤄낸다.

21. 1970년대의 제3세계문학에 대한 전반적 이해는 고명철, 『1970년대의 유신체제를 넘는 민족문학론』, 보고사, 2002. 206-219쪽 참조.

민중을 새롭게 발견하되, 그것이 소시민적 지식인의 부르주아적 시선에 의해 포착된 한계를 벗어나지 못한 반면, 1980년대의 논의는 이러한 한계를 극복하기 위한 문제의식을 다듬는다. 그것은 한편에서는 1970년대 이후 진보적 문학계에서 진전시킨 민족문학론의 시계視界를 염두에 둔 리얼리즘의 문제틀로 제3세계문학을 이해하면서 민중문화를 확립하는 데 힘쓰는 것이고, 다른 한편에서는 '제3세계 리얼리즘'[22]이란 명확한 인식에 기반을 둔 문학운동을 통해 민중의 변혁적 실천을 강조하는 것이다.

이와 관련하여, 1980년대 이후 한국문학사에서 제3세계문학에 대한 이론적 입장은 개별 비평가나 이론가의 노력뿐만 아니라 문학운동 속에서 그 특유의 진보적 역동성을 잃지 않았다는 점을 주목해야 한다. 특히 진보적 문인 조직('자유실천문인협의회' 및 '민족문학작가회의'와 '한국작가회의')의 차원에서 제3세계문학은 집중적 조명을 받기 시작한다.[23] 이것은 1970년대부터 정립된 진보적 민족문학론이 자민족중심주의나 서구 제국주의의 편협한 민족주의 문학론과 엄연히 변별되는 한, 제국의 식민주의 지배를 경험한 제3세계 민중과 연대감을 형성하는 것이야말로 제3세계 민중의 그것과 동일성을 확보하는 것이며, 따라서 이는 자본주의 세계체제의 중심부가 조장하는 온갖 구조악構造惡과 행태악行態惡에 저항하는, '인간해방의 서사'를 실천하는 길이라는 문제의식을 1980년대 이후 확고히 비평담론으로 정립해나가는 것이다. 그리하여 1980년대 이후 지속성을 갖고 제3세계문학과의 교류에 힘을 쏟음으로써 한국문학은 당장 그 가시적 성과를 목도할 수는 없으나, 이 꾸준한 노력을 통해 구미중심주의 서구미학의 전횡을 극복하여 지구적 차원의 새로운 미학의 지평을 모색할

● ● ● ●

22. 제3세계문학을 '제3세계 리얼리즘'의 측면에 초점을 맞춘 대표적 논의로는 채광석, 「제3세계 속의 리얼리즘」(『민중적 민족문학론: 채광석 선집IV』, 풀빛, 1989) 및 이재현, 「문학운동을 위하여」(김정환 외 공저, 『문학과 예술의 실천논리』, 실천문학사, 1983)를 들 수 있다.

23. 고명철, 「진보적 문학운동의 역경과 갱신」, 『흔들리는 대지의 서사』, 보고사, 2016. 133-145쪽.

새로운 문명사적 감각을 탐구하고 있는 것이다.

2) 혁명의 동력을 자기화한 민주주의

민중혁명의 동력을 자기화한 문학의 정치적 상상력을 논의할 때 민주주의에 대한 사안은 반식민주의의 문학운동을 실천하는 것 못지않게 매우 절실한 문제다. 물론, 민주주의에 대한 문학적 실천은 지금까지 살펴보았듯이 19세기 말부터 한반도를 에워싸고 전개된 근대 세계체제와 맞물려 있는 식민주의로부터 해방되는 것과 긴밀히 연결돼 있다. 이러한 측면에서 염상섭(1897–1963) 문학의 심연에 자리하고 있는 3·1혁명[24]의 동력을 자기화하는 모습은 각별히 주목되어야 한다. 이것과 관련해서는 최근 연구 성과[25]의 핵심을 정리해보기로 한다. 이 연구에 따르면, 염상섭은 기존 3·1운동을 대중(/민중)봉기의 형식을 띤 혁명으로 명확히 인식하면서, "3·1정신은 (중략) 정치적 해방이자, 그 의지·의사의 자유 해방인 점에 있어 민주주의의 시발"[26]이라고 주장하는데, 이것이 함의한 그의 문학적 사유에 초점을 맞춘다. 이것은 일본 제국의 식민체제로부터 독립을 이루기 위한 반식민주의 민족해방이면서 동시에 일제의 식민통치를 종식시키고

● ● ●

24. 언론인이자 역사물 평전 작가인 김삼웅은 '3·1절' 또는 '3·1운동'이란 이름이 갖는 부당성을 통렬히 지적함과 동시에 3·1을 혁명의 시각으로 역사의 정명(正名)을 해야 한다고 한다. 3·1혁명은 식민체제를 전복시켜 민주공화제로 거듭나고자 하는 세계사에서 유래 없는, 특히 "봉건적 신민(臣民) 의식에서 근대적 신민(新民) 의식으로 탈바꿈"한 세계혁명사에 손색이 없는 민중혁명인바(김삼웅, 「광화문에 3·1혁명 기념탑 세우자」, <한겨레>, 2014년 2월 26일)", "중국의 신문·잡지는 조선혁명·대혁명·조선해방투쟁 등으로 썼다. 우리 독립운동가들도 그렇게 불렀다. 해방 후 대한민국 정부가 수립되면서 제헌헌법 초안에서는 전문에 '3·1혁명'으로 명시했던 것을 한민당 계열 일부 제헌의원들이 국회의장 이승만에게 과격 용어라고 진언해 '혁명'이 '운동'으로 바뀌게 되어 오늘에 이른다." 김삼웅, 「3·1혁명 99주년의 과제」, <한겨레>, 2018년 3월 1일.

25. 이종호, 「염상섭 문학의 대안근대성 연구」, 성균관대 박사학위논문, 2017.

26. 염상섭, 「기미운동과 문학정신」(<평화신문>, 1958. 3. 1), 한기형·이혜령 편, 『염상섭 문장 전집 Ⅲ』, 소명출판, 2014. 409쪽.

새로운 정치체제를 구성하기 위한 것, 그래서 궁극적으로는 민주주의와 연계돼 있다. 그런데 염상섭의 정치적 상상력 안에서 기획되고 있는 민주주의는 근대적 개인(개성)을 중시하되 그것을 맹목화하지 않는다. 가령, 그의 장편소설 『삼대』에서 보이듯, 염상섭은 자본주의에 대한 비판을 보이면서도 그렇다고 정통 마르크시스트와 구별되는 사회주의에 대한 동조(심퍼사이저)의 입장을 취하는 모습 속에서 자본주의적 근대와 사회주의적 근대 모두를 지양하는 '대안 근대성'으로서 민주주의에 대한 정치적 상상력을 자기화하였던 것이다. 비록 무장봉기가 아닌 비폭력투쟁의 형식을 빈 3·1혁명이 현실적으로 실패했지만, 염상섭은 3·1혁명을 추동시킨 조선민중의 혁명적 실천이 반식민주의 민족해방뿐만 아니라 일제 식민체제를 전복시키고 새로운 정치체제, 일제의 식민체제의 근간을 이루는 근대 세계체제를 지탱시키는 자본주의적 근대도 아니고 식민지 조선의 현실에 천착하지 않은 관념화·도식화·교조화된 사회주의적 근대도 아닌 '또 다른 근대'를 추구하고자 했다. 이것은 염상섭이 자신의 문학적 실천으로서 3·1혁명의 동력을 자기화한 민주주의다.

우리는 이러한 문학적 실천을, 해방공간을 대상으로 한 재일조선인문학에서도 만날 수 있다. 재일조선인문학의 양대 산맥인 김석범(1925–)과 김시종(1928–), 그리고 종합 교양지 『한양』[27]의 존재는 한국어문학의 시계視界에서 혁명의 동력이 어떻게 작동하고 있는지를 여실히 보여준다. 무엇보다 반가운 것은 김석범과 김시종의 문학이 최근 한국어로 활발히 번역됨으로써 그동안 일본문학의 범주 안에서만 다뤄지다가 한국어문학의 범주 안에서도 그 문학적 실체에 보다 가깝게 접근하기 시작했다는 점이다. 위의 논의와 연관하여, 그들의 문학에서 간과해서 안 되는 것은 한반도의

• • • •

27. 『한양』은 월간 종합 교양지의 성격으로 1962년 3월 1일 일본 동경에서 창간되었고 1969년 8·9월호부터 격월간 체제로 전환된 후 1984년 3·4월호(통권 177호)로 종간되기까지 한국어로 발행되었다. 『한양』의 존재는 한국 내로 국한된 한국문단의 진보적 지성사 혹은 진보적 매체의 계보 연구에서 매우 중요한 논점을 제공해준다.

해방공간에 대한 문학적 고투다. 한 독립투사의 뼈아픈 지적에서 단적으로 알 수 있듯, "해방은 우리 민족에게 온 것이 아니라 친일파들에게만 왔다."[28] 김석범과 김시종은 이렇게 비정상적 해방을 맞은 해방공간의 모든 문제가 압축돼 있는 제주 4·3사건을 주목한다. 그들은 일본에서 4·3사건의 역사적 성격의 본질을 명철히 꿰뚫고 있었다. 4·3사건은 그들에게 혁명 그 자체다. 한국어로 번역된 김석범의 대하소설 『화산도』(보고사, 2015)와 김시종의 시집 『경계의 시』(소화, 2008), 『니이가타』(글누림, 2014), 『지평선』(소명, 2018), 『이카이노시집 외』(도서출판 b, 2019), 『잃어버린 계절』(창비, 2019) 등을 관통하고 있는 문제의식은 4·3혁명이 미완의 혁명으로 끝났으나 제주 민중이 봉기한 4·3혁명은 해방공간에서 솟구친 민주주의를 향한 새로운 정치를 실현하기 위한 것임을 주목하였다. 이들 작품은 미군정과 이승만 정치세력이 주도한 반공주의의 폭압 아래 그 혁명의 성격이 심각히 왜곡되면서, 2차 세계대전 이후 미·소 냉전체제로 재편되기 시작한 국제사회의 질서에 한반도가 종속됨에 따라 특히 미국중심의 정치체제에 조금이라도 걸림돌로 작용하는 것을 반공주의로 탄압되는 현실에 대한 준열한 저항과 비판을 보인다. 좀 더 부연하면, 제주의 민중이 무장봉기한 4·3혁명은 일제 식민체제가 완전히 종식되지 못한 채 그 식민권력이 새로운 제국 미국에 의해 재소환되는 것에 대한 비판이고, 그 도정에서 미·소 냉전체제의 전조前兆로 가시화되기 시작한 조국 분단에 대한 저항이고, 더 나아가 염상섭이 선구적으로 모색했던 것처럼 일제를 대신한 새로운 제국인 미국식 자본주의적 근대도 아니고, 세계혁명의 맹주로서 소련이 보이는 소비에트 방식의 사회주의적 근대도 아닌 '또 다른 근대'를 추구한 것이 아닐까. 이것은 분명 기존 민주주의 체제와 다른 새로운 민주주의 체제에 대한 문학적 모색이다.[29]

● ● ●

28. 임헌영, 「히가시 후미히토의 5막 희극」, 『'친일문인기념문학상 이대로 둘 것인가' 세미나』 자료집, 한국작가회의 자유실천위원회·민족문제연구소, 2018. 6~7쪽.
29. 4·3혁명에서 모색한 새로운 민주주의 체제가 어떤 것일까, 하는 문제는 논의의

이처럼 재일조선인문학은 4·3사건을 4·3혁명의 시각으로 인식하면서 해방공간의 혼돈에서 솟구친 새로운 민주주의 체제에 대한 정치적 상상력을 과감히 펼친다. 종합 교양지 『한양』도 예외가 아니다. 『한양』이 일본에서 자유롭게 간행될 수 있는 태생적 조건은 4·19혁명과 5·16군사쿠데타가 일어난 한국사회에 대한 정론직필을 수행하도록 한다. 『한양』이 갖는 이러한 진보성은 당시 한국문단에서 보인 진보성과 비교했을 때 조금도 뒤처지지 않는다. 뒤처지기는커녕 훨씬 래디컬한 진보성을 보인다. 특히 5·16군사쿠데타로 정권을 찬탈한 박정희 정권이 민정民政으로 순조롭게 이양되지 않는 과정에서, 이승만의 구체제에 대한 혐오와 4·19혁명 이후 지지부진하게 전개되는 장면 정권의 무능력 등이 복합 요인으로 작용하는 가운데 한국사회 대부분의 여론과 지식사회의 동향은 군사정부에 대한 지지와 참여를 보이는데[30] 반해 『한양』은 "군정을 민주주의의 절차에 의해 종식시키고, '미완의 혁명'으로 스러진 4·19의 민족적·민주주의적 근대화를 실현하는 데 박차를 가하는 일"[31]임을 주장한다. 그러면서 『한양』은 박정희 정권이 주도한 근대화에 대한 비판적 문제를 제기한다. 박 정권이 주도한 근대화는 미국의 제3세계 근대화론의 핵심인 '로스토우

* * *

여지가 많다. 현기영의 장편소설 『바람타는 섬』은 4·3항쟁을 직접 다룬 것은 아니지만, 4·3의 전사(前史)로서 '잠녀항일투쟁'(1932)에 대한 정치적 상상력을 통해 제주 공동체가 꿈꾸던 새로운 민주주의 체제에 대한 문학적 실천이 탐구되고 있다.

30. 5·16군사쿠데타가 일어났을 무렵 한국사회의 대다수 지식인들과 대학생들은 쿠데타 세력에 적극적 지지를 표했다고 한다. 진보적 매체의 대표격인 『사상계』만 하더라도 1961년 6월호 권두언에 "누란의 위기에서 민족적 활로를 타개하기 위하여 최후 수단으로 일어난 것이 다름 아닌 5·16군사혁명이다."(34쪽)라고 하는가 하면, 1960년 대의 혁신계였던 민통련 대의원인 조동일의 사회 아래 대학생들이 좌담회를 가졌는데, 그 좌담회에서도 군사정권에 대한 기대를 노골적으로 드러내고 있다. 조동일 외 7명, 「좌담: 4·19 그 날의 함성을 회고한다」, 『신사조』, 1962년 4월호, 1962. 5·16군사 쿠데타 지지에 대한 지식사회의 동향에 대해서는 임대식, 「1960년대 초반 지식인들의 현실인식」, 『역사비평』 겨울호, 역사비평사, 2003. 314–323쪽.

31. 고명철, 「민족의 주체적 근대화를 향한 『한양』의 진보적 비평정신」, 『문학, 전위적 저항의 정치성』, 케포이북스, 2010. 225–226쪽.

근대화론'과 '내포적 공업화론'이 '관주도 민족주의'와 결합하면서 형성된 것으로, 『한양』은 박 정권이 주도한 이 근대화가 한국사회에서 민주주의를 후퇴시키면서 서구식 근대화에만 치우치는 것을 날카롭게 비판한다. 왜냐하면 『한양』이 주목하는 것은 4·19혁명이 근간으로 하고 있는 민족의 주체적 근대화를 기반으로 한 한국식 민주주의를 실현하는 것이기 때문이다. 『한양』의 이러한 편집 방향과 논조는 한국문학에 대해 신랄한 비판적 성찰을 드러낸다. 『한양』의 대표적 논객인 평론가 장일우와 김순남은 서구의 문화를 무비판적으로 수용하는 한국문학에 대해 매섭게 문제를 제기한다.

이렇듯이 『한양』은 일본에서 간행되었으나, 1960년대 한국어문학 지평에서 그 어떤 진보 매체보다 문제의식이 퇴행하지 않았으며, 도리어 한국사회의 냉엄한 정치사회의 현실에서 표현의 자유가 한계에 부딪쳤을 때 그것을 넘어 4·19혁명의 동력을 민족의 주체적 근대화와 민주주의 실현을 위한 정치적 상상력으로 래디컬한 비판을 충분히 수행하였다. 다른 한국어문학의 성과처럼 『한양』의 매체가 갖는 이 진보성은 이후 씌어질 한국어문학사에서 기억되어야 할 것이다.[32]

이쯤에서 우리는 김수영과 4·19혁명을 위의 문제의식 속에서 강조해두고 싶은 게 있다. 김수영의 숱한 산문과 시가 4·19혁명의 정신을 김수영식으로 치열히 응전한 산물이라는 점은 새삼 강조할 필요도 없다. 다만, 그동안 소홀히 생각해왔던 것 중 하나는 김수영이 그 당시 세계의 선진 지식 동향에 대한 왕성한 소화력을 갖고 있었던 것을 연구자들이 잘 인지하고 있으면서도, 4·19혁명에 대한 김수영의 세계적 시야가 어떻게 작동하고 있는지에 대한 섬세한 고찰은 김수영의 기존 논의 성과들을 생각해볼 때 상대적으로 빈곤한 것은 아닐까.

• • •

32. 『한양』이 진보적 매체로서 1960년대의 한국문학비평사에서 갖는 진보적 위상에 대해서는 하상일, 『1960년대 현실주의 문학비평과 매체의 비평전략』, 소명출판, 2008, 참조.

그래서 각별히 주목하고 싶은 김수영의 산문 「들어라 양키들아」(『사상계』, 1961년 6월호)인데, 이 글의 부제목 '쿠바의 소리'는 김수영이 이 글을 통해 한국사회에 무엇을 타전하고 싶은 것인지 호기심을 유발한다. 김수영의 문제의식은 분명하다. 그는 두 개의 혁명을 비교하면서 4·19혁명의 동력이 소멸해가고 있으며, '쿠바혁명(1959)'처럼 '혁명'의 본래 목적을 과단성 있게 수행하지 못하고 낡은 체제와 단절하지 못한 채 혁명이 무색할 정도로 그 성격이 변질돼가는 것에 대한 뼈아픈 자기비판을 수행한다.[33] 비록 한국사회가 쿠바와 정치사회적 조건이 다르더라도, "현대의 혁명은 어디까지나 평범하고 상식적인 것"[34]임을 상기할 때, 쿠바에서는 부패한 자본주의 죄악에 대해 혁명 정부가 완전한 청산을 시도하고 있는데 반해 한국에서는 4·19혁명과, 혁명으로 분식한 5·16군사쿠데타마저 혁명의 과업을 온전히 수행하고 있지 못하기 때문이다. 사실, 김수영이 보여주는 한국사회에서 혁명의 동력이 현저히 쇠락해가고 있을 뿐만 아니라 심지어 반(反/半)혁명적 양상은 분단 체제가 혁명으로 인해 균열이 가고 느슨해지기는커녕 더욱 공고해짐으로써 김수영 생존시 정상적으로 발표되지 못한 채 사후 발표된 작품(가령, 두 편의 시 「김일성만세」와 「연꽃」)에서 극명히 드러난다. 4·19혁명 직후 탈고한 시 「육법전서와 혁명」(1960. 5. 25 탈고, 『자유문학』, 1961년 1월호)에서, 김수영이 그토록 경계한바 기존 체제에 여전히 붙들린 채 말뿐인 혁명의 허명에 도취되는 허영투성이 지식인의 전유물로 전락하는 그런 가짜 혁명을 걷어치울 것을 힘주어 당부했건만, '쿠바혁명'과 같은 민주주의를 향한 혁명의 동력은 변질되고 소진돼 버린 것이다. 이렇게 4·19혁명이 함의한

• • •

33. 김명인은 김수영의 「들어라 양키들아」를 주목하면서, 김수영이 "당대 한국 현실의 세계사적 보편성을 부단히 사유하고 있었기 때문에 가능한 인식이라고 할 수 있으며 그의 추상적인 사회주의적 지향이 제3세계적 민족민주혁명론으로 한 걸음 더 구체화 된 점이라고 볼 수 있다'(김명인, 「혁명과 반동, 그리고 김수영」, 인하대 한국학연구소, 『한국학연구』19집, 2008. 224–225쪽)고 이 산문의 문제성을 묘파한다.
34. 김수영, 「들어라 양키들아」(『사상계』, 1961년 6월호), 이영준 편, 『김수영 전집 2』, 민음사, 2018. 249쪽.

혁명의 동력은 김수영이 생을 마감할 때까지 민주주의로 충분히 자기화하지 못한 채 군부독재 정권의 제도권력 안으로 퇴락의 길을 밟게 된다.

4. 문명적 정동情動을 통한 혁명의 동력과 한국어문학

이 글을 맺으면서, 애초 함께 다루고 싶었던 5·18광주민주화항쟁과 6·10민주화항쟁 및 촛불혁명과 연관된 혁명의 동력과 한국어문학에 대해서는 이렇다 할 논의를 펼치지 못했다. 맺음말을 대신하여, 간략하게나마 이들 세 혁명과 연관된 한국어문학에서 추후 새롭게 논의했으면 하는 문제를 중심으로 몇 가지를 제기하면서 글을 마칠까 한다.

1980년 이후 한국현대사에서 굵직한 역사적 변곡점을 이루는 이들 세 가지 혁명은 국내적으로는 박정희 유신체제에 대한 청산과 단절, 그리고 비정상적으로 계승된 전두환 신군부의 집권에 종언을 고함으로써 새로운 민주주의 체제를 구축하고자 한 봉기이며 항쟁이고(5·18광주민주화항쟁), 전두환 군부독재로 구축한 5공화국에 대한 저항과 전복을 통한 새로운 민주주의 공화국을 세우기 위한 항쟁이고(6·10민주화항쟁), 비록 형식적 민주주의가 정착해갔으나 여전히 민주주의의 실재와 근간은 보수반동 정권의 집권으로 정체停滯 내지 후퇴하면서 집권 세력의 부패와 무능으로 인한 비정상적 국가를 바로 세우기 위한 비폭력 항쟁(촛불혁명)이었다. 그래서 국내적으로 세 혁명이 공유하고 있는 혁명의 동력은 참다운 민주공화국을 정립하는 데 있다 해도 과언이 아니다. 물론, 여기서 바로 세우기 위한 민주공화국이란, 대한민국을 대상으로 한 정치체政治體를 가리키는 것이지 한반도에서의 통일공화국을 염두에 둔 것은 아니다. 그만큼 1980년대 이후 한국사회에서 일어난 세 가지 굵직한 항쟁은 분명 혁명의 성격을 갖고 있되, 그것은 어디까지나 분단 체제에 놓여 있는 대한민국의 낡은 국가체제, 다시 말해 반민주주의 국가체제에 대한 저항과 항쟁으로서 남한만을 대상으로 한 민주공화국 정립에 있다. 최소한 이것만 놓고 생각해 볼 때, 다양하고 첨예한 논쟁의 여지가 없는 것은 아니되, 이들 세 혁명의 성격은 그 이전의 혁명들(동학농민혁명, 3·1혁명, 4·3혁명, 4·19혁명)에 비해 혁명의 동력이 크게 연성화돼 있을 뿐만 아니라 생각하기에 따라서는 근대 국민국가 체제 안으로 수렴되는, 그래서 '혁명'이 안팎으로 함의하는 기존 체제에 대한 래디컬한 혁신과 전복에 다소 미달되는 것으로 간주된다. 이것은 어찌보면, 5·16군사쿠데타 이후 한국사회가 공고해진 분단 체제의 현실 아래 남한의 사회체제만이라도 근대다운 국민국가를 구축하고자 한 현실적 욕망이 한국사회에 팽배해졌다는 것을 방증하는 것일지 모른다. 사실, 한국사회는 1970년대로 접어들면서 본격적으로 근대 세계체제의 주변부를 벗어나기 시작하면서 자본주의적 근대를 적극적으로 추구하는, 그래서 최근에는 세계체제의 중심부의 대중문화에 적극 개입하기 시작하는 모습을 보이기도 한다. 말하자면, 한국사회에서 혁명의 동력은 서서히 그 강도와 긴장이 약해졌고, 이것과 긴밀한 상호관계에 있던 한국문학 또한 혁명을 자기화한 움직임이 현저히 위축된 것은 엄연한 현실이다.

이와 관련하여, 우리는 쇠잔해진 한국문학의 혁명의 동력을 무턱대고 회복하자고 부르짖는 것이 문학적 설득력을 갖지 못한다는 것을 잘 알고 있다. 대신, 제기하고 싶은 것은, 5·18광주민주화항쟁—6·10민주화항쟁—촛불혁명에서 주목해야 할 혁명의 동력을 국내적 측면, 민주공화국 다시 세우기만으로 자족할 게 아니라 분단 체제를 함께 아우르는 동아시아는 물론 지구적 시계視界의 안목도 동시에 병행하는 문명적 정동情動으로 혁명의 동력을 일신우일신一新又一新함으로써 지금, 이곳의 근대 국민국가의 체제에 붙박힌 우리들 일상의 체제를 넘어서는 추진력을 새롭게 발견하는 일이다. 그러기 위해서는 이들 세 혁명이 갖는 지구적 보편성의 맥락을 세밀히 추적 관찰해야 하고, 이것이 한국사회에만 국한되는 특별한 혁명이 아니라 좁게는 아시아, 넓게는 세계의 퇴락한 체제를 혁신시킴으로써 새로운 체제를 기획하고 실천할 수 있는 혁명의 동력을 지닌 한국어문학의 지평을 심화 확산시킬 필요가 있다. 이를 위해서는 기존 한국문학 바깥으로 밀쳐놓고 별다른 관심을 두지 않았던 재외동포문학을, 한국문학의 외연을 확장시키는 디아스포라 주제를 다루는 한국문학의 하위로 편재할 게 아니라 오히려 한국사회의 바깥 한국어문학의 시계에서 그동안 한국문학의 정치적 상상력으로 다루기 힘들었던 문학 사안을 자유롭게 다루는 특장特長을 지니고 있는 문학 주체로서 새롭게 인식해야 할 것이다. 물론, 여기에는 북한문학도 예외일 수 없다.

사실, 어떻게 보면, 이후 한반도의 남북관계의 진전에 따라 남북문학의 만남은 한층 가속화될 것인바, 남과 북의 문학 교류에서 서로 대화와 소통의 물꼬를 비교적 쉽게 틀 수 있는 주제가 바로 '혁명의 동력'이 아닐까. 이 주제도 그동안 남북 간 각종 교류가 보여주듯이 말처럼 쉽지 않을 것이다. 왜냐하면 북한문학에서 가장 중요한 주제인 북한 체제를 떠받치는 항일혁명문학이 한국문학에서 정치적 부담감과 익숙하지 않은 문학관에 직면하듯, 앞서 논의한 남한사회에서 각종 혁명의 동력을 지닌 문학 역시 북한사회에서 그대로 이해되지 않을 뿐만 아니라 사안에 따라서는 북한 체제를 비판하는 것으로 이해되는 측면도 없지 않기 때문이다. 그만큼 '혁명의 동력'은 향후 전개될 남북 교류의 문학적 측면에서도 문제적이다. 따라서 한반도의 분단 체제를 평화 체제로 이행해 가는 정치적 행보가 어찌 보면 흡사 혁명에 비견될지 모르는 터에, 김수영이 쿠바혁명을 언급하며 4·19혁명의 불구성을 에돌아가면서 비판하는 데서 알 수 있듯, 평화 체제로의 이행은 한반도를 구속시켰던 분단 체제와 완전히 단절하고 새로운 민주주의 체제를 기약하는 만큼 한국어문학은 이러한 혁명의 동력을 최대한 이끌어낼 필요가 있다. 이것은 한국문학의 정치적 상상력이 자꾸 쇄말화의 길을 가고 있는가 하면, 심지어 이러한 상상력과 전혀 무관한 개인의 정치적 상상력 안으로만 침잠해 들어가는 한국문학[35]에

• • •

35. 이 대표적 문학 현상으로 흔히들 1990년대 이후 전개된 한국문학을 두루 포괄하는데,

새로운 활로를 열어젖힐 수 있기 때문이다. 이것은 또한 기존 구미중심주의 세계문학에 적극 개입함으로써 새로운 세계문학을 향한 혁명의 동력을 북돋우는 것이기도 하다.

. . . .

특히 후일담문학을 통과제의적 성격으로 파악함으로써 그 이전 민족민중 리얼리즘 계열의 문학에서 혁명의 동력이 현저히 탈각됨에 따라 개인적 욕망의 문제를 비롯한 삶의 미시적 일상에 초점을 맞춘 것으로 정리하곤 한다. 그런데 이와 관련하여 짚고 넘어갈 것은, 1990년대의 이러한 문학 현상을 비교문학적 관점을 동원하여 서구의 문학 현상과 흡사하다는 것을 보여줌으로써 한국문학에 찰거머리처럼 붙어 있는 유럽중심주의 프레임에 여전히 예속돼 있는 씁쓸한 우리의 학문적 현주소다. 가령, 한국사회의 1987년 6월 항쟁 이후 보이는 이러한 한국문학의 동향과 유럽의 68운동 이후 특히 독일문학계에서 급격한 탈정치성의 이른바 '신주관주의 문학'의 유사성을 비교하면서, 1990년대 이후 한국문학에서 보이는 이러한 문학 현상의 변화를 유럽의 선진적 문학 현상을 뒤따라가 한국문학도 뒤늦게 세계보편적 문학 현상의 시계열에 동참한 것을 증명해 보인다. 이러한 이해야말로 한국사회의 구체적 맥락에서 고찰되어야 할 혁명의 동력을 너무 안이한 비교문학적 측면으로써 서구문학 따라잡기를 보일 뿐이다. 허영재 외, 『혁명 이후의 문학』, 박이정, 2009.

해방: 민족의식을 넘어 사회의식의 변혁을 수반하는[1]
― 테리 이글턴 외 3인의 『민족주의, 식민주의, 문학』

1.

서재에 삐뚤빼뚤 꽂혀 있는 책들을 물끄러미 쳐다볼 때가 있다. 필요에 따라 구입한 책이 있는가 하면, 문학평론가의 직업을 구실 삼아 저자들이 보내온 책도 있다. 책을 좋아하는 사람이면 그렇듯 어느 책 하나 소중하지 않은 게 없다. 그중 내 경우 자꾸만 눈에 밟히는 이론 서적이 있는데, 그것은 세 명의 마르크시스트 문예비평가들 각 한 편의 글을 묶은 비교적 얇은 책이다. 그들의 명성은 이 분야 전 세계에서 모르는 사람이 없을 정도로 널리 알려져 있다. 테리 이글턴(영국), 프레드릭 제임슨(미국), 에드워드 사이드(팔레스타인계 미국)가 그들이다.

이들이 함께 한 책 『민족주의, 식민주의, 문학』(김준환 옮김, 인간사랑, 2011)의 표제가 뚜렷이 말해주듯, 이들은 '민족주의와 식민주의'의 문제의

• • • •

1. 이 글은 앞의 글(「혁명, 수행의 언어들: 해방과 민주주의 상상력」)과는 별도로 다른 지면(인터넷 신문, <제주의소리>, 2020. 4. 27)에서 씌어졌다. 하지만, 앞의 글에서 주요 열쇳말로 논의한 '혁명'이 문학적 상상력 면에서 근대의 내셔널리즘을 창조적으로 극복하는 '해방'과 긴밀한 맥락을 갖는다는 점을 거듭 강조하건대, 이와 관련하여, 테리 이글턴 외 3인의 『민족주의, 식민주의, 문학』은 비평적 공부거리를 제공해준다.

식을 갖고 문학을 살펴본다. 사실, 이들의 문제의식이 새로운 것은 결코 아니다. 근대 자본주의 세계체제 속에서 문학은 민족주의와 식민주의의 문제를 싫든 좋든 껴안을 수밖에 없다. 전근대의 문학이라면 모를까, 근대로 접어든 이후 문학의 피할 수 없는 운명은 민족주의와 식민주의에 대한 응전이라고 해도 과언이 아니다. 이를 두고 지나치게 거대 담론 중심으로 문학을 이해하는 것 아니냐는 문제 제기도 있을 수 있다. 하지만 근대를 맞이하면서 자본주의 생산양식 속에서 일상을 살아가는 인간에게 생기는 숱한 갈등의 도정에는 지극히 개인적 차원으로 생각되는 아주 사소한 문제들도 숱한 타자들과의 관계와 무관하지 않고, 그 관계를 작동시키는 힘의 역학은 근대 국민국가의 유무형의 제도와 결코 무관하지 않다는 사실이 자리하고 있다. 따라서 에돌아갈 필요 없이 근대 국민국가의 안팎을 민족주의와 분리해서 이해할 수 없다는 것은 지극히 상식이다. 게다가 각 국가들이 국제사회에서 서로의 이해관계에 따라 외교 관계를 유지하다가 정치경제적 요인들에 의해 다른 국가에 대한 지배권력을 행사하는 식민주의를 펼치기도 한다. 물론, 해당 국가와 지역에 따라 민족주의와 식민주의의 작동 메커니즘은 단순하지 않다.

2.

『민족주의, 식민주의, 문학』은 이처럼 근대를 살고 있는 우리에게 쉽게 지나쳐서 곤란한 이들 사안을 문학 쪽에서 사유하도록 한다. 3인의 저자들은 자칫 이 사안이 관념적으로 난해하게 접근될 수 있는 것을 피하기 위해 '아일랜드(피지배자) 대 영국(지배자)'을 중심으로 각자의 구체적 입장을 전개한다.

먼저, 이글턴은 서구사회에서 이른바 포스트마르크시즘이 대세를 이루고 있음에도 불구하고 아직까지 정통 마르크시즘에 천착하고 있는 문예비평가로서 「민족주의: 아이러니와 참여」란 글에서 식민주의의 권력과 구조에 균열을 내기 위해서는 그 권력의 바탕이 되는 부르주아 사회를 비판해야 한다고 한다. 이를 위해 그는 "맑스주의 용어로 표현하자면, 구체적이며 감각적으로 특수한 사용가치를 드러나게 하려면 교환가치의 추상적인 보편적 평준화를 우회할 것이 아니라, 어떻게든 그 소외된 논리 속으로 들어가 그 논리를 자체적으로 상충하게 만들어야 한다."(56쪽)는 것을 역설한다. 달리 말해, "부르주아 사회에 대한 가장 효과적인 비판은 맑스주의 같은 '내재적' 비판"(57쪽)에 있는바, 식민주의 지배권력이 모든 것을 상품화함으로써 피식민지의 정치사회적 실재가 갖는 특수한 가치를 추상화 및 평준화하는 효과적인 통치에 대한 래디컬한 비판을 수행해야 한다. 이것은 제국의 지배권력이 그의 식민주의를 한층 공고화하기 위해 마련한 "보편적인 추상적 평등"(56쪽)이 은폐하고 있는 식민지 부르주아 사회에 대한 비판에 그 문제의식이 맞닿아 있다.

이글턴의 이러한 비판은 제임슨의 맥락에 따르면, 제국의 식민주의 지배권력이 모더니즘이란 미학으로 구체화되고 있음을 직시한다. 제임슨은 "자본주의가 지닌 특유의 제국주의적 역할을 의미하는 것"(79쪽)으로 모더니즘을 이해한다. 그러면서 그는 특히 "제국주의 문제가 재구성된 시기는 바로 제2차 세계대전 이후의 우리 시대—즉 다국적 자본주의 및 거대한 초국적 기업들과 더불어 나타난 신식민주의 시대이며 탈식민화의 시대"(81쪽)임을 또렷이 응시한다. 그런데 제임슨의 이 같은 주장에서 혹자는 고개를 갸우뚱거릴 것이다. 모더니즘이야말로 제1차 세계대전과 제2차 세계대전을 겪으면서 서구의 근대문명이 송두리째 파괴되는 현실을 목도하는 가운데 서구의 근대에 대한 철저한 자기비판의 역사철학적 의미를 갖고 있는 문예사상이 아닌가. 그렇다면 제임슨이 논파한 제국주의적 역할을 의미하는 것으로서 모더니즘을 이해하는 것은 모더니즘에 대한 잘못된 이해가 아닌가. 이 같은 문제 제기는 제임슨이 이해하고 있는 모더니즘에 대한 것에 논쟁을 불러일으킬 수 있다. 하지만 중요한 것은 제임슨이 예의주시하고 있는 '모더니즘과 제국주의'의 관계다. 설령, 모더니즘이 서구의 근대에 대한 철저한 자기비판의 측면에서 이해된다고 하자. 문제는 그러한 자기비판이 서구의 근대 안쪽에서만 행해지는 그래서 서구가 창안해낸 근대의 병폐를 응시하고 치유하는 것에만 자족하는 것이라면, 그러한 자기비판을 수행하는 모더니즘은 기존 질서를 전복하고 새 질서를 창조해내는, 말 그대로 '대안'을 생성하는 데 초점을 맞추고 있지는 않다. 도리어 서구의 근대를 기형적으로 발전시킨 또 다른 제국주의적 근대와 식민주의를 파생하는 역할을 맡는 모더니즘으로 전락할 뿐이다. 따라서 제임슨은 영국의 런던에서와 같은 제국의 심장부에서 팽배한 모더니즘, 그리고 그러한 모더니즘을 모방하고 이식한 제국의 식민주의 류의 모더니즘보다 아일랜드의 더블린처럼 제국의 모더니즘이 갖는 맹점을 뒤틀고 풍자하고 비판하면서 제국의 모더니즘을 부정하고 균열을 내는 피식민지의 이른바 제3세계의 모더니즘을 주목한다.

사실, 이글턴과 제임슨의 글을 읽는 일은 그리 쉽지 않다. 해당 분야의 전문적 지식과 공부가 충분히 뒷받침되지 않은 이유도 있되, 또 다른 이유가 있다고 나는 생각한다. 그것은 사이드의 글을 읽어보면 알 수 있다. 사이드의 글이 상대적으로 이글턴과 제임슨의 것보다 이해하기 쉽다. 나는 감히 말하건대, 그것은 이글턴과 제임슨이 구미에서 태어나 성장하면서 구미의 역사문화적 환경을 바탕으로 하고 있는데 반해, 사이드는 팔레스타인에서 태어나 미국으로 이주하여 공부했다는 전기적 사실의 차이 때문이라고 말하곤 한다. 이것을 부연하면, 이글턴과 제임슨이 마르크시즘 문예비평가로서 제국의 식민주의에 대한 이론적 비판적 성찰을 수행하고 있지만, 제국의 심장부에서 출생하여 그곳에서 공부해온 그들은 제국의 안쪽에서 구조화된 제국의 삶에 밀착해 있으므로 무엇보다 자본주의 세계체제의 중심부가 지닌 복잡한 메커니즘 속에서 발달한 글의 생리 또한 자연스레 그러한 복잡성을 띨 수밖에 없을 터이다. 따라서 이글턴과 제임슨의 글이 다소 이해하기 어려운 것은 제국의 중심부가 지닌 복잡성에 기인한다고 볼 수 있다. 그에 반해 사이드의 경우 그의 조국 팔레스타인이 서구 제국의 식민주의 지배를 받아왔고 그것으로부터 해방을 쟁취하기 위한 선명한 목적을 지녀왔기에, 그의 글 자체가 추구하는 해방의 성격은 그 선명성과 투쟁성으로 인해 독자를 이해시키는 데 힘이 덜 들어간다. 이 점은 매우 중요하다. 3인 모두 '탈식민 해방'에 대한 이론적 실천을 수행하고 있지만, 사이드처럼 태생적으로 피식민지가 겪는 억압을 생활 경험으로 체화한 이론가는 그것을 벗어나기 위해 강구하는 이론과 그 실천 면에서 그에 걸맞는 글의 생리를 갖게 마련이다. 그래서인지, 사이드의 「예이츠와 탈식민화」에서는 예이츠를 영국의 시인으로 호명하는 게 아니라 아일랜드의 시인으로 명확히 인식하면서, 예이츠 문학이 지닌 탈식민의 문제의식을 아주 명료히 분석한다. 그것은 예이츠의 문학이 아일랜드 고유의 민족주의에 뿌리를 두고 있되, 그 민족주의가 아일랜드의 토착주의로 떨어지지 않고 영국 제국주의에 맞서 저항할 수 있는 동력을 새롭게 발견하고 있는 것이다. 그러면서 사이드는 "민족주의적 독립이 아니라 해방—파농의 말을 빌리자면 본질상 민족의식을 넘어서는 사회의식의 변혁을 수반하는 해방—이 새로운 대안"(139쪽)임을 힘주어 강조한다.

3.

    어떤 이론 서적이든지 이론은 해당 분야의 전문성에 초점을 맞추고 있으므로 다른 독서보다 수월치 않다. 때로는 해당 이론서를 오독하는 경우도 있다. 하지만 이론과 실제를 병행해야 하듯, 현실이 희부윰한 것투성이일수록 잠시 현실과 거리를 두고 그동안 삶의 구체성을 차분히 성찰하고 도래할 시간을 창조적으로 만나기 위해 이론과 씨름하는 일도 요긴하다. '이론적 실천'에 매진함으로써 현실에서 실제와 마주하는 힘을 기를 수 있으리라. 책장을 덮은 후 이명으로 남아 있는 사이드의 전언을 곱씹어본다. "본질상 민족의식을 넘어서는 사회의식의 변혁을 수반하는 해방"을 향한 삶과 공부에 나는 얼마나 매진했는가.

다시 살피고 새롭게 비평해야 할 민중성
─ 김종철의 평론집 『대지의 상상력』

1.

   첨단 미디어가 발달하면서 각종 콘텐츠가 급팽창하고 온갖 정보의 향연을 즐기는 현실을 살고 있다. 그러는 사이 오죽하면 가짜 뉴스와 진짜 뉴스를 구분해야 하고, 특정 방송사의 뉴스에서는 '팩트 체크'라는 코너를 두고 한국사회 안팎에서 초점이 되는 사안에 대한 사실 여부와 그 정보가 쓰이는 맥락을 꼼꼼히 검토함으로써 대중으로 하여금 사실에 대한 주체적 판단의 기회를 제공하고 있다. 그러니까, '맞다/틀리다' 또는 '옳다/그르다'의 단순 이분법적 선택에 머무는 게 아니라 분명한 사실을 가려내고, 그 사실을 가려내는 과정에서 대상에 대한 주체의 가치 판단, 말하자면 윤리적 판단에 이르는 존재의 '경이로운 순간'을 만나는 길을 안내한다.

   사실, 이러한 길은 달리 말해 '비평'을 실천하는 것이라 해도 틀리지 않다. 한국사회가 지금, 이곳에서 절실히 필요한 것 중 하나가 바로 '비평'의 일상화다. 비평은 비평가란 전문가의 독점적 전유물이 결코 아니기 때문이다. 물론, 돌이켜보면, 비평이 비평가만의 전유물이었던 때가 있었다. 한국사회에서 '비평의 시대'라고 불렸던 때가 있었다. 대중이 비평의 언어에 귀를 기울인 적이 있었다. 비평은 사회와 공명하였고, 무엇보다 이른바 삼반三反이라고 한, 반反민족·반反민중·반反민주에 대해 비판적 성찰을 가열차게 실천한 비평행위는 잠자는 대중을 깨웠을 뿐만 아니라 깨어 있는 대중으로 하여금 스스로 비평행위를 실천하도록 하는 비평의 감각과 논리를 제공하기도 하였다. 하지만 1990년대에 들어서면서 이러한 비평행위는 아주 빠른 속도로 금세 휘발되었다. 그리고 2000년대에 들어선 이후 최근까지 비평의 명맥은 유지되고 있되, 아니 비평의 시장은 미디어와 콘텐츠 시장의 급팽창으로 한층 활기를 띠고 있지만, 그 활기는 대중의 주체적 비평행위로써 한국사회 안팎의 크고 작은 현안들에 대한 비판적 성찰에 기반하고 있기보다 문화산업이란 미명 아래 각종 콘텐츠 시장에서 재빨리 소비되는 지식상품으로서 자족하는 비평만이 있을 뿐이다. 바꿔 말해 이제 비평은 지식상품 중 하나에 불과한 것이고 그때그때 일회성으로 순간 자극적 '앎' 또는 비판의 흉내를 낸 '지적' 정도로 대중은 비평을 소비할 뿐이다.

2.

김종철의 평론집 『대지의 상상력』(녹색평론사, 2019)은 한국사회에서 전락해가고 있는 비평을 대상으로 한 비판적 성찰을 보인다. 그런데 흥미로운 것은 『대지의 상상력』에 실린 글들 대부분이 최근에 씌어진 게 아니라 1980년대에 씌어졌다는 점이다. 참고로, 저자 김종철은 책머리에서 밝혔듯이, 애초 영문학도이자 문학비평가로서 글을 쓰기 시작하였다. 그러다가 1991년부터 격월간 『녹색평론』을 발행하면서 지금은 생태론에 바탕을 둔 채 구미중심의 근대화(공업화 및 산업화)에 대한 발본적 비판을 가열차게 실천하고 있는 지식인이자 운동가다. 『대지의 상상력』을 읽으면서 『녹색평론』이 어느 날 갑자기 시작된 게 아니라는 것을 확신하게 되었다.

『대지의 상상력』에서 언급되고 있는 문학인과 사상가 및 운동가들, 가령 블레이크, 디킨스, 매슈 아놀드, 프란츠 파농, 리처드 라이트, 이시무레 미치코 등으로부터 김종철이 주목하고 있는 비평의 쟁점과 그 쟁점에 대한 그의 예각적 분석과 웅숭깊은 성찰은 구미 중심의 근대의 맹목이 초래한 악무한에 대한 준열한 비평행위로서 손색이 없다.

무엇보다『대지의 상상력』에 실린 비평을 접하면서 앞서 내가 문제 제기한 작금 한국사회의 비평을 반성하지 않을 수 없었다. 특히, 1990년대 이후 비평의 언어에서 시효만료 선언을 하기에 급급한 민중과 관련된 비평의 감각과 논리를 다시 성찰할 수 있는 소중한 기회를 얻었다. 사실, 김종철의 글들이 1980년대의 엄혹한 시기에 민주주의를 쟁취하기 위한 비평의 정치적 실천과 밀접한 관련이 있는, 그래서 그 당시 진보적 역사의 주된 구성원으로서 '민중'을 새롭게 발견하고 있다는 것은 주목해야 한다. 그런데, 김종철의 이러한 비평은 비단 1980년대에만 유효한 것은 아니다. 물론 역사의 진전에 따라 상당히 진척된 한국사회의 민주화를 염두에 둘 때 민중을 에워싼 역사의 변이를 고려해보면, 21세기의 민중과 1980년대의 민중이 동일한 차원에서 논의되는 것처럼 반역사적 태도도 없을 터이다. 민중의 역사성은 분명 달라졌다. 시간의 간극만큼이나 민중에 대한 비평의 감각과 논리는 1980년대의 그것과 질적 차이를 갖는다. 하지만 민중에 대한 역사적 변화가 있다는 것과 민중 개념이 함의하는 것이 낡고 진부하기 때문에 진보 담론 내부에서도 심지어 이제는 민중 자체가 논의 대상이 될 수 없다는 것은 엄연한 별개의 문제로서,『대지의 상상력』에서 우리가 주목해야 할 것은 지금, 이곳에서 새롭게 그리고 다시 마주해야 할 민중이다.

3.

이와 관련하여, 김종철이 디킨스를 파악하는 대목은 디킨스의 문학세계를 정통 영문학의 방식으로 이해하지 않고 오히려 그것으로 포착되지 않는 비판적 독서로 이해함으로써 디킨스의 문학을 풍요롭게 이해하는 것도 중요하지만, 최근 한국문학에서 현저히 위축된 채 점차 소멸해가고 있는 민중문화적 특질을 창조적으로 융합시킬 수 있는 어떤 혜안을 시사해준다는 점에서 현재성을 띤다. 김종철은 "민중문화 혹은 민중의 예술과 연희에서 가장 핵심적인 요소는 바로 이러한 저항적인 요소와 유토피아적인 요소의 동시적인 병존"(120쪽)인데, "민중예술이 늘 유토피아적 비전을 내포하는 원인의 하나는, 그것이 노래나 이야기 혹은 축제 등 어떤 형태로 표현되든지 간에 민중예술은 공동적 유희를 언제나 그 본질적 일부로 삼고 있다는 점"(120쪽)에 있음을, 디킨스의 문학에서 읽어낸다.

사실, 김종철이 디킨스로부터 발견해낸 민중문화적 특질은 최근 내가 구미 중심의 세계문학으로는 온전히 포착될 수 없는, 비서구문학에서 두루 관찰되는 문화적 요소다. 비서구문학의 유구한 흐름에서 곧잘 발견되는 문학은 구미 중심의 근대문학에서 주류를 차지하는 문자성文字性 위주로만 이뤄진 것이 아니라 구연성口演性, 즉 구술성口述性과 연행演行性이 함께 어우러져 이뤄진다. 여기서 구연성은 민중문화의 골격과 피와 살덩이인 민중의 삶에 바탕을 둔 춤, 노래, 연주, 이야기(민담, 전설, 신화)가 혼효된 퍼포먼스 자체라 해도 과언이 아니다. 그러니까 비서구문학의 실상은 '문자성+구연성'으로 이해해야 온당하다. 다시 강조하건대, 비서구문학은 구미 중심의 문학처럼 문자성으로만 해명되지 않는다. 왜냐하면 비서구문학은 구미 중심의 폭력적 근대가 비서구를 식민지화하는 과정에서 비서구의 민중이 야만으로서 일방적으로 매도된 채 구미제국주의에 의해 민중은 정치경제적으로 억압되면서 그에 따라 민중문화도 철저히 탄압·파괴·왜곡 속에서 민중문화의 구연성은 자연스레 활기를 잃고 박제화되거나 뿌리 뽑혀버렸기 때문이다. 그러면서 구미 중심의 문학은 문자성의 압도적 문화의 힘을 통해 문자성의 정교함을 문학의 모든 것인 양 미학화한다. 그리고 비평은 그것의 미학을 정당화하는 데 적극 공모해오지 않았던가.

따라서 김종철이 새롭게 주목한 디킨스의 민중성, 곧 구연성은 종래 문자성과의 창조적 융합을 통해 구미 중심의 세계문학과 다른 차원에서 오랫동안 그 본래의 가치가 왜곡됐던 비서구의 문학을 정상적으로 회복하는 것뿐만 아니라 그것이 지닌 "대안적인 삶에 대한 가능성"(121쪽), 달리 말해 해방성이 지닌 정치적 실천을 적극 모색하는 것이다. 때문에 김종철이, "파농은 중앙집권화를 배격하고 지방분권화의 필요성을 강력히 주장하는데, 그 점에서 우리는 파농이 구상하는 것이 결국 진정한 '참여민주주의'라는 것을 알 수 있다"(254쪽)를 읽어내는 비평은 자연스럽다. 물론, 이를 위해 김종철은 "민중의 자치 능력이 전제"(255쪽)되는 것을 거듭 강조한다. 말할 필요 없이 이것은 파농이 강조한 '민족문화론'에 연결되는데, "진정한 민족문화란 자기 전통에 집착하는 문화가 아니라 민중 생활의 진보에 봉사하는 것임을 역설"(258쪽)한다. 이것은 또한 자기 폐쇄적 민족주의를 부정하고, "다른 민족사회와의 개방적인 연대"를 추구하는 것이며, 자연스레 이러한 일련의 과정은 "충분히 민주적인 것이 되지 않으면 안 된다는 것"(273쪽)에 이른다. 종합해보면, 우리가 다시 살피고 새롭게 비평해야 할 민중성은 한국 민주주의를 둔탁하게 실천하는 역사의 변혁적 주체로만 자족하는 게 아니라 민중의 자치 능력을 길러내는 지방분권화 속에서 민중의 자기 인식 바탕 아래 다른 민족 민중과의 개방적 연대를 통해 해방의 가치를 추구하는, 그래서 "생의 근원적인 행복과 풍요에 대한 믿을 수 없을 정도의 생생한 감각"(339쪽)을 공유하는 것이다.

후일담 문학: 역사의 청산주의와 새것의 맹목을 넘어서는[1]

1.

1990년대의 한국문학을 얘기할 때 약방에 감초처럼 등장하는 게 있는데, 그것이 바로 '후일담 문학'이다. '후일담 문학'은 1990년대에 펼쳐진 문학과 1980년대의 문학을 애써 구분 짓기 위한 일종의 경계 표식이라고 해도 과언이 아니다. 그러면서 1980년대의 문학과 뚜렷이 단절되지 않은 채 그 무엇인가 이어지고 있는, (보기에 따라서는) 이어가려고 하는 어떤 애틋하면서도 처절한 몸짓을 엿볼 수 있는 것 또한 '후일담 문학'이다. 그래서 '후일담 문학'의 속성을 단정적으로 명쾌히 언급할 수 없다. 다만, 이것만큼은 강조할 필요가 있다. 1980년대로부터 1990년대로 이행해 가는 과정에서 나라 안팎으로 전개된 복잡한 현실과 '후일담 문학'은 매우 밀접한 연관을 맺고 있다.

두루 아는 사실이지만, 1980년대 후반부터 옛 소련을 비롯한 동구권이 몰락하는 과정에서 현실사회주의가 붕괴되었으며, 국내적으로는 김영삼

1. 이 글에서 '후일담 문학'에 대해 언급한 소설의 경우 창비에서 2006년에 출간한 '20세기 한국소설'의 제45권에 필자가 구어체로 해설한 것의 부분을 발췌하여 문어체로 보완하고 재구성한 것임을 밝혀둔다.

의 문민정부(1992)가 들어서면서, 이른바 형식적 민주주의가 어느 정도 틀을 잡기 시작하였다. 이러한 나라 안팎 현실의 급변화는 진보 진영에게 새로운 과제를 던진다. 1980년대까지 진보 진영이 싸워야 할 대상(군부독재 정권을 중심으로 한 반민주적 대상)이 명확했다면, 이제 싸워야 할 대상이 눈앞에 보이지 않고, 이 싸움에 확고한 신념을 제공해준 이념적 토대가 스러짐으로써 진보 진영은 1990년대의 급변한 현실 속에서 무엇을 대상으로, 그리고 어떻게 새로운 진보의 가치를 추구해야 할지에 대한 곤혹스러움에 직면한다. 이것은 1990년대를 맞이한 한국문학 또한 예외가 아니었다. 가령, '민족, 민중, 주체, 계급, 해방, 이념, 이성' 등이 '불의 시대'로 불리는 1980년대의 한국문학을 뜨겁게 달구던 언어들이라면, '개별자, 타자, 단자, 욕망, 개성, 감각' 등은 1990년대 이후 한국문학의 세계를 구성하는 언어들이라는 점에 대해 크게 딴지를 걸 자는 없을 터이다. 이른바 '욕망의 현상학'은 1990년대의 문학을 지배한 뚜렷한 징표다. 1990년대 이후의 현실에서 더 이상 자명한 것은 없고, 세계의 복잡 다변한 관계 속에서 꿈틀거리는 '욕망'의 탈근대적 징후들이 흩어져 있으므로 1990년대의 문학은 이 탈근대적 징후들을 담아내기 위해 부산스럽다.

바로 여기서 '후일담 문학'을 주목해야 할 이유가 있다. 1980년대의 문학과 구분 짓고자 하는 1990년대의 문학 그 '사이'에서, 또는 1980년대의 문학을 청산함으로써 1990년대 이후 전개될 새로운 문학에 막중한 비중을 두려고 하는 문학사의 음험한 기획을 묵과할 수 없는 '입장'에서 '후일담 문학'의 존재와 그 역할을 간과해서 안 된다.

2.

최영미의 시집 『서른, 잔치는 끝났다』(창작과 비평사, 1994)는 이와 같은 '사이'와 '입장'을 대담하면서도 섬세히 그리고 관능적 서정으로 그려내고 있는 '후일담 문학'의 한 사례다.

> 잔치는 끝났다
> 술 떨어지고, 사람들은 하나 둘 지갑을 챙기고 마침내 그도 갔지만
> 마지막 셈을 마치고 제각기 신발을 찾아 신고 떠났지만
> 어렴풋이 나는 알고 있다
> 여기 홀로 누군가 마지막까지 남아
> 주인 대신 상을 치우고
> 그 모든 걸 기억해내며 뜨거운 눈물 흘리란 걸
> 그가 부르다 만 노래를 마저 고쳐 부르리란 걸
> 어쩌면 나는 알고 있다
> 누군가 그 대신 상을 차리고, 새벽이 오기 전에
> 다시 사람들을 불러 모으리란 걸
> 환하게 불 밝히고 무대를 다시 꾸미리라
> ─「서른, 잔치는 끝났다」 부분

> 그런 사랑 여러 번 했네
> 찬란한 비늘, 겹겹이 구름 걷히자
> 우수수 쏟아지던 아침햇살
> 그 투명함에 놀라 껍질째 오그라들던 너와 나
> 누가 먼저 없이, 주섬주섬 온몸에
> 차가운 비늘을 꽂았지
> 살아서 팔딱이던 말들
> 살아서 고프던 몸짓
> 모두 잃고 나는 씹었네
> 입안 가득 고여오는
> 마지막 섹스의 추억

한 시대를 용광로처럼 달궜던 '해방'의 정열과 가열찬 몸짓은 우리의 삶과 현실을 구속하고 억압했던 그 모든 맺힘을 풀어냄으로써 민주주의의 가치를 실현하기 위한 신명을 한층 북돋았다. 현실이 엄혹하고 암울할수록 그 잔치의 신명이 뿜어내는, 현실의 고통을 극복하고 부정한 것에 대한 저항과 도래할 미래를 낙관적으로 기대하는 환희의 잔치는 아름다운 황홀 그 자체다. 그것은 적나라하게 말하자면, 사랑하는 연인 사이의 관계를 더욱 깊어지도록 할 수 있는가 하면, 자칫 서로에게 씻을 수 없는 상처로 각인될 수도 있는 섹스의 황홀과 겹쳐진다. '후일담 문학'의 측면에서, 시인에게 '잔치'와 '섹스'는 1980년대의 시대를 통과하면서 온갖 역사의 희생 속에서 민주주의와 해방, 변혁의 가치를 신명나게 추구해온 '잔치'이고, 바로 그 역사의 가치를 향한 온몸의 사랑의 형식이 곧 '섹스'인 셈이다. 달리 말해 '잔치'와 '섹스'는 시인이 통과한 지난 시대의 삶과 현실에 대한 시적 은유다. 그래서 "잔치는 끝났다"와 "마지막 섹스의 추억"이란 시구가 거느리고 있는 심상이 1990년대 초반 대중에게 던진 시적 충격은 자못 파격이되 성찰의 몫을 담당했다. 무엇보다 솔직했다. 시쳇말로 지리멸렬한 궁상을 떨지 않았다. 게다가 손쉬운 청산주의도 아니다. 분명, 예전의 그 '잔치'는 끝났지만, "누군가 마지막까지 남아" 잔치의 "모든 걸 기억해내며 뜨거운 눈물 흘리란 걸" 그리하여 앞으로 펼쳐질 잔치에서 "다시 사람들을 불러 모으리란 걸" 알고 있으므로, 투명한 사랑을 했던 그 '마지막 섹스의 추억'을 간직한 사랑의 힘으로 다음과 같은 시를 갈망한다.

하느님, 부처님
썩지도 않을 고상한 이름이 아니라
먼지 날리는 책갈피가 아니라
지친 몸에서 몸으로 거듭나는

아픈 입에서 입으로 깊어지는 노래

절간 뒷간의 면벽한 허무가 아니라

지하철 광고 카피의 한 문장으로 똑 떨어지는 습습한 고독이 아니라

사람 사는 밑구녁 후미진 골목마다

범벅한 사연들 끌어안고 벼리고 달인 시

비평가 하나 녹이진 못해도

늙은 작부 뜨듯한 눈시울 적셔주는 시

구르고 구르다 어쩌다 당신 발끝에 채이면

쩔렁! 하고 가끔씩 소리내어 울 수 있는

— 「시」 부분

　이렇듯이 최영미의 시편에서 '후일담 문학'의 속성은 강렬한 상징과 시의 감각으로 우리를 아뜩하게 하였다. 그런데 시의 언어가 생래적으로 선택과 집중을 통해 삶과 현실에 대한 비유의 언어에 익숙한 가운데 '후일담 문학'을 뜨거운 열정으로 인도한다면, 세계의 실상을 냉철한 산문 정신으로 파악하는 소설의 언어를 통해 '후일담 문학'을 보다 이지적으로 이해할 수 있는 길로 안내한다.

　3.

　김영현, 공지영, 김남일, 주인석 등의 단편소설은 1990년대 초반 '후일담 문학'을 살펴보는 데 매우 중요한 리트머스지 역할을 맡는다. 김영현의 「포도나무집 풍경」과 「벌레」는 그 대표적 작품이다. 김영현의 소설이 1980년대의 민족민중문학 계열의 소설과 달리 인물의 내면 묘사에 탁월한 점을 보이는데, 이를 두고 1980년대 민족문학의 뜻깊은 성과인지, 아니면 자유주의 문학의 과거적 유산을 답습한 것에 불과한지에 대한 뜨거운

논쟁에서 알 수 있듯 그의 소설은 '후일담 문학'을 이해하는 거울이다.

먼저, 「포도나무집 풍경」의 인물 김 선생에 주목해보자. 김 선생이 농촌을 찾아가는 이유는 겉으로 볼 때 1980년대의 역사를 정리하기 위한 것이지만, 정작 중요한 이유는 1987년 6월 항쟁 이후 전개된 정황 속에서 진보 진영 사이의 내부 갈등이 격화되는 가운데, 힘들게 쟁취한 민주화의 행보가 대통령선거로 또다시 주춤하게 된 것과 밀접한 연관이 있다. 1980년대 내내 민주화를 향한 숭고한 희생이 진보 진영 내부의 갈등으로 민주적 세력을 규합하지 못하고, 그러한 내부 진통 속에서 대통령선거를 통해 민주적 세력은 극도의 무기력과 패배감에 휩싸이는데, 김 선생은 1980년대 후반과 1990년대 초반의 진보 진영의 이러한 정황을 이해할 수 있는 인물로 그려진다. 그래서 김 선생은 진보 진영에 팽배해 있는 무기력과 패배감으로부터 자유롭지 못한 채 (그렇기 때문에 농촌으로 들어와 피폐한 자신을 성찰하려고 하지만) 농촌의 '포도나무집' 생활을 통해 망실한 삶의 용기와 희망을 되찾고 싶다. 그 과정에서 그는 민중의 저력을 발견하게 된다. 특히 지역사회 소식지인 '푸른 언덕'을 만들고 있는 사람들을 만나면서 그는 그동안 간과하고 있었던 민중의 삶의 건강성과 그 특유의 낙천성을 발견한다. 작품의 표면에 드러나 있지는 않으나, 그는 포도나무집 생활 속에서, 한국사회의 진보 진영의 사회 변혁운동이 관념적 또는 교조주의적 방향으로 맹목화되고 있었던 것은 아닌가, 하는 성찰적 물음을 던진 것이다. 따라서 그가 1980년대의 역사를 정리한다는 것은 1980년대를 냉철한 시각으로 점검해봄으로써 1990년대 이후 급변한 진보 진영의 운동의 방향을 새롭게 모색하는 것과 무관하지 않다. 말하자면, 그에게 사회변혁운동과 진보는 '푸른 언덕'을 만들고 있는 사람들의 모습에서 발견할 수 있는 것처럼 자신들의 삶을 소중히 갈고 다듬는 일 속에서 성과가 축적되는 셈이다. 그렇기 때문에 박 목사가 김 선생에게 한 다음과 같은 말은 예사롭지 않은 울림으로 다가온다. "도시에서 온 놈들은 겨울 들판을 보면 모두 죽어 있다고 그럴 거야. 하긴 아무것도 눈에 뵈는 게 없으니 그렇기도 하겠지. 하지만 농사꾼들은 그걸 죽어 있다구 생각지 않아. 그저 쉬고 있을 뿐이라 여기는 거지. 적당한 햇빛과 온도만 주어지면 그 죽어 자빠져 있는 듯한 땅에서 온갖 식물들이 함성처럼 솟아 나온다 이 말이네."

그렇다면 「벌레」는 어떤가. 우리는 이 작품에서 감옥이란 유폐당한 공간에서 죄수를 인간 이하의 그 무엇으로 다루는 극한 상황을 통해 인간 본연의 가치가 얼마나 훼손당할 수 있는지에 대한 문제를 생각할 수 있다. 그리하여 독자는 자신의 삶 속에서 어떤 불가항력적 실체로 인해 자신을 인간 이하의 비루한 존재로 만들고 인간의 가치가 헌신짝처럼 내팽개치는 '충격'에 대한 간접 경험을 할 수 있다. 이것은 역사를 초월한 인간 본연의 문제로 다가온다. 하지만 이 작품처럼 구체적인 역사적 시·공간을 배경으로 하는 경우 그 맥락을 염두에 둘 필요가 있다. 이 작품에서 작가는 '1980년대'란 시대가 인간을 인간 이하의 하찮고 비루한 존재로 취급했다는 것을, 1980년대의 낯익은 소설 방식과 다른 방식을 통해 보여주려고 한다. 그것은 이 작품에서 "이제 나는 이 길고 괴로운, 한편으로는 심리주의적이기까지 한 이야기의 끝을 맺어야겠다."라는 소설 속 문장에서 엿볼 수 있듯, '심리주의적이기까지 한 이야기'의 방식을 통해 1980년대의 또 다른 역사의 광기를 증언하고 있다. 이것은 작중 화자 '나'가 유물론자로서 심리주의적 태도를 증오한다고 작품의 곳곳에서 강조하는 대목에서 여실히 알 수 있다. 사실, 이러한 태도와 입장은 '나'를 비롯한 사회변혁운동가들, 즉 진보 진영에 흐르고 있는 공통된 태도와 입장이라 할 수 있다. 세계를 객관적으로 파악하려는 과학적 태도야말로 진보 진영의 운동가들이 갖고 있는 세계관이자 실천 그 자체라 해도 과언이 아니기 때문이다. 그런데 이러한 과학적 태도를 1980년대 운동권이 가지고 있던 강박관념이라고, 일방적으로 비판만 할 수 있는 것은 아니다. 때문에 「벌레」와 같은 '후일담 문학'은 일방적으로 몰아붙이는 이 비판에 대해 성찰의 시각을 제공한다. 그것은 정리하자면, 현실에 대한 과학적 태도가 이론의 경직성에 붙들림으로써 도리어 현실을 대단히 추상적 차원으로 인식하고, 급기야 현실과 괴리된 이론의 성채에 갇히게 된 치명적 문제점을 낳기도 하지만, 암울한 역사를 객관적 태도로 보고자 하는 1980년대 운동권의 치열한 노력을 결코 가볍게 간주해서 안 된다는 문학적 진실이다.

4.

여기서, 우리는 '후일담 문학'의 문학적 진실이 공지영에 의해 폭넓은 대중성을 얻게 된 점을 기억해야 할 것이다. 공지영이 얻은 대중성은 '후일담 문학'의 성과가 1980년대의 민족민중문학 계열의 문학을 사랑하는 독자에게만 한정된 게 아니라 대단히 광범위한 독자층에까지 널리 공유되고 있다는 사실을 보여준다. 그것은 공지영의 소설세계가 진보적 현실을 꿈꾸는 인물에 대한 계급적 시각에 비중을 두기보다 우리 시대를 살고 있는 평범한 소시민의 삶과 윤리적 의식에 진술한 면에 초점을 맞추고 있기 때문이다. 공지영의 '후일담 문학'의 매혹은 바로 여기에 있다 해도 과언이 아니다. 사실, 우리 시대의 소시민들은 가파른 역사의 한복판에서 있기를 주저한다. 무엇이 옳고 그른지를 소시민은 잘 알고 있으면서도, 불의에 항거하는 삶의 현장 속에 자신의 전존재를 내던지는 데 주저한다. 모순과 폭력의 시대에 저항하고자 하는 마음은 굴뚝 같지만, 그 마음을 실천하기가 어렵다. 이와 같은 소시민의 심리를 공지영은 세밀히 잡아내면서 소시민 내면에 자리하고 있는 시민적 양심을 불러낸다. 혹 소시민이 자각하지 못한 우리 시대의 현실은 없는가. 혹 소시민이 일부러 외면하고자 했던 것들이 정작 우리의 삶과 밀접히 연관된 것은 아닌가. 소시민의 삶을 살더라도 시민적 양심을 폐기하지 않는 삶을 살아야 하지 않는가, 하는 것 등이 공지영의 '후일담 문학'의 또 다른 매력이 아닐 수 없다.

가령, 공지영의 「인간에 대한 예의」에서 이민자, 권오규, 강 선배 등은 그들이 살았던 혹은 살고 있는 시대를 대변한다. 우선, 권오규를 살펴보자.

권오규는 20여 년 동안 장기 수감 생활을 한 사람으로서 한국사회의 반공주의가 빚은 역사의 희생양이다. 유신독재에 대해 저항한 그를 공산혁명의 찬동 세력이라며 감금하였다. 다음으로 강 선배는 1980년대의 반민주화에 맞선 인물로 지명 수배를 당하는 운동가로서의 삶을 살아간 인물이다. 그런가 하면 이민자는 불의의 역사에 맞서 싸우는 것과 무관하게 인도로 명상 여행을 다니면서 자기 구도의 길을 걸어간 사람이다. 권오규와 강 선배가 역사적 진실을 향한 투쟁의 삶을 살아왔다면, 이민자는 역사와 거리를 둔 우주적 존재로서의 자아를 구원하는 삶을 살아왔다. 권오규와 강 선배가 공동체의 삶다운 삶을 추구했다면, 이민자는 인간 개별자의 진실을 추구해왔다. 여기서 간과할 수 없는 것은 권오규와 강 선배의 삶을 같이 볼 수 없다는 것이다. 강 선배의 1980년대의 투쟁적 삶은 1990년대 이후 온데간데없이 휘발되어 자본주의의 속물적 속성을 지닌 인물로 탈바꿈되어 있으며, 권오규는 자신의 신념을 끝내 버리지 않은 삶을 살고 있다. 작중 화자 '나'는 잡지사 기자로서 이 세 인물의 삶을 마주한다. 그리고 마침내 데스크의 지시를 무시한다. 이민자에 대한 기사를 쓰는 게 아니라, 권오규에 대한 기사를 쓰려고 다짐한다. 비록 권오규의 역사적 신념과 그 고통스런 삶이 1990년대 이후 독자들의 관심을 끌지 못할지 모르지만, '나'는 조변석개朝變夕改하는 강 선배의 삶도 아니고, 역사와 사회로부터 초연한 이민자의 삶도 아닌, 역사적 존재로서 살아간 권오규의 삶의 진실에 감동하여, 그 삶을 다루려고 한 것이다. 그것이 지금까지 역사의 현장으로부터 비켜나 있던 소시민 '나'의 삶을 반성하는 것이면서, 권오규와 같은 삶을 살고 있는 사람들의 삶을 향한, 말 그대로 '역사와 인간에 대한 예의'이기 때문이다.

「인간에 대한 예의」가 '후일담 문학'으로서 1990년대의 삶을 살고 있는 소시민의 지난 연대의 역사적 존재의 삶에 대한 성찰이었다면, 「무엇을 할 것인가」는 민주화를 향한 사회 변혁운동에 매진하던 1980년대의 한 풍경을 정직하게 보여준다. 이 소설은 1980년대의 운동권을 배경으로 씌어진 소설에서 곧잘 보이는 서사로부터 과감히 벗어나 있다. "감옥 밖에 있다는 사실이 더 괴롭던 시절"에 개인주의적 속성을 미처 버리지 못한 여대생인 '나'는 노동현장에 투입되기 위한 사상교육을 다른 운동권 학생들과 함께 받는다. 노동운동가가 되기 위한 교육을 받는다. 그런데 문제는 이 교육을 받는 과정에서 '나'는 선배 운동가를 향한 사랑의 감정을 품는다. 남녀의 사랑은 운동권에서는 지극히 개인주의적 감정에 불과한 것으로 사회변혁운동을 실천하는 데 장애물이다. 이 사실을 잘 알고 있는 선배는 '나'의 사랑을 감내할 수 없다. 무엇보다 선배는 동지애로써 같은 운동권에서 운동을 하는 다른 여인과 혼인을 약속한 터에, 사사로운 감정으로, 그것도 운동가로서 거듭나기 위한 사상교육을 받는 후배를 사랑할 수 없는 것이다. 선배 역시 '나'를 향한 연정을 품고 있되, 운동가로서 모범적으로 지녀야 할 윤리적 이성으로 인해 선배는 자신의 감정을 억제할 수밖에 없다. 이에 대해 '나'는 도발적으로 "난 목숨을 걸 수도 있어요." "형, 참 비겁한 사람이군요."라고 자신의 감정을 직설적으로 내뱉는다. 노동운동가로서 거듭나기 위해 사상교육을 받는 것도 중요하고, 그 과정에서 개인주의적 감성에 매몰되는 것을 경계하는 것도 중요하지만, 어떤 대상을 향한 순정한 사랑의 감정 그 자체를 숨겨야 하고, 그것의 표출을 금기시하는 것 자체를 '나'는 용납할 수 없다. 그래서 '나'는 선배에게 "그렇게 상투적으로 말하지 마세요 그저 난 이름을 알고 싶었을 뿐이에요. 동지로서의 이름을 원하는 게…… 아니었는데……"라고 웅얼거린다.

공지영은 「무엇을 할 것인가」에서 묻는다. 1980년대를 관통해오면서 우리가 얻은 것과 잃은 것이 무엇인지, 그리고 사회를 변혁시켜야 한다는 거시적 운동 틈새에서 지극히 사소하다고 간주해오거나 금기시했던 우리의 일상이 그토록 남루한 것인지를 성찰한다. 공지영의 '후일담 문학'은 운동권의 경직성을 내부적으로 비판하는 데 초점이 맞추어져 있지 않다. 그보다 그는 1980년대의 운동권을 향한 항간의 편향적 시각을 부정하고 싶어 한다. 운동권 안에서도 사랑은 존재하고, 그 사랑을 피워내기 위한 내면적 갈등들도 있었다. 다만, 그 내면적 갈등들은 사회 변혁운동의 일상 속에서 자리하고 있으므로 그 사랑의 언어마저 냉철한 이성의 언어의 바깥으로 탈주를 못 할 뿐이다. 그렇게 남들이 누리는 남녀간의 사랑도 그들은 호사스러운 것으로 여기며, 한 시대의 변혁운동의 길을 걸었던 것이다.

공지영의 소설이 독자들의 사랑을 많이 받는 이유는 이렇게 현실을 외면하지 않고 정직하게 집요하리만큼 응시하고 있는 것과 무관하지 않다. 「무엇을 할 것인가」의 '나'는 1980년대를 지나 1990년대의 현실 속에서 노동운동가가 아니라 평범한 소시민의 처지에 놓여 있다. '나'는 1980년대의 운동권 시절을 반추하면서 소시민의 내면에 자리하고 있는 시민적 양심을 불러낸다. 소시민의 삶을 살더라도 시민적 양심을 폐기하지 않는 삶을 살아야 하지 않는가라는 성찰적 태도를 지닌다. 소설의 말미에서 "약삭빠르게 일찍 빠져나온 우리들만 이렇게 무사하군요."라는 소리가 '나'에게 들려온 것은 이와 같은 이유 때문이 아닐까.

5.

이처럼 '후일담 문학'은 1980년대를 보다 다층적으로 세밀히 조명해준다. 그것은 1980년대의 운동권에서도 개인의 정감이 흐르고, 집단적 정서로 도저히 포괄할 수 없는 개인의 내밀한 욕망이 똬리를 틀고 있다는 것에 주목한다. 1990년대의 급변한 현실 속에서 노동자와 진보적 지식인이 겪는 자기 연민을 보여주는 김남일의 「천하무적」이 '후일담 문학'으로 읽히는 것도 예외가 아니다.

「천하무적」에서 구자혁은 한국사회를 살고 있는 민중의 한 모습으로 그려지고 있다. 서울로 상경한 구자혁이 겪는 서울의 온갖 고초는 한국사회의 노동자 문제들을 압축하고 있으며, 천민자본주의의 폐해를 고스란히 보여준다. 작중 화자인 '나'가 이러한 구자혁의 신산스러운 삶을 들으며, '나'를 향한 연민의 태도를 품게 된 것은, 구자혁과 같은 민중의 현실이 1990년대 이후 더는 한국사회의 사회적 관심사로 부각되지도 않으며, 구자혁과 같은 민중의 고초를 해결하는 것을 통해 사회적 진보가 달성될 것이라는 믿음도 사라지고 있는 데서 밀려드는 어떤 '회한' 때문이다. 여기서 '나'의 자기연민을 온전히 이해하기 위한 것은, '나'가 1980년대의 현실에서 운동권과 함께 역사적·사회적 진보를 향한 싸움을 벌여왔으나, 1980년대 후반 이후 급변한 나라 안팎의 정황에 직면하면서 운동권 전체의 어려움에 보탬이 되지 못한 채 '나' 스스로 위축된 삶에 대한 자기 모멸과 자기 환멸에 곤혹스러워하고 있다는 사실이다. 더욱이 구자혁의 죽음이 1980년대가 아니라 1990년대에서도 버젓이 현실 속에서 일어나고, 그러한 죽음이 또다시 되풀이될 수밖에 없는 현실에서 살고 있는 '나'의 비루한 삶이야말로 구자혁이 '나'에게 불러일으키는 자기연민의 이유다.

　글을 맺으면서, '후일담 문학'을 살펴볼 때 우리 시대의 아킬레스건이 있다. 5·18 광주를 어떻게 볼 것인가 하는 문제다. 주인석의 「광주로 가는 길」에서 인상적으로 나오지만, '광주사태'로 볼 것인가, '광주민주항쟁'으로 볼 것인가, '광주민중봉기' 혹은 '광주무장봉기'로 볼 것인가 하는 관점에 따라 5·18은 각기 서로 다른 역사적 해석의 지평 위에 놓이는 셈이다. 그런데 해석의 지평이 서로 다르다는 것은 여러 가지를 말해준다. '광주사태'로 볼 경우 5·18은 광주라는 지역에서 일어난 '역사적 비극'이란 의미가 강하게 부각된다. 이것은 5·18의 역사적 성격을 명확히 규정하는 게 아니라 역사의 참상만을 드러낸 데 불과하다. 그런가 하면, '광주민주항쟁'과 '광주민중봉기' 혹은 '광주무장봉기'는 5·18의 역사적 성격을 뚜렷이 부각시킨다. 물론, 여기서도 분명히 해두어야 할 것은 '광주민중봉기'와 '광주무장봉기'는 자칫 광주의 민중들이 무엇 때문에 무장봉기를 했는지에 대한 역사적 성격이 드러나지 않은 문제점이 제기될 수 있다. 그에 반해 '광주민중항쟁'으로 5·18을 인식하는 것은 5·18의 주체가 누구이며, 어떠한 목적 때문에 항쟁이 일어났는지를 명확히 파악할 수 있다. 이처럼 해석의 지평은 중요하다. 「광주로 가는 길」에서 주인석이 겨냥하고 있는 것은 1980년 5·18 광주를 '어떻게' 인식할 것인가 하는 문제뿐만 아니라 광주의 진실은 무엇인가 하는 문제다. 말하자면, 광주를 인식의 상대성 차원으로만 볼 것인지, 아니면 인식의 상대성을 넘어선 어떤 지점에서 광주의 역사적 진실을 포착할 것인지 하는 문제를 이 소설에서 지나칠 수 없다. 여기서, 「광주로 가는 길」을 '후일담 문학'의 측면으로 살펴볼 때 작중 인물 김민수는 1980년대의 시대로부터 거리를 두되, 때로는 지적 냉소를 보이기도 한다. 하지만 김민수는 5·18 10주년을 맞이하여 광주로 직접 가는 길 위에서 광주에 대한 역사적 인식의 문제를 성찰하고, 무엇보다 인식 이전의 문제인, 존재의 가치에 대해 숙고한다. 그래서 그는 광주에 들어가는 고속도로 톨게이트 옆 야트막한 야산을 넘으면서 1980년대로부터 떠나 있던 자신을 추스른다. "이제야 귀국한 것이라고" 중얼거리면서 광주의 사실과 그 사실에 토대를 둔 해석의 지평에 당당히 서고자 한다. 아마도 이것은 김민수에게만 국한되는 게 아니라, 그동안 5·18 광주로부터 비껴나 있는 우리 모두에게 해당하는 문제이리라. 1990년대 초반 '후일담 문학'이 지난 시대 5·18의 역사적 상처를 망각하지 않고, 달라진 현실의 지평에서 문제를 새롭게 사유하고 있다는 것은 역사의 청산주의와 확연히 다른 지점에 있다는 것을 아무리 강조해도 지나치지 않다.

생태적 상상력이 깨어날 '느낌의 0도'
— 박혜영의 『느낌의 0도』

    합리적 이성을 중시 여기고 그것에 수반되는 효율성을 으뜸으로 간주하는 지금, 이곳에서 별안간 '느낌'을 강조하며 효율성의 사슬로부터 풀려날 것을 힘주어 말한다면, 선뜻 동의하기 어려울 것이다. 우리들의 삶이 속도지상주의에 익숙한 동안 우리는 압축 성장의 길에 내몰렸고 잠시 심호흡을 가다듬을 틈도 없이 새로운 목표를 설정하여 되도록 빠른 시간 안에 애초 목표를 달성할 뿐만 아니라 초과 목표를 달성하기 위해 온 힘을 쏟아붓곤 하였다. 물론 이 과정에서 과학기술의 발달은 인간의 노동을 수월하게 하는 데 큰 도움을 제공하였다. 지금껏 세계와 대면하고 있던 인간의 감각은 고도로 발달한 과학기술의 혜택 속에서 위험과 모험을 감내할 필요 없이 과학기술이 창안한 온갖 도구에게 인간의 노동을 떠넘기면 되는 것이다. 그렇다고 인간의 노동 자체가 기술 도구에 몽땅 대체되는 것은 결코 아니다. 하지만 분명한 것은 세계와 직접 육체적 관계를 맺던 인간의 노동이 현저히 줄어들 것이고, 그 관계도 예전과 양상이 사뭇 달라질 수밖에 없다는 것은 불을 보듯 명확하다.

    이와 관련하여, 영문학자 박혜영의 『느낌의 0도』(돌베개, 2018)는 이러한 삶의 현실에 놓여 있는 우리로 하여금 망실해가고 있는, 그래서 우리도 모르는 새 시나브로 소멸하고 있는 인간의 생태적 감각과 이것에 바탕을 두고 있는 생태적 상상력의 가치를 주목하도록 한다. 그리하여 박혜영은 8명의 삶의 실천에 초점을 맞춰 속도지상주의와 경제지상주의에 붙들린 현대문명의 현주소를 비판적으로 성찰하면서, 우리가 이 8인의 삶으로부터 어떠한 소중한 것을 새롭게 발견해야 하는지, 그리고 이것에 자족하는 게 아니라 우리 각자가 이들 8인 다음 아홉 번째의 삶의 실천에 자리할 수 있는 가능성을 모색하도록 한다.

그렇다면, 박혜영이 주목하는 8인은 어떤 사람들인가. 레이첼 카슨, 미하엘 엔데, 슈마허, 웬델 베리, 마흐무드 다르위시, 존 버거, 아룬다티 로이, 헨리 데이비드 소로 등이 그들이다. 박혜영은 그들의 서로 다른 삶의 밑자리에 자리하고 있는 생태적 상상력을 발견한다. 『느낌의 0도』를 읽으면서, 이들 8인의 삶 속에서 생태적 상상력이 구체적으로 작동하고 있는 모습을 이해할 수 있다는 것은 이 책의 큰 미덕이 아닐 수 없다. 무엇보다 박혜영은 8인 각자에 초점을 맞추면서도 이들의 삶이 저자인 박혜영 자신의 삶과 어떻게 자연스레 연결되는지를 진솔히 드러내고 있어 이를 접하는 독자에 대한 일방통행식 계몽주의적 태도를 벗어나고 있다. 사실, 저간 생태 문제와 관련한 저서들이 너무 과도할 정도로 생태적 상상력을 주목함으로써 평소 이러한 교양과 실천으로부터 먼 거리에 있던 일반인들에게 계몽주의 일변도로 접근하다 보니 일반 독자의 일상과 괴리되었던 것을 지적하지 않을 수 없다. 하지만 『느낌의 0도』는 생태적 상상력이 우리의 일상과 얼마나 친밀한 것인지, 그동안 우리가 생태적 감각을 우리 스스로 소외시키고 있는 것에 대한 자기성찰의 길로 안내한다는 점에서 기계적 계몽주의와 분명 거리를 둔다. 또한 이번 기회에 이들 8인의 생태적 상상력이 지금, 이곳에서 어떠한 울림을 갖는지를 생각해봄으로써 생태적 상상력이 역사와 일상과 마주하는 구체적 장면을 만날 수 있다. 생태적 상상력이 환경보호론을 연상시키는 맥락으로만 협소화되는 것은 결코 아니기 때문이다.

이 짧은 지면에서 8인 각자의 생태적 상상력을 상세히 얘기할 수는 없다. 그중 개인적으로 흥미롭게 지켜본 몇 대목을 소개해본다.

우리들에게 『작은 것이 아름답다』는 저서로 널리 알려진 슈마허를 박혜영은 '적정기술' 또는 '중간기술'의 측면에서 그의 생태적 상상력을 주목한다. 박혜영이 특히 눈여겨본 것은 슈마허의 '적정기술 내지는 중간기술'이 "민중의 오래된 지혜가 담긴 각종 뛰어난 기술적 장치와 도구들을 발굴하고, 이 작은 기술을 통해 제3세계의 가난한 사람들이 거대 기술, 거대 권력, 거대 자본에 종속되지 않고 자신들의 삶터에서 자급 · 자립을 이룩하도록 도왔다."(81쪽)는 점이다. 그러니까 슈마허는 "서구식 대량생산이 아니라 지역 고유의 자원을 이용한 지역적 생산양식을 지켜야 한다고 보았는데, 여기에 필요한 기술이 적정기술 내지는 중간기술이다."(80쪽) 그러나 우리의 현실은 어떤가. 날이 갈수록 최첨단의 과학기술 발달에 매달리고, 그것은 슈마허의 비판대로 거대한 풍요를 낙관적으로 기약함으로써 인간은 기술의 노예로 전락하고, 노동의 품위는 실종된 채 보다 높은 임금과 포상을 얻고 싶은 욕망의 수레바퀴만을 굴릴 따름이다. 그래서 박혜영의 다음과 같은 노동에 대한 비판적 성찰은 곱씹을 만하다.

물론 우리는 지금까지 노동을 너무나 많이 해왔다. 하지만 그것은 로렌스의 말대로 진정한 노동이 아니라 어딘가에 얽매인 노예 노동이었다. 이제 그런 노예 노동에 종지부를 찍고 진정한 의미의 노동, 즉 재미난 노동을 시작할 때 비로소 노동도 놀이처럼 즐거울 수 있다. 진짜 혁명은 노동시간을 줄여달라거나, 노동의 대가를 올려달라거나 하는 데 있는 것이 아니라 모두가 자신의 삶이 고귀한 예술품이 될 수 있도록 진짜 재미난 일을 시작하는 데 있다. 돈이 아닌 기쁨과 자유를 안겨주는 진짜 재미난 노동, 탈출한 당나귀들처럼 새장을 벗어난 새들처럼 자유롭게 춤을 추면서 텅 빈 이 세상에 온기를 불어넣는 노동, 예술 활동과 다름없는 그런 좋은 노동으로 되돌아가는 것이 D. H. 로렌스가 노래한 '제대로 된 혁명'의 첫걸음이기 때문이다. (87–88쪽)

"예술 활동과 다름없는 그런 좋은 노동"을 하는 것이야말로 달리 말해 슈마허의 '적정기술' 또는 '중간기술'이 지닌 생태적 상상력의 핵심이다. 소비자본주의에 길들여진 우리에게 슈마허의 이 같은 생태적 상상력은 노동에 대한 비판적 성찰을 가다듬게 한다. 자본주의 사회에서 노동은 돈을 벌기 위한 것이고, 더 많은 돈을 벌기 위해 노동을 힘들게 해야 하고, 따라서 노동은 재미있기는커녕 고통을 동반하는 것이며, 이것을 보상받기 위해 보다 높은 임금을 받아야 하고, 사용주는 이러한 노동자와 갈등의 관계를 낳고……. '노동 해방'의 가치가 진정으로 무엇인지를 근원적으로 숙고하도록 한다.

흔히들 생태적 상상력과 인간의 노동을 서로 배타적 관계로 설정하는데, 이것은 이 둘의 관계를 아주 협소하게 파악하는 셈이다. 슈마허를 통해 인간의 노동이 자연과 어떤 관계를 유지해야 하는 것인가 하는 문제는 지속적으로 성찰해야 할 과제가 아닐 수 없다. 여기서 강조해두고 싶은 것은 생태적 상상력은 인간의 사회와 무관한 자연에서의 원시적 삶을 그리워하는 현대의 삶과 고립된 그러한 반문명적 삶을 추구하는 게 결코 아니다. 존 버거의 삶으로부터 박혜영이 묘파하고 있듯, "자연은 보고 듣고 느낄 수 있는 우리의 감각을 연마시켜주기에 정치와 가장 멀리 떨어진 장소에 살면서도 가장 명징한 눈으로 현실을 직시할 수 있는"(155쪽) 정치감각을 벼리게 한다. 말하자면, 생태적 상상력은 정치적 상상력과 긴밀히 연동된다. 그것은 아룬다티 로이에게서 발견한바, "'나'라는 한 작은 존재가 얼마나 무수히 많은 다른 존재들과 함께하고 있는지, 그 작은 저마다의 운명이 어떻게 서로 연결되어 있는지, 그리고 여전히 우리 존재의 의미는 얼마나 불확실한지, 또 존재들 간의 연결 고리는 얼마나 부서지기 쉬운지 감탄한 적이 있을 것이다."(179쪽)에 고스란히 녹아 있다. 이는 우주를 이루고 있는 모든 것들의 관계와 그 깊이를 자연에서 응시하는 힘이 절로 길러지는 것을, 현실의 구체적 삶과 유리된 신비주의로 치부할

게 아니라 도리어 현실을 보다 넓고 깊게 이해할 수 있는 성찰적 태도로 인식할 것을 요구한다.

이처럼 정치적 상상력과 밀접히 연동된 생태적 상상력의 요체를 이해했을 때 우리는 팔레스타인 시인 다르위시가 이스라엘의 정치적 억압으로부터 해방된 그의 고향을 복원하고자 하는 시적 구원의 진실에 닿을 수 있다. 이스라엘의 가공할 만한 폭탄에 유린되고 견고한 장벽에 감금된 조국 팔레스타인을 되찾아 예전의 고향을 복원하고자 하는 다르위시의 삶과 시에는 생태적 상상력이 큰 힘이 되고 있는 것이다.

『느낌의 0도』의 마지막 장을 덮으면서, 부제목이 함의한 '다른 날을 여는 아홉 개의 상상력'이 펼쳐지길 간절히 소망해본다.

> 마지막 아홉 번째의 상상력, 그것은 아직 오지 않은 상상력이자 이 책을 읽고 감각이 새롭게 일깨워질 독자의 몫으로 남겨두고 싶다. 온몸으로 느끼기 시작하는 지점, 존재들이 무감각에서 깨어나 점차 눈을 뜨는 해빙의 온도인 0도에 주의를 기울인 것도 그 때문이다. 감각이 깨어나면 비로소 보이지 않는 수면 아래도 보게 되고, 인간이란 자연 없이는 살 수 없음도 느끼게 된다. (8쪽)

4·3문학, '대안의 근대'를 찾아

1. 4·3문학의 부단한 응전

재일조선인 작가 김석범의 잇따른 문제작 「간수 박서방」(1957), 「까마귀의 죽음」(1957), 「관덕정」(1962) 및 대하소설 『화산도』(1965–1997) 등이 일본에서 창작되면서 4·3에 대한 문학적 접근이 본격적으로 시도되었다. 하지만 한국사회에서는 엄혹한 냉전 시대의 질곡 속에서 4·3과 관련된 일체가 은폐·왜곡·봉인되었고, 작가 현기영의 「순이 삼촌」(『창작과비평』, 1978년 가을호)이 발표되면서 비로소 금단의 영역에 숨죽여 있던 4·3의 실체가 드러났다. 그리고 「순이 삼촌」 이후 군부독재 정권의 온갖 억압에도 불구하고 4·3에 대한 역사적 진실을 탐문하는 한국문학의 응전은 쉼 없이 펼쳐졌다.

그렇다. 이것은 4·3문학이 일궈낸 소중한 성취다. 우리가 4·3문학을 주목하는 데에는, 해방공간에서 대한민국 정부가 수립되는 과정과 이후 한국사회에서 4·3의 역사적 진실이 무엇을 겨냥하고 있는지, 그리고 그 역사적 진실을 드러내는 노력이 한국사회의 어떤 아킬레스건을 치명적으로 건드리고 있는 것인지 성찰의 길로 우리를 안내하기 때문이다. 그리하여 4·3문학은 대한민국 정부가 수립되는 과정에서 국가를 참칭하여 국가폭력을 제주도민들에게 서슴없이 자행하여 무고한 양민을 죽음으로 몰아간 점 — 여기에는 해방공간에서 38도선을 경계로 나뉜 남과 북의 체제경쟁 속에서 제주도를 반공주의 이데올로기로 철저히 압살하는 가운데 빚어진 제노사이드와, 38도선으로 분단된 채 출범한 한국사회의 정체政體를 안정적으로 유지하기 위해 그 어떠한 문제 제기도 용납하지 않는 가운데 4·3항쟁을 일으킨 제주도민을 한국의 비非국민으로 간주한 폭력의 논리가 자리하고 있는 것 — 에 대한 비판적 성찰에 비중을 두고 있다.

이러한 4·3문학의 문제의식과 실천은 매우 소중하다. 해방공간에서 근대의 국민국가를 세우기 위한 이데올로기 대립과 갈등, 그 과정에서 국민으로서 주권이 부재한 제주의 인민이 속수무책으로 감당해야 할 국가폭력의 온갖 잔혹상과 언어절言語絶의 끔찍한 피해상에 대한 문학적 응전은, 4·3에 대한 공포와 방관의 침묵을 걷어내고 한국사회에서 마침내 부분적으로나마 4·3의 정치적 복권을 이룩하였다. 가령, 4·3특별법 제정(2000)과 고故 노무현 대통령의 사죄(2003), 4·3국가추념일 제정(2014) 등 적어도 국가의 제도권 차원에서 얻어낸 가시적 성취를 폄훼할 수는 없다.

그렇다면, 4·3문학은 이후 어떠한 지속적 갱신을 통해 미완의 상태로 남아 있는 '4·3의 정명正名'을 자리매김할 수 있을까. 급변하는 현실 속에서 4·3에 대한 동어반복적 언어와 상투화된 문제의식에 붙들릴 게 아니라 어떻게 하면 4·3을 웅숭깊은 래디컬한 시선으로써 4·3문학을 갱신시킬 수 있을까. 이와 관련하여, 무조건적 막무가내식 '평화와 상생'의 슬로건을 주장한다고 해서 4·3의 역사적 진실과 문학적 진실이 보증되는 게 아니듯, 4·3문학이 그동안 그래왔듯이 힘들지만 그리고 더디지만 우직하게 걸어가야 할 4·3 안팎의 새로운 길은 무엇일까.

2. '대안의 근대', 4·3항쟁에 대한 새로운 문학적 상상력

4·3문학의 갱신은 아무리 강조해도 지나치지 않듯, 4·3에 대한 시각과 해석의 진전에 달려 있다 해도 과언이 아니다. 물론, 여기에는 문학의 인접 분야인 역사학계 및 사회과학의 성과를 전적으로 무시해서는 곤란하다. 4·3에 대한 새로운 실증적 자료의 발견과 기존 자료에 대한 새로운 접근은 분명 4·3문학의 지평을 보다 넓고 깊게 모색하는 데 큰 도움을 제공할 것이다. 그렇다고 4·3문학이 인접 사회과학 분야의 성과 여부에만 촉각을 곤두세운 채 이렇다 할 진전을 이루지 못한다면 문학 본연의 몫을 게을리한다는 비판을 피하기 어렵다. 따라서 4·3문학은 사회과학과 상호 침투적 관계 속에서 4·3문학의 부단한 갱신을 위해 문학적 상상력의 예민한 촉수를 작동시켜야 할 것이다.

이와 관련하여, 우선 4·3문학은 4·3이 일어난 무렵에 대한 세계정세를 주목할 필요가 있다. 1948년도 전후 한반도를 비롯한 동아시아 및 세계정세에서 간과할 수 없는 것은 제2차 세계대전에서 승리한 연합국에서 미국과 소련이 그 정치적 영향력을 전 세계를 향해 미치기 시작하면서 냉전체제의 질서가 형성되기 시작했다는 사실이다. 20세기 전반기 동아시아를 비롯하여 아시아에서 제국주의 식민주의 통치를 하던 일본은 패전국의 지위로 떨어진 채 미국의 정치경제적 영향권 아래 놓이면서 소련과 중국의 아시아 태평양 진출을 막아내기 위한 지정학적 위상을 갖게 되고, 한반도의 남과 북은 미국과 소련 및 중국의 직접적 충돌을 피하기 위해 열강의 이해관계에 의한 전략적 완충지로서 분단이 이뤄진다. 바로 여기서, 제주도의 4·3에 대한 래디컬한 접근이 요구되며, 이러한 국제정세 속에서 아직 대한민국 정부가 본격적으로 수립되지 않은 시기에 한반도의 남단 제주에서 일어난 4·3을 주목해야 할 것이다. 그럴 때 아직 이렇다 할 국민국가의 온전한 모양새를 이루지 못한 상태에서 제주의 인민들이 무장봉기한 4·3항쟁의 성격과 그것이 추구한 정치사회적 가치에 대한 4·3문학의 진전된 접근이 가능할 것이다. 분명한 사실은, 4·3항쟁은 대한민국 정부가 수립되기 전에 일어난 것이며, 바꿔 말해 분단국가인 대한민국 주권재민으로서 국민의 정치적 위상을 미처 완비하기 전에 일어난 것인데, 이것은 세계 냉전체제 아래 정치적 독립의 지위를 보증해준다는 국민국가(대한민국)에 대한 제주 인민의 근원적 문제 제기의 성격을 지닌다. 동시에 4·3항쟁은 대한민 국뿐만 아니라 38도선 이북 소련 군정하에 들어선 또 다른 분단의 국민국가 (조선민주주의인민공화국)의 출범에 대한 근원적 문제 제기라는 점을 쉽게 간과해서도 곤란하다.

4·3항쟁이 지닌 이러한 정치적 성격은 김석범의 『화산도』에서 문제적 인물 이방근을 통해 여실히 읽을 수 있다. 그것은 4·3항쟁을 주도하고 있는 사회주의 당조직의 무모함·경직성·폐쇄성에 대한 이방근의 신랄한 비판에서, 그리고 4·3항쟁이 일어날 수밖에 없도록 퇴행적이고 뒤틀린 이승만 정치세력 및 친일파와 미군정에 대한 이방근의 가차 없는 비판을 통해 드러난다. 특히 이방근은 일제 식민주의를 제대로 단죄하지 못한 채 오히려 친일파를 재등용한 미군정이 한반도의 분단이 미국에게 가져다 줄 정치적 반사 이익을 최대한 확보하여 일본을 중심으로 한 아시아태평양 에서 미국의 정치경제적 헤게모니를 지배하는 데 궁극의 목적을 둘 징후에 대한 날카로운 비판적 문제의식을 지닌다.

때문에 김석범의 『화산도』에서 4·3을 '혁명/항쟁'의 시선으로 보는 것은 유효 적실하다. 그것은 미소 냉전체제로 전락하고 있는 한반도의 정치적 운명에 대한 제주 인민의 '항쟁'이며, 그 당시 현상적으로 미소 냉전체제 아래 한국사회가 일제의 식민주의로부터 완전히 해방되지 못한 채 식민주 의 유산을 떠안은 분단된 국민국가 상태를 고착시키고자 하는 것에 대한 제주 인민의 '혁명'이다. 비록 실패한 '항쟁/혁명'이지만, 김석범의 『화산 도』는 그래서 이후 한층 진전시켜야 할 4·3문학의 새로운 과제를 제시하고 있다. 이것은 달리 말해 제주 인민들이 일으킨 4·3무장봉기가 한반도의 남과 북으로 나뉘는 분단된 두 개의 국가와 그 정치체政治體에 대한 부정과 문제 제기를 바탕으로 하고 있는 만큼 무엇보다 일제의 식민주의를 어떻게 극복하여 온전한 해방을 쟁취할 것인지, 그 과정에서 어떠한 근대 국가를 구성할 것인지, 그리하여 미소 냉전체제 아래 구미중심주의 근대에 기반한 국민국가를 그대로 이식 모방하는 게 아니라 그것을 넘어서는 또 다른 근대의 국가와 구성원을 어떻게 기획할 것인지 등에 대한 '대안의 근대(성)'에 대한 4·3문학의 새 과제를 제기한다. 물론 쉽지 않은 일이다. 하지만 그동안 거둔 4·3문학의 성취에 자족하지 않되 4·3문학이 새롭게 기획하고 실천해야 할 문학적 상상력은 4·3항쟁이 추구하여 현상적 실패로 귀결된, 그러나 결코 쉽게 휘발되거나 소멸되지 않는 항쟁의 주체들이 꿈꿨던 원대한 세계를 쉼 없이 탐문해야 할 것이다.

3. 4·3의 '경이로운 현실'을 향한 새로운 글쓰기

그렇다면, 4·3문학은 구체적으로 이러한 과제를 어떻게 실행해야 할까. 비록 거칠고 성글지만, 다 함께 고민을 하자는 차원에서 몇 가지를 생각해보자.

우선, 기존 장르에 고착되는 글쓰기가 아니라 좀 더 확산된 장르를 생각해볼 필요가 있다. 그렇다고 익숙한 장르의 글쓰기를 전면 폐기하자는 것은 결코 아니다. 기존 장르, 즉 시, 소설, 현대시조, 희곡, 수필, 동화 등의 글쓰기는 지속적 갱신을 하되, 기존 장르로 담아내기 힘든 소재와 문제의식은 과감히 새로운 글쓰기를 통해 4·3문학의 새 과제를 실천할 수 있어야 한다.

이와 관련하여, 4·3문학은 증언문학과 대중적 글쓰기에 적극 관심을 둘 필요가 있다. 그동안 4·3에 대한 실증적 자료를 조사하는 과정에서 4·3에 대한 숱한 증언들이 채집된바, 그 증언들을 역사의 기록물로서만 활용하는 것을 넘어, 가령 최근 제주작가회의에서 기획·출간한 『돌아보면 그가 있었네』(각, 2017)와 같은 이른바 증언문학으로서 4·3문학의 새 지평을 과감하게 모색해야 한다. 왜냐하면 실제 증언을 바탕으로 그것들 사이로 개입한 작가의 목소리는 그 과정에서 독자로 하여금 4·3의 현장성에 친숙히 접근하도록 할 뿐만 아니라 4·3에 대한 자신의 해석의 길을 내도록 함으로써 말 그대로 4·3과 소통하는 미적 체험을 극대화하도록 도우미 역할을 충실히 수행할 수 있기 때문이다. 그런데 증언문학의 이 같은 미적 체험이 4·3의 기억, 즉 오래된 것에 대한 성찰적 글쓰기를 새롭게 시도해보는 것이라면, 각종 대중적 글쓰기들, 가령 SF류의 판타지물, 청소년 소설, 가상 역사물, 웹소설 등처럼 다양한 대중적 글쓰기들은 4·3의 문제의식을 기반으로 한 사회문화적 징후를 다룬다는 점에서 4·3의 대중성을 심화 확산하는 것과 밀접히 연관된다. 이것은 4·3문학의 후속 세대의 창발적 글쓰기로 이어진다는 점에서 가볍게 넘길 사안이 아니다. 4·3이 무겁고 중대한 역사적 사안이기 때문에 반드시 그것에 대한 글쓰기 역시 그럴 필요는 없다. 오히려 갱신되어야 할 4·3문학의 시급한 과제 중 하나가 어떻게 하면 대중적 글쓰기를 확산시킴으로써 4·3문학을 다채롭게 생산하고 향유할 후속 세대를 지속시킬 수 있을까 하는 문제다.

여기서, 4·3문학이 심각히 성찰해야 할 문제가 있다. 기왕 4·3문학이 '대안의 근대'를 기획하고 실천하는 데 초점을 맞출 경우 그 형상어가 표준어 일변도로 구사되는 것은 숙고의 여지가 있다. 4·3문학의 기반인 제주의 지역성에 천착할 경우 표준어(문자성)와 지역어(구술성)의 길항과 그 상관성을 어떻게 형상화할 것인가 하는 문제는 매우 중요하다. 표준어중심주의가 구미중심주의 근대 국민국가의 정치적 구심체 역할에 충실하다는 것을 고려해볼 때 앞서 살펴보았듯이, 4·3항쟁을 새롭게 탐문하여 '대안의 근대'를 문학적 상상력으로 모색해야 할 4·3문학은 표준어 일변도의 형상어와 다른 문학의 질료를 래디컬하게 고민해보아야 한다. 이것은 표준어와 문자성으로 도저히 포착할 수 없는 제주의 역사문화적 맥락에 대한 세밀한 이해와 그 표현을 제주의 지역어와 그것에 토대를 두고 있는 구술성을 통해 표현 가능한 4·3문학의 '경이로운 현실' 때문이다. 이 '경이로운 현실'은 4·3에 대한 망각에 투쟁하며, 4·3의 기억들 '사이'에서 피어나는 4·3의 새로운 진실과 미래적 가치에 우리를 주목하도록 한다. 어쩌면 이것이 바로 4·3문학이 추구하는 '대안의 근대(성)'에 대한 접근 과정인지 모를 일이다. 예컨대, 종래 4·3문학에서 현기영, 오성찬, 한림화, 오경훈, 김석희, 장일홍, 장영주의 서사물에서 거둔 이와 같은 성취는 좋은 사례이다.

따라서 4·3문학의 형상어로써 종래 표준어와 문자성 일변도를 지양하여, 지역어와 구술성이 이것들과 상호 침투적 관계를 통해 모종의 '대안의 근대'를 모색할 수 있어야 한다. 사실, 그동안 축적된 4·3문학의 성과에서 문무병의 굿시와 강덕환의 시극적 요소의 과감한 도입, 그리고 문충성, 김광협, 허영선, 김수열, 고정국, 오승철 등의 빼어난 시편에서 시도된 제주어와 표준어의 절묘한 배합은 4·3문학의 이러한 노력이 한갓 도로徒勞가 아니라는 것을 입증한다. 여기에는 4·3의 역사적 진실을 온전히 추구하기 위해서는 무엇보다 4·3 당사자의 진술한 언어가 훼손당하지 않아야 하며, 당사자의 언어와 충돌한 타자의 언어 그 사이에서 생성되는 언어가 함의한 4·3의 '경이로운 현실'이 절로 드러나기 때문이다.

완전한 무無에서 새로운 것이 생길 리 없다. 4·3문학의 새로운 방향성은 기존 4·3문학에서 결여된 것이 무엇인지, 그 성취 과정에서 어떤 것을 한층 진전시켜야 하는 것인지에 대한 지속적 성찰 속에서 가능하리라.

부산의 젊은 비평의 풍향계

— 황선열, 허정, 손남훈, 김필남, 조정민의 비평적 성취를 중심으로

1. 부산의 비평과 만났던 한 기억

부산의 비평을 생각할 때 내게 선명한 기억으로 남아 있는 장면들이 있다. 나는 2006년 4월 19일 제11회 고석규비평문학상을 수상하기 위해 '민족문학연구소'(현재 '한국작가회의'의 전신인 '민족문학작가회의' 산하 비평가로 구성된 연구소)의 동료 비평가들과 함께 부산의 '영광도서'에 있었다. 그 상을 수상하기 전 어떤 사적 자리에서 속내를 밝힌 적도 있듯, 국내에서 비평가를 대상으로 한 문학상 중 기꺼이 받고 싶은 상이 바로 '고석규비평문학상'이었는데, 설마 그 상의 수상자로 '영광도서'를 처음 방문하게 되었다니 여간 기쁘지 않았다. 특정 장소가 갖는 문화의 상징자본을 무시할 수 없듯, 나는 귀동냥으로 '영광도서'가 지닌 부산 인문학, 좀 더 구체적으로 말해 부산의 문학이 지닌 중요한 가치를 발산하는 그곳과의 만남에 설레었고, 이후 부산의 문학과 어떤 만남의 길이 펼쳐질지에 대한 모종의 기대를 품었다. 그때 희부연한 기억의 갈피에는 부산을 대표하는 비평가인 김중하, 남송우, 황국명을 비롯하여 그 후속 세대 비평가인 박훈하, 김경복, 하상일, 허정, 김경연, 권유리야 등이 자리를 함께하였다. 고백하건대, 그 외에도 부산의 여러 비평가 및 연구자들이

함께하였으나, 그 당시 부산 비평에 대해 문외한인 나로서는 수인사를 나누며 통성명한 부산의 선후배 비평가들의 이름을 망각의 늪 속에 빠트리고 말았다. (개인의 특수한 기억을 어디까지 신뢰할 수 있을지 모르지만, 혹시 그 기억에다가 아주 아름답고 특별한 것의 가치를 부여하기 위해 애오라지 과거의 실제를 비틀거나 굴절시킬 수도 있으리라.) 하지만, 아직도 시상식의 장면과 시상식 후 뒤풀이에서 주고받았던 그 당시 한국문학비평의 이모저모에 대한 뜨겁고 치열한 대화의 아우라는 훗훗하기만 하다. 2006년도 봄 부산의 횟집과 선술집에서 처음으로 얼굴을 대한 부산의 비평가들과 술잔을 부딪치며 간혹 분기탱천한 어조로 서로 공감하면서 당시 한국문학비평을 안주감 삼았던 풍경을 나는 잊을 수 없다. 새삼 부끄러운 얘기지만, 비평이 살아 있음을 체감하였다. 내 개인적으로는 1998년에 비평가로서 출사표를 던진 이후 천둥벌거숭이로서 신예 비평가의 딱지를 벗지 못한 터에, 그래서였을까, 비평의 패기와 도전적 문제의식으로 충만한 그때 부산의 비평가들과의 하룻밤 해후는 비평의 존재와 비평의 실천, 특히 지역에 터전을 두고 있는 비평(가) 등에 대한 모종의 공부거리를 갖도록 하였다.

돌이켜보면, 그때 이후 부산의 비평에 대한 나의 무지는 통렬한 반성 속에서 보다 래디컬하게 비평의 실천적 측면뿐만 아니라 비평의 이론을 점검하도록 다그쳤다. 전국에 각 지역을 거점으로 한국문학을 구성하는 지역 문예 매체들의 가치를 주목하고, 특정한 비평의 에콜 중심으로 문언유착을 공고히 하는 매체권력의 부정과 파행에 대한 비판적 논쟁에 적극 개입하는 과정에서, 유일한 비평전문지로서 부산에서 발행되는 계간 『오늘의 문예비평』(이하 '오문비'로 약칭)을 통해 나는 한국문학의 안팎에 대한 비판적 목소리를 들었다. '오문비'는 한국문학에 대해 부산의 비평이 무엇을 어떻게 읽고, 그것을 부산의 시선에서 어떠한 문학적 어젠다로 구성하고 있는지를 여실히 보여주었다. 그래서 '오문비'가 부산의 비평의 현주소와 미래를 가늠할 수 있는 리트머스지 역할을 맡고 있다는 것도 괜한 말은 아니다.[1] 그런가 하면, '오문비' 외에도 부산의 젊은 비평가들의 비평 공동체인 '해석과 판단'도 존재하며, '영광도서'와 또 다른 부산 인문학의 거점으로 급부상하고 있는 '백년어서원', '신생 인문학연구소', '인디고'에서의 비평적 실천을 주목해야 한다. 여기에다가 부산의 주요 대학에서 운영하고 있는 각종 인문학 대상 연구소의 활동을 보탠다면, 부산의 비평을 이루고 있는 인프라를 결코 과소평가해서 안 된다.

이 글에서 나는 이러한 부산의 인문학 인프라를 구성하고 있는 비평의 주체들 중 최근 주요한 비평적 성과를 제출한[2] 개별 비평에 대한 검토를 통해 부산의 젊은 비평의 움직임을 살펴보기로 한다.

2. 부산의 젊은 비평의 이론적 탐색들

1) 황선열: '대안의 (탈)근대'를 기획·실천하는

황선열의 『동양시학과 시의 의미』는 그 머리말에서 뚜렷이 밝히듯, "한국근대 시론을 동양의 생명 시학으로 접근하려고 했고, 생명 시학을 중심으로 현대시를 바라보려고"(5쪽) 시도한 주목할 만한 비평의 성과다.

● ● ●

1. 스스로를 '오문비' 제3세대로 구분하는 비평가 하상일은 부산의 지역 문학과 지역 비평의 존재론 및 갱생을 추구하기 위해 '오문비'의 안팎에 대해 비판적으로 성찰한 적이 있다. 하상일, 「생산과 소통의 시대를 위하여」, 『생산과 소통의 시대를 위하여』, 신생, 2009, 69–83쪽.

2. 최근 부산을 거점으로 제출된 비평적 성과 중 이 글에서 검토 대상으로 삼는 것은 황선열의 『동양시학과 시의 의미』(케포이북스, 2016), 허정의 『공통성과 단독성』(산지니, 2015), 손남훈의 『루덴스의 언어들』(신생, 2016), 김필남의 『삼켜져야 할 말들』(책읽는 저녁, 2016), 조정민의 『오키나와를 읽다』(소명출판, 2017) 등이다. 물론 이외에도 부산의 최근 주목할 만한 젊은 비평은 존재한다. 다만, 내 게으름과 공부의 부족으로 이 글에서는 이 다섯 필자의 비평 성과를 대상으로 부산의 젊은 비평을 살펴본다. 따라서 고백하건대, 이 글은 부산의 젊은 비평을 포괄한다기보다 내 비평적 프레임에 취사선택된 대상을 중심으로 한 논의임을 밝혀둔다. 이후 본문에서 해당 저서의 부분을 인용할 때는 별도의 각주 없이 본문에서 해당 저서의 쪽수를 괄호 안에 표기한다.

황선열의 발본적 문제의식에서도 알 수 있듯, 한국근대문학의 유산이 일본의 근대로부터 자유롭지 못하고, 그것은 자연스레 서구의 근대의 영향력과 이어진다. 그래서 한국근대문학에 대한 논의의 대부분은 일본의 근대를 매개로 한 서구의 근대문예론을 통해 그 미적 특질이 궁리돼왔다. 황선열은 이에 대해 "근대 시론이 서구의 이론에 바탕을 두고 있다 해도 그 근원에는 동양 시학의 전통이 스며들어 있을 것"(5쪽)으로 보면서, "동양 시학의 구체적 관점을 생명 담론"(7쪽)과 함께 논의한다. 말하자면, 황선열은 한국근대시사에서 개별 작품이 지닌 미적 성취를 비평하는데, 서구의 근대시론을 얼마나 잘 수용 및 활용하느냐에 비평의 목적을 두는 게 아니라 동양의 문예미학의 시선에서 새롭게 주목할 만한 한국근대시의 중요로운 미적 성취를 포착한다. 이를 입증하는 사례로, 황선열은 김기림, 조지훈, 김춘수 등의 시론과 저간의 현대시를 대상으로 동양 시학의 넓이와 깊이를 논의한다.

이와 관련하여, 쉽게 간주하거나 간과해서 안 되는 사안이 있다. 황선열이 서구 편향적 한국근대시론에 대한 래디컬한 문제 제기를 바탕으로 한 그의 동양 시학에 대한 논의는 그의 메타비평과 작품 분석에 신뢰를 보증해주는 동양의 인문학적 성찰에 대한 공부가 튼실히 뒷받침되고 있다는 사실이다. 이것은 저간 한국의 젊은 비평을 조망해볼 때 반성적 성찰을 요구하는 대목이다. 기회가 있을 때마다 제기되는 비판으로, 한국의 젊은 비평가들이 현란히 구사하는 각종 문예미학과 비평담론의 주류가 구미의 그것에 토대를 두고 있다는 것은 새삼 강조할 필요도 없을 터이다. 물론, 전 지구화 시대를 살아가는 현실에서 구미의 이론이면 어떻고 비서구의 이론이면 어떤가. 점차 근대의 동시성을 살고 있는 지구촌에서, 그것도 서구의 근대성을 서둘러 이식하여 잘 적응하고 있는 한국사회에서 구미의 이론을 적극 수용·활용하여 한국문학을 전문적으로 이해하는 일이 무엇이 그토록 심각한 문제인가. 하지만, 비평의 이론을 어떻게 구사하고 그것을 통해 무엇을 어떻게 이해할 것인가 하는 문제는 그리 단순 명료한 답을 내놓을 사안이 아니다. 여기에는 구미의 이론 안팎을 구축하고 있는 구미중심주의의 (탈)근대의 파행과 위험이 전 세계를 파국으로 치닫게 하는, 그리하여 인류뿐만 아니라 지구의 뭇 존재를 비정상 상태에 직면하는 묵시록적 현실로 몰아넣을 수 있어, 구미중심주의의 (탈)근대를 극복할 수 있는 문명적 차원의 어떤 창조적 대안의 (탈)근대에 대한 기획과 실천을 포기해서 안 된다는 절실성이 뒤따르기 때문이다.

우리가 주목해야 할 황선열의 비평은 바로 이러한 '대안의 (탈)근대'를 동양 시학이 지닌 가능성에서 치열히 궁리하고 있다. 특히 동양 시학이 생명의 가치, 생명의 운동, 생명의 질서 등과 연관된 생명담론과 교호하고 있다는 것에 대한 그의 이론적 천착은 자칫 이와 연관된 문제의식마저 구미의 생태학에 편향된 논의에 대한 비판과 반성의 계기를 제공한다. 언제까지 한국의 젊은 비평이 구미의 이론 시장에서 각광받는(?) 주요 소비자로서 자족할 수만은 없지 않은가. 그래서 나는 황선열의 비평 도정이 일궈낼 성취가 무척 기대되고 궁금하다.[3] 힘들고 외롭지만, 구미의 이론에 수렴되지 않고 그것과 길항하면서 그것을 창조적으로 넘어서는 이론을 기획·실천하는 비평을 누군가는 수행해야 한다. 비평이 살아 있음을 포기할 수 없기 때문이다.

2) 허정: '공통성–소통'에 대한 비평의 윤리와 정치를 모색하는

황선열과 달리 허정은 구미의 이론을 자신의 비평의 존재 방식으로 과감히 전유한다. 『공통성과 단독성』이란 제명에서 단적으로 드러나듯, 허정은 구미의 이론가인 낭시, 블랑쇼, 버틀러, 네그리, 하트 등의 담론에서 구사되고 있는 '공통성'의 개념과 그것의 비평적 수행의 맥락을 꼼꼼히

● ● ●

3. 황선열이 계간 『신생』에 연재하고 있는 '현대시와 24시품'은 그의 이론적 탐색으로서 주목된다.

검토한다. 그러면서 그는 한국문학의 현장에서 그것이 유효 적실한 비평의 이론적 근거로 작동할 수 있는지에 대한 비평적 성찰에 힘을 쏟는다. 허정이 이러한 이론적 탐색에 비중을 두는 데에는 비평의 윤리와 정치에 대한 그의 주체적 이론 정립을 통해 한국문학 안팎에서 최근 쟁점으로 부각되고 있는 이주민, 다문화인, 하위주체, 소수자 등과 관련한 타자성 문제에 대한 심도 있는 비평을 수행하기 위해서다. 그리하여 허정은 가령, 네그리와 하트의 논의를 빌려, "공통성이란 사유화되거나 울타리 쳐지는 것을 거부하고 누구에게나 열려진 상태로 남아 있는 것이다. 그것은 특수한 것의 한계를 넘어, 일정한 사회적 일반성을 포착하게 하며, 욕망과 관심을 개인을 넘어 공동체로 확대시킨다"(17쪽)는 전언의 이론적 타당성과 합목적성을 면밀히 살펴본다.

돌이켜보면, 한국문학사에서 공동체를 중심으로 한 비평의 윤리와 정치는 그리 낯설거나 새롭지 않다. 일제 식민주의 아래 한국근대문학은 식민주의를 극복하기 위해 제국주의에 대한 저항으로서 민족 공동체에 간절히 호소하였고, 해방공간과 한국전쟁을 거치는 동안 해체된 이념적 대립·갈등으로 훼손된 민족 공동체를 복원하기 위해 혼신의 힘을 쏟았으며, 분단 극복과 민주주의를 회복하기 위해 민족·민중 공동체의 역사적 의지를 결집하지 않았던가. 물론 이러한 한국문학사의 도저한 흐름에는 공동체의 이와 같은 역사적 정동情動, affection을 구성하는 개인의 욕망과 의지를 소홀히 간주할 수 없다. 하지만 한국문학사에서 간과할 수 없는 것은 개별자의 윤리와 정치는 공동체와 관련한 비평적 논의의 중심에서 비켜나 있었다. 개별자와 공동체는 상호 침투적 관계 속에서 한국문학의 쟁점들과 연동된 문제로 논의됨으로써 한국문학의 윤리와 정치에 대한 한층 진전된 이론이 구축되어야 했다.

따라서 공통성에 대한 허정의 이론적 관심은 한국문학비평에서 진전시키지 못했던 공동체와 관련한 논의를 통해 21세기의 급변한 현실에서 새롭게 대두된 각종 소수자에 대한 비평의 역할을 수행하는 데 초점이 맞춰져 있다. 그 핵심은 소통을 어떻게 실현하느냐에 달려 있다. 이에 대해 허정은 박범신의 장편소설 『나마스테』와 김려령의 장편소설 『완득이』 및 하종오의 일련의 시집들(『국경 없는 공장』, 『아시아계 한국인들』, 『입국자들』, 『제국』, 『반대쪽 천국』, 『베드타운』)에서 외국인 이주노동자의 문제를, 그리고 조해진의 장편소설 『로기완을 만났다』에서 탈북자의 문제를 중점적으로 논의한다. 이들 소설과 시에서 그려지고 있는 사건과 일상은 분명 한국 사람들을 대상으로 한국사회에서 일어나고 있는 것인데, 한결같이 작품 속 외국인 이주노동자들은 한국사회와 서걱거리고 있다. 한국사회에서 생산을 담당하고, 한국의 생산력을 증진시키는 데 소요되는 노동력임에도 불구하고 그들은 한국사회의 어엿한 사회구성체로서 몫을 할당받지 못한 채 주권이 부재한 비국민으로서 한국사회의 음지로 숨어들거나 주변부에서 배회하거나 심지어 축출당할 처지에 놓여 있다. 비평가 허정에게 당면한 과제는 한국사회의 이 같은 소수자에 대한 한국문학의 온당한 시선은 물론, 그들의 존재와 삶에 대한 추상적·관념적 인식을 넘어 그들과 진정으로 소통하면서 형성되는 애도와 환대 및 연대의 윤리와 정치의 감각을 득의하는 것이다. 허정의 이러한 비평적 과제를 헤아릴 때 "자신에게 규정된 위치에서 벗어나 자기 바깥의 타자들과의 관계 속에서 존재하려는 탈자화脫自化의 노력을 통해 소통은 어렵사리 일어난다"(63쪽)는 비평의 전언은 소박하지만 결코 간단치 않고 진중한 비평의 윤리와 정치로 다가온다. 게다가 이러한 탈자화의 노력이 수반되는 소통이 "어느 일방의 변모가 아니라 서로가 서로에게 상호 침투해가는 쌍방의 적극적인 노력 속에서 이루어진다는 점"(63쪽)은, 그가 각별히 전유하고자 하는 '공통성'과 '소통'의 개념이 구미식 이론에 자족하는 게 아니라 한국문학 안팎에서 전방위적으로 궁리되어야 할 소수자란 새로운 주체에 대한 비평의 윤리와 정치를 모색해야 한다는 점에서 응당 주목해야 할 부산의 젊은 비평이다.

3) 손남훈: '놀이로서의 문학'이 지닌 미적 정치를 수행하는

비평가로서 자신의 비평의 이론을 주체적으로 정립해내는 일은 쉽지 않다. 그것도 첫 비평집에서 이러한 노력을 보이는 것은 결코 쉬운 일이 아니다. 아무리 비평의 자의식이 충만해 있고 비평의 독자성과 그 비평적 실천에 힘껏 매진한다 하더라도 자신만의 비평의 이론을 담대하게 기획하고 그것을 한국문학의 현장에서 검증해내기란 웬만한 뚝심이 있지 않고서는 실행하기 어렵다. 손남훈은 그의 첫 비평집 『루덴스의 언어들』에서 이런 나의 기우를 보기 좋게 전복시킨다. 그의 문제의식을 선명히 보여주는 비평문들에서 그는 "'놀이'와 '문학'의 접점 고리를 모색"(3쪽)하고 있다. 여기에는 문학과 정치에 대한 그의 비평적 물음이 놓여 있다. 이형기의 시와 시론을 대상으로 한 손남훈의 데뷔 비평문 「단독자의 역설과 허무주의」 이후 그는 문학과 정치의 관계에 대해 '놀이로서의 문학'의 측면에 주목한다. 그것은 "호모 파베르의 신체를 호모 루덴스로 이끄는 변화가 자본과 치안의 논리에 포섭되지 않으면서도 우리의 삶을 더 윤택하게 가꿀 수 있음을 증명해내어야 한다"(63쪽)는 비평의 전언에 집약돼 있다 해도 과언이 아니다. 물론 이 전언을 심층적으로 이해하기 위해서는 호모 루덴스, 즉 유희의 인간이 즐기는 "놀이는 근본적으로 교환가치의 생산에 무관심하다"(57쪽)는 것을 곱씹어보아야 하며, 교환가치를 생산하는 "노동 중심사회를 살아가는 지금 여기의 가치체계를 교란시킬 수 있는 힘"(54쪽)을 놀이가 갖고 있다는 것에 대한 래디컬한 인식이 요구된다. 그것은 "놀이는 단순히 시간과 재화를 소비하는 행위가 아니라 감각 경험의 변화 가능성과 주체의 미적 재구성을 능동적으로 이끄는 미학적·철학적·정치적·교육적 의의까지도 띨 수 있는 예술적 행위 과정이 된다"(63쪽)는 것에 바탕을 둔다.

손남훈은 이러한 '놀이'에 대한 이론적 논의들을 검토하면서 문학이 이와 같은 '놀이'의 역할을 수행할 수 있다고 생각한다. 이것이 문학이 수행하는, 현실 정치와 구분될 뿐만 아니라 현실 정치에 예속되지 않고 오히려 속류 정치를 넘어 그것의 구속과 억압을 해방시키는 미적 정치의 역할을 수행하는 것으로 생각한다. 그리하여 그는 이형기의 시와 시론이 표면상 정치와 절연된 순수문학주의로 이해되기 쉽지만, '놀이로서의 문학'이 지닌 미적 정치의 비평에 주목할 때 "만약 참여문학에 대한 '부정'이 순수에의 '긍정'으로 호명되는 이분법에서부터 자유로울 수 있다면, 그의 놀이로서의 문학론은 순수/참여의 어느 편에도 귀속되지 않고 오히려 근대문학적 자장의 외부에서 다시금 내부를 들여다본 단독적인 것이 될 수 있을 것"(26쪽)으로 의미심장하게 평가한다.

그런데, 이와 같은 그의 논의에서 흥미로운 것은 미래파와 관련한 비평, 황종연, 이광호의 비평에 대한 매서운 비판이다. 얼핏, 손남훈이 비판의 대상으로 삼고 있는 비평의 이 주체들은 '놀이로서의 문학'에 어느 정도 충실한 비평을 수행한다고 볼 수 있다. 하지만 타자와 교호하지 못한 채 놀이의 자족성과 폐쇄성에 갇힌 미래파의 유희적 충동과 허무적 열정, 모더니즘에 대한 과도한 확장에 붙들린 채 이형기의 문학에서 리얼리즘을 지워내고 모더니즘 요소만을 이해하려는 황종연의 비평, 2000년대 한국문학이 역사와 정치의 현실과 무관한 자리에서 존재 증명을 보인다며 이를 무중력의 공간으로 호명하면서 애써 정치사회학적 상상력의 문학을 외면하는 이광호의 비평에 대한 신예 비평가 손남훈의 예각적 비판은 '놀이로서의 문학'이 수행해야 할 그의 비평의 풍향계를 가늠하게 한다.

물론, 손남훈의 첫 비평집에서 너무 많은 것을 기대할 수는 없다. 그도 잘 알고 있듯, '놀이로서의 문학'이 후기자본주의 사회에서 자칫 점차 교활해지고 있는 상업주의 논리에 침윤될 수 있고, 한층 정교해지는 현실의 구속과 억압의 논리 속에서 각종 최첨단의 놀이, 특히 인공지능이 자연스레 수반된 놀이의 가상 세계 깊숙이 젖어들면서 가상과 현실이 착종된 채 그저 유희적 인간으로 자족하기만 하는 삶을 살 수도 있는 것이다. 자연스레 '놀이로서의 문학'이 지닌 비판적 수행은 휘발되고 오로지 탈현실, 탈정치, 탈사회의 세계에 관성화된 숱한 문화 소비상품 콘텐츠 그 이상도 이하도 아닌 것으로 전락할 수도 있다. 그렇다면, 이 아스라한 전락의 위험을 어떻게 경계할 수 있을까. 그리고 놀이를 향한 몰주체에 대한 긴장을 어떻게 벼릴 수 있을까. 루덴스의 언어들을 생성시키되 루덴스의 언어들에 포획되지 않는 비평의 이론을 기획하고 실천하는 것은 그래서 비평의 매혹이 아닐 수 없다.

3. 부산의 젠더 비평의 넓이와 깊이

1) 김필남: 지역의 젠더 비평, 그 비판적 실천

비록 제한된 나의 비평 시계視界일망정 부산의 젊은 비평가들 중 부산 지역에 밀착하여 매서운 비평 활동을 구체적으로 수행하는 김필남의 존재는 주목하지 않을 수 없다. 김필남은 영화비평가로서, 그의 첫 비평집 『삼켜져야 할 말들』이 뿜어대고 있는 강렬한 문제의식은 '지역+여성'에 대한 비판 정신에 있다. 그렇다. 김필남에게 주목해야 할 것은 한국사회의 오랜 가부장적 억압의 피해자로서 여성과 관련한 비판이되 그동안 페미니즘에서 낯익은 비판을 재생산하는 데 자족하지 않고 그가 구체적 삶의 기반으로 삼고 있는 부산 지역에 천착한 비평적 실천에 매진하고 있다는 점이다. 그래서 김필남이 「지역 여성 비평가」에서 제기하는 다음과 같은 비평적 진단과 문제 제기는 구체적 설득력을 지닌다.

인문학이 전달하려는 삶이나 인문학이 진단해서 내놓은 처방으로서의 삶이 현장의 여성 비평가들에게 받아들여지지 않는 일이 다반사라고 위안 하면서 말이다. 이 위안은 나를 침묵하게 만들었으며, 균열의 지점을 보지 않으려 눈을 감도록 지시했다. 비평가 집단이 남성중심적이라고 비판하면 서도, 비판에 대한 보다 근본적인 질문은 제기하기는커녕 시스템에 동조 · 긍정하고 있었다고 고쳐 말해야 할지 모른다. 누군가 먼저 행동해주기를

바라는 수동적인 자세 이외에 어떤 자세를 취해야 하는지를 생각하지
못한 채 말이다. (37쪽)

한국사회의 인문학 위기 담론 속에서 인문학을 소생시키려는 각종
제도적 보완책이 강구되고 있다고들 한다. 하지만 김필남이 날카롭게
지적하고 있듯, 그렇게 보완된 제도의 운영과 관련하여, 여성 비평가들의
가치와 존재는 여전히 남성중심적으로 운영되고 있는 제도 안에서 순응하
거나 수동적 자세로 흡수되고 있는 형국이다. 여기에는 부산 지역에서
활동하는 여성 비평 및 자기비판이 뒤따르는바, "부산에서 여성 (문학)
비평가들이 함께하는 현장은 거의 없는 듯 보인다. 여성 연구자/비평가들의
연구는 개별적으로 진행되고 있어 관계 맺기가 지속적이지 않"은 채 "나
또한 비겁하게도 여성 연구자들과 지속적이면서도 생산적인 관계를 맺지
못했다. 돌아보면 남성 중심의 시스템 속에서 그들의 말(언어)을 배우고자
애써왔"(35쪽)기 때문이다.

사실, 김필남의 문제의식은 엄밀히 말해 부산 지역의 여성 비평에게만
한정된 것은 아닐 것이다. 한국사회에서 활동하고 있는 여성 비평이 직면하
고 있는 심각한 구조적 문제. 김필남은 그래서 부산 지역의 여성 비평이
이러한 제도적 한계에 봉착함에도 불구하고, 그의 표현에 따르자면, 비평
생태계의 젠더적 측면에서 "불평등하고 비민주적인 방식"(39쪽)을 벗어나
"지속 가능할 뿐만 아니라 자율적이며 자치를 형성할 수 있는 지역의
여성 비평가들이 거주할 수 있는 비평 생태계"(39쪽)를 일궈나갈 것을
제안한다. 왜냐하면 이러한 비평 생태계에서 "남성 연구자와 비평가의
시선에 가 닿지 않은 세계", 즉 "사회적 고통의 범주로도 포함되지 않은
배제된 삶과 그 권리들의 역사와 현재, 문화를 통해서 조형하려고 시도하고
있는 노력들"(40쪽)이 보다 넓고 깊게 비평의 대상으로 다뤄질 수 있기
때문이다. 그래서일까. 한국 영화에서 주목받은 팜므파탈의 캐릭터를
두고, 김필남은 기존 남성중심 사회에 대한 래디컬한 저항을 보인다는

이러한 새로운 여성상이 남성의 시선에 포획된 채 "팜므파탈의 이미지를 판매하고 소비"(84쪽)되는, 그리하여 오히려 남성중심주의를 공고히 하는 데 공모할 뿐이라고 매섭게 비판한다. 이와 관련하여, 부산의 안팎을 다루는 영화들이 지닌 문제점에 대한 그의 진단 또한 귀 기울일 필요가 있다.

> 부산을 재현하고 있는 영화들은 대개가 부산을 하나의 고정된 이미지로 만 인지되도록 부산의 상투적 표상을 반복적으로 활용할 뿐이다. 아련한 고향의 이미지, 폭력의 도시, 부산남성이라는 고착화된 이미지들을 적극적으로 활용해서 말이다. (105쪽)

여기서, 다시 한번 문제의식을 가다듬어보자. 김필남의 이와 같은 비평의 밑자리에는 부산 지역에서 비평적 실천을 수행하고 있는 여성 비평가의 비평적 고뇌와 육성이 자리하고 있다. 물론, 나의 과문이 아니라면, 김필남의 이러한 문제의식이 새로운 것은 아니다. 부산 지역을 어떻게 인문학적으로 접근하여 생산적 담론을 재구성하는 비평적 개입을 시도할 것인지에 대해서는 구모룡, 황국명, 김용규, 박훈하, 김경복, 하상일 등 김필남의 선배 비평가들에게서 지속적으로 논의되고 있는 중요한 비평의 공부거리다. 서울중심주의에 휘둘리지 않고 비판적 거리를 확보하면서 지역이 지닌 소중한 문제의식을 발파하되, 결코 지역중심주의에 함몰되지 않는, 그래서 '비판적 지역주의'로서 부산에 대한 인문학적 탐구가 이뤄지고 있다.

하지만, 김필남이 날카롭게 지적하듯, 기존 이러한 비평 활동이 의도하든 의도하지 않든 그리고 순기능이든 역기능이든 남성 중심 비평의 프레임을 고착시켰다는 것은 자명한 사실이다. 어쩌면, 지금부터 새롭게 모색되어야 할 지역에 대한 비평적 실천은 바로 이 자명한 것들 사이로 적극 개입을 하고, 김필남과 같은 후속 세대 여성 비평의 래디컬한 문제의식이 삼투되어야 하지 않을까. 다른 지역의 젊은 여성 비평의 활동에 대해 문외한인 나로서는, 김필남이 소개하듯 부산의 젊은 여성 비평의 성취들[4]이 지금보다 더욱 적극적으로 부산의 남성 중심 인문학장에 개입하여 상호 침투적 비평의 대화가 소통되었으면 한다. 이것은 부산 지역의 인문학과 부산의 여성 비평의 새로운 생태계를 모색하는 것뿐만 아니라 한국사회의 다른 지역과 해당 지역 여성 비평이 지금보다 한국 인문학 비평의 안팎에 적극 개입함으로써 인문학의 자기 쇄신과 자기 갱신에 새 힘을 불어넣을 것이다.

2) 조정민: 오키나와문학을 통한 동아시아의 평화 모색[5]

이렇게 부산 지역 여성 비평의 활동을 눈여겨보면서 연구자 조정민에 대해 주목하지 않을 수 없다. 조정민은 지금까지 논의한 문예비평가들과 달리 대학 연구소에서 일본문학을 연구하되 일본문학 연구의 주류 풍토에서 비켜나 있는 오키나와문학 연구에 매진하는 여성 소장학자이다. 그의 『오키나와를 읽다』는 오키나와문학에 대한 연구서이면서 오키나와의 현대문학에 대한 비평서로서도 손색이 없는 것으로, 오키나와문학에 대한 학문적 관심과 비평적 열정은, 김필남의 비평을 통해 확연히 알 수 있듯, 부산의 여성 비평의 넓이와 깊이를 실감하도록 한다.

오키나와는 한국뿐만 아니라 전 세계적 휴양지로 널리 알려져 있다. 그러나 오키나와는 1879년 '류큐 처분' 이전까지 동아시아의 주요 문명을 이루면서 독자적 정치세력을 일궈온 유구한 역사문화를 지닌 곳이다. 오키나와를 이해하기란 그리 단순하지 않다. 특히 제2차 세계대전의 막바지에 이르러 오키나와는 미국과 일본 사이 전쟁의 소용돌이 속에서 전대미문의 전화戰禍를 입었다. 오늘에 이르기까지 오키나와는 전쟁의 그 끔찍한

● ● ●
4. 김필남, 「지역 여성 비평가」, 『삼켜져야 할 말들』, 40–42쪽 참조.
5. 여기서 조정민에 대한 내 생각은 『오키나와를 읽다』의 서평으로 발표한 「오키나와 담론의 전형화를 경계하며」(<한겨레>, 2017년 8월 4일)를 중심으로 덧보태진 것이다.

지옥도의 흔적을 고스란히 간직하고 있다. 그것은 다름 아니라 일본의 제국주의 식민 침탈과 미국의 동아시아 패권을 장악하기 위한 적대 관계 속에서 오키나와를 희생시키는 반문명적·반인류적·반평화적 참상이다.

조정민의 『오키나와를 읽다』는 이처럼 오키나와를 중층적으로 에워싸고 있는 문제들을 응시하면서 오키나와에 대한 더 넓고 깊은 이해의 길을 탐색하고 있다. 국내에서 2016년에 나온 오키나와문학연구회의 『오키나와 문학의 힘』 이후 조정민의 이 책이 오키나와 문학에 대한 집중적 연구 성과를 단독 저서로 발표한 첫 성과라는 점에서 각별히 주목할 필요가 있다.[6]

여기서, 조정민의 주요 문제의식은 중요하다. 그는 책머리에서 "오키나와 담론의 전형화, 정형화의 메커니즘을 전후 오키나와 문학을 통해 점검하"(5쪽)는 것을 뚜렷이 적시한다. 그것은 오키나와 담론들이 일본 제국의 본질을 위협하고 동요시켜 해체하지 않는 한, 오키나와의 숱한 저항 담론의 분출을 제도권 안에서 용인할 뿐만 아니라 그러한 저항 담론을 일본 제국의 체제 안으로 흡수해버리는 방식은 오키나와 스스로 저항의 나르시시즘에 매몰된 채 결국 "자발적인 타자화"로 귀착되기 때문이다. 조정민의 비판적 문제의식은 바로 여기에 있다.

그리하여 조정민은 오키나와 문학의 주요 작가인 히로쓰 가즈오, 오시로 다쓰히로, 마타요시 에이키, 메도루마 슌, 사키야마 다미 등의 작품이 지닌 오키나와의 중층적 현실이 지닌 문제들을 매우 섬세히 그리고 예리하게 읽어낸다. 특히 눈에 띄는 것은 사키야마 다미가 힘을 쏟은 '섬 말'과 관련한 그녀의 독특한 글쓰기 전략과 이것이 겨냥하는 정치적 상상력을

• • • •

6. 오키나와문학 및 문화에 대한 한국문학비평의 지속적 관심은 오키나와문학연구회, 『오키나와 문학의 힘』(역락, 2016); 김재용 편, 『신의 섬』(글누림, 2016); 김재용·손지연 편역, 『오키나와 문학의 이해』(역락, 2017); 메도루마 슌, 『어군기』(곽형덕 역, 도서출판 문, 2017); 조정민, 『오키나와를 읽다』(소명출판, 2017); 이명원, 『두섬—저항의 양극, 한국과 오키나와』(삶창, 2017); 손지연, 『전후 오키나와문학을 사유하는 방법』(소명출판, 2020) 등이 있다.

치밀한 독해로 풀어낸 점이다. 사키야마 다미는 오키나와를 구성하는 여러 섬의 언어에 관심을 갖고 자신의 작품 속에서 '섬 말'을 적극적으로 구사한다. 조정민은 "사키야마의 혼종적 글쓰기는 표준어와 방언이라는 언어적 측면에 국한된 것이 아니라 일본과 오키나와의 관계를 재사정하고 근대의 의미마저 되묻는 지점에까지 도달"(142쪽)한 것에 주목한다.

조정민의 이러한 독해는 추상과 관념이 아니라 오키나와를 구성하는 여러 섬의 육체성에 기반한 오키나와문학이 일본뿐만 아니라 오키나와에 대한 비판적 거리를 설정하도록 한다. 그래서 전후 평화를 누리는 일본의 허울, 그리고 또 다른 전쟁과 제국의 지배를 내면화하면서 심지어 그것과 공모하는 번영에 자칫 도취될 수 있는 오키나와를 비판적으로 성찰하도록 한다. 전후 오키나와를 짓누른 폭력의 근대에 대한 저항과 성찰, 그리고 평화와 번영으로 치장된 기만의 근대를 간파하고 이것에 분투하는 오키나와에 대한 조정민의 탐색은 이후 한층 치열해질 터이다.

4. 구미중심주의를 극복할 부산의 젊은 비평의 개입을 기대하며

이 글을 맺으면서, 내가 검토한 부산의 젊은 비평의 현재 모습이 부산작가회의 기관지 『작가와사회』 특집 기획 의도에 얼마나 잘 부합하였는지 모르겠다. 이 글의 앞에서 내 사적 기억의 한 풍경을 소개했듯이 부산문학을 채우는 비평의 지형도는 그리 단순히 파악할 수 없다. 부산의 비평은 서울중심주의로 수렴되지 않고, 오히려 지역이 당면한 구체적 문제 현실 속에서 서울중심주의의 비평적 폐단을 극복하고 주체적 비평의 입지 기반을 튼실히 다지고 있다. 무엇보다 내가 살펴본 부산의 젊은 비평들(황선열, 허정, 손남훈, 김필남, 조정민)은 동세대 비평가들이 멈칫하며 담대히 기획·실천하지 못하는 자신의 비평적 이론을 치열히 궁리할 뿐만 아니라 자신이 발을 딛고 있는 현실과 문학 현장에 착근한 비평적 실천을 뚝심

있게 수행하고 있다. 이러한 그들의 모습 속에서 이후 펼쳐질 부산의 비평의 미래에 대해 거는 기대는 자못 크다. 기대가 클수록 요구 사항도 많은 법인만큼 나 또한 비평가로서 그들과 함께 고민하고 싶은 것을 간략히 제안해본다.

최근 한국문학은 종래 한국문학을 에워싼 문학의 쟁점과 달리 전 지구적 시각과의 상호 침투적 관계 속에서 한국문학의 새로운 논의 지점을 야심차게 모색하고 있다. 종래 구미중심주의 패러다임 안에서 그 생존과 존재방식을 사유해오던 한국문학은 구미중심주의에 안주하는 게 아니라 구미중심주의를 창조적으로 넘어 그 대안을 모색하는 힘겨운 이론적 및 실천적 움직임을 보이고 있다. 이것을 한국문학의 세계화로 인식하는 것은 번지수를 잘못 짚어도 여간 잘못 짚은 게 아니다. 한국문학의 세계화이기보다 기존 구미중심주의에 바탕을 둔 세계문학 논의에 균열을 내고 이것의 완고한 질서를 동요시킴으로써 새로운 세계문학을 구성하고자 하는 맥락 안에 한국문학이 어떠한 역할을 담당할 수 있을 것인가에 대한 비평적 개입을 적극적으로 감행해야 한다.

물론, 이러한 비평적 개입은 치열한 지속적 열정과 튼실한 공부가 당연히 뒷받침되어야 한다. 여기에다가 비평가가 놓여 있는 구체적 현실에 대한 명민한 비판적 인식과 비평의 대상에 대한 넓고 깊은 성찰적 태도가 수반되어야 한다. 부산의 젊은 비평은 이러한 비평 활동을 펼치는 데 조금이라도 주저해서는 안 되리라. 구미중심주의가 내밀히 작동된 채 그것에 대한 비판적 거리 확보가 어려운 수도 서울과 달리 부산은 그 특유의 서울중심주의에 대한 비판적 지역주의에 바탕을 두고 있어, 부산의 젊은 비평은 이 점을 비평의 방략方略으로 삼아야 할 것이다.[7] 그래서

• • •

7. 이와 관련하여, 부산의 인문학 인프라 중 하나인 '백년어서원'(대표 김수우)의 활동은 주목할 만하다. 특히 비서구문학을 중심으로 한 세계문학에 대한 새로운 대중 강좌를 부산 시민들에게 제공하고, 이러한 성과를 기반으로, '지구적 세계문학 연구소'(대표 김재용)와 공동으로 최근 2018년 1월 23일에 주최한 심포지엄('주제: 부산의 인문,

부산에서 래디컬하게 사유하고 실천하며 새롭게 구성하는 세계문학의 시계視界에 적극 개입하는 부산의 젊은 비평을 나는 기대해본다. 그들과 함께 한국문학비평이 전위적으로 수행할 비평의 원대한 과제들을 만나고 싶다.

• • •

　세계문학과 만나다')에서 아프리카, 아시아, 라틴아메리카 문학인을 직접 초청하여 이에 대한 부산의 비평적 관심을 심화 확산시킨 바 있다.

부산의 젊은 비평의 풍향계 · 179

또다시, '기초예술'로서 문학을 '지원'하는/할 문학예술 정책

1. '기초예술'로서 문학을 '지원'하는/할 문학예술 정책

이 글을 쓰고 있는 현재 한국사회는 헌정사상 초유 전직 대통령이 헌법재판소로부터 탄핵이 인용된 후 국정농단에 대한 준열한 책임을 묻고 그동안 켜켜이 쌓인 온갖 적폐들을 청산하기 위한 새로운 정치 비전을 제시하는 언어들로 홧홧 달궈지고 있다. 대통령 후보자들은 저마다의 정치철학과 각 정당의 정치이념을 토대로 한 공약과 이를 실행하기 위한 각종 정책들을 경쟁적으로 내놓는다. 이 와중에 50여 개 문화예술단체들은 박근혜 대통령 탄핵과 관련하여 집권 여당이었던 새누리당 진영(자유한국당 및 바른정당)을 제외한 세 당(더불어민주당, 국민의당, 정의당)의 캠프 문화정책 담당자들을 초청한 '2017년 대통령선거 후보자 캠프 초청 문화정책 공개 토론회'를 4월 26일 서울 마포구 가톨릭청년회관에서 가졌다. 가뜩이나 대통령 탄핵 과정에서 그 전모가 드러났듯, 문화예술계 블랙리스트에 대한 철저한 진상조사와 관련자에 대한 엄중한 책임을 물어야 한다는 사회적 분위기 속에서 이번 공개 토론회가 갖는 비중은 막중하였다.

여기서, 현실을 냉철히 직시할 필요가 있다. 지금까지 대선 과정을 돌이켜보건대, 역대 대통령 당선자와 그 집권 세력은 문화예술 분야를 대상으로 엇비슷한 대선 정책 공약을 내걸었고, 자신을 지지하는 문화예술 관련 종사자들이 축적한 문화의 상징자본 — 그 대부분 유명 정치인의 대중적 지지보다 막강하고 폭넓은 대중적 인지도 — 을 최대한 활용하였다. 하지만 선거 후 그토록 강조하던 문화예술 분야의 공약은 상대적으로 시급하고 절실한 다른 분야보다 그 순위가 뒤로 밀려난 채 애초 공약과 비교해볼 때 현저히 축소되든지 심지어 언제 그러한 공약이 있었냐는 듯 다른 공약들과 함께 슬그머니 사라져 버린다.

그렇다면, 왜 이러한 일들이 심드렁히 반복적으로 일어나는 것일까. 이 글이 문학을 대상으로 한 정책 제언에 초점이 맞춰져 있는 만큼 문학을 중심으로 이에 대한 이야기를 풀어보자. 나는 문학예술 정책과 관련한 자리가 있을 때마다 힘주어 강조하는 몇 가지가 있다. 문학예술 정책을 수립하기 전에 우선 정리해둬야 할 뿐만 아니라 출발점을 삼아야 할 근간이 있다. 그것은 문학예술은 '기초예술'[1]이라는 명확한 인식에 토대를 둬야 한다는 사실이다. '기초예술'에 대한 인식이 제대로 정립되지 않았기 때문에 그동안 문화산업에 관련한 각종 담론과 그것에 기반한 예술 정책들이 문학예술 정책과 뒤섞이면서 이것도 저것도 아닌 문학예술의 퇴행을 초래하였다. 그리하여 이 과정에서 문학예술은 문화산업에 원자재를 제공하는 공급처로 전락하였는가 하면, 문화산업의 득세 속에서 대중성에 편승한 문학을 시장의 논리로 합리화하는 가운데 점차 고착화된 시장만능

• • •

1. '기초예술'이란 개념은 '참여정부' 시절 '기초예술살리기범문화예술인연대'(2004년 4월 2일)가 출범하면서 출범선언문에 이 개념이 함의한 문화예술 현장의 위기와 이를 타개하기 위한 문제의식이 드러나면서 본격화된 것이다. 하지만 안타깝게도 한국사회의 집권 세력이 바뀔 때마다 문화예술 정책의 근간이 흔들리고 전면적으로 바뀌게 되면서 '기초예술'을 토대로 힘들게 마련한 문화예술 정책은 온데간데없이 사라지고, 집권 세력의 입맛에 맞는 권력의 시류에 영합한 문화예술 정책이 조변석개처럼 변화무쌍하다 보니, '기초예술'의 개념 역시 슬그머니 자취를 감출 처지에 놓인다. 문화예술 정책의 장기지속성이란 측면에서 나는 문학예술 정책에 대한 제언을 하는 이 글에서 '기초예술'이 지닌 소중한 문제의식을 새삼 상기해본다. 고명철, 「기초예술 '현장', 중장기적 예술 정책, 그리고 문학」, 「문학의 제도적 갱신」, 『뼈꽃이 피다』, 케포이북스, 2009.

주의에 굴신하게 되었는가 하면, 심지어 지금, 이곳에서 '4차 산업혁명'의 징후로서 제도권 한국문학에 대한 죽음을 기정사실화한 채 언어의 미학에 근간을 두는 '문학' 자체에 대한 전복을 통해 정보과학기술과 융합한, '문학'으로 명명되지도 않고, '문학'으로도 귀환되지도 않은, 새롭고 혁신적인 그 무엇의 출현을 주목하기도 한다. 따라서 저간의 이 모든 현상과 논의들을 관통하고 있는 것은, 문학예술을 '기초예술'로서 인식하지 않는 것과 밀접히 연관된다.

다음으로, 문학예술 정책을 수립하고 집행하는 정부와 지자체는 '지원은 하되 간섭하지 않는다'는 기본 입장을 아무리 강조해도 지나치지 않다. 이와 관련하여, 각종 문학예술 정책을 수립·집행·평가하는 과정에서 냉엄히 성찰해야 할 것은 지원한 것에 대한 성과를 조급히 기대하는 것과 그에 따라 지원의 지속성이 유지되지 않고 염량세태처럼 지원의 무게와 방향이 가벼워지고 쉽게 바뀐다는 사실이다. 물론 여기에는 평가를 염두에 둬야 하는바, 블랙리스트의 존재가 극명히 보여주듯 반체제 성향의 문학예술에 대해 불공정한 심사를 하도록 행정의 압력을 행사하고 국가 일방주의의 문학예술을 옹호하는 지원 정책을 노골적으로/암묵적으로 행사하는 것에 대한 준열한 내적 성찰과 엄중한 책임을 꼭 물어야 한다.

이제 성글고 투박하지만, 위 두 가지 사안을 골격으로 한 문학예술 정책에 대해 부분적 제언을 해본다. 그런데, 엄밀히 말해 새로운 제언이기보다 역대 대통령과 집권 세력에 의해 추진된 문학예술 정책에 대한 비판적 성찰 속에서 주목해야 할 것과 새롭게 모색되어야 할 것에 대한 생각임을 밝혀둔다.

2. 창작 활동의 주체에 '안성맞춤'인 문학예술 정책

문학예술을 '기초예술'로서 인식하는 가운데 가장 먼저 고려해야 할 것은 '기초예술'의 최전선에서 자신의 '최량最良'의 문학세계를 향해 고투하고 있는 창작자들에 대해 어떠한 정책을 수립하고 실행해야 하는가 하는 점이다. 이 문제를 생각할 때마다 문학예술계가 조우해야 할 자기 성찰의 과제가 있다. '기초예술'로서 문학예술을 인식하자는 데에는 한국사회에서 '기초예술'을 담당하는 창작자들의 사회경제적 열악한 현실을 충분히 고려한 가운데 그들의 이러한 열악함을 해소하기 위한 정책을 수립·집행하는 것으로 자족하는 게 결코 아니다.[2] 물론, 이 문제가 문학예술 정책에서 제외시켜야 한다는 것을 말하는 것은 아니다. 그보다 핵심적 사안은 창작자들이 자신의 문학세계를 향한 힘겨운 싸움을 창작자들만의 몫으로 떠넘기는 게 아니라 그들이 그 고투를 더 치열히 해내기 위한 정책적 지원을 강구하는 일이다.

이를 위해 여러 가지가 필요한데 가급적 추상적이며 소모적 논의를 최소화하고 구체적이면서 생산적인 것 중심으로 얘기해보자. 우선, 한국문단에 갓 출현한 신진 창작자들에 대한 지원 정책에서 초점을 맞춰야 할 것은 무엇일까. 어느 분야도 그렇듯이, 자신의 능력을 마음껏 발휘하고 싶은 분야의 관문을 통과한 신진들, 특히 문학의 경우 신진들은 표현 욕망이 폭발적으로 분출할 때다. 하지만 두루 알다시피 글쓰기를 갓 시작한 신진들에게 발표의 기회가 그리 자주 주어지지 않는다. 점차 문단에서나 사회적으로나 영향력이 현저히 떨어지고 있는 문예지이지만, 기존 문예지의 한정된 지면에서 매해 배출되고 있는 신진들의 표현 욕망을 충족시켜주는 공간은 대단히 협소하다. 여기에는 오프라인의 문예지에만 국한되지 않는다. 아직 한국사회에는 온라인의 특성에 적합한 웹진이 활성화되지 않는 현실에서

• • • •

2. 흔히들 '기초예술'에 종사하는 문학인, 특히 창작자들이 생계에 구애받지 않고 전업 문인으로서 활동할 수 있도록 하는 사회경제적 지원에 초점을 두는 정책을 생각하기 십상이다. 전업 문인으로서 안정된 경제적 기반을 국가 및 지자체가 제공하는 정책은 매혹적이다. 하지만 이것과 연관된 사안은 그리 단순하지 않다. 이것은 단순히 전업 문인의 경제적 기반을 해결하는 여부의 문제만이 아니라 국가 전반의 복지 문제와 '기초예술'에 대한 심도 있는 사회적 합의를 아우르기 때문이다.

그나마 대중적 인지도가 있는 웹진을 통한 발표 기회 역시 협소하기는 매한가지다. 신진들을 위해 여러 문학예술 정책이 필요하되, 신진들이 자신의 작품을 발표할 수 있는 공간 및 인프라를 재정비할 뿐만 아니라 새롭게 구축해야 할 지원 정책이 강구되어야 한다. 여기서, 강조해두고 싶은 것은 신진들이 '최량'의 문학을 낳기 위해 그들에게 어떠한 창작의 인프라가 구축돼야 하는가 하는 점이다. 그동안 정부와 지자체에서 딱히 신진들에게만 국한시킨 것은 아니지만, 창작 작업실을 신설하고 그것을 활용하도록 함으로써 어느 정도 창작 인프라를 구축한 것은 사실이다. 하지만 충분하지 못한 창작 작업실은 논외로 하고, 작업실 본래의 역할에 미치지 못하는, 심하게 꼬집으면, 창작하기 위한 기숙 공간을 제공해주는 정도에 만족할 뿐, 정작 창작자들이 창작 욕망을 자극하고 자신의 창작에 긴요하게 활용될 각종 자료를 자유롭게 제공받을 수 있는 곳은 전무하다고 해도 과언이 아니다. 따라서 기왕 신진들의 창작을 적극 지원해주기 위한 인프라의 성격은 작업실 본래의 역할에 충실할 필요가 있다.

다음으로, 신진들보다 창작 활동의 이력이 쌓인 중견 창작자들의 경우 보다 원숙한 문학을 추구하는 데 초점이 맞춰진 지원 정책을 궁리할 필요가 있다. 여기에도 여러 가지가 있으며 생각하기에 따라 정책 집행에서 우선순위가 다르다는 것을 전제로 할 때, 심각히 고려했으면 하는 정책이 있다. 한국문학이 개별 국민문학인 것은 자명하되, 여기에 자족하지 않고 새로운 세계문학을 구성해낼 수 있는 창작은 물론, 이와 관련한 문학 활동을 적극 지원할 수 있는 지원 정책이 절실하다. 그런데 이 점을 주의하고 경계해야 한다. 이것은 한국문학의 세계화와 결코 무관한 것은 아니지만, 그렇다고 한국문학을 구미중심주의가 팽배한 세계문학의 제도권의 어느 한 구석 자리를 배당받기 위한 차원으로서 '한국문학의 세계화'를 의미하는 것은 결코 아니다. 그보다 구미중심주의로 훼손되거나 왜곡된 세계문학의 온전한 실체를 재구축하기 위해 한국문학이 어떠한 역할을 담당해야 하는가에 대한 차원에서 '한국문학의 세계화'를 보다 넓고 깊게 이해하는 지원 정책이 강구되어야 한다. 이것은 생각하기에 따라 비현실적 공상으로 간주하기 십상이지만, 결코 그렇지 않다. 가령, 지금까지 한국문학이 전 세계와 교류해온 것을 성찰해볼 때, 그 무게 중심은 미국과 유럽에 한정돼 있음을 부인할 수 없을 것이다. 이제 그 교류의 철학과 실천을 구미 일방에서 트리콘티넨탈(아프리카 – 아시아 – 라틴 아메리카)로 다변화시키면 어떨까. 한국문학과 트리콘티넨탈 문학의 의례적 만남을 넘어선 진정한 만남의 기회를 자주 가짐으로써 구미중심주의 편향의 세계문학과 '또 다른' '새로운 세계문학'에 적극 개입하는 지원 정책이 그 어느 때보다 절실히 요구된다. 이 과정에서 자연스레 한국문학과 북한문학으로 나뉜 불구 상태의 양쪽 국민문학은 인위적 차원, 즉 정치경제적 논리와 다른 평화를 욕망하는 문학의 논리와 언어로 치유해내면서 온전한 국민문학의 건강을 회복할 수 있다. 왜냐하면 한반도의 분단이 제2차 세계대전의 승전국인 미국과 옛 소련으로 분극화된 냉전체제가 구미중심주의와 깊숙이 연관된 정치사회적 산물이기 때문이다. 따라서 트리콘티넨탈 문학과의 적극 교류를 지원하는 문학예술 정책이 자연스레 한반도의 냉전체제를 소멸시킬 수 있는 것이다. 이 정책의 초점화된 주체로서 한국문학의 중견 창작자들은 그 역할을 충분히 다 할 수 있다고 나는 생각한다.

끝으로, 한국문학의 원로 창작자들에 대한 지원 정책에서 우선 고려해야 할 것은 그들의 창작 활동 전 생애를 통해 축적시켜온 그 문학적 자산들을 한국사회의 미적 가치로서 정립하는 것이다. 한국현대사의 격랑 속에서 갈고 다듬어져 살아남은 그들이 거둔 소중한 창작 성취야말로 한국사회가 간난신고 끝에 획득한 종요로운 미적 성취가 아니고 무엇인가. 이것을 어떻게 한국사회의 미적 가치로서 정립시킬 수 있을까. 이것은 평생 동안 창작 활동에 전념한 원로 창작자들을 살아 있는 박제로서 기념하는 게 결코 아니다. 그뿐만 아니라 그들의 문학을 표면상 존중한다고 하면서 그 이면에서는 그들의 문학적 업적 및 문명文名에 무임승차함으로써 크고 작은 문학적 잇속을 챙겨서도 안 된다. 행여나 지자체의 각종 사업에서 문학 지원 정책이란 미명 아래 지역 원로의 창작 성취를 지역 문화관광 상품의 하나로 전락시켜서는 곤란하다.

그런데, 사실 이렇게 한국문학에 대한 지원 정책을 신진, 중견, 원로로 나눠 얘기한 것은 대단히 자의적 구분이란 것을 고백한다. 그럼에도 불구하고 이렇게 구분하여 얘기한 것은, 문학예술 정책을 수립하고 집행하는 일이 문학예술에 종사하는 모든 사람을 두루 만족시키기에 현실적으로 불가능하기 때문이다. 어떻든지 국가와 지자체에 의해 수립되고 집행해야 할 정책은 재원의 한계 속에서 '선택과 집중'을 따를 수밖에 없다. 이러한 점을 고려한 논의다. 다만, 위 논의를 골격으로 하되, 각 세대의 창작 주체들은 필요에 따라 다른 세대에 상대적으로 비중을 두고 집행되는 정책을 자신들 세대에 맞게 창조적으로 변형하는 것도 고려해봄 직하다.

3. 한국문학의 '매개와 향유'를 위한 문학예술 정책

창작을 소통하고 매개하는 문학 관련 종사자들과 창작을 이해하고 향유하는 독자들의 존재를 과소평가하는 문학이 온전한 문학의 위상을 갖추고 있지 않다는 것은 삼척동자도 다 아는 사실이다. 따라서 문학예술 정책은 문학 텍스트의 생산을 담당하는 창작자들뿐만 아니라 문학 텍스트를 배포·공급·향유하는 역할을 담당하는 문학 관련 종사자들과 독자들을 대상으로 하는 것 역시 매우 중요하다.

그런데, 여기서도 중요하게 고려해야 할 것은 '기초예술'로서 문학을 인식할 때 문학의 매개자와 향유자를 대상으로 한 정책의 수립과 집행이다. 이와 관련하여, 냉철히 짚고 넘어가야 할 게 있다. 이명박 정부[3]와

• • •

3. 이명박 정부의 문화정책에 대한 비판적 성찰을 통해 한국문학을 살펴본 적 있다. 고명철, 「문화정책의 난제를 풀어야 할 한국문학─이명박 정부의 문화정책에 대한 비판」, 『흔들리는 대지의 서사』, 보고사, 2016.

박근혜 정부에서 문학 정책이 분명 있었다. 그래서 문학예술 지원 정책 자체가 전면 부재한 것은 아니다. 하지만, 그 지원 정책의 중심은 문학을 '기초예술'로서 인식하는 게 아니라 문화산업의 완성품을 만들어내는 데 제공되어야 할 원자재 정도였고, 이보다 좀 나은 것이라면, 문화산업의 융합적 성과물을 촉매하는 데 쓰임새가 있는 문화 콘텐츠의 하나로서, 또는 집권 세력에 옹호적이거나 궁극적으로는 그러한 정치적 용도로 적극 활용된 탈정치적 문학이었다. 그 단적인 예가 박근혜 정부에서 관리된 블랙리스트 존재에서 증명된 것이다. 그래서, 거듭 강조하건대, 문학예술의 매개와 향유에 대한 지원 정책을 쉽게 간과해서 안 되는 것은 '기초예술'로서 문학이다.

그렇다면, 매개와 향유를 엄밀히 구분할 수 없지만, 정책 수립과 집행에서 '선택과 집중'을 염두에 둘 때 이 둘을 분리해서 우선적으로 고려해야 할 문학예술 정책을 생각해보자. 우선, 매개의 측면에서 출판과 도서관에 대한 정책이 재정비되어야 한다. 출판과 도서관이 가장 보증해야 할 일은 양질의 문학 도서를 간행해야 하고, 그것을 충분히 확보함으로써 독자 대중이 언제든지 그것과 만날 수 있어야 한다. 이렇게 생각하면, 이 문제는 매우 간결하게 풀리며 그 해법 역시 복잡하지 않다. 정부가 문화융성의 시대를 맞이하여 국민의 문화복지를 위해 온갖 정책적 지원을 아끼지 않는다고 하지만 정작 문학예술계, 특히 문학예술 관련 출판계에서 피부로 직감하는 불황과 위기는 대단히 심각하다. 정부가 문화산업 육성에 거의 올인하다시피 할 때 상대적으로 '기초예술'로서 문학에 대한 구조적 박탈감과 불모화하는 점증되었고 문학에 대한 독자 대중의 관심은 급격히 쇠락하기 시작한 것이다. 정부가 이것을 정보화 시대에 필연적으로 초래할 (인)문학의 위기 징후와 현상으로 연결 짓는 것은 매우 무책임한 상투적 진단이다. 그렇다면, 엄중히 묻자. 정부가 그토록 막대한 재정을 투자하고 문화예술 정책을 문화산업에 올인하다시피 해서 얻은 문화예술적 성취는 무엇인가. 미래의 블루오션이라고 추켜세운 문화산업과 연관된 문학예술의 값진 성취는 무엇인가. 우리는 또렷이 지켜보지 않았는가. 박근혜 정부에서 국정농단의 주범들이 K스포츠와 미르재단의 정경유착의 검은 커넥션으로 문화산업 미명 아래 한국의 문화예술 전반을 얼마나 만신창이로 추문화시켰는지를……

　다시, 기본으로 돌아가자. 문학예술은 시쳇말로 '대박'을 겨냥하고 달려드는 기획 상품과 근본적으로 거리를 둔다. 그것이 애초 자본주의 시장에서 사활을 걸고 생존해야 하는 상품의 속성을 본연으로 하지 않는 한, 문학예술은 바로 그렇기 때문에 '대박'을 기대하는 정책과 무관하다. 그보다 문화예술 생태계의 근간인 '기초예술'로서 문학은 너무 부족해서도 안 되고 차고 넘쳐서도 좋지 않은 적정 상태를 유지함으로써 한 사회의 상하수도와 같은 공공재의 역할처럼 사회의 제 분야의 원활한 역할을 다 할 수 있도록 하는 기초 인프라를 구축한다. 그래서 이와 관련하여 정부와 지자체의 문학예술 정책은 양질의 도서를 출간하는 출판사에 대한 적극적 육성 정책을 펼치는 데 초점을 맞춰야 한다. 이 일을 충실히 다 하는 출판사의 책을 시장주의에만 맡겨둘 게 아니라 그 책들을 국가와 지자체가 충분히 구매하여 전국의 각종 도서관에 널리 보급해야 한다. 도서관이 양질의 문학 도서를 제대로 구비하는 것은 아무리 강조해도 지나치지 않다. 그러기 위해서는 각 도서관에 배당된 도서 구입 비용을 대폭 인상시켜야 한다. 그나마 점층 확보된 도서관의 도서 구입비를 이런저런 명목으로 삭감할 게 아니라 문학의 매개 인프라를 안정적으로 구축하는, 그래서 자연스레 문학의 향유를 확산하는 데 걸림돌이 되지 않는 지원 정책을 과감히 수립하고 집행해야 한다. 자본주의 시장 질서에 문학의 매개를 맡기는 것은 무책임하기 짝이 없는 일이다. 만일 이것에 문학예술 정책의 초점을 맞춘다면, 문학예술 정책이란 이름이 무색할 정도로 이것은 자본주의 시장의 질서에 적극 순응 및 적응하는 경제 분야의 정책 수립·집행과 별반 다를 게 없다.

　이것은 문학의 향유의 측면에서도 예외가 아니다. 이명박 정부와 박근혜 정부에서 문학의 향유를 확산하는 데 중심을 둔 정책을 펼쳤는데, 여기에는 간과할 수 없는 비판의 지점이 있다. 독자 만능주의가 그것이다. 문학을 향유하는 독자의 중요성은 아무리 강조해도 지나치지 않다. 하지만 무조건적 독자의 취향을 중시한 가운데 그것에 비중을 두는 문학 향유의 정책은, 비유컨대 악화惡貨가 양화良貨를 구축하듯 독자의 시류적 요구와 취향이라면 그것이 문학 향유의 최종 귀착지인 것처럼 생각된 나머지 그러한 문학을 바람직한 향유로 쉽게 간주하는 정책을 펼치기 쉽다. 그 단적인 예로, 최근 각 지자체에서 책 읽기 운동이 활발히 일어나는데 독서 장려의 차원으로 기획·실행된 프로그램 중 '한 책 읽기' 운동의 경우 한 책을 선정하는 과정에서 독자 다수의 선택을 받은 문학 도서를 아무런 여과 없이 해당 지자체에서 '한 책 읽기'로 선정하는 프로그램을 아주 떳떳이 진행한다.[4] 독자의 다수가 선택했으므로 주민 민주주의의 원칙에도 어긋나지 않는 공명정대한 방식으로 책을 선정했다는 것이다. 그런데, 이러한 선정 방식이 해당 창작자에게나 선정에서 탈락된 창작자들에게 혹시 지극히 반反문학적 방식이라는 비판을 받고 있다는 것을 알고 있을까. 게다가 시장주의에 입각한 인기 투표 방식에 노출된 문학은 몹시 불쾌하지 않았을까. 좋은 문학과 그렇지 않은 문학은 있을 수 있되, 최고의 인기 투표를 받은 문학이 해당 지자체의 재원과 유무형의 지원이 집중됨으로써 마치 최고 인기투표로 선정된 문학이 '최량最良의 문학' 가치를 보증하는 문학처럼 이해되는 것은 분명 문학을 기만하는 것이다. 아마도 여기에는 문학의 향유를 행정적으로 수행하는 데 '행정적 수월성'을 우선적으로 고려하다보니 '문학'을 향유하는 정책이라는 점을 쉽게 간과했기 때문이다. 귀찮고 번잡하지만 보다 슬기로운 고민이 요구된다.

* * *

4. 박근혜 정부에서 추진한 '우수도서' 선정과 지자체의 엇비슷한 프로그램 진행에 대한 비판에 대해서는 고명철, 「우수도서 선정사업: 문학적 진실, 기초예술, 정부의 창조적 고민」, 『흔들리는 대지의 서사』, 보고사, 2016.

4. 성찰적 해방을 띤 문학예술 정책의 구현을 바라면서

이 글이 활자화된 문예지가 내게 배달될 무렵이면, 대선을 마친 상태인데다가, 이번 대선의 특수성 때문에 차기 행정부를 꾸릴 인수위원회 없이 곧바로 새 정부의 각료가 추천돼 국회의 청문회를 통과했거나 통과하고 있는 중일지 모른다. 새롭게 강구되어야 할 문학예술 정책은 막중한 책임과 의무를 수행해야 할 것이다. 지난번 대선 후보자 캠프 초청 문화 정책 공개 토론회에서 강조된 것 중 하나가 문화 행정을 확립할 때 문화예술 종사자가 직접 행정에 참여하는 협치가 실질적으로 보장되어야 한다는 것이었다. 사실, 나 역시 기회가 있을 때마다 문학인들에게 힘주어 강조한 점이 바로 이것이다. 문학예술 현장의 목소리를 문학예술 정책에 충실히 그리고 튼실히 녹여내는 일에 적극 관심을 가져야 한다. 문학예술 정책 과정에서 문학 현장의 고민이 삼투되어야 하고, 그것은 '기초예술'로서 문학이 적극적으로 개입해야 할 떳떳한 이유이기도 하다. 이 글에서는 충분히 논의하지 못했으나, 창작 활동뿐만 아니라 매개 및 향유와 관련하여 문학인 고유의 창조적 역량이 얼마든지 문학예술 정책을 수립·집행하는 데 능동적으로 활용할 수 있다는 점을 부각하고 싶다.

더 이상 문학예술 정책의 퇴행을 방관해서 안 된다. '기초예술'로서 문학의 가치가 한국사회의 유무형의 가치들의 근간을 이루는 사회적 계몽에 인색해서는 곤란하다. 이것은 경직된 꼰대로서 문학주의를 공고히 하는 것과 거리가 있다. '기초예술'로서 문학이 함의한 종요로운 가치들을 퇴행적이고 억압적 정책이 아니라 성찰적 해방을 띤 정책으로 구현되었으면 하는 바람 간절하다.

'따로 또 같이'의 삶을 기획하고 실천하는 언어[1]

1.

전 지구화 시대를 살고 있다는 것은 결코 추상이 아니다. 첨단 미디어의 발달은 시공간을 압축시키면서 경계로 나뉘어진 것들을 통합하고 서로 공유하도록 한다. 특히 인공지능 컴퓨터의 놀라운 발전은 인간 고유의 능력으로만 해결이 가능한 일들을 인공지능 컴퓨터가 아무렇지도 않은 듯 수행할 정도까지 인간을 에워싼 총체적인 것에 위기를 불러일으키고 있다. 물론, 이것이 위기인지 아니면 인간을 넓고 깊게 이해하기 위한 또 다른 기회를 제공하고 있는지 쉽게 예단 지을 수는 없다. 하지만 분명한 것은 첨단 과학기술의 발달이 인간의 삶과 직결돼 있을 뿐만 아니라 궁극적으로 인간 존재에 대한 래디컬한 문제를 제기하고 있고, 이것은 지구화 시대의 새로운 문명의 삶을 창조하고 있다.

특히, 기존 경계의 구분으로 작동하고 있던 국가, 계급, 민족, 종교, 인종, 젠더 등의 범주가 약화되거나 현실적 유효성이 사라지면서 전 지구를

● ● ●

1. 이 글은 '2018평창올림픽대회 및 동계패럴림픽대회'를 맞이하여 열린 '국제인문포럼'(2018. 1. 19–22)의 자료집(『세계의 젊은 작가들, 평창에서 평화를 이야기하다』) 중 '언어와 문화 다양성' 섹션에 수록된 것이다.

대상으로 한 엇비슷한 삶의 양상이 두루 퍼지는 가운데 지구화 시대는 관념과 추상이 아니라 우리의 일상 속에서 시나브로 자리하고 있다. 하지만 우리는 지구화 시대의 삶을 살면서 엄연히 서로 다른 개별적 삶의 양상이 숱하게 세계에 흩뿌려져 있다는 것을 알고 있다. 그러니까 아무리 첨단 과학기술에 기반을 둔 첨단 미디어의 발달이 지구에 살고 있는 개별 삶의 양상들을 통합하여 서로 공유할 수 있는 어떤 유사한 삶을 널리 퍼뜨린다고 하지만, 근본적으로 뚜렷한 '차이'를 만들어내고, 그 '차이' 때문에 서로 다른 존재들 사이의 공존 및 상생의 가치를 보증하는 게 있다. 그것은 바로 언어이며, 지구상에 존재하는 개별 언어들이 나름대로 그 가치를 지닌 채 어느 특정한 개별 언어문화의 가치체계에 수렴되지 않은, 다문화의 가치를 생성한다.

2.

이와 관련하여, 나는 두 가지 사례를 함께 생각해보고자 한다.
첫째, 재일조선인문학을 살펴보자. 재일조선인문학에서 언어의 문제는 매우 중요한 사안이다. 널리 알듯이 재일조선인문학은 언어의 차원에서 조선어(즉 한글) 또는 일본어로 글쓰기가 이뤄지고 있다. 여기서, 쉽게 지나쳐서 안 되는 것은 재일조선인문학에서 구사되는 조선어와 일본어를 어떻게 이해할 것인가 하는 문제다. 근대문학이 민족어에 토대를 두는 만큼 재일조선인 역시 민족의 감성 구조를 외면할 수 없으므로 조선어만을 활용해야 한다거나 재일조선인의 삶의 무대가 일본인만큼 일본어를 사용 하는 것은 어쩔 수 없는 현실이어서 일본어를 통한 글쓰기도 유의미하다는 등의 논의가 있다. 그런데 이 둘 중 후자에 대한 논의는 가볍지 않다. 가뜩이나 20세기 전반기 일본 제국주의의 식민지배를 경험한 한국의 경우 일본 제국에 대한 항일민족의식은 일본어에 대한 비판적 인식 아래 일본어 글쓰기 자체를 배타적인 것으로 자연스레 인식하곤 하였다. 왜냐하면 일본어는 식민주의 지배 언어이며 제국의 국어로서 절대적 기능을 수행한바, 일본어를 사용한다는 것은 자연스레 일본 제국의 식민주의를 영구적으로 고착화하는 데 협력하는 것을 의미하기 때문이다.

하지만, 일본어 글쓰기를 상용화한 재일조선인문학의 모두가 그러한 것은 아니다. 그중 친일 협력에 적극적 태도를 보인 재일조선인문학이 존재한 것은 틀림없지만, 또한 일본의 식민주의에 비협력적 면모를 보인 재일조선인 문학도 엄연히 존재한다. 김사량, 김석범, 김시종은 그 대표적 재일조선인 문학가이다. 그들은 일본어로써 글쓰기에 매진하였고, 일본 문단에서도 탁월한 인정을 받았다. 그렇다면, 그들의 문학은 일본문학의 빼어난 성취인가. 이 물음과 연관해서 일본문학의 답변은 쉽지 않다. 여기에는 그들의 일본어 글쓰기가 지닌, 제국의 신성한 국어에 균열을 내고 심지어 상처를 낼 뿐만 아니라 그것을 동요시키는 어떤 껄끄러움의 언어가 재일조선인문학에 수반되기 때문이다. 이것을 김시종의 말을 빌리자면, 일본 제국에 '복수하는 일본어'인 셈이다. 이렇듯이 제국의 언어 질서 안쪽에서 '내파內破하는 일본어'를 김시종뿐만 아니라 김사량, 김석범 등이 구사하고 있는 셈이다. 그래서 그들 재일조선인문학에서 일본어 글쓰기는 친일 협력의 이데올로기를 실현하는 제국의 언어가 아니라 일본 제국의 식민주의를 동요시키는 역할을 수행하는 반제국주의·반식민주의를 실천하는 정치적 역할을 맡고 있다. 재일조선인이 일본 열도에서 민족적·공간적·계급적·정치적 약자라는 점을 상기해볼 때, 이처럼 재일조선인문학에서 구사되는 일본어가 비록 제국의 국어라는 겉모양새를 띠고 있지만, 일본 열도를 구성하는 다문화 중 하나의 개별 문화로서 제국의 국어를 전유하여 반제국주의 및 반식민주의를 실천하고 있는 것은, 다문화 사회가 확산되고 있는 지구화 시대의 문학의 반면교사가 아닐까.

둘째, 문학의 구술성에 대한 전복적 이해가 요구된다. 근대문학이 인쇄술의 혁명적 발달과 보급 때문이라는 것은 자명한 사실이다. 이와 함께 문자성의 심화와 확산은 근대문학의 진전을 가져왔다. 그런데 여기에는 근대적 정치권력의 영향과 밀접한 관계에 있는 문자성에 대한 면밀한 이해를 간과해서 곤란하다. 특정한 정치권력의 영향력은 그 권력을 수행하는 언어에 자연스레 힘을 얹게 되는데, 근대의 중앙집중적 권력은 근대 국민국가의 탄생 과정에서 '국민'이란 근대의 정치구성체를 만들어내기 위해 공식어로서 표준어를 제정하고 그것의 넓은 쓰임새를 확보하기 위해 필연적으로 문자성 위주의 언어 공동체를 강조하기 십상이다. 그러는 가운데 오랫동안 사람들 사이에 자리해온 구술성은 전근대적 성격인 퇴물로 전락시킨다. 표준어 중심의 문자성으로 이뤄진 근대문학이 어느새 문학 교육과 문학 정전으로 구성된 제도적 질서의 전폭적 옹호 아래 근대문학의 위상으로 공고히 자리매김된다. 이러한 일반적 문학 현상 속에서 다문화의 가치는 현상적으로 존재하되, 개별 문화의 가치는 예의 중앙집중적 근대의 문자성이 지배적인 문학으로 수렴될 뿐이다. 그리하여 공식어인 표준어로 표현된 다문화 가치의 문학이 근대문학의 주류를 자처한다.

물론, 이러한 문학 현상 자체를 전면 부정할 수는 없다. 하지만, 이에 대한 비판적 성찰은 제기되어야 마땅하다. 근대의 문자성 일방의 문학적 표현이 높은 차원의 문학을 이루는 절대적인 그 무엇이 결코 아니다. 그리고 이것만으로 지구화 시대의 다문화의 가치를 잘 형상화한 문학이라고 일반화할 수 없다. 근대의 문자성으로부터 추방되고 추문화된 구술성을 정상화해야 한다. 이것은 구술성과 함께 수반되는 구술적 연행oral performance 을 근대문학의 풍요로운 자양분으로 재해석해야 한다는 것을 말한다. 기실, 아프리카, 아시아, 라틴아메리카 등지에서는 문자성 중심의 문학 일변도이기보다 구술성이 문자성과 적절히 뒤섞인 가운데 문자성만으로 온전히 표현하기 힘든 삶의 다채로움과 다문화의 가치가 빼어난 문학으로 대중과 친숙하였다.

이와 관련하여, 끝으로 이러한 구술성의 가치에 대한 새로운 발견은 지역 문학에 대한 발본적 접근을 요구한다. 표준어 중심의 문자성으로는 지역이 지닌 정치사회적 쟁점 및 다기한 일상을 온전히 담아낼 수 없다. 그동안 우리는 지역 문학에서 곧잘 목도되는 사투리의 표현을 표준어의 미학을 보완하는 정도로 이해하든지 또는 지역의 삶을 보증해내는 매우 개별적이고 특수한 경우로 이해해왔는데, 사투리를 표준어의 대립적 시각에서 인식할 게 아니라 사투리가 지닌 지역의 문화적 가치가 용해된 구술성의 맥락에서 기존 표준어 중심의 문자성에 길항하는 지역 문학의 가치를 주목해야 한다. 그럴 때 지역문화의 온전한 가치는 특수한 것이라는 개별주의를 벗어나 편향적 획일성으로 치닫는 표준어 중심의 문학을 혁명적으로 전복시키는 지역 문학으로 거듭날 것이다.

3.

문학의 위상이 현저히 위축돼가고 있는 현실에서 문학은 어떻게 존재해야 할까. 무엇보다 인공지능의 시대가 도래하는 현실에서 인공지능에 의해 개별어들이 손쉽게 세계의 공용어로 번역되는 엄연한 현실을 문학은 어떻게 인식하고 대응해야 할까. 도래할 현실에 대해 이모저모 생각해보더라도 지금 이 순간 나는 전 지구화 시대를 살아가면서 서로 다른 개별 문화의 가치들이 공존하고 상생하는, 달리 말해 '따로 또 같이'의 삶을 기획하고 실천하는 언어의 일상을 포기할 수 없다.

제3부

삶과 역사의 가시밭길을 걷는

제국의 만주 국책에 대한 길항의 정치적 상상력
— 이기영의 장편소설 『대지의 아들』

1. 카프 작가 이기영의 『대지의 아들』을 어떻게 읽을 것인가?

일제의 식민지 근대를 극복하기 위한 최전선에서 조직적으로 문학운동을 실천한 카프KAPF(1925–1935)의 해산은 식민지 조선의 프로문학 진영에 대한 충격과 와해는 물론 카프 구성원의 창작과 비평에 대한 반성적 성찰 및 자기 갱신의 험난한 길을 예고한다. 무엇보다 프로문학을 에워싼 국제정세의 급격한 변화, 가령 1929년 10월 미국의 주식시장의 폭락으로 시작된 경제공황은 전 세계 경제에 심각한 파급을 미치면서 일본의 경제 역시 예외가 아닌바 일본의 식민지로 전락한 조선은 1930년대 전 세계를 강타한 경제대공황 속에서 일본 제국의 경제적 생존과 번영을 위한 희생양으로 전락한다. 특히 일본 관동군에 의해 주도면밀히 기획된 '만주사변(1931)'과 '만주국 수립(1932)' 후 "일제는 일본제국 엔화 블록 경제체제 내의 전반적인 통제 차원에서 만주를 농업지대로, 일본을 精工業地帶로, 한국을 양자의 연결 고리인 粗工業地帶로 분업구조를 추진하면서 '만주국'이 식량 공급지로서 일부 역할을 담당하도록 하였다."[1] 일제의 이러한

. . .

1. 김영, 『근대 만주 벼농사 발달과 이주 조선인』, 국학자료원, 2004, 197쪽. 참고로

1930년대 동아시아를 대상으로 한 식민지배는 '중일전쟁(1937)'을 계기로 파시즘적 군국주의가 정점으로 치달으면서 만주의 식민통치와 관련한 일련의 식민지배 담론들 — 내선일체內鮮一體, 선만일여鮮滿一如, 왕도낙토王道樂土, 민족협화民族協和 — 을 내세운다.

카프 해산 이후 프로문학이 직면한 식민지 현실은 이처럼 암담하기만 하다. 카프의 농민문학의 최고봉으로 손꼽히는 이기영李箕永(1895~1984) 역시 예외가 아니다. 반제국주의·반식민주의·반자본주의를 추동해온 문학운동 조직 카프의 소멸, 유럽과 아시아에 전횡하는 파시즘적 군국주의의 전일적 지배 등은 일제 말 이기영의 프로문학을 에워싼 난경難境을 고스란히 드러낸다.[2] 지금까지 축적된 『대지의 아들』에 대한 논의는 이 난경을 헤쳐나가는 일이 결코 간단하지 않다는 것을 보여준다. 그동안 진행된 논의의 주된 방향을 정리해보면 다음과 같다.

• • • •

일본이 만주국을 보는 관점은 다음과 같이 요약할 수 있다. "첫째, 만주는 소련에 대한 군사 전략적 거점이라는 관점이다. 러일전쟁 이래, 러시아(1917년 이후는 소련)의 남하를 경계해온 군사적 거점이라고 할 수 있다. 둘째는, 중공업 발전을 위한 자원 보급지라는 경제적 관점인데, 만주에는 풍부한 자연 자원이 미개발로 남아 있다고 생각되고 있었다. 셋째는 제국의 과잉 인구를 소화하는 이민지라는 관점이다. 이것은 이식민정책의 관점에서 보는 것이고, 만주사변 후 '민족협화' 이념이 강조된 배경에는 이 관점에서 이민정책의 강화를 부르짖었던 것에 한 원인이 되었다. 넷째는 조선에서 탈출한 독립운동가들의 거점의 하나라는 관점이다. 이것은 조선의 치안문제와 연결된 관점이었다." (호사카 유우지, 『일본제국주의의 민족동화정책 분석』, 제이앤씨, 2002, 286쪽.)

2. 이 같은 프로문학의 난경은 카프의 맹원인 한설야를 통해 여실히 살펴볼 수 있다. 카프 2차 검거사건으로 투옥돼 출감한(1935. 12) 후 그는 카프 해산 이후 좌절된 문학의 새로운 용기와 의지를 북돋우기 위한 자기구원과 자기갱생을 위해 고향을 재발견한다. "나는 좀더 深刻히 내 周圍를 凝視하고 싶고 좀더 내발아래를 샅샅이 파보고 싶습니다. 그리고보니 平凡한 故鄕도 하찮은 내生活도 마치 이제부터 새로 허치어보고 손수 씨를 뿌려볼 가장좋은 處地인듯한 느낌을 줍니다. 나는 이 좋은 處女地를 얼마나 오랫동안 잊고 있었든지 알 수 없습니다. 이 잊었든 境域을 새로 발견하는 기쁨과 놀람과 강개를 나는 함께 느끼고 있읍니다." (한설야, 「고향에 돌아와서」, 『조선문학』, 1936. 8, 102쪽.)

① 제국의 지배정책에 적극 협력[3]

② 제국의 식민통치에 비협력[4]

③ 제국의 틈새에서 제3의 입장[5]

①의 경우 그 논의의 핵심은 일제 말 국책문학으로 강제되는 생산소설로 씌어진 『대지의 아들』이 '만주 붐'에 편승한 채 일제와 만주국의 만주개척에 적극 협력했다는 것을 강조한다. 그에 반해 ②는 이기영이 엄혹한 일제 말의 검열 속에서 카프 시대 프로문학의 전성기와 같은 소설적 전언과 다른 방식의 글쓰기를 통해 식민지배에 쉽게 투항하지 않는 비협력에 비중을 둔다. 마지막으로 ③의 경우 기존 ①과 ②가 지닌 제국의 지배에 대한 대립적 속성을 지양함으로써 반식민주의를 좀 더 구체화한 어떤 대안을 읽어내려고 한다. 사실, 엄밀히 말해 ③은 ②의 범주에 포괄한다 해도 다르지 않다.

그런데 이들 기존 주요 논의 방향을 검토해보면서 아무리 강조해도

• • •

3. 이경재, 「일제 말기 이기영 소설에 나타난 생산력주의」,/「이기영 소설에 나타난 만주 로컬리티」,『한국 프로문학 연구』, 지식과 교양, 2012; 손유경, 「만주개척서사에 나타난 애도의 정치학」,『프로문학의 감성 구조』, 소명출판, 2012; 조진기, 「일제 말기 만주이주와 개척민소설」,『일제 말기 국책과 체제 순응의 문학』, 소명출판, 2010; 와타나베 나오키, 「식민지 조선의 프롤레타리아 농민문학과 '만주': '협화'의 서사와 '재발명된 농본주의'」,『한국문학연구』 32집, 2007; 정종현, 「근대문학에 나타난 '만주' 표상」,『한국문학연구』 28집, 2005; 김성경, 「인종적 타자의식의 그늘–친일문학론과 국가주의」,『민족문학사연구』 24, 2004.

4. 이상경, 「해설: 이기영 장편소설 『대지의 아들』을 읽는 방법」,『대지의 아들』, 역락, 2016; 김흥식, 「일제말 이기영 문학의 내부망명 양상 연구」,『한국현대문학연구』 47집, 2015; 김재용, 「일제 말 한국인의 만주 인식」,『만보산사건과 한국 근대문학』(김재용 편), 역락, 2010; 이원동, 「만주 담론과 이기영 소설의 변화」,『어문학』 97집, 2007.

5. 차성연, 「일제 말기 농촌/농민문학에 나타난 일본 농본주의의 영향과 전유 양상에 관한 연구」,『한국문예비평연구』 46집, 2015; 차성연, 「만주 이주민 소설의 주권 지향성 연구」,『국제어문』 47집, 2009; 서영인, 「만주서사와 반식민의 상상적 공동체」,『우리말글』 46집, 2009; 장성규, 「일제 말기 카프 작가들의 만주 형상화 양상」,『한국현대문학연구』 21집, 2007.

지나치지 않을 게 있다. ①에 포괄된 각각의 논의들이 쟁점화의 구도 속에서 자칫 간과하기 쉬운 점이 있다. 우선, 『대지의 아들』에 붙은 '農民小說의 第一人者'[6]란 수식어가 말해주듯, "미적 반영으로서의 리얼리즘에 대한 인식이 확고해지면서 카프 전체가 제대로 된 새로운 방향 전환을 모색하던 시기 이기영"[7]의 프로문학을 일제 말 전향 혹은 청산의 시계視界로 손쉽게 이해할 수 있을까. 이것은 『대지의 아들』이 국책문학의 일환인 생산소설과 연관 속에서 창작되었기 때문인데, 이기영은 그 당시 조선총독부의 만주개척 이주 정책과 이에 적극 협력한 <조선일보>의 만주개척 '기획소설'에 따라 이 작품뿐만 아니라 작품을 쓰기 위해 만주 현지를 직접 취재한 견문기를 발표한다. 여기서 쉽게 간과할 수 없는 점은 일제 말 더욱 가혹해지는 검열 및 강제와 구속이 심해지는 국책문학의 사위에서 이기영은 이러한 일제 말 주류적 글쓰기에 속수무책으로 편승할 수밖에 없을까. 끝으로 『대지의 아들』이 주된 공간은 작품 속 '개양툰開陽屯'인데, 그동안 이 작품에 대한 개별 논의들 속에서 개양툰이 지닌 공간적 속성을 막연히 만주 벌판을 벼농사 지대로 개척한 곳으로 간주한 나머지 일제의 만주개척에 적극 협력한 생산소설의 전형으로 해석하는 것은 아닐까. 바꿔 말해 개양툰을, 황량한 만주 벌판을 벼농사 지대로 일군 다른 만주 개척지와 동등한 만주개척의 표상 공간으로 고착시켜 인식하는 것은 아닐까.

위 물음들을 곰곰 생각해보면 서로 맞물려 있음을 알 수 있다. 필자가 『대지의 아들』을 또다시 읽어보는 것은 바로 이와 같은 사안들이 ①뿐만 아니라 ②와 ③에서도 꼼꼼히 검토되고 있지 않다는 문제의식 때문이다. 따라서 필자의 『대지의 아들』 읽기는 세 가지 차원에서 진행될 것이다. 첫째, 이기영의 『대지의 아들』은 일제 말 국책문학에 대한 강제와 구속

• • •

6. 이 수식어는 <조선일보> 1939년 10월 5일 지면에서 이기영의 『대지의 아들』을 연재한다는 소개의 말과 함께 표제어로 부각돼 있다.

7. 이상경, 『이기영 시대와 문학』, 풀빛, 1994, 136쪽.

속에서 만주국을 사실상 일제의 또 다른 식민지로 전락한 현실 아래 씌어진 생산소설의 일환이되, 그가 함께 발표한 일련의 만주 견문기를 겹쳐 읽어봄으로써 프로문학의 최고봉인 이기영의 문학이 생산소설을 어떻게 이기영의 방식으로 전유하고 있는지, 그래서 국책문학과 힘겨운 고투를 하는 그의 서술 책략의 징후를 주목해본다.[8] 둘째, 『대지의 아들』에서 부각되는 공간 '개양툰'이 지닌 로컬리티가 지닌 문제의식을 간과해서 곤란하다. 물론 이 로컬리티는 물리적(/지리적) 실재로서의 그것은 아니다. 이기영이 주목한 작품 속 개양툰은 만주국의 대도시 근처나 주변부, 혹은 만주국의 궁벽한 외딴 오지에서 개척된 곳이 아니라 식민지 조선과 만주국의 '접경지대'임을 상상해볼 수 있다. 이 허구의 공간은 『대지의 아들』에서 그려지고 있는 재만조선인의 파란만장한 개척사가 지닌 정치적 상상력을 새롭게 불러일으킨다. 이 새로운 정치적 상상력은 이기영이 『대지의 아들』에서 보이는 서술 책략에 의해 이 작품이 일제의 만주개척 식민통치에 쉽게 협력한 것이 아니라는 이기영의 문학 대응을 보인다. 셋째, 이러한 이기영의 문학 대응은 비록 카프의 전성기처럼 프로문학이 거둔 리얼리즘의 미적 성취에 이르지는 못하지만, 이 허구의 공간 개양툰에서 치열히 재만조선인의 개척자로서의 삶을 살면서 만주국 개척 서사에 힘겹게 균열을 내고, 특히 개양툰이란 허구의 공간에서 미래적 전망을 포기하지 않고 이상공동체를 추구하는 재만조선인'들'의 삶에 초점을 맞추고 있다.

• • •

8. 이에 대해서는 이상경의 「해설: 이기영 장편소설 『대지의 아들』을 읽는 방법」에서 많은 시사점을 받았음을 밝혀둔다. 이상경은 『대지의 아들』과 이기영의 만주견문기를 면밀히 검토하면서, 농민문학과 생산문학의 사이에 힘겨운 고투의 산물이 『대지의 아들』임을 주목한다. 이상경, 「해설: 이기영 장편소설 『대지의 아들』을 읽는 방법」, 522–531쪽.

2. 제국의 국책에 틈새를 내는 '틈새 텍스트'

『대지의 아들』은 1939년 10월 12일부터 1940년 6월 1일까지 <조선일보>에 총 157회에 걸쳐 연재된 장편소설로서 이기영은 연재하기 전 신문사의 전폭적 지원으로 만주를 취재하여,[9]「만주 견문-'대지의 아들'을 찾아」(<조선일보>, 1939. 9. 26-10. 3)를 애초 3회 연재하기로 한 것에 3회를 더 추가하여 총 6회 연재한다. 그런가 하면,「國境의 圖們-만주 소감」(『문장』, 1939. 11)뿐만 아니라「만주와 농민문학」(『인문평론』, 1939. 11)을 잇따라 발표하는 등『대지의 아들』못지않게 이들 만주견문기에도 이기영은 애착을 쏟는다. 무엇보다 "이기영은 자신의 체험 영역을 벗어나서 소설을 써야 할 때에는 성실한 자료조사와 답사로써 체험의 부족을 보충"[10]한 프로문학의 리얼리스트인 만큼『대지의 아들』을 본격적으로 연재하기 전 발표한 일련의 만주 견문기는『대지의 아들』을 심층적으로 이해하기 위해 매우 요긴한 '틈새 텍스트'다. 물론, 이들 만주 견문기는 읽기에 따라 일제 말 제국의 국책에 포섭된 채 만주개척을 적극 고무함으로써 만주로의 식민지 농민 이주 정책에 협력한 것으로 이해할 수 있다. 사실 이것을 전적으로 부인할 수는 없다. 일제 말 파시즘 군국주의가 강제되는 현실에서 엄혹한 검열과 그에 따른 제국의 국책으로부터 자유로운 글쓰기는 현실적으로 존재하지 않는다 해도 과언이 아니다. 하지만 그렇다고 제국의 식민주의 국책에 모든 글쓰기가 포섭된 채 제국에 협력하는 것으로만 이해할 수 없다. 이 같은 이해는 제국의 식민주의 작동 원리뿐만 아니라 글쓰기 자체가 함의한 미적 정치성에 대한 단조로운 판단에 기인한다. 아무리 식민주의가 공고한 지배의 시스템을 갖추고 그것을 지속적으로 다듬어 재생산한다고 하지만 식민주의가 피식민 주체와의 상호작용 없이

• • • •

9. 『대지의 아들』이 당시 일제 말의 '국책'과 '만주 붐'에 편승하여 <조선일보>의 대대적 '기획소설'에 의한 것에 대한 치밀한 논증은 이상경, 위의 글 참조.
10. 이상경, 『이기영 시대와 문학』, 141쪽.

식민지배를 유지할 수 없다. 단적으로 얘기하자면, 식민주의 지배를 관철시키고 식민주의 이해관계를 극대화하기 위해 피식민의 존재는 어느 정도 충족되면 그만인 '충분조건'에 만족되는 게 아니라 식민주의 지배를 통해 잉여가치를 지속적으로 충족시킴으로써 식민 주체의 번영을 보증하기 위한 '필요조건'으로서 피식민의 존재는 보증되어야 한다. 식민주의는 이렇게 양가성을 지니는바, 비록 식민 주체의 지배력이 압도적으로 피식민 주체를 억압한다고 하지만 식민 주체의 효율적 지배와 잉여가치의 산출을 통한 식민 주체의 번영을 위해서는 불가피하게 피식민 주체와의 상호작용을 전적으로 배제할 수 없는 일이다. 따라서 아이러니컬하게 이러한 식민주의의 양가성兩價性을 통해 "식민주의의 균열과 동요는 구조적이다."[11]라는 식민주의의 작동원리를 쉽게 간과해서 곤란하다. 여기에다 환기해야 할 주요한 문제의식은 글쓰기 자체가 지닌 미적 정치성이다. 자유로운 글쓰기가 엄혹한 검열을 통해 강제·구속·억압된다고 하지만 글쓰기 자체를 불모화하고 폐지하지 않는 한 아무리 폭압적 현실 속에서도 그것에 쉽게 투항하지 않고 오히려 그 폭압의 현실을 우회적으로 드러내는, 즉 검열을 교묘히 피해 가는 글쓰기의 미적 정치성을 실현할 수 있다. 그래서 일제 말 대부분 글쓰기가 친일 협력으로 수렴되어간 것은 사실이되, 이러한 미적 정치성을 기반으로 제국의 국책에 협력하지 않은 서술 책략을 활용함으로써 식민주의에 쉽게 투항하지 않고 식민주의에 길항하는 글쓰기 역시 엄연히 존재한다.[12]

필자가 이기영의 '틈새 텍스트'에서 주목하고 싶은 것은 바로 이러한 측면이다. 이기영은 이들 '틈새 텍스트'를 통해 제국의 만주개척의 국책에

● ● ● ●

11. 하정일, 「일제 말기 임화의 생산문학론과 근대 극복론」, 『탈식민의 미학』, 소명출판, 2008, 353쪽.
12. 필자는 이러한 측면에 초점을 맞춰 일제 말의 계용묵 문학과 김정한의 단편 「월광한」을 검토해보았다. 고명철, 「일제 말 계용묵 문학의 미적 정치성」/ 「제주의 '출가해녀'를 통한 일제 말의 비협력의 글쓰기—요산 김정한의 단편 「월광한」 읽기」, 『흔들리는 대지의 서사』, 보고사, 2016.

일관성 있는 협력의 글쓰기에 충실하지 않다. 대신, 「만주 견문」을 통해 그는 만주개척에 따른 역경을 극복해온 재만조선인의 "강대한 생활력"[13]과 만주의 이주농으로서 안정적 삶을 유지하기 위해 사전에 충실히 준비해야 할 것에 대한 사전 정보를 제공하고(1. 풍토 / 2. 생활상태 / 5. 안전농촌), 그동안 재만조선인의 삶에 불합리한 모순으로 작동해온 소작 관계를 은연중 들춰낼(3. 소작 관계) 뿐만 아니라 '만주 붐'이 파생하는 황금만능주의와 도덕적 파행의 양상을 대면하고(4. 부동성), 자작농 육성에 힘을 쏟아야 한다는 것(6. 자작농)을 적절히 주류 문맥의 틈새에 배치함으로써 제국의 국책 협력에 무작정 순응하지 않는다.

이처럼 『대지의 아들』을 연재하기 위해 만주개척지대를 '견학'할 목적으로 두만강을 넘은 이기영은 「만주 견문」에서 보여주듯 제국의 국책에 포섭되는, 말하자면 만주 벌판을 벼농사 지대로 개척함으로써 일제의 농업생산력을 높이는 데 초점을 맞추는 '개척주의 서사'의 발판이 되는 글쓰기로부터 비켜나 있다. 가령, '5. 안전농촌'에서는 만주국이 만주개척에서 자긍심을 갖는 집단부락과 안전농장 몇 군데를 시찰하였다는 간략한 소개와 만몽회사가 경영하는 농장을 둘러보았다는 간략한 소감 정도가 있을 뿐 이 주류 문맥의 틈새에는 "만보산사건이 있던 만보산 농장을 꼭 보려 들었는데"(「만주 견문」, 476쪽) 어쩔 수 없이 가보지 못한 아쉬움이 배음背音으로 남아 있다. 이기영이 표면적으로는 만주국의 집단부락과 안전농장을 소개함으로써 만주국의 국책에 적극 협력하는 것처럼 보이지만, 기실 만주개척지의 벼농사가 안착되는 도정이 얼마나 험난한 것인지를 이기영은 잘 알고 있다. 그 단적인 사례가 일제에 의해 조작된 '만보산사건(1931)'이었다. 프로문학의 대표적 리얼리스트인 이기영은 만보산사건이 일어난 만보산 농장에 대한 견문을 통해 재만조선인이 정착하고자 한

• • •

13. 이기영, 「만주 견문」, 『대지의 아들』(이상경 편), 역락, 2016, 469쪽. 이후 별도의 각주 없이 본문에서 인용될 이기영의 만주 견문과 『대지의 아들』은 이 책의 부분을 인용한 것이다.

벼농사의 힘든 농업노동의 도정을 주목하고 싶은 것이다. 그리하여 만주국의 농업생산력을 증대시키기 위한 국책의 틈새로 벼농사 과정에서 일어나는 정치사회적 문제를 슬그머니 개입시키고 있다.

> 이렇게 보를 막아 놓고 좌우의 만주인 한전旱田 사이로 보똘을 길고 깊게 내어 논으로 물을 대게 하였으니 수전 개척지에는 도처에 물싸움으로 유명했다는 만주인과의 역사적 분쟁사건도 미상불 그럴 수밖에 없겠다는 근거가 있어 보인다.
> 고래로 한전만 지어 먹던, 물이 귀한 만주의 평원 광양 사람들이다. 그래 그런지 만인은 물을 제일 무서워한다는 것이다. 그런데 조선인이 침입하여 난데없는 보똘을 자기네 밭 사이로 뚫고 그래서 허영 벌판에다가 별안간 물을 가득 실어서 바다같이 만들어 놓은 것을 내가 보았을 때 평생을 논이라고는 못 보던 그들의 놀라움은 여간 크지 않았을 것이다. 그들의 생각에 자기네 동리는 금방 물에 망해 버릴 것 같다. 그래서 저 참극한 해림사건도 발생하였다는 것이다. (「만주 견문」, 477–478쪽, 강조는 인용자)

그러니까 만주국이 자긍심을 갖는 만몽회사의 안전농장을 견학하고 있는 이기영이 정작 관심을 갖고 확인하고 싶은 것은 안전농장의 각종 시설과 운영 원리가 아니라 안전농장을 세우기 위해 가장 근간이 되는 논을 만들기 위해 물길을 내야 하고 그 과정에서 만주인과 부딪치면서 생성된 민족적 · 정치적 · 농경적 · 생활적 갈등이다. 이러한 제 갈등의 양상을 일제와 만주국은 '선만일여', '민족협화', '내선일체' 등의 만주 담론으로 제국의 이해관계를 철저히 관철시키는 방향으로 봉합하는바, 이기영은 이러한 만주개척 — 식민 주체의 정치사회적 지배를 받는 재만조선인과 만주인 사이에 생기는 현실적 제 갈등을 주목함으로써 제국의 만주개척과 관련한 국책에 일방적으로 포섭되지 않는 글쓰기를 보인다.[14] 이것은 이기영의 '틈새 텍스트'가 지닌 식민주의에 대한 길항의 정치성을 드러낸다. 그렇다면, 일제 말 제국의 국책 사이에 틈새를 내는 이 같은 길항의 정치적 상상력이 겨냥하고 있는 것은 무엇일까.

　　그렇다면 만일 동남북 만주의 일망무제한 광야와 황지를 모두 옥토로 개척하여 수전을 풀게 된다면, 참으로 그것이 얼마나 장관일 것이냐? 자연계의 대변혁이 될 것이다. 물론 그것이 일조일석에 될 일은 아니다. 그들은 개척민으로서의 위대한 창조력을 발휘할 수 있는 동시에 조만간 성취될 사업이요, 또한 그것은 원시적 대자연 속에 파묻힌 거인의 시를 찾아낼 수 있게 할 것이다.

　　(중략)

　　이런 대륙적 신흥기분은 실로 만주가 아니고는 볼 수 없는 광경이라 하겠으나 그중에서도 만주의 농촌개발은 장대한 자연과의 투쟁 중에서 위대한 창조성(수전개척)을 띠어 있고, 그만큼 그것은 장래의 농민문학을

● ● ● ●

14. 벼농사 지대를 개척하는 과정에서 피식민 주체인 재만조선인과 만주인 사이에 생기는 갈등의 양상과 함께 서로 다른 문화풍속을 상호 인정하는 이기영의 글쓰기를 간과하기 십상이다. 얼핏 보면, 재만조선인이 제국의 시선에 포섭된 채 벼농사 문화를 전혀 모르는 만주인에 대한 문명적 폄하의 시선으로 비쳐질 수 있다. 하지만 필자가 강조하듯이 이기영은 '틈새 텍스트'를 통해 이 같은 제국의 시선을 심드렁히 회석화시킨다. 가령, 이기영은 「국경의 圖們―만주 소감」(『문장』, 1939. 11)에서 도문을 지나는데, 만주사변 전후 도문의 급변하는 경제 현실뿐만 아니라 도문 근처 국경 접경지대에 살고 있는 만주인의 장례 풍속을 소개한다. 만주국의 만주개척지대를 견학하는 과정에 들른 국경 도시 도문과 그 근처 만주인의 장례 풍속을 담담히 소개하고 있는 것은 '틈새 텍스트'로서 예사롭지 않다. 이것과 관련해서는 『대지의 아들』의 공간 '개양툰'을 필자가 다음장에서 좀 더 상세히 논의하기로 하는데, 「국경의 도문」에서 징후적으로 포착할 수 있는 것은 재만조선인과 만주인은 흔히들 생각하는 것처럼 벼농사 때문에 서로 심각한 갈등으로 대척적 입장에만 있지 않고 서로 다른 문화풍속을 상호 인정하며 공생·공존하기도 한다. 즉 이기영의 「국경의 도문」은 일제와 만주국이 재만조선인과 만주인을 벼농사의 생산 증산에만 초점을 맞춰 바라보는 통념적 시선의 '틈새'에 개입함으로써 재만조선인과 만주인이 항시 대척적 입장에만 놓인 관계가 아닌, 그래서 제국의 국책과 길항하는 정치적 상상력을 무시할 수 없다.

개척함에 있어서도 위대한 소재와 정열을 제공할 줄 안다. (「만주와 농민문학」, 488쪽, 강조는 인용자)

카프의 농민문학의 최고봉 이기영은 카프 해산 이후 위 글을 쓴 1939년의 시점에서도 '농민문학'을 향한 글쓰기의 의지와 열정을 조금도 거둬들이지 않는다. 비유적 언술, '거인의 시'가 함의하는 내용이 뚜렷하지 않고, '위대한 창조성'이란 수사가 다소 모호하며 낙관적인 것으로 비쳐지는 게 엄연한 사실이지만, "조선에서의 사회주의 운동의 붕괴 이후 만주라는 미개척의 공간은 새로운 진보적인 기획이 가능한 실험의 공간으로 인식되었다"[15]는 점을 눈여겨볼 때, 카프의 맹원 이기영이 벼농사를 중심으로 한 재만조선인의 만주개척'들' 틈새와 그리고 만주국의 국책으로서 만주개척과 재만조선인의 그것과의 틈새에서 기획하고 있는 '거인의 시'가 '위대한 창조성'을 실현할 '장래의 농민문학'에 초점이 맞춰져 있다는 점을 주목해야 한다. 여기서 일제 말의 시대적 한계가 불가피한 장애로 작용하고 있으나, 그 '장래의 농민문학'의 징후가 바로 『대지의 아들』로 볼 수 있다.

3. 허구적 표상공간의 로컬리티, 제국에 길항하는 정치적 상상력

필자가 이 글의 서두에서 문제를 제기했듯이, 『대지의 아들』과 관련한 기존 논의들이 무심결 관성적으로 작품 속 주요 공간인 '개양툰'을 벼농사 지대로 개척한 만주의 집단부락과 안전농촌의 속성을 지닌 표상공간으로 간주한 것은 이 작품이 지닌 제국의 국책에 대한 길항의 정치적 상상력의 가능성을 봉합하는 것으로 귀착되기 마련이다. 이것은 작품 속 공간 '개양툰'에 대한 섬세한 읽기를 간과한 채 재만조선인의 일반적 만주개척사에

• • • •

15. 장성규, 앞의 글, 183쪽.

대한 통념에 사로잡혔을 뿐만 아니라 이와 같은 '만주 붐' 속에서 일제 말 국책에 따른 생산문학의 강제와 구속에 『대지의 아들』도 예외일 수 없다는 판단이 기존 논의들 근저에 침강돼 있기 때문이다. 여기서 중요하게 고려해야 할 것은 『대지의 아들』에서 이기영이 허구적 표상공간으로 만들어낸 '개양툰'의 로컬리티다.[16] 그런데 '개양툰'이 허구적 표상공간이되, 이것은 이기영의 만주 견문에 뿌리를 둔, 다시 말해 이기영이 『대지의 아들』을 연재하기 위해 두만강을 건너 만주 일대를 취재한 실재의 것들과 관련한 창조의 공간이다. 그렇다면 이기영은 그가 힘주어 강조한바 "장래의 농민문학을 개척"하기 위해 어떠한 허구적 공간을 그리려고 했을까. 일제 말 엄혹한 검열과 제국의 국책으로서 생산문학의 시대적 한계 안에서 이기영이 주목한 공간은 어떤 것일까.

이와 관련하여, 『대지의 아들』의 서사가 펼쳐지는 공간 '개양툰'이 물리적(/지리적) 실재 면에서 구체적으로 어떤 곳인지 가늠하는 일은 쉽지 않다. 작품 속에서도 구체적 지리 정보가 나타나 있지 않다.

○○강 연안인 저습지 일대에는 지금도 길이 찬 갯버들이 꽉 들어섰지마는 그전에는 그런 버들밭이 수십 리를 연하여서 강펄은 온통 버들숲이 둘러싸고 있었다. 이 버들밭과 늪 사이를 꿰매고 나가면 남쪽으로 마치 바다의 물결이 거슬리듯 얕은 구릉이 펼쳐나가고 그 주위에 군데군데 한전이

- - -

16. 이경재의 「이기영 소설에 나타난 만주 로컬리티」는 『대지의 아들』을 '로컬리티'의 측면에서 논의한다. 그의 논의 구도는 작품 속에서 '하얼빈(도시)/개양툰(농촌)'으로 대비시킨 채 개양툰을 무갈등의 공간으로 만주의 복잡한 혼종의 서사를 거세한 공간으로, 그래서 현장의 다양하고 이질적 복수의 목소리를 조선(인)이라는 하나의 풍경으로 덮어버리는 '조선중심주의'를 내비침으로써 이기영 역시 일제 말 국책에 포섭된 지방주의에 매몰된 식민주의적 (무)의식을 읽어낸다. 그런데 이러한 읽기는 이기영의 로컬리티를 너무 손쉽게 파악하고 있는 문제점을 노정한다. '개양툰'의 로컬리티를 좀 더 섬세히 검토해보면서 이기영이 일제 말의 엄혹한 글쓰기 현실에서 정작 감추고 있는, 그러면서 드러내고 싶은 '장래의 농민문학'으로서 징후를 적극적으로 읽는 게 절실히 요구된다.

있는데 그 밭 기슭으로 수십 호의 부락이 있는 것을 자고로 개양툰이라 불러왔다.

그러나 이 동네에 농장이 개척되기는 거금 이십 년 전에 김시중이라는 노인이 십여 호의 동포를 데리고 들어온 이후였다 한다.

지금은 김노인도 작고한 지 오래되고 그때 그와 함께 살던 사람들은 만주사변 이외에도 여러 차례의 환란을 겪는 통에 몇 집 안 남고 뿔뿔이 흩어져서 어디 가 사는지도 모르는 터이나 그래서 일설에는 이 개양툰이 그때 김노인의 손으로 건설되었다기도 한다. 그것은 김노인이 남쪽으로부터 들어와서 다양한 언덕 위에 집을 짓고 저습한 들 안에 가 농장을 개척하는 동시에 개양툰이란 마을 이름도 그가 지어냈다는 것이다.

그것이 사실인지 아닌지는 모르나 개양툰의 오늘날 발전이 있게 한 것은 확실히 김노인의 필생의 사업에 틀림없었고 그만큼 그의 공적을 이 근처에서는 모르는 사람이 별로 없었다. 그의 무덤 앞에는 지금도 개양툰 농장의 개척공로비가 서 있다 한다. (115–116쪽, 강조는 인용자)

작품 속 '개양툰'의 유래를 소개하고 있는 대목이다. 흥미로운 것은 '개양툰'의 명칭의 기원과 그 유래를 뚜렷이 확정지을 수 없다는 점이다. 하나는 "○○강 연안인 저습지 일대"에 예전부터 한전^{旱田} 마을이 있었는데 그 마을이 '개양툰'으로 불렸다는 것이고, 다른 하나는 만주사변 이전, 좀 더 자세히 추정하면, 이 작품이 씌어지기 20여 년 전인 1910년대 조선인 김시중 노인이 "십여 호의 동포"를 데리고 들어와 벼농사를 짓기 위한 농장을 개척하면서 마을 이름을 '개양툰'으로 불렀다고 한다. 말하자면, '개양툰'은 한전^{旱田} 위주의 마을, 곧 벼농사에 문외한인 만주인이 원주민으로서 삶의 터전이었던 곳이자 만주사변 이전에 조선인이 이주하여 벼농사를 짓는 농장을 개척하면서 정착하기 시작한 새로운 삶의 터전이다. 따라서 '개양툰'은 특정한 민족이 그 고유성을 배타적으로 지배하고 있는 곳이 결코 아니다. 이기영이 주목하고 있는 허구적 공간으로서 '개양툰'은 바로 이러한 속성을 지닌 표상공간이다.

그런데, 간과해서 안 되는 것은 그렇다고 이 허구적 공간이 한갓 추상적 관념 및 공상으로 빚어진 것이 아니라 이기영의 만주 견문을 골격으로 하고 있다는 사실이다. 특히 그의 만주 견문 중 각별히 주목해야 할 로컬이 있다. 그의 「만주 견문」과 「국경의 도문」에서 만주의 여러 로컬들이 호명되고 그곳과 연관된 내용이 서술되고 있는데, 아예 견문기 제목에서 밝혔듯이 식민지 조선과 만주국의 접경에 있는 '도문圖們'과 그 근처에 대한 관심이 높다는 점이다. 실제로 이기영은 만주를 취재하기 위해 "두만강을 건너"면서 "대안對岸의 조선 땅인 남양南陽" 바로 맞은편에 있는 "국경의 도문시圖們市를 건너와 보"(「만주 견문」, 465쪽)고 "도문에서 목단강까지도 도처에 조선사람이 널려 있"(「만주 견문」, 468쪽)는 것을 목도한다. 만주 여행이 난생 처음인 이기영에게 "차가 상삼봉上三峰을 지나고 남양南陽을 접어들매" "산세山勢와 수태水態가 내조선內朝鮮과 아주 판이해 보이는 것이 진기"(「국경의 도문」, 482쪽)해, "이제는 강 하나를 지나면 정말로 만주 땅이요, 간도의 초입이란 바람에" "더욱 긴장"(「국경의 도문」, 483쪽)하는 모습 속에서 '도문'과 그 근처의 자연 및 풍속 — 가령, 밀수 경기가 성황했다가 사그라든 도문, 그리고 만주인의 낯선 장례 풍속과 '풍장風葬' 문화를 보이는 도문의 근처 등 — 에 한층 관심을 갖는 것은 이상하지 않다. 모든 것이 낯설기만 한 만주 초행길에 조선인이 다수를 차지한다는 익숙함을 제외하고는 도문과 그 근처, 즉 식민지 조선과 만주국의 동만東滿 접경지대는 이기영에게 만주의 다른 로컬보다 각별히 다가왔을 것이다. 여기서, 우리는 『대지의 아들』의 허구적 공간 '개양툰'을 식민지 조선과 만주국의 동만 접경지대를 중심으로 한 만주개척의 표상공간으로 생각해볼 수 있다. 이기영이 경성역에서 기차를 타 "관북 2천 리를 거진 돌파해"(「국경의 도문」, 482쪽)가는 도정에서 함경북도의 회령會寧을 지나 상삼봉리上三峰理를 거쳐 남양南陽에 이르는데, 만주 견문기에서는 직접 언급하고 있지 않으나 만주국의 흥미로운 로컬이 있다. 그것은 상삼봉리 건너편에 있는 만주국의 '개산툰開山屯'이란 로컬이다. 실제 지리상 상삼봉리와 남양은 근거리에 위치한 만큼 관북행 만주 초행길에서 모든 것이 새로운 호기심의 대상으로 포착되는 이기영에 게 상삼봉리 건너편에 있는 만주국의 '개산툰' 근처의 풍광을 그냥 지나칠 리 없었을 것이다. 그의 만주 견문기에는 서술돼 있지 않으나 '개산툰'도 일찍이 만주국 설립 이전부터 조선인이 그곳으로 이주하여 벼농사를 짓는 데 성공하였고 그 이후 '개산툰' 지대를 중심으로 광범위하게 벼농사 보급이 확산돼 있는,[17] 그래서 식민지 조선과 만주국의 동만 접경지대에서 간과할 수 없는 재만조선인의 정착지 중 하나다. 이것은 어디까지나 필자의 추정일 뿐이지만, 『대지의 아들』의 '개양툰'은 이처럼 실제 존재하는 '개산툰'의 로컬리티를 염두에 둔 이기영의 소설 속 공간의 작명이 아닐까. 물론, 거듭 강조하지만, '개양툰'은 이기영이 허구적으로 창조해낸 만주개 척의 표상공간이지, 실제로 존재하는 '개산툰'을 재현한 것은 아니다.[18] 그럼에도 불구하고 '개양툰'은 '개산툰'이 지닌 로컬리티와 전혀 무관하지 않다. 여기에다 작가의 언어적 재치가 보태지면서 '양陽/산山'의 한 음가만이

• • •

17. 光緖初年(1876-1879년), 朝鮮的貧窮飢民爲了糊口, 冒着生命危險渡過界河圖們江來到延邊的開山 屯地區偸偸种植水稻, 因爲松花江流域土地肥沃, 降水充沛, 日照充足, 无霜期長等條件, 适宜种植水 稻, 水稻的种植從松花江流域的上游向中, 下游广泛傳播, 進一步取代旱稻.
    청나라 光緖 初年(1876-1879년), 조선의 빈곤하고 굶주린 백성들이 입에 풀칠하기 위해 목숨을 걸고 경계선이 되는 하천인 松花江을 건너 연변 개산툰(開山屯)에 와서 남몰래 벼를 재배한다. 송화강 유역의 토지가 비옥하고 강수량이 왕성하며, 일조량이 충분하고 상장기도 없는 등 벼 재배에 적합하기 때문이다. 그리하여 벼 재배는 송화강 유역의 상류에서 중, 하류로 널리 퍼져 점차적으로 밭벼로 대체됐다. 「唤醒'倉官碑'的古 老記憶 長春粮食文化曾世界瞩目」, 『長春晚報』(2014. 11. 26), 7면.
18. 이와 관련하여, 본문에서 필자가 '개양툰'의 허구적 공간의 속성에 대한 논의에서 강조점을 두는 것은 물리적 실재로서 존재하는 길림성 소재 '개산툰'과의 직접적 연관성에 초점이 맞춰져 있지 않다. 다만, 이기영이 경성을 떠나 관북으로 이어진 철도를 통해, 곧 식민지 조선과 만주국의 접경지대를 거쳐간 사실을 주목해볼 때 '개산툰'과 같은 로컬리티를 지닌 곳을 허구적 표상공간으로 설정한다면, 『대지의 아들』이 지닌 또 다른 소설적 진실을 새롭게 읽어낼 수 있는 여지가 생긴다. 물론, 여기에는 '개산툰'과 유사한 로컬리티를 지닌 만주국의 또 다른 곳에 대한 허구적 표상의 가능성을 충분히 열어둘 수 있다.

서로 교체되어 새롭게 탄생한 '개양툰'이란 공간은 프로문학 작가로서 이기영의 한갓 추상적 관념의 산물이 아니라는 것을 여실히 보증한다.

그래서 '개양툰'은 한층 문제적 공간으로 다가온다. 『대지의 아들』에서는 총 22장으로 나눠 이곳에서 다양한 서사가 전개된다. 그중 각별한 관심을 끄는 대목은 극심한 가뭄 사태 속에서도 좀처럼 마르지 않은 강물이 말라가면서 축우제祝雨祭도 지내보았으나 모든 노력이 도로徒勞에 그치자 강이 마르는 원인을 찾아냈는데, 그것은 개양툰 상류에서 벼농사를 짓고 있는 또 다른 재만조선인들이 강을 막고 농사를 짓고 있다는 사실 때문이다. 이 사실을 알게 된 개양툰 사람들은 막힌 강물을 흐르게 하기 위해 상류 지역을 관장하는 만주국 관료를 만나 통사정을 하는가 하면, 관료의 묵인 방조 아래 막힌 물길을 트는 거사에 성공한다. 이 난관을 극복하는 과정에서 개양툰의 재만조선인과 만주인은 서로 적극 협력하는 관계를 보이고,[19] 사건의 원인 제공자인 상류의 재만조선인과 개양툰의 사람들은 이렇다 할 물리적 대립과 충돌 없이 개양툰의 물 부족 문제를 해결한다.[20] 그 후 상류의 재만조선인들은 번창해가는 개양툰으로 점차

* * *

19. 개양툰 사람들이 이웃 마을의 관료 현장을 찾아가 면담을 하는 자리에서, 만주인 왕 노인에 대한 작가의 다음과 같은 서술을 보자. "강 주사가 이렇게 힘 있는 말을 하자 다른 대표들까지 모두 감심하였다. 그중에도 왕 노인은 그대로 있을 수 없어서 그는 강 주사의 말이 끝나기를 기다려서 개양툰이 조선 동포의 손으로 개척되기 전의 옛날을 회고하면서 지금의 훌륭한 농장이 된 것을 말한 후에 이런 농장을 버리게 된다는 것은 국가사업을 위해서도 대단히 통분한 일이라고 자못 강개무량한 어조로 호소하였다." (364쪽)

20. 개양툰 사람들이 가뭄 사태를 해결하는 과정에서 결사적 행동대를 조직하는데, 이것을 손유경은 「만주개척 서사에 나타난 애도의 정치학」에서 '무장한 청년'들의 군사훈련으로 상상하게 만드는 대표적 작품으로 해석하고, 심지어 황군 토벌대와 동일시함으로써 제국의 군사작전과 다를 바 없는 것으로 읽어낸다. 이것은 이 작품이 지닌 제국에 대한 길항의 정치적 상상력을 아예 원천적으로 봉쇄한 읽기이다. 이 역시 개양툰의 공간적 속성을 단순히 파악하고 있을 뿐만 아니라 작품 속 결사적 행동대를 무작정 황군 토벌대로 동일시했기 때문이다. 물론, 결사적 행동대와 황군 토벌대를 동일시로 읽는 것 자체가 잘못은 아니다. 중요한 것은 작품 속에서 이렇게 조직된 행동대가 군기(軍氣)가 빠진 것은 고사하고, 단일한 대오 정비는커녕 제식

삶의 터전을 이주해 온다.

여기서, 개양툰의 가뭄을 해결하는 과정에 대해 연구자들이 '만보산사건 (1931)'에 지나친 비중을 둔 나머지 벼농사를 두고 재만조선인과 만주인 사이에 항시 민족적·정치적·농경적·생활적 갈등이 생기는 것으로 인식 하는 것은 곤란하다. 또한 생존을 위한 벼농사에 모든 것을 기투한 재만조선 인들 사이에 자기 생존을 지키기 위한 갈등과 긴장이 팽배한 것으로 보아서도 곤란하다. 그리하여 이기영의 농민문학이 이러한 만주의 현실에 천착하는 서사에 얼마나 성공하고 있는지 여부에 초점을 두는 읽기는, 작품을 에워싼 현실의 구체성을 탈각한 채 연구자가 의도하고 있는 문제 틀로 작품을 이해하고, 작가가 정작 겨냥하고 있는 소설적 전언을 단순화시 킴으로써 이기영이 추구하는 '장래의 농민문학'에 대한 징후를 외면할 수 있다. 때문에 작품 속 개양툰을 식민지 조선과 만주국 동만 접경지대를 염두에 둔 허구적 표상공간으로 인식하는 게 중요하다. 이 표상공간은 이기영이 취재한 만주국의 집단부락과 안전농촌이 안착되고 구조화된 곳이 아니다.[21] 개양툰이 이러한 속성을 지니고 있다는 것은 가볍게 넘길 수 없다. 왜냐하면 일제가 만주개척을 위해 세우기 시작한 집단부락과 안전농촌은 만주국(1932) 수립 후 식량 증산을 확보한다는 미명 아래 항일무장세력으로부터 재만조선인과 만주인을 격리·통제하기 위한 치안

. . .

훈련에서도 기본인 번호 붙이기도 제대로 해내고 있지 못한 채 자기들끼리 웃음의 대상으로 만들고 있다는 점을 주목할 필요가 있다. 말하자면, 여기서 이기영은 '되받아 치기' 글쓰기를 구사하고 있다. 만주국의 자랑스런 황군 토벌대와 결사대를 동일시하 여, 결사대의 엉성함을 향한 자기 풍자를 통해 어떻게 보면 황군 토벌대를 비꼬고 있는 것이기도 하다. 따라서 일제 말에 쓰여진 문제적 작가의 작품일수록 '섬세한 읽기'를 아무리 강조해도 지나치지 않다.

21. "한편, 이쪽 현에서는 개양툰 사람들의 비상한 활동력을 가상하게 여길 수 있었다. 그것은 현 당국으로 하여금 개양툰을 종래의 농촌보다도 한층 월등하게 재인식하게끔 되었다. (중략) 따라서 현 당국에서는 개양툰을 안전농촌으로 만들 계획으로 내년도부터 보조금을 내려서 제방을 다시 완전하게 쌓도록 공사를 시작하고 부근의 토지를 사게 해서 농경을 확장하도록 예산을 세우게 되었다 한다." (434쪽, 강조는 인용자)

및 군사적 목적에 초점이 맞춰져 있기에 일제는 집단부락과 안전농촌 건설에 집중함으로써 특히 재만조선인과 만주인을 이간질했기 때문이다. 말하자면, 표면적으로 재만조선인이 일제의 국책에 충실하기 때문에 벼농사를 위한 만주개척이 원인이 돼 만주인과의 갈등을 낳는 것처럼 보이지만, 그것만이 재만조선인과 만주인 사이에 켜켜이 쌓인 관계를 모두 말할 수 없는 것이다. 앞서 논의했듯이 두만강을 경계로 한 동만 접경지대는 물론 압록강을 경계로 한 서만西滿 및 남만南滿 접경지대, 멀리 북만北滿 지대에까지 일찍부터 재만조선인이 이주하여 벼농사를 짓고 있었고, 그 과정에서 만주인과 갈등은 있었지만, 벼농사의 보급으로 작황이 좋아지면서 재만조선인과 만주인 사이에는 공존하는 관계도 전혀 없는 것은 아니다.[22] 또한 만주의 곳곳으로 이주한 재만조선인들 사이에는 불협화음 못지않게 이주민으로서 프롤레타리아 계급으로서 민족적 공속 의식으로서 연민과 연대의 공동체를 형성해온 것 또한 사실이다.[23]

따라서 필자가 주목하는 것은 비록 일제 말 만주개척의 국책이 더욱 기승을 부리고 재만조선인의 농업노동이 국책에 종속되는 현실이지만, 이기영은 '장래의 농민문학'을 위해 『대지의 아들』에서 아직 집단부락과 안전농촌이 구조화되지 않은 개양툰에서, 일제의 만주국 수립으로 악화된 재만조선인과 만주인 사이의 갈등을 재현하는 데 초점을 두지 않고, 뿐만 아니라 재만조선인들 사이에 분규와 갈등을 재현하는 데도 초점을 두지 않는 '존이구동存異求同'과 '화이부동和而不同'하는 "제2의 고향을 이 땅에서 찾"(259쪽)고 싶은 것이다. 물론, 이것은 만주국의 '민족협화'와 '왕도낙토'

• • • •

22. 이에 대해서는 김영필, 『조선적 디아스포라의 만주 아리랑』, 소명출판, 2013, 145–149 쪽 및 윤휘탁, 「근대 조선인의 만주농촌체험과 민족의식—조선인의 이민체험 구술사를 중심으로」, 『한국민족운동사연구』 64집, 2010 참조.
23. 이러한 재만조선인의 생생한 삶의 현실에 대해서는 재만조선인을 직접 대상으로 구술 채록한 『기억 속의 만주국 I/II』, 경인문화사, 2013 및 구술사를 토대로 재만조선인의 삶을 르포로 기록한 박영희, 『만주 그리고 조선족 이야기—해외에 계신 동포 여러분』, 삶창, 2014를 참조.

의 만주개발 담론과 포개진다. 하지만 이기영이 기획하는 재만조선인의
삶은『대지의 아들』에서 적나라하게 풍자적으로 그려지듯 만주국의 개발
담론을 표상하는 국제도시 하얼빈 — 농업노동의 가치를 식민지 자본주의
의 온갖 유혹으로 훼손시키는 타락한 자화상을 보여주는 만주국의 근대
— 과 거리를 둔 것이다. 그래서 이러한 이기영의 기획이 만주국의 화려한
주요 도시 근처, 즉 제국의 소비자본주의의 공간(『대지의 아들』에서 직접
언급되는 하얼빈, 봉천 등)이 아닌 개양툰처럼 식민지 조선과 만주국의
동만 접경지대에서 새로운 가능성의 공간을 힘겹게 모색하고 있는 정치적
상상력을 주목해야 한다. 그래서 개양툰은 제국의 일방적 시선에 포획된
공간으로만 인식할 수 없는 제국에 길항하는 정치적 상상력으로서 로컬리
티의 공간이다.

4. 만주국 개척서사에 균열을 내는 재만조선인'들'

그러면, 이러한 정치적 상상력의 로컬리티를 띤 개양툰과 직간접 연관된
재만조선인을 어떻게 온전히 이해할 수 있을까. 개양툰에서는 크게 두
범주의 삶이 공존한다. 하나는 아직 개양툰의 크고 작은 일들의 복판에서
그것을 실질적으로 고민하고 해결하는 중추 역할을 할 만큼 성숙하지는
못하지만 장차 개양툰의 이러한 문제들을 거뜬히 해결할 준비를 하고
있는 젊은 세대의 삶이고, 다른 하나는 만주국 수립 이전부터 식민지
조선과 만주국 동만 접경지대로 이주해 온 재만조선인과, 만주사변 이후
'만주 붐'에 편승하여 일제의 만주개척 이주 정책에 따라 이주해 온 재만조
선인이 온갖 난경 속에서 개양툰을 일궈내온 기성세대의 삶이다. 이기영은
『대지의 아들』에서 젊은 세대와 기성세대의 삶을 교차시키는데, 주의를
기울여야 할 것은 어느 특정 세대에 비중을 두고 있지 않다는 점이다.
『대지의 아들』을 이들 세대와 연루된 사건 중심으로 살펴보면, 젊은 세대의

중심 서사는 작중 인물 덕성이―귀순이―황식이―복술이를 중심으로 펼쳐지는 연애담과 그 과정에서 덕성의 출중한 면모를 부각시키는 영웅담, 그리고 개양툰에 전도 사업을 하러 온 신학생 서치달의 계몽담으로 이뤄진다. 그에 반해 기성세대의 중심 서사는 만주사변 이전부터 일찍 개양툰을 개척한 것과 깊숙이 연관된 김 노인의 공훈, 그리고 만주사변 이후 일제 말에 이르는 동안 일제의 만주개척의 국책에 따라 이주해 온 재만조선인이 벼농사의 삶의 터전을 일궈내는 과정의 숱한 내력 등 말하자면 기성세대의 중심 서사는 재만조선인의 만주개척사 그 자체라 해도 과언이 아니다.

이렇듯이 세대론적 접근을 하더라도 『대지의 아들』에서 마주하는 개양툰 사람들의 서사는 결코 단순하지 않다. 따라서 작품 속 개양툰의 "재만 조선 농민이 일본 제국주의 판도 내부에서 차지하는 구조적인 위치만을 문제 삼을 경우"[24] 이러한 사람들의 서사를 통해 정작 이기영이 말하고 싶은 소설적 전언의 진면목을 이해하기 어렵다.

여기서, 다시 한 번 상기하고 싶은 것은 개양툰이 지닌 허구적 공간으로서 로컬리티이고, 이기영이 그리는 인물들은 바로 이 개양툰의 서사적 자장磁場과 무관하지 않다. 이 점을 주시할 때 젊은 세대의 인물 중 서치달과 그의 계몽담에 대한 이기영의 서술 책략은 이 작품에서 새롭게 주목되어야 한다. 그런데 『대지의 아들』에 대한 기존 연구에서 서로의 입각점과 논의에서 차이를 보이는데, 한결같이 서치달에 대해서는 제국의 시선에 포섭된 채 만주국의 개척 계몽담론을 적극 설파하는 것으로 파악한다. 이것은 달리 파악할 필요가 있다. 사실, 신문연재 소설로서 서사의 자연스러운 흐름과 집중도 및 흥미를 배가시키기 위해서는, 이 소설이 만주개척에 초점을 맞춘 '기획소설'인 만큼 개양툰에서 벼농사를 짓는 사람들의 서사에만 집중해도 그만이다. 그럼에도 불구하고 이기영은 전체 22장 중 제8장(전도대회)과 제15장(농사강습소)에 신학생 서치달을 '생뚱맞게' 등장시

24. 이원동, 「만주 담론과 이기영 소설의 변화」, 308쪽.

킨다. 표면상으로는 서치달의 급작스러운 출현과 그 전도 내용이 특히 만주국의 국책에 적극 부합되는 측면 때문에 『대지의 아들』을 국책에 협력한 것으로 읽어내기 십상이다. 그런데 바로 이것을 주목할 필요가 있다. 분명, 국책에 협력한 것으로 보인다. 하지만 적확히 응시해야 할 것은 이기영은 국책에 협력하는 것처럼 보이고, 다시 말해 협력하는 척 말하고, 기실 그 틈새에 재만조선인이 갖춰야 할 농민의 삶과 식민지 조선과 현저히 달라진 풍토에 걸맞는 농법을 갈고 다듬어 새로운 공동체를 세우려는 욕망도 투영돼 있다. "농본주의를 내세우고 농민을 대상으로 전도에 힘쓰는 서치달"(334쪽)이 강조하듯, "서치달이 다니는 교회는 조선과는 전혀 분리된 만주에서 새로 생긴 독립교회"(184쪽)로서 "죽은 뒤에 있다는 천당만은 믿을 수가 없"(196쪽)는 것이며, 농업노동의 "거룩한 노동"이 "천당을 낳는" 것이고, 이러한 "창조의 기쁨과 생산의 기쁨"을 다루는 "농민의 예술"이야말로 "돈으로는 바꿀 수 없는 거룩하고 귀중한 것"(이상 203쪽)이란 전언에 녹아 있는 이기영의 숨은 의도를 식민주의 (무)의식으로 번역해서 곤란하다. 이기영이 카프 해산 후 일제 말 국책에 어쩔 수 없이 속수무책으로 순응해갈 수밖에 없었다면, 『대지의 아들』에서 서치달을 '생뚱맞게' 등장시켜 국책의 계몽담론을 어색하게 강변할 게 아니라 이기영 특유의 리얼리즘 농민서사에 부합하는 글쓰기를 통해 적극 협력했을 터이다. 하지만 이기영은 오히려 부자연스러운 농민서사를 전략화하는 글쓰기 방식, 즉 서치달의 계몽담론이 소설로서 치밀한 형상화를 거치지 않고 종교의 전도 강연이란 구술성을 빌어 표면적으로는 제국의 국책에 노골적으로 직접적으로 협력하는 모양새를 취하지만, 기실 바로 직접적 구술성에 기댄 협력이야말로 이기영의 『대지의 아들』이 반소설적 · 반예술적 · 반리얼리즘적인 작품으로 국책으로서 생산소설에 썩 좋은 (/훌륭한) 작품이 아니라는 정치적 상상력을 보여준다. 그러면서 동시에 서치달의 전도 강연 틈새로 사회주의자로서 이기영의 세계관의 근간도 슬그머니 내비친다.[25] 이와 관련하여, 서치달의 종교가 일제 말 만주에서 횡행한 친일종교적 색채로만 볼 수 없다. 서치달의 전도 틈새로 분명 이기영의 사회주의자로서 유물론적 세계관뿐만 아니라 기독교의 메시아주의와 공유하는, 명시적으로 언급하지는 못하지만 프롤레타리아 계급으로서 농민이 복락을 누리는 이상공동체를 향한 전망을 버리지 않고 있다.[26]

다음으로, 『대지의 아들』의 젊은 세대로서 표면상 주목되는 인물은 덕성이다. 개양툰에서 함께 성장한 또래 중 "든든한 믿음을 갖게"(160쪽)할 뿐만 아니라 개양툰의 학교를 우등으로 졸업하여 상급 학교인 "봉천 농림학교에 입학시험을 치르고 합격통지를 받"(318쪽)아 유학을 앞둔 덕성은 개양툰의 젊은 세대 중 군계일학이다. 하물며 유학 도중 개양툰의 가뭄 사태를 해결하기 위해 어른들로 조직된 결사대에 자임하여 동참한 것도 모자라 "덕성이의 대담 용감한 행동"(413쪽)에 힘입어 "일이 손쉽게 성공되었다고,"(418쪽) 마을 어른들은 장차 개양툰의 미래를 짊어질 리더로서 덕성의 됨됨이를 추켜세운다. 사실, 덕성이의 아버지 건오는 유소년 시절 가난하여 배움의 기회조차 갖지 못한 그의 한을 덕성에게 되물리지 않기 위해 덕성을 향한 교육열을 불태우는바, 교육열의 목적은 "농촌 건설과 농사 개량에 진력하여 이 만주의 보고를 개발하는 개척민의 위대한 사

• • • •

25. 가령, 서치달의 전도 강연 중 다음과 같은 직접적 구술을 보자. "그것은 무당이나 판수와 같은 미신이올시다. 또한 정신은 물질을 토대로 삼아서 우리의 육신이 사는 만큼, 물질적 실력이 없이는 정신을 구할 수가 없습니다. 우리의 물질적 생활은 의식주이므로 물질적 실력이란 즉 경제적 실력을 의미하는 것이올시다." (204쪽)

26. 사실, 작품 속에서 이 같은 서치달의 종교적 성격을 확연히 입증하는 일은 힘들다. 만주국의 반공정책과 만주사변 이전에 유입된 종교의 일부와 만주국 수립 이후 유입된 종교가 친일종교의 색채를 띠거나(재만 천주교와 재만 기독교는 친일 협력 관계를 돈독히 유지) 아예 친일종교의 기치를 내세운 신종교(대표적으로 侍天敎)가 출현함으로써 재만조선인의 종교적 색채가 사회주의와 불화의 관계를 유지한다. 하지만 1936년 6월 10일 「재만한인조국광복회선언」에서 조선공산주의자들이 민족적 사회주의의 입장을 보이고, 중국 공산당이 부분적으로 동만 일대 천도교와 항일통일전선을 제휴함으로써 일제 말 동만 지대의 종교운동에서 사회주의적 성격이 습합할 여지가 충분하다는 점을 생각해볼 수 있다. 이에 대해서는 최봉룡, 『만주국의 종교정책과 재만조선인 신종교』, 태학사, 2009, 302–317쪽 및 고병철, 『일제하 재만 한인의 종교운동』, 국학자료원, 2009.

명"(320쪽)을 덕성이 실현해줄 것을 기대한다. 따라서 개양툰에 주동이 되는 젊은 세대의 인물은 덕성으로, 그에게 개척민으로서 미래상은 만주국의 만주개척 정책에 충실한 프롤레타리아 계급 출신의 만주국 지식인으로서 제국의 협력자의 모습을 전혀 배제할 수 없다.

하지만 덕성이에 대한 이러한 해석은 귀순과 복술의 관계 속에서 균열이 생긴다. 어릴 때부터 어른들끼리 구두로 약혼하다시피 한 귀순은 약혼 상대자 덕성보다 훨씬 적극적으로 애정을 표현한다. 비록 비적의 습격을 맞아 그 약혼이 깨지면서 귀순은 개양툰에서 부농인 홍승구의 아들 황식이와 혼인할 수밖에 없는 처지로 몰리지만, 덕성을 향한 귀순의 애정은 변함이 없는 채 덕성이 유학을 하고 있는 대도시 봉천으로 가출할 결심을 하고, 이를 친구 복술과 함께 마침내 결행한다. 복술은 평소 덕성과 귀순의 관계가 잘 되기를 바라면서 귀순의 대도시 가출행을 돕는다. 이들의 서사는 이 또래 젊은이들에게 낯익은 연애로서 신문 연재소설을 염두에 둘 때 이러한 연애담의 역할을 결코 과소평가할 수 없다. 그렇기 때문에 이들 연애담을 이루는 애정 행각이 중요하다. 눈여겨볼 것은 개양툰의 장차 미래를 선도해갈 지도자로서 손색이 없는 덕성이 애정의 중심축을 형성하여 귀순과의 애정 전선에 드리운 그림자를 적극적으로 해결하는 데 나서는 게 아니라 귀순의 적극적 의지로 그들의 애정 문제를 해결할 실마리를 마련하고 있다는 사실이다. 말하자면 덕성과 귀순 사이에 애정의 축은 바로 귀순이다. 어른들 사이에 농토를 매개로 하여 사람의 순연한 애정을 계약 관계로 맺는 이 부당성에 대해 귀순은 '가출'과 '동거'란 적극적 행동을 주체적으로 선택함으로써 개양툰의 미래를 일궈나갈 지도자가 덕성이 혼자만이 아니라는 것을 은연중 말한다. 덕성과 귀순이 함께 개양툰의 현재와 미래를 온전히 그리고 진취적으로 일궈나갈 인물이라는 데 이기영은 자격을 부여하고 있다. 물론, 이들 애정에서 상기해야 할 것은 서로 맹목적 사랑에 빠져 있지 않고, 귀순은 덕성이 갖춘 출중함에, 덕성은 귀순이 갖춘 과단성 있는 지혜에 애정을 키워나간다. 그리하여 그들이 만들어갈 꿈을 토대로, 이기영은 식민지 조선과 만주국의 동만 접경지대의 허구적 공간인 개양툰에서 이 꿈이 실현될 이상공동체를 향한 욕망을 품는다.[27]

> 사실 강냉이와 고량만 심을 줄 알던 이 땅에서 옥 같은 쌀이 난다는 것은 한 개의 놀랄 만한 기적이었다. 그것은 확실히 대지의 아들이다. 고량이나 강냉이에 비교한다면 쌀은 아들이라도 맏아들 쪽이라 할 수 있다. 따라서 이 땅을 모두 논으로 푼다면 그것은 얼마나 큰 농장을 개척할 수 있을까? 그러면 그 위대한 사업은 누구의 손으로 건설될 것인가! 그것은 생각만 해도 가슴이 뻐근하게 한다. (451쪽)

'대지의 아들'로 은유되고 있는 '쌀'을 수확할 때까지 재만조선인이 만주에서 겪은 험난한 서사는 '만보산사건'이 단적으로 말해준다. "수전의 개척사, 그것은 만주의 어디나 공통되다시피 이 개양툰 농장도 전례에 빼놓지 않은 피로 물들인 기록이었다."(117쪽) 개양툰의 삶에서 앞서 논의한 젊은 세대 못지않게 기성세대 역시 중요하다. 이기영은 기성세대에도 주목한다. 이것은 만주의 험난한 서사를 개척한 조선인의 내셔널리즘에 호소함으로써 만주의 고토故土를 향한 망각과 맞서는 것도 아니고, 만주국의 국책에 충실하기 위해 만주의 온갖 역경을 극복함으로써 만주개척을 향한 제국의 적극적 협력 본보기를 만드는 것도 아니고, 조선의 유구한

• • • •

27. 이와 관련하여, 『대지의 아들』 마지막 22장(대지의 아들)에서 다음과 같은 부분을 음미해보자. " "자네두 어서 공부를 잘하구서 개양툰 농장을 한번 훌륭하게 만들어보게."// "음! 내야 물론이지만 너두 딴 생각말구 농사나 같이 짓자!"// 귀순이는 그 말을 들으니 미리부터 가슴이 철렁인다. 덕성이가 농림학교를 졸업하고 돌아오면 결혼을 한다. 아니 결혼은 그 전에 해도 상관없겠지, 공부에 방해만 안 된다면……. 그리고 개양툰 농장의 지도자로 나선 남편을 도와가며 이상적 농촌을 건설한다면 그것은 참으로 낙토를 이룰 것이 아닌가? 그런 생각은 복술이게도 제 마음에 맞는 색시를 얻어 주고 싶고 어쩐지 그자 전에 없이 쓸쓸해 보이었다." (457쪽)

농본적 문명의 우월함을 내세우기 위한 것도 아니다. 다른 방식으로 얘기하면,『대지의 아들』에서 재만조선인 기성세대가 포괄하는 시기는 만주사변 이후 만주국 시기 일제 말에만 해당된 것도 아니고, 그 이전 시기만을 다루는 것도 아니다. 따라서『대지의 아들』에서는 상대적으로 협소하게 다뤄지고 있지만 작품 속 재만조선인 기성세대와 관계를 맺은 만주인 기성세대 역시 어느 특정한 시공간에 국한돼 있지 않다는 것을 알 수 있다.

이것은 무엇을 말하는 것일까.『대지의 아들』에서 이렇게 비교적 광범위한 시간대에 산재해 있는 기성세대를 다루고 있다는 것은 "만주의 돌피판"(119쪽)을 벼농사 지대로 개척하는 사람들(재만조선인이 주축이되 점차 만주인도 합류)이 모두 개척의 주체라는 점을 은연중 드러낸다고 볼 수 있다. 물론, 여기에는 사람들 사이에 편차가 존재하기 마련이다. 가령, 병호는 만주의 대도시 근교에서 아편 밀매업에 종사하다가 벼농사를 지은 이력도 있는데, 병호의 호출로 건오는 만주로 이주하여 벼농사 짓기에 성공한 삶을 살면서 귀순네를 개양툰으로 이주시킨다. 사실 건오 역시 개양툰에 정착하는 일은 쉽지 않았다. 4장(도시의 매혹)에서 적나라하게 드러나듯 병호와 건오는 벼 수확물을 갖고 만주국의 대표적 국제도시 하얼빈에 보다 큰 이익을 남기기 위해 갔다가 만주국 소비자본주의에 하릴없이 희생당하고 만다. 이기영이 기성세대 중 건오처럼 이유야 어떻든지 표면상으로 만주국의 국책인 만주개척에 보다 친연성을 갖는 인물을 집중적으로 등장시키거나 개양툰의 농장에서 가장 모범적 개척 농민인 건오를 좀 더 집중적으로 부각시켰다면『대지의 아들』은 소설의 형상화 면에서 좋은(/훌륭한) 제국의 생산소설로서 손색이 없을 것이다. 하지만 건오는 병호와 같이 소비자본주의의 향락에 빠진 채 개척민으로서 윤리감을 상실한, 말하자면 대단히 역설적이지만, 만주국의 생산소설에 귀감이 되는 건전한 신체와 건전한 정신을 소유한 제국의 국민의 자격으로서 큰 흠결을 지닌 인물이다. 여기에는 만주국이 자긍심을 갖는 하얼빈으로

표상되는 제국의 식민지 근대자본주의의 병폐가 자리하고 있다. 따라서
『대지의 아들』에서 등장하는 기성세대를 살펴볼 때 이처럼 기성세대들
틈새로 균열이 생기는 만주국 개척이 지닌 한계도 이기영은 자연스레
응시하고 있는 것이다.

5. 식민지 근대로부터 해방된 근대로

이기영은 "만주에 있어서 신흥 농촌건설 사업은 동시에 농민문학 즉
대지의 문학을 건설할 훌륭한 소재가 될 수 있으리라 생각한다"(「만주와
농민문학」, 489쪽)고 카프 시대 농민문학에 혼신의 힘을 쏟은 프로문학
작가로서 옹골찬 전망을 모색하고 있다. 비록 『대지의 아들』이 일제 말
제국의 국책으로서 생산소설의 혐의를 완전히 벗기는 힘들지만, 그렇다고
제국의 시선에 포획된 채 이기영 역시 예외 없이 일제 말 제국에 협력한
문학으로 단정 짓는 것은 일제 말 이기영의 문학에 대한 온전한 이해로
볼 수 없다. 따라서 보다 종요로운 이해를 위해 『대지의 아들』에 대한
'섬세한 읽기'가 요구된다고 강조한 것이다.

글을 맺으면서, 미처 논의하지 못한 채 추후의 과제로 미루고 싶은
게 있다. 일제의 사회주의에 대한 폭력·감시·억압 속에서 결국 식민지
조선에서 사회주의가 공식적으로 자리하지 못한 엄연한 현실에서, 이기영
처럼 투철한 사회주의자가 현실에 쉽게 투항하여 전향하지 않은 채 자신의
정치적 입장을 현실 세계에 대응하면서 조율할까 하는 점이다. 무엇보다
이기영이 운동가이기보다 문학인으로서 정치주의에 함몰되지 않고 자신
이 기획하는 이상공동체를 향한 정치적 상상력을 글쓰기를 포함한 문학
활동으로 어떻게 구체화할 수 있을까 하는 점이다.

조심스레 추정해볼 수 있는 것 중 하나로, 『대지의 아들』에서 읽을
수 있듯 이기영은 프롤레타리아 계급으로서 농민에 대한 주요한 문제의식

을 조금도 놓치고 있지 않되, 일제 말 제국의 국민총동원체제 속에서 자칫 절멸해갈 수 있는 조선적인 것, 그것의 사회문화적 대상으로서 초점화된 벼농사와 직결된 농업노동의 생산과 기쁨을 동시에 주목하고 있다. 그 과정에서 재만조선인의 험난한 개척이주사(물론 여기에는 만주인과의 갈등을 포함한 협력, 그리고 존이구동, 화이부동의 관계)를 외면하지 않는 면도 분명 존재한다. 말하자면, 일제 말『대지의 아들』에서 보이는 이기영의 정치적 상상력의 스펙트럼은 어떤 단일한 것으로 말할 수 없다. 이것을 사회주의와 민족주의의 회통會通으로 볼 수 있을까. 그래서 흥미롭지만, 필자는『대지의 아들』에서 개양툰이란 허구적 공간에 각별히 주목하여, 이곳이 이기영의 이러한 정치적 상상력을 펼칠 수 있는, 그리하여 식민지 조선에서 문학적으로 더 이상 구현할 수 없는 이기영식 이상공동체를 기획하고 있는 것으로 생각한다. 식민지 조선과 만주국 동만 접경지대란 허구의 표상공간에서 '대지의 아들'이 복락을 누리는 세계, 바꿔 말해 식민지 조선과 만주국 및 동아시아를 억압하고 있는 일본 제국의 근대가 아닐 뿐만 아니라 그것과 유사한 각종 식민지 근대에서 해방된 근대를 이기영은 그가 창조해낸 '개양툰'에서 추구하고 싶은 것이리라.

전후의 신생을 모색하는 전쟁미망인의 존재 양상
— 염상섭의 장편소설 『화관』

1. 「화관」에서 주목해야 할 문제의식

　　염상섭의 장편소설 「화관花冠」은 장편소설 「미망인」(<한국일보>, 1954. 6. 15-12. 6)의 후속작으로 『삼천리』지에 1956년 9월부터 1957년 9월까지 연재되었다. 「미망인」의 주요 인물이 「화관」에서는 이름을 달리하여 출현하고 있는데, 「미망인」에서 명신, 홍식, 금선, 창규는 「화관」에서 각각 영숙, 진호, 봉순, 인환으로 대응되고 있는 게 그것이다. 염상섭이 이 두 작품에서 중점을 두고 있는 것은 한국전쟁 후 참담한 현실에서 살아남은 미망인의 삶과 연관된 전후의 일상적 풍경으로, 「미망인」과 「화관」은 한국전쟁 "미망인의 문제적인 위치와 그들을 바라보는 사회의 다양한 시각 및 그로 인한 제반 갈등을, 횡보 특유의 연애담을 통해서 그려 보이고 있는 상징적인 전후 소설"[1]이다. 여기서 간과할 수 없는 것은 "한국전쟁 이후 전쟁미망인에 대한 사회적 규정은 보호의 대상이자 사회적 규제의 대상"[2]인바, 전후 사회의 통념상 "전쟁미망인의 사회적 이미지는 '피해자'

● ● ● ●

1. 김경수, 『염상섭 장편소설 연구』, 일조각, 1999, 249쪽.
2. 이임하, 「한국전쟁이 여성생활에 미친 영향」, 역사학연구소, 『역사연구』 8호, 2000, 11쪽.

가 아니라 '위험한 여자'로 재구조화'[3]되고 있다는 사실이다. 물론, 여기에는 1950년대 후반 정부와 일간지에서 집계한 대략 50여만 명의 전쟁미망인이 절대빈곤을 해결하는 과정에서 미군을 대상으로 한 이른바 양공주의 삶이라든지 불륜 및 매춘을 통한 생계유지가 반사회적 윤리의식을 조장하고 있는 부정적 대사회적 인식이 팽배해 있기 때문이다. 기실 "염상섭은 전쟁으로 인해 기존의 도덕률과 윤리의식이 현실 구속력을 상실하면서 여성들이 타락해가는 모습에 지속적으로 관심을 기울"[4]인바, 「미망인」과 「화관」은 "전쟁미망인의 자기실현이라는 측면보다는 전통적인 가족 관계의 유지라는 사회적 요구의 반영으로 이해될 수 있을 것이다."[5]

여기서, 「화관」의 문제의식을 새롭게 생각해볼 필요가 있다. 「화관」의 중심 서사는 전쟁미망인 영숙과 총각 진호의 결혼 과정이다. 그 과정에서 양공주의 삶을 산 적이 있고, 다방 레지로서 삶을 살고 있는 또 다른 전쟁미망인 봉순이 그들 사이에 적극 개입하면서 진호와 영숙의 결혼 준비는 순조롭지 않다. 무엇보다 봉순의 개입 양상은 그 정도가 지나친데, 진호와 마치 신혼부부가 된 것인 양 주변 사람들의 시선에 아랑곳없이 노골적으로 진호에게 접근함으로써 이 같은 사실을 전혀 모르는 사람이 볼 때 진호와 봉순이 결혼을 하여 가정을 새로 꾸린 것으로 보이기 십상이다. 따라서 「화관」이 전쟁미망인을 중점적으로 다루되, 그 초점이 어디까지나 전통적 가족 관계를 유지하기 위한 것임을 부정할 수 없다. 그런데 여기에 쉽게 지나쳐서 안 될 함정이 있다. 우리가 「화관」에서 섬세히 읽어야

• • •

3. 김종욱, 「한국전쟁과 여성의 존재 양상」, 한국근대문학회, 『한국근대문학연구』 5권 1호, 2004, 233쪽.
4. 김종욱, 위의 글, 246쪽.
5. 김종욱, 같은 글, 247쪽. 염상섭에 대한 이 같은 이해는 보수적 세계관에 토대를 둔 서사로 읽히기 십상이다. 그 대표적인 것으로, 「미망인」, 「화관」, 「대를 물려서」 등을 논의한 김정진은 "당대 리얼리티 획득보다는 현실적인 위기 극복이라는 지상 과제를 타개하려는 노작가의 관심은 구세대의 가치관과 윤리관을 지키려는 입장인 것이다"(김정진, 「염상섭 후기 장편소설 연구」, 한국어문교육연구회, 『어문연구』 44호, 2016, 195쪽)라고 염상섭의 후기 장편소설의 특징을 정리한다.

할 것은 가족 관계를 유지하는 것 자체가 중요한 게 아니라 한국전쟁 이후 객관 현실에 직면한 인간들이 가족 관계를 유지하는 과정속에서 새롭게 성찰해야 할 인간의 욕망, 그리고 그 과정에서 전쟁의 상처를 치유하고 극복하는 모습들에서 그려지는 일상의 풍경이다. 이러한 섬세한 읽기를 통해 한국전쟁 '이후' 한국사회에서 불거진 전쟁미망인과 연관된 일상을 집중적으로 탐구한 염상섭의 문제의식이 제대로 규명될 것이다.

2. 전후의 일상에 영향을 미치는 국가의 '의사 권력–전쟁미망인'

「화관」에서 다뤄지는 한국사회는 한국전쟁 이후의 현실이다. 3년간의 전쟁을 거치는 동안 전쟁의 참화로 불모화된 삶의 기반과 기존 윤리의식의 처참한 붕괴는 모든 것의 혼돈을 초래하였다. 같은 민족 구성원들 사이의 극단적 대립과 갈등이 빚은 삶의 파탄과 절멸을 경험하여 살아남은 자들은 전쟁 이전의 낯익은 것들과 단절하고 결별하였다. 무엇보다 전쟁에서 살아남은 미망인들은 가부장제 사회 속에서 자신의 삶의 존재론적 터전 자체가 파괴됨에 따라 자신의 존재론적 위상을 과감히 변화시킬 수밖에 없었다. 남편과 아들이 부재한 가정에서 전쟁미망인들은 삶의 생존을 위해 그가 가족의 경제를 책임지는 가장家長 역할을 떠맡는다. 전후 한국사회에서 부각된 전쟁미망인의 문제는 전후 일상의 풍경에서 가볍게 지나칠 수 없는 사안이다. 「화관」에서 이러한 일상의 풍경은 진호와 장차 결혼할 미망인 영숙을 보호하는 작중 인물 자경 여사에게서 흥미롭게 발견된다.

「화관」의 중심 서사가 진호를 중심으로 한 영숙과 봉순의 관계에 초점을 둔 나머지 또 다른 전쟁미망인 자경 여사의 존재를 소홀히 할 수 있는데, 자경 여사를 통해 전후의 일상에 은밀히 작동하는 권력의 양상을 살펴볼 수 있다. 실제로, 진호와 영숙의 결혼이 가능하도록 한 직간접 요인들 — 가령, 결혼 당사자의 변함없는 사랑, 그들의 사랑을 인정하고 결혼을 허락한 부모, 그들의 사랑에 질투를 갖고 결혼에 장애물이었던 봉순의 단념, 그 밖에 그들의 사랑을 응원해준 동료들의 도움이 있었지만, 진호와 영숙의 결혼을 성사시키는 데 결정적으로 자경 여사의 도움이 있었기에 가능했다. 「화관」의 작품 맨 처음에 진호의 부친이 자경 여사를 방문하여 장차 며느리가 될 영숙을 그동안 잘 보호해준 것에 대한 감사의 뜻을 전할 뿐만 아니라 아들 진호와 영숙의 결혼을 승낙한다는 것을 자경 여사에게 전한 것은 자경 여사의 존재가 그만큼 그들이 결혼을 하는 데 중요하다는 것을 말한다. 그런데 자경 여사의 중요성은 여기서 그치지 않는다. 진호의 결혼 승낙 소식에 질투를 가진 봉순의 온갖 계략으로 진호와 영숙의 결혼 약속이 자칫 파혼에 이를 수 있었으나, 자경 여사의 현명한 도움으로 위기를 넘긴 진호는 마침내 성황리에 영숙과 결혼식을 치른다.

이처럼 자경 여사의 존재는 「화관」에 등장하는 어떤 인물보다 중요한 서사적 역할을 수행하고 있다. 그렇다면 자경 여사는 구체적으로 어떤 존재일까. 「화관」에서 자경 여사는 "부녀계의 사회사업가로 이름 있는 부인"[6]으로 "십만이나 되는 전쟁미망인을 상대로 자은회慈恩會라는 원호사업"(8쪽)을 벌이고 있다. 여기서, 자경 여사가 몸담고 있는 이 원호사업은 자경 여사의 존재론적 지위를 이해하는 데 매우 중요하다. 물론, 「화관」에서 염상섭은 자경 여사의 원호사업 자체를 비중 있게 다루고 있지는 않다. 하지만 영숙의 결혼의 처음(진호 부친의 결혼 승낙)과 중간(진호의 방황으로 인한 파혼 위기를 막은 것), 그리고 끝(결혼을 성공리에 치른 것)에서 자경 여사가 수행한 일을 보면, 한 전쟁미망인을 적극 보호하면서 삶의 희망과 용기를 북돋아주는 데 자족하지 않고, 또 다른 신생의 삶을 살기 위한 실질적 도움을 제공하는 조력자 역할을 하고 있다는 점에서

• • •

6. 염상섭, 「화관」, 글누림, 2017, 5쪽. 이하 작품을 인용할 때는 각주 없이 본문에서 쪽수를 괄호 안에 명기한다.

'원호사업'의 구체적 사례를 서사화하고 있는 것이다. 이것을 자경 여사의 개인적으로 탁월한 사회적 능력 및 윤리의식으로 이해해서는 곤란하다. 염상섭은 자경 여사의 이러한 면을 「화관」에서 그리고 있지 않다. 그보다 자경 여사가 전후의 현실에서 맡고 있는 '원호사업'의 차원으로 이해하는 게 온당하다. 그렇기 때문에 진호의 부친과 진호, 그리고 영숙은 자경 여사의 조력에 감사를 표하고 심지어 꼬인 난제를 해결하는 데 큰 도움을 받는다. 다시 강조하건대, 작중 인물들이 자경 여사의 조력에 기대는 것은 자경 여사가 지닌 개인적 비범한 능력 때문이 결코 아니다. 그보다 자경 여사가 국가를 대신하여 전쟁 구호사업을 하고 있는, 일종의 국가의 의사擬似권력을 수행하고 있기 때문이다.[7]

이와 관련하여, 한국에서 여성 문제를 전담하는 국가의 해당 전문 기관 (부녀국)이 1946년 미군정에 의해 최초로 설치된 이후 부녀 행정의 본격적 서막을 열게 된 것은 주목할 필요가 있다.[8] 특히 한국전쟁은 이러한 부녀행정에 큰 변화를 가져온다. 무엇보다 "전시국가는 국민의 일상생활까지 개입하여 의식주 및 소비생활까지 통제하게 되며 여성들을 전시 노동력이자 애국 봉사활동의 역군으로 적극 동원하는 것이다."[9] 그리하여 정부는 '국립전쟁미망인수용소'를 1953년 설립하고 명칭을 '국립서울모자원'으로 변경하는가 하면, 각 지역에 '도립 모자원'뿐만 아니라 사설 모자원의

• • •

7. 자경 여사에게 보이는 국가의 의사 권력은 해방 이후 미군정이 설치한 부녀국의 부녀행정과 한국전쟁을 거치면서 전쟁미망인을 중심으로 한 전시 동원 및 전시 생활과 밀접한 연관을 맺는다. 그런데 쉽게 간과할 수 없는 것은 전쟁미망인이 수행한 이러한 국가의 의사 권력은 일찍이 일제의 군국주의의 폭압의 원인과 무관하지 않다. 엄혹한 식민통치를 경험한 적 있는 염상섭에게 일제 식민지 시절 제국의 전쟁 물자를 제공하거나 동원하기 위해 피식민지 여성을 식민지배 국가의 모성으로 전도시키는 국가의 의사 권력에 대한 기억이 자경 여사가 수행하는 의사 권력에 포개지는 것은 자연스럽다.

8. 1946년 9월 14일 미군정 법령 제107호 부녀국(婦女局) 설치령에 의해 보건후생부 내에 설치된 부녀국이 한국 최초의 여성 담당 행정조직이다. 보건사회부, 『부녀행정 40년사』, 1987, 50쪽.

9. 황정미, 「해방 후 초기 국가기구의 형성과 여성」, 『한국학보』 109집, 2002, 180쪽.

설치를 적극 권장한다.[10] 이렇듯이 국가가 주도한 전쟁미망인의 구호사업, 즉 각종 원호사업은 전장의 후방에서 전시물자로 동원되는 막중한 역할을 수행한 것으로,[11] 이것을 바라보는 대다수 국민의 시각은 원호사업의 본질적 성격을 '국난 극복'과 다를 바 없는 것으로 인식하였다. 따라서 「화관」에서 자경 여사가 담당하는 원호사업의 성격은 단순한 것이 결코 아니다. 말하자면, 자경 여사는 한국전쟁 시기부터 조직·운영된 전쟁미망인 주체의 구호사업의 연장선에서 전쟁의 상처를 치유하는 '국난 극복'의 신성스러운 역할을 수행하는 국가의 의사 권력을 대리한다. 때문에 염상섭은 「화관」에서 이러한 막중한 의사 권력의 주체인 자경 여사에게 진호와 영숙의 결혼 성사 여부의 과정을 주도하는 서사적 지위를 부여하고 있는 것이다. 이것은 「화관」에서 대수롭게 간주할 수 없는 한국전쟁 '이후의 일상'의 풍경이다.

3. 전후의 불모화된 일상을 적극적으로 살아내는 전쟁미망인

「화관」에서 시종일관 주의를 끄는 전쟁미망인은 봉순이다. 봉순이 문제적인 것은 "창녀娼女와 첩妾의 생리를 동시에 보여주면서 전후 사회의 세태를 환기해주는 지시적인 기능"[12]을 담당하고 있기 때문이다. 무엇보다 봉순은 현재 다방 레지로서 삶을 살고 있지만, "자기의 향그럽지 못한 과거"(95쪽), 즉 미군의 양공주로서 생계를 유지했던 삶을 아파한다. 봉순의 이러한 과거와 현재의 삶은 「화관」 속 다른 전쟁미망인인 영숙, 진호의

• • •

10. 이에 대해서는 보건사회부가 펴낸 『부녀행정 40년사』, 1987을 참조.
11. 한국전쟁과 관련한 부녀행정의 이러한 면모의 전반은 황정미, 앞의 글, 180–185쪽 참조.
12. 김태진, 「전후의 풍속과 전쟁 미망인의 서사 재현 양상」, 한국현대소설학회, 『현대소설 연구』 27호, 2005, 98–99쪽.

형수와 비교할 때 사회의 풍기를 문란하게 하는 타락한 여성으로서 사회 규제의 대상으로 인식된다. 그렇다면 봉순은 「화관」에서 전후의 윤리의식을 어지럽히고 사회 기강을 무너뜨리는 타락한 여성으로서 전쟁미망인의 또 다른 부정적 양상을 보이는 전형으로 부각될 뿐인가. 더욱이 영숙과 같은 전쟁미망인이 결혼을 통해 새로운 삶을 살고자 하는 것을 방해하는 훼방꾼으로 봉순이 그려짐으로써 전후의 정상적 일상을 복원하는 데 걸림돌로 작용하는 것으로 고발될 뿐인가. 물론, 봉순을 이렇게 이해하는 것도 무리는 아니다. 봉순은 집요할 정도로 진호의 삶에 적극 개입함으로써 영숙과 결혼하여 새로운 삶을 살고자 하는 진호를 곤혹스러운 지경으로 몰아간다. 이미 영숙과 결혼하기로 결정된 진호를 봉순은 유혹하고 일부러 진호와 영숙의 사랑을 시험하는 것인 양 진호를 짓궂게 대한다. 술에 취하여 인사불성이 된 진호를 봉순이 집으로 데려와 밤을 보내는가 하면, 봉순이가 사 온 파자마를 입도록 하고, 그 광경이 영숙에게 발각된다. 진호의 그 모습을 본 영숙은 진호에 대한 실망과 분노에 휩싸이고, 봉순의 진호를 향한 짓궂은 모습은 이에 그치지 않는다. 진호의 직장이 있는 부산으로 향하는 기차를 진호와 동승한 봉순은 진호와 신혼여행을 가는 것처럼 여기고 진호와 같은 기차 침대를 쓰면서 부산에 이른다. 그리고 진호의 회사를 찾아가는가 하면, 진호의 하숙을 찾아가 진호와 함께 방을 쓰면서 여차하면 진호와 신접살림을 차릴 태세다. 그러면서도 봉순은 진호에게 직장을 서울로 옮겨 영숙과 결혼생활을 하는 데 지장이 없도록 해주겠다면서 진호의 불편한 심기를 달랜다. 이 과정에서 진호는 봉순의 유혹에 방황하는 모습을 언뜻 비치기도 하면서 영숙을 향한 양심의 가책 속에서 자칫 영숙과의 결혼 약속이 파경에 이르는 위험에 직면하기도 한다.

분명, 이러한 서사 전개에서 봉순은 정상적 가정을 꾸리는 데 방해물로 작용하는 타락하고 부도덕한 전쟁미망인으로 비쳐진다. 여기에는 봉순 스스로도 주저하듯, 양공주의 삶을 살았던 이력은 그 본래의 의도가 어디에 있든 여성의 육체와 성을 생계 수단으로 삼는 것에 대한 사회적 지탄의 시선이 봉순을 시쳇말로 '더러운 여성'으로 간주하기 때문이다. 따라서 봉순과 같은 전쟁미망인은 영숙 및 진호의 형수처럼 전쟁의 상처로 고통을 앓는, 국가와 사회가 보호해야 할 전쟁의 희생양이 아니라 전쟁이 낳은 혐오와 파괴의 이미지가 뒤범벅된, 정상적이고 건강한 삶을 붕괴시키고 더럽히는 오염물로 인식된다. 따라서 이러한 전쟁미망인은 국가와 사회의 규제 대상으로 전락한다. 그들의 성적 욕망은 '더러운 여성'이 생계를 유지하기 위해 돈과 마음대로 맞바꿀 수 있는 경제적 수단으로서만 유효할 따름이다.

하지만 봉순을 이러한 측면으로만 파악하는 것은 「화관」에서 다뤄지고 있는 전후의 일상에 대한 단순하고 평면적 이해다. 이와 관련하여, 진호보다 연상인 봉순이 진호를 짓궂게 대하는 이유를 생각해봐야 한다. 이것을 바꿔 말하자면, "오랫동안 이성이란 것을 모르고 혼자 지내기란 봉순이에게 드문 일이었더니 만치 삼십 전 총각이 모닥불을 질러 놓은 봉순이의 감정"(83쪽)의 진실을 헤아릴 필요가 있다.

여기서, 봉순이의 비현실적 집착처럼 보이지만, 봉순이 진호를 향한 행동의 양상을 살펴보자. 진호의 부산행 기차에 동승한 봉순이 신혼여행을 가는 것처럼 들떠 있고 실제로 차장에게 진호와 함께 사용할 침대를 얻어 기차 여행을 한 것을 볼 때 봉순은 자기 혼자 진호와 결혼생활을 시작한 것이나 다름이 없다. 그것은 우습지만, 술에 만취한 진호를 봉순의 집에 데려와 잠을 재우고 그에게 새로 사 온 파자마를 입히는 것으로 봉순은 자신만의 결혼생활을 시작한 것이다. 누구도 그의 이와 같은 결혼생활을 공식적으로 인정해주지 않았으나, 봉순 혼자만 진호와 신혼부부가 된 것인 양 진호의 부인 역할을 억지스레 연출한다.

이러한 봉순의 가짜 결혼생활에서 주목해야 할 것은 무엇일까. '더러운 여성'으로서 봉순과 같은 전쟁미망인이 보여주는 윤리적 파탄 양상인가. 여기서, 쉽게 간과하지 말아야 할 것은 봉순도 엄연히 전쟁미망인이라는 사실이다. 봉순도 전쟁으로 인해 남편과 가족을 잃은 전쟁미망인의 비극적

처지에 놓였다는 객관 현실을 가볍게 간주해서는 안 된다. 따라서 봉순에게도 훼손된 가족을 그리워하고 새로운 가족을 꾸려 새로운 삶을 살고 싶은 욕망이 꿈틀거리고 있다는 것을 부정해서는 안 된다. 비록 봉순이 양공주의 이력이 있고, 다방 레지로서 사회적 천대를 받고 있지만, 영숙과 마찬가지로 전쟁미망인으로서 새로운 남편을 맞아 새로운 가정을 꾸리고 행복한 삶을 살고자 하는 욕망은 동일하기 때문이다. 더군다나 이러한 면에서 봉순의 성적 욕망과 영숙의 성적 욕망을 도덕성의 기준으로 옳고 그름의 경계를 짓는 것은 타당하지 않다. 진호를 향한 봉순의 성적 욕망을 '더러운 여성'의 오염된 것으로 규정지을 수 없는 것이다.[13] 하지만 전후의 일상을 지배하고 있는 사회적 통념상 진호를 향한 봉순의 사랑이 용납되지 못함은 물론, 봉순과 같은 전쟁미망인이 정상적 가정을 꾸리는 것도 매우 어려운 일이다.

그렇기 때문에 봉순은 누구의 도움도 받지 않고 자기 혼자의 나르시시즘 세계에 빠진 채 결혼생활을 향한 욕망을 품고 타인의 비난을 감수하면서 가짜 결혼생활을 시도한다. 심지어 그 결혼생활이 어려워지자 진호의 신혼 생활에까지 틈입하여 진호의 첩으로서 새살림을 시작하려고 한다. 이처럼 봉순은 자기만의 방식으로 전쟁미망인의 처지를 벗어나기 위해 안간힘을 쏟는다. 어쩌면, 봉순이 처음부터 진호의 의사와 관계없이 가짜 결혼생활을 혼자 과감히 실행한 것은 영숙과 달리 양공주와 다방 레지

* * *

13. 결혼을 한 진호는 영숙과 어머니와 함께 신접살림을 차리기 위해 부산으로 가는 기차 안에서 잠을 청하는데, 예전에 봉순과 기차 안에서 같은 침대를 쓴 경험을 환기하며 잠을 설친다. "(전략) 그래도 고단한 김에 잠이 어리어리 들려다가도 곁에 누웠는 것이 영숙이 같기도 하고 봉순이 같기도 하여 깜짝 놀라 눈을 떠 보면 아무도 없는 것이 서운하다. (중략) 그러나 오려던 잠은 달아나고 차츰차츰 홍분이 전신에 퍼지며, 머릿속에는, 봉순이의 간드러진 몸매와 영숙이의 생글하고 웃는 청초한 귀염성스러운 얼굴이 번갈아 가며 떠올라서 가만히 누워 있지를 못하게 들쑤셔대는 듯싶다. 대관절 잠을 못 자게 들쑤셔대는 이 홍분은 두 여자가 함께 좌우에서 못 살게 굴어서 그러한 것인지 어느 한 편이 더 짙게 유혹을 하고 흐리터분한 피로한 머릿속을 휘저어 놓는 것인지 갈피를 잡을 수가 없다." (198~199쪽)

생활의 이력을 한 전쟁미망인의 경우 사회가 통념적으로 용인하는 결혼생활을 할 수 없고 첩의 신분으로서 새로운 가족의 질서에 편입할 수 있는 길을 적극 모색했는지 모른다.

여기서, 봉순의 이러한 삶의 방식을 봉건적 폐습의 일환으로 비판할 수 있다. 봉순의 선택이 그와 같은 처지에 놓인 전쟁미망인의 처지를 자기 주도적으로 극복하는 게 아니라 가부장제의 질서 속, 그것도 봉건적 폐습인 첩의 지위로 전락함으로써 전후의 또 다른 일상의 고통을 가중시킬 수 있기 때문이다. 그래서였을까. 염상섭은 「화관」에서 봉순의 첩 생활을 보여주지 않는다. 염상섭은 작품의 말미에서 봉순이 범죄의 혐의를 지닌 채 진호네를 떠남으로써 전쟁미망인으로서 전후의 고달픈 현실을 살도록 한다. 봉순과 같은 전쟁미망인은 자경 여사의 원호사업으로도 보호와 혜택을 받지 못하는 사각지대에 놓인 채 자신만의 고군분투로써 전후의 불모화된 일상을 적극적으로 살아야 하는 것이다.

4. 서울 환도 후 '서울/부산'에 대한 서사의 로컬적 지위

이처럼 「화관」에서 서사의 초점은 전후의 일상을 힘겹게 살아가는 전쟁미망인의 삶의 양상이다. 그런데 이 소설에서 눈여겨보아야 할 것은 중심 서사가 서울과 부산을 오고 가면서 진행되고 있다는 점이다. 그것은 중심인물 진호의 직장이 부산에 있는 것과 연관이 있는데, 작품 속에서 진호는 부산에 거점을 두고 있는 한일방직 회사원으로, 봉순은 진호를 돕기 위해 한일방직과 거래를 하는 동진상사의 사장을 만나면서 은연중 자신이 다른 무능력한 전쟁미망인과 다른 면을 과시한다. 비록 전후의 일상에서 사회적으로 천대받고 사회적 규제의 대상으로 인식되는 봉순이지만, 바로 그 비윤리적 방식으로 맺은 경제인과의 관계를 이용하는 봉순의 노력 여하에 따라 진호는 서울로 발령을 받아 그곳에서 영숙과 달콤한 신혼 생활을 할 수 있기 때문이다. 그뿐만 아니라 봉순은 부산에서 신접살림을 차린 진호네의 삶에 틈입하여 첩 생활을 통해 그동안 전쟁미망인의 삶에 종지부를 찍고자 한다. 따라서 부산은 봉순에게 서울과 그 성격이 전혀 다른 신생의 로컬로서 기능을 하는 곳이다.

이렇듯이, 「화관」은 서울로 환도 후 전개되는 전쟁미망인의 삶에 초점을 맞추고 있되, 서울 못지않은 부산을 중요한 로컬로서 서사적 지위를 부여한다. 오히려 보기에 따라서는 서울보다 부산이 「화관」에서 전후의 일상을 적극적으로 살아가는 데 유의미성을 띠는 것으로 부각된다.

「화관」에서 서울은 전후의 혼돈된 질서가 지배적인 곳으로 그려진다. 인환이 운영하는 낙양다방은 이러한 면을 극명하게 표상하는 공간이다. 낙양다방은 단적으로 봉순이 레지로서 일하는 곳이고, 인환은 봉순과 같은 다방 레지를 이용하여 돈을 버는 것을 목적으로 한다. 인환에게 윤리의식은 전후의 현실을 살아가는 걸치장에 불과한 것이고 전후 빈곤의 현실을 벗어나는 데 거추장스러울 따름이다. 진호가 서울에 남겨 둔 영숙이 자신에 대한 실망과 분노 그리고 남자의 사랑에 눈을 뜨게 되면서 낙양다방에 나가 인환을 만나는 것을 극도로 꺼리는 데에는 영숙이 전후의 타락한 윤리의식(=인환)에 노출될 것을 염려하기 때문이다. 이것은 전쟁을 거치는 동안 전쟁미망인이 전후의 일상을 문란하게 하는 요인으로 1950년대 당시 심각한 사회적 현안으로 부상되었듯이, 아직 전후의 고통과 상처를 말끔히 치유하지 못한 채 전쟁으로 인한 혼돈의 질서가 잔존하고 있는 서울의 현재적 문제를 보여준다.

서울의 이러한 혼돈의 모습은 전쟁미망인과의 결혼 승낙을 어렵게 받은 진호가 결혼을 하기 전까지 순탄하지 않은 문제점이 바로 서울에서 생겼다는 것(봉순이 홀로 진호와 결혼생활을 시작한 점), 그리고 진호의 결혼과 직접 연관은 없으나 진호의 결혼으로 인해 그의 전쟁미망인 형수가 집안에서의 입지가 어려워지게 된 것을 통해 살펴볼 수 있다. 특히 후자의 경우 「화관」에서 가볍게 넘겨볼 수 없는 전쟁미망인 관련 문제가 아닐 수 없다. 영숙이 진호와 결혼을 하여 전쟁미망인의 처지를 벗어나는 것은 틀림없지만, 한 집안에서 또 다른 전쟁미망인의 문제는 여전히 해결되지 않은 채 잠재적 문제로 남아 있다. 이렇듯이 서울은 「화관」에서 작중 인물의 갈등이 촉발되는 곳이고, 다른 사회적 현안들이 불거지는 곳이고, 잠재적 문제들이 침강돼 있는 전후의 혼돈의 질서를 내장한 곳이다.

그런가 하면, 부산은 작품 속 서울에서 생긴 문제들의 해결책 — 가령, 진호가 영숙과의 관계 복원을 위해 자경 여사의 도움을 생각한다든지, 봉순이 진호의 서울 이직을 모색하는 노력 등 — 이 강구되는 곳이고, 서울에서 새로운 가능성을 찾지 못한 전후의 일상이 새롭게 시작되는 역동적 계기가 발견되는 곳이다. 그래서 진호의 신접살림을 부산에서 마련한 것이든지, 좌절로 보이지만 봉순의 첩살이가 부산에서 시작한 것은 「화관」에서 부산이 지닌 예사롭지 않은 서사의 로컬적 지위다. 부산에서 전후의 일상을 새롭게 모색할 수 있는 가족 공동체가 형성되고 있는 것은 서울로 환도 후 정치사회적 안정을 찾지 못한 현실을 보여준다.

물론, 그렇다고 부산이 전후의 혼돈의 일상으로부터 벗어남으로써 정상적 일상이 회복되었다는 것은 결코 아니다. 작품 말미에서 암시되듯, 봉순이 한일방직 사장의 지갑을 훔친 혐의를 받고 진호의 첩살이는커녕 진호 몰래 부산을 떠나 버린 데서 단적으로 읽을 수 있는 것처럼 부산 역시 전후의 혼돈의 질서로부터 자유롭지 않은 현실의 동요를 보인다. 하지만 부산은 「화관」에서 상대적으로 서울에 비해 전쟁미망인의 신생을 향한 욕망이 피어나는 로컬로서 기능을 하고 있다. 여기서, 서울로 환도 후 전쟁의 상처를 극복하기 위해 안간힘을 쏟고 있으나 전쟁의 직접적 피해가 서울보다 덜한 부산이 1950년대 후반 전후의 일상을 새롭게 모색해 볼 수 있는 로컬로 자리하고 있다는 것은 「화관」에서 주의 깊게 살펴볼 염상섭의 전후소설의 또 다른 새로움이다.

정리하면, 「화관」은 세태소설로 단순히 범주화할 수 없는 공간에 대한 작가의 탐구가 주목된다. 전후의 일상을 살아가는 모습을 서울이나 부산으로 국한하지 않고 문제적 인물이 서울과 부산을 오고 가는 역동 속에서 서울과 부산이 각각 맡고 있는 서사의 로컬적 지위를 염상섭 특유의 리얼리즘 글쓰기로 포착하고 있는 것이다. 이를 통해 전후의 일상을 이루고 있는 전쟁미망인과 그와 관계를 맺고 있는 인물이 전쟁의 상처를 치유하고 정상적 일상을 회복하고자 하는 신생의 욕망을 읽을 수 있다.

제주 항포구의 창조적 저항과 응전

― 오경훈의 연작소설 『제주항』

1. 바깥 세계와 교통해야 할 섬의 항포구

1만8천 신의 존재를 믿고 '천지왕본풀이'라는 천지개벽 신화가 존재하는 섬이 있다. 이것은 여러 가지를 말해준다. 우선, 섬의 자연적 속성상 바다를 경계로 육지와 떨어져 있으므로 섬 고유의 기원과 문화풍속이 자연스레 발달하고 축적된다. 그러면서 바다와 더불어 존재하고 살 수밖에 없는 섬은 바다를 통해 다른 곳에 살고 있는 존재들과 관계를 맺는 데 소홀하지 않다. 이렇듯이 섬의 자족성과 개방성은 이 섬을 이해하는 데 중요한 근간이다. 그런가 하면, 육지와 떨어져 있다는 것, 달리 말하면 육지로부터 격절돼 있으므로 대륙중심주의의 희생양으로 전락해 있는 측면도 간과할 수 없다. 대륙의 권력은 그 관리와 통제 아래 섬의 위상을 협소화하면서 섬의 자족성과 개방성을 왜곡하고 심지어 부정적인 것으로 뒤바꿔 놓는다. 그리하여 섬의 자족성과 개방성은 온데간데없고 수구성守舊性과 폐쇄성으로 에워싸인 '낙인 효과'를 만들어낸다.

돌이켜보건대, 제주의 삶과 현실은 이와 같은 서사의 부단한 전개 과정이다. 제주는 예로부터 자연환경과 토지가 척박하고 육지의 중앙권력의 과다한 통제와 간섭에도 불구하고 제주인의 억척스러운 삶의 의지는 꺾이지 않은 채 섬의 자족성과 개방성을 창조적으로 섭취하고 있다. 여기에는 섬의 수구성과 폐쇄성을 부정하고 넘어서는 데 중요한, 무엇보다 섬 바깥의 세계와 교통하는 출입구, 곧 항포구와 관련한 것을 지나칠 수 없다. 제주는 이곳을 통해 외세의 정치경제적 지배 및 직접적 침략을 경험한 바 있으며, 이곳을 통해 제주의 바다 너머 바깥 세계를 향해 나아가기도 하였다. 그리고 이곳을 통해 외지인과 바깥 문물이 나름대로의 목적을 갖고 제주를 찾기도 한다. 물론, 바깥 세계에 나가 있던 제주인들이 돌아와 맨 먼저 만나는 곳이기도 하다. 따라서 제주의 항포구와 관련한 크고 작은 서사들이야말로 제주를 이루는 삶과 현실에서 빼놓기 힘든 실제다.

우리는 생생히 기억하고 있다. 2014년 인천 앞바다를 떠나 서해를 거쳐 제주 바다를 통해 제주로 오려고 했던 여객선 세월호가 제주항에 미처 당도하기 전 서해에서 침몰하고 말았다. 세월호에 타고 있던 수많은 승객들은 수평선 멀리 아스라이 점으로 보이다가 희부연한 해무(海霧) 사이 실루엣에서 점차 산의 형세로 바뀌는 제주의 신묘한 모습을 보지 못한 채 심연 속으로 가라앉은 것이다. 세월호 침몰 과정에서 생목숨을 적극 구원하지 못한 무능한 국가권력의 어처구니없는 모습에 대해 제주 바다는 분노한다. 또한 제주항과 정상적으로 교통해야 할 세월호를 침몰시킨 한국사회의 총체적 문제에 대해 제주 바다는 용서할 수 없다. 세월호의 승객들은 제주를 향한 부푼 꿈과 기대를 갖고 제주항에 안전하게 들어와야 하는데, 세월호 침몰과 연관된 총체적 부실과 부패에서 확연히 드러났듯이 이 모든 것들의 연쇄작용이 그들을 제주항에 안전하게 들어올 수 없도록 작동한 것이다. 그래서 기적적으로 생존한 자들과 유가족들에게 깊이 패인 상처는 세월호 침몰 승객들이 떠났고 도착하지 못한 제주항에도 깊은 상처를 남긴다.

이처럼 얼마 전 일어난 세월호 사건과 그밖에 제주 바다와 연관된 크고 작은 사건들은 제주 항포구 안팎의 서사를 구축한다. 여기서, 우리는 작가 오경훈의 연작소설 『제주항』(각, 2005)을 중심으로 이러한 제주항 안팎의 서사를 탐구해본다. 모두 9편의 연작으로 이뤄진 『제주항』은 18세기부터 2000년대에 이르기까지 작가가 주목하는 제주의 삶과 현실을 제주항의 맥락 속에서 성찰하고 있는 문제작이다. 이 작품을 통해 제주의 항포구가 생성하는 역사와 일상에 대해 생각해보기로 한다.

2. 제주의 항포구가 생성하는 역사와 일상의 서사

1) 근대 전환기의 모순과 억압에 저항하는

일본은 조선과의 불평등 조약인 '강화도조약(1876)'을 체결하면서 제국의 식민지배를 위해 주도면밀히 식민주의 지배통치의 근간을 구축한다. 그 과정에서 일본인 어업자 중 "잠수기 어업자들은 1879년부터 한국 특히 제주도 부근으로 어로 활동을 다니기 시작하였다."[1] 일본의 잠수기 어업은 제주 바다 연안 어장의 해산물 자원을 남획할 뿐만 아니라 제주의 부녀자, 특히 해녀에게 성적 수치심과 모욕을 주는가 하면 심지어 해녀를 겁탈하는 등 제주의 공동체에 심각한 위협을 가하는 폭력의 주체로 다가온다. 그런데 문제는 일본의 이러한 폭력에 대해 조선의 관청은 이렇다 할 대응을 하기는커녕 무관심으로 일관할 뿐이다. 여기에는 "위정의 그릇됨과 관속의 무능, 민중의 약함에 원인이 있었다."[2] 하지만 작가가 이러한 현실 속에서 주목하고 있는 것은 제주 민중의 적극적 대응 양상이다.

> "관아를 점하고 목사를 끌어내어 일인 어막을 순방케 하는 겁니다. 잠수기 조업은 마을 어장 밖으로 나가야 한다, 해녀 조업장을 피해야 한다, 이렇게 경고하도록 하는 거지요. 이것이 골자입니다. 저쪽을 우리

• • •

1. 김영·양징자, 『바다를 건넌 조선의 해녀들』(정광중·좌혜정 역), 각, 2004, 239쪽.
2. 오경훈, 「제주항2 모변」, 『제주항』, 각, 2005, 47쪽. 이하 작품의 부분을 인용할 때 본문에서 연작명, 쪽수를 괄호 안에 표기한다.

바다에서 아주 몰아내는 게 아니므로 조약에 위배되는 일이 아닐 것이며, 다행히 저쪽이 들어준다면 일은 쉽게 풀리는 거예요. 머구리들이 거슬고 나온다면 어찌 하느냐. 섬을 목민하는 일인 어막과 배를 모조리 부수고 싸우게 될 것이다, 일본이 군함을 보내온다 해도 우리들은 해안의 바위 뒤에 숨어서 끝까지 싸울 것이다, 이렇게 나오도록 하는 거지요." (「모변」, 52쪽)

제주 민중은 잠수부를 동원한 일본의 잠수기 어업활동의 횡포에 대한 중단을 조선 관아에 강력히 요구한다. 제주 민중의 요구는 무능력한 관아로 하여금 자국의 민중의 생존권을 지켜달라는 것 이상도 이하도 아니다. 만일 관아가 제주 민중의 이 제안의 심각성을 제대로 인식하지 못한 채 묵살하고, 더욱이 일본이 이러한 제주 민중의 요구에 아랑곳하지 않거나 심지어 군사력을 동원해와 무력으로 억압해온다면, 제주 민중은 "끝까지 싸울" 결연한 각오를 다진다.

사실, 19세기 말 제주 민중의 이와 같은 결연한 각오는 「제주항2 모변某變」의 제목이 단적으로 드러내듯, 당시 무기력한 조선 정부와 일본을 비롯한 서구 열강의 외세 침탈에 대한 민중의 저항을 불러일으킨다. 가령, '신축제주항쟁(1901)'은 근대 전환기 제주에서 일어난 반봉건주의 · 반제국주의의 기치를 내세운 민중항쟁으로, 제주 민중은 이 작품에서 산지포구와 별도포구로 들어온 "이양선異樣船의 정체"(「모변」, 78쪽)와 맞서 싸운다.

— 우리를 곤고케 하는 것은 기근도 질병도 아니다. 나라를 침범하는 외래인들과 그들에 빌붙는 관리들이다. 자존이 있는 자들이여, 용약 일어나라. 주인되기를 피하면 종이 되는 법, 무괴한 이방인들과 그 주구들을 쓸어내 버리자…… . (「모변」, 82쪽)

제주의 장두가 외치는 격문에서 항쟁 의식은 매우 뚜렷하다. 근대의 문명이란 미명 아래 불평등한 요구를 강제하는 외세뿐만 아니라 그 외세의 권력에 굴신·복종·협력하는 조선의 관리, 그리고 이 총체적 난국에 대해 주체적으로 각성하지 못한 채 현실추수적 태도를 취하는 민중에 대해 비판한다. 여기에는 제주의 생존 활동과 다른 지역과의 평화로운 해상 교류를 위해 존재해온 제주의 포구가 근대 전환기 서구 열강과 일본의 정치경제적 이해관계를 조선에 불평등하게 관철시키기 위한 출입구로서 전락할 운명에 대한 저항이 자리한다.

2) 식민주의와 해방공간, 그리고 한국전쟁의 난경에 대응하는

이렇듯이 근대 전환기를 맞이하여 제주 민중의 저항을 포함한 전국 곳곳에서 펼쳐진 민중 저항에도 불구하고 조선은 일본의 식민주의로 전락하여 제국의 지배를 받게 된다. 「제주항3 비극의 여객선」에서는 일제 말 태평양전쟁의 막바지 무렵 전황을 제주의 시선에서 보여준다. 특히 눈여겨볼 것은 중일전쟁(1937) 이후 승승장구하던 일본이 미군에 의해 일본 본토가 공습을 당하면서 전세가 미군의 승리로 기울기 시작하고 있다는 구체적 전황이 제주도민들의 일상에서 실감으로 포착되고 있다는 사실이다. 그것은 제주의 항포구를 중심으로 퍼지기 시작한다. "마라도 남쪽에서 일본 군함이 미군기에 격침되고, 저기 한림항에서도 군 수송선이 미군 잠수함의 공격을 받아 침몰했다는 소문"(「비극의 여객선」, 96쪽)이 제주도민의 일상 속으로 퍼진다. 그뿐만 아니라 일본 본토를 사수하기 위해 제주를 군사기지화하려는 목적으로 만주에서 관동군을 비롯한 군속들이 제주로 들어오는 모습이 제주항을 통해 목격된다. 실제로 일본은 "미군이 제주도를 확보하고 규슈 북부를 거쳐 동경으로 밀고 들어온다는 시나리오 위에서 짜여진 본토방어 작전"[3], 즉 '결7호작전'을 수립하고 "섬 전체가 요새화"(「비극의 여객선」, 108쪽)하는 것을 실행하고 있는

• • •

3. 이영권, 『새로 쓰는 제주사』, 휴머니스트, 2005, 332쪽.

제주항 주정공장(미국립문서기록관리청).

것이다. 그래서 작가는 제주에서 전개되는 일제 말의 전황 속에서 일본이 제주 전체를 희생양 삼으려는 이른바 옥쇄항전玉碎抗戰의 절대적 모순과 부당성을 서사적으로 증언한다. 그리고 일제에 협력한 인사에 대한 자기비판을 작중 인물을 통해 시도한다. 무엇보다 친일 협력한 자기 모습에 대한 당위성과 이것을 미화한 것에 대한 반성적 성찰을 쉽게 간과해서 곤란하다. 이와 함께 다른 지역과 교통하는 데 제주인의 목숨이 태평양전쟁의 당사자인 미국과 일본의 군사적 위험에 직접 노출돼 있다는 것은 결코 쉽게 지나칠 수 없는 제주의 비극이다. 기실 전쟁 도중 제주 항포구를 떠난 민간 화물선과 여객선들이 일본군의 군사물자 수송 역할을 한다는 명분으로 미군의 군사력(잠수함 및 공군기)에 의해 침몰된 적이 있는 것이다. 하지만 해상에서의 위험이 이처럼 높은데도 불구하고 제주인들은 목포에서 제주로 귀향하는 배를 탈 수밖에 없다. 태평양전쟁 복판에서 목숨이 위협받는 위태로운 현실임에도 불구하고 제주인은 바깥과 교통하며 삶을 살 수밖에 없는 것이다.

일제 말의 이러한 위태로운 삶은 해방공간에서도 별반 다를 바 없다. 오히려 해방공간에서는 한층 복잡한 시대적 난제에 직면하게 된다. 4·3의 비극과 한국전쟁 전후 예비검속에 따른 국가권력의 무자비한 폭력이 바로 그것이다. 「제주항4 유한遺恨」, 「제주항5 가신 님」, 「제주항6 빌린 누이」 등에서 작가의 잇따른 문제의식은 예각적이면서 심층적 문제의식으로 서사화하고 있다. 이와 관련하여, 주목할 장소는 제주항 동부둣가에 위치한 주정공장이다.

> 아버지는 1950년 여름, 읍邑 서기를 대동한 경찰에 끌리어갔다. 동부둣가 주정공장 창고에 갇혔다. 그곳은 4·3사건 때부터 죄수들을 잡아다가 문초하던 곳이었다.
> 아버지는 왜정 때 구장을 해서 공출 거두는 일에 관계하여 민족반역자란 비난을 받았다. 이런 약점 때문에 한라산 무장대가 접근하여 양식과 의류를 징구하였을 때 반발하지 못했다.
> 이 사실이 군경에 알려져 아버지는 징역형을 받고 옥살이를 하였다. 4·3 발발 2년 후 6·25전쟁이 일어났을 때 정부가 공산주의자들의 반란을 사전에 봉쇄한다는 구실로 좌익 전과자를 대상으로 예비검속을 실시하는 과정에서 아버지는 끌려가 다시 돌아오지 않은 것이다. (「유한」, 134-135 쪽)

「유한」의 작중 인물 한수의 아버지가 끌려가 돌아오지 않은 곳은 주정공장 창고이다. 지금은 주정공장이 철거된 자리에 아파트 단지가 조성돼 있고 주정공장을 알리는 비가 서 있어 4·3유적지 중 하나로 지정돼 있다. 한수의 평생을 짓눌러온 것은 아버지가 부재하다는 사실인데, 한수 아버지의 부재는 한국현대사의 쟁점과 밀접히 맞물려 있다. 일제 식민주의 시절 부일附日한 이력을 지닌 한수의 아버지는 해방공간에서 친일파를 척결하지 못한 사회 분위기 속에서, 특히 친일파의 척결과 반제국주의 및 통일정부

옛 주정공장 터.

수립의 기치를 내세운 4·3무장대의 요구를 거절하지 못했는데 이것이 빌미가 되어 한국전쟁 직후 예비검속의 대상으로 끌려갔다. 그리고 돌아오지 못했다. 한수 아버지가 끌려간 곳은 1934년 일제에 의해 설립된 동양척식주식회사 제주 주정공장으로 4·3 무렵부터 악명이 높을 대로 높은 집단 수용소 기능을 하던 곳이다. 그곳은 4·3 당시 입산한 피난민들이 산을 내려와 귀순한 자로부터 군경에 의해 취조받은[4] 자들을 수감한 곳으로 이곳 수감자들은 육지의 형무소로 이송되든지 한국전쟁 당시 집단 희생을 당하기도 하였다. 일제시대 제주의 제조 산업에 중추 역할을 담당했던

• • • •

4. 주정공장에 수감돼 취조를 받는 것을 떠올릴 때면, 전기 취조를 받는 것을 리얼한 감각으로 재현한 김수열의 시가 겹쳐진다. "학교 창고 닮은 덴데 조그만 방이 하나이셨수다 / 물애긴 안고 세 살난 건 업고 방에 들어강 전기취조를 받아십주 / 양 손목에 전깃줄 감고 파시식! 파시식! / 안 당해본 사람은 모릅니다 / 전기를 손으로 이래 확 돌리면 차르륵! 저래 확 돌리면 차르륵! / 하도 여러 번 돌리니까 나중엔 안 돌려도 몸이 차르륵! 차르륵! / 그때 숨통 안 끊어지난 살암십주 / 근데 이젠 바람이 불젠 해도 차르륵! 차르륵! / 비가 오젠 해도 차르륵! 차르륵! / 순경만 봐도 차르륵! 차르륵! / 꿈에서도 차르륵! 차르륵! / 침을 맞아도 단지를 붙여도 차르륵! 차르륵! / 차르륵! 차르륵!"(김수열, 「차르륵! 차르륵!」, 『생각을 훔치다』, 삶이보이는창, 2009)

주정공장은 해방공간과 한국전쟁을 거치면서 처참한 죽음의 닫힌 공간으로 제주 민중을 구속했고 그 트라우마는 한수에게서 볼 수 있듯 잠복돼 있다가 불쑥 일상의 틈새로 솟구쳐온다.

"아버지, 당신은 어디로 갔습니까"(「유한」, 135쪽)에 절절이 맺혀 있는 한수의 한恨과 트라우마는, 작가가 형상화한 또 다른 인물 '빌린 누이'를 통해 다시 한번 부각된다. '빌린 누이'는 40여 년 생선 장수를 하며 살고 있는데, 그의 생모는 4·3 무장대를 토벌하기 위해 입도한 서북청년단에게 폭행당한 후 실종되었고, 그의 아버지는 입산하여 무장대 활동을 하다가 체포돼 목포 형무소로 이송되었는데 한국전쟁이 일어나 생사가 묘연하다 (「제주항6 빌린 누이」).

여기서, 다시 한번 제주항 주정공장에 대한 작가의 비판적 성찰을 만나보자.

아버지는 체포되어 제주항 동부두 고산동산에 있는 주정공장 창고로 유치되었다. 그는 어디론가로 끌려가는 사람들을 보았다. 그들은 다시 돌아오지 않았다. 아버지는 심문과 고문을 받으며 목숨을 구걸하였다. 그는 전향의 증거로 토벌대에 협조하겠다고 자원했다. 그는 앞잡이가 되어 토벌군을 이곳저곳으로 인도한 것이다. 그는 부상당하자마자 헌신짝처럼 버려졌다.

"누가 우리를 희생시켰는가. 괴로움을 당하지 않고 변심하겠는가."
아버지는 목 안을 뻗질러 오르는 소리로 분노를 나타내기도 하였지만 이제 와서 항쟁 쪽으로 마음이 기운다 해도 그는 토벌군의 앞잡이였을 따름이다.

나의 기록은 다시 허구가 되었다. 아버지가 앞잡이 얘기는 하지 말어, 하고 못을 박았기 때문이다. 양민으로 산에 피신했다가 당한 것으로 하면 될 거 아냐, 하고 쉽게 말했을 때 나는 아버지의 잔머리 굴림에 비애를 느꼈다.

기록은 통과되지 않았는지 아무런 소식이 없었다. 명예 회복이고 뭐고 이런 대로 말없이 덮고 넘어가 주었으면 좋겠다. 아버지를 아는 몇 사람이 없었다면 나는 아버지의 전력을 송두리째 숨겼거나 신고 따위를 하지 않았을 것이다. (「기념탑」, 238쪽)

수자의 눈썹에는 남편을 전쟁터로 보내던 날의 기억이 지워지지 않고 매달려 있다. 제주항 옆의 주정공장 임시 병영에서 부두까지의 길을 숨을 잊고 굴러가듯이 달음질칠 때 입대 장정의 뒤를 따르던 호송원이 그녀를 매정하게 밀쳐냈다.

수자는 손을 흔들면서 남편의 이름을 부르면서 발을 동동거렸으나 아무 소용 없었다. 남편은 이쪽을 보지 못하고 입을 다문 채 앞만 보며 걸어갔다. 그녀는 쓰러졌다. 그때의 비애, 막혔던 가슴은 지금도 지워지지 않는 것이다. (「가신 님」, 161쪽)

작가에 의해 주목되는 주정공장은 매우 흥미롭다. 「제주항8 기념탑」에서 그려지는 주정공장은 한 인간이 자신의 동지를 배반하여 목숨을 보전하고 일신의 영달을 꾀하기 위해 시대 정황에 부합하는 기회주의자로서 계기를 포착하는 역사의 현장이고, 「제주항5 가신 님」에서의 주정공장은 4·3의 화마와 레드컴플렉스를 벗어나기 위해 한국군에 입대하는 임시 병영으로 주목된다. 그런데 두 작품에서 주정공장은 어떤 공통분모를 가진다. 그것은 4·3무장대와 연관된 것들과 철저히 관계를 끊을 뿐만 아니라 4·3 자체의 기억을 아예 지워버림으로써 4·3을 그들의 삶 속에서 공백화하고자 하는 반^反역사적 억압을 지닌 곳이다. 심지어 4·3의 역사적 진실을 호도하고 퇴색시키는 반공주의에 적극 투항하는 장소로서 기능을 하는 곳이 제주항 동부둣가에 위치한 주정공장의 존재다. 여기서, 지금 주정공장은 없으나 이러한 주정공장의 존재가 결코 역사의 유산이나 화석으로 기능을 하는 게 아니라 한때 임시 병영이었던 이곳에서 입대한 병사들 대부분이 해병대원으로서 한국전쟁 기간 동안 유달리 용맹하게 싸웠던 것을 기념하는 "6·25 참전 해병대 기념탑도 항구 앞"에 있다는 것을 간과해서 안 된다. 달리 말해 이것은 제주항과 주정공장이 반공주의를 표상하는 이데올로기적 국가 장치로서 손색이 없다는 것을 말해준다.

3) 일상적 삶의 상처와 남루함을 극복하는

제주 항포구를 중심으로 펼쳐졌다가 접혀지는 서사에서 지나칠 수 없는 것은 역사적 삶뿐만 아니라 일상의 삶에서 생기는 상처들이다. 「제주항7 어선부두」와 「제주항9 동거」에서는 제주항으로 내몰렸거나 제주항을 떠날 수 없어 제주항 주변을 배회하는 사람들의 얘기가 그려지고 있다. 우선, 「어선부두」를 보자. 처남을 어선에 태웠다가 실종되는 바람에 그 트라우마를 못 이겨 아내 재숙이 가출한 선우는 고기잡이배를 타면서 재숙 찾기를 포기하지 않는다. 그러다가 선우는 고기잡이 어선으로부터 버림받은 뭍의 한 선원이 제주항의 횟집에서 부른 노래를 우연히 듣게 되는데, 그것은 가출한 재숙이 곧잘 부르던 노래였다. 그 사내와의 짧은 만남 속에서 선우는 가출한 재숙을 찾아줄 것을 약속한 그에게 선뜻 돈을 준다. 물론 선우는 그 선원이 자기 아내를 찾아줄 것을 크게 기대하지 않는다. 다만 선우는 동료로부터 버림받아 제주항에 남겨진 그 선원이 선우가 준 돈을 받고 자신의 집으로 돌아갔으면 하는 바람이다. 비록 그로부터 선우가 속임을 당하더라도 그가 "집으로 돌아가고 싶어 하는 마음은 진실일 것"(「어선부두」, 227쪽)이라고 믿고 싶은 것이다. 사실, 선우의 이 바람과 믿음은 어찌 보면 선우에게 상처받은 아내 재숙이 제주항을 떠나 다른 곳에서 살고 있다면 선우로부터 기인한 재숙의 상처를 선우 자신이 감내하고 그것을 함께 치유하는 삶을 살고 싶은 선우의 진실이 투사된 것인지 모른다.

하지만 이것은 어디까지나 선우의 막연한 바람과 믿음일 뿐이다. 현실은 냉혹하다. 「제주항9 동거」에서는 건축업에서 성공 가도를 달리다가 온천

개발에 투자하여 부도가 나고 그 여파로 아내와 사별한 원석이 재활용품과 폐휴지를 모아 겨우 생계를 유지하고 있는 삶에 가출 청소년들이 틈입하여 생기는 얘기로 이뤄진다. 원석이 사는 곳은 임항도로변 칠머리 동산 창고인데 이곳에 가출 청소년 외래자들이 모이면서 뜻하지 않은 동거생활을 하게 된다. 원석이 이러한 궁색한 삶을 살게 된 것은 동업자에게 속아 투자를 잘못했기 때문인데, 궁색한 삶 속에서도 원석이 결코 버릴 수 없는 것은 삶의 정직성에 대한 모럴이다. 원석은 이 모럴을 가출 청소년들 역시 쉽게 포기해서는 안 되는 중요한 삶의 동력으로 깨우치고 싶다. 사실, 가출 청소년들은 제각각의 이유로 그들이 속한 학교와 사회 및 가족과 불화하면서 자의 반 타의 반 '불량 청소년'이란 잠재적 범죄군으로 낙인찍힌 채 사회적 차별을 받고 있어 사회 구조적으로 모럴이 부재한 문제아 취급을 받고 있는 것을 상기해볼 때, 그들에게 진정으로 "정직한 사람을 강조"(「동거」, 278쪽)하고 싶다. 원석의 이러한 모럴에 대한 선명한 의식은 그를 속였던 김윤전을 찾아가 그 부도덕성의 실상을 낱낱이 사람들에게 드러낸다. 덕산 장학회장에 가서 덕산 김윤전의 사기 개발에 대해 그 실상을 성토한 것이다. 비록 원석은 지금 제주항 주변에서 가출 청소년들과 함께 초라한 생활을 하고 있지만, 정직한 삶을 살아야 한다는 자신의 모럴 자체를 폐기할 수 없는 것이다. 어쩌면 지난날 제주항 부두에 정박 중인 호화여객선을 타고 성공한 사업가로서 장밋빛 삶을 누리고 싶은 원석의 욕망은 이 모럴 감각을 은폐시키거나 희석시켰는지 모를 일이다. 따라서 이 작품 말미에서 원석이 가출 청소년들에게 내뱉은 다음과 같은 말은 제주항 근처의 남루한 삶의 현실 속에서 새롭게 발견한 삶의 희망으로 봐도 좋을 것이다.

"내 비록 주저롭게 살지만 그만한 자신은 있어. 아까참에 통장을 봤더니 오백이 조금 넘게 들었더라구. 내 집을 사서 복 좋게 살 형편도 못 되고 니들 착한 사람 된다면 그걸 다 주겠다." (「동거」, 279쪽)

3. 제주의 역사와 일상에서 담금질된 창조적 저항

지금까지 오경훈의 연작소설 『제주항』을 중심으로 제주의 항포구와 관련한 제주의 삶과 현실을 살펴보았다. 근대전환기 이후 근대를 거치는 동안 제주의 항포구와 연관된 제주의 역사와 일상은 섬 바깥의 권력이 섬을 지배하고 통치하는 과정에서 생성된 것이라 해도 과언이 아니다. 이 글의 앞머리에서 언급했듯이, 섬의 자족성과 개방성이 지닌 역사와 일상의 창조력을 섬의 수구성과 폐쇄성으로 전도시키는 가운데 섬의 창조력을 무력화시킴으로써 육지에 기생하거나 흡수·통합시키고자 하는 것을 경계해야 한다. 그렇다고 육지와 배타적 전선을 형성하자는 것은 결코 아니다. 중요한 것은 지금까지 육지의 정치경제학적 논리 중심으로 섬이 이해됐다면, 그것과 사안에 따라서는 구분되거나 서로 삼투해서 상보적 관계를 형성하거나, 어떤 경우에는 새로운 인식 패러다임으로 세계를 이해할 필요가 있다.

이와 관련하여, 재일조선인 작가 김석범의 대하소설 『화산도』는 섬인 제주가 어떻게 육지의 근대가 지닌 문제를 비판적으로 성찰하면서 대안의 근대를 모색할 수 있는지 그 혜안을 적극 모색하도록 한다. 『화산도』에서도 그려지고 있듯, 4·3은 항쟁이되 기존 근대의 질서를 4·3이 내장한 그 어떤 것으로 활달히 넘어서고자 하는 '대안의 근대'를 한라산과 제주의 항포구와 관련한 서사에서 발견할 수 있다. 특히, 오경훈의 『제주항』 연작에서도 살펴볼 수 있듯, 근대 전환기에 봉기한 제주 민중의 저항은 외세의 억압에 맞선 민족의식을 고취하되 여기에는 조선의 무기력한 중앙 권력에 대한 비판적 성찰을 동시에 겨냥하고 있는 제주의 근대적 저항을 간과해서 곤란하다. 이 제주의 근대적 저항은 섬의 자족성과 개방성에 기반을 하고 있는 것으로 육지로부터 생긴 모순과 억압을 부정할 뿐만 아니라 낡고 구태의연한 것을 과감히 쇄신하고 혁신하는 체제 변혁의 동력을 수반하기도 한다. 따라서 김석범의 『화산도』에서 추구되고 있는 4·3에 대한 혁명적 인식과 실천은 오경훈의 『제주항』에서 서사화되고 있는 제주 민중의 봉기와 저항의 맥락에 서로 맞닿아 있다는 점을 강조하고 싶다.

끝으로, 제주가 담금질해온 역사와 일상에서 창조적 저항이 제주의 항포구와 관련한 숱한 서사들의 숨결 속에서 확인된다. 언제 기회가 주어진다면, 제주의 항포구를 떠나 밀항할 수밖에 없던 제주의 또 다른 서사를 얘기해보고 싶다. 이것은 추후의 과제로 미뤄 둔다.

기억, 증언, 그리고 증언문학: 4·3항쟁의 정치윤리의 언어들

1. 4·3문학의 자기 갱신을 기대하며

2017년이 한 달도 남지 않았다. 사람들은 또다시 한 해를 보내고 새해를 맞이하면서 시간의 변함없는 흐름 앞에 제각기 성찰의 터널을 통과할 것이다. 그 과정에서 기억하고 싶지 않은 것들이 불쑥 의식의 수면 위로 솟구쳐 망각의 유혹에 쉽게 빠지는 자신을 향해 죽비로 내려치는가 하면, 기억의 굴절 속에서 사실이 비틀린 채 어떤 왜상歪像이 진실로 둔갑함으로써 거짓과 진실이 전도된 기억이 똬리를 트는가 하면, 망각과 기억의 힘든 투쟁 속에서 과거와 전혀 관련 없는 어떤 새로운 것이 현재의 자신을 자연스레 지배하기도 한다. 개인의 삶도 이럴진대, 하물며 한 공동체의 삶 자체를 파국과 절멸로 몰아갔던 과거를 경험한 사람들에게 매해 성찰의 터널을 통과하는 일은 상상 이상의 고통을 수반하는 일이리라.

70년 전 4·3을 경험한 사람들이 통과하는 성찰의 터널이 그렇다. 그동안 그들의 삶과 현실이 각종 글쓰기의 형식을 통해 공론화됐듯이 시, 소설, 희곡, 동화, 시나리오, 르포, 수필, 비평 등에서 탐구된 4·3의 실체는 해방공간에서 제주인들이 어떠한 해방의 정념을 간직하고 있었는지, 그리고 그것을 어떻게 역사 속에서 실현하고자 했는지를 대중과 함께 호흡하는

데 매우 중요한 역할을 수행해왔다. 물론, 그렇다고 4·3의 모든 것이 이러한 문학-글쓰기를 통해 해결된 것은 결코 아니다. 하지만 우리는 문학의 힘으로 오랜 침묵 속에서 봉인된 4·3의 진실이 세상에 드러나게 된 것을 쉽게 폄하해서는 안 된다. 그리하여 지금까지 시나브로 쌓인 4·3문학의 성취는 응당 자긍심을 가질 만하다.

하지만, 기회가 있을 때마다 4·3문학이 답보상태에 머물러서 안 될 뿐만 아니라 4·3문학이 화석화된 채 문학사의 유산으로 기록되는 것을 경계해야 한다는 것은 아무리 강조해도 지나치지 않을 것이다. 왜냐하면 그것은 4·3문학만이 문제가 아니라 결국 4·3이 박물지로 전락하는 것이고, 아직도 제대로 발견하지 못한 4·3의 역사적 진실과 그 참다운 가치를 너무나 손쉽게 제도권 현실과 타협하도록 방치하는 것이기 때문이다. 이것은 4·3의 정명正名을 치열히 추구하지 못한 채 자칫 제도권 현실과 손잡아 별다른 사회적 잡음 없이 4·3을 자리매김하는 결과를 낳을 수 있다.

그래서 4·3문학의 치열한 자기 갱신이 요구되는 것이다. 여기서, 나는 이번 작업에 거는 기대가 크다. 시인(김경훈, 김세홍, 현택훈, 김영란), 소설가(홍임정), 비평가(김동현) 등 6인이 각자의 문학적 개성으로, 기존 4·3의 글쓰기와 다른, 아니 단순히 다른 글쓰기가 아니라 4·3문학의 새로운 글쓰기 지평이 혹시 그들의 글쓰기에서 모색될 수 있지 않을까, 하는 기대를 갖고 있다. 여기에는 그들이 4·3을 체험한 사람들을 직접 취재하는 과정에서 서로 공감하고, 그 공감의 과정에서 4·3 체험을 정확히 채록하는 데만 목적을 두는 글쓰기를 넘어 4·3 체험자의 구술의 전모와 만나면서 미처 구술로 모두 담아낼 수 없는, 달리 말해 4·3 체험자의 생생한 증언'들'의 틈새와 그 증언'들'이 어우러져 자아내는 4·3의 진실이 문학적 상상력과 소통했을 때 절로 현현되는 4·3문학의 또 다른 가능성을 발견할 수 있기 때문이다. 그리하여 나는 문학적 허구가 주는 익숙한 문학적 감동과 진실로 환원되지 않는, 그렇다고 날것 그대로의 생체험을 증언한 것이 주는 사실의 감동과 진실에 사로잡히는 게 아닌, 증언으로서 구술과 문학적 상상력이 절묘히 어우러져 생성되는 4·3문학의 새로운 지평을 기대한다. 덧보태자면, 그들의 이번 글쓰기를 통독하면서 기존 4·3문학의 성취에 자족하지 않고 한층 치열한 자기 갱신의 4·3문학의 출현을 학수고대하되 그동안 우리에게 낯익은 문학-글쓰기의 고정된 프레임에 갇히지 않는 글쓰기를 모색해야 한다.

이와 관련하여, 이번 여섯 문인이 보이고 있는 4·3 체험자에 대한 글쓰기는 4·3문학의 자기 갱신을 모색한다는 차원에서 문학-글쓰기의 낯익음에서 벗어나려는 노력을 다하고 있다. 증언으로서 구술과 만나는 각자의 문학적 상상력이 4·3문학뿐만 아니라 4·3에 대한 성찰의 터널을 어떻게 통과하는지 자못 흥미롭다.

2. 4·3무장대의 역사적 진실에 대한 응시

"남과 북 그리고 제주도에서조차 완벽하게 버림받은 가장 처연한 비운의 혁명가" 이덕구의 가족을 만나온 김경훈은 「이덕구 가족으로 살아남기」라는 글을 통해 4·3이 우리에게 어떠한 과제를 남겨주고 있는지 상기시켜준다. 그래서 "폭력이라는 이름의 파괴와 개발이라는 이름의 매장이 과거와 현재에 걸쳐 두루 이어지고 있"는 이덕구의 생가터는 4·3의 실체와 진실이 온전히 밝혀지기 위해 험난한 난관을 어떻게 헤쳐나가야 하는지, 간단치 않은 과제를 제기한다. 이번에 수록된 글에 두루 관통하고 있는 특징이 그렇듯이, 김경훈의 글도 중요한 토대를 이루고 있는 것은 4·3 체험자의 증언으로서 구술이 지닌 4·3의 진실에 대한 성찰이다. 나는 김경훈의 글을 읽는 도중 이덕구의 가족들이 가족묘에서 제사를 지내는 장면이 좀처럼 눈에서 사라지지 않는다.

유세차 정유년 11월 29일 기하여 칠대손 명자는 옷깃을 여미어 경건한 마음으로 모든 조상님들께 삼가 고하나이다. 자손들이 함께 모여 정성껏 제를 올리오니 부족됨을 너그러이 용서하소서. 이십육위 지묘. 현 칠대 조고 추렴 종추, 현 육대 조고비 남양 홍씨, 현 육대 조고 병연, 현 오대 조고비 거창 신씨, 현 오대 조고 능휘, 현 사대 조고비 진주 강씨, 현 사대 조고 근훈, 현 삼대 조고비 김해 김씨, 현 사대 증조고 중훈, 현 삼대 증조고비 김해 김씨, 현 삼대 조고 호구, 현 이대 조고비 거창 신씨, 현 삼대 조고비 청주 한씨, 현 삼대 조고 덕구, 현 이대 증조고 고모 란구, 현 부 조고 순우 , 현 모 조고비 신천 강씨, 현 이대 조고 성우, 현 종숙 조고 용우, 현 이대 조고 광우, 현 종숙 조고 진우. 자손들이 후환이 없도록 인도하여 주시옵고 매해 건강하여 제를 올릴 수 있도록 인도하여 주시옵소서. 여기 성심성의껏 정성을 다하여 제수를 올리오니 흠향하시옵소서.

2007년 11월 29일 제주시 회천동 673번지 부지에 이덕구 가족의 묘지를 마련한 제사가 치러졌다. "4·3 당시 무장대 사령관을 지낸 작은할아버지 이덕구로 인해 부친과 모친 등 온 집안이 희생을 당"한 이명자와 구사일생 천운으로 살아남은 가족이 중심이 돼 4·3의 화마로 풍비박산된 가족 공동체를 복원하려고 한 제의식이 진행된 것이다. "이명자의 남편 장승진이 제문을 읽어내려"가면서 그 제문에 적힌 이덕구의 조상과 후손은 비로소 세상 사람들 앞에 그 존재를 드러낸다. 오랫동안 '빨갱이 폭도의 가족'이란 폭력의 사위 속에서 자신의 존재와 그 뿌리를 집단으로 배제되고 망각 당한 설움과 맺힌 한을, 가족들은 4·3이 일어난 지 60여 년의 시간이 흘러서야 비로소 풀어내기 시작한 것이다. 읊조리는 제문을 들으면서 살아남은 가족들은 무엇을 생각했을까. '이십육 위 지묘'의 가족 묘지를 준비하면서 살아남은 가족들은 정치적 억압과 강요된 침묵 속에서 감당하기 힘든 상처들을 치유하고 맺힌 한을 풀어내는 용기를 품게 되었을까.

그동안 4·3의 역사적 진실을 밝혀내기 위한 노력 속에서 축적한 성과를 과소평가할 수 없다. 하지만 아직도 분단 체제의 현실 아래 우리의 발목을 잡고 있는 게 있다면, 4·3무장대의 활동에 대한 진실을 추구해야 하는 과제다. 대한민국 정부 수립 과정에서 제주의 무고한 양민이 피해를 받은 데 초점을 맞추는 것으로만 4·3을 축소시키는 것은 4·3의 역사적 진실을 온전히 추구하는 데 명백한 한계를 드러낸다. 이 같은 입장의 바탕에는, 아직 대한민국 정부가 수립되지 않은 상태에서 제주의 인민들이 일제의 식민체제로부터 완전한 해방을 어떻게 이뤄낼 것인지, 그 과정에서 새롭게 대두된 미국의 새로운 형식의 식민주의에 과감히 맞서 온전한 자주적 민족독립국가 공동체를 어떻게 건설해야 할 것인지의 문제를, 그리고 제주 인민의 힘으로 떨쳐 일으킨 4·3무장대의 정치적 욕망을 전혀 고려하지 않은 시각이 자리하고 있다. 달리 말해, 4·3의 역사적 진실을 향한 노력이 성취가 없는 것은 아니되, 그것은 어디까지나 대한민국 정부 수립 이후 남한의 국가 제도권이 허락하는 한계 내에서 대한민국 국가권력의 폭력에 의해 제주도민이 대한민국의 국민으로서 보호받지 못한 피해의 측면만이 부각된 것인바, 이것은 4·3항쟁이 지닌 역사의 진실을 제도적으로 순치하는 것으로 자족한다. 좀 더 래디컬하게 얘기한다면, '해방공간'에서 아직 어느 것도 안정되게 제도화로서 정립되지 못한 혼돈과 모색의 현실 속에서 제주도민이 일으킨 4·3항쟁은 일본의 낡은 식민주의와 새롭게 대두된 미국의 식민주의에 맞서, 오랫동안 제주에 면면히 흐르고 있는 섬 공동체의 저항과 이상주의가 촉매로 작동하는 가운데 분단 체제를 용인할 수 없는 남과 북의 통합된 정치공동체를 추구한, 즉 '혁명'의 정치성을 함의한다고 나는 생각한다. 그래서 4·3항쟁은 재일조선인 작가 김석범의 필생의 역작 대하소설 『화산도』에서 '4·3혁명'으로 호명하고 있는 것은 아닐까.
　물론, 나의 이러한 생각은 조밀한 역사적 실증 및 근거와 해방공간에 대한 종합적 해석이 요구된다. 하지만 사안에 따라서는 역사적 진실로 해명하기 힘든 것을 문학적 진실이 해명하는 중요한 계기를 제공해줄 수 있다. 김경훈의 다음과 같은 4·3 증언자의 구술은 4·3항쟁을 주도한 무장대(특히 이덕구)에 대한 제주 인민의 대중적 감성을 짐작하기에 충분하다.

> 시신은 관자놀이에 총알 1발 맞은 것 외에는 깨끗했어요.
> 나는 관덕정 앞에 전시된 덕구 외삼촌 시체 주위를 하루 종일 친구와 왔다갔다 하고 있었어요. 사람들이 지나가면서 시체를 보는데 한 사람도 화내는 사람은 없었어요. '저 빨갱이, 잘 죽었구나!'라는 사람도 없었고요. 모두 침울한 표정으로 머리를 숙이고 예를 갖추고 지나갔지요. 시체가 있던 곳에서 10미터 정도 가면 노지가 있고 거기에 전신주가 있었어요. 거기에서 아주머니들이 합장하고 있는 걸 보기도 했어요.
> 시신은 하루 동안만 전시됐어요. 장마철에 아침부터 매달아 놓으니 저녁때쯤 되니 냄새가 많이 났기 때문입니다. 경찰은 남수각에서 시신을 화장했어요. 그리고 아버지에게 그 사실을 알려주면서 "뼈라도 수습하라."고 말했어요. 다음날 아침 일찍 뼈를 담을 항아리를 준비해서 그곳으로 향했어요. 전날 비로 거기는 강이 되어버렸지요. 뼈건 뭐건 전부 다 태평양으로 흘러 가버린 거예요. 아버지는,
> "아이고, 너는 정말로 깨끗하게 가버렸구나!"라고 탄식하며 오열하셨지요.

1949년 6월 이덕구의 시신이 관덕정 앞에 전시되었다. 이덕구의 누나 아들인 강실은 어린 나이에 외삼촌의 시체가 사람들 앞에서 전시된 장면을 똑똑히 지켜보았다. 그의 기억 속에서 제주도민들은 외삼촌의 주검에 공산 폭도라고 비아냥거리지도 않았고, "모두 침울한 표정으로 머리를 숙이고 예를 갖추고 지나갔"을 뿐만 아니라 좀 떨어진 곳에서는 심지어 "아주머니들이 합장하고" 있었다고 한다. 물론 강실의 증언만으로 4·3무장

대와 이덕구에 대한 평가를 쉽게 예단 지을 수는 없다. 하지만 드러난 사실이듯, 4·3항쟁 초기 김달삼 사령관은 38도선 이북 해주에서 열리는 남조선인민대표자대회에 참석하기 위해 제주도를 떠났고 그 비어 있는 자리를 제주 특유의 장두 정신을 이은 이덕구가 사령관으로서 4·3항쟁을 이끌어나간다. 무엇보다 4·3항쟁이 일부 제주의 인텔리와 제주도민만이 참석한 게 아니라 제주도민의 광범위한 지지 기반에 바탕을 둔 만큼 공석인 무장대 사령관 자리를 이은 이덕구에 대한 제주 인민의 정치적 지지와 그 친화적 감성은 강실의 실제 증언이 지닌 사실 여부를 떠나 강실의 이와 같은 증언의 행간에서 미처 말로 다 표현할 수 없는 이덕구와 4·3무장대에 대한 제주 인민의 정치적 동감을 감지할 수 있다.

　4·3무장대를 향한 제주 인민의 이와 같은 정치적 동감은 김영란의 「70년 만의 외출」에서도 만날 수 있다. 김영란의 「70년 만의 외출」을 통해 이른바 '4·3 행불자(4·3 행방불명자)'의 귀중한 증언을 듣는다. 이 증언이 기존 4·3 체험자의 그것과 달리 주목해야 할 것은 4·3특별법이 제정된 이후 4·3 희생자 신고가 공론화되었음에도 불구하고 육지 형무소에 잡혀간 4·3 수형 희생자의 진실은 좀처럼 밝혀지고 있지 않기 때문이다. 김영란은 "그 중 전주형무소 명부에 등재된 132명의 족적을 찾아다니다가 못 찾은 분들을 다시 찾아다니던 차에 함덕에서 극적으로 박순석 할머니를 만났다" 고 한다. 박순석은 "1949년 7월 7일에 3년 형을 언도 받고 전주형무소에서 수형생활을 마치고 돌아왔는데 예비검속으로 다시 잡혀가서 행방불명 되었다."

　박순석은 증언 채록자인 김영란에게 자신이 그 당시 경찰에 잡혀 취조를 당하면서 "산 폭도라서 산에 올라가 있었던 것 아니냐"는 이미 정해진 답변의 심문을 받은 것에 대해 분노한다.

　　"그 당시 나는 소녀잖아? 아무런 뭐도 모르는 소녀. 정치라는 것도 모르는 그런 연령이잖아. 단지 좌익이 어떻고 우익이 어떻고 하는 말은 들었지. 귀가 있으니까. 좌익에서는 자본주의 사회처럼 차별해서 살지 말고 누구나 평등하게 사는 세상을 만들자고 했지. 다른 건 아무것도 없었어. 인간은 똑같은데 차별대우하면 안 된다는 것, 잘났든 못났든 합쳐서 살아가자는 것 내 판단에는 이렇게 가르치는 좌익이 옳은 거라고 생각됐어. 자기 소신에 따라 무엇이 옳다고 생각하는 게 잘못이야? 차별하지 말고 평등하게 사는 건 좋은 거 아니라?"

1928년생 박순석의 위 증언이 지닌 문제의식은 매우 분명하다. 일본에서 소학교 유학을 마친 후 해방 후 고향에 돌아온 그녀는 비록 뚜렷한 사회과학적 정치의식은 갖고 있지 않다고 겸양의 말을 하고 있으나 "인간은 똑같은데 차별대우하면 안 된다는 것, 잘났든 못났든 합쳐서 살아가자는 것"이 내포한 계급 간 불평등의 철폐와 민족의 통합이라는 4·3항쟁의 정치적 과제를 자연스레 자신의 것으로 소화하고 있었던 것이다. 그래서인지, 그녀는 5·10 단독 선거에 대한 반대와 4·3항쟁에 대한 정치적 동감으로 무장대 편에 서서 입산한 결단에 대해 지금도 "내가 한 일에 대한 후회는 없어. 정당한 일을 했을 뿐이야. 잘못이었다고 전혀 생각 안 해!"라고 증언한다. 이런 결단과 정치윤리 의식을 지닌 4·3 체험자가 어디 박순석뿐이겠는가.

그렇게 박순석은 70년 만에 힘겹게 그러나 담대하게 4·3의 그때, 그곳을 또렷이 기억하고 증언한다. 그러면서 그녀는 4·3의 역사적 진실을 추구해야 할 우리에게 진정으로 바랜다.

"나는 돈으로 해결 보고 싶지 않아. 우리 4·3이라는 것이 역사적으로 남았다는 것만으로 그것으로 충분히 행복해. 지금까지는 쉬쉬하면서 자식들에게도 숨겼는데 그것이 앞으로 역사적으로 남는다는 것이 그것이 정말 좋은 거지 돈이 문제가 아니야. 역사적으로 4·3에 대해서 이러한 사람이 있었다고 역사적으로 남겨줬으면…… 4·3에서 박순석이는 이러이러한 일을 했다는 걸 남겨줬으면 하는 걸 바랄 뿐이지."

"그 사람들이 내 생각에는 역사적으로 남게 해주는 게 최고의 혜택이 아닌가 생각해. 마지막으로 후세에 아니면 자식들에게 말을 못 했지만 간단하게 한다면? 나는 우리 5남매를 위해서 지금까지 90평생을 살아왔지만 에미의 처녀 시절 꽃다운 시절의 아픔을 우리 자식들이 알아줬으면 좋겠어. 돈으로는 해결될 수 없는 거 아니야?"

박순석은 힘주어 강조한다. 그녀와 같은 '4·3 수형 생존인'에 대한 명예회복과 피해 보상을 경제적 차원에서 강구하는 것보다 중요한 것은 박순석과 같은 사람들, 말하자면 기존 4·3의 역사적 진실 추구에서 사각지대에 놓여 있는 주체들의 역사적 진실을 회복하고 그 역사의 참된 가치를 4·3 미체험 세대와 공유하는 것이야말로 '최고의 혜택'임을 강조한다. 그동안 '4·3 수형 생존인'이 어둠과 망각의 사위에 갇혀 있었다면, 박순석의 증언 이후 '4·3 수형 생존인'의 역사 또한 4·3항쟁의 성격을 밝히는 데 진력해야 할 과제이리라. 그것은 '4·3 수형 생존인'('4·3 행불자'를 포함)을 대한민국의 국가의 존립을 위태롭게 한 반국가 범죄로 낙인찍힌 것으로부터 명예롭게 해방시킬 뿐만 아니라 무엇보다 그들의 삶이 '4·3항쟁'이 지닌 '4·3혁명'의 정치성을 주체적으로 선택한 역사의 진실을 주목해야 할 것이다. 제주에 있으면서도 쉽게 발걸음이 떨어지지 않았던 75년 전 떠난 그녀의 생가를 그녀가 이제 '당당하게' 찾아 나서듯, 4·3의 역사적 진실 찾기는 여전히 현재 진행 중이다.

3. 4·3의 상처에 대한 '반복 속의 차이'

4·3의 화마로 인해 깊게 패인 상처는 좀처럼 아물지 않는다. 따라서

그 상처를 치유하는 것 또한 결코 간단한 일은 아니다. 무엇보다 그 상처와 대면하는 일이 힘들기 때문이다. 그것은 상처의 근원을 은폐하기 위한 망각의 껍질을 벗겨내는 여러 요인들에 대한 힘겨운 싸움을 요구한다. 김세홍의 「캐왓밭 서북풍을 걷다」, 홍임정의 「바람만이 알고 있네」, 김동현의 「이야기 무덤」은 서로 사연이 다르지만 4·3의 망각에 힘겹게 맞서는 일이 자연스레 4·3의 상처를 치유하는 일에 이어지는 것임을 환기해준다. 이러한 구술 증언이 그리 새로운 것은 아니되 현재 진행 중인 4·3이 화석화되지 않기 위해서는 '반복 속의 차이'에 깃든 4·3의 구술 증언은 여전히 지속되어야 할 것이다.

김세홍은 그의 가족사 중 1950년 8월 20일 새벽 2시에 섯알오름 탄약고 터에서 집단 학살당한 문혁하와 관련한 사연들을 추적한다. 문혁하는 김세홍의 작은 고모 김지선의 남편으로 한국전쟁이 일어나자 예비검속에 의해 비운의 죽음을 맞이한다. 남편이 죽은 이후 개가改嫁한 김지선은 지옥도인 고향 제주를 떠나 부산에서 살다가 다시 고향 제주로 돌아왔다. 김지선의 곡절 많은 삶 속에서 자꾸만 눈에 밟히는 대목이 있다. 4·3 당시 토벌대의 소개령 작전에 따라 중산간 마을이 소개되고 해안마을로 도피하여 "소개 이후 복귀해서 성담을 쌓고 살았는데 작은고모는 성담 밖에서 살았다고 한다. 도피 중이던 남편 때문이었다." 무장대 편에 섰던 남편 문혁하의 존재 때문에 "무장대와 연고가 있는 사람들은 무조건 잡혀가 즉결 처형을 당하거나 호된 매질로 반죽음 상태가 되었던 탓에 이웃과 함께 살 수 없는 지경"인 김지선은 성담 밖에서 살 수밖에 없었다. 김지선의 이 같은 삶은 비록 해안마을로 소개해 와서 겉으로는 입산자들과 뚜렷이 구분됨으로써 토벌대에게 '산 폭도'로 취급되는 것은 아니지만, 입산자의 가족이라는 멍에는 토벌대에게 여전히 불온하고 불경한 잠재적 '산 폭도'이므로 성담 밖에서 여전히 생존의 위협에 노출돼 있다. 입산자는 아니되 입산자와 유사한 정치적 차별 대우를 토벌대로부터 받은 김지선의 삶은 4·3 당시 토벌대와 무장대로부터 모두 보호를 받지 못하는 위험한 처지에 놓여 있었다. 여기서, 김세홍의 작은고모와 같은 상처가 4·3에서 결코 예외적인 것이 아니라는 점은 중요하다.

홍임정의 「바람만이 알고 있네」는 그 제목이 단적으로 말해주듯, 지금까지 애월면 상가리에서 있었던 4·3과 관련한 공식적 사실이 뭔가 석연치 않은 것투성이고 여기에는 지금까지 투명하게 해명하지 못한 또 다른 진실이 있다는 것을 고故 변창래의 장남 변태민의 증언 안팎에서 들을 수 있다. 군·경에 협조적이었던 상가리는 무장대의 표적이기도 하였는데, 4·3항쟁 과정에서 "1949년 초를 포함한 그해 겨울은 무장대의 활동이 가장 활발한 시기"로, 무장대는 상가리의 민보단장을 표적으로 기습을 감행한바, 이에 대한 토벌대의 공격과 응징 과정에서 상가리 마을 사람들은 학살을 당한다. 이것은 은연중 무엇을 말하는 것일까. 무엇 때문에 상가리 마을 사람들은 죽음을 감내해야만 했을까. 그 당시 상가리 마을의 사건과 관련한 증언의 차이를 홍임정은 주목한다. 『상가리지』(2007)에서 기록된 것과 제민일보 4·3 취재단이 취재한 『4·3은 말한다』의 증언 기록, 그리고 『상가리와 4·3사건』(2011)에서 구술 증언과의 차이는 우리에게 무엇을 은폐하고 무엇을 드러내는 것일까. 같은 마을에서 일어난 동일한 사건을 두고 차이를 보이는 증언과 기록이야말로 4·3의 상처가 죽은 자들은 물론 산 자들 삶에 깊숙이 자리하고 있음을 방증한다. 이와 관련하여, 우리는 다시 상기해야 한다. 4·3의 역사적 진실 찾기와 그 과정에서 난마처럼 얽힌 문제에 대해 쉽게 낙담해서는 곤란하다. 변태민 아버지의 죽음이 보여주듯, 군·경 토벌대는 무차별적 초토화 작전으로 소개령에 의해 보호를 받고 있는 상가리 마을 사람들마저 자신의 공권력에 조금이라도 침해를 가한 순간 무자비한 탄압과 살육을 서슴없이 자행한 것이다. 상가리 마을 사람들은 이 무차별적 잔인한 토벌대의 만행 속에서 대한민국의 국민이 아닌 비국민으로서 공권력에 의해 삶을 빼앗긴 것이다.

이처럼 어처구니없는 언어절言語絶의 불가항력적 폭력은 김동현의 「이야기 무덤」에서 소설의 형식을 빌어 다가온다. 김동현의 「이야기 무덤」은 구술 증언이 중심이 된 다섯 편의 글쓰기와 달리 4·3 체험자의 증언과 기록을 토대로 하여 한 편의 소설 글쓰기로 구체화한 것이다. 소설의 중심 서사는 이렇다. 4·3 당시 제주에 부임한 양을 검사는 국가보안법이 제정된 이후 현직 검사가 최초로 이 법을 위반하여 체포당했는데, 양을 검사와 관련한 이모저모를 성천으로부터 듣는다. 이 과정에서 성천의 가족사가 드러난다. 성천의 아버지는 4·3무장대 활동을 하다가 일본으로 밀항하였으며, 성천은 베트남전쟁에 참전한 적이 있다. 지금은 경기도 용인시 근처에 있는 불교 암자에서 불자의 수행을 닦고 있다. 작중 화자인 '나'는 성천에게 4·3폭도 가족으로 주홍글씨가 찍힌 춘옥이 고모 이야기를 하는데, 춘옥 고모의 남편 고씨가 어쩌면 성천의 아버지일지 모르는 가능성의 여지를 남긴다. 이렇게 '나'의 주변 인물들의 삶은 불가佛家의 어떤 인연으로 엉켜 있는 것처럼 읽힌다. 국보법 위반을 하면서 4·3무장대 원의 목숨을 살려준 양을 검사, 그렇게 살아난 무장대원이 혹시 춘옥 고모의 남편 고씨? 그런데 한층 흥미로운 것은 그 고씨 성을 가진 남자를 자신의 아버지(?)로 여기는 성천이 "시신 없는 헛묘"를 준비해 놓고 그 헛묘와 관련한 '이야기 무덤'으로부터 "말할 수 없는 사연들을 묻어 놓은 것이기도 하고, 말해야만 하는 이야기들을 모아 놓은 것"으로 여기며, 이러한 것들이 "모두 다 부처님 뜻", 즉 불가의 연기설緣起說로 승화되고 있다는 점이다. 그렇게 그들(양을 검사─성천─춘옥 고모─고씨)의 시대적 상처는 연기緣起의 관계를 이루며 치유의 길을 모색하고 있는 셈이다. 이 모든 속세의 연기는 작중 화자 '나'가 춘옥 고모의 죽음을 애도하러 가는 고향길에서 상기된다. 물론, 이들 연기의 근원은 4·3항쟁이 자리하고 있음을……

  비행기는 제주 상공을 선회하고 있었다. 창밖으로 부정형으로 뻗어 있는 현무암들이 눈에 보이기 시작했다. 드디어 제주였다. 참으로 오랜만이었다. 그토록 떠나고 싶었던 고향이었다. (중략) 비행기가 공항에 내리면 나는 신례리 어딘가에 살고 있다는 양을 검사의 아들을 만나러 가야 한다. 사람을 살려낸 죄로 모진 고초를 겪다 아무도 모르게 세상을 떠난 사람. 그가 살려내서 인연의 강을 흐르게 만들었던 그 삶들에 대해서 이야기해야 한다. 무덤 속에 갇혀 버린 이야기를 다시 세상으로 내보내기 위해서라도, 한 사람의 삶이 무수히 많은 생의 흔적들을 만들어낸 그 기막힌 인연과 그 인연의 힘으로 한세상을 살았던 고모와 성천, 그리고 고씨 성을 가진 그 사람에 대해서도, 나는 신문사 동료에게 물어낸, 양을 검사의 아들 이름과 주소를 다시금 확인했다. 양금석. 서귀포 신례로 298번길.

4. 4·3에 대한 '역사적 서정'의 미의식

이번 단행본에 실린 4·3 체험자의 구술 증언에 대한 글쓰기 중 현택훈의 「물 위에 쓴 시」는 김성주 시인의 삶과 시 세계를 주목한 것이다. 1947년생 김성주는 4·3항쟁이 본격화되기 바로 전 해에 태어났다. 현택훈은 선배 시인 김성주의 시 세계의 심층에 자리하고 있는 4·3의 근원을 찬찬히 짚어나간다. 김성주는 "외삼촌 김상훈과 함께 입산 가족이었다." 김상훈은 누구인가. 김상훈은 한국전쟁 와중 4·3의 "잔여 무장대를 실질적으로 지휘하던" 무장대의 장두로서 "죽을 줄 알면서도 입산을 했고, 죽을 줄 알면서도 군인들 앞으로 걸어나"갔다. 4·3 당시 다른 입산자 가족도 그렇듯 김성주 역시 "입산자 가족이었다는 기억은 평생 그를 그림자처럼 따라다녔 다." 육군사관학교를 지원했다가 신원조회에 걸려 연좌제의 피해를 받아 지원조차 할 수 없어 좌절당한 장교의 꿈 때문에 치솟은 세상에 대한 분노는 대학 시절 농업정책에 대한 발표를 사회주의 사상 혐의로 정치적 억압을 당하는 등 김성주의 청춘 시절 내내 따라다닌다.

이처럼 김성주의 삶에서 탈각시킬 수 없는 4·3항쟁의 불도장은 그의 시 세계 곳곳에 역사적 서정의 미의식으로 형상화되고 있다. 김성주의 "난 정말 진정한 서정시를 쓰고 싶어"라는 육성은 그래서 예사롭지 않다. 김성주의 청춘의 꿈을 용납하지 않는 4·3의 트라우마로 인해 그는 고향을 떠났지만 도리어 새로운 삶을 거듭나기 위해 만신창이가 된 몸을 이끌고 돌아온 곳은 고향 제주였다고 한다. 탕자를 한없이 커다란 품으로 보듬어준 것은 그에게 좌절을 안겨준 고향이다. 고향에 돌아온 후 김성주는 김관후 소설가와 교류 속에서 '문학의 역사성'을 자신의 시 쓰기로 육화시켜나갔고, 역사적 서정의 미의식을 벼리고 있는 것이다. 그래서일지, 현택훈은 선배 시인 김성주와의 만남 속에서 '서정의 힘'을 새롭게 발견하고 있다. 이 또한 이번 4·3 체험자의 구술 증언 글쓰기가 주목되는 이유다. 돌이켜보면, 4·3문학의 갱신은 4·3문학 바깥에서 애써 새로운 비방을 어수선하게 찾을 게 아니라 4·3문학 안쪽에서 수혈을 받는 게 훨씬 좋을 터이다. 그것은 4·3문학에 천착하고 있는 동료의 삶과 글쓰기로부터 어떤 갱신의 동력을 새롭게 발견할 수 있기 때문이다.

끝으로, 현택훈도 귀를 기울이듯, 김성주의 삶의 이야기를 찬찬히 들으면서, 이번 여섯 문인의 구술 증언 글쓰기를 관통하고 있는 문제의식이 있다. 그것은 이 모든 기억들이 개별자의 독특한 경험을 토대로 한 기억이지만, 이 기억들의 모자이크는 거대한 기억의 형상을 이루고 개별자의 기억만으로는 좀처럼 드러나지 않는 부분과 전체의 관계 속에서 진실의 형상이 또렷해질 수 있다. 그렇다면, 그것은 4·3의 또 다른 역사적 진실을 드러내는 일이기도 하다. 한 술에 배부를 수 없지 않은가. 이와 같은 4·3 구술 증언에 대한 글쓰기가 더욱 왕성히 이뤄지길 기대해본다. 4·3문학의 갱신은 지금부터다!

김성주 시인의 기억은 공동체의 기억이다. 김성주 개인의 기억인 동시에 제주 사람들 모두의 기억이다. 사실 우리의 기억은 나만의 기억일 수 없다. 모든 역사와 문화가 교집합을 이루며 기억으로 남는다. 내가 기억하지 못해도 기억은 기억으로 남을 수 있는데 이때 필요한 것이 증언이다. 김성주 시인의 기억은 시인 주변 살아남은 인물들의 증언으로 축적이 되었다.

풍화하는 해방공간에 맞선 정치적 상상력
─ 강기희의 장편소설 『위험한 특종』

1.

   제2차 세계대전의 종전 후 미국과 소련의 양극화로 새롭게 재편되기 시작한 냉전체제는 한반도에서 북위 38도선을 경계로 대한민국과 조선민주주의인민공화국으로 분단되는 두 개의 정부를 출범시켰다. 그 과정에서 우리가 익히 알고 있듯, 해방공간의 혼돈 속에서 모스크바 3상 회의가 결렬되고 미국 중심의 UN 주도로 38도선 이남에 제한된 단독 선거를 통해 이승만 정부가 출범하는 것을 결코 용납하지 않겠다는 민중 항쟁이 제주에서 일어났다. 1948년 4월 3일 새벽 2시 제주의 오름마다 홧홧 타오른 봉홧불, '4·3항쟁'이 그것이다.

   강기희의 장편 『위험한 특종』(달아실, 2018)은 4·3항쟁의 초기 무장대를 지휘한 사령관 김달삼의 정체를 밝히기 위한 데 초점을 맞추고 있다. 소설 속 인물들의 여러 증언에서도 드러나듯이, 김달삼에 관한 가장 기본적 기록, 가령 출생과 죽음 시기가 제각각이다. 특히 김달삼의 죽음과 연관된 기록들은 어느 것을 신뢰해야 할지 모호할 따름이다. 심지어 김달삼의 죽음 자체에 대한 의문까지 꼬리를 물고 있다. 해방공간의 혼돈과 한국전쟁을 거치는 동안 분단 체제의 질곡 속에서 김달삼의 정체는 특히 한국사회에서 심하게 왜곡된 채 역사의 풍화를 겪고 있다 해도 과언이 아니다. 게다가 4·3의 역사적 진실과 결부된 김달삼에 대한 역사의 평가가 맞물려 있다는 점에서 김달삼의 정체와 관련한 문제는 결단코 접근하기 쉽지 않다.

이러한 점을 생각해볼 때 강기희의 『위험한 특종』은 제명에서 뚜렷이 드러나듯, 그동안 한국사회에서 음습한 금단의 영역으로 남겨둠으로써 역사의 수면 위로 호명되어서는 안 될 사실과 그 사실의 이면에 가려진 진실을 세상 밖으로 끄집어내는 서사적 모험을 감행한다. 그리하여 『위험한 특종』을 읽는 동안 김달삼 개인의 정체는 물론, 김달삼과 연루된 해방공간의 숨 가쁜 역사의 숨결(4·3항쟁을 비롯한 태백산맥 일대 파르티잔의 활동)을 만난다. 이 과정에서 우리는 분단 체제의 억압이 우리의 일상 속에서 엄연히 작동하고 있다는 점을 체감한다. 그러면서 이러한 현실에 속수무책 안주하는 게 아니라 분단 체제의 억압으로부터 해방되는 세상을 향한 꿈꾸기를 결코 포기하지 않는 『위험한 특종』의 서사적 매혹에 흠뻑 빠지게 된다.

2.

『위험한 특종』의 사건은 이렇게 시작된다. 어느 날 서울의 탑골공원에서 칼부림이 일어난다. "제주 4·3의 주역이자 인민유격대장 김달삼"(23쪽)이 라고 주장하는 노인이 죽은 빨치산 대원의 목을 친 것에 대한 복수를 하기 위해 어느 노인을 칼로 찌른 사건이 일어난다. 말 그대로 "무슨 전쟁영화 한 편을 보"든지 아니면 "어떤 소설 이야기"(25쪽)를 듣는 것처럼 탑골공원에서 일어난 노인들 사이의 칼부림에 얽힌 사연은 황당무계하다. 한국사회에서 공식적으로 통용되는 정보에 따르면, 김달삼은 제주 출생으로서 4·3항쟁 초기 무장대의 사령관으로서 1948년 8월 해주에서 열린 남조선인민대표자대회에 참석하기 위해 제주를 떠났고, 조선민주주의인민공화국이 수립된 이후 빨치산 양성소인 강동정치학원을 나와 1949년 8월 백두대간을 따라 남하하여 빨치산 활동을 하다가 1950년 3월 22일 강원도 정선 반론산에서 국군 토벌대에 의해 사살당한 후 목이 잘린 것으로 기록돼 있다. 따라서 한국의 공식 기록에 따르면, 김달삼은 이미 죽은 사람이다. 게다가 소련과 북한의 기록에 따르더라도 김달삼은 죽은 시기가 한국의 그것과 달라도 1950년 9월 30일 사망한 것으로 기록돼 있기 때문에 남과 북의 모든 공식 자료에서 김달삼은 생존하지 않은 죽은 사람이다. 그럼에도 불구하고 탑골공원에서 칼부림을 해 체포된 노인은 자신을 김달삼이라고 막무가내로 주장하는 이유는 무엇일까. 등장 인물 서나래 기자와 최나한 다큐감독은 이 노인의 말에 반신반의하면서도 김달삼의 정체를 추적해 들어간다. 노인의 말이 사실이라면, 김달삼에 대해 남과 북은 거짓 정보를 사실로 둔갑시킨 셈이다. 한국사회가 이승만 정부 이래 반공주의의 전횡 속에서 어떻게 해서든지 김달삼의 존재를 절대악으로 간주한 채 그와 관련한 기록의 정확성 여부에 무관심했다고 한다면, 북한사회의 경우 자신의 체제에 적극 동조한 김달삼에 관한 정보를 잘 관리하지 못한 이유는 무엇일까. 북한사회의 김달삼에 대한 기록 역시 신빙성이 높지 않은 것은 매한가지다. 때문에 서 기자와 최 감독은 "잘만 하면 엄청난 특종을 건질 수 있겠다는 생각"(24쪽)에 한국사회에 남아 있는 김달삼에 관한 모든 흔적을 찾는다.

따라서 『위험한 특종』에서 우리가 주목해야 할 것은 서 기자와 최 감독의 시선을 통해 성찰해야 할 해방공간의 격동의 시대를 살아간 사람들의 삶이다. 그들은 애초 김달삼의 생존과 관련한 특종을 취재하기 위한 다큐 제작에 들어갔지만, 김달삼과 관련한 인물들의 증언과 사건에 가깝게 접근하면 할수록 그동안 멀찌감치 피상적으로 스쳤던 해방공간의 삶과 시대 현실에 대해 래디컬한 인식에 이르게 된다. 그러면서 그들은 더 나아가 "그 시기 김달삼이 이루려고 했던 세상과 그가 추구하고자 했던 이상은 무엇이었을까"(80-81쪽)란, 해방공간의 시대에서 정면으로 마주해야 할 물음에 맞닥뜨린다.

여기서, 가볍게 간과해서 안 될 해방공간의 역사에 대한 작가의 접근 태도는 매우 중요하다.

> "화해와 상생을 위해 평화공원을 만들었다고 하는데, 이 나라 정부나 보수단체에서는 폭도들의 위패를 철거해야 한다는 등의 주장을 끊임없이 하고 있으니 화해는 언제 되고 상생은 또 언제나 이루어질지 답답하기만 하다."
>
> 최나한이 차창을 올리며 말했다.
>
> "그러니 4·3은 여전히 진행형이라고 하잖아."
>
> "완결되지 않은 4·3의 중심에 김달삼이 있으니 이를 어떻게 풀어야 할지 원."
>
> "뭘 어떻게 풀어. 역사는 현재의 시점으로 볼 게 아니라 그 당시의 시점에서 출발해야 오류가 없는 거야. 김달삼이 소영웅주의에 빠져 4·3을 일으켰다는 주장이나 미국과 이승만은 좋고, 이승만과 미국에게 저항하다가 죽어간 이들은 나쁘고 하는 식의 이분법적 평가로는 역사를 제대로 진단할 수 없어. 그러니 역사를 제대로 이해하기 위해선 시점을 그 시대로 옮겨야만 해."
>
> "해방공간으로 시점을 옮긴다…… 그래야겠지."
>
> 해방공간에서 백성들은 나라가 둘로 쪼개지리라는 건 상상도 하지 못했다. 하지만 나라는 둘로 갈라졌고, 남쪽을 점령한 미군정은 일제 때보다도 더 높은 직급과 권력을 주면서 민족반역자와 친일파들을 등용했다. 이에 백성들은 분노했고, 일제에 저항하듯 미제 점령군에게 저항했다. (161쪽)

서 기자와 최나한은 제주 4·3평화공원을 방문하여 4·3 피해자의 이름이 새겨진 각명비를 보면서 4·3이 여전히 진행 중에 있음을 새삼 인지한다.

우리가 알고 있듯, 4·3의 역사적 진실을 추구하는 제주 안팎의 양심적 시민사회의 노력으로 4·3특별법이 제정 및 공포되었고(2000), 4·3 진상보고서가 여야 합의로 채택되었으며(2003), 고故 노무현 대통령은 국가폭력으로 인해 제주도민이 무참히 희생된 것에 대해 국가 차원에서 사과를 하였다(2003). 그리고 4월 3일을 국가추념일로 지정하기도 하였다(2014). 그럼에도 불구하고 여전히 지난 이명박 정부와 박근혜 정부 시절 극우보수단체 및 극우 시민들과 맹목적 반공주의에 갇힌 정치인과 지식인들은 기존 4·3의 역사적 진실을 추구했던 노력을 부정하고 심지어 역사의 퇴행을 저지르는 시도를 하고 있다. 이 같은 역사의 파행적 시선은 해방공간에 대한 인식으로 고스란히 이어지며 김달삼과 4·3에 대한 인식 역시 마찬가지임을 알 수 있다. 작가 강기희는 서 기자와 최 감독의 말을 빌려 해방공간에 대한 이 편협한 역사적 시선을 매우 간결히 날카롭게 비판한다. 4·3을 비롯하여 해방공간에서 일어난 역사의 사건들을 제대로 이해하기 위해서는 "현재의 시점으로 볼 게 아니라 그 당시의 시점에서 출발해야 오류가 없"다는 등장인물의 전언은 곧 작가 강기희가 해방공간을 비롯한 역사를 인식하는 간명한 가늠자다.

3.

이와 관련하여, 소설의 위 맥락을 염두에 둘 때 신중히 생각해야 할 역사적 사안이 있다. 『위험한 특종』에서도 서 기자와 최 감독의 제주 4·3에 대한 취재에서 강조되고 있듯, 4·3항쟁은 1948년에 일어났지만 그 직접적 촉발은 1947년 3월 1일 기념식에서 자행된 공권력의 무자비한 탄압 때문이다. 4·3항쟁의 핵심을 이해하기 위해서는 1947년 3월 1일 제주에서 일어난 기념식의 내용을 주목해야 한다. 제주 민중은 3·1 기념식에서 "3·1혁명 정신을 계승하여 외세를 물리치고 조국의 자주통일 민주국가를 세우자"고 부르짖었으며, "삼상회의 결정 즉시 실천!", "미소공동위원회의 재개!", "친일파를 처단하자!", "부패 경찰을 몰아내자!", "양과자를 먹지 말자!" 등의 구호를 외친바, 제주 민중의 이러한 구호는 해방공간에서 어떠한 정치경제적 성격의 정부가 들어서야 하는지에 대한 염원이 잘 드러나 있다. 그것은 일본 제국주의 식민주의에 대한 완전한 청산이며 통일된 민족의 자주 민주국가를 세우는 데 있다. 그런데 해방공간에서 전개되는 정세는 이와 딴판으로 흘렀다. 해방 직후 전국적으로 여운형 주도로 꾸려진 건국준비위원회(후에 인민위원회로 변경)는 1945년 9월 6일 '조선인민공화국'을 공포하였으나, 38도선 이남에 점령군의 지위로 들어온 미군정은 미군정을 제외한 어떠한 정치체政治體도 인정하지 않은 채 동아시아에서 미국의 지배력을 강화하기 위해 이승만 정치세력을 비롯한 친일파와 협력하는 새로운 제국주의 통치 세력으로 등장한다. 그리하여 38도선 이남만이라도 미국 주도의 질서로 편재하기 위해서는 이것에 문제를 제기하는 그 어떠한 정치세력도 불허하는 강경한 입장을 취한다. 따라서 제주에서 일어난 3·1 기념식의 주된 정치적 요구를 미군정은 용납할 수 없는 것이다. 무엇보다 제주 민중의 요구에서 뚜렷이 드러났듯이, 제주 민중은 해방공간의 혼돈을 극복하기 위해서는 '3·1혁명 정신'을 근간으로 한 새로운 체제, 즉 완전한 해방을 쟁취하는 정치체로서 그 어떠한 외세의 간섭 없는 자주 민주국가를 염원했던 것이다. 이것은 다시 강조하건대, 일제로부터 완전한 해방이며, 민족의 분단을 획책하는 그 어떠한 정치적 억압으로부터 완전한 해방을 향한 혁명의 실현이다. 이러한 3·1혁명 정신을 계승하자는 제주 민중을 공권력은 압살했고, 그 이듬해 미군정은 분단을 기정사실화하는 남한만의 단독 선거를 실시하고자 하였다. 이에 대해 김달삼을 사령관으로 한 무장봉기가 제주에서 일어난 것이 바로 4·3항쟁이다. 이처럼 4·3항쟁의 안팎을 그 당시의 시점에서 살펴보지 않고 무턱대고 역사의 승자독식의 관점만으로, 4·3을 대한민국 정부 수립을 방해하는 반국가적 폭동으로 본다든지, 심지어 북한의 김일성의 명령을 받고 저지른

공산주의 혁명을 위한 용공 세력의 폭동으로 보는 것은 4·3항쟁의 역사적
진실을 호도하고 가치를 왜곡하는 것 이상도 이하도 아니다.

『위험한 특종』에서 우리가 마주하는 4·3항쟁의 역사적 진실과 가치도
예외가 아니다. 무엇보다 4·3무장대를 진압하는 과정에서 미군정과 이승만
정부는 국가를 참칭하여 무장대뿐만 아니라 무장대와 조금이라도 연루된
무고한 제주 민중들을 반인간적 폭압으로 압살하는 죽음의 향연에 도취되
었다. 이 과정에서 "제주사람들이 지목한 가해자는 미국과 친일파를 등에
업은 이승만 세력에 이어 서북청년단과 대동청년단 같은 극우단체들이었
다. 하지만 그들은 지금껏 제주사람들에게 한 번도 용서를 구하지 않았고,
4·3을 빨갱이들의 짓이라 공격하는 호전성 또한 변하지 않았다."(116–117
쪽) 말하자면, 4·3항쟁을 일으킨 제주 민중은 대한민국 정부가 수립되는
과정에서 그리고 그 이후 분단 체제 아래 철저히 절대악으로 간주되고
배제되어야 할 비非국민의 차별적 대우와 이념적 구속 속에서, 해방공간의
혼돈을 극복하기 위한 제주 민중의 민주적 정치 상상력은 들어설 여지가
아예 없었던 것이다. 사정이 이럴진대 4·3항쟁을 일으킨 무장대 사령관
김달삼에 대한 한국사회의 이렇다 할 역사적 평가를 기대하는 것은 현재
요원할 수밖에 없을 터이다.

그래서일까. 『위험한 특종』에서 눈에 띄는 것은 이렇게 강제로 압살당한
김달삼과 제주 민중의 정치적 상상력이 작가의 서사적 재현의 힘으로
증폭되고 있다는 점이다.

"왜 우리 동족끼리 피를 흘리며 싸워야 합니까?"
"허허, 우리가 봉기를 일으키고 싶어서 일으킨 줄 아십니까? 조선의
전 인민이 떨쳐 일어나 민족자주독립을 쟁취해야 할 때임에도 불구하고
오히려 탄압받고 있으니 일어난 것이지요. 당신도 알다시피 일제하의
민족반역자인 경찰과 일제의 고관을 지낸 자들이 제주에만도 얼마나 많습
니까. 그런 자들이 자신들의 죄상이 드러날까 두려워 미제국주의자들의

주구가 되어 일제 때보다 몇 배나 더 되는 압정을 가하고 있으며, 특히 경찰은 무고한 도민의 재산을 약탈하는 것도 모자라 살인, 강간, 고문치사 등을 연일 일삼고 있습니다. 그 구체적인 사례들은 얼마든지 있으며 원한다면 제공할 수 있습니다. 이뿐 아니라 만주와 이북에서 일제 때 악질경찰이나 민족반역자 노릇을 하던 자들이 월남하여 반공애국자 노릇을 하고 있으며, 최근에는 서북청년단을 조직하여 그중 수백 명이 제주의 친일경찰과 합세하여 도민의 재산을 약탈하고 있습니다. 그래서 선량한 도민들은 견디다 못해 친일파와 일제시대의 악질 경찰들을 제주도에서 몰아내기 위하여 무장의거를 일으킨 것입니다."

"그 심정 충분히 이해합니다. 그래서 우리가 이렇게 만난 게 아니겠습니까. 그래 우리가 어떻게 하기를 원하십니까."

"우리의 요구는 간단합니다. 제주도내에 있는 일제경찰과 민족반역자 관리들을 축출하고 제주도민으로 구성된 경찰과 관리를 채용하여 제주도민을 위한 행정과 치안을 담당하게 해주십시오. 그렇지 않으면 이리 죽으나 저리 죽으나 매일반이니 우리는 최후의 일인까지 사투하여 우리의 목적을 달성할 것입니다. 그러나 오늘 우리의 요구 조건을 들어주고 자유롭게 살 수 있게만 해준다면 우리는 무기를 내려놓고 당장이라도 집으로 돌아갈 마음의 준비 또한 되어 있음을 밝혀 드립니다." (139-140쪽)

4·3항쟁 초기 무장대 사령관 김달삼과 토벌대의 김익렬 연대장은 평화협상을 하기 위해 자리를 함께한다. 이 협상에서 김달삼은 4·3무장봉기를 일으킨 이유를 구체적으로 얘기한다. 그리고 요구 사항을 전달한다. 그것은 앞서 언급했듯이 3·1 기념식에서 요구한 내용에 명확히 나타난 그대로다. 이 요구에 대해 김익렬은 무장대의 귀순과 무장 해제를 순조롭게 이행한다는 조건부를 내걸면서 김달삼의 요구를 최대한 들어줄 것을 약속하고, 김달삼은 "당당히 자수하여 의거에 관한 모든 책임을 질 것"이며 "법정에서 우리들의 행동이 자위를 위한 정당방위였음을 밝히면서 경찰의 압정과

만행을 만천하에 공표할 것"(91쪽)임을 당당히 밝힌다. 작가는 이른바 '4·28평화협상'으로 불리는 김달삼과 김익렬의 협상 장면을 주요 사실을 근거로 하여, 협상 진행 과정에서 서로 공유하고 있는 정치적 상상력의 실재에 초점을 맞춘다. 하지만 역사는 냉정하다. '4·28평화협상'은 미군정과 이승만 정치세력에 의해 결렬되고 이후 토벌대의 무자비한 탄압은 인간의 상식을 초월한다. 이렇게 평화협상이 결렬된 후 김달삼은 제주도를 벗어나 해주로 떠났으며 사령관의 빈자리를 대신하여 새로운 사령관 이덕구가 맡음으로써 4·3항쟁은 지속된다.

『위험한 특종』에서는 이처럼 4·3항쟁의 발발과 그 도정에서 훼손되어서는 안 될 김달삼과 제주민중의 정치적 상상력을 주목한다. 어쩌면 이것을 망각하지 않고 기억해내야 하는 일이야말로 해방공간에 대한 '특종'이다. 그리고 작품 속에서 4·3항쟁을 취재하는 과정에서 서 기자와 최 감독은 김달삼의 존재가 하나만이 아니라 여러 김달삼이 존재하는 사실을 알아낸다. 무장대는 다수의 김달삼을 전술적으로 둠으로써 진짜 김달삼 사령관을 보호할 수 있을 뿐만 아니라 무장대의 게릴라 작전을 효과적으로 수행할 수 있기 때문이다. 그렇다면, 탑골공원에서 칼부림을 한 노인이 자신을 김달삼이라고 주장한 것은 액면 그대로 본다면 사실일지 모른다. 그래서일까, 제주에서 무장대 활동을 한 어느 할머니가 증언했듯이 탑골공원의 노인은 실제 김달삼 사령관이 아니라 여러 김달삼들 중 하나이고 그 노인은 '덕재'라는 이름을 가진 무장대원이라는 사실이 작품 속에서 드러난다.

4.

하지만, 서 기자와 최 감독은 여기서 포기하지 않는다. 김달삼의 존재에 대해 아직도 석연치 않은 점이 있는데 그것은 김달삼과 연관된 가계도로 촉발된다. 여기서, 『위험한 특종』을 읽으면서 김달삼의 가계도를 바탕으로 한 작가의 서사적 상상력은 매우 흥미롭다. 그것은 김달삼이 항일운동가 안중근의 가계와 깊은 연관을 맺는바, 안중근의 조카 안우생의 아들 안기철이 북한에서 김달삼의 외동딸과 결혼하여 그 슬하에 안덕준이란 아들을 두고 있다는 점이다. 작품에서는 김달삼이 안중근 집안과 이처럼 사돈 관계를 맺고 있는 것에 대한 가계도가 매우 신빙성 높게 기술되고 있다. 그래서 작품 속 서 기자와 최 감독은 북한 밀입국을 시도하려고 한다. 통일부를 통한 남북 교류를 공개적으로 시도하였으나 거부되었기 때문이다. 작품 속에서 이러한 그들의 밀입국 시도는 이 작품을 읽는 또 다른 의미를 부여한다. 단동을 비롯한 북한과 중국의 압록강 접경지대를 두루 답사하면서 그들의 카메라 앵글에 담긴 국경 지대의 풍경은 휴전선을 경계로 대치하고 있는 남북의 분단의 현실과 엄연히 다른 실감으로 다가온다. 특히 안타까운 것은 국경 지대에서 분단의 현실을 악이용하여 돈을 버는 데 혈안인 조직적 사기꾼들이 활동하고 있다는 점인데, 분단을 돈벌이 수단으로 정략적으로 이용하고 있는 데 대한 작가의 날카로운 비판은 점차 남한사회에서도 이와 유사한 범죄가 증가하고 있다는 현실을 쓸쓸히 상기시킨다.

여기서 주목할 것은 북한과 중국의 접경지대의 이러한 세태를 무릅쓰고 서 기자와 최 감독은 북한 밀입국을 시도한다는 점이다. 그들이 확인하고 싶은 것은 북한사회에서 살고 있다는 안덕준의 실체이며, 안덕준을 통해 김달삼의 존재에 대한 보다 신빙성 높은 사실과 진실을 만날 수 있기 때문이다. 그런데, 눈치 빠른 독자라면 짐작하기 쉬울 것이다. 『위험한 특종』의 서사 전개는 바로 여기까지다. 소설이 아무리 허구적 상상력의 힘을 보여준다고 하지만, 대한민국 국민으로서 휴전선과 압록강 및 두만강 유역의 국경을 넘는 일은 매우 특별한 일이 아니고서는 불가능하다. 하물며 북한으로의 밀입국은 말할 것도 없는 일이다. 그럼에도 불구하고 작중 인물들은 온갖 어려움과 위험 요인에도 아랑곳하지 않은 채 북한으로의 밀입국을 감행하려고 한다. 그것은 남북한 체제 중 어느 체제에 대한 정치적 선택과 상관이 없는, 김달삼의 불투명한 행적을 취재함으로써 그와 관련한 해방공간의 역사적 진실을 추구하기 위한 언론의 소명 그 이상도 이하도 아니다. 이것은 또한 작가 강기희의 문학적 소명과 다를 바 없는 것으로, 분단 체제를 살고 있는 작가가 해방공간을 마주하는 가운데 풀리지 않는 역사의 진실을 해명하기 위한 간절한 문제의식의 투영이다. 게다가 해방공간의 혼돈에서 정치적 상상력을 실현하지 못한 비운의 혁명가들에 대한 작가의 인도적 차원에서 애도의 윤리를 실현하는 것이기도 하다.

이와 관련하여, 『위험한 특종』의 마지막 장을 덮은 후 쉽게 가시지 않는 소설 속 장면이 떠오른다. 김달삼이 아니라 '덕재'로 실명이 밝혀진 노인의 장례를 치른 후 서 기자와 최 감독은 노인이 소장하고 있던 칼을 강원도 정선 반론산에 묻는다. 그곳은 노인과 함께 빨치산 활동을 하던 유격대원들이 묻힌 곳으로, 그들은 조촐한 제상을 차리고 칼을 묻으며 애도의 진솔한 감정을 최 감독은 토로한다. 여기서, 4·3항쟁 70주년을 맞이하여, 그의 토로는 해방공간에서 통일된 자주 민주국가를 염원했던 제주 민중의 정치적 상상력이 좌절되었으나, 언젠가 우리의 현실로 이 정치적 상상력이 구체화될 것이라는 역사적 희망을 북돋워준다. 이 희망을 포기하지 않고 새롭게 발견하는 것이야말로 분단 체제를 종식시키고자 하는 작가의 서사에서 주목해야 할 '특종'이리라.

> "반론산에서 살아남았던 여러분의 동지 김달삼이 유품으로나마 이렇게 돌아왔습니다. 반겨주시고요. 이승에서 못 이룬 여러분들의 꿈과 이상, 저승에서나마 이루시길 기원하겠습니다. 아우라지강처럼 두 물이 하나로 뭉쳐지는 통일세상이 오는 날 통일의 깃발 들고 다시 찾아뵙겠습니다. 할아버지, 할아버지도 이제 피맺힌 한 다 내려놓으시고 동지들과 함께 편히 쉬세요." (262쪽)

5·18광주민주화항쟁:
낭만적 초월, 역설의 숭고성, 역사의 시간
— 정도상의 장편소설 『꽃잎처럼』

1.

인간의 감각 기관이 도저히 감당할 수 없는 현실이 있다. 아무리 눈을 부릅뜨고 귀를 쫑긋 세운 채 일어나는 일들의 낱낱을 보고 들으려 하지만, 그것들이 우리의 시각과 청각을 압도함으로써 감각 자체를 동결시켜 버린다. 그 순간, 눈앞에 벌어지는 일들은 분명 현실이되, 현실의 실감을 상실하고 현실의 경계를 훌쩍 넘어버린 '비현실'과 뒤섞인다. 현실/비현실이 혼재된 세계를 어떻게 감각하고 인식하며, 그 세계 속에서 삶을 어떻게 살아갈까.

2.

정도상의 장편 『꽃잎처럼』(다산책방, 2020)은 이와 같은 물음을 묻는다. 이 소설은 1980년 '5·18광주민주화운동'을 다루고 있다. 그동안 '5·18광주민주화운동'을 다룬 문제작들을 상기해볼 때 정도상의 『꽃잎처럼』은 이들 문제작의 계보로서 가치를 지닌다. 이것은 『꽃잎처럼』이 '5·18광주'의 문제를 다뤘기 때문이 결코 아니다. 『꽃잎처럼』을 주목해야 하는 것은 '5·18광주민주화운동'을 '항쟁의 시선'에 초점을 맞추고 있는바, 특히 광주 도청에서 계엄군의 무자비한 진압에 맞서 최후의 순간까지 항쟁한 광주시 민군을 정면으로 응시하는 서사적 실천이다. 그리하여 작가는 1980년 5월 26일 저녁 7시부터 5월 27일 새벽 5시 15분까지 한 시간 간격을 두고 광주 도청의 시민군이 곧 들이닥칠 계엄군의 공격에 대한 준비 과정에서 일어나는 일을 차분히 목도한다. 무엇보다 죽음이 시시각각으로 엄습해오는 두려움을 대하는 시민군의 내면 풍경에 대한 진술한 접근은, 계엄군에 맞서 싸운 도청의 시민군을 역사적 평가의 척도로만 인식하는 게 아니라 시민군도 엄연히 가혹한 세계의 폭력 속에서 노출된 실존임을 드러낸다.

가령, 시민군으로 참여하고 있는 작중 화자 '나'의 동갑내기 또래 4인은 계엄군의 진압 작전이 실행될 것이라고 예견된 5월 26일 자정을 두 시간 정도 앞둔 시간 도청 분수대 근처에서 대중가요에 대한 잡담을 주고받는가 하면, 심지어 수찬과 '나'는 노래를 나지막이 흥얼거리며 읊조리며 부르기 도 한다. 나애심, 김정호, 김상국, 조용필, 양희은 등의 국내 가요와 팝송까지 망라하는 대중가요와 연루된 이들 4인의 유쾌하고 명랑한 잡담과 흥얼거림 의 장면은 시민군을 대문자 역사, 즉 한국 민주주의 역사의 주체로서만 평가되는 데 국한시키는 게 아니라 그 과정에서 시민군이 매 순간을 어떻게 인간의 존엄성을 스스로 저버리지 않으면서 죽음의 두려움을 담담히 대면하고 있는지를 보여준다. 이들 4인은 각자 자신의 삶과 연루된 대중가요로부터 무심결 쏟아져 나오는 작고 하찮은 자신들만의 삶을 신나게 늘어놓는다. 이제 두 시간 정도 지나면, 자신들의 목숨이 어떻게 될지 아무도 두 시간 후의 미래를 확정할 수 없는 절대 공포를 마주하면서 이 4인은 '낭만적 초월'의 경이로움을 그들에게 익숙한 삶문화(대중가요) 의 형식으로 견디고 있는 것이다.

대중가요가 그렇듯, 작중에서 흥얼거리는 노랫말에는 사랑과 이별이 본바탕을 이루는 만큼 4인은 짧은 생애를 반추하면서 그들만의 사랑과 이별의 역사, 달리 말해 소문자 역사를 소중히 부둥켜안고 있는 셈이다. 그런데, 작가의 이러한 서사가 이들 4인에게만 한정된 것으로 이해해서는 곤란하다. 4인의 수다 속에서 불리는 위 가수들과 노랫말은 4인의 대중문화 감각을 넘어 도청 시민군, 그리고 도청 밖에서 시민군을 간절히 응원하고 있는 광주시민들 모두를 망라하여 민주주의의 평화로운 일상 속에서 사랑과 이별의 대중문화를 향유하고 싶은 작가의 서사 욕망에 이어진다.

3.

이처럼 도청의 시민군은 그들을 옥죄는 죽음의 사위 속에서 생명의 숨을 결코 놓지 않는다. 오히려 역설적이지만, 계엄군으로 꽉 막힌 도청 안에서 시민군은 이렇게 '낭만적 초월'로 죽음을 역사의 패배자가 맞이한 그것이 아니라 역사의 승리자가 결연하게 맞이한 그것으로 전도시켜 매 순간 살아간다. 이것은 시민군의 대변인 작중 인물 상우가 계엄군의 진압 작전 실행이 임박할 무렵 도청에 남은 시민군에게 광주 민주화 항쟁이 추구하는 세 가지 과제(구국과도정부, 민주주의 쟁취, 남북통일)를 명료화함으로써 시민군의 항쟁의 정치적 · 윤리적 합목적성을 보증한다.

> "우리는 패배할 것이나 패배하지 않을 것이고, 승리하지 못할 것이나 승리하게 될 것입니다. 만일 오늘 밤의 이 싸움을 피하면 우리는 영원히 패배하게 될 것입니다. 비록 이 싸움에서 패배하게 될지라도 우리는 끝내 승리하게 될 것이고요. 그래서 나는 오늘 밤, 내 손에서 총을 놓지 않을 것입니다." (184쪽)

논리형식적 면에서, 상우의 이 비장한 다짐에는 역설의 숭고함이 있다.

상우뿐만 아니라 도청에 남은 시민군을 휩싸고 있는 내면의 심경은 바로 이 '역설의 숭고성'이 지닌 경이로움이다. 이것은 앞서 살펴본 '낭만적 초월'의 경이로움과 또 다른 성격의 그것이다. 공수부대로 꾸려진 정예군의 막강한 화력 앞에 "탄창 하나에 적게는 세 발, 많게는 열 발이 지급되었을 뿐"(74쪽)인 시민군의 무장은 초라하기 짝이 없는바, 이 싸움에서 패배는 자명한 사실이다. 하지만, 상우를 비롯한 시민군은 이 자명한 사실을 '역설의 숭고성'으로 전복시키고 있다. 그래서 "내일의 역사는 우리를 승자로 기록할 것"이므로, "나이 어린 학생들은 살아남아 오늘의 목격자가 되어 역사의 증인이 돼주시기 바랍니다"(75쪽)라고, 사실을 넘은 역사의 자명한 진실을 증언해줄 미래를 선취^{先取}한다. 그렇기 때문에 도청의 시민군은 "손에서 총을 놓지 않"는다.

4.

　작가 정도상은 이 같은 시민군의 '역설의 숭고성'이 지닌 경이로움이야말로 우리가 쉽게 망각해서는 안 될 1980년 광주가 외롭게 지켜나갔고 결코 포기할 수 없는 민주주의의 고갱이임을 서사적으로 실천하고 있다. 그래서 이 소설의 구성을 이루고 있는 시간은 광주 도청에서 일어나고 있는 사건들을 객관화하는 물리적 시간으로서 의미, 곧 계엄군에게 참담한 희생을 당하는 수난사로서 시간의 의미보다 이러한 객관적 조건 속 수난의 시간을 항쟁의 역사적 승리자로 전복시키는 시간의 의미를 갖는, 즉 민주주의 역사를 새롭게 생성시키는 '역사의 시간'의 경이로움으로 발견된다. 그러니까 정도상의 소설 속 시간 구성은 좁게는 광주 민주화 항쟁, 넓게는 한국 민주화 항쟁의 '역사의 시간'의 경이로움을 발견하고 재구축하는 서사적 역할을 수행하고 있다. 그렇다면, 이 소설에서 표면상 시민군을 에워싸고 있는 시간은 죽음과 절멸의 시간이 아니라 그것을 무화시켜버리는 또 다른 삶과 탄생의 시간이다. 바꿔 말해, 시민군이 계엄군과 대면하면서 계엄군의 총칼에 살점이 찢겨지고 산산이 부서지고 있는 불모화된 시간은 시민군의 불가항력적 저항이 지닌 새로운 역사의 탄생을 위한 정화의 시간이리라.

이 정화의 시간 속에서 작가는 지난 시기 민주화운동에서 혼신의 노력을 쏟았던 민주주의의 가치를 회복하기 위한 움직임을 시민군에 참여한 작중 인물들의 대화를 통해 21세기의 현실로 소환한다. 사실, 언제부터인지 한국소설에서 급물살 빠지듯, 자취를 감춰 버린 민주화운동의 구체적 리얼리티는, 겉으로는 한국사회의 안팎 급변화한 현실 속에서 그럴 수밖에 없지 않았느냐는 매우 거칠고 성급한 문학사적 알리바이를 들이댔지만, 정작 한국문학은 부화뇌동하는 그 문학사적 알리바이에 대한 비판적 성찰의 치열한 통과의례를 제대로 거치지 않은 채 1990년대 이후 민주화운동과 연관된 그 풍요로운 리얼리티를 한층 깊숙이 탐구하지 못했다. 이러한 저간의 한국문학의 동향을 냉철히 반성해볼 때, 『꽃잎처럼』에서 다시 주목하는 민주화운동의 정치문화적 담론과 실천은 이후 한국문학이 다시 재해석하고 발견해야 할 1980년대 민주화운동에 대한 서사적 과제로서 손색이 없다고 나는 생각한다.

이와 관련하여, 이 작품의 종반부에서 우리가 좀처럼 잊힐 수 없는 장면이 있다. 작중 화자 '나'는 계엄군의 파상적 공격 속에서 옆구리에 총을 맞아 죽어가는데, "옆구리에는 상우 형이 담겨 있었다. 옆구리 속에 웅크리고 앉은 상우 형이 홍건하게 피를 흘렸다. 희순이 손을 뻗어 상처를 만져주자 옆구리가 자궁으로 변했고 이어 상처 위에 놓인 희순의 손가락이 서서히 배추흰나비로 변했다."(233-234쪽) 광주의 어느 야간 강학에서 선생으로 만난 상우 형과 희순, 그들은 강학에서 노동자 계급의 모순과 분단 모순에 대해 공부하고, 노동자로서 계급적 각성에 눈을 뜨고, 모순된 사회구조를 변혁시키는 운동을 노학연대로서 실천하지 않았던가. 비록 그들의 염원은 작품 속에서 도청 시민군의 현실적 패배로 산산조각 났으되,

정도상 작가는 그들 개별 죽음을 분리하지 않고 연접하는 상상력을 통해 그들의 죽음을 서로 회통會通시킨다. 이 회통은 '배추흰나비'로 거듭나고, '나'는 "배추흰나비를 따라 걷다가 다시 집으로 돌아와 희순을 만났"(234쪽)으며, 희순과 '나' 사이에 태어난 아이들과의 행복한 일상을 사는 '환幻'을 보여준다. 우리는 알고 있다. 이 '환'에서 보이는 평화로운 일상이야말로 작가가 『꽃잎처럼』에서 이르고 싶은, 그래서 도청 시민군이 역사의 승리자로 기억되어야 할 이유다.

패배와 환멸을 껴안고 넘어가는

— 손병현의 장편소설 『동문다리 브라더스』

1.

여기, 뜨거운 시대를 통과해온 사람들이 있다. 누가 뭐라 해도 자신의 방식으로 강퍅한 삶을 견디는 사람들이 있다. 비루하고 남루한 삶을 온몸으로 살아내는 사람들이 있다. 삶의 주변부로 내팽개쳐진 채 내일의 삶을 향한 이렇다 할 미래가 보증되지 않는 사람들이 있다. 그들은 작가 손병현의 장편소설 『동문다리 브라더스』(문학들, 2017)에서 쉽게 만날 수 있는 인물들이다. 소설 속 표현을 빌리자면, 그들은 "비장함과 비극미가 한꺼번에 닥쳐오는 느낌"(42쪽)에 친친 결박돼 있다. 그렇다고 지레 넘겨짚지 말아야 할 것은, 이 소설에서 그들이 현실과 치열한 대결을 하는 가운데 세계에 대한 패배자로서 도저한 비관주의를 바탕으로 솟구치는 비장함의 파토스와 비극적 미의식을 보여주는 데 치중하고 있는 것은 아니다. 다시 말해 그들은 세계와 대결하는 과정에서 새롭게 발견하는 비장함과 비극미를 통해 우리 시대의 소설적 진실을 타전하는 데 목적이 맞춰져 있지 않다. 오히려 주목해야 할 것은, 세계로부터 철저히 패배한 자들이 마주하는 현실의 비정함에 대한 작가의 날카로운 성찰적 태도이다.

2.

여기서 간과하지 말아야 할 것은 그들이 바로 5·18광주의 역사와 결코 무관하지 않다는 점이다. 그렇다고 손병현의 『동문다리 브라더스』를 5·18 광주의 서사 맥락 안에서만 이해하는 것은 이 소설에 대한 매우 협소한 접근이다. 분명, 『동문다리 브라더스』는 그동안 한국소설사에서 축적시킨 5·18광주의 서사와 연동돼 있되, 5·18광주에 대한 낯익은 서사로만 국한시킬 수 없는 또 다른 서사의 면모를 보인다. 그것은 『동문다리 브라더스』에 등장하는 인물들이 5·18민주화운동에 적극 가담함으로써 한국 민주주의의 새로운 장을 열어젖힌 역사의 주체로서 부각되기보다 그 주변부를 배회하는, 아니 심지어 그것과 무관한 영역에서 생존을 연명해가는, 삶의 낙오자들의 군상을 통해 5·18광주의 또 다른 진실을 자연스레 드러낸다.

그래서일까. 『동문다리 브라더스』에는 특정한 인물이 시쳇말로 주인공으로 부각되지 않는다. 작중 인물들 대부분이 삶의 패배자를 겸한 낙오자들인바, 중요한 것은 그들이 지닌 개별성보다 패배자와 낙오자의 모습을 공유하고 있는 어떤 집합성으로 다가온다는 사실이다. 작중 인물들, 가령 서봉, 웅걸, 병구, 청산, 묵경, 홍구, 김 국장, 태섭 등 작품 속에서 비록 고유명사로 호명되고 있으나, 그들 각자의 개별성을 한데 묶을 수 있는 몇 가지 특성 때문에 사실상 그들은 집합성의 그 무엇, 말 그대로 '형제들 brothers'의 속성을 지닌다 해도 과언이 아니다. 그것은 고향 광주에 남겨졌다는 것, 아니 광주를 지키고 있다는 것을 골격으로 하여, 5·18광주민주화운동의 과정에서 본의 아니게 점차 세속화되어가는 비정한 현실에 동화되지 못한 채 험난한 삶을 살고 있다는 것이다. 이 세속화되는 광주의 현실에 대한 손병현 작가의 매서운 비판은 서늘하다.

옥수는 청산의 조카로 짧은 시간 나타났다 짧은 나이에 생을 마감했다.

딱 1년, 막걸리 골목에 발길을 했고 석양이 지는 가을 어느 날 동문다리 앞 도로에서 차에 치어 비명횡사했다. 때문에 한동안 일행은 막걸리 골목을 찾는 발길이 조심스러웠다. 옥수는 막걸리 골목에 나타날 때부터 죽으려고 작정한 사람처럼 보였다. 어려서부터 글재주가 있었던 옥수는 문예창작과를 졸업 후 희곡을 쓰고 있었다. 어떻게든 생활을 해야 했던 옥수는 예술인협회 사무처에 들어갔다. 협회에서 근 10년을 근무한 옥수는 선배들 뒤치다꺼리를 도맡아 했지만 돌아온 것은 배신감뿐이었다. 협회에서 서류를 기획해 돈이 될 만한 사업을 따내면 사업비를 횡령하는 선배가 나타났고 때로는 저희들끼리 소리소문없이 분배해버리곤 했다. 그런가 하면 정부산하기관 예술 관련 부서에 별정직 자리가 나오면 느닷없는 사람이 나타나 선배랍시고 낯짝을 보이다 물밑작업을 벌여 자리를 꿰차곤 했다. 그럴 때마다 옥수는 심한 배신감과 함께 예술가들에 대한 환멸을 느꼈다. 예술가로서의 자존심은커녕 거지 근성을 앞세워 파렴치한 짓을 일삼는 그들이 벌레만도 못 하게 느껴졌던 것이다. 하지만 선배 예술인들은 위로랍시고 "모다 다 어려워서 안 그냐. 그 사람들도 한때는 정의를 부르짖었던 사람들이다. 근디 당장 새끼들이 배곯고 오갈 데가 없는디 눈에 뵈는 것이 있겄냐. 너도 언젠가는 좋을 날이 있을 것인께 꾹 참고 기다려봐라." 지껄이는 것이 전부였다. 예술가라는 거죽을 뒤집어쓴 채 어처구니없는 짓을 일삼는 그들을 더는 가까이 할 자신이 없었고, 더 무서운 것은 언젠가 자신도 그들처럼 파렴치한으로 변할 것이라는 생각이었다. 때문에 옥수는 사표를 내던졌다. 그리고 나서 찾아든 곳이 막걸리골목이었다. 한때는 예술인으로서 자존감도 있었고, 예술인단체를 활성화시켜 보겠다는 진취적 열망도 있었지만, 그 모든 것들이 진흙탕 속 생존문제로 귀결되면서 가슴에 구멍이 뚫려버린 것이었다. 그 뚫린 구멍을 메우기 위해 옥수는 미친 듯 막걸리를 퍼부었다. 술에 몸을 내맡긴 옥수는 죽기 두 달 전부터 모든 것을 초탈한 사람처럼 실실 헛웃음을 흘리기 시작했다. 그런가 하면 정신과 육신이 분리된 것처럼 말과 행동이 두서 없었고, 눈은 현실 너머 막연한 공간을

향해 있었다. (120–121쪽)

청산의 조카 옥수의 죽음에 대한 비판적 성찰이 겨냥하고 있는 문제의식은 뚜렷하다. 옥수가 도저히 견딜 수 없는 것은 옥수의 선배들끼리 각종 명목으로 협회의 "사업비를 횡령"하는가 하면, "정부산하기관 예술 관련 부서에" 자리가 나면 그 "자리를 꿰차곤" 하는 모습 등에서 "예술가로서의 자존심은커녕 거지 근성을 앞세"우는 예술가의 품격을 현저히 떨어트리는 파렴치함을 너무나 쉽게 목도하기 때문이다. 목구멍이 포도청이라 했던가. 옥수가 지켜본 적나라한 모습은 5·18광주민주화운동 과정에서 예술을 통해 부조리하고 억압적 시대를 넘어선 민족민중예술의 아름다운 저항의 품격도 아니고, 그것을 창조적으로 갱신하려는 분투의 모습도 아닌, 5·18광주를 기념화 및 화석화하고자 하는 속류적 예술의 유혹에 속수무책으로 저당 잡혀가는 선배 예술가들의 안쓰러운 모습이다. 옥수는 이러한 선배 예술가의 현실에 대한 투항과, 무엇보다 5·18광주민주화운동의 참뜻과 진정성이 속화되는 모습 속에서 예술의 죽음을 징후적으로 포착하였고, 마침내 스스로 목숨을 저버린 것이다. 물론, 옥수의 이러한 문제 제기에 대해 웅걸은 작품 속에서 실명으로 거론하고 있지는 않으나, 이명박 정부와 박근혜 정부에서 진보적 예술가들의 활동을 제도적으로 억압하는 과정에서 이 같은 문제점들이 생겨났다는 것을 직시하고 있다. 이와 관련하여, 최근 지난 이명박 및 박근혜 정부에서 예술가들에 대한 블랙리스트를 작성하여 그들에게 제도적 불이익을 초래함으로써 비판적 성향의 예술 활동 자체를 억압해왔다는 사실을 상기해볼 때, 웅걸의 의견은 설득력을 갖는다. 하지만, 우리가 예의주시해야 할 것은, 옥수를 통해 작가가 정작 비판하고 있는 문제의식인데, 그것은 5·18광주의 제도화에 따라 자칫 안주할 수 있는 광주 민주화운동에 대한 화석화가 빚을 수밖에 없는 속류적 이해관계의 팽배에 대한 작가의 준열한 비판이다.

이러한 비판적 문제의식은 비단 예술에만 그치지 않는다. 정치권에서는 여야 가릴 것 없이 자신의 당리당략에 따라 광주가 지닌 민주주의의 가치를, 자신들 맘대로 정치적으로 활용한다.

"참말로 내가 입 더러와진께로 말을 안 해야쓴다. 그 연놈들 보믄 꼭 여그를 모욕허로 오는 것 같어야. 속에는 음흉한 속셈이 까뜩 차고는 무슨 대단한 의식이나 있는 것 멘치로 역사와 민주주의 어쩌고 험스로 짓까부는 것을 볼라치면 속에서 에욱질이 안 올라오냐. 허는 짓거리는 도둑놈 강도보다 더헌 연놈들이 거룩한 척 온갖 폼은 잡고……, 참말로, 그것들은 동네 이장보다 못헌 종자들이여."

"그러게요. 다들 이곳을 유니폼처럼 껴입고 자신을 팔아먹을 생각만 하니…… 따지고 보면 야당 것들이 더 나쁜 것 같아요. 당선만 되면 나 몰라라 입 싹 씻고 당파질만 앞장서니 이짝 저짝으로 죽어나는 것은 여기 사람들만 아니라고요. 대의니 민주주의니 깃발만 치켜들 것이 아니라 집안 단속부터 잘 하는 게 맞을지도 모르겠어요. 매번 속아 넘어가면서도 또 똥구멍 닦아주는 짓거리를 반복하니 놈들이 우리를 한 장짜리 표로 밖에 더 보냐고요. 지들끼리 만나면 그런다잖아요. 남쪽 것들은 민주주의로 포장하면 똥도 삼킨다고요." (90쪽)

모처럼 봄나들이를 나간 웅걸, 서봉, 홍구 등 '동문다리 브라더스'는 망월동 국립묘지를 들러 위와 같은 말을 주고받는다. 광주를 삶의 터전으로 삼고 있는 그들의 신랄한 비판은 직설적이다. '5·18광주'의 표상인 민주주의의 가치가 현실 정치권에서 선거용으로 전락하고 있다는 통렬한 비판은 작금 한국사회의 낯부끄러운 민낯이다. 무엇보다 귀 기울여야 할 것은 이러한 현실 정치권의 작태에 이용당하고 있는 것을 뻔히 알면서도 이 정치적 이해관계가 낳은 퇴행적 정치 현실에 눈감고 있는 광주의 내부를 겨냥한 자기비판의 진정성이다. 감히 말하건대, 손병현의 『동문다리 브라더스』가 지닌 이 같은 정치적 문제의식의 직정성直情性은 그동안 한국소설에서 좀처럼 전경화前景化되지 않았다는 점에서 각별히 주목할 필요가 있다. 5·18광주를 다룬 서사 전통 속에서 광주를 향한 이러한 자기비판보다 '광주'가 표상하는 민주주의 가치를 새롭게 발견하고 그것의 서사적 의미를 심화·확산시키는 서사가 주류였음을 환기해보면, 손병현의 광주에 대한 자기비판은 이 같은 주류 서사의 흐름 속에 안주하는 게 아니라 그 바깥에서 광주의 '또 다른' 민주주의를 탐문하고 있는 소중한 문제의식이다.

3.

여기서, 우리는 광주에 남은 자들, 곧 '동문다리 브라더스'가 시대에 뒤처지고 패배한 자들이 아니라는 점을 이해해야 한다. 비록 그들은 성공신화의 실현을 위해 광주를 떠나 서울의 삶을 적극적으로 선택하지 않았고, 그래서 서울중심주의로 치닫는 현실 속에서 상대적으로 낙후되어 가는 광주에서의 비루한 삶을 살고 있지만, 그들은 나름대로 존재와 삶의 존엄성과 위엄성을 포기하지 않은 삶을 살고 있다. 그들은 "나이를 먹을수록 궁지에 몰릴수록, 자꾸 원칙을 저버리고 편법에 기대는 인간들을 많이 봐왔던 터"라, "원칙과 소신 그리고 정직성"(163쪽)을 소중히 여기면서 그들의 삶의 윤리로 갈무리하고 있는 것이다. 따라서 그들이 현상적으로 삶의 패배자와 낙오자의 모습으로 비춰진 채 동문다리 근처의 허름한 선술집에서 막걸리를 마시며 하루하루를 탕진하는 것처럼 보이는 그 이면에는 나날이 속화되는 현실에서 쉽게 폐기 처분할 수 없는 그들의 삶의 윤리를 지탱하기 위한 숭고성이 자리하고 있다. 그럴 때 "아직 곰삭지 않은 신선한 고름에서 풍겨져 나오는 패배의 냄새"(169쪽)가 지닌 삶의 숭고한 아우라가 한층 넓고 깊게 우리를 감싸온다.

물론, 이 '패배의 냄새'가 자신을 향한 엄정한 자기비판에 바탕을 두고 있다는 것을 소홀히 간주해서는 안 된다. 가령, 작중 인물 청산이 서봉을 향한 날 선 비판을 하는 대목에서 이 같은 자기비판이 불러일으키는 신생을 향한 자기 인식을 주시할 필요가 있다.

"아무도 니 발에 족쇄 채운 사람 없다. 그라고 널랑은 하늘에서 뚝 떨어져서 그만큼 컸냐. 우물에 침뱉어봐라 목마르믄 또 그 물 찾을 것잉게. 그려, 간다는 놈을 누가 말리겄냐. 미련 둘 것 없이 갈테믄 하루라도 빨리 가거라, 그라고 되도록 멀리 가거라 정 띠기 좋게. 사람 속은 모른다고 몸땡이는 여가 있어도 애진작에 맘속에서는 짐보따리를 쌌던 것이제."
거칠게 몰아치는 청산의 날선 파편들이 서봉에게는 차라리 소낙비처럼 시원했다. 울고 싶은 아이에게 회초리를 치는 격이나 다름없었다. 서봉은 부르튼 밥알이 박혀있는 김치 한 줌을 큼직하게 집어 입안으로 밀어 넣었다. 더 이상 입을 벌려 누추한 변명을 늘어놓고 싶지 않았다. 입을 틀어막은 서봉은 가슴에 돌이라도 박힌 듯 먹먹했다. 울고 싶어도 울 수 없는 배반감이 감정의 틈바구니에서 스멀스멀 피어올랐다. 그동안 너무 비겁하게 산 것 같기도 했고, 책임의 중심에서 늘 비껴서 있었던 것 같기도 했다. 그런가 하면 뜻 모를 억울함이 북받쳐 오르기도 했다. 껍데기로 남은 현실을 따져 물을 어느 순간이 있다면 그곳에 멈춰 서고 싶었다. 뒤죽박죽으로 감정이 소용돌이쳤다. 목이 메인 서봉은 입안의 물컹한 것들을 찬찬히 곱씹었다. 부르튼 밥알도 쉰내 나는 김치도 부정할 수 없는 현실이었다. 늘 한 발 떨어져 관망자의 모습으로 현실과 동행했던 서봉은 가슴 속에서 파도 한번 친 적이 없었다. 뜨거운 불길에 당당히 데어본 적 없는 서봉의 가슴은 흐드러진 장식품이나 다름없었다. 서봉은 물컹한 입안의 것을 꿀꺽 삼켜서 목구멍 속으로 밀어 넣었다. 도망은 결국 쫓김의 연속이고, 비겁함은 자기부정의 또 다른 분열이었다. 묵직한 덩어리의 창자를 훑고 지나가는 느낌은 지난한 과거를 되짚는 참담함의 확인이었다. (124–126쪽)

광주에서 대학을 졸업한 후 사설 학원 수학 강사를 하다가 그만둔 후 전선 만드는 공장에서 단순 노무직 경험을 한 적 있는 서봉은 그마저 그 일도 그만둔, 한 마디로 "경쟁력 없는 인간"(50쪽)으로 전락해 있다. 이것은 서봉뿐만 아니라 서봉의 주변 사람들, 특히 '동문다리 브라더스' 역시 크게 다를 바 없을 정도로 삶을 탕진하는 모습을 보인다. 심지어 고향을 떠난 사람들도 속출하고 있는 형국이다. 이에 대해 청산은 아무런 미련이라도 없는 듯 지극히 날선 냉소적 비판을 일갈한다. 그리고 서봉은 청산의 비판을 들으며 자기비판을 에돌아가지 않는다. 무엇보다 "관망자의 모습으로 현실과 동행했던" 그래서 현실의 "뜨거운 불길에 당당히 데어본 적 없"이 현실로부터 "쫓김의 연속"을 살았고, 이러한 "비겁함은 자기부정의 또 다른 분열"로 자기파괴를 초래한 자신의 삶을 준열히 꾸짖는다.

그렇다. 이 "참담함의 확인"은 서봉 개인에게만 국한된 것이 아니라 청산을 비롯한 '동문다리 브라더스', 그리고 스스로를 삶의 열패자로 간주하는 광주에 남은 자들을 두루 포괄하는 자기비판의 정동情動의 산물이다. 사실, 서봉의 이러한 자기비판은 청산이 그동안 얼마나 치열한 자기비판과 자기 갱신을 위한 노력을 하고 있는지를 확인하는 대목에서 한층 실감으로 다가온다. 비록 남들의 시선 속에서 청산은 "막걸리나 얻어 마시면서 그림을 그린답시고 허투루 살아가는 인간"(126쪽)으로 간단히 취급되고 있으나, 청산은 놀랍게도 "무등산 그림에 예술혼을 불태우"(127쪽)고 있는 것이다. 청산의 그림을 보고 서봉과 웅걸은 놀란다. 그들은 겉으로 내색은 하지 않지만 청산은 광주에 남은 삶의 열패자로서 '동문다리 브라더스'의 삶을 살아온 게 아니라 청산의 방식대로 치열한 자기비판과 자기 갱신의 과정을 실천하는 삶을 살고 있는 것이다. 청산은 서봉처럼 현실에 대한 관망자로서 자기부정의 삶을 살고 있지 않았다. 무등산의 곳곳을 다니고 살피면서 청산의 언어로 무등산을 만나고 있었고, 그 무등산을 표현하고 있었다. 청산의 이 같은 삶은 서봉의 누나가 선택한 삶과 서봉의 고향 선배들이 선택한 삶과 대비된다. 서봉의 누나의 경우 서울 유수 대학을 다니면서 학생운동을 하다가 졸업한 후 한국사회를 떠나 독일에서 인권운동가의 삶을 살고 있고, 서봉의 고향 선배들의 경우 서울에서 안정적 삶을 살고 있는데, 서로 다른 두 가지 삶에서 포개지고 있는 점이 있다면, 모두 고향 광주를 떠나 있다는 것이다. 광주를 떠난 곳에서, 전자의 경우 민주주의 가치를 향한 삶을 살고 있고, 후자의 경우 서울중심주의와 결코 무관할 수 없는 부르주아의 안정적 삶을 살고 있다. 그 삶의 구체적 형식과 내용이 어떻든 분명한 사실은 서봉의 누나와 서봉의 고향 선배들은 고향인 광주를 떠난 곳에서 자신의 꿈을 향한 삶을 살고 있는 것이다.

여기서, 작가 손병현이 고향 광주를 떠난 자들을 향한 비판의 태도를 보이는 것으로 이해해서는 곤란하다. 그보다 손병현이 주안점을 두고 있는 것은 딱히 서봉의 누나와 서봉의 고향 선배들로 한정 짓지 않더라도 '동문다리 브라더스' 동세대의 고향 사람들뿐만 아니라 고향 후배 세대들로부터 흔히 목도할 수 있는, 고향을 떠나 삶을 추구하는 양상과 사뭇 다른, 즉 고향에 남은 청산이 고향을 우직하게 탐구하고 있는 그 어떤 삶의 전율이다. 이것은 낭만적 애향주의와 무관하고 고향에 대한 맹목적 집착도 결코 아니다.

4.

이와 관련하여, 손병현이 『동문다리 브라더스』에서 들려주는 작중 인물 김 국장의 전언에 귀 기울여보자.

> "내가 왜 은행을 때려치우고 광주일보 지국을 맡았는지 아나? 광주일보
> 가 나를 키워주기도 했지만 꼭 그래서만은 아니여. 그냥 광주가 좋아서
> 그래서 그랬어야. 광주 소식을 광주시민들한테 내가 전한다고 생각하믄
> 그냥 가슴이 막 뛰고 신이 나서 날마다 배달시간이 기다려지는 거여.

상고를 다니면서 은행원이 되겠다는 꿈도 있었지만 그 꿈보다는 외려 신문배달이 더 나를 설레게 하더라고. 벼랑에 올라선 것처럼 가슴이 막 부풀어 오르고, 뛰어내리면 날 수 있을 것 같은 자신감이 밑도 끝도 없이 나를 흥분시키는 거여. 덕분에 아내도 만났지 않았겄냐. 일요일마다 성경책을 들고 교회 다니는 여고생이 예뻐 보여서 날마다 신문 한 부씩을 안겼었는디 나중에 결혼까지 안 하게 됐겄냐. 서봉아! 여그는 말이다이, 어떤 수사도 부끄러울 정도로 거룩한 땅이라는 사실을 니도 알꺼다이. 그래서 내가 너한테 거절해서는 안 될 부탁을 헌다. 살아가면서 사람이 소신을 지키기도 어렵지만 하찮은 소신이라도 지키면서 살면 공허하지는 않어. 내가 죽어서라도 너를 도우꺼신께. 내 지국을 맡아도라. 나는 죽어서도 광주시민들한테 광주소식을 전헐 것이여야." (210–211쪽)

김 국장이 죽기 며칠 전 서봉에게 한 말이다. 목포 출신인 김 국장은 광주일보사 장학생 조건으로 광주에서 유학생활을 했고, 지금 광주일보 지국을 맡아 신문배달업을 하고 있다. 그의 발언 하나하나가 그가 얼마나 광주를 사랑하고 있는지를 여실히 알 수 있다. 그것은 광주가 지닌 "어떤 수사도 부끄러울 정도로 거룩한 땅이라는 사실"이 함의하고 있는 진실을 그는 살고 있기 때문이다. 그는 '5·18광주'가 제도화되면서 광주도 모르는 사이 스멀스멀 잠식돼 가는 퇴행적 광주의 현실에서 비켜 가지 않는다. 또한 광주를 정치적 활용거리로 삼는 파렴치한 정치 행위에 대해서도 외면하지 않는다. 물론, 그는 지난날 한국 민주주의의 기치를 내세운 광주의 숭고한 정동情動에 전율한다. 이 모든 과정에서 광주의 안팎을 형성시킨 크고 작은 소식이야말로 광주의 생생한 역사가 아니고 무엇인가. 따라서 김 국장에게 광주일보 지국은 광주의 역사와 광주의 진실을 광주 시민에게 전달하는 배달소이면서 광주의 다양한 여론의 집합소이다. 이렇게 중요한 역할을, 김 국장은 죽기 며칠 전 '동문다리 브라더스' 중 하나인 서봉에게 맡기는 것이다. 김 국장에게 서봉은 비루하고 남루한 삶을 살고 있는 인물이 아니다. 김 국장에게 서봉은 광주의 과거를 바로 기억하고, 현재를 성실히 살고, 그래서 미래의 꿈을 쉽게 저버리지 않는 주체로서 이해된다. 왜냐하면, 서봉은 김 국장이 그래왔듯이 숱한 유혹에도 불구하고 고향 광주에서 빚어지는 문제들을 회피하지 않고 응시하면서 광주가 성취해낸 민주주의 가치와 새로운 과제를 창조적으로 떠맡을 준비가 돼 있는, 삶의 밑바닥을 치고 솟구칠 수 있는 새 힘을 벼릴 수 있기 때문이다. 작품의 말미에서 서봉은 더 이상 동문다리 근처를 정처 없이 배회하는 낙오자가 아니라 막걸리집의 새벽 시장을 봐주는 장면을 보이는데, 삶의 저 낮은 곳에서 겸허히 시작하는 모습으로부터 작가 손병현의 소설이 지닌 뚝심을 읽을 수 있다. 그래서일까.『동문다리 브라더스』의 맨 마지막 문장이 아직도 눈에 밟힌다. 설령, 외형상 광주를 떠난 삶들이 있다 하더라도, 손병현과 작중 인물 '동문다리 브라더스'는 그들의 삶의 근간인 광주의 진실과 늘 함께 있는 것이리라.

> 어디서 무엇을 하고 살든 그 중심은 이곳에 있을 것이라는 사실을 잘 알기에 함께 있는 것이나 다름없었다. (214쪽)

이렇게 광주의 서사는 손병현의 장편소설『동문다리 브라더스』에 의해 다시 씌어지고 있다.

식민주의 근대와 공모하는 민낯, 그 왜상^{歪像}
— 심윤경의 장편소설 『영원한 유산』

1.

어떤 건축물은 그 특유의 내력을 지니고 있다. 누가, 어떤 목적을 갖고, 언제, 어떻게 지었는지, 그리고 그곳에는 어떤 사람들이 살았으며, 어떤 일들이 생겨났는지……. 흔히 이러한 것들을 심드렁히 지나쳐버리면 일개 건축 구조물에 지나지 않지만, 그것을 자세히 살펴보면 그동안 미처 주목하지 않았던 그 건축물과 함께 한 삶의 내력을 만날 수 있다.

심윤경의 장편 『영원한 유산』(문학동네, 2021)을 이해하는 과정이 바로 여기에 부합하지 않을까. '작가의 말'에서 그는 할머니와 어린 시절 함께 찍은 한 컷의 사진 귀퉁이에 있는 작은 건물 하나를 발견하였다고 하면서, 그 건물에 대한 소설이 『영원한 유산』임을 언급한다. 그 건물은 "유럽식 뾰족한 탑과 흰 톱니 모양 테두리를 두른 창문이 보이는, 크고 아름다운 건축물이었다."(276쪽) 그래서 작가는 『영원한 유산』에서 실제로 존재했던 이 서양식 근대 건축물과 관련한 문학적 상상력을 펼친다.

2.

그렇다면, 이 서양식 근대 건축물은 실제로 어떤 내력을 지니고 있는 것일까. 소설에서도 주목하고 있듯, 이 건물은 일제에 국권을 빼앗기는 데 앞장섰던 친일 매국노 윤덕영의 저택이었다가 "6·25전쟁 당시 미군사령부로 사용될 때"(42쪽) '무전실'로 활용된 적이 있고, 한국전쟁 이후에는 '유엔 한국통일부흥위원회(UN Commission for the Unification and Rehabilitation of Korea)', 약칭 언커크UNCURK 본부로 사용되고 있는 중이다. 이 건물을 에워싸고 있는 이 같은 굵직한 흐름을 보더라도 『영원한 유산』에서 다뤄지고 있는 서사는 그리 단순하지 않다.

이 작품을 읽어가면서 우선 눈에 띈 것은 작품의 현재적 시간이다. 소설의 첫 문장은 "1966년이 시작된 지 며칠 안 된 한겨울"(9쪽)로 시작되는데, 이 시기는 1965년 한일협정을 맺은 바로 이듬해 벽두 무렵으로, 대일對日 굴욕적 외교 관계를 수립한 정부에 대한 민중의 분노와 고양된 항일抗日 민족의식이 좀처럼 수그러들지 않았던 때이다. 일제 식민지배에 대한 역사적 청산을 제대로 하지 못한 채 친일 협력의 식민지 유산과 그 권력이 지속되고 있는 1966년을 작품의 시간적 배경으로 설정하고 있는 것은, 이 소설에서 주목하고 있는 서양식 근대 건축물이 함의한 소설적 진실과 깊숙이 연동된다. 이것은 작중 인물 윤원섭이 자신의 선대 소유였던 그 건물에 들어서 있는 언커크를 찾아가 그 건물의 근대적 건축의 요모조모를 탐색 및 발견하는 과정에서 서사화된다.

그렇다. 심윤경의 『영원한 유산』을 읽는 매혹은 친일파 윤덕영의 딸인 윤원섭이 언커크의 본부로 사용되고 있는 선대의 건물에서 무엇을 애써 발견하고 싶은가 하는 점이다. 그리고 그러한 발견 과정에서 윤원섭은 언커크와 어떤 관계를 형성하고 있는가 하는 점이다. 비록 『영원한 유산』은 역사의 당면한 문제, 가령 일제 식민지배와 한일협정, 그리고 한반도에서 유엔의 정치적 역학 등과 관련한 서사를 정면으로 다루고 있지 않지만,

이러한 역사를 거쳐온 근대 건축물을 중심으로 한 서사적 탐구 속에서 우리들 내면에 똬리를 틀고 있는 식민주의 유산에 대한 성찰을 수행하고 있는 것은 주목할 만하다.

3.

우선, 윤원섭이 언커크의 본부가 들어선 건물을 유심히 관찰하는 대목을 살펴보자. 윤원섭에게 이 건물은 결코 낯설지 않다. 다른 사람들, 특히 동네 사람들에게 이 낯설고 새로운 유럽식 근대 건축물은 "귀신이 달라붙어 사는 곳"(86쪽)으로 윤씨 가문이 풍비박산이 날 만큼 저주스런 저택에 불과할지 모르지만, 윤원섭에게는 "자신이 가야 할 목적지를 찾기 위해 안내를 필요로 하지 않는 유일한 방문객"(44쪽)으로서 멀리 떠나 있던 가족이 집에 돌아와 그 관계를 회복한 것과 다를 바 없다. 그리하여 그에게 승강기와 테라스, 뾰족탑, 나선형 계단, 벽장, 서양식 의자와 테이블, 쿠션, 티포트, 찻잔 세트 등 당시 최첨단의 건축술과 최고의 명품으로 이뤄진 저택은 서양식 근대 건축의 미의식과 실용성을 유감없이 드러내고 있는바, 윤원섭에게 이 저택의 모든 것은 선대의 정치문화적 자긍심을 표방하는 상징자본이다. 문제는 이 상징자본이 언커크의 본부로 사용됨으로써 친일파의 왜곡된 식민지 근대의 인식이 한반도의 평화부흥이란 이데올로기가 덧보태지면서, 이 건물에 대한 역사의 왜상歪像이 생겨나고 있다는 사실이다.

"내 아버지 윤덕영 자작이 세운 이곳 벽수산장이 오늘날 한국 통일부흥위원회의 본부로 사용되는 것은 아버님이 간직하신 나라사랑의 뜻과 매우 부합한다고 볼 수 있을 것입니다. 본인은 그 사실을 매우 기쁘게 생각하며 앞으로도 아버님의 높으신 뜻을 계승하기 위해 온 힘을 아끼지 않을 것입니

다. 아버님의 애국애족 정신은 다행히 명맥을 이었으나 그분의 높은 예술혼
은 거의 알아보는 이 없이 버림받았던 것이 사실입니다. (중략) 내 아버님이
신 윤덕영 자작은 추사 김정희와 맞먹는 높은 예술적 경지에 도달하신
분으로서, 이 세계에 존재하는 궁극의 아름다움을 이 저택을 통해 구현하고
자 하셨으며……" (217쪽)

　　윤원섭의 위 발언은 친일 협력의 왜곡된 정치문화적 인식을 적나라하게
보여준다. 한일병탄의 대가로 일제로부터 하사금을 받은 매국노 윤덕영은
프랑스인의 설계도를 사들여 1914년부터 온갖 고급 건축 자재로써 저택을
짓기 시작하여 급기야 '한양 아방궁'으로 불리면서 1926년에 이르기까지
완공을 하지 못한다. 게다가 식민지 시절 얼마나 이 저택 공사가 규모가
크고 화려했던지 당시 신문 기사에 따르면, "세상 사람은 이 아방궁보다도
아방궁을 짓는 돈이 어디서 나온지 그 까닭을 더 이상히 생각한다"(<동아일
보>, 1921년 7월 27일)고 하는 데서 짐작할 수 있듯, 이 저택은 친일 협력의
왜곡된 식민지 근대 자체를 보여주는 것이다. 기사의 행간에서 읽을 수
있듯, 일제의 식민지 억압과 수탈로 점철된 식민지 근대에서 민중의 경제적
파탄은 중요 관심사가 아니다. 대신, 제국의 부국강병과 이에 적극 협력하는
친일파의 부귀영화만이 식민지 근대를 튼실히 구축시키고 있다. 윤덕영의
서구식 근대 건축은 이러한 식민지 근대를 표상하는 낯부끄러운 매국의
상징자본인 셈이다. 더욱이 한국전쟁 이후 미국 주도의 유엔 산하 한국통일
부흥위원회 언커크의 본부가 이 건물에 들어서면서 일제의 왜곡된 식민지
근대는 자취를 감춘 채 한국전쟁 이후 대한민국 재건을 목적으로 한반도의
평화와 통일 및 부흥을 목적으로 하는 국제협력이 부각되는 바, 윤원섭이
강조하듯 그의 아버지가 세운 저택은 이제 한반도의 평화와 부흥을 위한
국제사회의 목적에 부합하는 성격으로 탈바꿈한다.

4.

이와 관련하여, 이 소설에서 주목할 것은 윤원섭에게서 보이는 왜곡된 식민지 근대에 대한 정치문화적 인식이 언커크의 존재와 공모하고 있는 현실이다. 언커크의 대표 애커넌 씨는 7개국(태국, 터키, 호주, 네덜란드, 필리핀, 파키스탄, 칠레)으로 이뤄진 언커크 내부의 불협화음이 존재할 뿐만 아니라 한국 정부와 순탄하지 않은 실정을 고려할 때, "저택을 보수하고 복원하면서 회원국의 단합을 도모하고 언커크의 위신을 높일 수 있는 계기"(224쪽)를 모색할 수 있다는 정치적 목적 아래 윤원섭이 제안한 저택 복원 사업을 추진하려고 한다. 언커크는 언커크 대로 한반도에서 유엔의 정치적 목적을 관철시키는 데 목적이 있을 뿐 한국사회에 침강된 일제 식민주의를 극복하는 역사적 과제에 대해 천착할 이유가 없는 것이다. 따라서 언커크와 윤원섭은 각기 서로의 이해관계에 충실한 공모를 하게 된다. 드디어 "저택은 윤덕영의 정신을 기리는 친일 박물관으로 변모하는 중이었고, 윤원섭은 궁극적으로 저택을 개인 재산으로 돌릴 방법을 강구하"(252쪽)게 된 것이다.

심윤경의 『영원한 유산』은 친일파를 단죄하자는 정치적 전언을 겨냥하고 있지 않다. 그보다 그는 아직도 작동하고 있는 왜곡된 식민주의 근대에 대한 웅숭깊은 성찰을 수행한다. 아울러 그 식민주의 근대와 공모하고 있는 한반도를 에워싼 국제사회의 정치외교적 관계를 동시에 성찰한다. 이 성찰은 분명 우리를 곤혹스럽게 한다. 저택 복원 사업 도중 화재가 일어나 대대적인 재건 공사가 필요하게 되었는데, 혹시 앞으로 진행될 재건 공사에서 과거 왜곡된 식민주의 근대의 치부를 완전히 은폐한, 달리 말해 비정상적 타락한 역사를 지워내 버린 또 다른 권력의 유산(국가 문화재로서 등록된 근대 건축 유산)이 영원한 힘을 누릴 수 있지 않을까, 하는 기우를 쉽게 떨쳐낼 수 없기 때문이다. 작가는 이에 대해 의미심장한 문제를 제기한다. 아이러니컬하게도, "윤덕영 씨의 썩은 정신과 나라를 팔아먹은 자금으로 만들었는데도, 저택은 아름다웠다."(252쪽) 친일 협력 세력에게 이 저택은 왜곡된 식민지 근대를 한층 미화시키는 데 적극 활용되는 미학적 이데올로기의 건축물이면서, 이러한 식민주의 유산과 권력을 최대한 정치외교적 이익을 위해 활용되는 문화의 상징자본이다. 따라서 이 치명적 아름다움의 실재를 뚜렷이 응시하는 게 긴요한 과제이다.

5.

소설의 마지막 페이지를 덮은 후 인터넷을 검색해보았다. 윤덕영 저택은 소설에서처럼 1966년 화재로 건물의 부분이 소실된 채 남아 있다가 1973년에 도로 정비 사업을 하면서 완전히 철거된 채 건물의 정문 돌기둥만 그 흔적으로 남아 있다고 한다. 우연의 일치인지, 언커크도 1973년 12월 유엔 총회의 결의에 따라 해체되었다. 그렇게 윤덕영의 저택이 함의한 왜곡된 식민지 근대와 한국전쟁 이후 한반도의 평화와 부흥을 위한 유엔의 기구는 표면상 사라졌다. 하지만 그 땅에는 일반 주택이 들어서 있듯, 여전히 한국사회에 팽배해 있는 일제의 식민주의 유산과 권력, 그리고 미국 주도의 유엔의 국제질서 아래 우리는 일상을 살고 있다. 일상은 이렇게 결코 가볍고 만만한 게 아니다. 혹시, 우리는 일상의 역사를 성찰하는 힘을 벼리는 데 게을리하고 있는 것은 아닐까.

바람섬의 구술서사:
제주어, 제주 여성, 제주의 역사적 풍정과 삶
— 한림화의 소설 『The Islander』

1.

책 표지에 시선이 한참 사로잡혔다. 표지 디자인은 단촐하다. 바다 한가운데 외롭게 떠 있는 제주도와 그 위에 놓인 한 송이 동백꽃이 피어 있는 가지 하나가 전부다. 검정색과 흰색이 주조를 이루는 바다와 섬, 그리고 섬 위에 당당히 자리하고 있는 선홍색의 동백꽃으로 어우러진 이미지의 책 표지는 '바람섬이 전하는 이야기'란 책의 부제목에 대한 궁금증을 증폭시켜준다. 여기에는 과작寡作의 작가 한림화(1950–)에 대한 기대를 저버릴 수 없기 때문이다. 한림화가 『The Islander』(한그루, 2020)에서 들려주고 싶은 '바람섬이 전하는 이야기'는 무엇일까. 그리고 이 이야기들을 '어떻게' 들려주고 있을까.

2.

『The Islander』에서 눈길을 끄는 것은 제주어를 아주 중요한 표현 방식으로 선택하고 있다는 사실이다. 이것은 제주의 지역성을 온전히 드러내기 위한 창작의 고육지책으로 이해해도 무방하다. 이 짧은 지면에서 이에 대한 제주문학의 도정과 그 성취를 상세히 언급할 수 없지만, 제주문학에서 힘겹게 일궈내고 있는 제주어의 미적 성취와 그 문학적 가치를 결코 폄훼할 수 없다. 하지만 뚜렷이 해두고 싶은 것은 제주어를 무작정 활용한다고 해서 제주문학으로서 '좋은 문학'의 가치가 절로 보증되지 않는다는 점이다. 오히려 토착주의에 대한 맹신과 타지역에 대한 배타주의가 버무려지면서 특정 지역주의가 고착되는, 그래서 자칫 제주중심주의로 자기 구속되는 폐쇄적 지역 문학 내지 고리타분한 향토문학의 미망에서 좀처럼 벗어날 수 없다.

이런 점을 두루 생각해볼 때, 한림화의 『The Islander』가 거둔 문학적 성취는 주목되어야 한다. 특히 『The Islander』의 '글머리에서' 작가가 "'제주 섬사람'을 이해하는 데는 한참 긴 시간, 어쩌면 나의 온 생애가 필요했다"고 고백하듯, 12편의 짧은 이야기 속에는 70여 년을 살아온 작가 한림화의 '제주 섬사람'에 대한 간절한 이야기들이 곳곳에 오롯이 자리하고 있다. 그 이야기들의 세목은 각양각색이되, 작가가 들려주는 이야기들의 밑자리에는 "무사 경 탁 터놩 말 곧기가 힘든디사……"(254쪽; "왜 그렇게 탁 터놓고 말하기가 힘들었는지……")에 녹아들어 있는, 이루 다 말로 쉽게 표현할 수 없는 제주 사람들과 함께 한 역사와 일상의 간난신고에 대한 기억의 투쟁을 간과해서 곤란하다.

한림화는 이 기억의 투쟁을 구술 서사의 방식으로써 실행하고 있다. 한림화의 구술 서사에서 눈여겨볼 것은 제주 여성의 주체적 시선이다. 『The Islander』가 제주의 역사와 삶의 풍정에 대한 구술 서사를 적극화한 기록으로 손색이 없는바, 이 기록의 대상은 제주 섬사람들을 망라하되 가볍게 넘길 수 없는 것은 제주 여성의 삶이 본바탕을 이루고 있다는 사실이다.

3.

　먼저, 「그 허벅을 게무로사」를 주목해보자. 이 작품에는 여성 3대가
주인공이다. 타향에서 십여 년을 살다가 잠시 고향 제주를 방문한 손녀는
그의 어머니와 할머니 3대와 함께 '물구덕'을 지고 산전山田밭에 오줌
거름을 주러 간다. 할머니와 어머니는 오랜 세월 제주의 일상 풍습에서
'물구덕'을 지는 데 익숙해 있지만, 시쳇말로 현대 여성인 손녀는 '물구덕'
을 지는 게 몹시 낯선 데다 불편하기 짝이 없다. 아무리 손녀가 제주
태생이라고 하더라도 현대식 상수도 시설이 잘 갖춰진 시기에 애오라지
'물구덕'을 힘겹게 예전처럼 질 필요가 없다. 그럼에도 불구하고 손녀는
'물구덕'을 지고 할머니와 어머니의 뒤를 따라나선다. 그리고 손녀는
할머니가 자신을 4·3 때 희생을 당한 할머니의 막내딸로 잘못 인지하고
있다는 것을 알게 된다. 그러니까 할머니는 치매를 앓고 있으며 4·3의
참상으로부터 벗어나지 못하고 있다. 할머니는 지금, 이곳에서도 4·3의
그 순간을 떨쳐내지 못하고 있는 것이다. 그래서 할머니는 90을 넘은
노구에도 아랑곳하지 않고 마치 "무슨 판타지게임에 등장하는 여전사女戰
士 같기도 하고 신화 속의 설문대 여신 같기도"(17쪽)한 것처럼 "기어코
간장 허벅을 산에 가져가고야 말겠다고 결심한 듯"(18쪽) 결연한 의지를
보인다. 여기서, 할머니의 이 결연한 의지를 4·3의 트라우마에 기인한
치매로만 간주할 수 없다. 정작 우리가 읽어야 할 행간의 진실은 할머니의
이 병리학적 치매 질환으로 환기되는 4·3의 피해상이 아니라, 4·3을 일으킨
무장대는 물론, 무자비한 국가폭력을 피해 산으로 들어간 제주 사람들이
한라산에서의 생존을 위해 절실히 필요한 것 중 하나가 흡사 소금 역할을
맡는 '간장'을 갖다주는 일의 막중함이다. 이렇게 할머니는 자신이 할
수 있는 최대한의 역할, 즉 당시 군경의 소개령에도 불구하고 산사람들의
투쟁과 생존을 돕기 위해 목숨을 걸고 '간장'을 산사람들에게 갖다주기
위한 '물구덕' 지는 일을 마다하지 않았던 것이다. 사실, 이 짧은 소품이

본격적인 4·3문학에서는 살짝 비껴나 있지만, 할머니의 '물구덕'과 연관된 치매에 얽힌 사연에서 짐작할 수 있듯, 제주 여성의 숱한 일상이 4·3문학에서 소홀히 다뤄진 부분을 좀 더 내밀히 살펴볼 것을 요청한다. 이것은 한국 페미니즘 문학에 대한 성찰과 갱신의 문제의식으로까지 심화 확산될 수 있다. 가령, 「그 허벅을 게무로사」의 마지막 부분에서, 어머니는 할머니의 4·3 트라우마에 사로잡힌 말에 다음과 같은 맞장구를 친다.

> "게무로사 난 오줌허벅 지곡 어머님은 곤장허벅 지곡 죽은년은 가당 목 마르민 마실 물대바가지 지곡 무사 못 갑니까 게. 넬도 나사 보게 마씀(아무려면 난 오줌허벅 지고 어머니는 간장허벅 지고 막내는 가다가 목 마르면 마실 물대바가지 지고 왜 못 갑니까. 내일도 나서 봐요.)"
> (18쪽)

어머니의 이 맞장구에는 척박한 제주의 자연환경에서 어쩔 수 없이 온갖 수난을 맹목적으로 인내하는 제주의 여성이 아니라 도리어 이 척박함을 제주 여성 특유의 생의 감각과 생명력으로 함께 살아가는 생의 위엄을 담대히 드러낸다. 그것은 어머니의 첫 어절 '게무로사'란 제주어에 응축돼 있다고 해도 과언이 아니다. 이것은 체념·회피·묵인이 어우러진 부정적이고 환멸적인 생에 대한 어떤 낭패감을 의미하는 게 아니다. 어떤 이유 때문인지 중단된 것처럼 보이나, 끝내 중단하지 않고 다시 하던 것을 이어서 힘껏 한다는, 달리 말해 제주 여성의 주체적 의지로서 기어코 일을 해내는, 단속斷續의 의미가 내포돼 있다고 해도 무방하다. 이렇게 '게무로사'에 담긴 제주 여성의 생의 위엄은 작가 한림화의 구술 서사에서 자연스레 전달되고 있다.

4.

　『The Islander』에서 제주 여성의 구술 서사는 「보리개역에 원수져신가 몰라도」에서 책장을 덮고 눈감은 후 쉽게 가시지 않은 몇 장면을 각인시켜 준다. 이 작품에서는 한국전쟁 직후 국가권력이 4·3 무렵 가한 국가폭력을 섬사람들에게 반복하는, 그래서 4·3 연좌제에 의해 무고한 사람이 붙잡혀 정방폭포에서 집단 학살을 당하는 비극을 이야기하고 있다. 눈에 밟히는 것은 세 장면이다. 첫째, 제주의 풍습으로 미숫가루를 만드는, 다시 말해 '개역'을 만드는 과정에서 'ᄀ레 ᄀ는 소리(맷돌 가는 소리)'를 부르며 일하는 장면이다. 이렇게 맷돌을 돌리며 '개역'을 만드는 이유는 국가폭력의 위협으로부터 숨어 있던 아들이 어머니를 찾아왔을 때 시원한 생수에 '개역'을 타 한 사발을 주기 위해서다. 그런데 어머니의 이런 소박한 염원은 깨지고 만다. 둘째 장면이 바로 이 물거품이 되는 장면으로, 아들이 '개역 사발'을 입에 댄 순간 체포된다. 그때 어머니는 "저 개역 한 모금 들이싸건에, 아이 어디 둘아나지 안 헙니다(저 미숫가루 한 모금 들이켜거든요, 아이 어디 도망가지 않습니다)"(70쪽)란 애타는 말만 할 뿐이다. 얼마나 애타게 아들을 기다리며 정성스레 만든 '개역'인가. 전쟁 중인 상황에서 그것도 4·3의 화마火魔가 아직 물러가지 않은 상황에서, 어머니가 아들에게 할 수 있는 모정은 시원한 '개역' 한 사발을 마시도록 하는 것임에도 불구하고 반공주의 국가권력은 이 소박한 모정마저 불순한 것으로 치부한 나머지 조금도 허락하지 않는다. 그리하여 결국 체포된 아들은 그렇게 붙들린 사람들과 함께 정방폭포 아래로 떨어지는 집단 학살에 놓인다. 아들은 정방폭포의 비류직하飛流直下에 온몸이 내맡겨진 채 "나풀나풀 나비처럼, 바람에 흩날리는 꽃잎처럼 물보라에 싸여 떨어지기 시작했다."(72쪽) 그렇게 폭포로 떨어지기 전 아들은 "어멍! 그 개역 정말, 시원하……(어머니! 그 미숫가로, 정말 시원하……)"(66쪽)란 말을 남긴다. 물론, 아들은 어머니의 '개역' 한 사발을 다 마시지 못한 채 붙들려 억울하게 죽임을 당하는 원한이 맺혀 있다. 이 죽음을 맞이한 절체절명의 순간 아들은 어머니가 준비한 시원한 생수에 탄 '개역' 한 모금의 청량한 맛이 전신에 퍼지는 그 감각과 전율의 기억을 지닌 채 생의 마지막 경계를 넘는다. 이렇게 폭포 아래로 떨어지는 장면을 보면서 어머니는 폭포의 깊은 물속으로 들어가 아들의 손을 찰나 붙잡는다. "어미가 되고서 아들 입에 시원한 '개역' 한 모금 먹이지 못한 게 한으로 가슴에 맺히지만 어찌하랴."(73쪽) 이것이 바로 내가 주목하는 셋째 장면이다. 사실, 이 세 장면은 「보리개역에 원수져신가 몰라도」에 나오는 개별 장면이되, 제주의 역사에서 이 세 장면은 개별적이고 특수한 사례를 넘어 제주의 험난한 역사속에서 두루 목도되는 섬사람들의 삶이다. 다만, 주목해야 할 것은 어머니, 즉 제주 여성의 주체적 시선이 이들 세 장면에서 비극성을 포착하고 있을 뿐만 아니라 참담한 역사의 현장에서도 결코 포기해서는 안 될 생의 위엄을 섬사람의 삶의 방식으로 지켜내고 있다는 사실이다.

5.

『The Islander』에는 이처럼 제주의 역사 속에서 섬사람들이 삶을 어떻게 살아냈는지 그 생생한 실감을 제주어의 미감을 자연스레 살려내면서 섬의 풍정을 잘 그려내고 있다. 작중 인물 '못 뱅뒤 쇠구신'의 희생을 중심으로 펼쳐지는 제주의 목자牧축, 테우리에 대한 풍요로운 이야기들(「하늘에 오른 테우리」), 제주의 자연생태를 헤치지 않으면서 마을 사람들이 함께 사냥하는 풍습(모둠사냥) 속에서 다섯 살밖에 안 된 여자 어린이를 사냥 지휘자가 사냥에 동참하도록 하는 이야기(「눈 우읫 사농바치」), 제주의 전통적인 '돗걸름(돼지 거름)'을 내는 풍경 속에서 성찰하는 제주의 생태문화 관련 이야기(「돗걸름이 제주섬에 엇어시민」), 일제 강점기 남양군도에서 일본군 위안부 생활을 한 작중 인물 '행선이 할망'의 반제국주의에 대한 기억 투쟁 이야기(「평지ᄂ물이 지름ᄂ물인거 세상이 다 알지 못헤신가?」), 그리고 한국전쟁 도중 모슬포 수용소에서 중공군 포로 생활을 하며 제주의 한 소녀가 준 '지슬(감자)' 때문에 목숨을 연명한 중국인은, 그 '지슬'을 소녀의 이름으로 지금까지 알고 있었던 아름답고도 '웃픈' 기억(「메께라! 지슬이?」) 등속은 이 책의 부제목인 '바람섬이 전하는 이야기'의 이야기성을 보증한다. 이처럼 『The Islander』에는 사전에 등재 보존되는 것에 자족하지 않을 뿐만 아니라 박물관과 풍속지에 기록되는 것으로 자족해서는 안 될 제주어와 이야기들, 그리고 제주의 역사 및 풍속에 대한 원로 작가 한림화의 제주에 대한 사랑의 숨결이 휘감고 있다는 것을 강조해두고 싶다.

베트남전쟁, 당신의 기억은 공정하십니까?
— 비엣 타인 응우옌의 『아무것도 사라지지 않는다』

　제노사이드에 관심을 갖고 있는 나는 1965년 인도네시아 군부정권에 의해 자행된 대학살을 다룬 다큐멘터리 「침묵의 시선」(2014)을 우연히 보았다. 피해자 가족인 남성의 아버지는 그가 아주 어렸을 적 같은 동네 한 무리의 마을 사람들에게 처참한 죽임을 당했는데, 그는 아버지의 죽음과 연루된 사람들을 찾아가 그 시절을 마주하도록 함으로써 좁게는 아버지의 억울한 죽음과 그 죽음의 충격으로부터 미처 헤어나오지 못하는 가족의 상처를 치유하고, 넓게는 아버지의 죽음과 흡사한 학살이 일어난 구체적 실상뿐만 아니라 무엇보다 도저히 이성적 인간으로서 수행할 수 없는 괴물과 다를 바 없는 비인간에 대한 인류적 반성을 촉구하도록 하는 데 초점이 맞춰져 있다.

　나는 이 다큐멘터리를 보면서 피해자의 유족과 가해자가 서로 대면한 채 지난 시절을 떠올리는 장면 하나하나가 그 어떤 역사 서술보다 생동감 있는 구체성을 띠는지 실감하였다. 인터뷰 과정에서 피해자의 아들은 최대한 담담하게 참혹한 시간과 공간 속으로 가해자를 인도한다. 물론 가해자는 처음부터 쉽게 그 시간과 공간으로 들어서지 않는다. 하지만, 그 시간과 공간에 발길을 들이민 순간 가해자는 기억할 수밖에 없다. 그 당시 군부정권에 적극 협력하여 무고한 피해자를 공산주의자로 일방적으로 간주한 채 대학살의 주동자로서 참여한 것을. 그런데 그는 어쩔 수 없는 정치 상황 논리, 즉 반공 자유주의 국가를 수호하기 위해 그 같은 끔찍한 행위를 서슴없이 자행한 자신의 행동에 대한 역사의 면죄부를 부여한다. 그런데 시쳇말로 엽기적인 것은, 가해자로서 역사의 면죄부를 주장하는 그들의 말과 표정에는 그 숱한 억울한 죽음에 대한 양심의 가책과 반성적 윤리를 조금이라도 찾아볼 수 없다는 사실이다. 오히려 그들은 당시 벌어진 일을 증언한다는 것이 갖는 역사적 및 윤리적 의미에는 도통 관심이 없는 가운데 죽음을 재현하는 장면마다 자신이 얼마나 주도면밀하게 역사의 적으로 간주된 자들의 목숨줄을 끊었는지에 대한 확신에 찬 증언을 내뱉는다. 그러면서 그들은 자신들의 용단 있는 행동 때문에 지금의 반공산주의의 평화로운 일상을 살고 있다는 언어도단을 이어간다. 가해자들은 철저히 그들 중심으로 당시의 구석구석을 놓치지 않고, 그곳에서 가해자로서 역할에 얼마나 충실했는지를 실제 행위와 말을 곁들이면서 열심히(?) 증언한다. 그들은 백주대낮에 살고 있되 그들의 기억은 칠흑의 사위로 둘러싼 지옥도地獄圖 안에 갇혀 있다.

이와 관련하여, 베트남계 미국인 비엣 타인 응우옌의 『아무것도 사라지지 않는다』(부희령 옮김, 더봄, 2019)는 여러 생각거리를 준다. 이 책에서 가장 빈도수가 높은 단어는 '공정한 기억'이다. 기억이 공정하다? 이것을 좀 더 이해하기 위해서는 저자가 '베트남계 미국인'이라는 정체성을 주목할 필요가 있다. 저자는 베트남전쟁 도중 남베트남에서 태어나 당시 남베트남의 수도 사이공이 함락된 후 해상 난민으로서 미국으로 이주하여 그곳에서 정착하였다. 이후 그는 미국 주류 사회에서 인종차별과 민족차별을 겪으면서 이른바 베트남의 디아스포라로서 삶을 살고 있다.

사실, 이 책을 통독하는 동안 베트남에 대해 갖고 있는 내 자신의 시선을 심각히 되돌아보지 않을 수 없었다는 것을 고백해야겠다. 베트남전쟁을 거치면서 온전한 민족독립국가로 탄생한 베트남에 대한 모종의 동경심을 가졌다. 여기에는 베트남 특유의 역사적 혁명의 과정에서 세계의 제국들(미국, 프랑스, 일본, 중국)에 굴복하지 않은 해방의 정념과 그 역사적 승리가 큰 몫을 차지했기 때문이다. 특히 이러한 베트남의 역사는 호치민을 중심으로 한 북베트남의 혁명 주체에 무게 중심이 실려 있었던 게 엄연한 현실이다. 그래서 자연스레 남베트남은 베트남의 해방 도정에서 시나브로 그 존재가 망각되어졌다 해도 과언이 아니었다. 이것은 자연스레 '남베트남=미국의 꼭두각시 정권=미국'이라는 반(反)혁명적 정치이념으로 수렴되면서 북베트남의 혁명 주체의 부정적 면모들에 대한 역사적 성찰이 둔감하거나 아예 무시되곤 했다. 그래서 통일 베트남 이후 북베트남이 주도한 해방의 정념을 정책적으로 잘 수행함으로써 베트남 인민의 삶에 행복을 충족시켜주고 있는지에 대한 문제가 종종 간과되곤 하였다. 여기에는 베트남 통일 과정에서 불가피하게 적으로 간주된 남베트남 출신 또는 남베트남에서 살고 있는 사람들에 대한 교조주의적 접근도 쉽게 지나칠 수 없었다. 그래서 『아무것도 사라지지 않는다』의 저자는 베트남 혁명 과정과 그 이후 베트남 안팎에서 수행되었고 실행되고 있는 북베트남 중심의 역사에 대한 기억들이 어떻게 재현되고 있는지를 비판적으로 검토한다.

이 책이 흥미로운 것은 바로 이러한 점 때문이다. '베트남 전쟁학(戰爭學)'이라고 부를 정도로 베트남전쟁에 대한 접근은 다양하고 그 성과 또한 방대하다. 그런데 저자의 근본적 문제 제기는 지금까지 베트남전쟁에 대한 접근과 성과들이 과연 '공정한 기억'을 바탕으로 하고 있는가 하는 점이다. 승자와 패자 중 어느 한쪽 시각에서 편집된 기억을 중심으로 한 접근이 과연 얼마나 베트남전쟁의 진실을 다루고 있는가에 대한 래디컬한 문제의식이 이 책의 핵심이다. 그래서 저자는 승자 또는 패자 중심의 시선은 그 중심으로부터 비켜난 숱한 타자들의 입장과 시선을 방기했다는 사실을 지적한다.

> 진정한 전쟁 이야기는 하나의 병사뿐만 아니라 전쟁이 끝난 뒤 그나 그녀에게 어떤 일이 벌어지는지를 말해야만 한다. 진정한 전쟁 이야기는

민간인, 난민, 적에 대해 말해야 하고, 특히 이 모든 것을 둘러싸고 있는 전쟁기계에 대해 말하는 것이 중요하다. (250쪽)

'공정한 기억'은 이렇듯이 전쟁의 직접 당사자인 (우군)병사만이 아니라 민간인, 난민, 적을 두루 포괄해야 한다. 이들의 입장에서 무엇이 어떻게 기억되었는지에 대해서도 세밀히 주목해야 한다. 왜냐하면 "공정한 기억은 약자와 정복당한 자, 소수자, 적 그리고 잊힌 자들을 회상하는 것으로 부정적 정체성 정치에 반대"(31쪽)하기 때문이다. 특정한 정체성(인종, 민족, 종교, 성, 지역 등) 중심의 위계질서로 이뤄진 '부정적 정체성 정치'에 반대하고 저항하는 '공정한 기억'을 심화 확산시키는 것은 '평화'의 가치를 실현하는 셈이다. 그럴 때 승자 또는 패자 중심주의로 심각히 굴절된 역사와 일상을 바로잡을 수 있는 내공이 생긴다. 이것은 지구촌 곳곳에서 호시탐탐 전쟁의 바이러스를 전파시키고 그것을 치유한다는 미명 아래 끊임없이 전쟁 관련 유무형의 기계를 생산하는 정치(세력)와 맞설 수 있는 항체를 생성시키는 것과 결코 무관하지 않다.

물론, 이 '공정한 기억'을 연습하고 실제로 실현하는 일은 말처럼 쉽지 않을 터이다. 이 글의 서두에서 인도네시아 군부정권의 대학살에서 역사의 면죄를 스스로 부여하는 학살 주동자의 기억이 그들이 자행한 죽음의 향연을 왜곡하거나 은폐하지 않고 있는 그대로 재현하였다고 '공정한 기억'을 제대로 수행하고 있는 것은 아니다. 그리고 베트남 전쟁의 승자인 북베트남 중심의 혁명에 대한 기억과, 패자인 미국이 전쟁의 불모성에 대한 기억 등이 전쟁의 모든 당사자를 아무리 두루 포괄한다고 하지만, 그 기억에 관여하는 모든 것들이 과거의 기억을 자신의 방식대로 관리하고 분식하고 통제하는 한 '공정한 기억'은 역사에 대한 간교한 복원 그 이상도 이하도 아니다. 저자가 힘주어 강조하고 있듯, 잘못된 '공정한 기억'은 인간의 심연에 자리한 비인간성을 언제든지 순식간에 역사와 일상으로 소환함으로써 현재의 삶을 지옥으로 탈바꿈시킬 수 있다.

이 책의 마지막 장을 덮은 후 밑줄을 그은 다음과 같은 부분이 눈에 띈다. 내 방식으로 이해한다면, '공정한 기억'을 연마하기 위한 '평화 운동'을 말하는 것이다. 이것은 우리에게도 절실하다. 특히 한국사회에서 역사와 일상의 차원에서 얼마나 많은 기억들이 불공정한가. 당신의 기억은 공정하십니까?

평화 운동은 이러한 비인간성의 실체와 마주하라고 요구한다. 평화 운동은 정념에 근거를 두거나 혹은 모든 사람들이 모두 함께 어울려 살아야 한다는 유토피아적 시각에 근거를 두지 않는다. 그보다는 사람들의 비현실적인 인간성과 잠재적인 비인간성을 모두 인식하는 동시적이고 냉철한 시각에 근거한다. (342쪽)

제4부

삶의 심연으로부터 솟구치는
생의 경이로움

박완서가 포착한 한국 자본주의 정동^{情動}의 미망^{迷妄}

—『휘청거리는 오후』, 『미망』을 중심으로¹

1. 경제만능주의 속에서 붕괴되는 사회경제 윤리 감각

우리는 또렷이 기억하고 있다. 1990년대 후반 한국사회는 외환보유고의 부족으로 국가부도의 사태를 맞이하였다. IMF 체제로 들어서게 된 이후 경제 분야를 중심으로 한 사회 전 분야에 걸친 강도 높은 구조조정이 흡사 쓰나미처럼 불어닥쳤다. 이것은 그동안 한국이 압축 성장의 과정에서 켜켜이 누적된 한국형 자본주의의 총체적 문제점이 한꺼번에 곪아 터진 것이라 해도 과언이 아니다. 비록 그 발단은 경제 분야에서 촉발되었지만 경제만능주의로 수렴된 한국사회의 왜곡된 자본주의에 대한 인식과 그 실제는 사회 전 분야에 팽배해진 부정부패의 구조 속에서 드러나기 시작한 것이다. 물론, 이후 한국사회의 참담한 고통과 각고의 노력으로 IMF 체제를 벗어났다. 하지만 우리가 겪은 IMF 체제의 경험은 한국사회의 일상 자체를 전복시켰을 뿐만 아니라 IMF 체제 이후 한국사회의 버팀목이었던 중산층의 삶의 안팎에 대한 급격한 변화를 일으켰다.

- - -

1. 본문에서 두 작품의 부분을 인용할 때는 『휘청거리는 오후』(세계사, 2003년 2판)와 『미망』 상·하(세계사, 1996)를 활용하며, 별도의 각주 없이 본문에서 해당 작품의 쪽수만을 괄호 안에 명기한다.

무엇보다 한국사회는 더욱 경제만능주의 사회 분위기에 휩싸이게 되는데, 종래 한국사회를 지탱시켜주던 사회경제 윤리 감각, 가령 빠르고 늦는 정도의 시기가 문제일 뿐 열심히 착실히 노력하면 자신이 이루고 싶었던 꿈을 성취할 수 있다는 사회경제 윤리 감각이 붕괴돼 버린 것이다. 그 단적인 사례를 들자면, 한 어린애에게 장차 꿈을 묻자 그 어린애는 빌딩의 건물주가 돼 편안한 삶을 사는 게 자신의 꿈임을 천진난만히 웃으면서 답변했다. 이 어린애의 답변은 작금 한국사회가 당면하고 있는 현상을 가감 없이 보여준다. 빌딩의 건물주가 되고 싶어 하는 어린애의 꿈 자체가 속물적 성격이라 성급히 생각해서는 안 된다. 그보다 이러한 꿈을 꾸게 된 어린애가 놓인 한국사회의 성격을 숙고해볼 필요가 있다. 그토록 다양한 꿈들 중에서 어린애는 무엇 때문에 이러한 경제적 삶을 선택하는 꿈을 당당히 드러냈을까. 여러 이유를 짐작해볼 수 있겠으나, 어린애가 무심결 자주 접하는 일상 속에서 이와 연관된 경제의 현상들이 어린애의 입장에서는 장차 행복한 삶을 실현시켜줄 수 있는 원대한 이상으로 다가왔는지 모를 일이다. 그만큼 작금의 한국사회의 경제 현상에 대해 대중이 피부로 접하는 면모들은 지극히 현실적이고 자신의 유무형의 노동을 투자하여 경제적 성취를 얻는 것과 거리를 두고 있다. 한국사회가 IMF 체제로부터 벗어났으되 갈수록 사회적 양극화가 심해지고 노동의 가치가 가벼워질 뿐만 아니라 한층 가속화되는 경제만능주의가 야기하는 물신주의 사회 분위기 속에서 위 어린애의 꿈과 유사한 꿈들이 주류를 차지할 날이 멀지 않을 수 있다는 음울한 생각을 하곤 한다.

이처럼 지금, 이곳 한국사회를 접하면서 박완서의 두 작품인 장편소설 『휘청거리는 오후』(1977)와 대하소설 『미망』(1990)이 그려내는 모습들은 한국사회의 자본주의를 살아가는 자화상뿐만 아니라 자본주의 사회경제 윤리 감각에 대한 반성적 성찰의 길로 우리를 안내한다. 21세기 지구화 시대를 살아가면서 한국 자본주의의 삶과 현실은 어떠한 사회경제 윤리 감각을 벼려야 할까. 『휘청거리는 오후』와 『미망』은 이에 대한 소설적 전언을 한국사회에 타전하고 있다.

2. 왜곡된 욕망의 풍속도 ─ 『휘청거리는 오후』

장편 『휘청거리는 오후』를 읽는 일은 이 장편이 집필된 시기인 1970년대 중반 무렵 한국사회의 세태를 이해하는 것과 무관하지 않다. 그렇다면 세태를 이해하는 것은 그 시대의 삶을 살고 있는 사람들의 욕망의 풍경을 들여다보는 것이기도 하다. 그것은 달리 말해 한 시대의 지배적 욕망의 구조와 그 실제에 대한 사람들의 구체적 삶의 모습을 살펴보는 셈이다. 이와 관련하여, 무엇보다 촉수를 곤두세워야 할 것은 세태를 그려내는 소설이 그렇듯이, 박완서가 명민하게 파악하고 있는 1970년대 중반을 통과하면서 살고 있는 사람들에게 삼투된 한국사회의 자본주의가 배태한 욕망의 구조와 실제의 구체적 양상이다.

박완서의 『휘청거리는 오후』는 이러한 한국사회의 모습을 대중에게 매우 친밀한 일상의 사건을 중심으로 풀어나간다. 『휘청거리는 오후』의 중심 서사는 작중 인물 허성 씨의 딸들의 결혼과 연관된다. 전직 교감 출신으로서 소규모의 가내 공업 공장을 꾸려나가고 있는 허성 씨는 장녀 초희의 결혼과 연루된 일들로 혼란스럽다. 초희와 아내는 마치 약속이나 한 것인 양 결혼을 사회경제적 신분 상승의 수단으로 여긴 채 허성 씨를 전직 교장 출신으로, 게다가 수출 전망이 좋은 중소기업 사장으로 거짓되게 부풀린 채 초희를 상류사회 부잣집으로 시집보내려고 한다. 허성 씨는 그의 아내가 딸을 둔 어미로서 기왕이면 경제적 여건이 나은 집으로 딸을 시집보내려고 하는 것을 어느 정도 이해한다고 하지만, 어미와 달리 대학교육까지 받은 여성으로서 주체적 인식을 가졌다고 생각되었던 딸이 사랑의 가치를 애써 부정하고 "부자들의 생활의 재미"(67쪽)를 동경하고 적극적으로 그것을 향유하고 싶어 하는 속물적 욕망을 대하고 크게 실망한다. 심지어 초희는 자신의 이런 생각이 "요새 우리 젊은이들의 공통의 허점"(68쪽)임을 직시함에도 불구하고 이것을 "이 시대 탓"(68쪽)으로 돌리는 "딴사람처럼 빳빳하고 거만하고 황폐한 모습"(68쪽)을 보인다. 허성 씨는 초희의 결혼관이 사회경제적 신분 상승의 욕망과 철저히 연루된 것을 우두망찰 지켜볼 수밖에 없다.

초희의 이런 결혼관을 대할 때마다 허성 씨는 괴롭고 혼란스럽다. 초희와 아내가 지금의 허성 씨의 집안을 경제적 빈곤 때문에 부끄러워한다고 하지만, 허성 씨는 그의 왼쪽 손끝이 새끼손가락을 제외하고 잘려 나가는 신체 장애에도 불구하고 떳떳하게 그의 노동으로써 소규모의 가내 공장일망정 정직하고 성실하게 공장을 운영하면서 집안의 안녕을 유지해온 자긍심을 지니고 있기 때문이다. 그런데 초희는 이런 허성 씨의 삶의 안팎을 이루고 있는 모든 것을 부끄러워할 뿐만 아니라 거짓 수단을 통한 결혼을 통해 허성 씨의 삶과 전혀 다른 상류사회의 삶으로 진입하고 싶은 욕망을 품고 있다. 여기에는 한국 자본주의의 비정상 속에서 재력이 막강할수록 사회의 모든 유무형의 권력을 쥐락펴락할 수 있는 말 그대로 '부자들의 생활의 재미'를 만끽할 수 있는 사회의 왜곡된 분위기가 팽배해져 있기 때문이다.

박완서는 한국사회의 저변에 짙게 깔려 있는 이러한 자본주의에 대한 왜곡된 세태 속에서 왜곡된 욕망의 풍속도를 결혼에 초점을 맞춰 매우 구체적으로 그려낸다. 결국, 초희는 그와 어머니가 꾸민 허성 씨의 거짓 신분이 탄로되면서 파혼을 겪는다. 하지만 초희는 또 다른 재력가인 공회장과 결혼을 하여 자신의 꿈을 성취한 듯 보이지만, 초희의 결혼생활은 그가 평소 꿈꿨던 상류사회의 품격 있는 도도한 '생활의 재미'이기는커녕 천박한 자본주의의 사업가의 전형으로 그려지고 있는 남편 공회장과의 불화로 인한 신경안정제의 과다 사용과 급기야 약물 중독에 걸려 임신중절의 상처를 입는 등 불행한 삶의 감옥에 갇혀 있다 해도 과언이 아니다.

여기서, 박완서의 세태비판은 정곡을 찌른다. 그토록 결혼의 형식을 통해 사회경제적 신분 상승을 추구하고 싶어 한 초희는 자신의 꿈과 욕망을 이뤘을까. 특히 1970년대 중반 한국 자본주의가 도달한 과정을 통해 헤아릴 수 있듯, 한국전쟁 이후 이렇다 할 경제의 자력갱생 기반이 갖춰지지 못한 한국 경제의 현실을 고려할 때, 초희의 결혼 상대자인 상류사회 재력가들이 자본주의 사회경제의 윤리 감각이 함양되지 않은 채 경제만능주의에 집착한 맹목화된 자본축적의 욕망은 초희와 같은 대중의 삶과의 관계에서 심각한 문제가 아닐 수 없다. 물론 이러한 상류사회 재력가에 대한 초희의 비판적 인식이 결여된 것 또한 문제가 아닐 수 없다. 말하자면, 박완서에게 비쳐진 1970년대 중반 한국사회의 자본주의 세태는 사회경제 윤리 감각이 빈곤한, 심하게 진단하면, 이후 이러한 세태가 지속될수록 결혼을 비롯한 각종 일상이 왜곡된 자본주의 및 그러한 자본주의에서 사회경제 윤리 감각이 결여된 문제점을 안고 있다. 그리하여 『휘청거리는 오후』는 맹목화된 자본축적 욕망의 복마전이 일상화될 수 있는 끔찍한 현실을 겨냥한 예지적 비판으로 손색이 없다.

이와 관련하여, 『휘청거리는 오후』의 마지막 장면이 경고하는 소설적 전언은 자못 흥미롭다. 허성 씨는 초희의 이 같은 결혼생활이 파탄나고 있는 것을 알고 있는 터에 초희 동생의 결혼식 날 결혼 자금을 마련하기 위해 어쩔 수 없이 양심을 어기면서 진행했던 일이 부실 공사임이 결국 드러난 데서 짐작할 수 있듯, 한국 자본주의 사회에서 조금이라도 이윤을 남기기 위해 일의 원칙을 지키지 않는 부정행위가 초래할 파국을 작가는 징후적으로 포착하고 있다.

3. 역사의 미망에 응전하는 한국 자본주의의 정동情動 ―『미망』

『휘청거리는 오후』가 1970년대 중반 무렵까지 진행된 한국 자본주의 사회를 바탕으로 한 욕망의 왜곡된 풍속도를 대중의 일상과 긴밀히 접속돼 있는 결혼을 중심으로 풀어갔다면, 『미망』은 그러한 한국사회의 세태가 어디에서부터 어떻게 형성되었는지를 역사적 통찰로서 긴 호흡을 갖고 써 내려간 대하소설이다.

이와 관련하여, 『미망』에서 각별히 주목해야 할 것은 소설이 다루는 시기가 19세기 말부터 20세기 초 개화기 전후를 포함하여 일제 식민체제와 한국전쟁에 이르는 장구한 시간을 대상으로 하고, 다루는 공간은 개성(옛 송도)-경성-만주/중국-일본 등 동아시아를 두루 포괄하고 있다는 사실이다. 그런데 이 모든 시공간이 중요하되, 특히 예의주시할 공간은 개성이라 해도 과언이 아니다. 박완서가 개성에 주목한 이유는 정치 행정적 중심지인 서울의 한양과 달리 개성은 고려 시대의 그리고 "조선팔도의, 아니 청국, 아라사, 일본과 물산과 돈이 집산하는 중심지였고 한바탕 꿈을 펴보기에 손색이 없는 대처"(상: 172쪽)로서 "멀리 아라비아 상인까지 자유롭게 드나들던 상업도시로서의 번영과 영화"(상: 172쪽)가 면면히 내려온, 말하자면 상업자본주의의 맹아가 싹 튼 곳이라 해도 과언이 아니기 때문이다. 더욱이 개성은 고려 시대부터 인삼을 주거래 상품으로 한 송상松商의 상업 활동이 가장 활발한 곳으로, 박완서는 『미망』에서 한국의 근대적 자본주의에 대한 역사적 통찰을 이곳 송상의 내력을 중심으로 서사화한 것이다.

『미망』에서 우선 주목할 인물은 전처만이다. "개성에서도 가장 삼포蔘圃가 널리 분포돼 있는"(상: 32쪽) 마을의 가난한 소작농 출신인 소년 전처만은 향반 이 생원으로부터 아비가 당한 수모를 목도하고는 이 생원처럼 몰락한 향반의 권위를 부여잡고 무고한 양민 위에 군림하는, 즉 "의롭지 못하게 비롯된 새로운 왕조에 나아가 벼슬을 함으로써 망국의 한을 더욱 욕되게 하느니 차라리 돈을 벌자, 새로운 왕조의 이념인 유교가 가장 능멸하여 거들떠보지 않는 장사꾼이 되어 돈을 벌자고"(상: 46쪽) 굳게 맹세한다. 그러면서 전처만은 상업 활동 중 특히 인삼과 관련한 상업에 매진하여 개성 상인을 대표하는 거부巨富로 성공한다. 분명, 전처만이 이룬 경제적 성공은 애초 향반 이생원에 대한 분노로부터 시작되었으나, 그는

"돈으로 하여금 도리^{道理}를 잃게 했을 때 저절로 부를 누릴 자격이 없어진다는 걸"(상: 193쪽) 자신의 파란만장한 상업 활동의 경험 속에서 깨닫는다. 그리하여 전처만이 경계하고 질책하는 대상은 상도덕^{商道德}을 어기고 시장의 질서를 유린하면서 오직 돈을 버는 데만 집착하는 상업 활동이다. 그래서 전처만은 아무리 자기 자식이되 "그의 아들 이성이가 얼마나 파렴치한 방법으로 왜놈과 결탁하고 관을 매수해서 돈을 벌었나를 알고 있기 때문에" "그가 마지막으로 역성들어야 할 것은 자식이 아니라 송방의 계율"(상: 194쪽)임을 몸소 실천한다. 이것은 박완서가 예의주시하고 있는 근대적 자본주의 이전 상업자본주의 맹아 단계에서 보이는 사회경제 윤리 감각의 한 전형이다.

여기서, 비록 전처만도 이성이처럼 한때 인삼 밀무역을 통해 돈을 벌기도 하였으나, 그러한 자신의 상업 활동이 더 이상 존속되어서는 안 된다는 자기 성찰은 의미심장하다. 그래서 전처만은 그의 손녀 태임에게 각별히 기대한다. 이것은 개화기에 직면한 시대의 한 단면을 말해준다고 볼 수 있다. 성리학적 유교 질서가 지배적인 가부장중심제 조선조 사회는 개화기 무렵 각종 근대의 문명이 서구로부터 유입되면서 그것에 대응하여 근대적 제도가 생겨났는데, 여성에게도 신교육의 기회가 개방되면서 주체적 개인으로서 자기 인식이 널리 확산되고 있는 저간의 흐름을 전처만은 주시하고 있었다. 전처만의 총애를 받은 태임은 이러한 개화기 신문명의 흐름을 자신의 방식으로 섭취함으로써 송상의 전통을 창조적으로 계승한 새 세대의 송상 역할을 맡는다. 말하자면, 태임은 어엿한 여성 경영자로서 거듭난 셈이다. 그리하여 여성 경영자로서 태임이 관리 및 수행하는 '인삼 농사-송농^{松農}'과 '인삼 상거래-송삼^{松蔘}'은 할아버지 전처만의 경영 방식보다 진전된바, '고려인삼'이란 상품브랜드 가치를 신장시키기 위해 홍보 및 광고의 효과를 극대화하는 상행위 형식을 통해 일제의 식민지 자본이 잠식해온 국내 인삼 시장에서 "새로운 살 길"(하: 111쪽)을 개척한다. 이것은 달리 말해 제국의 식민지 자본과 맞서 길항한 민족자본의 움직임으로 평가해도 손색이 없다.

  기실, 『미망』에서 태임과 같은 이러한 민족자본의 움직임은 태임의 남편 종상과 그 아들 경우에게서도 여실히 살펴볼 수 있다. 태임의 경제 활동이 그 조부 전처만 세대보다 한층 본격적 상업자본주의로서 민족자본의 모습을 보인다면, 종상은 가내공업으로서 양말공장과 본격적 공장제 공업의 형태를 띤 방직공장을 운영하면서 벌어들인 돈을 만주와 중국 일대 항일독립운동 자금으로 지원하고, 경우는 일본 유학을 통해 배운 고무 화학 기술을 활용하여 고무 관련 제조업 공장을 운영하는 경제 활동에 열심을 보인다. 이렇듯이 태임과 종상 부부 그리고 그 아들 경우는 일제 식민지의 경제적 억압과 착취의 엄혹한 현실의 역사 한계 안에서 비굴하게 굴종하지 않는 민족자본의 존재가치를 보증한다. 이것은 전처만의 아들 이성이와 친일 협력자의 전형으로 등장하는 박승재의 삶과 대비시킬 때 보다 뚜렷해진다.

  『미망』의 제목이 고스란히 말해주듯, 박완서는 개성상인 전처만을 필두로 한 태임을 중심으로 한국 자본주의가 식민지 자본주의의 파고波高 속에서 어떻게 생성 및 성장하는지 그 험난한 도정을 역사의 흐름 속에서 추적하고 있다. 20세기 전반기 한국사회의 현실이 웅변해주는바, 전처만 가계의 경제 활동은 식민지 근대 속에서 난경難境을 겪으며, 말 그대로 미망迷妄에 놓여 있다. 이 역사의 미망 속에서 태임 집안의 경제 활동은 한국전쟁의 소용돌이에 휩싸인 채 그 남동생 태남의 아들 경국이 고향 개성을 떠나 강화도에서 인삼 농사를 어떻게 안착시킬 수 있을지 모를 일이다. 경국이 역시 그 전 세대가 헤쳐온 또 다른 역사의 미망 속에서 경제 활동을 새롭게 시작해야 할 것이기 때문이다. 한국 자본주의의 정동情動은 이렇게 역사의 미망에 대한 응전으로 한국 자본주의의 성숙한 미래의 지평을 쉼 없이 모색하리라.

뜨거운 세상을 이루는 것들: 노동, 현실, 그리고 삶[1]
— 조영관의 소설 세계

1.

조영관 시인이 세상에 내보이지 않은 소설 작품을 읽는 동안 그의 유고시집 『먼지가 부르는 차돌맹이의 노래』(실천문학사, 2008)를 들춰본다. 시집에 실린 시들 중 다음의 시구들이 눈에 밟힌다.

> 그러나 해야 할 생각의 여벌이 많다는 것, 그게 생활의
> 독이 아니면 또 무엇이리
> 그래서 노동으로 고런 맘을,
> 주체하기 힘든
> 호사스러운 잡것들을 죽이는 것,
> 사는 것에
> 몸을 송두리째 맡기고 가만히 숨죽이고 있는 것,
> 그것 참 괜찮은 일 아니겠느냐

• • •

1. 이 글은 조영관 시인이 세상을 떠난 지 10주기를 맞이하여 조영관추모사업회가 발간한 『조영관 전집 2(소설편)』(삶창, 2017)에 수록된 작품을 대상으로 한 해설이다.

　　자본주의 일상을 살아가는 일은 여러 정치경제적 이해관계와 뒤엉켜 있는 것이나 다름이 없다. 타인보다 좀 더 많은 자본을 축적하기 위해 자신에게 유리한 계약 관계를 유지하려고 애쓰고 자신의 행복을 극대화하기 위해 타인의 존재가치를 소홀히 간주하는 데 익숙하도록 길들여진 삶을 사는 것이 바로 자본주의 일상을 살아가는 우리의 삶이다. 그러다 보니, 자연스레 우리는 "생각의 여벌이 많"을 수밖에 없다. 자본주의의 이 복잡한 이해관계 속에서 뒤처져서 안 된다는 강박증과 어떻게 해서든지 살아남아야 한다는 심한 스트레스, 즉 "생활의 독"에 삶 자체가 몹시 위태롭다. 하지만, 조영관 시인은 간명하게 이에 대한 치유책을 제시한다. '노동'이야말로 이처럼 "주체하기 힘든 / 호사스러운 잡것들을 죽이는 것"으로, 우리의 몸과 마음을 황폐화시킨 '생활의 독'을 뿌리째 제거할 수 있는 것이다라고. 그래서 무엇보다 "사는 것에 / 몸을 송두리째 맡기고 가만히 숨죽이고 있는 것"이 함의하는 삶의 진실에 귀를 기울일 것을 나지막이 노래한다. 여기서 쉽게 간과해서 곤란한 것은, 삶을 적당히 사는 것이 아니라 치열히 살아야 하는, 삶을 온몸으로 살아내고 있다면, 그것 자체가 삶의 숭고한 가치를 실천하는 것이기 때문에 애오라지 그 삶에 부화뇌동할 필요 없이 '가만히' 그 삶의 자연스러움을 수용하면 되는 것이다. 이렇게 삶을 살아가는 것이야말로 "참 괜찮은 일"이 아니겠는가.

2.

　　조영관의 이 시적 진실에 깃든, 노동의 숭고한 가치가 보증되는 삶을 향한 욕망은 그의 또 다른 유작 소설 4편에 고스란히 담겨 있다. 세 편의 단편 「봄날은 간다」, 「따뜻한 방」, 「절집 고양이」와 장편 「철강수첩」 등에서 보이는 조영관의 문제의식은 불모화가 진행되는 삶의 현실을 응시하면서 삶의 절멸에 체념하는 게 아니라 그 절멸을 넘어 신생의 가능성을 발견하려는 낙관적 전망을 결코 포기하지 않는 점에서 주목할 만하다.

우선, 「봄날은 간다」를 살펴보자. 이 작품은 갯벌을 삶의 주요 터전으로 삼은 갯마을이 간척지 공사로 인해 땅 투기 붐이 일어나면서 투기성 자본이 집중되더니 마을 사람들 사이 부동산 이해관계로 뒤엉켜 분란과 갈등이 고조되고 심지어 생존의 터전을 투기 자본가들에게 빼앗긴 채 떠돌이로 전락하고 있는 사람들의 신산스러운 삶의 풍경을 보여준다. 작중 인물 중 샛골댁의 아들 영춘의 모습은 파괴되고 있는 갯마을 공동체의 상처를 고스란히 대변하고 있다. 영춘은 갯벌을 간척지화하는 데 반대운동을 하다가 뒤늦게 보상을 받고 과수 농사에 이어 흑염소를 길렀지만 일이 잘 안 돼 고향을 떠나 원양어선의 선원 생활을 하다가 고향 사람들 몰래 새벽 무렵 고향집을 찾는다. 영춘은 다시 원양어선을 타기 전에 자신의 아들을 데려가고 싶어 한다. 그런데 이러한 모든 것들을 다 헤아리고 있는 샛골댁은 혼자 술을 마시면서 죽은 시부모의 영정을 앞에 두고 넋두리를 한다. 어떻게 하여 자신의 신세가 이렇게 처량하게 됐는지, 자식을 다섯이나 두고서도 한 자식도 곁에 두지 못한 박복함을 무엇에 비교하겠는가, 그래도 영춘의 아들 덕이가 곁에 있어 삶을 버티는 힘이 됐는데, 혹시 덕이마저 자신을 떠나고 홀로 남겨진다면 누구와 함께 고향에서 삶을 지탱하며 살 것인지 막막하기만 하다. 여기서, 샛골댁의 이 술 푸념의 밑자리에는 샛골댁의 갯마을을 비롯하여 전국 곳곳에서 국토개발을 통해 삶의 물질적 조건을 발전시킨다는 미명 아래 오히려 오랫동안 안정적으로 유지해온 평화로운 삶의 공동체가 자본의 이해관계로 상처투성이가 됨으로써 급기야 공동체가 파괴된 채 절망과 환멸이 팽배해질 수 있는 묵시록의 현실이 도래할 수 있다는 문제의식을 주목해야 한다.

사실, 이러한 문제의식은 우리의 삶이 위기에 전면적으로 봉착해 있다는 것을 말해준다. 이것은 도시에서도 예외가 아니다. 「따뜻한 방」은 하루 동안 일어난 일을 중심으로 전개된다. 새벽부터 집을 나선 경채는 특별한 목적 없이 도심지를 배회한다. 아니, 굳이 목적이 있다면, 부당하게 해고된 자신의 삶에 대한 자기 윤리의 정당성을 회복·정립·성찰하는 과정이 필요하고, 절친한 친구 준만을 도와주기 위한 융자 보증이 잘못되었기 때문에 자신의 집이 압류된 경제적 난경으로부터 잠시나마 벗어나기 위한 탈출구를 찾기 위해서다. 전자의 자기 윤리의 정당성 확보 문제는 조영관의 그것이라 해도 과언이 아니다. 작중 인물 경채는 우연히 옛 동료를 만났는데 그는 경채를 회유하면서 다시 회사로 나올 것을 권유한다. 경채가 다니던 회사의 사장이 부도를 낸 채 도망간 후 그 사장 처남이 회사의 경영을 맡았으니 다시 회사로 돌아와 일을 함께하자는 것이다. 하지만 경채는 이 회유와 권유를 받아들이지 않는다. 비록 일자리를 잃어 이렇다 할 수입도 없고 친구의 금융 보증을 잘못 서 가정 경제가 급격히 악화되었지만 부정한 방식으로 꾸려지고 있는 일에 자신의 양심을 속이면서까지 삶을 살 수 없는 것이다. 말하자면, "나는 나를 배반할 수 없어"라는 경채의 고백에 응축돼 있듯, 경채에 투사된 작가 조영관은 부당하고 타락한 현실 논리에 영합하지 않으려는 자기 윤리의 결단을 갈무리하고 있는 것이다.

이러한 조영관의 자기 윤리는 작중 인물 준만과 경채의 우정에서 한층 두드러진다. 준만은 동네에서 컴퓨터 가게를 운영하고 있으나 돈벌이가 그리 수월한 것은 결코 아니다. 준만의 이러한 모습을 지켜보는 경채는 우울하다. 준만에게 보증 빚을 변제받는 일이 쉽지 않다는 것을 경채는 잘 안다. 경채와 준만은 모두 노동자로서 혹은 영세 자영업자로서 팍팍한 삶을 도시에서 견디고 있는 것이다. 그렇다면 그들이 삶을 버팅기게 하는 원동력은 무엇일까. 그 원동력은 어디에서 솟구치는 것일까.

"준만아, 이런 경우 너라면 어떡할 거야? 전 회사 사장이 돈을 빼돌려 처남 앞으로 다시 회사를 차렸는데 그 처남이란 작자가 같이 일하자고 한다면 너라면 어떡할 것 같애?"

"나라면 어떡할까? 회사가 그 회사뿐이라면 모르지만 나라면 그렇게는 안 산다."

"그렇지. 근데 왜?"

"사람이 한번 비굴해지면 끝이 없잖아. 나도 현장에 들어간 뒤로 집에는 죽어도 손을 안 벌려. 그런 자존심 없이 어떻게 사냐. 아무리 불알 두 쪽만 남아도 줏대 하나는 가지고 세상을 살아야 하는 거 아니냐. 내 곧 죽는 거 아니니까 경채야 좀만 참아줘라."

"나도 오늘 싹둑 짤라서 거절했어. 그런데 좀 억울하기도 하고 손해 보는 것 같기도 하고……."

"인생 조금 손해 보는 것처럼 사는 것이 멋있는 거야."

"그래. 압류 건은 우리 함께 노력해보자. 우리가 같이 보낸 세월이 어떤 세월이냐. 이렇게 서로 뭉치기도 하는데 어떻게 안 좋아지겠냐."

경채는 준만의 어깨를 툭툭 쳤다. 준만의 귓가로 축축한 물기가 흘러내리는 것을 보며 경채는 고개를 뒤로 젖히고 눈을 감았다. 잠시 후, 준만은 벌써 피그르르 고개를 모로 기울인 채 코를 골았다. 잠시 후 경채 역시 포근하지만 뭔가 껩찌름한, 불안하지만 왠지 아늑한 쪽잠 속으로 스르르 잠겨들었다.

경채와 준만의 위 대화를 냉엄한 현실을 도외시한 낭만적 우정으로 읽어서는 안 된다. 경채가 자기 윤리를 갈무리하는 과정은 순간적 충동에 의한 게 아니라 자신을 오랫동안 버팅기도록 해준 노동자로서 양심의 가치를 소중히 생각했기 때문이다. 이 양심을 준만도 소중히 간직하고 있었음을 알 수 있다. 이것은 "사람이 한번 비굴해지면 끝이 없잖아."라는 준만의 말에 녹아들어 있다. 물론, 그들은 너무나 잘 알고 있다. 자존과 양심을 지키는 과정에서 뭔가 타인보다 손해 보는 것 같은 삶을 감수해야 하는 것이다. 자본주의 일상 속에서 손해 보는 삶은 은연중 경쟁에서 패배하는 삶과 연결되고, 자신의 몫을 잘 챙기지 못하는 어딘지 모르게 바보스런 삶을 사는 존재로 간주되기 십상인 현실에서 그들의 손해 보는 삶 자체가 환기하는 것은 그리 단순한 게 결코 아니다. 그들의 삶은 현상적으로 자본주의 일상에서 낙오된 삶으로 보이지만, 그들은 자신의 삶을 패배시킨 그 무엇에 결코 굴복하지 않기 위해 자기 윤리를 튼실히 다지고 있다. 물론 여기에는 이러한 존재를 소외시키지 않고 연대하는, 우리 시대에서 절실히 요구되는 '우애'의 윤리를 상기해야 할 것이다. '우애'는 어느 한 편이 일방적으로 다른 한 편을 사랑하는 게 아닌 서로 동등하게 연민의 시선을 나눠 가지면서 서로의 아픔을 치유하고 미래를 향한 전망을 포기하지 않는 용기를 북돋우는 마력을 지닌다. 아무리 공포스런 삶의 위기가 우리를 엄습할지라도 이것에 굴복하지 않고 버팅기는 삶의 원동력을 '우애'에서 새롭게 발견한다면 「따뜻한 방」이 타전하는 소설적 전언은 의미심장하다.

3.

그렇다. 조영관의 유작을 검토하면서 이러한 '우애'의 윤리가 대수롭지 않게 다가오는 데에는 장편소설 「철강수첩」에서 공들여 형상화하고 있는 노동자들의 핍진한 삶의 관계 속에서 '우애'의 가치가 한층 소중히 드러나기 때문이다. 분명, 「철강수첩」은 21세기 한국소설의 주류에서 벗어나 있다. 저간의 한국소설에서 공장 노동자를 전면으로 부각시킨 작품이 희소성을 띠는 데서 단적으로 알 수 있듯, 이 작품을 얼핏 볼 때 지난 1980년대의 공장 노동자를 다루는 노동소설의 낯익은 서사가 눈에 밟힌다. 노동 현장의 사회구조적 모순, 그 모순 속에서 노동 착취와 억압을 당하는 노동자의 비참한 현실, 이러한 것에 대한 노동자의 각성과 노동운동의 전위성에 대한 계몽 등속이 낯익은 노동소설의 전범이었다. 그런데 지난 연대의 노동소설이 얻은 값진 성취에도 불구하고 노동자의 집단적 가치를 중시한 나머지 노동자의 개별적 가치에 대한 소홀함과 급변하는 노동 현장의 구조적 모순에 대한 둔감한 인식, 가령 비정규직 노동자의 양산에 따른 문제, 국제노동시장의 분화에 따른 외국인 이주노동과 연관된 문제, 그리고 국내외 원청과 하청 간 복잡하게 뒤엉킨 노동 관계에 대한 명민한 인식의 결여가 낳은 온갖 새로운 노동 현실에 대한 긴밀한 서사적 대응을 펼치지 못한 것은 노동 서사의 갱신을 더디게 할 뿐만 아니라 노동 서사의 종언을 공공연히 불러일으킴으로써 한국소설의 귀중한 성취를 망실할 위기에 직면해 있다. 이러한 점을 생각할 때 조영관의 「철강수첩」은 이 같은 여러 노동 사안에 대한 빼어난 노동 서사의 성취를 거두고 있지 않으나 21세기 한국사회의 노동 현실이 직면하고 있는 문제점들을 숙고하게 한다는 점에서 과소평가할 수 없다.

조영관이 기계를 다루는 노동 현장에서 노동자로서의 경험은 「철강수첩」의 작중 인물이 보여주는 노동의 구체성을 통해 드러난다. 용접 노동의 세밀한 부분에 대한 서술과 묘사, 노동자들 사이에 주고받는 생동감 있는 현장의 언어들, 무엇보다 노동자들의 시선에서 때로는 미시적으로 관찰되고 때로는 거시적으로 조망되는 철강 노동 현장의 안팎은 후기자본주의 일상 속에서 우리가 외면하거나 망실하고 있었던 노동 현실의 낱낱을 해부해 보인다. 이와 관련하여, 각별히 주목할 것은 조영관이 인식하고 있는 노동 현실은 노동 현장으로만 국한시키는 게 아니라 노동 현장의 안팎을 이루는 세계를 총체적으로 인식하고 있다는 사실이다. 조영관의 「철강수첩」에서 그려지는 노동자가 지난 연대의 노동 서사에서 등장하는 노동자와 구별되는 점이 있다면 바로 이러한 점에서 한국사회의 노동 현실을 다각적으로 보려는 노력을 하고 있다. 여기에는 지난 연대의 노동운동이 얻은 값진 성취를 폄훼하는 게 아니라 그 성취를 그것대로 인정하되 그것에 안주하지 않고 보다 복잡한 노동 모순에 능동적으로 대응하면서 광범위한 대중적 지지 기반을 바탕으로 노동운동의 새 활력을 되찾고자 하는 조영관의 서사 의지가 뒷받침되고 있다. 가령, 「철강수첩」에서 학출擧 出인 노동자 재기와 학생운동을 하고 있는 민철과의 대화에서 현실사회주의의 실패가 낳은 신자유주의의 무한경쟁이 낳은 삶의 파괴에 대한 비판적 문제의식이 인간의 욕망을 제어하지 못한 반성적 성찰에 이르는가 하면, 욕망의 절제가 오히려 규율과 엄격성을 앞세우는 체계 아래 계급의 문제를 궁극적으로 해결할 수 있는지에 대한 래디컬한 비판은 현재 한국사회의 노동 안팎을 이루는 구조적 억압과 개별적 행태악行態惡을 척결하는 문제가 녹록하지 않음을 환기하는바, 이 같은 비판적 문제의식은 조영관의 노동 서사를 관통하는 핵심이다. 그러면서 조영관은 재기의 입을 빌려 학생운동가 민철이 진정으로 깨우치지 못한 역사의 허무를 견디고 극복할 수 있는 힘을 민중에게서 발견한다.

> "현실에 대해 절망해야 허무지, 현실을 인정하는 데 어떻게 허무냐? 내가 벌지 않으면 난 하루도 살 수 없어. 그게 니들과 다른 점이지. 앓고 계시는 어머니 놔두고 어떻게 절망하냐. 민철아, 땀 속에는 허무가 끼여들 틈이 없어. 처박고 싸우는 것이 더 마음 편할지 몰라. 아무리 개 같은 현실이지만 그 속에 코를 박고 있으면 기쁨은 그 속에도 항상 있어. 그 잠시의 기쁨이 얼마나 숭고하고 무서운 것인지 아냐? 그 잠시의 기쁨을 영구적인 기쁨으로 일깨우는 것이 우리의 희망이겠지. 어쨌든 민중들은 현실에 매몰되어 있는 것 같지만 우리보다는 훨씬 건강해, 난 그걸 느껴."

노동자 재기는 현실에 대해 절망하지 않기 때문에 '허무'하지 않다. 하루하루를 자신의 노동으로 치열히 살아야 하기 때문에 "땀 속에는 허무가 끼어들 틈이 없"다. 재기에게 현실은 온몸으로 부딪쳐야 할 삶의 전장이다. 삶의 희망은 거저 얻어지는 게 결코 아니다. 고된 삶을 정직하게 살아내고 있는 자에게 희망의 불길은 꺼지지 않는 것이다. 아무리 진보적 사회과학주의로 인식을 단련하고 그것을 통해 현실을 과학적으로 사유하면서 진보를 향한 운동을 실천한다고 할지라도 삶의 현실에 기반을 두지 않는 인식과 실천은 한갓 공염불에 불과하다는 진리를 되짚고 있다. 어쩌면 21세기 한국소설에서 노동 서사의 갱신이 이뤄지지 않는 것은 바로 이처럼 지극히 기초로 삼아야 할 삶의 현장과 그에 밀착한 민중의 삶과 거리를 두었기 때문인지 모른다. 이것을 소홀히 간주했을 때 21세기에 새롭게 불거지고 있는 각종 노동 현실의 문제들에 대한 노동 서사가 빈곤해지는 것이다. 갈수록 노동의 문제는 복잡해지고, 노동 착취와 노동 억압은 한층 제도화되면서 노동 관련 문제가 사회 진보를 논의하는 데 매우 둔감한 사회적 현안으로 취급되는 현실 속에서 노동 서사의 빈곤은 심각히 우려되는 게 아닐 수 없다. 때문에 그 단적인 사례로, 「철강수첩」에서 지적되고 있는, 원청과 하청 사이에 서로 책임을 전가하는 노동 착취와 노동 억압에 대한 적나라한 파행이 낱낱이 고발·증언되는 것은 그 자체로 21세기 노동 현장의 불모성과 퇴행성을 드러내고 있는 점에서 이 작품의 존재 의의를 주목하도록 한다.

4.

이렇듯이 조영관에게 가장 중요한 것은 노동의 현실, 바꿔 말해 노동 안팎을 이루는 삶의 현실이다. 삶의 현실을 관념세계에서 개조하고자 하는 사유에 갇혀 있는 것도 아니고, 현실세계에서 변혁하고자 하는 욕망의 미망에 사로잡히는 것도 아닌, 그 현실을 온몸으로 정직하게 치열히 살아내면 되는 것이다. 21세기 한국사회의 노동자들은 이 지극히 상식적이고 기초적인 일을 수행하는 게 힘들었던 것이다. 그의 단편 「절집 고양이」를 읽고 있으면, 조영관의 서사를 관통하는 문제의식을 음미하게 된다. 겉으로 볼 때 이 소설은 불가의 진리를 탐구하는 종교적 서사처럼 보이지만, 그 이면에는 '참된 자아[眞如]'를 궁리함으로써 '바른 마음[正心]'을 가다듬고 어떻게 하면 "자본과 탐욕의 산들을 깔아뭉개고 맑게 터서 아름다운, 활짝 개인 그 수평의 바다"(「철강수첩」)에 닿을지를 탐구하는 조영관의 삶의 철학이 용해된 서사로 보아도 손색이 없다. 여기서 간과해서 안 되는 것은, 「절집 고양이」의 마지막 장면에서 인상적으로 맺듯, 조영관의 삶의 철학은 불가의 사찰 안에서만 도(道)를 닦는 데 자족하지 않고 사찰 안에서의 공부를 바탕으로 사찰 바깥으로 나와 그것을 삶의 현실 속에서 실천하는 데 있다. 그렇다면, '절집 고양이'는 이러한 실천을 하도록 어둠 속에서 응시한 부처의 현신이 아닐까.

조영관의 네 편의 유작 소설을 음미한 후 다음과 같은 문장이 머릿속을 맴돈다.

삶이란 낮아서, 한없이 낮아서 축축하고 비릿한 거라요. (「절집 고양이」)

사람이 노동을 하면 얼뜨기 철학 나부랭이보다도 정신이 훨씬 청량해지는 거 같거든. 노동이야말로 최고의 명상이야. (「철강수첩」)

욕망의 바다, 바다의 욕망
— 한승원의 「목선」, 『멍텅구리배』, 『항항포포』를 중심으로

전라남도의 한 어촌에서 태어난 한승원(1939–)에게 바다는 생명의 원향原鄕으로서 그의 문학적 상상력의 원천 그 자체다. 그의 소설에서 바다는 소재 이상의 역할을 수행하고 있다. 바다는 그에게 바다를 터전으로 살고 있는 사람들의 숱한 욕망과 이해관계가 뒤엉키면서 말 그대로 악다구니 치며 삶을 살 수밖에 없는 사람들의 생생한 삶의 현장으로 그려진다.

한승원의 등단작 단편 「목선」(1968)은 이러한 그의 소설세계의 토대를 구축하고 있는 대표작이다. 「목선」은 두 인물에 초점을 맞춘다. 석주는 겨울 동안 양산댁네 김 채취 일에 머슴과 다를 바 없는 처지로 고용되었으나 일을 끝낸 후 양산댁네의 채취선을 빌려 어업을 열심히 하여 한밑천을 잡으려는 계획으로 자신의 미래를 향한 삶에 부풀어 있다. 그런데 태수의 뜻하지 않은 개입으로 이 계획이 자칫 수포로 돌아가게 생긴 것이다. 양산댁네가 석주에게 빌려주기로 약속한 채취선을 태수에게 빌려줄 낌새다. 석주는 그동안 자신의 실패한 삶을 만회하기 위해 벼르고 벼른 이 계획을 달성하기 위해 양산댁네와 태수에게 거친 항의를 한다.

이렇듯이 「목선」의 중심 이야기는 그리 복잡하지 않다. 하지만 쉽게 간과해서 안 되는 것은 석주와 양산댁네 사이의 약속과 얽힌 삶의 그 어떤 진실이다. 석주와 양산댁네는 각기 서로 다른 삶의 모진 상처를

지니고 있다. 석주는 나이 어린 전처前妻의 배신 속에서 삶이 풍비박산난 채 정처 없는 유랑생활을 하고 있으며, 양산댁은 젊은 시절 남편을 잃고 아들 하나와 함께 김 채취선 한 척에 의지하여 외롭고 힘든 삶을 유지하고 있다.

이러한 그들에게 채취선은 어업 수단 이상의 의미를 지닌다. 석주에게 채취선은 자신의 실패한 삶을 재기시킬 수 있는 희망의 계기이고, 양산댁에게 채취선은 어촌에서 과부의 박복한 인생을 견디며 삶을 꿋꿋이 지탱시켜 준 보호막과 같은 귀중한 것이다. 이처럼 중요한 채취선을 두고 석주와 양산댁네 사이에는 묘한 갈등의 전선이 형성된 것이다. 마침내 석주는 태수 때문에 양산댁네가 자신과의 약속을 파기하는 것으로 알고 태수와 심한 몸싸움을 벌일 뿐만 아니라 양산댁에게도 심하게 화를 낸다. 바로 이 대목에서 「목선」을 관통하는 작가의 인간에 대한 통찰이 번뜩인다. 석주에게 채취선을 빌려주지 않겠다던 양산댁은 별안간 태도를 바꾼 것이다. 이것을 어떻게 이해해야 할까. 이것에 대한 이해야말로 「목선」의 밑자리에 가라앉아 있는 인간에 대한 웅숭깊은 작가의 통찰에 이른다.

사실, 양산댁은 겨울 동안 석주가 자신을 도와 묵묵히 머슴처럼 김 채취를 하는 모습을 보면서 겉으로 내색은 하지 않았으나 석주를 향한 연정을 품었다 해도 과언이 아니다. 오랫동안 어촌에서 과부로서 힘든 삶을 살아온 양산댁에게 남편 없는 외로운 생활에 종지부를 찍고 다른 여인들처럼 남편과 함께 행복한 삶을 살고 싶은 욕망을 자연스레 품었을 터이다. 따라서 양산댁이 석주와 함께 남은 인생을 살고 싶은 욕망을 갖는 것은 너무나 자연스러운 일이다. 그런데 기왕이면 양산댁이 바라는 남자는 어촌에서 험한 어업을 하면서 어촌의 삶을 모지게 견딜 수 있는, 말하자면 강단이 있는 남자이기를 원하는바, 석주에게 이러한 강단과 결기의 모습을 발견하고는 마침내 석주에게 자신의 이러한 마음을 드러낸다. 석주 또한 양산댁이 자신을 향한 연정과 함께 살고 싶은 마음을 알아채고는, 지난날 석주를 배신한 여인으로부터 받은 삶의 상처를 환기한다.

어쩌면 석주는 그러한 삶의 상처를 양산댁으로부터 또다시 받을 수 있을지 모르기 때문이다. 과연, 그들은 함께 새로운 삶을 다시 시작할까. 아니면, 지금까지 그랬듯이 각자의 외로운 삶을 이어갈까. 「목선」의 마지막 장면은 우리에게 인간의 관계와 그 삶의 진실에 대해 묻는다.

그렇다. 한승원의 바다와 관련한 소설을 읽는 것은 우리로 하여금 상처받은 인간을 둘러싼 비정한 욕망들 사이에서 솟구치는 삶의 순정과 그것에 깃든 진실에 눈을 뜨게 함으로써 인간에 대한 성숙한 이해의 길로 안내한다. 그래서 장편소설 『멍텅구리배』(2001)를 시종일관 휘감는 인간의 악마성과 그 사이사이로부터 사금파리처럼 내비치는 삶의 순정이 가져다주는 소설의 매혹은 가히 치명적이 아닐 수 없다.

『멍텅구리배』는 작품의 제명이 단적으로 드러내듯, 작가는 '멍텅구리배' 안에서 벌어지는 일을 촘촘히 추적한다. "멍텅구리배는 20톤쯤의 크기인데, 여느 배처럼 유선형이 아니"고, "거대한 직사각형의 상자 모양으로 지은 뭉툭한 배"로서 "전후좌우 어느 쪽으로든지 자기 혼자 힘으로는 한 발짝도 나아가지를 못하고 한자리에서만 닻을 내리고 있는 배. 항진하기 위해 저을 노櫓는 물론, 바람을 이용할 돛과 방향을 잡아 줄 키도 없"는 배로, "태풍이 불어와도 꼼짝하지 않은 채 견디고 있어야 하는" 운명을 타고났다. 흔히들 이 멍텅구리배를 새우잡이배라고 부른 데서 알 수 있듯, 멍텅구리배 선원의 주요 임무는 새우잡이를 하는 것이다. 바다 한가운데 떠 있으면서 닻을 갯벌 깊숙이 내린 채 파도에 배의 운명 전체를 맡겨 놓고는 새우를 잡는 데 열심인 배가 바로 멍텅구리배이다. 바다의 일들이 힘들지 않는 게 없지만, 그중 멍텅구리배에서 하는 일이야말로 어쩌면 가장 힘들지 모른다. 더군다나 소설 속 멍텅구리배에서 새우잡이를 하기 위해 모여든 선원들은 저마다 서로 다른 악마성을 지닌 채 언제 그 악마성이 선원들 사이를 비집고 나와 서로의 존재를 앗아가 수장水葬시켜버릴지 알 수 없는 공포의 도가니에 갇혀 있다.

기실 소설 속 선원들은 각기 나름대로 곡절 많은 사연을 간직한 채 멍텅구리배로 모여든다. 비유컨대 멍텅구리배의 삶은 풍찬노숙의 삶을 살아온 사내들의 막장 속 삶이라고 할까. 그만큼 멍텅구리배의 선원들에게 삶의 기쁨과 희망은 찾아보기 힘들다.

이러한 멍텅구리배의 제한된 공간과 삶의 한계 상황에 놓인 선원들 사이에서 작가는 인간 사회에 어지럽게 뒤엉켜 있는 먹이사슬, 그 음험한 권력 관계가 재현되고 있음을 날카롭게 파헤친다. "멍텅구리배 안의 야만적인 권력 구조"에 포위된 선원들의 민낯을 통해 작가는 우리로 하여금 인간의 부끄러운 자화상을 대면하도록 한다. 가령, 멍텅구리배 안에서는 선장이 절대 권력을 행사한다. 나머지 선원들은 선장의 공공연한 묵인 아래 폭력성의 서열에 따라 힘의 우열 관계가 자연스레 성립한다. 만일 이 우열 관계에 균열을 내기 위해서는 혹독한 희생을 치러야 하고 모험을 감당해야 한다. 한마디로 말해 멍텅구리배 안은 바다의 정글과 다를 바 없다.

그런데 이 바다의 정글에서 작가는 인간의 악마성과 연관된 삶의 근원적 진실과 마주한다. 멍텅구리배 안의 선원들은 저마다 치명적 삶의 내상을 입은 채 멍텅구리배로 모여들고, 그곳에서 그들은 각자의 삶의 전장에서 체득한 삶의 내공을 갖고 지옥도地獄圖와 같은 하루하루의 사투를 기꺼이 감내한다. 조금이라도 서로를 불편하게 하면 삶의 전부를 산 것인 양 으르렁대는 위험하고 가파른 삶의 연속이다. 서로의 악마들은 하루에도 수백 번씩 그 포악성을 드러내도 부족하다. 그러면서 그들은 바다의 생리에 따라 그물을 늘어뜨리고 당기면서 새우잡이 일에 혼신의 힘을 쏟는다.

여기서, 흥미로운 것은 이 멍텅구리배 밑바닥에 불청객인 쥐가 배 밑창을 갉아 먹고 있는데도 불구하고 선원들은 애써 이 쥐를 잡지 않는다. 선원들과 쥐는 "서로를 용인하면서 살아온 것"에 대한 어떤 공존의 윤리감을 자연스레 익혔다고 해도 과언이 아니다. 이것은 멍텅구리배 안에서 좀처럼 발견하기 힘든 공통의 윤리 감각이다. 하지만 작가의 예리한 문제의식은 바로 여기서 우리를 매혹시킨다. 이 윤리감의 본질은 그리 단순하지 않기 때문이다. 결국 이 배 안에 팽배한 악마성의 기운은 선원 송강철의 죽음을 초래하였는데, 지창수를 제외한 멍텅구리배 안의 모든 선원들은 약속이나 한 듯 송강철의 죽음과 관련한 증언을 회피하거나 사실과 다른 거짓 증언을 함으로써 멍텅구리배 안에서 일어난 일이 송강철의 죽음을 그의 자살로 귀결시키는 데 공모한다. 지창수가 아무리 선원들의 양심에 호소하면서 송강철의 죽음이 선주와 선장, 그리고 다른 선원들의 철저한 공모와 담합 속에서 의도적으로 꾸며진 일이라는 것을 알리지만 속수무책이다. 지창수를 제외한 송강철의 죽음과 연루된 멍텅구리배 사람들은 서로의 악마성을 공유하고 각자의 존재가치를 서로의 이해관계에 따라 적극적으로 활용한다. 따라서 그들에게는 멍텅구리배 안의 이 기묘한 악마성의 공존에 균열을 낸 송강철이 이물스럽고 제거해야 할 존재에 불과한 것이다. 작가 한승원은 이러한 멍텅구리배 안의 음험한 권력 관계와 악마성이 공존하는 민낯을 파헤침으로써 한국사회의 이 같은 면을 드러낸 것이다.

　여기에는 한국사회가 근대화를 향한 압축성장을 하면서 인간이 추구해야 할 인간됨의 가치와 순수한 그 무엇이 훼손되고 있다는 데 대한 작가의 냉엄한 비판적 시선이 놓여 있다. 이와 관련하여, 장편소설 『항항포포』(2011)는 구도자적求道者的 소설로서 작가는 작중 인물로 하여금 한국의 거의 모든 항구와 포구를 찾아다니는 도정 속에서 자기 구원의 길 찾기를 시도하고 있다. 제주도와 울릉도를 포함하여 전국 대부분의 항구와 포구를 찾아다니는 열흘 동안의 여정 속에서 작중 인물인 소설가 임종산과 호묘연이란 여성은 각자의 삶에 깊게 패인 상처와 대면한다. 임종산은 씻을 수 없는 죄책감에 시달리는데, 지난날 소설가 지망생인 여대생 소연과 뜨거운 사랑을 나누면서 소연으로 하여금 무려 세 번씩이나 임신중절 수술을 하도록 하고 그것 때문인지 소연은 젊은 나이에 자궁암에 걸려 결국 죽음을 맞이한다. 이렇듯이 임종산은 소연의 죽음에 심한 죄책감을 갖고 소연에 대한 참회의 여행을 하는데 이 참회의 길에서 조직폭력배 우두머리의 아내로 감시와 억압의 삶을 살아온 호묘연을 만나 함께 그들의 삶을 구속하고 있는 그 무엇으로부터 진정한 깨달음을 얻고자 한다. 임종산에게는 그것이 소연을 향한 참회이자, 그 자신을 따라다닌 '슬픈 허무'의 심연을 응시하면서 얻어지는 자기 구원의 길이다. 그리고 호묘연에게는 그의 정신과 육체를 폭력으로 구속하고 있는 조직폭력배 남편의 억압의 실체로부터 해방됨으로써 자유의 기쁨을 만끽하는 자기 구원의 길이다. 이렇듯이 그들 모두 자기 구원의 길을 찾아 나선다는 점에서 전국의 항구와 포구를 찾아다니는 그들의 동행은 구도求道의 성스러움이 깃들어 있다. 뿐만 아니라 그들의 동행은 서로의 육체를 향한 정념을 주고받는다는 점에서 지극히 속화된 것이다. 말하자면, 그들의 동행은 성聖과 속俗이 자연스레 한데 어울리는, 그래서 성속일여聖俗一如의 구도求道를 보여준다.

　그들의 동행이 갖는 이러한 점을 성찰할 때, 우리는 "자유, 이 자유에 복종하며 사는 이것이 제대로 세상을 사는 것이다"에 동감하는 작중 인물의 내면세계를 이해할 수 있다. 가령, 소연이 종산과 이뤄질 수 없는 사랑의 상처 때문에 결국 죽음을 맞이했지만, 소연은 이 모든 것을 결코 후회하지 않는다. 그 대신 소연은 그의 가족들에게 자신이 사랑한 종산을 함부로 대하지 말 것과 그의 주검을 화장한 뼛가루를 종산으로 하여금 혼자 그들이 함께 여행한 항구와 포구에 뿌려줄 것을 유언한다. 소연에게 종산은 자유를 만끽하게 해준 연인이자 스승이기 때문이다.

　하지만 종산은 소연을 향한 죄책감에서 좀처럼 벗어날 수 없다. 『항항포포』는 우리로 하여금 이들 상처를 입은 작중 인물과 동행하도록 하면서 '슬픈 허무'로 점철된 상처를 치유하는 자기 구원의 길을 모색하게 하는데, 호묘연의 다음과 같은 발언은 시사하는 바 크다.

　　　"선생님, 자유와 행복의 모양새가 어떤 것인지 알았어요. 씩씩하게 살아
　　가는 것 자체가 원시적인 몸으로 쓰는 원시적인 시詩, 가장 순수하게 사는
　　삶이라는 것도……. 지금 저는 전혀 딴 세상에 와 있어요." (『항항포포』에서)

가장 쉽고도 어려운 일이 삶을 씩씩하게 살아가는 것이다. 이것은 어떤 정형화된 삶이 아니라 변화무쌍한 바다처럼 그 생리에 거스르지 않으면서 자연스레 삶을 꿋꿋이 살아내는 데 있다. 그럴 때 "바다는 사랑과 자유의 화신이다"에 깃든 한승원의 소설의 진실을 헤아릴 수 있다.

자기 탐구와 모험, 그리고 주체적 욕망

— 고시홍의 소설집 『그래도 그게 아니다』

1.

작가 고시홍의 이번 소설집 『그래도 그게 아니다』(문학나무, 2018)를 통독하면서 인간의 욕망에 대한 생각이 꼬리를 문다. 작가의 말에서 뚜렷이 밝혔듯이, 이번 소설집을 관통하는 문제의식은 '인간은 욕망의 동물'로서, 고시홍은 '욕망'의 심연을 향한 탐사를 시도하고 있다. 물론, 이와 관련한 서사는 한국소설사에서 특히 1990년대 이후 집중적으로 두드러진바, 익히 알고 있듯이, 1990년대 이전까지 한국문학의 주된 관심사는 이른바 삼반(反민족, 反민중, 反민주주의)에 대한 저항과 해방의 서사에 비중을 두었다. 1980년대의 폭압적 군부 독재정권 아래 인간 개개인의 욕망의 문제(미시서사)보다 민족과 민중, 그리고 계층과 계급의 문제(거시서사)가 한국소설에서 첨예한 서사의 주제로 부각되었기 때문이다. 이후 한국문학은 1980년대와 현저히 달라진 대내외적 급변화를 맞이하면서, 즉 대내적으로 문민정부가 출범하고 대외적으로 현실사회주의가 붕괴함에 따라 거시서사로부터 미시서사로 무게 중심을 이동시켜온 게 저간의 사정이다. 그렇다면, 엄밀히 말해 고시홍이 이번 소설집에서 초점을 맞추고 있는 욕망의 문제가 1990년대에 집중적으로 탐구되었던 미시서사와 구별되는 점은 무엇일까. 더욱이

2000년대에 들어와 한국소설에서 포스트모더니즘의 서사가 붐을 이루고 있는, 그래서 개인과 욕망의 다양한 문제를 다루고 있는 소설이 독서 시장을 빼곡히 채우고 있음을 환기해볼 때 고시홍이 천착하고 있는 욕망의 문제는 어떤 서사적 특장特長과 매혹을 지니고 있을까.

2.

이번 소설집에 수록된 작품들 중 무엇보다 눈에 띄는 것은 여성을 재현하고 있는 작품들이다. 「위험한 외출」, 「마지막 행운」, 「태풍의 눈」, 「그래도 그게 아니다」 등에서 주목되는 여성들은 가부장 중심의 한국사회에서 수동적으로 주변부로 밀려남으로써 여성의 주체적 욕망이 은폐되든지 왜곡되든지 심지어 소외되는 게 아니라 아주 자연스레 담대히 그려지고 있다.

「위험한 외출」에서는 소설 속 화자 '나'가 중년 여인의 시선으로 자신의 성장사를 술회한다. 특히 '나'는 여성으로서 가장 예민한 육체적 성장통인 '월경'과 관련된 자신의 생생한 경험을 들려준다. 다른 또래 친구들에 비해 상대적으로 시기가 늦었던 월경과 여성의 육체적 성징性徵에 대한 콤플렉스, 호기심과 성적 충동으로 자신의 은밀한 생식기를 탐구하고 자위하던 시절, 그리고 이러한 육체적 변화보다 몸부림쳤던 "정신적 월경의 고통"(125쪽)으로 자신도 모르는 새 붙들린 도벽증에 대한 고백은 "하루빨리 제주섬을 떠나 대학생이 되고 성인으로 환생하고 싶"(128쪽)은 욕망에 신열을 앓도록 한다. 그리하여 월경이 시작된 이후 섬을 떠나고 싶은 '나'는 세계를 대면한 어엿한 주체적 여성으로서 자기 영혼의 완전한 독립을 향한 욕망을 품는다. 하지만 그럴수록 '나'를 불완전한 존재로서 옥죄고 있는 것은 아이러니컬하게도 주체적 여성으로서 거듭나도록 한 육체적 성징인 바로 월경이고, 이것에 동반되는 도벽증이다. 작가 고시홍은 이처럼 '나'의 성장사 속에서 가장 사적이면서 내밀한 사안인 여성의 월경과 도벽증에 얽힌 '나'의 내면 풍경을 밀도 있게 그려낸다. 특히 중년 여인이 되었으나 아직도 완전히 놓여나지 못한 월경전증후군인 도벽증을 보인 자신의 자괴감과 모멸감 속에서 폐경기를 맞이할 자신의 삶에 대한 단호하고 복잡한 내면 풍경을 더듬는 작가의 섬세한 촉수는 그 자체가 작가의 글쓰기 욕망이 투사된 것이라 해도 과언이 아닐 것이다. "욕망의 아메바들은 아무리 통제하고 억압해도 영원히 지속"(134쪽)되듯, 중년 여인의 '나'의 월경과 그에 따른 도벽증은 '욕망의 아메바'와 흡사 다를 바 없는 것으로, 이러한 '나'의 욕망의 심연을 탐구하고 있는 작가의 글쓰기 욕망 또한 '욕망의 아메바'와 그 속성이 크게 다르지 않다.

　이러한 '욕망의 아메바'는 「마지막 행운」의 문제적 인물인 '나현주'에게 도 고스란히 발견된다. Y여고 교사인 '나'에게 '나현주'라는 여학생은 시쳇말로 문제아로서 다가왔다. '나현주'는 한국전쟁 무렵 1·4후퇴로 제주로 피난을 온 엄마와 H은행 지점장 사이에서 태어났으나 아비의 버림을 받은 채 엄마와 제주에 남겨진 채 산지천 하류 유흥가에 거주하면서 온갖 간난신고를 겪으면서 성장해간다. '나현주'는 엄마의 자살을 목도한 후 생존을 위해 매춘업에 직접 종사하면서 한국전쟁 이후 폐허가 된 세상에서 어떻게 하면 최소한의 생계를 꾸려갈 수 있고 이를 위해서는 세계에 어떻게 적응해야 하는지를 누구보다도 본능적으로 무섭게 체감하면서 자신의 삶을 지탱해가는 생존의 욕망을 실현해나갔던 것이다. '나현주'의 이러한 학창 시절의 모습은 시간이 흘러 '강남희'란 이름으로 또다른 욕망의 주체로서 '나' 앞에 나타난 것이다. 이제 '강남희'는 "미혼모 쉼터를 겸한 상담센터를 운영"(170쪽)하면서 행복한 삶을 누리고 있는데, '나'에게 고등학교 시절 자신을 자퇴시킨 데 대해 감사의 마음을 전한다. 사실, 이와 관련하여, 우리가 간과해서 안 되는 소설적 전언이 있다. 작중 인물 '나'가 Y여고에 부임하면서 전교생에게 힘주어 강조한 다음과 같은 말이 있다.

"산다는 것은 끝없는 자기 탐구이고 시도이며 실험이다. 이러한 탐구와 시도, 실험 정신이 따르지 않는 삶은 이미 끝난 것이나 다름없다." (143쪽)

어떻게 보면, 이 간결한 발언이 '나현주'에게 미친 영향은 결코 작지 않았으리라. '나현주'처럼 생각하기 따라서는 버림받고 저주받은 섬에서 자신의 삶을 지탱하고 구원할 수 있는 유일한 방법은 '자기 자신'일 뿐이라는 무섭고도 고독한 진실을, '나'의 위 간명한 발언에서 섬광처럼 마주했을지 모른다. 그렇다면, 이것은 작중 인물 '나'와 '나현주/강남희'를 잇고 있는 삶의 철학이자 윤리와 다를 바 없으며, 작중 인물을 통해 재현된 작가 고시홍의 그것이다. 여기서, 다시 한번 환기해야 할 것은, 고시홍의 삶의 철학과 윤리는 서사적 계몽이 앞서는 게 아니라 '나현주'처럼 간난신고를 겪는 여성의 삶의 핍진성으로부터 서사적 설득력을 얻고 있다는 점이다.

이러한 서사적 설득력은 「태풍의 눈」에서 작중 인물 고창유의 어머니가 기록한 일기장에 씌어진 곡절 많은 생애사를 통해 한층 주목된다. 「위험한 외출」에서도 그렇듯이, 우리가 각별히 눈여겨볼 것은 여성의 목소리가 서술의 중심을 이루고 있다는 점이다. 「태풍의 눈」에서는 일기의 형식을 빌려 여성의 구체적 삶이 생동감 있게 그려지고 있다. 특히 고창유의 탄생과 관련된 비밀스런 일들이 기록돼 있다. 그 핵심은 사춘기 여고생 '김주혜'가 또래 남학생 '고태남'을 만나 서로 연정을 나누다가 태남의 자취방에서 주혜의 적극적 애무와 주도적 섹스를 하게 된 후 임신을 하게 된다. 이 사실을 주혜는 어머니에게 알리고 "태남이 입대하기 위해 섬을 떠나기 하루 전날, 부모들 몰래 혼인신고를"(201쪽) 한다. 이렇듯이 주혜는 자신의 사랑을 이루고 이것을 지켜내기 위해 주도적 입장에서 일을 처리한다. 사랑하는 태남을 그저 속수무책으로 떠나보내는, 그래서 그동안 팽배해진 남녀 사이의 상투적 사랑과 이별의 형식이 아니라 태남을 향한 주혜의 적극적 사랑의 표현을 통해 둘 사이에 펼쳐질 운명을 주체적으로 개척하겠다는 욕망을 뚜렷이 드러낸다. 이것은 달리 말해 주혜의 삶을 향한 자기 탐구와 지속적 모험이 아니고 무엇인가. 비록, 이러한 주혜의 주체적 시도가 작품에서는 태풍을 만나 배가 침몰돼 태남의 비극적 죽음으로 태남과의 행복한 삶이 이뤄지지 않았으나, 주혜는 태남의 부모와 약속한 대로 태남의 아들 창유를 다섯 살 때까지 건강히 키워냈을 뿐만 아니라 개가改嫁하여 또 다른 가정도 이루는 것을 통해 자신의 주동적 삶의 욕망을 포기한 적이 없다. 그리고 죽을 때까지 자신의 첫사랑 사이에서 태어난 창유를 향한 사랑을 잠시도 놓아본 적이 없다. 그만큼 주혜의 전 생애는 험난한 세상에서 주도적으로 자신의 삶을 일궈내는 자기 탐구와 새로운 시도를 기꺼이 감내하는 모험의 연속이었다.

「그래도 그게 아니다」의 작중 인물 '덕산'의 전 생애 역시 주혜 못지않게 주체적 탐구와 모험의 삶으로 그려지고 있다. 어릴 때부터 물질을 배우며 험한 육지 물질도 다녔던 덕산은 종갓집 며느리로서 모진 시댁 삶을 살아가면서 딸만 셋을 낳고 결국 시댁에서 쫓겨난 채 남편과 강제 별거 생활을 한다. 그러던 어느 날 별안간 덕산에게 전 남편이 죽기 전 마지막으로 덕산을 찾는다는 소식을 접하고 그는 망설이다가 죽음의 문턱 앞에서 전 남편을 만난다. 전 남편은 덕산에게 젊었을 적 그의 잘못을 용서받고 싶어 하면서 다음 세상에서 재회할 것을 희망하면서 눈을 감는다. 이에 대한 덕산의 반응은 자못 문제적이다. 일반적으로, 아무리 억울하고 힘든 일을 당한 상처가 있다 하더라도, 죽음을 맞이하는 자의 삶에 대한 뉘우침과 회한 앞에서는 조건 없는 용서를 하기 십상이다. 하지만 덕산은 그렇지 않다. 만약 임종을 하지 않았다면, 더욱이 "쾌차가 안 될 거라면 내년 초파일을 맞이하기 전에 이승을 하직하길 바랐다. 또 다른 고민에 빠질까 두려웠다. 한영훈(전 남편—인용자) 몫의 연등을 보시할까 말까 하는……." (297쪽) 덕산의 이 같은 태도는 그의 욕망에 아주 진솔히 반응한 것인바, 여기에는 덕산의 젊었을 적 시댁에서의 온갖 봉건적 고통과 억압, 무엇보다 이러한 시대의 험난한 현실에서 덕산을 지켜주지 못한 남편의 무능함과 배신감 등이 뒤엉킨 채 쉽사리 치유되지 않는 덕산의 상처, 그리고 시댁 및 전 남편을 향한 덕산의 분노가 그의 내면 깊숙이 똬리를 틀고 있기 때문이다. 사실, 우리는 덕산의 이러한 모습을 두고, 덕산을 매정하다고 탓할 수 없다. 중요한 것은 덕산의 이러한 태도를 낳도록 한 덕산의 삶과 현실에 대한 성찰이 긴요하며, 이 과정에서 실현된 덕산의 삶의 철학과 윤리적 진정성이다. 이럴 때 작가 고시홍은 덕산으로 하여금 그의 생애와 존재에 대한 자기 탐구의 진정성이 뒷받침된 새로운 삶을 시도하는 모습을 보여준다.

3.

이렇듯이, 여성의 주체적 욕망을 재현하고 있는 고시홍의 작품을 관통하고 있는 문제의식은 자기 탐구와 모험의 진정성이다. 이것은 1990년대 이후 한국소설의 미시서사에서 부각되고 있는 페미니즘의 맥락으로 수렴되지 않는다. 물론 「태풍의 눈」과 「그래도 그게 아니다」에서는 읽는 각도에 따라 페미니즘적 요소로 이해될 여지가 다분하다. 하지만 이들 작품이 억눌린 여성의 해방에 초점을 둔 젠더적 불평등과 그에 따른 젠더적 모순을 해결하기 위한 정치적 상상력으로서 투쟁의 서사가 아니라 여성 주체의 욕망에 대한 적극적 탐구와 자기 발견 및 새로운 삶을 향한 모험의 서사에 비중을 두고 있다는 것을 소홀히 간주할 수 없다. 작가의 이러한 문제의식은 다른 작품에서도 변주되고 있다.

가령, 매사 가정 안팎으로 진취적이고 특히 사회생활에서 주동적이어서 여장군으로 불리는 아내는 도의원 선거 출마를 앞두고 정당의 공천 경쟁을 벌이고 있는 남편이 급작스레 맹장염 수술로 입원해 있는 동안 남편의 유력한 경쟁자와 무슨 모종의 일이 있었던지 남편에게 수술 후 건강을 회복해야 하므로 이번 선거를 포기할 것을 종용하지만, 남편은 지금까지 아내의 결정에 수동적으로 취했던 "마마보이 같은 남편이기를 거부하기로"(69쪽) 자신의 입장을 바꿀 것을 다짐한다(「비밀스러운 동행」). 왜냐하면 환경운동가로서 도의원 공천에 가장 유력한 정치적 위상을 얻고 있는 작중 화자 '나'가 자신의 주변 정황에 대한 주체적 이해와 판단 없이 이번 일도 아내에 의해 일방 결정될 수 없다는 것이 '나'의 확고한 소신이기 때문이다. 바꿔 말해, '나'의 욕망과 그 실현이 타자의 일방적 결정에 의해 훼손될 수 없는 것이다.

이와 같은 작가의 문제의식은 한국현대사의 암울한 측면이 다뤄지고 있는 「폭풍의 길목」에서 이지적·냉소적·비판적 성찰의 서사로 나타난다. 대한민국 헌정사상 대통령 탄핵을 낳은 일련의 사건과 관련하여 촛불집회와 태극기집회가 심각히 대척점을 이루고 있을 때 양쪽 집회에 마지못해 참가한 작중 인물 창도는 특히 촛불집회에 참가했을 때 심적 불안감을 가진다. 50여 년 동안 반공주의를 국시國是로 군생활을 해온 창도로서는 촛불집회의 성격과 주장이 어딘지 모르게 그와 불협화음을 이루는 것으로 느낀다. 더욱이 창도는 중학생 시절 5·16군사쿠데타의 주역인 박정희 장군을 우연히 만나 그로부터 깊이 감화를 받고 마침내 군인으로서 자신의 전 생애를 헌신했던 터라 촛불집회보다 태극기집회가 창도의 국가관과 보수주의 입장에 잘 어울린다. 그러던 창도는 자신의 친구가 양쪽 집회에 대한 저서를 집필하기 위해 태극기집회를 취재할 목적으로 함께 참가하면서 태극기집회와 그 정치적 속성이 판이하게 다른 모습들을 목도한다. 창도에게 촛불집회에서 마주한 모습들은 한국사회에서는 전에 경험해보지 못한 정치적 퍼포먼스들이었다 해도 과언이 아니다. 정치적 구호와 춤, 흥겨운 노래, 연주, 시화전을 비롯한 각종 전시회, 청소년의 정치적 표현……, 말 그대로 몹시 어지러운 듯하면서도 내적으로 어떤 정치적 메시지를 표현하는 데 일관성이 있는 집회의 장면들을 보면서 창도는 혼돈과 충격 속에 있지 않을 수 없다. 광장과 거리에서 창도가 목도한

집회의 풍경들은 태극기집회처럼 지휘부가 마치 군 조직처럼 일사분란하게 움직이는 것들이 아니라 집회에 참가한 단체와 개인 저마다 각자의 정치적 욕망과 소신에 따라 정치적 표현을 다양한 방식으로 하고 있는 것이다. 평생 군인으로서 국가관에 충실한 창도의 정치적 신체로서 이 모든 것들을 아무런 저항 없이 납득하는 일은 쉽지 않다. 그만큼 한국사회는 촛불집회와 태극기집회의 대척적 시각이 단적으로 입증하듯, 박정희를 향한 정치적 향수(국가개발주의 및 분단 기득권)와 그것이 오랫동안 한국 사회를 짓눌러온 퇴행적 정치가 한국사회의 민주주의를 향한 촛불의 노도와 격렬히 부딪치면서 폭풍을 일으키고 있는 셈이다. 아마도 작가가 이 소설을 쓸 당시만 해도 한국사회를 휩싸던 예의 폭풍은 거세었을 것이다. 하지만 소설의 마지막 부분에서 창도가 흘리는 눈물을 통해 작가는 이러한 정치적 폭풍의 길목을 통과하고 있는 창도와 같은 구세대, 즉 반공주의를 국시國是로 맹목화하는 사회에 내면화돼 있고 인간 개개인의 인권과 자유의 가치를 존중히 여기는 민주주의를 잘못 이해하고 있는 자기 세대를 향한 비판적 냉소의 비가悲歌를 은연중 드러내고 있다. 말하자면, 태극기집회의 주류를 차지하고 있는 박정희의 정치적 향수를 품고 있는 세대의 정치적 자기 인식의 부재와, 그렇기 때문에 박정희의 정치적 향수에 도취된 채 민주주의의 진정한 가치를 향한 혁신과 쇄신에 미온적이며 부정적인 입장을 고수했던 것에 대한 정치적 종언의 뒷모습을 엿보고 있는 셈이다. 따라서 「폭풍의 길목」은 언뜻 지난 박근혜 전 대통령의 탄핵 정국에서 맞부딪친 촛불집회와 태극기집회의 세태를 보여준 것 같지만, 기실 '폭풍의 길목'으로 은유한 탄핵 정국의 충격과 혼돈에 놓인 구세대의 스산한 내면 풍경을 짚어낸 것으로 볼 수 있다.

그런데 한국사회의 구세대와 관련하여, 이들 구세대를 사회적으로 자칫 추방하고자 하는 것에 대한 작가의 예각적 비판을 소홀히 할 수 없다. 「나를 뭘로 보고」는 이를 단적으로 보여주는 문제작이다. 이 작품은 구세대의 욕망을 우리가 헌신짝처럼 내팽개치고 있는 것은 아닌지, 아니면 썩 중요하지 않은 함부로 취급해도 되는 것으로 치부하고 있는 것은 아닌지 하는 반성적 물음을 제기한다. 사회학자로서 대학에서 정년 퇴임을 한 한준영은 사회적으로 자신이 노인으로서 간주되는 것을 거부한다. 사회에서 이렇다 할 쓰임이 필요 없는 잉여 존재로서 취급되는 것을 거부한다. 그래서 그는 학자로서 저술 활동에 전념하면서 자신의 존재 증명을 지속적으로 하고 있다. 그러던 한준영이 자전거에 부딪쳐 척추 손상으로 병원에 입원하였는데, 가족들이 모여 집안의 어른인 한준영과 상의 없이 집안의 대소사 문제를 비롯하여 재산 처분의 일들까지 결정하여 통보를 한다. 한준영에게 가족의 통보는 그를 향한 "집단 폭력"과 다를 바 없다. 한준영은 분노와 절망이 교차하면서 병원을 몰래 빠져나와 집에 있는 집필 자료와 옷가지를 대충 챙겨 직접 차를 운전하여 "밤을 새워 고속도로를 질주"(265쪽)한다. 척추가 훼손된 노구를 끌고 평소 그에게 잠복된 탈주의 욕망을 실현한다. 흔히들 '말년의 글쓰기'를, 노년으로 접어든 작가의 삶을 향한 내공이 발현된 욕망이 절제된 자기 성찰의 글쓰기로 인식한다. 그에 반해 이 소설은 노년의 욕망을 있는 그대로 정직하게 드러낸다. 그렇다고 작중 인물이 자기 삶에 대한 진중한 성찰이 결여된 것은 결코 아니다. 정작 중요한 것은, 노년을 젊은 세대와 달리 이제 욕망을 성취하는 것으로부터 초월한 탈속의 추상적 존재로 보는 게 아니라, 노년의 세대에 걸맞는, 달리 말해 노년의 세대에서 추동되는 또 다른 욕망의 존재로 자연스레 인식하는 것이다. 노년의 세대도 자기를 탐구한다. 그리고 노년에 걸맞게 자기를 시험한다. 노년은 사회의 잉여 존재가 아니다. 따라서 고시홍의 이 작품은 '말년의 글쓰기'의 통념을 전복하는 한 사례라 할 만하다.

4.

1990년대 이후 포스트모더니즘류의 미시서사가 한국소설의 주류를 이루면서 기존 거시서사 일변도의 한국소설 지평이 유연해진 것은 문학사적 변화이며 세계에 대한 능동적 대응의 모습을 보인다. 하지만 미시서사에 대한 관심 속에서 타자 중심의 서사적 탐구는 상대적으로 주체에 대한 서사적 탐구를 소홀히 한 것 또한 사실이다. 주체보다 타자를, 따라서 주체의 욕망보다 타자의 욕망을 주된 서사적 관심으로 다루다 보니 한국사회처럼 정치경제적으로 급변화를 경험하고 있는 시대의 현실 속에서 어떠한 삶을 주체적으로 살아야 하는지에 대한 철학적/윤리적 탐구가 빈약해지곤 한다.

고시홍의 이번 소설집은 기존 한국소설의 미시서사에서 결핍되어온 주체의 자기 탐구와 모험 그리고 그에 따른 주체적 욕망의 진정성을 탐구하는데, 특히 여성과 노년의 주체적 입장에서 이러한 문제에 대한 밀도 있는 서사적 탐구를 시도하고 있다는 점을 눈여겨보아야 할 것이다. 무엇보다 이번 소설집 곳곳에 녹아 있는 1948년생 작가의 소설 쓰기의 신열과 욕망은 그의 또 다른 작품에 대한 우리의 기대를 저버리지 않으리라. 고시홍의 소설은 이렇게 21세기의 한국문학사에 대한 도저한 응전을 펼치고 있다.

비루한 생을 이루는 삶의 경이로움

— 김우남의 장편소설 『릴리 그녀의 집은 어디인가』

망설여진다. 어떻게 하면 이 장편소설의 인물들과 되도록 가까운 거리에서 아주 친밀하게 허심탄회한 마음가짐으로 그들의 목소리를 들을 수 있을까. 다른 작가의 인물들에게도 이 같은 읽기의 태도는 두루 해당되지만, 이 장편소설에 등장하는 인물들의 목소리는 비루한 생에서 형성된 말뿐만 아니라 말로는 다 표현할 수 없는 침묵과, 침묵 사이를 비집고 들어가 악다구니 치는 생의 잡음이며 복잡한 표정, 그리고 이 모든 것들을 보자기처럼 한꺼번에 싸버리는 삶에 대한 도저한 허무와 부정의 숨소리 등속으로 이뤄질 텐데……. 나는 무엇보다 이러한 목소리들을 온전히 잘 듣고 그것이 그들이 대면한 세계의 관계로부터 생겨났듯이, 그것들의 다양한 관계를 찬찬히 들여다봐야 한다. 이를 위해 비록 나는 여기서 해설의 형식을 띠고 있지만, 일반 해설의 외양과 달리 작가와 작품 속 주요 인물들에게 편지글을 통해 그들의 삶과 현실에 정직히 다가가고 싶다. 적어도 이 순간, 이것이 이 해설을 준비하는 비평의 도리道理다.

1. '작가정신'으로 새 생명을 얻은 '릴리'를 만나며

당신이 제게 이번 장편소설 『릴리 그녀의 집은 어디인가』(문예출판사,

2020)의 해설을 e메일로 부탁하면서 조심스레 내뱉은 말은 햇수로 10년 전 소설집 『굿바이, 굿바이』(문예출판사, 2010)에 실린 단편 「그 여자, 리리」를 바탕으로 한 장편소설을 썼다는 것이었습니다. 순간, '리리'라는 소설 속 인물이 제 망각의 두꺼운 각질을 헤집고 기억을 관장하는 뇌수를 파고들었어요. 『굿바이, 굿바이』의 해설을 준비하면서 「그 여자, 리리」에 흠뻑 빠져들었으니까요. 그때 저는 이 단편에 비중을 두어 "비루한 일상'들' 사이로 솟구치는 삶과 존재의 위엄"을 「그 여자, 리리」가 보여준다고 했습니다. 그때 강렬한 인상으로 다가왔던 인물 '리리'를, 당신은 장편 서사로써 다시 새로운 생명을 불어넣었습니다. 그래서 저는 가장 먼저 어리석은 질문을 던져봅니다. 당신에게 '리리'는 대관절 어떤 인물이기에 10년이 지났음에도 장편의 외양을 입혀 다시 우리 눈앞에 되살리는지요. 당신은 아마도 10년 전 「그 여자, 리리」에서 미처 다하지 못한 '리리'의 삶을 시쳇말로 속시원히 쏟아붓고 싶어서인지요. 물론 여기에는 '리리'뿐만 아니라 '리리' 주변 사람들의 삶도 함께 이번 기회에 포괄하고 싶은 작가의 욕망이 작동되었을 테지요. 그래서 이번 장편에서는 '리리'의 삶을 한층 넓고 깊게 파헤치면서 '리리'의 삶과 현실에 깊숙이 연동된 우리 시대 안팎의 문제들에 대한 작가로서 당신의 문제의식을, 소설의 글쓰기로서 실천하고 싶은 '작가정신'을 간과해서 안 된다고 저는 생각합니다. 아무리 근래 한국문학 안팎의 급변한 상황 때문에 '작가정신'을 주목한 한국문학을 두고, 한국문학에 대한 계몽적 미의식에 여전히 붙들려 있는, 그래서 문학에 대한 고답적 인식이라고 힐난하기도 하지만, 소설가의 소설 쓰기가 문화시장에서 매우 빠른 속도로 대중의 취향에 부합되는 소비재로서 구매 욕망을 충족시켜주는 한갓 소비 제품으로 쉽게 전락하는 게 아니라면, 당신이 작가로서 결코 내려놓을 수 없는 '작가정신'이 녹아든 작품을 쓰고 있다는 것은 한국문학의 축복이 아닐 수 없습니다. 더욱이, 이번 작품의 경우 단편 속 '리리'를 장편에서는 '릴리'로 살짝 개명하여 '릴리'가 삶의 터전으로 살고 있는 집창촌 골목, 이른바 레드하우스를

집중 조명하고 있는데, 당신의 이러한 소설 작업이 한국사회가 대단히 민감한 시기에 이뤄지고 있다는 것은, 다시 말하지만, 세계와 쟁투하는 소설가가 자신의 글쓰기를 온몸으로 감당해야 할 바로 '작가정신'의 존재와 그 가치를 입증해 보이는 것입니다.

이와 관련하여, 최근 한국사회는 문화예술계에서 폭발돼 사회 전 분야로 두루 번진 '미투Me Too 운동'을 통해 한국사회에 만연한 온갖 유무형의 성폭력에 대한 사회적·법적·윤리적 단죄와 심판 속에서 촛불혁명 이후 사회 전 분야를 대상으로 한 사회 혁신과 쇄신에 박차를 가하고 있다는 것을 우리는 알고 있습니다. 어떻게 보면, 사회 개조에 걸맞은 혹독한 변혁의 과정을 치르고 있습니다. 거기에 '미투 운동'이 깊숙이 관여된 것은 우리가 실감하고 있는 매우 중요한 사회 현상 중 하나입니다. 바로 그렇기 때문에 당신이 이번 장편에서 다루고 있는 인물과 장소, 그것이 어우러져 있는 삶과 현실에 대한 문학적 접근이 그리 녹록지 않다는 생각이 듭니다. 왜냐하면 표면상 여성의 성매매가 2004년 이후 불법으로 법제도화되었고, 여성 신체의 주체성이 돈으로 매매된다는 것에 대한 사회적·윤리적 부정의 감정구조가 엄연히 작동되고 있음을 주시할 때, '릴리'로 표상되는 매춘업 종사의 직업여성에 대한 작가의 연민의 시선이 자칫 문학적 진정성과 관계없이 매춘업을 승인하고 여기에서 일하는 직업여성마저 사회구조적 승인을 용납해야 하는 것으로 당신과 당신의 소설에 대한 심한 편견과 왜곡의 시선이 몰릴 수 있기 때문입니다. 물론 이것은 어디까지나 문학과 소설을 전혀 이해하지 못한 반문학적 태도이며, 특히 작품을 잘못 읽거나 처음부터 작심하고 삐딱하게 읽음으로써 작가의 문학적 진정성을 타매하고, 그 문학적 진실을 일부러 외면한 데서 비롯한 매우 어리석은 독자에게 국한될 따름입니다. 그래서 저는 이러한 어리석은 독자의 유혹에서 벗어나기 위해 글의 서두에서 작품 속 인물들의 목소리를 다른 작가들의 작품들보다 더 잘 들어야 한다는 점을 상식적으로 강조하고 싶었던 겁니다.

그러면, 우선, 당신이 혼신의 힘을 쏟고 있는 '릴리', 레드하우스 여인들과 얘기를 나눠볼게요.

2. 매춘 직업여성의 자기 인식, 자기부정, 자기 갱신

릴리 씨, 우리는 초면이 아니죠? 10년 전 '리리'란 이름으로 만났던 걸 기억하시죠? 그로부터 10년 후 '릴리'라는 이름으로 다시 만나면서, 당신이 힘겹게 써내려간 10회 분량의 일기를 읽었습니다. 당신의 하루하루의 기록은 작가 K가 이번 장편소설을 구성하는 데 비유하자면 망망대해를 항해하기 위해 없어서는 안 될 해도海圖와 나침반 역할에 흡사한 것이에요. 그러니까 당신의 일기로부터 촉발된 어떤 서사적 상상력이 이번 장편의 내용 형식을 자연스레 형성했다고 해도 과언이 아닌 셈이죠. 물론, 여기서 혼동해서는 안 될 게 있습니다. 당신의 일기는 어디까지나 작가 K가 장편소설을 작업하는 과정에서 허구적 상상력으로 구성된 것이지 어느 실존인물의 실제 일기를 그대로 소설 속에 인용한 게 아니라는 사실입니다. 그렇다면 작가가 이러한 소설 구성을 선택한 이유는 무엇일까요. 굳이 일기의 형식을 빌리지 않고서도 장편소설의 특성상 다른 여러 글쓰기의 형식을 빌려 실험적 서사를 구사할 수도 있고, 그렇지 않으면 종래 우리에게 익숙한 장편소설의 정통 서사의 형식으로 당신과 관련한 문학적 상상력을 펼칠 수도 있는데 말이죠. 이와 관련하여, 제가 주목하고 싶은 것은 당신과 레드하우스의 여자들의 목소리를 작가가 어떠한 편견과 곡해 없이 있는 그대로의 실상을 정직하게 듣기 위해 우리에게 가장 친숙한 자기 고백체 형식의 일기를 이번 장편소설의 주요 구성으로 적극화했다는 점입니다. 그래서 우리로 하여금 그들의 삶과 현실에 대해 반성적 거리를 두도록 하는 성찰의 공간을 마련하고 있습니다.

그래서일까요. 당신이 용기를 낸 생애 첫 일기에서, "내가 외로운 여자라는 거, 몸뚱이는 좀 더러워졌지만 영혼은 아직 깨끗하다고 믿고 싶은 여자라는 거"(11쪽)란 직업여성 '릴리'의 자기 인식이 예사롭지 않게 이번 장편을 읽는 내내 따라다녔습니다. 그리하여 당신의 의도와 무관히 당신의 삶은 일기를 쓰기 전과 후로 구분되기 시작하고, 일기를 쓰는 당신은 '릴리'로서 주체적 자기 인식을 실행함과 동시에 '릴리'와 함께했던 레드하우스의 여인들을 두루 껴안는 연민과 연대 의식을 성찰하기 시작합니다.

릴리 씨, 당신이 매춘업의 직업여성으로서 살게 된 것은 파란만장한 삶의 기구한 곡절에 연루되면서입니다. 그것은 당신의 "손목에서 여러 개의 길고 깊은 주저흔", "손목 동맥을 끊고 자살하려던 사람이 남기는 상처"(111쪽)가 모든 것을 압축해서 말해줍니다. 중학교 때 장마철 산사태로 가족 대부분이 죽고, 구사일생으로 살아남은 당신과 남동생이 적자생존의 치열한 정글과 다를 바 없는 우리 사회에서 감내할 수밖에 없는 숱한 삶의 고통과 상처를 조금이라도 헤아려보면, 그 처절한 고통의 바깥에서 살고 있는 저는 침묵할 따름입니다. 유소년 시절의 당신은 온갖 유무형의 폭력에 노출되면서 삶의 이렇다 할 꿈도 마음대로 꿀 수 없는 채 절망의 날을 살다가 열여덟 살에 매춘 직업여성의 삶을 시작했습니다. 게다가 이런 절망과 환멸의 삶을 지탱시켜주던 당신의 남동생이 캐나다 유학에서 총기 난사로 억울한 죽음을 맞고, 당신의 삶은 처절히 무너지고 나락으로 곤두박질치기도 했습니다. 돌이켜보면, 당신의 말대로 당신은 다른 직업여성들보다 외모가 떨어졌으므로 자신만의 방식으로 집창촌에서 삶의 터전을 억척스레 잡았어요. 그것은 동료 직업여성들이 상대하지 않거나 상대하기 힘든 상대, 예컨대 그들이 "개쌍놈의 진상새끼"(124쪽)라고 욕하는 변태성욕자와 폭력적 성도착증자를 포함해, "팔다리 못 쓰는 장애인이랑 뇌성마비 환자들", "더럽고 냄새나는 노숙자"(198쪽), "갈 곳 없는 외국인 노동자들"(12쪽), 심지어 "돈 한 푼 없는 놈"(63쪽)을 손님으로 받고, 그들에게 매춘을 하는 것만으로 끝내는 게 아니라 그들의 신산스러운 크고 작은 인생사를 함께 들어주며 맞장구를 쳐주고 그들의 몸에 난 상처에

약을 발라줄 뿐만 아니라 그들의 양말과 팬티를 세탁해주는 등 당신이 매춘을 하는 집창촌 레드하우스에서는 좀처럼 있을 수 없는 일을 했습니다. 그래서 당신은 그곳에서마저 동료들에게 "왕따라면 왕따"(63쪽)를 당하면서 레드하우스의 "골목 안에서도 또 다른 세계"(63쪽)에서 시쳇말로 죽기 살기로 당신만의 삶의 현장을 살아갔습니다. 그러니까 당신이 몸담고 있던 매춘업에도 엄연히 주류와 주변이 있듯, 당신은 바로 그 주변부에서 당신만의 방식으로 억척스레 목숨을 건 생존 투쟁을 벌인 셈입니다. 그러면서 당신은 그 주변부로 밀려난 우리 사회의 소수자들(육체적·정신적 비정상성으로 소외받는 주체 및 비국민의 차별과 억압을 받는 주체)의 성적 욕망을, 불법적·반윤리적·반인간적으로 비판받는 매춘으로 충족시켜줬습니다. 당신의 이런 생존 투쟁이 단순히 돈을 벌기 위한 게 아니라는 점은 「그 여자, 리리」에서 이미 작가의 문학적 진정성으로 입증됐듯, 이번 장편에서도 "더 이상 내줄 것이 없는 상태로 자기 온몸을 소신공양한 여인"(280쪽)이란 말에 당신의 삶의 진실이 오롯이 녹아들어 있습니다.

여기서, 저는 작가 K가 우리 사회를 향해 토론거리와 성찰의 문제를 제기한다는 생각이 듭니다. 흔히들 매춘업에 종사하는 당신의 신원을 문제 삼아 그러한 당신의 현존이 우리 사회의 소수자들을 향한 연민과 더 나아가 사회적 연대감을 형성하는 것이 단추가 잘못 꿰인 것이므로 이러한 문제에 대한 논의를 아예 외면할 수 있습니다. 제가 앞서 잠시 언급했듯, '미투 운동'은 그동안 우리 사회의 오랜 습벽인 가부장제 중심의 남성중심주의로 심각히 왜곡된 성 문제의식에 뿌리를 두고 있듯, 그것의 자본주의 성산업과 연관된 매춘업을 근절시키는 데 역점을 두기는커녕 비록 문학이긴 하지만, 통상의 매춘 직업여성과 구별되는 성속일여聖俗一如의 비범성을 띤 '릴리'로 표상되는 직업여성을 너무 성스럽게 또는 관대하게 해석·평가하는 것은 아닌가 하는 문제가 제기될 수 있기 때문입니다. 그렇습니다. 저는 바로 이러한 통상적 문제를 대중이 얼마든지 제기할 수 있으므로, 작가 K가 탄생시킨 당신의 삶과 현실 그리고 이것에 대한 당신만의 삶의 방식에 대한 토론이 필요한 것입니다. 이 토론이 활발히 일어날 때, 당신뿐만 아니라 레드하우스의 여인들이 레드하우스의 "골목 밖으로 나가 바깥세상의 사람과 마주해야 한다는 그 자체가 그들한테는 모험"(189쪽)일 수밖에 없는 연유는 물론, 그렇게 레드하우스를 떠난 그들이 그토록 선망했던 보통의 결혼생활과 사회활동을 하면서 새 삶을 살고 있지만 그들 중 일부가 "일종의 아르바이트로"(173쪽) 레드하우스의 일을 지속하는 것에 대한 깊은 내막을 헤아려볼 수 있습니다. 그러면 사회적 비판을 받는 매춘의 일터인 레드하우스에서 온갖 감당하기 힘든 성적 수치심을 무릅쓰며 돈을 벌면서 그곳을 떠나고 싶어 떠났으나 정작 다시 그곳을 찾는 이 모순에 대한 합리적 이해가 가능할까요. 더욱이 "여기선 날 사람대접 해주잖아"(173쪽)에 담긴 그들의 이 짧막한 말에 담긴 저간의 복잡한 사정과 속뜻이 거느린 삶의 내밀한 진실을 우리가 얼마나 가까이 다가갈 수 있을까요.

이런 물음을 던져보는 것은, 당신이 레드하우스에서 억척스레 번 1억을 당신과 남동생이 다닌 학교에 장학금으로 기부하는 행위의 이면에는 레드하우스를 떠나 고향에서 남들처럼 살고 싶은 욕망이 강렬했으나, 고향 사람을 우연히 손님으로 만나더니 "다신 고향에 갈 수 없는 신세가 됐다 생각한"(268쪽) 나머지 레드하우스로 다시 돌아올 수밖에 없던 당신의 선택을 성찰해보기 위해서입니다. 결국 당신은 레드하우스에서 얻은 심각한 병으로 당신만의 방식 — 일기를 쓰고 네일 미용을 받으며 죽음을 맞이할 준비를 합니다. 레드하우스에서의 생존 투쟁은 이렇게 열여덟 살 이후 죽을 때까지 당신의 생애 전부를 관통하고 있네요. 세상에서 버림받은 비루한 존재들이 비로소 자기 인식의 빗장을 열기 시작하면서 혹독한 자기부정의 터널을 통과해 자기 갱신의 새로운 주체로서 새 삶을 살고 싶었으나, 그리하여 자기 갱신에 이르렀다고 하지만, 그들은 다시 비루한 존재들이 모여드는 곳을 찾고, 심지어 당신은 바로 그곳에서 생을 마감할 준비를 합니다.

3. 비루한 생과 예술의 융합, 경이로운 삶

은선 씨, 릴리의 삶과 현실 못지않게 놓쳐서는 안 될 것은 은선 씨의 삶과 현실입니다. 기왕 말이 나왔으니 짚고 넘어갈 것은, 은선 씨가 레드하우스를 방문해 출장 네일을 했으니까 릴리를 만나 릴리와 진실한 관계를 가지면서 릴리의 곡절 많은 생애를 접할 수 있었습니다. 그러면서 은선 씨는 자신이 방기하고 있든지 일부러 외면하려 했던 자신의 적나라한 삶의 모습을 성찰할 수 있는 소중한 시간을 갖습니다. 무엇보다 릴리를 만나면서 은선 씨는 아버지의 공장이 부도로 파산하고 가세가 몰락한 "가난한 집 딸이라는 이유로 비참해지고 싶지 않"(83쪽)은 자신을 구원받기 위해 "여의도 60평형대 아파트에 살며 외제 차를 모는"(83쪽) 남자와 결혼해 살고 싶은 욕망의 노예로서 은선 씨 실제의 삶을 거짓 포장하고 있는 것에 대한 반성적 성찰을 하기 시작했습니다. 집안의 경제를 책임지기 위해 네일 미용사로서 생업 전선에 뛰어든 은선 씨는 집창촌 레드하우스에 출장 네일을 나가기도 하는데, 여의도 남자 친구 태원에게는 철저히 이 사실을 숨기고 있습니다. 비록 레드하우스에서 적지 않은 돈을 정당하게 벌고 있으면서도 은선 씨를 사로잡고 있는 매춘과 망라된 유무형의 것들에 대한 금기와 부정, 그리고 혐오 등속과 연관된 심리적·윤리적·법적 검열의 기제가 작동되고 있기 때문입니다. 바꿔 말해, 네일 미용 서비스업에 종사하는 은선 씨의 노동이 레드하우스 골목 지대에서는 뭔가 비정상적이고 감추고 싶은 별다른 가치 없이 돈을 버는 데만 혈안이 된, 그래서 매춘 직업여성을 돈벌이 수단으로만 간주한 채 그것을 아름다움으로 분식하는 비생산적 노동일 뿐이라는, 은선 씨의 출장 네일에 대한 자기부정과 수치스러움에 구속돼 있습니다.

하지만 은선 씨는 "레드하우스 여인들의 삶 한가운데 들어가서 볼 것 못 볼 것 다 봐서"(235쪽) 릴리를 중심으로 레드하우스 여인들의 삶과 현실이 레드하우스 밖에서 갖는 위생 담론과 페미니즘적 담론만으로는 온전히 헤아릴 수 없는 삶과 현실의 심연에 있는 그 무엇을 진솔히 만나면서 오랫동안 자신을 억누르고 할퀸 삶의 상처와 거짓 욕망의 굴레에서 놓여나는 해방의 환희를 만끽하게 됩니다. 그것은 레드하우스로 출장을 가게 된 직접적 계기인 네일 미용에 있습니다. 은선 씨에게는 처음에는 투잡 중 하나로 돈을 버는 생업 수단 정도였으나, 무엇보다 은선 씨의 의도와 별개로 레드하우스 여인들은 손과 발의 미용 서비스를 받으면서, 특히 발 미용인 페디큐어를 받으면서 "누군가 자기 아래서 자기를 귀하게 보살펴준다는 느낌을 받게 되는"(57쪽), 그래서 "나 지금 여왕이 된 것 같"(57쪽)다고 "콧소리를 내며 흡족해"(57쪽) 하는 그들의 모습을 보면서, 은선 씨의 출장 네일이 비루한 곳에 있는 존재들에게 비루하고 저속한 곳을 순간 초월하여 그들을 '여왕'의 존재로 치환시키는 존재론적 전이의 경이로움을 만끽하는 그들만의 해방감을 성취하도록 해줍니다. 어떻게 보면 은선 씨는 우리 사회에서 가장 천대받고 혐오스런 낙인이 찍힌 그곳의 여인들에게 인간으로서 최소한 느껴야 할 자신의 몸에 대한 존중과 자기의 신체에 대한 모종의 아름다움을 발견하는 기쁨이 한데 어우러진 채 그동안 방기했던 자기 존재에 대한 자기 인식과 자기 성찰, 그리고 자기 갱신에 이르도록 하는 역할을 수행했는지 모릅니다. 그것은 무턱대고 은선 씨가 레드하우스에서 출장 네일을 했기 때문에 부여되는 역할이 결코 아니에요. 앞서 릴리를 중심으로 살펴보았듯이, 릴리와 레드하우스 여인들에게 은선 씨가 진솔히 다가가 그들의 상처받은 영혼과 육체를, 손과 발을 정성스레 매만지는 미용이 있었기에 가능한 일이에요. 은선 씨가 아마 저보다 잘 알듯, 모든 사람들이 자신의 몸을 갖고 세계와 관계를 맺지만, 상대적으로 한층 많이 그리고 자주 몸을 쓰는 사람일수록 다른 사람의 몸을 접촉하는 순간 뇌의 인지력보다 훨씬 빨리 몸의 감각으로 서로의 진실을 단숨에 포착한다고 하잖아요. 이것은 레드하우스의 여인들은 말할 것도 없고, 은선 씨도 예외가 아니라고 생각해요. 하물며 여러분들은 목숨을 건 생존 투쟁으로서 몸에 모든 것을 기대고 있는 만큼 은선 씨의 네일 미용은 레드하우스 여인들의 민감한 손과 발을 정성스레 매만지면서 바로 그곳에 있는 삶의 한바탕 진실에 이르고, 은선 씨도 동시에 그들처럼 자기 성찰과 자기 갱신의 경이로움을 살게 된 것이라고 저는 생각합니다.

　이 경이로움은 소설의 결미에서, 릴리가 죽음을 맞이하는 과정으로 릴리의 생애처럼 상처투성이로 황폐화된 손톱 미용을 은선 씨가 해주는 대목에서는 감동으로 다가옵니다. 이 대목을 읽으면서 네일아트에 문외한인 저는 네일아트의 전 과정을 바로 눈앞에서 지켜보는 듯 생생했을 뿐만 아니라 그 세밀한 하나하나의 손톱 케어가 네일 미용의 단계를 넘어 네일'아트', 즉 손톱이란 신체의 말초기관을 갖고 수행하는 정교한 미의 퍼포먼스와 다를 바 없다는 것을 알았습니다. 죽음을 맞이하는 네일 미용이기 때문일까요. 이 네일 미용을 하는 내내 릴리는 짧은 생애를 자신의 추한 손톱을 보면서 무심히 툭 툭 내뱉는 말 속에 버무려 놓으며, 그 얘기를 자연스레 들으면서 손톱을 케어하는 은선 씨는 그 작은 손톱 안에 릴리의 전 생애가 담긴 꽃잎을 그려 놓고 채색하면서 마침내 '백장미의 눈물'(269쪽)이란 장미꽃 송이를 피워냈습니다. 은선 씨는 릴리의 고통스런 삶을 치유할 뿐만 아니라 이승과 전혀 다른 꽃길을 거닐기를 간절히 희구하는 "환상적이고 입체적인 꽃"(274쪽)을 릴리의 비루한 손톱 안에서 피워낸 것입니다. 이런 것을 두고, 죽음을 파고드는 삶의 경이로운 아름다움이라고 할까요. 이쯤 되면, 은선 씨의 네일 미용은 가히 네일'아트'의 경지에 이른 셈입니다. 이 '백장미의 눈물'을 보고, 릴리와 은선 씨는 서로의 눈가에서 내리는 눈물을 마주합니다. 예술적 감동이란 바로 이 대목을 두고 하는 말일 겁니다. 여기서 더 나아가, 작가 K가 허구적 상상력으로 창안해낸 은선 씨와 릴리의 눈물은 정글의 일상 속에서 비루한 삶, 하지만 역설적이게도 비루함을 넘어서는 비루함이 버무려져 있는 어떤 경이로운 삶에 대한 감동을 동반하고, 이 감동이 절로 예술적 감동으로 이어져 마침내 삶과 예술이 서로 융합한 차원 높은 감동에 온몸이 떨립니다. 덧보태자면, 이 미의 퍼포먼스를 수행하는 은선 씨 스스로의 삶에 대한 진솔한 성찰과 자기 갱신의 의지가 동반되고 있는바, 이것을 완성도 높은 소설 쓰기로 입증해 보인 작가 K의 내공을 두고두고 기억하고자 합니다.

릴리는 그렇게 작가 K와 그의 또 다른 소설적 페르소나일 수 있는 네일 '아티스트'인 은선 씨의 네일 '아트'를 통해 되살아나는데, 그것은 소설 속에서 매춘 직업여성을 다룬 다큐멘터리의 형식으로 우리 사회를 향해 성찰적 문제의식을 제기합니다. 그 문제의식은 작품 속에서 이 다큐멘터리 상영을 앞두고 "성매매 여성의 자립을 적극적으로 돕고 있는 단체의 대표인 수녀님"(279쪽)이 영화 상영의 의의를 말하는 부분에서 가장 잘 나타나 있어, 수녀님의 말을 인용하는 것으로 은선 씨에게 건네는 편지를 맺을까 합니다.

다음의 인용문 첫 두 어절을 '이 작품은'으로 치환해본다면, 이 글의 앞머리에서 제가 언급한 이 소설의 등장인물들의 목소리를 온전히 들어야 하는 이유와, 작가 K의 이번 소설 안팎을 이루는 소설적 전언을 음미할 수 있습니다.

— 이 영화는 그저 성적 호기심을 자극하기 위한 성매매 여성들의 얘기가 아닙니다. 이것은 우리들, 내 가까운 누이들의 삶에 대한 이야기입니다. 집창촌이 공식적으로 사라지고 성매매가 법적으로 금지되고 있지만 온갖 포르노물이 인터넷을 장식하고 미성년자들이 손쉽게 접근할 수 있는 채팅 앱이 존재하는 게 지금 우리의 현실입니다. 그리고 지금 이 순간에도 성매매 현장에서 고통받는 여성들이 많습니다. 어떤 이유로든 간에 누이들이 그곳으로 가야 하는 것, 다시 돌아갈 수밖에 없는 것 그건 누구의 책임인가요? 우리 누이들이 그리고 갈 수밖에 없는 자본의 횡포 앞에서 우리는 온전히 자유로울까요? 그러면 우리가 이들을 모른 척 외면해야

마땅할까요? 돌멩이를 던져야 옳을까요? 이 질문들이 지금 우리가 다큐멘터리를 보고자 하는 이유입니다. 돈이라는 권력 앞에 엎드린, 가지지 못한 여성들의 삶…… 이 삶을 들여다보는 것만으로도 어린 누이들을 구원하는 작은 촛불이 되지 않겠습니까? (280–281쪽)

문학적 보복과 구원: 성폭력에 대한 약소자의 증언
— 은미희의 단편 「가족사진」

1.

　최근 가족 공동체와 관련한 통념이 해체되고 있다는 것은 그리 새로운 사실이 아니다. 한국사회처럼 혈연 중심의 공고한 사회적 기초에 토대를 두고 있을수록 가족 공동체의 급격한 와해와 붕괴, 그리고 해체는 사회를 지탱시켜주는 윤리의 근간을 뒤흔드는 것으로 심각한 사회적 문제가 아닐 수 없다. 게다가 정치경제적 온갖 불안 요소들은 가족을 구성하는 것 자체를 두려워하는 사회 분위기를 만들어가고 있는 실정이다. 물론, 이에 대해 그동안 통념적으로 받아들여온 가족 안팎의 개념과 구성물이 급격한 사회 변화에 따라 해체되고 재구성될 뿐만 아니라 심지어 새롭게 발명되는 것 자체를 두려워해서 안 된다는 문제 제기가 없는 것은 아니다. 반드시 결혼의 사회적 절차를 밟고 가족을 구성해야 한다든지, 결혼을 했으면 자녀를 낳고 이혼 없이 평생을 같은 반려자와 함께 행복을 추구해야 한다든지와 같은 통념의 가족은 낡고 퇴행적이라는 주장이 제기되고 있다. 그래서 동성 간의 결혼과 삶도 어엿한 가족으로 사회적 합의와 인정을 해야 한다든지, 더 나아가 혈연 중심을 벗어나 아무런 연고도 없는 사람들끼리 가족을 구성할 수 있다든지, 좀 더 래디컬하게 단독자의 형식으로 인간이 아닌 다른 존재(가령, 반려동물을 비롯한 감정 소통의 대상인 사물)와 함께 가족을 구성할 수 있다는 등 새로운 형식과 내용을 갖춘 가족이 출현하고 있는 것 또한 엄연한 현실이다.

여기서, 우리가 간과해서 안 되는 것은 통념적 가족이든지 급격히 새롭게 대두된 가족이든지, 가족은 그 바깥 사회와 정도의 차이가 있을지언정 각자 치열히 관계를 맺으면서, 그 과정에서 사회의 폭력으로부터 자신을 지키고 가족 구성원을 보호해주며, 폭력으로부터 받은 상처를 치유해주는 일종의 쉼터의 역할을 맡는다는 점이다. 이 쉼터에서 지치고 상처받은 존재는 휴식과 치유를 통해 다시 가족 바깥의 사회와 치열한 관계를 유지하도록 안간힘을 쏟아야 한다.

그런데, 이렇게 소중한 가족이 정반대로 가족 구성원에게 끔찍한 폭력의 실체로 다가오고, 그 소름 끼칠 두려움이 폭력의 피해자를 평생 구속하고, 죽음이나 다를 바 없는 삶을 살도록 강요한다면, 우리가 생각하는 '가족=쉼터'는 '가족=지옥'으로 곧바로 전도된다. 작가 은미희의 단편 「가족사진」(『문예바다』, 2016년 가을호)은 '가족=지옥'이란 현실태를 보여준다. 그러면서 동시에 이러한 지옥도地獄圖를 그리도록 방치한 한국사회의 부끄러운 자화상을 들춰낸다.

2.

「가족사진」의 전체 서사의 흐름은 작중 인물 어머니의 살인사건과 연루된 사연을 파헤치는 데 초점이 맞춰져 있다. "새끼 쥐도 잡지 못하고 어미 쥐도 잡지 못하고, 그 생명이 불쌍해 고양이도 들여놓지 못하던 사람"인 "그 순하디순하던 어머니가, 사람을 죽였다는" 것은 좀처럼 믿기 힘든 사실인바, 아들인 '나'는 어머니가 무엇 때문에 사람을 죽였는지에 대해 그 이유를 알아낸다. 그런데 경찰서에서 취조를 받는 도중 어머니는 이상한 말을 내뱉는다. 자신이 그를 죽인 게 아니라 그가 자신을 죽였다는 것이다. 그것도 오래전에 말이다.

> "나는 죽이지 않았어요. 그자가 나를 죽였어요. 이미 오래전에 죽은 내가 무얼 할 수 있겠어요."

어머니의 이 웅얼거림은 그녀의 살해 동기에 대한 어떤 중요한 실마리를 품고 있는 것이다. 오래전에 죽었다? 이렇듯이 「가족사진」은 표면상 어떤 살인사건과 연루된 진실을 파헤치는 일종의 탐정 서사물과 같은 구조로 읽힌다. 하찮은 생명을 앗아가는 것 자체를 경계하는 성정性情이 순한 그녀가 병원 화장실에서 어떤 남자를 잔혹하게 죽인 사실에 담긴 진실은 무엇일까. 그녀의 진술서를 통해 이 진실은 밝혀진다.

이 진실의 밑바탕에는 가족의 부재, 아니 가족의 붕괴와 해체가 똬리를 틀고 있다.

> 어머니에게 가족은 없었다. 그리고 가족에 대해서도 이야기하지 않았다. 물론 나를 잉태하게 만든 아버지에 대해서도 어머니는 함구했다.
>
> (중략)
>
> 이상하게 어머니는 옛날 사진도 없었고, 가족사진도 한 장 가지고 있지 않았다. 그저 어쩌다 세상에 뚝 떨어진 사람처럼 그렇게 혼자였다. 남들에겐 한 줄에 줄줄이 딸려 나오는 감자처럼 직계와 방계로 포진해 있는 가족들이 우리에겐 왜 하나도 없는지. 그게 이상해 묻기도 했었는데 시간이 지나다보니 어느새 나도 그게 익숙해지고 당연한 것처럼 여겨졌다.

"어머니에게 가족은 없었다." 어머니를 낳은 부모와 형제도 있었을 텐데 '어머니에게 가족은 없었다'는 이 단정적 진술이 함의하는 것은 예사롭지 않다. 가족이 있었는데, 일부러 그녀는 가족을 부정한 것이다. 여기서, 문제의식을 뚜렷이 가질 필요가 있다. 그녀가 가족을 부정한 것인지, 아니면 가족이 그녀를 내쫓은 것인지를 분명히 할 필요가 있다. 하지만 이러한 분별은 그다지 생산적 논의를 제공하지 못한다. 무슨 이유가 자리하고 있는지 모르지만, 가족 구성원들 사이에 그 이유는 서로를 할퀴고 상처 내는 데 적극적으로 동원될 뿐이지 그 이유의 근원을 찬찬히 살피고 가족 구성원들이 받은 상처를 서로 위무하고 치유하는 것으로 활용되는 것은 극히 예외적이다. 이것은 「가족사진」의 작중 인물 어머니에게도 고스란히 해당된다.

어머니의 살인 혐의 진술서에는 그 오래된 치명적 이유가 그녀의 고통스런 언어로 표백돼 있다. 그렇다면, 우리가 눈여겨보아야 할 것은 작가에 의해 이 진술서가 그녀의 과거 상처받은 내력을 재현하는 기억의 투쟁을 보증하고 있다는 점이다. 바꿔 말해 살인 혐의를 객관적으로 증언하는 데 초점이 맞춰진 그녀의 진술서는 그녀의 씻을 수 없는 고통스런 상처를 증언하는 데 걸림돌로 작용됐던 그 모든 억압의 더께를 벗겨내는 '증언서사'의 역할을 수행하고 있다는 점에서 주목할 만하다. 물론, 「가족사진」에서 '증언서사'의 역할은 한정적이다. '증언서사'가 활성화돼 있는 라틴아메리카의 경우 오랜 유럽의 식민지 경험과 군부독재의 억압통치로 인해 기존 낯익은 근대소설의 서사를 통해 자신의 삶과 역사를 온전히 재현하는 것은 어려운 일이었다. 그리하여 기존 허구의 양식에만 기댄 재현이 아니라 실제 체험한 경험을 라틴아메리카의 서사 전통과 접목하여 새롭게 창조해 낸 게 바로 '증언서사'인 만큼 한국소설에서도 이 '증언서사'를 한국소설의 토양에 맞게 섭취할 필요가 있다.

이러한 점을 고려할 때, 은미희의 「가족사진」에서 부분적으로 보이듯, 작중 인물 어머니의 진술서가 '증언서사'의 기능을 수행하고 있는 것은 쉽게 간과할 수 없는 대목이다. 증언은 피해자가 가해자와의 권력 관계 속에서 가해자의 폭력적 권력의 실상을 드러내고 피해자의 진실을 보증

받을 때 가장 효과적 서술로 작용하기 때문이다.

3.

「가족사진」에서 사건의 실마리인 어머니의 증언의 핵심을 요약해보면 다음과 같다.

그녀의 고등학교 졸업식 날 그녀는 가족 없이 홀로 졸업식을 맞이했고, 졸업식이 다 끝나고 남은 교실에서 남자 선생님과 점심 약속을 하고 헤어졌다. 순진한 마음으로 선생님과 점심 약속을 수락한 그녀는 그 선생님에게 성적 폭력을 당한다. 지속적 성폭력 속에서 원치 않은 임신을 하게 된 그녀는 가족의 불화 속에서 끝내 집을 나오고 홀로 애를 낳고 지금까지 온갖 삶의 어려움과 고통 속에서 말 그대로 삶을 버텨온 것이다. 그녀가 그렇게 낳은 애가 지금 그녀의 살인사건 진술서를 읽는 작중 화자 '나'이다. 그녀의 이 끔찍한 성폭력의 상처와 트라우마는 그녀의 가족을 파괴시켰을 뿐만 아니라 그녀 스스로 가족에 대한 환멸과 부재로 인한 개인적 사회적 박탈감이 빚은 자기파괴와 자기혐오에 시달리도록 한다. 그러다가 병원 화장실에서 우연히 마주친 남자가 하필 그녀에게 불행을 안겨준 그때의 성폭력 가해자였던 것이다. 그러니까 그녀가 경찰서에서 오래전 자신은 그에게 죽었다는 것은, 말하자면 그에게 성폭력을 당하고 그녀의 모든 것이 사실상 파괴당하고 소멸됐다는 것을 말하는 셈이다.

그녀의 증언의 핵심은 '나'에게 충격적이다. 비로소 '나'는 어머니에게 그 흔한 가족사진이 없는 이유와 '나'의 아버지에 대해 어떠한 말도 하지 않는 이유의 전모를 알게 된다. '나'는 성폭력의 결과물로서 어머니와 어머니의 가족들에게 대지의 저주받은 자와 마찬가지였을 터이다. 이 모든 진실을 '나'에게 숨긴 채 어머니는 자신만이 감내해온 것이다.

우리는 잠시 호흡을 가다듬을 필요가 있다. 작중 인물 어머니가 고등학교 졸업 후 당한 성폭력이 개인의 피해로만 이해해야 하는 것일까. 「가족사진」에서 꼼꼼히 읽어야 할 대목은 바로 이 부분이다. 그녀가 성폭력을 당한 시점은 1979년을 시작으로 한 1980년 전후라는 시간에 주목할 필요가 있다. 근대소설의 주제 중 가족을 다룬 서사가 당대의 정치사회적 현실에 대한 은유로서의 기능을 맡고 있는 것은 새삼스러운 게 아니다. 이 글의 서두에서 가족에 대한 언급을 했지만, 가족은 동시대의 현실을 일상의 차원에서 섬세히 이해하도록 하는 리트머스지 역할을 충분히 담당한다. 그녀를 엄습한 성폭력이 1980년을 전후한 한국사회의 시기와 포개지는 것을 상기해볼 때 우리는 박정희 유신체제의 억압에 이어 전두환 신군부 정권이 광주를 압살하고 한국사회를 박정희의 유신체제와 또 다른 공포정치로 억압하기 시작한 한국사회를 떠올리게 된다.

물론, 혹자는 「가족사진」에서 이러한 성폭력을 1980년의 한국사회의 정치 현실로 연결시켜 읽는 것은, 역사적 시각에 편중된 비평의 과잉으로 비판할 수 있을 것이다. 하지만 하나의 소설 텍스트는, 그것도 가족을 주제로 한 소설일 경우 작가의 의도와 관계없이 이처럼 소설 속 사건이 벌어진 구체적 시기가 명시된 것을 하나의 정치적 은유로 읽는다면, 이러한 '자세히 읽기close reading' 역시 「가족사진」에 대한 비평일 수 있는 것이다. 돌이켜보면, 1980년을 전후한 신군부 집권부터 1987년 민주화항쟁까지 한국의 민주주의는 퇴행하였고, 초헌법적 위상을 누려온 반공주의와 각종 제도적 억압은 개인의 행복과 사회적 민주주의를 억압하지 않았던가. 이러한 한국사회의 비민주주적이고 억압적인 일상이 「가족사진」에서처럼 성폭력으로 개인의 행복을 앗아가고 일상의 정상성이 파괴된 것과 무엇이 다른가.

4.

이와 관련하여, 우리는 「가족사진」에서 일어난 살인사건을 문학적 진실의 측면에서 전복적으로 이해해야 한다. 그럴 때 다음과 같은 작중 인물 어머니의 증언의 행간에 흐르는 말 없는 진실에 다가갈 수 있다.

> 그때처럼 놈은 그 물건을 흔들며 나를 능멸했습니다. 늙어서도 그 짓을 버리지 못했다니. 아마도 모르긴 모르지만 나 같은 아이들이 더 있을지 모릅니다. 평소에 놈은 여자관계가 좋지 않다고 아이들 사이에서 풍문으로 떠돌았으니까요. 그 아이들도 나처럼 입을 꾹 다물고 그렇게 죽지 못해 살고 있을지도 모릅니다.
> …… 그래요. 나는 내 아들…… 의 아버지를 죽였어요.
> 그 아이에게는 미안하지요. 그 아이는 또 전생에 무슨 죄를 지었기에 저를 낳아준 여자는 살인자이고, 저를 잉태하게 해준 남자는 그런 파렴치범이니, 그 아이가 진실을 알고 난 뒤 받을 충격은 어떨까요.
> 지금 심정이 어떠냐고요…… 지금 심정이라…… 굳이 말해야 하나요? 이쯤 되면 제 마음이 어떠리라는 것은 아실 수 있지 않나요? 다만 성민이에게 미안할 뿐입니다. 하지만 그놈에게는 하나도 미안하지 않아요.

마침내 살인사건의 전모가 그녀의 생생한 증언으로 밝혀진다. 그녀는 지난날 어쩔 수 없이 속수무책으로 성폭력을 당해야만 했던 약소자였다. 아무도 그녀의 피해에 대해 그녀를 대신하여 성폭력 범죄자를 단죄하지 못했고, 그녀의 고통과 상처를 위무하고 치유해주지 못하였다. 그녀 홀로 그 모든 고통과 두려움을 감내한 채 평생 그 트라우마와 맞대면해야 했다. 그리고 또다시 그 폭력의 실체와 맞닥뜨렸을 때 그녀는 보복을 감행한다. 누구도 그녀를 대신할 수 없다는 것을 뼈저리게 알고 있는 터에 그녀 자신이 직접 폭력의 실체에 대해 맞서야 한다. 비록 그 성폭력범이 그녀의 아들 아비일지라도 그녀는 그러한 타락한 가족 관계를 거부한다. 그녀의 이 단호한 단죄는 「가족사진」을 통해 문학적 보복이 지닌 진정성을 생각하도록 한다.

사람을 죽인 것은 현행법상 살인죄에 해당한다. 하지만 우리는 「가족사진」에서 이 살인 행위를 두고 살인죄의 여부를 묻는 것보다 살인을 할 수밖에 없던 작중 인물 내면을 배회한 살풍경한 고통스런 성폭력의 피해상을 주목한다. 그것도 성폭력범이 자식의 아비일 경우 그 성폭력범을 단죄해야만 하는 어머니의 심정을 우리는 진정으로 이해할 수 있을까. 그래서 아비가 없는 자식으로서 생을 살아야 하는 것을 지켜볼 수밖에 없는 어미의 또 다른 상처가 치유될 수 있을까.

그럼에도 불구하고 작가 은미희는 「가족사진」에서 다시 반복되어서는 안 될 성폭력에 대해 가차 없는 심판을 수행한다. 그리고 그때, 거기에서 죽어버린 한 가엾은 영혼에 대한 구원의 성격을 띤 보복을 가한다. 그것은 사회가 방기한 약소자의 맺힌 한을 풀어주는 문학적 보복이다. 또한 이 문학적 보복은 윤리적 타락과 부정을 은폐한 가족보다 부정한 것을 일소하여 새로운 윤리를 정립하고자 한, 그래서 새로운 가족을 모색하는 것을 두려워해서는 안 된다는 작가의 문학적 당부이기도 하다. 이러한 맥락에서 작중 인물 어머니가 경찰서에서 그의 아들에게 한 말에 담긴 진실이 예사롭지 않게 다가온다.

"가라, 이제부터 너는 혼자다. 그렇게 알고 살아라. 다시는 찾아오지 말라. 찾아와도 만나지 않을 거니까."

욕망의 생태도^{生態圖}: 자기애와 질투의 정동^{情動}에 대한 성찰

— 김경순의 장편소설 『빌바오, 3월의 눈』

1. 열 길 물속은 알아도 한 길 사람의 속은 모른다

"열 길 물속은 알아도 한 길 사람의 속은 모른다"는 속담이 있다. 어떤 사람이 어떤 것에 대한 자신의 생각과 느낌을 솔직히 드러낸다고 하더라도 사람들은 그것을 전적으로 믿지 않는다. 누가 제아무리 진실한 태도를 갖고 상대방을 대했다고 하지만 사람들은 여전히 자신들에게 공개되지 않은 무엇인가가 그 누군가의 심연에 똬리를 틀고 있다는 의구심을 품는다. 이것은 숨겨졌다고/찾아야 한다고 간주되는 대상의 성격과 관계없이 사람의 내면 깊숙한 곳에 자리하고 있는데, 바로 그 내면의 깊이와 모양새를 도통 알 수 없으므로 그곳으로부터 힘겹게 끄집어낸 것을 대하는 사람들은 자연스레 자기만의 진실 접근의 태도를 지닐 수밖에 없다. 그 누구도 상대방의 '속마음—생각과 느낌'을 순연한 진실로 받아들이지 않는다. 이러한 쌍방의 태도는 자본주의 생산양식이 내면화된 일상을 살고 있는 지금, 이곳에서 한층 복잡 미묘하게 뒤엉켜 있다.

우리는 여기서 자본주의 생산양식에 대한 정치경제학 담론을 골치 아프게 들먹거릴 필요는 없되 아주 근본적인 원리를 상기할 필요는 있다. 자본주의 생산양식을 구성하는 경제주체들에서 '생산자—소비자—상인'

의 관계는 매우 기본적이며 중요하다는 것은 삼척동자도 다 아는 사실이다. 생산자는 자신이 만든 유무형의 제품을 소비자에게 가능한 값비싼 가격으로 팔아 최대의 이득을 확보하고 싶고, 소비자는 이러한 생산품을 가능한 값싼 가격으로 구입하고 싶다. 그런데 자본주의 일상 속에서 생산자와 소비자의 경제 관계는 여러 가변적 현실(예컨대, 자연환경 및 사회문화적 요인을 포함한 교통 등)의 역동적 개입으로 인해 이 양자의 거래를 효과적으로 중재해주는 상인의 역할이 이들 못지않게 중요한 경제적 지위를 부여받음으로써 이들 삼자 간의 관계는 복잡미묘해진다. 그런데 이 삼자의 관계에서 간과해서 안 될 것은 삼자 간의 이해관계를 관통하고 있는 것 중 가장 핵심인 각자의 입장에서 자신의 욕망을 최대한 충족시켜야 한다는 사실이다. 이 과정에서 삼자의 욕망은 어떤 모습을 띨까. 쌍방만의 관계가 아니라 삼자의 관계가 맞물리면서 각자는 나름대로의 욕망을 충족시켜야 하는바 이 욕망의 움직임은 삼자의 어떠한 욕망의 정동情動을 보여줄까. 이와 관련하여, 우리는 간명한 진실을 알고 있다. '한 길 사람의 속을 모르듯' 돈을 중심으로 펼쳐진 자본주의 일상을 구성하는 삼자의 이해관계와 그 과정에서 보이는 욕망의 정동이 지금, 이곳 우리의 삶과 무관한 게 아님을…….

2. 삼자 관계의 욕망의 생태도, 욕망의 정동과 권력

기실, 작가 김경순의 이번 장편소설 『빌바오, 3월의 눈』(문학수첩, 2020)을 읽는 동안 이러한 욕망의 정동이 세밀히 그려내는 욕망의 생태도生態圖를 주목하게 된다. 그것은 이 소설의 주요 인물들 사이에 맺는 삼자 관계에서 눈에 띄는 욕망의 정동으로부터 포착되는 삶의 난해성이다. 그런데 이 삶의 난해성을 풀어내고 해석해내는 작가의 서사는 흡인력이 있어 가독성을 띤다. 이 소설은 음악대학 내부에서 일어나는 사건을 바탕으로 이야기가 전개된다. 그 핵심은 음대 강사인 주연의 시선을 통해 미래가 촉망되는 젊은 교수 민석을 중심으로 엮이는 삼자 관계들에서 보이는 질투와 시기의 감정으로부터 생성된 욕망의 생태도이다. 앞서 잠깐 언급했듯이, 이 삼자 관계에서 만날 수 있는 욕망의 정동은 순연한 진실과 거리가 멀다. 각자의 입장에서 서로가 맺는 첨예한 이해관계에 적당히 충실하면서 자신의 욕망을 최대한 충족시키는 데 자족할 따름이다. 이러한 모습은 민석과 주연의 관계를 핵심으로 두고 있는 삼자 관계(주연–민석–연두)에서 대표적으로 만날 수 있다.

민석과 주연은 한때 연인 사이였다. 그런데 그들의 관계는 여느 연인 사이와 다르다. 표면상 그들은 분명 친밀한 우정의 형식보다 진전된 낭만적 사랑의 아우라에 도취된 연인 사이처럼 보이지만 혼전순결을 절대적으로 지켜야 한다거나 종교적 기율을 지켜야 하는 것도 아님에도 불구하고 민석은 육체적 사랑을 애써 회피할 뿐만 아니라 결혼과 관련된 그들의 미래의 삶에 대한 어떤 것도 공유하지 않는, 남녀 관계에 대한 상식으로는 도통 이해할 수 없는 관계를 유지한 적 있다. 그런데 그들은 헤어진 채 각자의 삶을 살면서 서로의 삶에 깊숙이 개입을 하지 않는 듯하지만, 그들 사이의 감정은 쉽게 말끔히 정리된 것은 아니었다. 주연은 여전히 민석과 연인 사이에 품었던 그만의 독특한 감정을 희부윰하게 붙들고 있는지, 민석의 학부생 제자 연두가 민석에게 연정을 품고 있는 모습과 또 그러한 연두에게 보이는 민석의 태도가 과거 주연에게 보였던 모습과 다른, 민석과 주연의 관계보다 상대적으로 한층 사랑하는 연인 사이의 관계로 보이자 이들 관계에 대해 질투와 시기가 뒤섞인 욕망을 내보인다. 민석이 누구와 어떤 남녀 관계를 가지든지, 현재 주연과 민석이 특별한 남녀 관계가 아닌 이상 주연은 그 관계에 개입할 필요도 없고 필요 이상의 사적인 감정을 소비할 필요가 없지만, 정작 현실은 다른 것이다. 주연은 민석과 연두 사이의 관계에 개입한다. 그것은 민석이 여제자 연두에게 성폭력을 가했다고 대학 내부에서 제소를 당했는데, 주연이 민석을 옹호하는 증언을 해달라는 민석의 요구를 수용하면서부터이다. 그리하여 이 소설은 이 사건을 한 축으로 '민석–연두–주연'의 삼자 관계를 중심으로 전개된다.

여기서 주목할 것은, 이 삼자 관계 전반을 휩싸고 있는 욕망의 정동은 질투와 시기가 그려내는 욕망의 생태도이며, 이것은 우리의 삶을 이루고 있는 실재로서 이 같은 욕망의 생태도를 응시하는 우리의 삶은 욕망의 정동이 보여주듯 복잡 미묘한 삶의 결로 짜여져 있다는 점이다. 그만큼 삶은 단순명료하지 않다. 주연이 민석과 연두 사이의 관계에 개입할 필요가 없는데도 개입할 수밖에 없는 계기를 민석이 부여하고 있는 것이 그렇다. 바로 이 대목이 우리가 예의주시하고 읽어야 할 부분이다. 시쳇말로 요즘 남녀 관계에서 쿨cool한 관계를 견지하는 민석은, 왜, 자칫하면 사회적 지탄이 될 수 있는 일에 옛 연인 주연을 끌어들인 것일까. 비록 주연과 겉으로는 헤어졌지만, 아직도 주연을 사랑하는 감정이 남아 있음을 은연중 보임으로써 민석의 주연을 향한 민석 특유의 쿨한 형식의 낭만적 사랑의 감정을 통해 주연과의 관계를 회복하고 싶어서일까. 어쩌면 주연은 그러고 싶어서 민석의 부탁을 수용했을 수도 있다. 하지만 이것 또한 그리 단순하지 않다. 주연은 사회적 경험이 부재하거나 사태 판단이 우매한 한갓 철부지가 결코 아니다. 주연은 민석이 작곡가로서 음악적 역량이 탁월한 전도유망한 음대의 교수로서 이쪽 음악 분야에서 예술의 상징 권력을 지니고 있는 것뿐만 아니라 음대학장의 전폭적 신뢰를 받으면서 총장 선거운동을 맡을 정도로 학내의 권력 기반도 탄탄하다는 것을 잘 알고 있다. 게다가 이러한 민석을 지탱하고 있는 것은 외무부 고위직에 있는 부모의 후광도 있음을 너무나 잘 알고 있다. 그러니까 어떻게 보면, 주연이 민석의 부탁을 수용한 이유들 속에는 이번 기회에 민석을 도와줌으로써 강사 신분을 벗어나 민석처럼 음대의 교수직에 오르고 싶은 사회적 발판을 만들고 싶은 욕망을 전적으로 배제할 수 없는 것이다. 말하자면, 주연은 민석이 소유한 사회적 · 예술적 권력을 염두에 둔, 그러면서 민석과 연두의 관계에 대한 질투와 시기가 뒤섞인 욕망의 정동에 붙들려 있는 셈이다. 물론, 민석은 이러한 모든 면을 명확히 파악하면서 주연과 연두 사이에 형성되는 욕망의 정동에 아주 민활히 개입한다.

그런가 하면, 연두는 어떨까. 연두는 음악적 재능이 뛰어나지만 집안 형편이 어렵다. 가까스로 학부를 졸업하였으나 대학원에 진학하여 학업을 안정적으로 유지하기 위해서는 조교를 하든지, 이러저러한 공모에서 좋은 성취를 거둠으로써 현실적 문제를 해결할 수 있어야 한다. 이럴 때 민석이 연두에게 보인 권력자로서의 모습, 가령 서울시향 객원 작곡가로서 민석은 연두를 서울시향에 추천함으로써 민석에게 "밉보였다가는 어떤 벌이 내리는지, 이쁘게 보이면 어떤 상이 오는지 뼈저리게"(278-279쪽) 느끼도록 한다. 민석의 이러한 권력자로서의 모습은 연두가 평소 민석을 훌륭한 음대 교수로서 존경하는 것 이상으로 '경배'한 진정성과 전혀 다른, 민석이 지닌 권력에 종속된 채 원하지 않던 갑을관계로 그 성격이 바뀌었음을 보여준다. 하지만 민석과 연두의 갑을관계는 어떤 시선에서 보느냐에 따라 그 해석이 다르다. 물론 냉정히 말해 힘의 역학 관계에서 연두가 약자인 것은 분명하지만, 결론적으로 그들은 결혼이라는 형식을 통해 쌍방의 "윤리적 무책임으로 인한 번거로운 소송과 꺼림칙한 손가락질에서 벗어"남으로써 민석의 권력에는 어떤 흠결도 생기지 않았고 민석이 맡은 선거운동에서 음대학장은 총장이 되는 등 민석의 권력은 한층 공고해진 셈이다. 그러니까 연두가 민석의 학내 권력 공고화 과정에서 어느 정도 기여를 한 셈이다.

사실, 어떻게 보면, 민석-연두-주연이 보이는 삼자 관계의 전경前景에서 옛 연인(민석-주연) 관계를 바탕으로, 사제지간이 혼재된 연인 관계(민석-연두)와, 강사와 학생 사이의 관계(주연-연두) 등속이 질투와 시기의 감정뿐만 아니라 이들 사이에 개입하여 작동한 권력의 위계 관계를 보이는 욕망의 생태도, 우리로 하여금 이들 관계의 후경後景에서 감지되는 삶의 을씨년스러운 풍경이 아닐 수 없다.

3. 자기애, 질투와 시기의 욕망의 정동

그렇다면, 이 같은 삶의 을씨년스러운 풍경을 자아내는 욕망의 정동은 어떤 것일까. 이것은 이 소설을 관통하고 있는 주요한 문제의식으로, 작품 속 인물들이 형성하는 삼자 관계들(가령, 민석-연두-주연, 민석-형철-주연, 민석-주연-기영, 지수-하연-주연)이 공유하고 있는 욕망의 정동이다. 물론, 이들 삼자 관계에서 '사랑'의 형식을 배제한 질투와 시기를 빼놓을 수 없다. 상대방을 향한 사랑의 형식은 어느 쌍방에게는 순조로운 관계를 형성시키되 상대적으로 다른 쌍방에게는 몹시 껄끄러운 불편한 관계를 낳기도 하는데, 여기에는 모두 구체적 양상이 다를 뿐 질투와 시기의 감정이 스며들기 마련이다.

이와 관련하여, 작품 속 대목을 읽어보자.

— 내 질투는 아직 현재진행형이지, 질투는 그런 거 같아. 내가 인정해야 만 하는 사실에 대해서 인정하고 싶지 않을 때 발생하는 감정. 그리고…….

— 그리고 대상이 살아있어야 하고……. (92쪽)

모든 사랑은 공감이다. 공감이 아닌 사랑은 자기애이다. 민석이 그녀를 향한 건 사랑이 아니라 자기애였다. (114쪽)

그녀 또한 상처받기 싫어하는 자기애로 똘똘 뭉친 사람인 것이다. 이후 민석이 그녀에게 어떤 스킨십도 시도하지 않은 것은 또한 그의 자기애일 것이고. (160쪽)

작가 김경순의 『빌바오, 3월의 눈』에서 보이는 욕망의 정동을 지탱하고 있는 사랑의 형식은 결국 '자기애_{自己愛}'에 기인한 것이기 때문에 '공감'과는 거리가 멀다. "상처받기 싫어하는 자기애로 똘똘 뭉친 자기애"의 주체에게 타자를 진정으로 보듬어 감싸는 사랑은 어쩌면 불가능한 정동이다. 그렇기 때문에 그들은 질투에 휩싸인다. '자기애'로부터 놓여날 수 없으므로 자신이 소유하지 못하고, 타자가 지닌 것을 있는 그대로 인정하지 못하는 괴로움은 타자가 다른 대상을 향한 사랑의 정동을 왜곡된 시선으로 바라보고 그 타자가 품은 사랑의 정동을 훼손시키려는 정동에 사로잡힘으로써 결국 자신과 그 타자 모두에게 돌이킬 수 없는 상처를 안겨주기 십상이다. 이것은 비단 작품 속 인물들에게만 해당되지 않는다. 우리의 일상에서 부대끼는 사람들 사이의 관계를 들여다보면 진정한 사랑의 형식처럼 보이지만, 위장된 사랑의 형식으로써 자신만을 한층 사랑하기 위한 '자기애의 맹목'에 눈먼 사람들을 만나는 것은 어려운 일이 아니다. 연인의 모든 것을 사랑하는 것처럼 보이지만, 자기가 지니지 않은 것을 지닌 상대방의 소중한 것을 인정하기는커녕 자신의 방식으로 왜곡·변형시키고 심지어 그것을 아예 파괴시켜버리는 파시스트적 자기애의 폭력을 자행한다. 그리고 그 모든 파행을 사랑 때문이라고 항변한다. 그래서 '자기애'로 점철된 사랑의 형식이야말로 위험한 것으로, 여기에서 생기는 질투는 시기심과 착종된 채 파괴와 죽음, 즉 존재의 파멸에 이른다.

이러한 질투의 정동이 초래하는 비극적 파탄에 대한 성찰은 『빌바오, 3월의 눈』에서 읽어야 할 주요한 소설적 전언이다.

> 비겁하다. 비열하다. 졸렬하다. 한심하다. 괴물이다. 언니처럼 조용히 자신을 파괴할 것인가. 아니면 민석과 연두를 파멸시킬 것인가. 질투의 본질은 비합리, 비논리성이다. 원인과 결과가 합치하는 과학보다는 종교에 가깝다. 그래서 질투의 협로에서 길을 잃은 사람들은 신분의 고하도, 학식의 고저도, 나이의 다소와도 상관없이 미치고 팔짝 뛰는 것이다. 질투에는 한결같이 복수와 파멸이 뒤따른다. (중략)

언니는 주연을 인형처럼 다뤘다. 매일 씻겨주었고 옷을 입혀주었고 아침에 손을 잡고 등교했다. 각자의 학교로 가는 갈림길에서 주연이 보이지 않을 때까지 언니는 손을 흔들어 주었다. 하루아침에 언니가 사라졌는데도 주연은 왜 울거나 슬퍼하지 않았을까. 30년이 지난 지금에야 그 의문이 풀렸다. 학교에서나 집에서나 '하연이 동생'이라고 불리는 게 싫었다. (271-272쪽)

주연이 민석과 연두에 대해 가졌던 사랑의 형식 배면에 음산하게 자리하고 있던 질투가 초래할 수 있는 위험을 적시하고 있다. "질투에는 한결같이 복수와 파멸이 뒤따른다"는 데서 알 수 있듯, 상대방을 향한 질투의 무서운 귀결을 경계하는 소설적 전언의 울림은 결코 작지 않다. 주연의 언니 하연에 대한 질투가 "언니의 아름다움과 지성"(196쪽) 때문이어서 언니의 자살에 대해 무미건조할 정도로 냉정한 주연의 내면 풍경은 질투가 이러한 파괴의 속성을 내장하고 있음을 말해준다. 그래서 주연은 언니의 죽음 이후 언니의 존재 자체를 지워 버린 삶을 살았던 것이다. 그런가 하면, 하연은 절친에게 교내합창대회에서 피아노 반주 기회를 넘겨준 것에 대한 질투를 못 이겨 자살로 생을 마감한다. 주연이 질투로 인해 타자를 향한 파괴의 유혹을 받는다면, 하연은 질투 때문에 자기 존재를 파멸해 버린 것이다. 이를 두고 소설에서는, "질투가 삼자 관계에서 대상에 대한 사랑을 근거로 한다면 시기심은 오로지 파멸만을 목적으로 한다. 질투가 고상하기도 하고 비열하기도 하다면 시기심은 오직 비열하기만 하다"(284쪽)는 의미심장한 전언을 타전한다.

4. 서사적 진실의 힘, 욕망의 불가능성에 대한 성찰

이쯤 되면, 김경순의 『빌바오, 3월의 눈』이 다른 작가의 작품들과 구별되는 서사적 매혹이 있다. 그의 작품은 우리가 살고 있는 삶의 욕망의 생태도를 인물들의 삼자 관계를 통해 보여주는바, 특히 질투가 지닌 욕망의 정동을 작품 속 인물의 내면을 집요하게 추적하는 과정에서 성찰하도록 한다. 작가 김경순의 이러한 서사적 문제의식은 소설이 제기할 수 있는 소설의 물음 속에서 서사적 진실을 확보한다. 그것은 작품 속 인물들이 그렇듯, 우리가 살고 있는 삶의 관계들 속에서 복잡 미묘하게 난마처럼 얽혀 있는 삶의 을씨년스러운 풍경에 대한 진실된 접근으로, 이것은 소설의 제목 '빌바오, 3월의 눈'이란 가곡을 상기시킨다. 작품에서 소개되듯이 가곡 '빌바오, 3월의 눈'은 스페인의 시골 마을 빌바오에 요양을 간 노르웨이의 한 작곡가가 그의 고향 북구 유럽을 향한 절절한 그리움을 표현한 것이라고 한다. 그런데 빌바오의 3월에는 북구 유럽에서처럼 눈이 내리지 않으므로, 그래서 "작곡가에게 3월의 눈은 불가능성을 의미하는 것"으로, "그 불가능성은 삶일 수도, 사랑일 수도, 예술일 수도"(70쪽) 있는 셈이다. 주연에게 이러한 '빌바오, 3월의 눈'은 작품의 결말에서 언니 하연의 극락왕생을 축원하는 영가등이 켜 있는 바닷가 암자를 찾아 그 언니에 대한 질투가 파괴를 낳는 시기심과 착종된 주연으로 하여금 자신의 삶과 예술, 그리고 사랑의 불가능성을 성찰하도록 한다.

그런데 주연의 이러한 성찰이 예사롭지 않은 것은 불가능성을 부정하는 성찰이 아니라 불가능성을 있는 그대로 인정하면서 불가능한 대상이 지닌 유무형의 존재의 가치를 향한 도정을 결코 포기하지 않고 있다는 점이다. 그래서 이 성찰이 지닌 진실의 힘은 위대하다. 이 진실의 힘은 주연으로 하여금 뒤늦게나마 그동안 자신의 삶을 친친 옭아맨 관계들 속에서 "깊은 인간에 대한 공감"(289쪽)을 바탕으로 한 욕망의 정동이 얼마나 값진 것인지를 그의 약혼자 기영에게 보이는 진실된 모습에서 헤아릴 수 있다. 그리고 작품의 맨 마지막에서 주연이 작곡한 곡에 언니의 목소리를 인위적으로 입히는 대신 언니의 삶을 성찰한 주연의 자연스런 목소리를 입힐 것을 결심함으로써 "되돌아갈 수 없는 사람의 기억과 그리움"(188쪽)이 갖는 복원 불가능성을 대상으로 한 예술적 진실의 힘을 발견한다.

요컨대, 김경순의 『빌바오, 3월의 눈』은 질투는 물론, 시기심과 착종된 욕망의 정동이 파멸로 전락할 수 있는 욕망의 생태도를 응시하고, 그것을 성찰함으로써 표면상 불가능한 것에 굴복하여 단념하는 게 아니라 역설적으로 불가능성 자체를 전복적으로 성찰하는 서사적 진실의 힘을 옹골차게 보인다. 그렇다. 이 서사적 진실의 힘이 소설의 존재 이유라는 점에서 김경순 작가의 또 다른 서사적 욕망의 정동이 펼쳐질 것을 기대한다.

비루한 삶의 경계를 넘는 숭고한 사랑
— 윤성호의 소설집 『룰렛게임』

1.

어디선가 비평가로서 작품을 읽는 것에 대해 낯간지럽지만 겸연스레 얘기한 적이 있다. 특히 비평가가 작가의 첫 소설집을 읽는 일은 이제 막 사랑을 시작한 연인들에게서 볼 수 있는 그 무엇과 흡사한, 연인의 사랑에 빗댄 적이 있다. 이때 중요한 것은 사랑이 한층 무르익은 연인 사이의 관계가 아니라 서로의 존재에 대한 미지의 영역이 남아 있어 이후 그들 사이가 어떻게 진행될지 예측할 수 없는 점을 전제한 사랑이다. 그렇다보니, 서로 크고 작은 오해가 생기기 마련이다. 작가 윤성호의 소설집 『룰렛게임』(문학수첩, 2017)에 수록된 작품들을 읽으면서 설렘과 기대 그리고 두려움이 교차되는 것은 『룰렛게임』이 그의 첫 소설집인 만큼 작가의 서사적 매혹 속에서 비평의 길을 잃은 채 혹시 그 작품을 잘못 이해할 수 있기 때문이다. 하지만 비평의 오독이 도리어 작품 자체가 지닌 숨은 미의식과 소설 전언을 새롭게 발견할 수도 있는바, 이것은 달리 말해, 대상을 향한 창조적 사랑에 바탕을 둔 비평인 셈이다.

2.

　그렇다면, 『룰렛게임』을 어디서부터 만나볼까. 『룰렛게임』에 수록된
작품들 중 표제작인 「룰렛게임」과 「바리케이드」는 윤성호 작가의 서사적
매혹의 한 축을 이룬다. 이 두 작품에서 눈여겨볼 것은 중심 서사가 보여주는
공간의 위상학이다. 「룰렛게임」은 지상으로부터 690m 수직으로 솟아
있는 소각로 굴뚝 위로 오르는 과정과 꼭대기 위에 오른 후 지상으로
다이빙하는, 이른바 익스트림 스포츠extreme sports 중 하나인 고공 다이빙을
하는 인물의 서사를 보여주고, 「바리케이드」는 사랑하는 연인을 만나기
위해 교통 정체가 심한 고가도로 위를 주행하는 승용차 안에서 전개되는
소설 속 화자의 서사를 보여준다. 말하자면, 「룰렛게임」은 지표면을 경계로
수직 상승과 하강의 공간이 서사의 중심을 차지한다면, 「바리케이드」는
지표면과 수평의 관계를 형성하는 공간이 서사의 중심을 이루는데, 두
작품이 보여주는 서사적 공간을 간명히 정리하면 '「룰렛게임」=수직'과
'「바리케이드」=수평'의 공간적 위상으로 구분된다. 그런데, 이 둘은 공간
적 위상이 서로 다를 뿐 이러한 공간적 위상이 내포하는 인간과 세계에
대한 이해는 서로 비슷한 것을 알 수 있다. 여기에는 작중 화자가 타자와
진정으로 공유할 수 없는 사랑의 상처와 그로 인한 내적 방황 및 혼돈의
파토스가 자리하고 있다.

　우선, 「룰렛게임」을 보자. 고공 다이빙을 즐기는 작중 화자 '나'와 친구
영준, 그리고 채연은 시쳇말로 사랑의 삼각관계에 놓여 있다. 이렇다
할 직업 없이 "친지가 운영하는 스포츠 용품 대리점을 봐주며" 백수 신세나
다를 바 없는 삶을 살고 있는 '나'를 채연은 사랑한다. 그 와중에 '나'보다
경제적 조건이 좋은 영준이 채연에게 접근하고, 이 둘의 관계를 지켜보는
'나'의 채연을 향한 사랑은 소극적이다. 채연은 이러한 '나'에게 영준과
결혼을 발표한 파티장에서 "들릴락말락한 작은 목소리로" "죽어버렸음
좋겠어"라고 말한다. 채연의 이 섬뜩한 말은 '나'의 전존재를 뒤흔든다.

이 말은 채연과 '나' 사이 이루 다 말할 수 없는 내적 상처가 존재함을 암시한다. 한편으로는 '나'를 향한 채연의 순정이 '나'에게 받아들여지지 않는 것에 대한 원한 때문에 '나'를 향한 극도의 증오로 정말 '나'가 죽어버렸으면 하는 분노가 있는가 하면, 또 다른 면으로는 비록 영준과 결혼 발표를 공개적으로 하지만 아직도 '나'를 향한 채연의 사랑은 소멸하지 않았다는 것을 역설적으로 표현한 것이기도 하다. 그런가 하면, 지극히 세속적 면에서, 영준과 결혼하여 행복한 가정을 이뤄 살아야 할 채연의 삶에 혹시 '나'의 존재가 걸림돌로 작용할 것을 염두에 둔 가운데 '나'가 세상에서 영원히 죽어 없어졌으면 하는 바람이 반영된 것일 수도 있다. '나'에게 내뱉은 채연의 이 같은 말은 '나'가 고공 점프를 하기 위해 10m 간격으로 높이를 표시한 690m 굴뚝을 오르면서 '나'의 전 존재를 점점 가파르게 뒤흔든다. 만일 이처럼 강한 스트레스 때문에 굴뚝 위에서 점프를 하고 지상으로 하강할 때 낙하산을 펼칠 적정한 고도를 순간 놓쳐버리면 지상으로 추락하여 목숨을 잃는 것이다. 과연, '나'는 지상으로 하강하면서 무엇을 선택할까. 채연과 지상의 관계를 정리하기 위해 그토록 위태롭게 자유를 만끽하던 고공에서 미련 없이 '죽음'을 선택할까. 사실, '나'가 무엇을 선택할지 우리는 알 수 없다. 그런데 중요한 것은 '나'의 선택 여부가 아니라 이처럼 '나'의 전존재를 뒤흔든 문제를 지상에서가 아닌 고공에서 사유하고 있다는 점이다. 높은 굴뚝 위로 올라가는 과정과 그곳에서 점프하여 "두려움의 서클을 통과"하는 지상으로의 하강 과정에서 '나'의 존재와 타자의 관계에 대한 근원적 사유가 펼쳐진다는 점을 눈여겨보아야 한다.

그런가 하면, 「바리케이드」에서는 연하의 남자와 사랑을 나누는 작중 화자 '나'의 애절하고 간절한 사랑이 교통 정체 중인 고가도로의 승용차 안에서 이야기된다. 「룰렛게임」의 서사가 수직 상승과 하강의 동선動線에서 '나'의 내적 상태가 그려지고 있다면, 「바리케이드」에서는 고가도로에서 약속 장소로 움직이는, 즉 수평의 동선에서 '나'가 자신의 연인과 지냈던 아름다운 추억을 반추하면서 그들의 사랑에 대한 타인의 불편한 시선을 극복하려는 사랑의 염원이 그려진다. 물론 '나'의 그를 향한 사랑은 작품의 말미에서 보여주듯 길거리 공사 현장에 놓인 바리케이드를 지그재그로 어렵게 피하는 과정에서 '나'의 승용차가 여러 군데 긁히는 것과 마찬가지로 결코 순탄하지 않음을 암시한다. 하지만, '나'는 이와 같은 바리케이드 때문에 그를 향한 그리움과 사랑의 의지를 결코 포기하지 않는다. 그가 세상에 존재하는 한 그를 향한 '나'의 간절한 사랑은 타인의 시선에도 불구하고, 또 그의 체념에도 불구하고 '나'의 전 존재를 건, 그리하여 '나'와 그의 관계에 대한 숭고한 사랑으로 지속될 것이기 때문이다.

3.

이와 같은 숭고한 사랑은 「봉곡사」, 「독살」, 「벚꽃엔딩」 등과 같은 작품에서 여실히 만날 수 있다. 그런데 이들 작품에서 숭고한 사랑은 어떤 특별한 삶의 영역에서만 만날 수 있는 그런 것이 아니라 우리의 세속적 삶에서 마주할 수 있는 사랑이다. 가령, 대학 시간강사이자 딸 하나를 두고 있는 이혼남과 "세상 누구에게도 들키고 싶지 않은 나만의 공간에서 그와 밀회를 즐"기는 '나'는 그와 여러 차례 헤어지려고 했지만, 또다시 만남을 지속하는 등 "사랑과 증오는 같은 껍질의 표면, 벗겨내면 똑같은 것"이라는 다소 진부한 삶의 철학적 깨우침을 보여주는데, 정작 '나'가 두려운 것은 그의 딸의 폭로 속에서 암시되듯, 그의 병이 악화돼 죽게 됨으로써 그와 영원히 이별해야 하는 일이 현실화될 수 있다는 점이다(「봉곡사」). 따라서 '나'는 살아 있을 적 그와 관련한 모든 것들을 기억하고 싶어 한다. 어느 날 갑자기 그와 이별할 수 있다는 두려움을 극복하기 위해서라도 '나'는 애타게 그의 모든 것들을 기억해야 하는 것이다. 비록 이러한 '나'의 간절함이 지극히 세속적 모습으로 비쳐질지라도 이 간절함은 그를 향한 '나'의 숭고한 사랑임을 폄훼해서는 안 된다. 사랑의 숭고함은 세속적이되 너무나 세속적이어서 세속과 신성의 경계를 무화시켜버리는 그 찰나의 순간 생의 비의적 매혹 속에 우리를 나포하기 때문이다.

　그렇다. 다시 강조하건대, 이러한 사랑의 숭고함은 세속의 지경을 넘어선 신성과의 경계가 무화되는 순간 생의 비의성으로 다가온다. 이것은 「독살」의 마지막 장면에서 아름다운 바닷가의 풍경으로 다가온다.

　　　슬기는 바닷가 돌담에 쪼그리고 앉아 빈 물웅덩이를 지켰다. 따라온 조무래기들이 돌담에 같이 앉아 있다 지루한지 모래밭으로 내려가 실개천 사이를 경중경중 뛰어다녔다. 돌담에 걸어 둔 대나무 발에는 어떤 것도 걸려들지 않았다. 해는 서서히 기울어져 붉은 손으로 모래 곁을 쓰다듬고 파도는 찰싹이며 검은 돌담을 건드렸다. (중략) 슬기는 깜짝 놀랐다. 웅덩이 안이 온통 은빛 멸치 떼로 가득했다. (중략) 멸치 떼는 파닥파닥 사방으로 빛을 뿌려댔다. 그 빛은 이모와 함께 바다에 흘려보내 둥둥 떠 있던 종이학과 종이별과 비슷했다. 노 할배가 어구를 메 기울어진 몸으로 파도를 밟으며 모래밭으로 올라서는 모습이 언뜻 비쳐 슬기는 두 눈을 비볐다.

　태어나면서부터 엄마가 부재한 슬기는 섬에 살고 있는 외조모부 손에서 길러지는데, 슬기는 '노 할배'인 외증조부와 무척 친근히 지낸다. '노 할배'는 섬의 전통적 물고기 잡는 법인 독살, 즉 "밀물 때 바닷물을 따라왔다 썰물 때 빠져나가지 못한 물고기를 잡는 것"을 활용하여 물고기를 잡는데, '노 할배'는 갈수록 건강이 좋지 않아 금세 운명할 처지다. 어쨌든 정상적 가정이 아닌 곳에서 자라나고 있는 슬기의 성장 환경은 좋은 편이 아니다. 게다가 슬기의 이모는 배우를 동경하면서 섬을 몰래 가출했다가 뜻한 일이 제대로 안 됐는지 섬으로 돌아온다. 슬기를 에워싼 성장 환경은 음울하다. 가뜩이나 슬기의 처지를 헤아리는 '노 할배'마저 이제 죽고 없다. 어쩌면 슬기는 '독살'을 즐기는 '노 할배'의 존재 때문에 자신을 둘러싼 불우한 성장 환경을 극복할 수 있는 힘을 기르고 있었는지 모른다. 달리 말해 슬기의 지극히 세속적 일상은 그것으로 슬기를 구속하는 게 아니라 '독살'이라는 섬의 전통적인 세속적 물고기 잡는 법을 통해 슬기를 옥죄고 있는 불우한 세속의 일상을 순간 넘어서는 생의 비의적 힘을 슬기는 간직하고 있었다. 그래서 위 장면에서 읽을 수 있듯, 독살로 잡은 은빛 멸치 떼는 슬기와 그의 이모가 함께 접어 바닷물에 띄운 종이학과 종이별에 포개지는 환시를 통해 섬에서의 각자 비루한 삶의 경계를 넘어서는 또 다른 삶의 아름다운 가치로 승화된다. 이것은 슬기와 이모, 그리고 '노 할배'의 존재에 대한 숭고한 사랑이다.

　우리는 「벚꽃엔딩」에서도 비루한 삶의 경계를 넘는 또 다른 숭고한 사랑을 만난다. 재영은 남편과 떨어져 한 달에 한 번 만나는 시쳇말로 월말 부부 사이다. 경제적 어려움으로 재영은 아이와 함께 친정집에 얹혀살면서 가정 경제에 조금이라도 보탬이 되기 위해 친정집 근처 할인마트에서 상품 진열 사원으로 일을 하다가 사직하려고 한다. 그리고 재영의 남편은 후배 공장에서 주거 환경의 열악함을 견디면서 일을 하고 있다. 이렇듯이 재영 부부는 "현실과 꿈이 직조된 고통이라는 배를 타고 먼 섬에 유배"된 듯한 생활을 살고 있는 것이다. 물론, 이 유배와 같은 고통은 머지않아 재영 부부가 함께 모여 단란한 가정을 이루게 되면 언제 그랬냐는 듯이 사라질 것이다. 하지만 이것은 아직 구체적으로 기약할 수 없는 도래하지 않은 미래의 행복일 뿐 지금, 이곳의 재영을 에워싸고 있는 현실은 고통과 비루함 자체다. 여기서, 작품이 이것만을 우리에게 애오라지 보여준다면 일부러 작품을 읽을 필요가 있을까. 사실 작품을 읽지 않더라도 우리 주변의 삶을 잠시 살펴보면, 재영 부부와 같은 처지에 놓인 삶의 사례들을 쉽게 목도할 수 있다. 그래서일까. 작가 윤성호의 서사는 작품의 마지막 대목에서 우리를 매혹한다. 「벚꽃엔딩」의 마지막에서 재영은 과거 친정집 동네의 유지로 살았던 이웃 오빠를 찾아가 그와 이별주를 마시면서 자신의 신산스러운 삶을 풀어내고 싶었으리라. 하지만 야속한 현실은 그들에게 이런 기회를 허락하지 않는다. 그는 재영의 이러한 의도를 모른 채 혼자 오토바이를 타고 그의 삶의 영역으로 돌아간다. 이러한 그의 모습을 지켜보는 재영은 그의 오토바이에 동승하고 내달리며 그가 재영의 볼에 입맞춤한 과거의 아름다운 시절을 떠올린다. 재영에게 그 아름다운 시절에 대한 기억의 편린은 재영의 현재적 고통과 비루한 삶을 위무해줄 수 있는 숭고한 사랑의 원천으로 자리하고 있기 때문이다. 어쩌면 「벚꽃엔딩」에서 작가가 마지막까지 붙들고 싶은 소설 전언이 있다면, 비록 재영의 이러한 삶이 낭만적 태도를 띤 세속적인 것으로 비쳐질지 모르지만, 재영은 바로 이러한 숭고한 사랑에 대한 기억과 그것이 자아내는 생의 비의적 힘 때문에 현실의 고통과 비루함을 견딜 수 있는 삶의 내공을 축적할 수 있는 것이다.

4.

그런데, 삶의 내공은 말처럼 쉽게 축적되는 것이 결코 아니다. 무엇보다 이것은 삶의 현실과 동떨어진 채 도가연道家然하는 포즈와 무관하다. 새삼 강조할 필요가 없듯, 삶의 치열한 현장과 맞대면할 때 매 순간 만나는 세계의 고통 속에서 삶의 내공은 무섭게 담금질되는 것이다.

이와 관련하여, 「양배추 꽃」은 냉혹하고 비정한 현실 속에서 삶의 내공이 어떻게 축적되고 있는지를 보여주는 문제작으로, 등장인물 신자를 통해 이러한 면을 읽을 수 있다. 여기서, 만일 신자의 삶의 고통 속에서 축적하는 그만의 삶의 내공을 제대로 이해하지 못하면, 작품의 마지막에서 보이는 신자의 엽기적 행동을 제정신이 아닌 정신분열증 환자의 광기로 치부해버리기 십상이다.

신자는 거울 앞에 다리를 활짝 벌리고 앉았다. 언제부턴가 불두덩에 흰 거웃이 자랐다. 신자는 고개를 숙여 흰 거웃을 뽑으려고 했다. 바람에 시든 양배추꽃 같은 자줏빛 속살이 드러났다. 얼굴이 점점 숙여지고 밖에선 뚜— 뚜— 포클레인 땅 파는 소리가 들렸다. 신자는 언뜻 고개를 들었다. 체비지에서 새로운 공사가 시작되었다. 다시 양배추 꽃 같은 자줏빛 속살을 헤쳤다. 몸이 자꾸 앞으로 굽어 들어갔다. 빛이 폭포처럼 머리 위로 쏟아지고, 허적거리며 시멘트 굴로 들어가듯 신자는 활짝 벌린 다리 사이로 고개를 깊이 꺾었다. 포클레인 땅 파는 소리가 계속 들렸다. 아까부터 신자의 입에서 웅얼거림이 새어 나왔다. 꼭꼭 숨어라 머리카락 보일러…….

신자는 자신의 성기를 거울에 비추며 흰 거웃을 뽑는 기괴한 행동을 하고 있다. 그런데 이 행동이 바깥에서 시작된 공사와 포개진다. 체비지를 개발하는 포클레인 작업이 막 시작된 것이다. 체비지를 개발하기 전 그곳은 마구잡이로 쓰레기를 태우는 소각장이었고, 심지어 고압 송유관과 광케이블이 매설된 지역으로 "함부로 땅을 파서는 안 된다는 표지판"이 세워져 있는, 사람들의 접근이 불가한 지역이다. 그런데 이곳을 사람들은 부동산 이익을 극대화하기 위해 개발을 시작한 것이다. 이러한 체비지의 운명은 신자와 비슷하다 해도 과언이 아니다. 여느 때 같으면 신자에게 접근도 하지 않은 채 그를 병원균이나 벌레처럼 취급하든지, 그나마 실연을 당한 레커차 기사나 노인이 그들의 성적 욕망을 해소하는 실용 목적으로 신자를 취급한 것을 염두에 둘 때, 신자는 별다른 실용성이 없는 채로 방치되었다가 부동산 이익을 위해 개발 용도로 취급되는 체비지의 처지와 흡사하다.

그런데, 신자는 이 같은 자신의 처지를 무섭도록 응시한다. 신자가 약간의 언어장애를 지니고 있으나 그는 자신의 삶을 아무렇게나 방치하는 그런 무책임한 사람이 아니다. 따라서 다소 비약적 해석일지 모르지만, 신자가 자신의 성기 안쪽을 굽어보면서 숨바꼭질 부분을 웅얼거리는 행위는 세계의 횡포 속에서 온갖 상처와 고통을 겪더라도 결단코 그것이 두려워 세계와 맞대면하는 것을 포기할 수 없다는, 그래서 이 악무한으로 가득 찬 현실의 사위에서 마치 한바탕 숨바꼭질 놀이를 통해 그것과 맞서는 신자만의 삶의 응전, 곧 신자만의 삶의 내공을 닦는 주술적 수행처럼 보인다.

강조하건대, 이러한 삶의 내공은 세계의 고통을 회피하지 않고 그것을 응시함으로써 힘겹게 담금질되는 것이다. 「장 르노와 노란 잠수함」 역시 이러한 면모를 보여준다. 지하철 운전사로서 운행 중인 지하철로 뛰어든 자살 사고가 빌미로 잡혔는지 '나'는 구조조정을 당한다. 그런데 일터가 사라졌음에도 불구하고 '나'는 "하루에 서너 번 지하철 순환선을 타고" 돈다. 이것은 오랫동안 지하철 운전사로서 몸에 밴 직업의식 때문만이 아니라 그도 경험한 바 있는 지하철 자살 사고로 죽은 사람의 죽음을 응시하기 위해서다. 그런데 '나'는 또다시 지하철 자살을 목도하면서 그것을 막지 못한다. 지하철에서는 '나'가 모르는 또 다른 삶의 포기자들이 죽음의 터널 속으로 사라지고 있다. '나'의 삶의 내공은 지하철에서 삶을 포기하는 자들을 가능한 살려냄으로써 삶의 절망과 환멸 너머에 존재하는 삶의 희망과 미래의 가치를 보게 하는 것이다. 게다가 지하철의 교통과 연루된 갖가지 삶의 양상들이 서로의 가치를 지닌 채 삶을 살아가는 일상을 자연스레 수용하는 것이다. 물론 이러한 가운데 '나'의 삶도 지하철의 공간을 이루는 칠흑 같은 허방의 사위에 묻힌 채 어둠의 물질로 변할지 알 수 없는 일이다. 그렇지만 '나'에게 중요한 것은 세계의 고통이 현시되는 지하철의 공간을 떠나지 않는다는 점이다. 왜냐하면 '나'에게 지하철의 공간은 '나'의 전 존재에 육체성을 부여하는 리얼한 공간으로, 이곳에서 '나'는 '나'만의 삶의 내공을 벼리고 있기 때문이다. 이것은 달리 말해, 작가 윤성호가 그만의 어떤 삶의 도량道場에서 자신만의 서사적 내공을 담금질하는 수행으로 이해할 수 있다.

끝으로, 윤성호의 첫 소설집 『룰렛게임』에서 미처 언급하지 못한 그의 서사적 매혹이 있다면, 이 해설을 쓰는 나보다 예민한 촉수를 지닌 독자들이 그 매혹을 섬세히 더듬어줄 것을 기대한다.

우리 시대 두 젊은 신예와의 조우
— 민병훈과 이세은

1. 자명하지 않은 세계에 대한 서사적 고투

민병훈의 두 단편 「비저장용으로」와 「파견」

경기문화재단에서 의욕적으로 추진하고 있는 문예지원사업 중 전문예술창작지원에 응모한 작품을 대상으로 심의를 하면서 기대와 설렘을 충족시키는 작품들을 만난다. 이번에 응모한 작품들을 읽으면서 한국소설의 풍향계를 감지할 수 있다. 특히 문화 콘텐츠가 범람하는 현실에서 소설이 지닌 문화적 위상이 현저히 위축되고 있음을 직시할 때 올해 전문예술창작지원에 응모한 작품들은 이러한 항간의 진단이 무색할 만큼 서사적 개성이 빼어날 뿐만 아니라 그 무엇과도 바꿀 수 없는 소설적 진실의 감동과 매혹을 안겨준다. 응모작들 모두 각 작품이 지닌 서사적 특장特長이 잘 드러나고 있어 선정작을 엄선하는 데 심의 위원들이 숙고하지 않을 수 없었다.

여러 논의와 숙고 끝에 민병훈의 두 단편 「비저장용으로」와 「파견」을 선정작에 포함하였다. 민병훈은 2015년에 단편 「버티고」가 '문예중앙 신인문학상'에 당선되면서 본격적으로 작품을 쓰기 시작한 신예작가다. 등단작 「버티고」가 신예작가로서 가져야 할 서사적 패기와 참신한 문제의식과 그 서사적 형상화에서 검증을 통과했듯이, 민병훈은 등단작 이후 자신만의 서사 세계를 우직하게 구축하고 있다. 이와 관련하여 조심스러운 것은, 신예작가 민병훈의 서사 세계가 구축되는 도정에 있으므로 그의 소설에 대한 비평이 자칫 그가 구축하는/구축하고자 하는 도정에 뜻하지 않은 걸림돌로 작용할 수도 있다는 점이다.

민병훈의 등단작 「버티고」는 신예작가로서 첫발을 딛는 서사의 문제의식을 타전한다. 「버티고」는 전투기 초계비행 중 조종사와 함께 실종된 사건의 내막을 추적하는 서사로 이뤄진다. 그런데 이 작품은 실종사건을 해결하는 데 초점이 맞춰진 게 아니다. 다시 말해 어떤 미궁에 빠진 사건을 해결하기 위해 촘촘히 짜여진 서사가 아니다. 특정한 사건을 중심으로 등장인물의 갈등이 서로 충돌하고 그 충돌 과정에서 삶의 비의성이 새롭게 발견됨으로써 미처 발견하지 못하거나 주목하지 못한 개인 또는 공동체의 윤리와 정치의식에 대한 웅숭깊은 인식에 이르게 하는 일종의 목적형 서사가 아니다. 어떻게 보면, 이러한 목적형 서사는 세계가 자명하다는 것을 기반으로 한다. 그러니까 자명한 세계가 혼탁해진 원인을 소설적으로 탐구하는 것이야말로 목적형 서사라 해도 과언이 아니다. 이 목적형 서사는 우리에게 낯익은 것으로, 리얼리즘이든지 모더니즘이든지 구분 없이 그동안 한국소설의 주류를 차지해온 것이다.

그런데 민병훈의 서사는 등단작부터 이처럼 낯익은 한국소설의 목적형 서사와 거리를 둔다. 「버티고」에서 전투기가 실종된 뚜렷한 원인이 밝혀지지는 않으나 매우 의미심장한 소설적 전언이 있다. 조종사는 간혹 '비행착각' 증후를 보이는데, 그것은 하늘과 바다를 순간 구분하지 못한 채 바다를 창공으로 착각한 나머지 조종사는 창공으로 수직 상승하여 솟구친다. 바로 그 순간 그가 솟구친 곳은 허공이 뚫린 창공이 아니라 액체로 이뤄진 바다로 곤두박질친다. 조종사는 해수면을 창공으로 착각하여 엄청난 속도로 하강함으로써 상상할 수 없는 해수면의 저항을 받은 셈이다. 그렇다면 조종사에게 무슨 일이 일어난 것일까. 엄격한 훈련을 통해 정교한 비행술을 습득한 조종사에게 창공과 해수면의 구분은 자신의 목숨과 직결된 문제이므로 쉽게 뒤섞여질 수 없는 사안일 터이다. 그럼에도 불구하고 조종사에게 '비행착각' 증후는 이 같은 현실을 순간 비현실로 뒤바꾼다. 조종사에게 '비행착각' 증후가 언제 엄습할지 모르는 상황에서 더 이상 자명한 세계는 존재하지 않는다. 비행 도중 창공과 해수면이 정확히 구분되지 않는, 따라서 창공과 해수면의 위상이 착종될 수 있는 일은 언제든지 도사리는 셈이다.

등단작 「버티고」에서 타전하는 이러한 문제의식은 전투기 조종사와 같은 특수한 직업을 가진 사람에게만 해당되지 않고 한국사회의 현실 속에서 쉽게 지나칠 수 없는 서사적 문제의식이다. 저간의 한국사회를 잠시 성찰해보면, 2000년대 이후 한국사회에서 과연 자명한 것이 존재할까. 비단 이것은 한국사회에만 국한된 것은 결코 아니다. 지구화 시대를 살고 있는 현실에서 더욱 기승을 부리고 있는 신자유주의는 노동의 유연성이라는 미명 아래 노동시장의 불안정을 구조화하고 있으며, 날로 심각해지는 사회적 양극화는 '헬조선', '흙수저', '금수저', '삼포 세대', '이태백' 등 우리 시대의 청년을 향한 자조^{自嘲} 섞인 비속어를 양산하고 있다. 현재를 명쾌히 분석하고 웅숭깊게 성찰할 수 없다 보니 자연스레 현실에 대한 비판적 성찰을 기반으로 한 미래를 향한 구체적 전망이 잘 그려지지 않는다. 이러한 현실 속에서 욕망에 대한 성찰과 전망을 해내는 일은 쉽지 않다. 다시 말하지만, 이제 세계는 자명하지 않다.

이러한 맥락을 염두에 둘 때, 올해 경기문화재단 전문예술창작지원에 선정된 민병훈의 「비저장용으로」와 「파견」이 지닌 문제의식은 눈에 밟힌다. 「비저장용으로」에서 주목할 것은 등장인물 '악'에 대한 작가의 시선이다. '악'이란 호명이 예사롭지 않듯, '악'은 갈대가 빼곡한 하천의 습지에서 뉴트리아를 사냥하는데, 말 그대로 '악'은 뉴트리아에게 악명 높은 사냥꾼이다. 널리 알고 있듯이, 언제부터인지 지방 하천의 골칫거리로 급부상한 뉴트리아는 식용을 벗어나 이제 주변 농작물과 사람에게 해를 입히는 흉악한 동물로 전락하였고, 등장인물 '악'은 이러한 뉴트리아를 사냥하면서 생을 연명해나간다. '악'은 인근 사람들에게 악으로 간주되는 뉴트리아를 제거하는 역할을 충실히 수행한다.

여기서 상기해야 할 민병훈의 서사적 문제의식, 즉 세계는 자명하지 않다는 것을 '악'과 연관시켜볼 수 있다. 뉴트리아는 현재 마을 사람들에게 골칫거리로서 제거되어야 할 흉악한 동물 그 이상도 이하도 아니다. 반려동물도 아니고 식용 대체 동물도 아닌, 인간의 삶을 위협하는 늪 속 최상층을 차지하는 포식자일 뿐이다. 이러한 뉴트리아를 '악'이란 이름으로 불리는 사회에서 소외된 최하층민이 잡고 있다. '악'이 또 다른 악—뉴트리아를 제거한다? 이런 삶을 사는 '악'에게 인근 학교 폭력의 희생자인 학생 하나가 이따금 찾아오면서 자신이 당하는 학교 폭력의 적나라한 실태를 '악'에게 고백한다. 학교 폭력 또한 좀처럼 근절되지 않는 뉴트리아와 같은 부정한 대상이다. 심지어 학교의 폭력 학생들은 '악'의 움막을 찾아와 '악'에게도 폭력을 행사한다. 그런데 폭력은 그들에게만 국한된 것은 아니다. '악'의 움막을 찾은 주민센터 직원들은 움막 곳곳을 조사하면서 '악'에게 은연중 지방공무원의 부패한 모습을 언뜻 비치는데 이것 역시 물리적 폭력 못지않은 '부정한 것'이다. 이처럼 '악'을 에워싼 현실은 온통 '부정한 것' 투성이다. 어디에서부터 이 부정한 것들이 기원한 것인지, 이 작품은 말하지 않는다. 기원을 해명할 수 없기 때문에 부정한 것에 대한 근원적 해결책을 제시할 수 없음에 대한 작가의 도저한 문제의식을 주목해야 한다. 말하자면, 세계는 자명하지 않다.

그래서인가. 「비저장용으로」의 결미는 대단히 충격적 인상으로 다가온다. '악'은 애써 포획한 뉴트리아의 항문을 꿰맨 후 그것들을 다시 늪지대에 방목한다. '악'은 뉴트리아들끼리의 생식과 번식을 인위적으로 막는 반생태적 행위를 할 뿐 뉴트리아의 생명을 빼앗지 않고 다시 그것들의 서식처로 돌려보낸 것이다. 뉴트리아의 생을 빼앗지 않은 것과 그것의 생의 자연스러움(생식과 번식)을 제거한 것 사이에는, 과연, 무엇이 자명한 것일까.

비슷한 맥락으로, 「파견」은 터널 너머에 존재하는, 몰락하는 유스호스텔에 대한 원인을 탐색하기 위해 파견을 온 직원에게 모든 것이 모호하기만 하다. 무엇보다 유스호스텔의 경영 책임을 맡은 사장은 보이지 않는데, 파견 직원은 본사로 돌아가는 길에 막힌 터널을 향해 원망 섞인 소리를 지르고 있는 사람을 목격한다. 그는 유스호스텔 사장으로 보이는 사람이다. 대체 그는 어디에서 나타난 것일까. 그동안 그는 유스호스텔을 경영하지도 않은 채 무엇을 하고 있었을까. 유스호스텔로 가는 터널이 막힌 산사태를 보면서, 그가 원망 섞인 소리를 지른 이유는 무엇일까. 파견 직원에게 무엇 하나 자명한 것은 없다.

이후 민병훈의 서사 세계가 구축하는 도정에 기대를 거는 이유가 있다면, 자명하지 않은 세계를 해석하면서 대결하는 서사적 진정성의 힘이다.

2. '또/새롭게' 탐사해야 할 여성의 몸

이세은의 두 단편 「당신의 일주일」과 「은하철도 쿠팡맨」

신예작가의 작품을 읽는 일은 곤혹스럽기도 하면서 즐겁기도 하다. 어떤 문화예술도 그렇듯이 신예작가의 출현은 기존 낯익은 문화예술의 지반에 균열을 내면서 싱그럽고 역동적인 새로운 기운을 불어넣는다. 때문에 신예작가가 선보이는 작품 세계는 기존 낯익은 것들과 격렬하게 충돌하면서 때로는 대립각을 세워 익숙한 해석의 지평 안에서 온전히 이해하기 어렵다. 어떻게 보면, 어려움을 떠나 불편하기도 하다. 하지만 아이러니컬하게도, 신예작가의 출현은 이 어려움과 불편함을 자연스레 동반하기 마련이다. 이것은 그만큼 신예작가가 선보이는 작품 세계가 동시대의 작품 세계와 미학적 차이를 지닌 새로운 미적 체험을 안겨준다고 볼 수 있다. 그래서 신예작가의 작품을 만나는 일은 기대와 설렘을 동시에 안겨준다.

2017년 경기문화재단 전문예술창작지원에 선정된 이세은 작가는 2014년 '조선일보 신춘문예'로 등단한 신예로서 자신만의 개성적 서사를 옹골차게 만들어가고 있다. 이세은은 지난해 경기문화재단 전문예술창작지원에 선정된 이력이 있는데, 올해 심의 위원들의 엄정한 심사 결과로 또다시 선정된 데서 단적으로 알 수 있듯 신예작가로서 잠재적 역량의 탁월함을 기반으로 이후 한국소설의 중추적인 몫을 충실히 수행할 수 있는 작가이다.

이번 선정작가 작품집에 묶이는 이세은의 두 단편 「당신의 일주일」과 「은하철도 쿠팡맨」은 여성의 몸에 대한 문제의식을 다룬다. 흔히들 여성의 몸과 관련한 서사를 페미니즘적 시선과 연관시키기 쉬운데 이세은의 이 두 작품은 딱히 이것과 깊은 관련은 없다. 물론, 페미니즘적 시선으로 읽을 수 있는 여지가 없는 것은 아니다. 하지만 이 두 작품은 페미니즘적 시선만으로는 온전히 포착하기 힘든 다른 서사적 문제의식을 지니고 있다. 그것을 조급히 몇 마디로 정리할 수는 없으나, 신예작가 이세은만의 방식으로 근대적 주체와 타자에 대한 서사적 탐구를 여성의 몸의 측면에서 시도하고 있다는 것은 주목할 만하다.

먼저, 「당신의 일주일」을 살펴보자. "당신은 또 죽었다."는 도발적 문장으로 시작하는 이 소설은 독자로 하여금 일련의 물음을 품게 한다. "당신은 또 죽었다."의 첫 문장의 주어는 '당신'이므로, 우선 2인칭 '당신'에 대한 궁금증이 일고, 다음으로 '또'라는 부사가 내포하듯이 서술어에 해당하는 '죽다'의 사건이 일회성이 아니라 반복적으로 일어나고, 서술어의 시제가 '-었'에서 단적으로 알 수 있듯, 죽은 사건이 과거에 일어났다는 것을 나타낸다. 여기에다가 '죽다死'라는 끔찍한 의미가 동반돼 있다. 그러니까 「당신의 일주일」은 사실상 이 첫 문장이 모든 것을 암시하고 있는바, 첫 문장의 구성 성분을 염두에 둔 의미를 궁리해내는 과정이야말로 이 소설을 재밌게 읽어내는 독법이다. 「당신의 일주일」의 소설 속 화자인 '당신'은 무려 938번째 자살을 시도하였는데, 그동안 "다양한 방법으로 죽었다." '당신'이 "열 살에 초경을 겪"은 이후 "당신이 처음으로 죽었을 때는 열네 살이었다." 이렇게 열네 살 이후 '당신'은 생리를 할 때마다 극심한 생리통 때문에 자살을 시도한다. 생리통에서 벗어나기 위해 진통제를 먹었으나 진통제는 "고통을 진압하는 약으로 고통의 원인을 제거하지 못한" 채 "그 어떤 진통제로도 당신의 죽음을 막을 수 없"었던 것이다.

이렇게 보면, 「당신의 일주일」은 극심한 생리증후군을 앓고 있는 한 여성의 고통을 병리적으로 다룬 소설로 이해하기 십상이다. 얼핏 보면, 몹시 심한 생리통을 앓고 있는 어떤 특별한 체질을 지닌 여성의 극단적 선택과 연루된 여성에 대한 온전한 이해를 요구하는 서사로 보인다. 하지만 작가가 정작 겨냥하고 있는 것은 "당신이 아무리 설명해도 남자들은 절대로 이해하지 못하"는, 달리 말해 여성의 생리를 사회 공동체의 최소 단위인 가족을 형성하기 위해 새 생명을 잉태하는 섹스의 차원에 초점을 맞추는 한 여성의 생리와 연관된 여성 주체로서 현존에 대한 온전한 이해가 불가능함을 비판적으로 냉소한다. 이것은 비단 남자에게만 국한되지 않는다. 작가가 매우 날카롭게 지적하고 있듯, "그 어떤 교육에서도 반평생 지속되는 고통에 대해 자세히 배우지 못했기 때문에 당신은 여러 번 죽"을 수밖에 없는 결심을 한다. '반평생 지속되는 고통'은 여성이 온몸으로 감각해야 하는, "배란기 내내 부풀어 있던 자궁 내벽"이 "새빨간 핏덩어리"로 몸 밖으로 사출되는 것을 직접 목격해야 하는 실존적 두려움과 통증이다. 작가는 도저한 물음을 던진다. 이러한 생리증후군을 앓고 있는 "당신은 사이코패스나 사회 부적응자, 혹은 정신질환을 앓고 있는 사람이 아니다." "너무도 평범한 여자"임에도 불구하고 무엇 때문에 다양한 방법으로 죽는 것일까. 다시 강조하지만, 이렇게 자살을 반복적으로 시도하는 원인인 여성의 생리증후군에 대한 서사적 탐구가 이 소설의 본령은 아니다. 그보다 생리를 하는 여성의 신체가 (생리통을 동반하는) 그 본연성이 인간 사회에서 고립·왜곡·굴절되는 비정상의 세계 속에서 반복적 죽음을 통해 극단적 자기구원의 길을 모색해야 하는 소설적 진실에 귀를 기울여야 한다. 그럴 때, "그래서 언젠가 비교적 가까운 미래에 당신은 n번째로 죽기

위해 롯데월드타워로 간다"는 소설의 마지막 문장은 소설의 첫 문장
— "당신은 또 죽었다." — 와 서로 맞물리면서, 「당신의 일주일」의 소설적
매혹의 여운을 남긴다.

그렇다. 신예작가 이세은은 우리에게 망실하고 있던 문제를 강하게
환기시키는 소설적 매혹을 갖고 있다. 「은하철도 쿠팡맨」 역시 여성의
몸을 주된 관심사로 두면서 죽음을 함께 다룬다. 그런데 이 작품에서
눈여겨보아야 할 것은 성적 소수자의 실존적 고통에 대한 작가의 섬세한
접근이다. 작중 인물 '나'는 J의 갑작스런 부음 소식을 듣고 충격에 휩싸인
다. J가 얼마 전 보냈을 것으로 추정된 은하철도999 모형이 택배로 배달된
터라 J의 죽음은 마른하늘에 날벼락과 같다. '나'는 J의 요청대로 은하철도
999 디아로마 세트를 만들 준비를 하고 있었기 때문이다. J는 은하철도999
디아로마가 완성되기를 얼마나 학수고대했는지 모른다. 은하철도999의
목적지인 베텔기우스를 향해 우주로 뻗어 있는 철로가 놓이기를 J는 원했
다. 하필 J가 은하철도999에 매우 특별한 애정을 쏟은 이유에 대해 궁금한
'나'는 장례식장에서 J와 함께 한 추억의 실타래를 풀어낸다. 그리고 J의
모든 은밀한 비밀을 알고 있다고 한 '나'보다 더 많이 다른 것을 J와
공유하고 있는 조문객들을 통해 '나'는 J가 성적 소수자로서 지닌 고통의
심연을 들여다본다.

J는 말 그대로 트랜스 젠더가 지닌 성적 소수자의 삶을 한국사회에서
살고 있다. 남성으로서 태어났지만 J는 여성으로서 삶을 선택했던 것이다.
이와 같은 J의 삶과 현실에 대해 여성인 '나'는 어떤 태도를 지녔는가.
J가 여성으로서의 주체적 삶을 선택할 때까지 그 도정에서 '나'는 J의
삶을 어떻게 인식했을까. 한국사회에서 성적 소수자로서 살아가야 할
J의 삶을 존중한다고 하면서도 자신의 삶과 관계없는 영역에서, J가 보수적
사회로부터 어떠한 취급과 인식을 받더라도 그저 방관자로서만 존재하지
않았을까. 간혹 상처받은 J를 찾아가 한국사회가 아직 성적 소수자의
삶을 수용하지 못하는 것에 대한 후진적 풍토를 성토하면서 의례적으로

J를 위로해주지 않았을까.

사실, J는 성적 소수자가 한국사회에서 겪는 세상의 불합리에 대해 인터넷 글쓰기를 통해 싸우고 있었다. J가 쓴 글 중 "보통이라는 틀은 변하지 않는, 보편타당한 가치를 보장하기 때문에 누구나 가지기 쉬운 동시에 누군가에게는 한없이 어려운 것"이다가 지닌 도저한 문제의식은 작가가 이 작품을 통해 우리에게 타전하는 성찰적 물음이다. 여기서, 은하철도999에 대한 J의 애정은 작품의 말미에 이르면, 한국사회에서 성적 소수자가 추구하는 욕망에 맞닿아 있다. "기계는 성별이 없기 때문에 자신이 보기엔 완벽한 행복에 가깝다고" 생각한 J의 현 사회를 향한 냉소적이고 비관적인 음울한 진단이 주는 울림이 자못 크다. 그렇다면 '나'의 손으로 완성될 은하철도999 디아로마는 한국사회에서 성적 소수자가 겪는 실존적 고통에 대한 응시뿐만 아니라 그것에 영원히 굴복할 수 없는 투쟁을 보여준다.

제5부

압록강의 접경지대를 응시하며

소년, 압록강을 넘었으나 돌아오지 못한
— 이미륵의 장편소설 『압록강은 흐른다』

1.

압록강도 봄을 반갑게 맞이하는 양 잔물결이 수줍은 듯이 일어나고 강변의 미풍은 뺨을 스친다. 겨우내 온몸을 후려치곤 하던 맵짠 강변 바람은 언제 그랬냐는 듯 그 기세를 한껏 누그러뜨린다. 바다를 주로 대하면서 성장해온 섬사람인 내게 대륙, 아니 국경을 마주하고 있는 접경지대의 봄은 이렇게 찾아온다.

중국의 단동^{丹東}을 여행객으로서 몇 차례 짧게 방문한 적이 있기 때문에 압록강이 그리 낯설지 않지만 이번에는 무척 새롭다. 비록 일 년이란 기간도 짧지만, 어쨌든지 여행객으로서가 아니라 생활인으로서 단동 생활을 하며 마주하는 압록강은 예전의 모습과 다르다. 가뜩이나 요즘처럼 한반도를 중심으로 한 동아시아의 정세를 상기할 때마다 압록강이 지니는 정치경제 및 사회문화적 중요성은 한층 주목할 수밖에 없다. 특히, 예로부터 동아시아의 크고 작은 일을 도모할 때 압록강은 교류의 주요 관문 중 하나로서, 최근에는 북미 정상회담을 위해 김정은 위원장이 압록강 철교를 건너 중국 대륙 남쪽을 거쳐 베트남의 하노이로 향한 바 있다. 어디 그뿐인가. 일제강점기에는 조선의 숱한 항일독립지사와 항일혁명가들이 압록강을 목숨을 걸고 드나들었으며, 한국전쟁 시기에는 압록강을 경계로 제2차 세계대전의 승전국들(미국, 중국, 옛 소련) 사이에 전면적 충돌도 있었다.

2.

압록강과 관련된 이러한 것을 생각할 때 읽고 싶은 작품이 있는데, 이미륵(1899-1950, 본명 이의경)의 장편소설 『압록강은 흐른다』(전혜린 역, 범우사, 1973)가 그것이다. 한국의 일반 독자들에게 이미륵은 그리 친숙하지 않은 작가일 터이다. 왜냐하면 그는 한국에서 문단 생활을 펼친 게 아니라 독일 문단에서 독일어로 작품 활동을 한 데다가 한국문학계에 미처 알려지기 전 생애를 독일에서 마쳤기 때문이다. 다행히도 이미륵의 존재와 그를 한국문학계가 주목하게 된 계기는 전혜린이 『압록강은 흐른다』를 한국어로 처음 번역 소개하면서부터이다.

『압록강은 흐른다』는 '한국에서의 소년 시대'라는 부제가 단적으로 말해주듯, 이미륵이 독일에서 유학 생활을 본격적으로 하기 전까지 자신의 삶을 써 내려간 일종의 자전적 성격의 작품이다. 이 작품에서 눈여겨볼 것은 그의 출생 시기와 성장 시기, 그리고 독일에 도착할 때까지의 시기, 즉 1899년에서 1920년대 초반에 이르는 시공간 속에서 그가 경험한 근대 전환기의 풍경들이다. 물론, 『압록강은 흐른다』 외에도 이 시기를 다룬 빼어난 한국문학 작품들이 있다. 가령, 한국문학사에서 가족사연대기 소설로 불리는 걸출한 작품들(김남천의 『대하』, 한설야의 『탑』, 이기영의 『봄』 등)에서 이 시기의 모습을 만날 수 있다. 하지만 기존 작품들의 공간이 한반도 안쪽으로 제한돼 있다면, 『압록강은 흐른다』의 경우 조선에 서부터 시작하여 압록강을 건너 중국으로, 그리고 인도양을 건너 홍해를 지나 유럽에 이르는 공간으로 이야기가 펼쳐지고 있어 이 시기에 극동의 조선인이 말 그대로 전 지구화를 온몸으로 겪었다는 점에서 주목할 만한 작품이다.

　물론, 이 작품이 소설의 공간이 확장되고 있다는 점에서만 눈에 띄는 것은 결코 아니다. 이미륵의 분신인 1인칭 화자 '나'의 고향 해주에서 겪는 유년 시절의 아름다운 추억과 경성에서 유학 생활을 하면서 마주하는 온갖 근대적 지식, 특히 서양의 의학과 해부학을 접했을 때의 문명적 충격은 낡은 것과 새로운 것이 전면적으로 충돌하는 당시 조선의 사회문화적 풍경을 가감 없이 드러내준다. 서구의 근대의학을 배우는 '나'에게 신체 곳곳을 해부하여 그것들이 지닌 과학적 지식을 익히는 것은 구태의연한 조선의 전근대로부터 벗어나는 성장통이었다. 그러던 '나'는 3·1혁명에 적극 동참하게 된다. 의학도로서 정치적 사안에 참여를 하는 것을 대부분 꺼려왔으나, '나'를 비롯한 동료 의학도들은 조선이 일본에 결코 지배당해서는 안 되는 유구한 역사와 우수한 문화를 지니고 있다는 민족적 자긍심에 대한 토론 이후 전교생을 대상으로 한 만세 흐름에 적극 동참하게 된다. 이 사건을 계기로 '나'는 일경에 수배를 당하고 어머니의 권고로 압록강을 건너게 된다. 이 대목에서 '나'의 어머니는 '나'의 압록강 월경이 도피가 아니라 더 크고 넓은 세계에 나가 자식의 웅대한 뜻을 펼칠 것을 기대한다.

　이제 압록강은 '나'에게 엄중한 국경선으로 다가온다. 일제의 경비가 삼엄한 압록강을 건넌 후 언제 또다시 압록강을 건너 어머니가 있는 조국으로 돌아올지 기약할 수 없다. 민족의 완전한 독립국가를 이룬 후 해방의 열정으로 압록강을 건너 어머니를 재회할 수 있을지 알 수 없다. 역사는 냉혹하다. 민족의 주체적 역량으로 독립해방을 쟁취하지 못한 채 작중 인물 '나', 즉 작가 이미륵은 결국 압록강을 다시 건너지 못한 디아스포라의 삶을 이방에서 맺어야 했다. 기실 돌이켜보면, 이미륵과 같은 디아스포라의 삶들이 20세기 전반기에 지구촌 곳곳에 흩뿌려져 있음을 우리는 심심치 않게 목도할 수 있다.

3.

개인적으로는, 『압록강은 흐른다』에서 신경을 곧추세우고 읽은 대목 중 압록강을 건너는 장면에서, 이후 '나'에게 펼쳐질 디아스포라의 삶을 내다보는 듯한 '나'의 통찰에 멈칫하였다.

> 오랜 옛날부터 우리 고국을 이 무한한 만주 벌판과 분리시키고 있는 국경의 강은 막을 길이 없이 흐르고 흘렀다. 이편은 모든 것이 크고 음침하고 진정되었으나 저편은 모든 것이 잘고 쾌활하였다. 빛나는 초가집들이 언덕에 산재해 있었다. 많은 굴뚝에서는 벌써 저녁 연기가 피어오르고 있었다. 멀리 청명한 가을 하늘 아래 산맥과 산맥이 달아 물결치고 있었다. 산은 햇빛에 빛났다. 또다시 황혼의 아름다운 빛에 물들었다가 서서히 푸른 노을에 잠겨갔다. 나는 먼 남쪽의 골짜기며 시내가 있는 수양산을 눈앞에 보는 듯했다. 소년 시대 언제나 저녁 음악을 들었던 이층탑 건물도 눈앞에 선했다. 나는 한 번 더 저 남쪽에서 들려오는 황홀한 음악을 듣는 것처럼 착각했다. (170쪽)

압록강을 건넌 '나'에게 압록강 이편과 저편은 명확히 분리돼 있다. 이편은 중국 쪽이고 저편은 조선 쪽이다. 광활한 만주 벌판이 펼쳐진 이편은 '나'에게 앞으로 도래할 온갖 모험이 있는 "음울한 하늘"(170쪽)이 드리운 곳이라면, 저편은 비록 일제의 식민지배를 당하고 있지만, 조선어와 조선의 삶이 있는 곳이고 유소년 시절 고향에서 음악을 듣곤 하던 건물이 있는 정겨운 것들이 있는 곳이다. 이제 이 정겨운 것들과 이별해야 하는 '나'의 심정은 이루 말할 수 없으리라. 여기에다가 난생 처음으로 마주한 광대무변한 만주 벌판은 더욱 '나'의 심정을 복잡하게 만들었으리라.

이렇게 중국 대륙을 거쳐 유럽 유학을 가는 배 위에서 '나'는 중국어와 인도어가 뒤섞인 혼돈 속에서 본격적으로 세계를 만난다. 배 위의 젊은이들은 각자 청운을 품고 당시 근대 세계의 중심인 유럽으로 향했고, '나'는 프랑스를 경유하여 독일로 최종 유학지로 정해 독일의 생활을 시작한다. 그리고 이 작품은 여기서 끝나며, 마지막 문장은 '나'의 누나로부터 어머니의 죽음 소식을 듣는 것이다. 어쩌면 마지막 문장을 쓴 작가는 어머니의 죽음은 곧 자신의 소년 시대의 죽음이고, 이것은 조국으로 귀국하지 않은 채 타향에서 이후 삶을 본격적으로 다시 시작해야 한다는 것을 자기 암시하는 것일지 모른다.

4.

사실, 『압록강은 흐른다』는 1946년 독일에서 출간되었는데, 그 당시 2차 대전 후 독일 문단에서는 이 작품이 극찬을 받는다. 전문가의 의견을 빌리자면, 두 차례의 세계대전에서 패배를 겪은 독일 사람들은 작중 인물 '나'를 통해 온갖 어려움을 극복하고, 무엇보다 유소년 시절의 비정치적 아름다운 기억을 기반으로 새로운 삶의 의지를 북돋는다는 점에서 독일 사람들의 전후 내면의 상처를 이 작품이 치유해준 역할을 주목해야 한다는 점이다. 어떻게 보면, 이 작품은 주된 소재와 내용이 지극히 민족적인 것이지만, 그것이 자연스레 품고 있는 것은 소년 시대로 성장하기 전까지 과정과 특히 '압록강'으로 상징되는 어떤 경계 넘기의 문학적 진실이 전 세계인과 공유할 수 있는 지점을 형성하고 있다는 것을 새삼 강조하지 않을 수 없다. 모르긴 모르되, 아마도 작가 이미륵은 조선이 일제로부터 해방된 소식을 간절히 기다리면서 마침내 가슴 벅찬 해방의 기쁨을 유럽에서 만끽한바, 『압록강은 흐른다』를 통해 2차 세계대전 후 유럽에 팽배해 있는 전후의 상처를 치유하고 싶었을지도 모른다. 아시아인과 유럽인 사이에서, 그리고 한국인과 독일인 사이에서……

단동과 압록강, 접경지대의 역사와 일상

1. 단동에서 압록강을 보다

드디어 한국을 떠나 중국의 단동^{丹東}에 있는 요동대학으로 연구년을 보내기 위해 왔다. 단동이 어떤 곳인가. 북한과 중국이 압록강을 경계로 맞닿고 있는 국경 도시가 아닌가. 사실 우리에게 단동은 결코 낯선 곳이 아니다. 조선 후기부터 압록강을 건너 만주로 이주해 간 조선 이주민의 삶이 극명히 보여주듯, 지금의 단동(예전에는 '안동^{安東}'이라 불렸음)은 조선과 중국을 이어주는 매우 중요한 교통의 요충지였다. 실학의 대가인 박지원의 연행록 『열하일기』의 <도강록^{渡江錄}>에는 압록강을 건너면서 직접 보고 체험한 것이 상세히 기록돼 있는데, 박지원이 압록강을 건너면서 받은 충격뿐만 아니라 도강 후 조선과 중국의 접경지대에 펼쳐진 드넓은 요동 벌판에 대한 경이로움은 이 지역의 문화적 및 지정학적 중요성을 새삼 강조할 필요도 없다.

물론, 이 지역을 상기할 때 우리가 망각해서 안 될 것은 일제 강점기 아래 항일혁명이 지속적으로 펼쳐졌다는 사실이다. 얼마나 많은 항일혁명가들이 목숨을 내걸고 이 접경 지역을 거점으로 민족독립을 쟁취하기 위해 가쁜 숨을 몰아쉬면서 압록강을 건넜는지 모른다. 이와 관련하여, 우리

압록강 철교. 중국 정부는 압록강 철교를 현재 '압록강 단교(斷橋)'로 전쟁 유적지화하고 있다.

가 간과해서 안 되는 엄연한 역사적 사실이 있다. 압록강 일대뿐만 아니라 중국과의 다른 접경 지역을 포함한 만주 일대에서 가열차게 전개된 항일혁명은 마오쩌둥을 비롯한 중국 혁명가들과 함께 연대한, 이른바 조중혈맹朝中血盟의 굳건한 토대 아래 중국혁명의 도정과 결코 무관하지 않다는 점이다. 이것은 만주 지역이 갖는 항일혁명사에서 소홀히 여길 수 없는 역사적 진실을 말해준다. 무엇보다 이 지역을 무대로 펼쳐진 항일혁명의 주체에 대한 실증적 연구가 축적되면서, 조선의 민족주의자들 이외에도 사회주의자들의 항일혁명 활동이 갖는 역사적 가치가 주목되고 있다.

그런가 하면, 이 지역은 조선의 친일 협력자들이 적극적 친일 활동을 통해 항일혁명을 탄압하는 반민족적 역사의 무대였고, 제국의 지배자들이 대륙의 식민경영을 위한 교통의 전초기지로서 각종 식민지배 전략을 세웠던 곳이기도 하다. 특히 당시 부산을 기점으로 하여 경성을 통과한 철도 경의선은 신의주를 거쳐 압록강 철교를 지나 안동(지금의 단동)을 통과하여 만주국의 수도인 신경(지금의 장춘)을 지나 하얼빈에 이르고, 이 철도 노선은 시베리아 횡단 철도와 만나 광활한 유라시아 대륙을 가로지르는 제국의 교통인바, 압록강 일대는 식민지 경영을 위해 일본 제국이 대륙으로 뻗어나가기 위한 매우 중요한 교통의 요충지인 셈이다. 바로 그 길목에 단동이 위치해 있다.

그래서일까. 단동과 압록강은 한국전쟁 와중에서도 전략적으로 중요한 거점이었다. 한국전쟁 도중 미군의 폭격으로 끊어진 압록강 철교는 그 단적인 면을 증언해준다. 파괴된 압록강 철교는 한국전쟁의 성격을 은연중 말해준다고 해도 과언이 아니다. 비단 그것의 최우선적 목적이 전쟁과 직결된 것이라고 하지만, 압록강 철교의 파괴는 압록강을 경계로 한 대륙의 교통에 치명적 손상을 입음으로써 대륙과 이어진 역사의 실재적 삶으로서 현장이 단절된 것을 의미하는 것이다. 아이러니컬한 일이지만, 일제에 의해 식민지배의 일환으로 가설된(1909-1911) 압록강 철교는 두 차례의 세계대전으로 새로운 제국의 지배자로 등장한 미국의 반공주의와 팍스아메리카나를 위해 파괴되는(1950) 운명에 속수무책이었던 셈이다. 압록강 철교의 가설과 파괴는 그만큼 압록강이 지정학적으로 우리와 대륙의 관계를 상징적으로 말해준다.

그래서일까. 현재 북한과 중국을 잇는 압록강 철교를 바라볼 때마다 언제면 마음껏 이 철교를 통해 남한 주민들이 단동을 거쳐 대륙의 교통을 실감할 수 있을지 가슴이 먹먹하기만 하다. 현재 남과 북의 교통이 자유롭지 않은 상태에서 단동을 방문하기 위해서는 인천항을 출발하여 약 12시간을 소요하여 단동에 도착하는 배편과 인천공항을 떠나 대련 또는 심양 공항을 거쳐 별도의 육로 교통수단을 이용하여 단동에 도착하는 교통편이 있는데 그만큼 아직까지는 남한 주민들이 단동을 매개로 대륙의 교통을 실감하기에는 어려움이 없지 않다.

2. 단동에서 '하노이 회담'의 결렬을 마주하다

단동에 도착하자마자 인근 파출소를 찾아 장기체류 신고를 한 후 곧바로 압록강을 찾았다. 평일인데도 중국 관광객과 주민들이 한적한 시간을 보내고 있었다. 압록강 철교와 다리가 압록강을 이어주고 있었으며 압록강은 유유히 흐르고 있었다. 며칠 전 조선민주주의인민공화국 김정은 위원장을 태운 기차가 바로 이 철교를 지나 베트남으로 향했다. 두 번째 북미 정상회담, 이른바 하노이 회담이 기대만큼 성과를 내지 못한 터라 압록강 철교를 바라보는 느낌과 생각이 착잡하다. 한국을 떠나기 전 북미 정상회담에 거는 기대가 컸다. 혹시, 내가 단동에서 그토록 꿈에 그리던 '종전선언'이 발표되는 것은 아닌지, 한국전쟁이 실질적으로 끝남으로써 한반도에는 이제 전쟁의 위협과 불안이 몽땅 사라질 수 있는 민족사의 대전환기를 단동에서 맞보는 것은 아닌지, 그래서 한반도의 평화뿐만 아니라 미국, 중국, 일본, 러시아 등 동아시아의 국제질서가 새로운 단계로 접어들고 한반도의 평화 체제 정착이 동아시아의 평화와 공동 번영의 불씨를 지필수 있는 원대한 꿈을 이곳 단동에서 꿀 수 있다는 기대를 품기를 바랐다. 다소 엉뚱한 생각일지 모르지만, 작가 황석영이 1989년 베를린 장벽이 붕괴될 때 바로 그 현장에 있었고, 그곳에서 동서독 통일의 생생한 현실을 실감한 것이 이후 황석영의 문학에서 결절점으로 작동되었듯이, 나도 단동에서 남북통일까지는 아니라도 '종전선언'의 역사를 경험하고, 이 역사적 경험이 내 문학에서 또 다른 결절점으로 작용할 수 있지 않을까 하는 생각을 가져보았다. 물론 황석영은 타국에서 그 나라의 통일의 현장을 경험한 것과, 내 경우 혹 있을 수 있다면 타국에서 우리나라의 전쟁이 종식되는 역사의 순간을 경험한 것과는 매우 다르다.

어쨌든, 하노이 회담의 결렬은 전 세계 이슈로서 전문가의 분석들이 잇따르고 있음을 인터넷 뉴스를 통해 접한다. 흥미로운 것은, 중국의 반응이다. 북미 정상회담의 결렬은 북한과 미국의 직접 상대만으로는 명백한 한계가 있음이 드러난바, 이들의 매개로서 중국의 역할이 커졌다는 것은 사실이다. 하지만 중국도 곤혹스러운 점은 미중 무역 마찰이 심해, 심지어 미중 경제전쟁이라고 불리운 터에 북한의 문제를 갖고 미국과 중재하는 실질적 역할은 정치적 부담이 매우 큰 것이 아닐 수 없다. 미국과의 경제 대립과 갈등을 잘 풀어야 할 중국으로서는 자국과 직접적이고 즉발적 문제와는 거리를 두고 있는 미국과 북한의 문제를 풀기 위해 소모적 중재에 힘을 쏟을 이유가 없기 때문이다. 조중혈맹의 관계를 유지하되 미국과 무역 문제를 해결해야 하는 중국의 입장에서는 북미회담의 결렬을 지극히 외교적 상식 수준에서 접근할 수밖에 없을 터이다. 이러한 중국의 속셈을 북한이 모를 리 없다. 북한은 중국이 아니라 발 빠르게 러시아 푸틴과 정상회담을 가졌고, 하노이 회담 결렬 후 어떤 묘안을 강구하기 위해 러시아의 외교적 지원을 요청하고 있는 모양새다. 북한의 경우 미국 주도로 UN의 경제제재 조치가 지속되는 한 김정은이 2019년 신년사에서 힘주어 강조한 북한의 경제 건설을 이루는 게 현실적으로 난망한 일임을 감안해보면, 푸틴과의 만남 목적이 무엇을 겨냥한 것인지는 명확하다.

사실, 북한에 대한 UN의 경제제재가 얼마나 심각한 것인지 한국에 있을 때 피부로 실감하기 힘들었다. 우연한 기회에 나는 단동에서 20여 년 이상 살고 있는 한국인을 만났는데, 그의 말을 빌리자면, 단동은 압록강 철교로 이어지는 접경지대여서 북한과 중국 사이에 무역 거래를 비롯한 크고 작은 경제활동이 활발한 곳이었으나 경제제재 이후 이러한 움직임이 현저히 둔화되었거나 없어졌다고 한다. 이와 함께 한국인의 경제활동 또한 눈에 띄게 동력을 상실하여 단동에 상주하는 한국인의 숫자도 급감했다고 한다. 특히 한국인의 경제활동 둔화와 침체는 경제제재 조치 이전 이명박 정부 때부터 가시화되었으며 박근혜 정부 들어서면서 남북관계의 단절로 인해 한국인의 경제활동은 한층 힘들어졌다고 한다. 그래도 그는 단동의 지정학적 중요성을 체감하고 있다면서 이후 남북관계의 진전과 함께 대륙과의 교통은 단동 및 압록강 일대의 정치경제적 번영을 기대하고 있다는 것을 힘주어 강조했다.

3. 단동, 접경지대의 평화로운 일상

단동과 압록강은 이렇게 서서히 내게 다가왔다. 단동 생활에서 퍽 인상적인 것은 중국인의 경제적 일상이다. 한국사회는 일상의 현대화가 가속화됨에 따라 거의 모든 상거래가 인터넷의 쇼핑몰이나 스마트폰의 앱을 통해 이뤄지고 있어 사람들이 상품을 직접 보고 구매하는 상거래 행위가 줄어들고 있다면, 중국에서는 아직까지 한국사회와 달리 재래식 시장 중심의 경제활동이 활발하다. 물론 중국도 베이징과 상해 등 대도시의 경우는 한국과 대동소이하지만, 이들 대도시를 제외하고는 중국 대부분 경제활동은 재래식 시장 중심이라는 것을 간과할 수 없다. 단동만 해도 그렇다. 각종 청과물과 소비재, 식품 등 온갖 상품들이 시장에서 상인들과 소비자들 사이에 분주히 거래되고 있는 모습을 쉽게 볼 수 있다. 시장은 활기가 넘치며, 물건들을 사고파는 모습 속에서 접경지대에서 살고 있는 사람들의 삶의 생기가 물씬 풍겨난다. 단동을 압록강과 결부 짓다보면, 단동이 (중국에서는) 황해를 접하고 있다는 것을 간과할 수 있는데, 황해와도 맞닿아 있는 곳이어서 수산물 또한 풍부하다. 강과 바다를 끼고 있으니 중국에서 농수산물이 풍부한 곳 중 하나로서 단동 사람들 얼굴에는 정치적 측면에서 접경지대에서 살고 있다는 특유의 긴장을 좀처럼 찾아볼 수 없다. 아마도 그동안 단동에 대한 이러한 고정된 생각에 사로잡혔던 것은 단동 바깥의 이방인의 편견 아닌 편견의 산물일지 모른다. 나는 다시 한번, 내가 대륙과의 교통이 단절된, 그것도 섬과 다를 바 없는 휴전선으로 단절된 남한에서 살아왔다는 사실을 실감한다. 이곳 단동에서 살고 있는 사람들은 오랫동안 나처럼 압록강 철교를 아예 넘지 못하는 경우는 없으며 중국인이라면 적법한 절차에 따라 누구나 자유자재로 압록강 철교를 오고 갈 수 있다. 북한과의 조중혈맹 관계가 단적으로 말해주듯 중국은 북한을 적대시하지 않기 때문에 비록 단동이 국경도시로서 정치적 긴장을 갖는 것은 사실이지만, 오랫동안 단동에서 살아온 사람들에게 정치적 긴장은 그들의 일상의 실감으로 예민하게 포착되는 것은 아니다.

그 단적인 몇 가지 사례를 들어보자. 지난여름, 나는 압록강이 코앞에 보이는 호텔에 투숙하고 있었다. 새벽녘 한 무리의 사람들이 소란을 떨고 있는 소리가 창 너머에서 들려왔다. 순간, 귀를 의심하였다. 혹시, 압록강 넘어 북한 사람들이 도강을 하는 소리가 아닐까. 아니, 북한군 초병 몰래 도강을 하는데 이렇게 소란을 떨지는 않을 텐데⋯⋯. 아닌 게 아니라, 그 소리는 중국인들이 압록강변에 나와 새벽녘 수영을 하는 소리였다. 말하자면, 그 소란스러움은 한여름 새벽녘 건강을 위해 수영을 하는 동호인들 모임 때문이었다. 중국인들은 이렇게 태연하게 압록강을 그들의 일상의 영역으로 만들고 있었다. 그리고 며칠 전 주말 나는 오랜만에 요동대 앞 압록강 공원을 찾았다. 완연한 봄을 맞아 인근에 살고 있는 중국인들이 강변 공원에서 휴식을 하기 위해 가족과 함께 주말의 여유로움을 만끽하고 있었다. 압록강변을 끼고 있는 공원은 숲이 조성돼 있어 싱그러운 초록의 사위에서 단동 주민들은 주말의 일상을 평화롭게 누리고 있었다. 다시 강조하건대, 내 눈에 비친 단동은 적대 관계에 있는 접경지대가 결코 아니다.

단동 주민들의 이러한 일상을 경험하면서, 한편으로는 압록강 너머 또 다른 접경지대에서 살고 있는 북한 주민들의 일상은 어떨지 궁금하다. 이와 관련하여, 아주 서글픈 풍경이 있다. 해가 저물어 밤이 되면, 압록강 너머에 있는 북한 땅은 캄캄한 암흑으로 휩싸인다. 그에 반해 단동은 압록강변을 따라 즐비한 고층 아파트와 상가들이 발산하는 다채로운 전깃불이 압록강을 비춘다. 압록강을 경계로 단동과 북한의 야간 풍경은 이렇게 명확히 구분된다. 조중혈맹으로 맺어진 두 나라의 경제 수준을 단적으로 보여주는 모습이다. 압록강의 야간 풍경을 볼 때마다 뭐라 말 못 할 서글픔과 착잡함, 그리고 분노가 치밀어오르곤 한다. 아무리 서로 다른 정치경제적 요인이 있다고 하지만, 북한과 중국은 모두 사회주의를 기반으로 한 국가가 아닌가. 그런데 중국은 전 세계 정치경제의 리더로서 그 막중한 역할을 다하고 있으며 밝은 미래를 향해 웅비하고 있는데 반해 북한은 닫힌 사회 속에서 북한 주민의 삶에 좀처럼 전망이 보이지 않는다. 강성대국을 염원하던 북한은 한갓 정치적 구호 속에서만 자족적 삶을 살고 있는지……. 압록강변의 이쪽과 저쪽을 확연히 나누는 야간 풍경은 작금의 북한의 실태를 가감 없이 보여준다.

어쨌든 단동 사람들의 이러한 평화롭고 풍요로운 일상을 곁에서 지켜보면서 적대적 관계가 아닌 접경지대의 삶은 바로 이런 것이구나, 하는 구체적 삶은 향후 남북관계의 삶에서 타산지석이 아닐 수 없다. 단적인 예로, 인도와 파키스탄의 접경지대인 카슈미르 지역의 삶을 보자. 인도와 파키스탄은 인도가 영국의 식민지로부터 1945년 독립되면서 이슬람교 중심의 파키스탄과 힌두교 중심의 인도로 분리된 이후 지금까지 우리처럼 정치적 대립과 갈등을 이어가고 있다. 나는 8년 전 북인도를 여행할 때 카슈미르 지역을 들른 적이 있다. 그때 마침 인도와 파키스탄 접경지대인 카슈미르 지역에서 우발적 총격 사고가 난 후 그 지역의 분위기가 매우 공포스럽고 더 큰 군사적 충돌의 긴장이 감돌았던 위기에 모골이 송연했다는 것을 지울 수 없다. 서로 적대 관계에 놓인 접경지대는 카슈미르처럼 언제 군사적 충돌이 일어날지 알 수 없는 일촉즉발 위기의 매 순간을 하루하루 견딜 뿐이다. 따라서 그러한 곳에 살고 있는 사람들의 일상이 평온할 리 없다. 하필 카슈미르 지역의 이러한 모습을 직접 목도한 나로서는 단동의 평온한 일상이 얼마나 소중한지, 그리고 단동의 이러한 접경지대의 일상을 남북관계의 평화 정착에 따라 우리도 누릴 수 있어야 한다는 기대를 가져본다.

4. 중국 TV드라마가 주목하는 역사와 가족

이 글을 맺으면서, 중국인의 일상을 이루는 TV드라마 얘기를 안 할 수 없다. 솔직히 나는 한국에 있을 때 TV드라마는 거의 보지 않는다. 어쩌다 간혹 세간의 이목을 끄는 작품 이외에는 너무도 뻔한 스토리로 이뤄진 것이기에 관심사 밖이었다. 그런데 중국 드라마의 경우 내 개인적 취향에 맞아서인지, 자못 흥미롭게 거의 매일 시청하고 있다. 내가 중국 드라마의 동향을 길게 얘기할 수 없지만, 주목되는 것은 크게 두 가지다. 하나는 항일 독립투쟁을 다루는 것이고 다른 하나는 가족 문제를 다루는 것이다. 드라마를 다루는 채널에서 빠짐없이 항일 독립투쟁을 다루는 드라마를 방영한다. 처음에는 그렇고 그런 상투적인 것투성이라고 쉽게 단정을 내렸다. 하지만 이것은 내 편견이었다. 단동이 있는 요녕성은 중국 동북 3성(요녕성, 길림성, 흑룡강성) 지역, 즉 만주의 한 부분으로서 단동에서 방영되는 TV채널에서는 일본군과 맞서 저항하는 독립투쟁이 다채롭게 그려지고 있었다. 일본군에 맞서는 공산당뿐만 아니라 비적의 활동 양상도 그려지고 있는가 하면, 이 지역에서 길항 관계에 있던 공산당과 국민당 사이의 서사에도 비중을 두고 있었다. 만주와 관련한 한국문학을 공부하고 있는 내게 이들 드라마는 만주 당시의 역사적 배경 및 항일독립혁명의 다각적 양상을 대중적 시각에서 접할 수 있는 소중한 공부거리다. 물론, 중국 정부의 통제와 감시하에 있는 중국 드라마의 제작 현실을 감안해볼 때, 이러한 주제 일변도의 드라마는 시청자의 다양한 대중적 문화 욕망과 감성을 무시한 국가파시즘적 산물이라고 비판할 수 있다. 이와 함께 고려해볼 것은, 국민들에게 역사의식을 대중화하는 데 힘을 쏟고 있는 긍정적 측면이다. 역사의 맹목은 당연히 경계해야 하지만, 역사의 망각은 방치해서 곤란하다. 만주국 시기(1932–1945)는 중국의 입장에서는 대단히 불쾌하고 수치스러운 역사다. 오죽하면 이 시기의 문학을 중국문학사에서는 위만주국僞滿洲國 시기 동북 윤함구문학淪陷區文學으로 호명하겠는가. 하지만 작금의 중국은 이 시기를 응시하고 있다. 이 시기 문학을 연구하는 중국 소장학자들이 근래 주목받고 있는 데서 알 수 있듯, 대중에게도 TV드라마를 통해 대중의 눈높이에서 만주국 시기 일본군에 억압받는 중국의 참상과 그에 맞서는 중국혁명 활동을 널리 알리고 있는 셈이다. 자국의 역사를 응시하고 그것에 대한 비판적 반성의 과정을 치밀하게 하는 것은 아무리 강조해도 지나치지 않을 것이다.

한편, 가족 주제의 드라마의 경우 한국사회도 이 주제는 드라마의 단골 주제인 만큼 동아시아 유교 중심의 사회에서 가족이란 테마는 아마도 대중예술의 화수분일 터이다. 한국 드라마의 경우 시대환경의 급변화에 따라 가족 구성체의 변화를 다양하게 그려내는 경우가 많은데 비해, 중국 드라마의 경우 가족 구성원의 힘든 역경을 서로 극복하는 모습에 상대적으로 높은 비중을 차지한다. 개별 가족이 아무리 힘든 일에 직면하더라도 그것을 방관하는 게 아니라 가족 구성원이 십시일반 힘을 모아 난관을 헤쳐나가는 훈훈한 가족애를 그려내는 데 초점을 맞춘다고 할까. 그 과정에서 가족들 사이에 싸움도 있고 심지어 이혼하는 모습도 보여주지만, 가족의 근간을 파괴하고 해체하는 극단까지는 가지 않는다. 적어도 아직까지 중국사회는 가족 구성체를 사회의 핵심으로 간주하고, 가족애를 바탕으로 한 사회적 문제들을 해결하는 데 사회적 동의가 뒷받침되고 있는 것이다. 물론, 이러한 훈훈하고 끈끈한 가족애가 언제까지 지속될지 아무도 알 수 없는 일이다. 돌이켜보면, 한국사회도 가족은 사회의 마지막 안전판이 아니었던가. 하지만 한국사회는 핵가족의 가속화와 여러 사회변동으로 인해 새로운 가족의 형태가 출현함으로써 중국 드라마에서와 같은 가족 관계가 점차 희소가치를 갖는 게 현실이다. 여기서, 당소 엉뚱한 생각일지 모르지만, 중국이 이처럼 가족 주제의 드라마에 비중을 두는 것은 중국사회가 한국사회와 다른 측면에서 가족과 사회의 관계를 반영하고 있는 것은 아닐까. 말하자면, 한국사회는 현재 빠른 속도로 진행되는 가족의 해체에 따라 야기되는 사회적 양상 및 그 징후를 가족 드라마로 담아내고 있는데 반해 중국은 그동안 인구 억제에 따라 핵가족을 국가의 정책으로 시행하면서 매우 협소해진 가족 관계로 인한 사회적 문제들이 속출하면서 이러한 제반 사회 문제들에 대한 해결과 반성적 차원에서 가족 주제에 집중하는 드라마에 비중을 쏟는 것은 아닐까. 그러니까 중국 드라마에서는 가족 문제를 다루되, 협소한 가족 문제가 아니라 그것을 사회와 연관시키는 가족 문제, 궁극적으로는 사회주의 국가의 발전에 문제의식이 닿는 가족 문제의 해결에 역점을 둔 것으로 읽힌다. 가령, 한 예로, 내가 단동에서 최근 본 중국 드라마에서 할아버지가 병사하는 장면에서 자신의 가족의 안위를 한 남자에게 부탁하는데, 그 남자는 다름 아니라 할아버지와 함께 군생활을 했던 충성스러운 부하이다. 남은 가족의 안위를 부탁하는 유언을, 군생활을 한 부하에게 함으로써 가족의 문제는 국가(혹은 사회)의 차원과 자연스레 연계된다. 그리고 부하는 유언에 따라 남은 가족들에게 삶의 용기와 실질적 도움을 주면서 그 가족의 부활에 지대한 작용을 미친다.

중국의 몇몇 TV드라마를 통해 중국 사회를 일반론 차원에서 얘기하는 것은 부분과 특수성의 오류에 빠지기 십상인 것을 잘 안다. 하지만 내가 정작 얘기하고 싶은 것은 한국사회에 있을 때 피상적으로 생각했던 중국사회의 가족 문제를 중국의 일상 가까운 곳에서 이해할 수 있다는 점이다. 기회가 있을 때마다 우리는 동아시아를 곧잘 얘기하곤 하는데, 우리 자신을 냉철히 돌아볼 필요가 있다. 우리는 한국사회의 렌즈로, 좀 더 적확히 말하자면, 분단된 휴전선 이남의 섬과 같은 지정학적 위상의 렌즈로 동아시아를 너무 쉽게 얘기한 것은 아닌지…… 동아시아에 살고 있는 사람들의 일상을 너무 단조롭게 너무 평이하게 굴곡 없이 평면에 놓고 인식하고 있는 것은 아닌지……. 단동에서 다시 동아시아를 발본적으로 생각해본다.

남만철도南滿鐵道와 만주, 그리고 동아시아

1. '단동'에서 열린 동아시아 학술대회

지난 7월 2, 3일 이틀 동안 한국의 두 학술단체인 한민족문화학회와 영주어문학회가 단동에 있는 요동대학의 한조학원韓朝學院 및 국제교육학원과 공동으로 주최하는 국제학술대회에 참가하기 위해 이곳을 방문하였다. 한국, 중국, 일본, 베트남, 미얀마 등 5개국의 연구자들이 '동아시아의 상생과 공존을 위한 문학·문화·언어'란 주제로 학술 교류를 가진 것이다. 사실, 이 주제와 연관된 각종 학술회의가 그동안 한국 안팎에서 없었던 것은 아니다. 한국을 비롯한 아시아뿐만 아니라 심지어 서구에서도 유사한 주제를 중심으로 학술회의가 열리고 있다.

그런데 이번 학술대회가 주목되는 것은 학술대회가 열리는 장소의 지정학적 의미다. 『제주작가』의 2019년 여름호, '고명철의 단동통신'을 시작하면서 글머리에 언급했듯, 요동대학이 위치하고 있는 단동은 압록강을 경계로 한반도와 중국이 분기되는, 그러면서 북한과 중국이 국경을 바로 마주하고 있는 접경 지역의 도시로서, 근대 이전부터 지금까지 정치경제적 및 사회문화적으로 매우 중요한 장소이다. 이 같은 단동의 역사성을 보증하는 유무형의 것들은 여럿 존재하되, 가장 잘 알려진

'압록강 단교斷橋'야말로 단동의 지정학적 의미를 고스란히 증언해준다. 두루 알듯이, 일본은 조선을 식민지한 후 중국을 비롯한 아시아의 식민지배를 위해 조선의 신의주와 중국의 안동(지금의 단동)을 잇는 압록강 철교를 1911년에 놓았다. 이것을 본격적 계기로 일본은 중국 대륙으로 제국의 식민지배를 위한 교통(일본→부산→경성→신의주→안동→중국)을 구축시킨다. 말하자면, 압록강 철교는 일제의 식민지배의 일환으로 놓인 식민지 근대의 전형적 토목 건축물로서, 한국전쟁 당시 유엔군의 폭격으로 1950년에 파괴된, 그래서 더 이상 다리로서 기능을 상실한 '끊어진 다리'의 모양새로 현재의 명칭인 '압록강 단교'로 불린다. 그러니까 현재 단동의 핵심 관광지로 부각된 '압록강 단교'는 20세기 전반기 조선과 중국 모두에게 일본 제국주의 식민지 근대의 역사를 상기시키고, 20세기 후반기의 기점에서 제2차 세계대전 이후 한국전쟁으로 그 전조前兆가 시작된 냉전 시대의 실상을 적나라하게 증언해주는 역사의 표징이다. 이와 관련하여, 무심결 지나칠 수 없는 것은 압록강 단교를 중요한 역사 유적지의 가치로 인식하는 중국의 정치적 입장이다. 이곳을 방문해봤다면 심드렁히 간주할 수 없는 건축 부조물이 있는데 한국전쟁 당시 압록강의 도강을 지휘하는 총사령관 팽덕회彭德懷(1898-1974)와 중국인민해방지원군의 용맹한 모습이 압록강 단교가 시작되는 상층부에 위치해 있다. 비록 모택동毛澤東(1893-1976)이 중국 대륙에서 사회주의 혁명을 완수하고 중화인민공화국을 1949년에 세움으로써 아시아에서 사회주의 혁명을 이룩했다는 정치적 득의得意에 충만했다고 하지만, 오랜 내전으로 인한 정치적 혼돈과 상처를 치유하지 못한 채 그리고 무엇보다 새로운 사회주의 국가의 기틀을 정립하기 위한 혼신의 노력을 쏟아야 하는 게 최우선 과제임에도 불구하고 다른 나라의 전쟁에 참전하기로 한 결단의 안팎을 생각해보면, 압록강 단교가 시작되는 지점에 이러한 부조물이 서 있는 이유를 가볍게 여길 수 없다. 그만큼 아시아에서 사회주의 혁명에 성공하여 새로운 사회주의 국가를 세운 중국으로서는 한국전쟁 참전이 자신과 국경을 접하고 있는 이웃의 또 다른 사회주의 국가에 대한 군사적 원조를 해야 한다는 국제주의적 사회주의의 당위성에 그치는 게 아니라 중화인민 공화국이란 새로운 사회주의 국가의 기틀을 확고히 다지고 현재와 미래의 번영을 위한 중국 대굴기大崛起의 도정으로서 한국전쟁에 참전한 것이다. 이것은 곧 새로운 중국이 이후 한반도는 물론 아시아에서 옛 소련을 중심으로 한 유럽식 사회주의 근대도 아니고, 20세기 들어 미국을 중심으로 한 자본주의 근대도 아닌 중국식 사회주의 근대를 향한 정치적 행보를 내디뎠다 해도 과언이 아니다. 그래서 압록강 단교가 서 있는 '단동'은 그 중요한 지정학적 발원지가 아닐까.

그렇다면, 다시 이 글의 맨 앞으로 돌아가 보자. 이러한 단동에서 '동아시아의 상생과 공존을 위한 문학·문화·언어'란 주제의 학술대회를 가졌다는 것 자체만으로도 관련 연구자들에게 다양하고 많은 학술적 물음과 쟁점을 갖도록 했다는 것은 나만의 시쳇말로 '자뻑'일까. 물론, 학술대회의 성과에 대한 평가는 발표 논문과 그에 따른 생산적 토론에 있다는 것은 자명하다. 하지만 이번 학술대회처럼 예사롭지 않은 지정학적 의미를 갖는 장소인 경우 (특히 이번 학술대회를 기획·준비하는 과정에서 실감했듯) 중국 대학의 행정 제도의 특성상 중국 공산당의 지도를 받는 일반 사무 행정의 현실을 감안해볼 때, '단동'이 지닌 이러한 역사의 실재는 이와 같은 주제의 학술회의를 갖는 게 말처럼 간단한 일이 결코 아니다. 그래서일까. 이번 학술대회를 준비하는 과정과 학술대회 이후 요동대학의 연구자들은 이제부터 단동의 장소성에 한층 주목하는 동아시아 지성의 학술 교류의 장을 만들어가자는 뜻을 거듭 확인하였다.

2. 대국굴기大國崛起의 후경後景/원경遠景/음각陰刻: 단동→대련

이번 학술대회를 마친 후 나는 학술대회 참석자 중 하상일 문학평론가와

일제의 남만주 철도 노선.

곽형덕 일본문학 연구자, 그리고 박사과정에 재학 중인 내 중국인 제자와 함께 일제가 대륙의 식민지배를 위해 만주 지역 — 작금 동북 3성(요녕성, 길림성, 흑룡강성)에 걸쳐 부설한 철도의 주요 교통 루트를 따라 현장 답사를 하였다. 내가 앞서 잠깐 언급했듯, 단동이 동아시아로서의 장소성에는 '교통'이 갖는 막중한 위상을 반드시 살펴봐야 하는바, 단동은 이들 철도의 교통과 이어지는 중요한 매듭 중 하나이다.

우리는 답사를 위해 일제의 남만주 철도[1]의 본부가 있어 그 시발점인

••••

1. 사실, 일제의 만주의 식민주의 경영은 남만철도와 동청철도(중동철도)에 의해 이뤄졌다 해도 과언이 아니다. "두 간선인 동청철도(東淸鐵道, *the Russian Chinese Eastern Railroad*, CER)와 만테츠[滿鐵] 중심으로 만들어진 철도망은 단지 그 철도망의 유지에 필요한 소비만으로도 엄청난 변화들을 초래했다. 철로용 침목 건설과 열차의 땔감으로, 그리고 주변에 성장한 도시들에 공급되기 위해 삼림이 베어졌다. 삼림을 합리적으로 경영할 필요가 있음을 경고한 동청철도의 보고서에 의하면, 철로 자체가 1922년 이후 삼림 지역의 전체 산출의 40–70퍼센트를 소비했다. 1937년 만주국 목재 수출은 미국에 이어 세계 2위였던 캐나다를 능가했다. 그러나 물론 철도의 효과는 이보다 더 넓고 깊었다. 철도는 도시들에 상업, 산업, 삶의 새 리듬, 진보의 약속, 그리고 파괴의 위험을 가져다주었다. 또한 정치권력의 공간적 토대와 같은 덜 가시적인 변화들도 초래했다." (프래신짓트 두아라, 『주권과 순수성』, 한석정 역, 나남, 2008, 147쪽.)

대련大連으로 가는 고속철에 올랐다. 중국 여행에 익숙한 사람들이라면 잘 알듯이 중국 정부는 중국의 곳곳에 철도가 깔린 곳이라면 우리의 KTX와 같은 고속철을 운행하고 있다. 단동에서 대련까지는 약 2시간 반 정도의 시간이 소요된다. 그동안 대련과 연관하여 한국사회에서 널리 알려진 곳은 안중근과 신채호가 순국한 '뤼순 감옥'인데, 내가 여기서 특히 관심을 가진 현장은 '203고지'와 '중산中山광장'이다.

우선, '203고지'는 그 명칭에서 유추할 수 있듯, 전쟁 유적지로서 러일전쟁 당시 러시아와 일본이 격돌한 전장터이다. 러일전쟁의 격렬한 전장터 중 하나가 청나라에 있었다는 것은 무엇을 의미하는 것일까. 전쟁의 직접 당사자들이 그들의 영토가 아닌 다른 나라에서 군사적 충돌을 벌였다는 것은 어떠한 역사적 의미를 갖는 것일까. 203고지를 오르는 내게 떠오른 물음이었다. 분명, 중국에서 일어난 일인데도 남의 일이 아닌 것처럼 묵직한 체중이 좀처럼 가셔지지 않았다. 돌이켜보면, 우리에게도 19세기 말 퇴행적 조선을 혁신하기 위해 봉기한 동학혁명은 조선의 지배 헤게모니를 에워싼 청일전쟁이 전쟁 당사자의 영토가 아닌 바로 조선의 영토에서 일어나지 않았던가. 역사는 냉엄하였다. 동학혁명이 기치를 내건 아래로부터의 주체적 혁명은 결국 외세의 내정 간섭으로 스러지는 가운데 청일전쟁으로 일본이 승리하면서 일제는 조선을 속국으로 한 식민지배를 가속화하였다. 내가 눈으로 보았던 203고지는 이러한 면에서 몰락해가는 중세주의 중화질서의 제국 청나라의 영토에서 새로운 제국의 식민지배자로 급부상한 일본의 모습과 겹쳐졌다. 203고지에서 러시아는 일본에 대패하고 이후 일본은 대련을 중국 대륙의 식민지배를 위한 전초기지로 구축한다.

그런데, 현재의 중국은 203고지를 어떠한 방식으로 기억하고 있을까. 현재의 중국이 자신의 땅에서 일어난 이 치욕스런 역사를 왜곡하거나 지워버리고 있지는 않았다. 분명, 이와 관련한 203고지의 내용을 핵심 정리한 게시판이 203고지의 정상에 크게 설치돼 있으며, 그 당시 러일전쟁의 격전을 알 수 있는 대포와 포진지가 남아 있고, 기념탑이 서 있기도 하다. 그런데 이 같은 역사적 사실을 알고 있는 중국 현지인은 얼마나 될까. 내가 이런 의구심이 드는 이유는 이번 답사 전 4월 말경 이곳을 답사한 적이 있었는데, 그때 이곳은 수많은 대련 현지인에게 복숭아꽃, 철쭉, 진달래 등속이 만개해 있는 봄철 유명 유원지 중 하나에 불과한 것처럼 보였다. 만개한 봄꽃을 향유하러 온 중국인들은 인산인해였다. 그래서인지, 얼핏 보았을 때 203고지 안내 팻말을 놓칠 뻔하였고, 엉뚱한 다른 곳을 찾아 헤매일 뻔하였다. 상춘객들 사이를 뚫고 제주의 오름 크기 정도 되는, 말 그대로 고지高地를 올라 정상에 도달하기 전에 이르러서야 예의 203고지의 역사 소개 안내판을 만날 수 있었다. 203고지 정상에서 밑으로 만개한 선홍색류의 꽃들과 시끌벅적한 상춘객들의 모습을 보면서 묘한 상념에 사로잡혔다. 중국은 치욕스런 역사를 망각하고 있지는 않지만, 그렇다고 그 치욕의 맨얼굴과 상처를 현재 대국굴기大國崛起의 후경後景/원경遠景/음각陰刻 정도로만 자족하는 것은 아닐까.

　이 같은 나의 의구심은 중산광장을 둘러보면서 불쑥불쑥 의식의 표면 위로 떠올랐다. 중산광장은 대련의 중심부에 위치해 있으면서 대련의 주요 근대 건축물들이 로터리 중심으로 원형으로 배치돼 있다. 이들 건축물들은 대련이 지닌 제국의 식민지배를 건축의 형식으로 보여준다. 유럽식 르네상스풍 건축미가 대련의 중심부에서 재현되고 있는 형국이 언뜻 중국에 생뚱맞다고 생각될 수 있을 만큼 중산광장의 건축물은 이물스럽다. 하지만 제정 러시아가 대련을 점령하면서 대련을 유럽식으로 조성하였고, 러일전쟁 이후 일본이 식민지배를 위해 지은 근대식 건축물이 중산광장에서 원형으로 잘 배치돼 있는 것은 그리 생경하지 않다. 다시 말해 이곳은 '광장'이란 서구의 의사소통적 공간뿐만 아니라 그 주변에 함께 어울려 원형으로 배치돼 있는 건축물—옛 남만주철도주식회사, 옛 제국 호텔인 대련병관大連賓館, 요녕성 외무국, 중국은행 대련지점, 대련시 문화국, 우체국 등이 대련의 식민도시적 공간과 그 역사적 장소성을 뚜렷이 증언하고 있는 것이다.

대련에 있는 남만주철도주식회사 본부 건물.

　이 건축물들 중 유독 눈에 띄는 것은 옛 남만주철도주식회사 건물이다. 이른바 만철滿鐵로[2] 불리는 이것은 일본이 러일전쟁 이후 서양 제국주의자들의 위탁 회사를 모방하여 만주의 식민경영을 위해 세운 회사로, 일본은 만철을 통해 만주의 식민경영을 위한 물질적 기반을 구축한다. 간선은 대련에서 장춘까지였으나, 1932년부터 1943년까지 약 5천 킬로의 새 철도 노선을 건설하여, 거의 모든 만주의 철도망을 장악하였다. 무엇보다 만철은 다수의 산하 기업을 거느린 채 중국 북부의 전반을 연구한 경제조사회를 보유한 막강한 반관반민 기업으로서 일제의 대륙 식민지배의 전초기지이자 싱크탱크로서 일제의 유사 권력 기관의 역할을 다하였다. 따라서 만철의 본부가 이곳에 있었다는 것은 이곳 중산광장에 금융, 행정, 교통의 핵심 인프라가 자연스레 구축되었다는 것이고, 그 과정과 결과물로 가시적으로 드러난 것이 중산광장의 건축물들이다.

● ● ●

　2. 만철에 대해서는 고바야시 히데오, 『만철』(임성모 역), 산처럼, 2004 참조.

나는 잠시 생각해보았다. 우리처럼 일제의 식민침탈과 식민지 근대를 경험한 사람들에게 중산광장과 이들 근대 건축물은 낯선 땅의 새로운 볼거리로서 새로운 미감을 충족시켜주는 데 있는 게 아니라 새롭고 낯선 미의식의 주름들 사이에 자리한 역사의 곤혹스런 내면 풍경들과 마주하는 경이로움에 전율하도록 한다. 이것은 203고지에서 내게 엄습한 중국의 대국굴기大國崛起의 후경後景/원경遠景/음각陰刻으로 빚어진 것의 바깥으로 미끌어지고 튕겨져 나와 돌출된 전경前景/근경近景/양각陽刻의 실재로서 또 다르게 엄습해왔다.

3. 일본 제국주의의 만주국의 식민지배를 응시하며: 대련→심양→장춘

우리의 답사 여정은 대련에서 심양瀋陽(만주국 시절에는 '봉천奉天'으로 불림)을 거쳐 길림성의 장춘長春으로 향했다. 장춘은 만주국(1932–1945)의 수도로서 '신경新京'으로 불렸다. 장춘역에 도착하자마자 우리는 다음 교통의 편의를 위해 장춘역 바로 앞에 숙소를 정했다. 그곳은 우연히도 일본 제국이 대륙의 식민지배의 일환으로 만주의 주요 철도역 앞이거나 가까운 근처에 전략적으로 지은 제국 호텔 '춘의병관春誼宾館'이었다. 모르긴 모르되, 일제는 대륙의 철도 교통을 중심으로 식민지배 권력을 관광이란 미명 아래 식민지배/식민점령을 위해 이곳 제국 호텔을 주요한 통치의 거점으로 활용했으리라.

대련에서도 직접 눈으로 확인했듯, 만철을 통한 중국의 동북부 지역을 대상으로 한 일제의 만주국 식민통치는 스러진 청나라의 황실 가족을 정략적으로 이용하는 가운데 청의 마지막 황제 푸이溥儀(1906–1967)를 만주국의 꼭두각시 황제로 앉힌다. 그래서 '위만황궁僞滿皇宫'은 푸이와 일제의 불평등한 동거를 보여준다. 이곳을 방문한 사람이라면 한 번쯤

의문을 가졌을 텐데 '만주(국)'란 단어 앞에 반드시 '위僞'가 접두사로 붙어 있다. 그러니까 중국은 일제가 식민통치한 '만주(국)'의 역사적 실재를 인정하되, 그것은 어디까지나 '거짓과 위선'이었다는 역사적 평가를 동반함으로써 중국의 주체적 역사 인식을 '위僞'라는 한 글자에 선명한 불도장을 찍고 있다. 사실, 만주국에 대한 학문적 접근이 최근 중국에서도 적극 관심을 갖고 있다는 점을 간과할 수는 없다. 이미 만주국에 대한 다각적 접근이 이뤄지고 있는바, 조선의 식민지배와 현저히 다른 식민지배가 실행된 만주국은 왕도낙토王道樂土, 민족협화民族協和 등의 정치구호 아래 사실상 일본 중심의 동아신질서, 즉 일본 중심의 문명사관을 철저히 관철시키고자 하였다. 따라서 일본에게 만주는 제국으로 웅비할 군사적 요충지로서 정치경제적 자원을 지속적으로 공급해줄 수 있는 동아시아의 신천지로 결코 쉽게 포기할 수 없는 지역이었던 셈이다. 다시 말해, 만주는 일본이 식민지로 지배하는 그 어떠한 곳보다 막대한 자본을 투자하는 식민지 근대화 프로젝트를 과감히 기획 실행했던 곳이다. 그리하여 이러한 일본의 적극적 관심은 1930년대 후반 만주특수滿洲特需가 일어나는데, 가뜩이나 조선총독부의 국책 이민 장려를 위한 '선만일여鮮滿一如'의 식민정책 속에서 만주로의 이민은 급증하게 된다. 이와 관련하여, 일제 말 식민지 조선문학이 이곳 만주를 대상으로 한 국책 이민의 적나라한 현실을 다뤘다는 것을 상기해두고 싶다. 제국의 시선에 적극 동화·협력한 문학도 있었는가 하면, 겉으로는 제국의 시선을 취하면서도 제국의 논리에 완전히 포섭되지 않은 채 그 식민 논리를 교묘히 부정하고 심지어 저항의 책략과 슬기를 발휘한 문학도 있었다. 그만큼 만주국이 갖는 정치문화적 스펙트럼은 일제의 식민통치가 그렇듯 그에 대응한 문학적 양상도 결코 간단치 않다.[3]

• • •

3. 유진오의 단편소설 「신경」(『춘추』, 1942. 10)은 만주국의 수도 신경으로 구직 운동을 떠난 식민지 지식인이 신경의 모습을 대하면서, 일본의 만주국 식민주의 경영이 낳은 문제점들을 에둘러 비판하는 서사적 태도를 보인다. 물론, 연구자에 따라서는 유진오와

만주사변의 도화선이 된 황고둔 사건, 그 기차(역) 폭파 잔해.

    그런데, '위만황궁'을 여러 차례 방문하면서, 방문할 때마다 관련 전시물이 역사적 진실에 한층 접근하려는 중국의 의지를 반영해준다고 느끼는 것은 나에게만 국한된 것일까. '위만황궁'을 나서면서 만주국 설립을 좀 더 공부하기 위해서는 가깝게는 '만주사변(1931)'의 실재를 접해야 한다는 생각이 문득 들었다. 이번 답사에서는 일행과 함께 답사하지는 못했으나, 나는 답사 후 별도로 시간을 내 요녕성의 심양을 찾았고, '황고둔皇姑屯사건 (1928)'이 일어난 곳을 찾아 그곳에 올해 새롭게 문을 연 '황고둔 사건 박물관'을 방문하였다. 심양은 중국 동북부에서 가장 큰 도시로서, 청나라

• • •

이 작품을 친일 협력 계열로 논의하기도 한다. 하지만 내가 「신경」에서 주목하고 싶은 것은 유진오가 어느 날 갑자기 친일 협력의 태도를 보이는 게 아니라 적어도 「신경」에서는, 조선과 다른 형태의 식민주의 경영으로 추구되는 만주의 근대가 온전한 모습을 띠고 있지 않다는 것을 목도하는 가운데 제국의 시선에 온전히 응하지도 못하고, 그렇다고 (일제 말 제국의 혹독한 검열로 인해) 제국의 시선을 전복시키지도 못하는 식민지 지식인의 곤혹스런 내면 풍경을 고백하고 있는 점이다(고명철, 「일제말 '만주(국)의 근대'에 대한 식민지 지식인의 내면 풍경」, 『문학, 전위적 저항의 정치성』, 케포이북스, 2010). 「신경」이 지닌 이러한 점을 착목하면서 유진오의 '속인주의적 혼재형 친일 협력'(김재용, 『풍화와 기억』, 소명출판, 2016)에 대한 이해를 병행했으면 한다.

안중근 의사 기념관 내부. 안중근 의사가 하얼빈역에서 이토 히로부미를 저격한 지점이 바닥에 표시되어 있다.

의 옛 수도 '성경盛京'으로서 정치문화적 위상을 누려왔다. 그러던 심양은 근대 전환기를 맞이하면서 러시아, 일본, 국민당의 영향권 아래 정치적 혼돈 속에 놓이게 된다. 특히 일제의 관동군은 치밀한 전략 아래 동북부 지역의 막강한 지배력을 행사하고 있던 군벌 장작림張作霖(1873-1928)이 탄 개인 열차를 황고둔역에서 폭발시켜 그를 폭사시키는 사건을 일으키고, 만주국 수립을 향한 식민침탈의 정치군사적 행보를 노골화했던 것이다.

이처럼 일제의 중국 동북부 지역을 망라한 만주(국)에 대한 식민지배에서 심양과 장춘은 뜨거운 감자였다.

4. 국제주의적 연대, 자유와 해방의 정동을 찾아: 장춘→하얼빈

이번 답사 종착지인 흑룡강성의 하얼빈哈爾濱에 도착하여 여장을 풀자마자 올해 3월에 하얼빈역사에 개관한 '안중근 의사 기념관'을 방문하였다. 중국은 그동안 한국과 일본 사이의 외교적 마찰과 긴장 때문에 하얼빈역사에 안중근 의사 기념관 건립에 우여곡절을 겪었다. 안중근 의사 기념관에서 가장 주목되는 곳은 일본의 전 조선 통감 이토 히로부미 伊藤博文(1841-1909)를 저격한 곳을 표시한 지점이다. 십여 년 전 하얼빈역을 방문했을 때는 이 지점에 접근 자체가 허락되지 않았으나, 이번에는 저격 지점을 안중근의사 기념관 내부에 전시 공간으로 지정하고 있었다. 약간 조명을 어둡게 한 바로 그 지점에서 지금부터 110년 전 1909년 조선의 청년이 식민지배자의 심장을 향한 저격을 가했다는 사실이 역사의 시간을 단박에 거슬러 2019년 7월의 기시감旣視感으로 다가왔다. 우리 일행은 누가 먼저랄 것 없이 역사의 현장에 알몸으로 내던져진 것 같은 전율을 느꼈다. 이미 대련의 뤼순 감옥에서 안중근 의사의 교수형이 실행된 곳과 옥살이 현장을 둘러본 터라 이토 히로부미 저격 지점에 선 우리의 역사적 정동情動은 울분, 비개, 환희 등이 뒤엉킨 혼돈 자체였다. 우리는 익히 알고 있다. 옥살이를 하면서도 안중근 의사는 비록 미완결이지만 '동양평화론'을 집필하면서 일본 제국주의 식민지배의 부당성과 만행을 날카롭고 웅숭깊은 그 특유의 논설로 묘파할 뿐만 아니라 재판정에서도 결연한 자세로 조선 독립의 정당성을 피력하고 일제의 식민지배에 대한 비판에 조금도 주저함이 없었지 않은가. 안중근 의사 기념관에는 이러한 조선 독립 의지와 동양 평화에 대한 염원을 간직하고 순국한 안중근의사의 죽음을 추모하는 중국 혁명가와 사상가의 언급도 전시되고 있었다. 중국 근대 전환기 계몽 사상가로서 막대한 영향력을 미친 양계초梁啓超(1873-1929)와 근대적 중국을 세운 사상가 손문孫文(1966-1925), 중국 공산당의 기틀을 다진 혁명가 이대소李大釗(1889-1927)와 진독수陳獨秀(1879-1942) 등의 안중근 의사에 대한 추모와 역사적 평가를 안중근의사 기념관 내부에 함께 전시하고 있다는 것은 안중근이 조선 독립지사로서만 협애한 의미를 갖는 것을 넘어 20세기 전반기 근대의 혼돈을 통과하는 중국의 실천적 지성과 반식민주의·반제국주의와의 동지적 연대를 형성한다는 점에서 이후 국민국가의 경계 바깥에서 무엇을, 그리고 어떻게 연대해야 하는가에 대한 타산지석이 아닐 수 없다.

다음으로, 하얼빈의 중앙대가中央大街로 발걸음을 옮겼다. 중앙대가는 송화강을 마주하고 있는 하얼빈의 중심 거리로, 이곳은 제정 러시아가 유럽풍 건축물과 거리의 토목 사업을 시작하면서 조성된 후 러시아의 자본뿐만 아니라 서구 자본이 유입되면서 하얼빈 경제의 심장부로 성장한다. 특히 하얼빈은 지정학적으로 레닌의 러시아 혁명 이후 축출된 백계 러시아인을 비롯하여 몽골인, 위구르인, 중국인, 일본인, 조선인, 유태인 등이 한데 어울려 살고 있는 혼종의 국제적 장소성을 지닌다. 국민국가의 영토 개념으로는 중국에 속해 있되, 하얼빈은 다민족이 어우러져 삶터를 이루고 있는 국제주의 도시의 면모를 보인다. 우리가 방문했을 때가 주말이어서인지 많은 관광객들로 붐비었고, 국제주의 도시로서 부산스러움과 생동감이 물씬 풍겨왔다. 이곳 중앙대가가 풍기는 이러한 모던한 감각은 일제 말 이효석의 단편소설 「하얼빈」(『문장』,1940. 10)과 연재소설 『창공』(『매일신보』, 1940. 1-7, 1941년에 단행본 출간시 제목을 『벽공무한』으로 수정)에 감각적으로 재현되고 있다. 특히 「하얼빈」에 등장하는 소설 속 장소인 '모데른 호텔'은 지금도 중앙대가에서 여행객을 맞이하고 있는 바, 「하얼빈」에서 직접 서술되고 있듯 호텔 이삼 층 위에서 호텔 바깥인 중앙대가로부터 들려오는 각종 음향(중앙대가의 바닥을 굴러가는 규칙적인 마차와 자동차의 바퀴 소리, 남녀의 구두 발자국 소리 등)은 결코 소설가가 상상의 나래에서 관념으로 만들어낸 허구의 음향들이 아니라 중앙대가의 길바닥으로부터 직접 촉발된 실제의 그것으로, 근대의 모던한 감각에 예민한 이효석에게 이 실제의 소리들은 하얼빈이 지닌 예의 국제도시가 자아내는 모던, 그 자체라 해도 과언이 아니었던 것이다. 물론, 이효석은 일제 말 식민지 조선을 떠난 만주의 북방 하얼빈에서 조선과 또 다른 식민지로 전락해가고 있는, 그래서 국제도시가 지닌 자유와 해방의 근대적 정동이 충만한 것으로부터 점차 멀어져가고 있는 하얼빈의 음울과 애수를 온몸으로 체감한다. 이효석에게 일제 말의 하얼빈은 더 이상 근대의 활력을 만끽할 수 없는 제국의 식민지배가 한층 강화되는 조락凋落의 풍경들로 인해 급기야 만주의 식민지 근대에 대한 회의적 파토스를 드러냈기 때문이다.

5. 동아시아의 평화와 상생, 번영의 교차점과 공유점을 상상하며

단동에서 출발한 만주 철도 교통의 주요 도시에 대한 답사는 하얼빈에서 멈추고 미진한 것들에 대한 아쉬움을 뒤로 한 채 이번 답사를 마쳤다. 주로 남만철도를 중심으로 한 답사였다. 최근 한국을 대상으로 한 일본의 경제 보복으로 인해 한일간의 대립·갈등이 심해지고 있다. 20세기 전반기 일본이 조선에서 수행한 제국주의 식민지배에 대한 역사적 부당성과 그 폭력성에 대한 준열한 평가와 역사적 진실을 모르쇠로 부정하고 심지어 뻔뻔스레 왜곡하는 모습을 지켜보며, 만주와 만주국을 식민주의 경영했던 그 역사의 실재가 지금, 이곳에 던지는 물음이 겹쳐진다. 만주와 만주국은 중국에게만 해당되는 역사가 아니라 당시 식민지 조선에게도 두루 파장을 미치는 또 다른 식민주의가 작동한 엄연한 현실의 장이었다.

다음 기회로 미루지만, 이렇게 만주에서 식민주의 삶을 살았던 조선인들은 만주 곳곳으로 연결돼 있는 철도 교통을 통해 안동, 곧 단동을 거쳐 압록강을 건너 해방된 조선으로 귀환한다. 그렇다. 만주로 떠났고 귀환하는 길목이 꼭 안동만 있었던 것은 아니되, 안동은 조선과 이어지는 만주의 길목으로 누구에게는 길 떠나는 '시발점'이고, 누구에게는 귀환해서 거쳐야 하는 귀환의 주요 '통과점'이었다. 21세기 변화무쌍한 국제정세 속에서 단동이 동아시아 평화와 상생의 '교차점'이자 동아시아와 인류의 평화와 번영을 다 함께 공유하고 나눠 갖는 '공유점'으로서 역할을 수행하는 행복한 상상 아래 나는 압록강변을 오늘도 거닌다.

러일전쟁, 푸이溥仪, 압록강의 다리들

1. 압록강 철교의 중앙부 개폐, 해양으로 이어지는 단동

지난 2월 말 단동에 온 지 8개월 정도의 시간이 훌쩍 지나간다. 최근 나는 단동에 관한 잡다한 자료를 뒤적이다가 한 장의 엽서에 정신이 홀딱 빠졌다. 그것은 만주국 시절 일제가 발행한 관광 엽서 중 하나로 압록강 철교를 공중에서 조망한 것인데, 특이한 것은 다리 가운데 부분이 90도로 회전된 채 제법 큰 배가 금방이라도 그곳을 통과할 태세로 그려져 있다. 순간, 정신이 멍하였다. 아니, 압록강 철교의 가운데가 이렇게 90도로 회전하였다니……. 단동에 와서 압록강 단교를 얼마나 자주 보았고 직접 건너보았던가. 그런데, 압록강 단교를 한국전쟁과 직결시키다 보니 미군 폭격으로 옛 압록강 철교가 지금의 모습으로 폭파된 줄로만 알고 있었지, 폭파 이전 모습에 대해서는 무심결 지나치고 말았던 셈이다. 물론, 단동의 지정학적 중요성을 언급할 때마다 압록강 단교와 연관된 역사적 의미를 언급하였다. 하지만 정작 간과하지 말아야 할 압록강 단교 이전 압록강 철교에 대해서는 무시를 한 게 사실이다. 나는 이 한 장의 엽서를 본 후 당시 압록강 철교의 이러한 모습이 실제로 촬영된 사진 여러 장을 또렷이 보았다. 크고 작은 배들이 압록강 철교의 중앙부가 90도로 열린

압록강 철교가 도안된 엽서.

곳으로 드나들고 있었다.

사실, 압록강 철교의 이러한 모습을 그린 엽서와 사진이 각별히 눈에 띈 것은, 압록강 철교의 또 다른 역할을 그동안 내가 은연중 놓치고 있었다는 데 대한 강한 문제 제기 때문이다. 두루 알듯이, 일본이 1911년에 완성한 압록강 철교의 가장 큰 목적은 중국의 동북부 지방 일대를 식민통치하기 위한 정치군사적 목적을 달성하기 위한 육로 교통의 인프라를 구축하는 것이다. 이것과 함께 당시 안동安東을 중심으로 한 해양 루트를 통해 중국의 동쪽 연안과의 교통을 통해 중국뿐만 아니라 조선과의 해상 교통을 한층 원활히 구축함으로써 궁극적으로는 일본이 동아시아 식민지배의 교통 네트워크를 공고히 다지려고 한 것을 간과해서 곤란하다. 그리하여 압록강 철교는 일제에게 동아시아의 식민통치 지배전략을 실행하기 위한 매우 중요한 교통 시설이다. 하나는 육로의 철도 기능을 적극화하여, 당시 경의로京義路(일본의 東京-조선의 新義州)와 안봉로安奉路(중국의 安東: 지금의 단동-중국의 奉天 지금의 심양)를 이어주는 압록강 철교로서 교통이고,[1] 다른 하나는 당시 안동을 거점으로 중국의 동쪽 연안은 물론 조선의 서해를 자유자재로 드나들 수 있는 해상 교통의 확보는 압록강 철교의 90도 회전 개폐를 통해 압록강의 교통과도 자연스레 이어짐으로써 일제의 중국 동북지방 내륙으로 뻗치는 곳까지 식민통치 지배를 원활히 할 수 있게 된 것이다. 당시 기록을 참조해보면, 압록강 철교의 중앙부 개폐는 하루에 총 4차례(오전 오후 각 두 차례)였으며, 개폐 시간은 1시간이었다고 한다.

잠시, 두 눈을 감고 그림을 그려 본다. 압록강을 가로지르고 있는 육중한 철교는 그 자체로도 보는 이를 순간 압도한다. 이 철교를 통해 기적을 울리면서 많은 사람들과 물자를 실은 기차가 일본의 동경을 떠나 대한해협을 건너 조선의 부산에서 대전을 거쳐 경성으로 그리고 평양을 거쳐 신의주로, 계속하여 압록강 철교를 통해 중국의 안동으로……. 또 한편으로는 압록강 철교의 중앙부가 개폐되면서 압록강 상류와 하류가 이어지고 다시 해양으로 이어지는 강과 바닷길 위를 크고 작은 배들이 오고 간다. 그때마다 기차의 기적 소리 못지않게 뱃고동 소리와 노젓는 소리, 그리고 뱃사람들의 와자지껄 떠드는 소리는 압록강변을 때리는 강물소리와 한데 어울려 지금, 이곳 단동과는 사뭇 분위기가 다른 지금보다 활력이 넘친 접경 도시의 풍경을 만들었을지 모른다. 식민과 피식민, 제국과 변경, 지배와 독립 등 역사적 대립항들뿐만 아니라 그 사이를 진자운동하는 숱한 역사의 실재들이 압록강 철교와 대화를 나눴으리라.

● ● ●
1. 이에 대해서는 이 책에 수록된 「남만철도와 만주, 그리고 동아시아」를 참조.

2. 러일전쟁과 압록강, 그리고 역사의 톱니바퀴

압록강 철교로 본격화된 일본의 식민통치를 온전히 이해하기 위해서는 이 철교 공사가 시작되기 전 러일전쟁을 주목하지 않을 수 없다. 러일전쟁에서 승리한 일본은 명실공히 20세기 초 동아시아 패권을 장악하는 새로운 제국으로서 급성장한 모습을 보인다. 그 단적인 사례가 조선을 일본의 식민지로 전락시킨 것이다. 게다가 일본은 러일전쟁의 승리로 요동반도를 발판으로 한 식민통치 지배전략을 구체화시켜 나간다. 나는 이와 관련하여 뤼순에 있는 '203고지'를 얘기한 적 있다. 그런데, 러일전쟁의 치열한 전장은 비단 203고지만이 아니었다. 압록강 일대 또한 예외가 아니었다. 러일전쟁에 대해 아주 피상적 차원으로 이해하고 있던 터에 압록강 일대가 러일전쟁과 무관하지 않을 뿐만 아니라 일본의 대승리를 자축하고 있었다는 역사적 사실을, 한 유적을 답사하면서 피부로 실감하였다. 그것은 공식적으로 '압록강전적비鴨綠江戰績碑'로 불리고 있었다. 요동대에서 연구년을 보내고 있는 도중 만난 역사학도 구본환 선생의 안내로 '압록강전적비'를 답사한 것은 뜻밖의 수확이 아닐 수 없다. 그를 만나지 못했다면, 아마도 이런 답사 기회는 언감생심이었을 터이다.[2]

그는 자신도 한 번 그곳을 답사한 적이 있다고 하면서, 기억을 되살리며 조심스레 그곳을 찾아갔다. 단동시에서 그리 멀리 벗어나지 않은 교외 어느 마을의 뒷산 자락 오솔길을 따라 들어선 지 얼마 후 어른 키 높이 정도의 잡풀 더미로 에워싸인 야트막한 구릉이 나오더니 그곳에 한 석조 기념탑이 우뚝 서 있었다. 한눈에 보더라도 시간의 무게를 실감할 수

• • • •

2. 이 기회를 빌어 구본환 선생에게 깊은 감사를 드린다. 모르긴 모르되, 필자의 과문이지만, 중화인민공화국이 세워진 후 한국 연구자로서 단동의 교외 산 정상에 세워진 '압록강전적비'를 답사하고 공식적 지면을 통해 소개하는 것은 내가 처음 아닌지 조심스레 말을 꺼내본다.

일제가 러일전쟁 승전 기념으로 세운 '압록강 전적비'.

있었다. 기념탑 정면에는 수직으로 다섯 개의 글자[鴨綠江戰績]가 정방형의 돌 하나하나에 음각으로 새겨져 있었고, 뒷면에는 '만주전적보존회[滿洲戰蹟保存會]'가 압록강 일대에서 치른 러일전쟁의 경과 과정과 승리를 거둔 일본군의 업적을 당시 일본군 사령관 이름과 함께 새기고 있다. 뒷면에 새겨진 상태는 110여 년이 흘렀음에도 불구하고 비교적 양호하여 현재에도 비문 내용을 상세히 파악할 수 있다. 비문에는 1906년에 이 비를 건립했다는 기록이 선명히 남아 있다. 그런데 이 비가 처음부터 이곳에 서 있지는 않았다고 한다. 이 비를 관리하고 있는 단동시진안구인민정부는 만주전적 보존회가 1916년에 현재의 위치로 이 비를 이전했다고 하는 사실을 적시하고 있다.

그렇다면, 만주전적보존회가 이곳으로 비를 이전한 이유는 무엇일까. 역사적 상상력이 허락한다면, 이럴 법도 하다. 이 비가 현재 서 있는 곳은 야트막한 산 정상인데, 주변을 둘러보면 압록강 일대와 단동의 교외를 한눈에 조망할 수 있는 곳임을 쉽게 알 수 있다. 그러니까 러일전쟁의 대승을 기념하는 전적비를 세워 오랫동안 일본의 치적을 기념하고 싶었을 것이다. 아울러 이런 산 정상에 전적비를 세움으로써 압록강 일대를 중심으로 중국 동북부는 물론 조선을 식민통치하는 지배 욕망을 한껏 충족시키고 싶었을 것이다. 일본의 이러한 식민지배 욕망이 섬뜩한 것은 만주국이 수립되기 전 1916년에 이 비를 바로 이 위치에 세웠다는 사실이다. 그것도 '만주전적보존회' 이름으로 말이다.

단동에서는 이 비를 이른바 일본비로 부르면서 역사의 반면교사로서 단동의 역사 유적 중 하나로 기록하고 있다.[3] 조선에도 그렇듯이 중국에도 러일전쟁의 여파는 엄청난 것이었다. 일본은 요동반도를 '관동주關東州'로 개칭하고, 이곳에 '관동도독부'를 설치하여 '관동군'을 주둔시킨바, 이후 일본은 이를 바탕으로 만주국을 수립하고 동북부 일대를 식민통치하게 된 것이다. 이런 점을 고려할 때 중국에게 치욕적 역사를 안겨준, 러일전쟁에서 일본군의 승리 전적이 새겨진 '일본비'를 없애지 않고, 오히려 압록강 일대에서 대승을 거둔 일본의 전적을 새긴 비를 단동의 역사 유적지로 남겨 놓고 있다는 것은 중국이 식민의 역사를 결코 망각하지 않겠다는 '기억의 정치학'으로 손색이 없다.[4]

- - - -

3. "日本碑建于淸光緖三十二年(1906年), 又称鴨綠江戰績碑, 位于丹東市鎭安九連城鎭安區九連城村鎭東山上, 現爲丹東市市級文物保護單位." 任鴻魁, 『丹東史迹』, 요녕민족출판사, 2005, 272쪽. 답사 후 이 비가 세워진 산을 내려왔더니 마을이 있었고, 그 마을 입구에는 역사 유적지를 알리는 일종의 관광용 게시판이 크게 있었다. 그 마을 이름은 중국식 발음으로 '야오고우춘(窯溝村)'이다.

4. 이러한 사례들은 많다. 그 단적인 것으로 내가 단동에서 직접 경험한 것 중 하나는, 9월 18일 오전 9시 18분 정각에 갑자기 사이렌 소리가 요동대 캠퍼스 안을 가득 채우는 것이었다. 알고 보니, 단동시뿐만 아니라 중국 다른 곳에서도 자발적으로 일제히 같은 시각에 사이렌을 울렸다는 것이다. 그것은 다름 아니라 일제가 만주사변을 일으킨 9월 18일을 잊지 않고 그날의 역사적 상흔을 기억하겠다는 일종의 '기억의 정치학'을 일상으로 실천한 것이다.

러일전쟁(1904-1905)과 직결된 단동, 일본의 그 전적비(1906)가 서 있는
단동, 이 비가 세워진 후 압록강 철교가 개통(1911)된 단동, 역사의 톱니바퀴
란 이런 것일까.

3. 푸이의 안동 순방, 만주국의 식민통치

이렇듯이 단동은 러일전쟁 이후 중국 동북부 일대를 식민통치하기
위해 일제가 주목한 정치경제적 교통의 거점이었다는 사실을 거듭 상기할
필요가 있다. 한반도와 중국 대륙을 이어주는 교통의 교량 역할 그 이상의
역사적 가치를 갖고 있다. 이것은 또 다른 단동의 유적지가 침묵으로
웅변해준다. 만주국 황제 푸이의 이름을 빌려 흔히들 '푸이동행궁溥儀东行宫'
으로 불리는 곳으로, 여기서는 공식적으로 (중국식 발음을 빌려) '웨이동싱
공지우지伪东行宫旧址' 유적지로 보호되고 있다. 하지만 단동시에서 유적지로
정한 것은 분명하되, 그곳은 거의 방치되다시피 했고 그 유적지가 있는

만주국 황제 푸이가 1943년 당시 안동역에 도착한 장면.

마을 사람들이 마실을 나와 쉼터 역할을 하는 곳으로 전락해 있었다. 마침 내가 구본환 선생과 그곳을 답사했을 때는 마을 어르신들이 모여 장기를 두고 있었다. 인터넷 사이트에서 소개되고 있는 것으로 볼 때 외관이 비교적 잘 정돈된 풍경과는 전혀 딴판이었다. 푸이동행궁의 외관이 낡고 쇠잔해졌다는 것은 단번에 알 수 있었고, 그 실내로 들어가 봤을 때는 거의 모든 실내 시설이 흡사 폐허와 다를 바 없었다. 혹자의 주장에 따르면, 이곳에 푸이가 들려 숙박을 했다고는 믿기지 않을 만큼 현재의 보존 상태는 엉망이었다고 해도 과언이 아니다. 그런데 기시감을 쉽게 떨쳐버릴 수 없었다. 현대 길림성 장춘에 있는 위만주국황궁이 문득 떠올랐고, 이들의 실내 구조가 겹쳐졌다. 화장실과 연회장으로 사용되었을 법한 곳의 위치들이며, 아슬하게 천장에 매달려 있는 샹들리에 등 순전히 상상으로 그려보는 이들 내부의 황궁으로서 아우라는 서로 다르지 않았을 터이다. 물론 이곳의 규모와 장식이 장춘의 그것보다 못한 것은 사실이다. 하지만 만주국 황제가 들러 머물렀던 황궁으로서 위용은 건축물 입구 양쪽 기둥을 휘감고 오르는 용의 자태와 건물 로비 천장을 장식한 두 마리의 용을 통해서도 충분히 실감할 수 있다.

여기서 나는 어리석은 질문을 던져본다. 푸이가 안동을 방문한 시기는 기록에 따르면, 1943년 5월 4일이다. 푸이동행궁은 1940년 건축을 시작하여 푸이가 안동을 순방한 1943년에 완공되었다고 한다. 일본인이 설계하였으며, 만주국의 수도 신경新京(현재 길림성의 장춘)에 세운 8대부八大部 건축물[5]에서 단적으로 알 수 있듯, 동행궁 또한 동서양 건축미를 모두 갖추었고 특히 중국 황실의 건축 내용을 담아냈다고 한다.[6] 그러니까 일제는 푸이의 안동 순방을 주도면밀히 기획하고 있었던바, 비록 일제의 꼭두각시 노릇을 하는 황제였으나 명실공히 만주국 황제로서 의전에 소홀히 하지 않기 위한 차원으로 중국의 변경에 동행궁을 세우는 수고를 아끼지 않았을 것이다.

그런데, 일제의 이러한 수고는 결코 소모적인 것이 아니었을 터이다. 당시 압록강 철교가 차지하는 일제의 식민통치로서 갖는 정치경제적 교통의 위상을 고려해볼 때, 일제는 만주국 황제 푸이로 하여금 안동을 순방토록 함으로써 일제가 그동안 축적한 식민지 근대의 모습을 직접 목도하게 하고, 만주국의 실질적 지배자인 일제가 아시아태평양전쟁에서 승리를 거두기 위해 안동을 포괄한 만주국이 어떠한 역할을 다해야 하는지, 특히 정치경제적 교통의 핵심인 안동이 어떠한 역할을 주도적으로 맡아야 하는지 등에 대한 모종의 정치적 압박을 푸이에게 가하고 싶었던 게 아닐까. 잠시 몽상에 잠겨본다. 신사를 세우고 일본식 정원으로 가꾼 '금강산 공원金江山公園'을 방문하여 금강산의 한 누각에서 안동 시내와

● ● ● ●

5. 일제가 만주국 시절 만주국의 수도 신경 신민대가(新民大街)에 8대 지배기관인 군사부와 사법부, 경제부, 교통부, 흥농부, 문교부, 외교부, 민생부를 세웠는데, 그 각각의 건물의 경우 천정은 동양식으로 그 밖의 외관은 서양식으로 지음으로써 동서양의 융합을 건축양식으로 보여주고 있다.

6. '푸이동행궁'에 대한 이상의 간략한 소개는 중국의 인터넷 사이트 바이두(https://baike.baidu.com)에서 검색어 '丹東溥儀東行宮'을 통한 것이다.

중조우의교를 지나는 중국 차량.

압록강 철교 및 압록강 일대를 내다보는 푸이는 어떠한 생각과 심정이었을
까. 푸이에게 안동 방문은 도대체 무엇이었을까. 점차 일제의 꼭두각시로
전락해가는 자신의 처지를 직시하게 된 푸이는 문양만 남은 황제의 신분으
로서 급변한 안동의 모습과 그 정치경제적 위용을 과시하는 압록강 철교를
보며 만주국과 일제의 식민지 근대에 갇힌 수인囚人이었을까. 현재 단동에
있는 푸이동행궁의 쇠락한 모습은 당시 곧 도래할 만주국과 일제의 패망이
남긴 맵짜한 역사의 실재를 침묵으로 증언해준다.

4. 신압록강 대교와 황금평, 단동의 전망

역사는 냉엄한 현실이다. 안동 시절의 '압록강 철교'는 현재 단동의
'압록강 단교'로서 관광명소가 되었고, 바로 그 옆에는 1943년에 세워진
'중조우의교中朝友谊桥'가 단동과 신의주를 이어주고 있는 핵심 교통로 역할
을 하고 있다. 이 다리를 통해 기차와 차량들이 북한과 중국을 오고 간다.

북한에 대한 국제사회의 경제제재 때문인지 이곳을 통한 교통량은 현저히 줄어들었다고 한다. 마침 내가 이곳 근처를 지나가고 있을 때 이 다리 위를 통과하는 기차와 차량 행렬을 볼 수 있었는데, 근래 보기 드문 다리 위 모습인지, 이곳을 찾은 대부분의 중국 관광객과 단동 사람들은 스마트폰 카메라 버튼을 눌러대기 바빴다. 최근 북중 관계의 단면을 말해주는 풍경이었다. 나도 엉겁결 스마트폰을 치켜들고 몇 장의 사진을 재빠르게 찍었다. 이 엄중한 대북 경제제재의 현실 속에서 인도주의적 차원에서 생필품을 중심으로 한 유통은 간헐적으로 지속되고 있었다.

그런데, 여기서 그동안 우리가 별다른 관심을 갖지 못했던 또 다른 압록강의 교통이 있다. 그것은 '신압록강 대교'로, 압록강이 바다로 이어지는 하류에 못 미친 지점에 신의주와 단동의 강남으로 새로 개발한 신도시[新図]를 잇는 '신압록강 대교'가 웅장하면서도 세련된 현대식 교량으로 이미 2015년 완공돼 있다. 하지만 아직 개통은 하지 않은 채 머지않아 '중조우의교'처럼 개통될 날이 임박해 있다는 소식이 단동 안팎으로 회자되고 있다. 만일 신압록강 대교가 개통된다면, '중조우의교'의 교통보다 신속히 많은 자원을 교통할 수 있으므로 북한과 중국 사이의 경제 교류를 비롯한 각종 분야의 교류가 한층 활발할 것이라는 낙관적 전망을 내놓고 있다. 그래서인지 신도시로 개발되고 있는 이 지역은 현재의 단동보다 현대식 건물과 각종 도시 인프라를 체계적으로 정비하고 있는 것을 쉽게 알 수 있다.

이와 관련하여, 각별히 주목되는 곳은 신압록강 대교의 압록강변을 따라 하류 쪽으로 좀 더 이동하면 황금평黃金坪이 나오는데, 이곳을 찾았을 시기야말로 왜 이곳을 '황금평'으로 호명하는지 단박에 알 수 있는, 말 그대로 황금 가루를 뿌린 듯한 누렇게 익어 고개를 숙인 벼이삭이 바람에 출렁거리는 평야가 내 눈 앞에 펼쳐지고 있었다. 그런데 뜻밖에 중조국경을 알리는 철조망이 황금평을 가로막고 있었다. 단동과 거의 맞닿아 있어 중국 땅으로 인식하기 십상인데, 황금평은 엄연히 북한 땅이라고 한다.

신압록강 대교.

압록강 하류에 있는 단동과 거의 맞붙어 있는 작은 섬으로, 현재 벼농사를 짓고 있는 곡창지대이다. 한때 황금평을 북한의 경제특구로 개발하는 뉴스가 세간의 이목을 집중시킨 적이 있다. 그만큼 황금평은 북한과 중국 사이의 경제 교류에 중요한 거점임에 틀림없다. 여기에 신압록강 대교의 교통 인프라가 뒷받침되고 있다는 것은 아주 중요한 사실이다. 단동의 신도시와 신의주를 새롭게 잇는 신압록강 대교가 아직 본격적으로 개통되고 있지 않으나, 머지않아 대교로서의 역할을 수행하게 될 때 단동과 신의주의 교통을 바탕으로 한 북한과 중국의 관계는 한층 공고해질 것인바, 그렇다면 우리는 새롭게 정비될 북한과 중국 사이의 관계에 대해 어떤 새로운 대응과 교류를 적극화할 수 있을까. 신압록강 대교를 바라보며, 우리는 북한과 중국을 낡은 프레임으로 여전히 인식할 게 아니라 급변화한 동아시아 정세 속에서 어떻게 이들과 함께 상생/공존할 수 있는지에 대한 넓고 깊은 사유와 담대한 실천을 매진할 수 있을까. 단동과 신압록강 대교가 내게 던지는 맵짜한 질문이다.

| 수록 작품 출전 |

제1부   평화 체제를 향한 문학 '운동-정동'

「판문점 선언 이후 한반도의 평화 체제를 향한 문학운동」, 『작가와사회』, 2018년 가을호.
「판문점, 분단, 그리고 평화의 정동」, 『시작』, 2018년 여름호.
「21세기에 마주하는 분단 극복/통일추구의 문학」, 『학산문학』, 2018년 가을호.
「분단자본주의의 적폐와 마주하는」, 『문학의오늘』, 2018년 가을호.
「'분단 극복/민주주의', 그 뜨겁고 골똘한 성심」, 『문학에스프리』, 2020년 여름호.
「정치적/도덕적 정당성을 갖춘 인물이란?」, 인터넷 일간지 <제주의소리>, 2019. 10. 28.
「시대의 어둠을 꿰뚫는 비평의 혜안과 문학운동」, 『태백』 제138호, 2017. 2.

제2부   정치적 상상력을 수행하는 언어'들'

「혁명, 수행의 언어들: 해방과 민주주의 상상력」, 『한민족문화연구』 71집, 2020.
「다시 살피고 새롭게 비평해야 할 민중성」, 인터넷 일간지 <제주의소리>, 2019. 7. 15.
「후일담 문학: 역사의 청산주의와 새것의 맹목을 넘어서는」, 김정남 외 공저, 『1990년대
      문화 키워드 20』, 문화다북스, 2017.
「생태적 상상력이 깨어날 '느낌의 0도'」, 인터넷 일간지 <제주의소리>, 2018. 9. 10.
「4·3문학, '대안의 근대'를 찾아」(원제: 「4·3문학 안팎의 새로운 길을 찾아」), 『삶과문화』,
      2018년 봄호.
「부산의 젊은 비평의 풍향계」, 『작가와사회』, 2018년 봄호.
「또다시, '기초예술'로서 문학을 '지원'하는/할 문학예술 정책」, 『문학의오늘』, 2017년
      여름호.

「'따로 또 같이'의 삶을 기획하고 실천하는 언어」, 2018평창올림픽대회 및 동계패럴림픽대
　　회 계기 국제인문포럼', 『세계의 젊은 작가들, 평창에서 평화를 이야기하다』, 문화체
　　육관광부, 2018.

제3부　삶과 역사의 가시밭길을 걷는

「제국의 만주 국책에 대한 길항의 정치적 상상력」, 『영주어문』 36집, 2017.
「전후의 신생을 모색하는 전쟁미망인의 존재 양상」, 염상섭, 『화관』, 글누림, 2017.
「제주 항포구의 창조적 저항과 응전」, 『귤림문학』 26호, 2017.
「기억, 증언, 그리고 증언문학: 4·3항쟁의 정치윤리의 언어들」, 제주작가회의 편, 『돌아보면
　　그가 있었네』, 각, 2017.
「풍화하는 해방공간에 맞선 정치적 상상력」, 강기희, 『위험한 특종』, 달아실, 2017.
「5·18광주민주화항쟁: 낭만적 초월, 역설의 숭고성, 역사의 시간」, 인터넷 일간지 <제주의
　　소리>, 2020. 6. 15.
「패배와 환멸을 껴안고 넘어가는」, 손병현, 『동문다리 브라더스』, 문학들, 2017.
「식민주의 근대와 공모하는 민낯, 그 왜상」, 인터넷 일간지 <제주의소리>, 2021. 2. 8.
「바람섬의 구술서사: 제주어, 제주 여성, 제주의 역사적 풍정과 삶」, 인터넷 일간지 <제주의
　　소리>, 2020. 8. 10.
「베트남전쟁, 당신의 기억은 공정하십니까?」(원제: 「당신의 기억은 공정하십니까?」),
　　인터넷 일간지 <제주의소리>, 2020. 3. 16.

제4부　삶의 심연으로부터 솟구치는 생의 경이로움

「박완서가 포착한 한국 자본주의 정동의 미망」, 자료집 『지금 여기 박완서』, 성북문화재단,
　　2019. 4.
「뜨거운 세상을 이루는 것들: 노동, 현실, 그리고 삶」, 조영관, 『조영관 전집 2(소설편)』,
　　삶창, 2017.
「욕망의 바다, 바다의 욕망」, 남종영 외 공저, 『해서열전』, 글항아리, 2016.
「자기 탐구와 모험, 그리고 주체적 욕망」, 고시홍, 『그래도 그게 아니다』, 문학나무, 2018.
「비루한 생을 이루는 삶의 경이로움」, 김우남, 『릴리 그녀의 집은 어디인가』, 문예출판사,
　　2020.

「문학적 보복과 구원: 성폭력에 대한 약소자의 증언」, 『문예바다』, 2016년 가을호.
「욕망의 생태도: 자기애와 질투의 정동에 대한 성찰」, 김경순, 『빌바오, 3월의 눈』, 문학수첩, 2020.
「비루한 삶의 경계를 넘는 숭고한 사랑」, 윤성호, 『룰렛게임』, 문학수첩, 2017.
「우리 시대 두 젊은 신예와의 조우」, 민병훈, 『파견』 / 이세은, 『은하철도 쿠팡맨』, 테오리아, 2017.

제5부　압록강의 접경지대를 응시하며

「소년, 압록강을 넘었으나 돌아오지 못한」(원제: 「유럽과 압록강에서 만나는 성장 서사」), 인터넷 일간지 <제주의소리>, 2019. 4. 8.
「단동과 압록강, 접경지대의 역사와 일상」, 『제주작가』, 2019년 여름호.
「남만철도와 만주, 그리고 동아시아」, 『제주작가』, 2019년 가을호.
「러일전쟁, 푸이, 압록강의 다리들」, 『제주작가』, 2019년 겨울호.

문학의 중력

초판 1쇄 발행 | 2021년 3월 30일

지은이 고명철
펴낸이 조기조
펴낸곳 도서출판 b

등 록 2003년 2월 24일 제2006-000054호
주 소 08772 서울특별시 관악구 난곡로 288 남진빌딩 302호
전 화 02-6293-7070(대) | 팩 시 02-6293-8080
누리집 b-book.co.kr | 전자우편 bbooks@naver.com

ISBN 979-11-89898-48-9 03810
값 22,000원